Y de repente fue ayer

Novela

Boris Izaguirre

Y de repente fue ayer

Planeta

El papel utilizado para la impresión de este libro es cien por cien libre de cloro, está calificado como **papel ecológico** y ha sido fabricado a partir de madera procedente de bosques y plantaciones gestionadas con los más altos estándares ambientales, garantizando una explotación de los recursos sostenible con el medio ambiente y beneficiosa para las personas.

Diseño de la cubierta: © Compañía
Ilustración de la cubierta: © Michael Ochs Archives / Corbis
Fotografía del autor: © Rubén Nogueira
Primera edición en Colección Booket: enero de 2010

Depósito legal: B. 42.814-2009
ISBN: 978-84-08-09022-9
Impresión y encuadernación: Litografía Rosés, S. A.
Printed in Spain - Impreso en España

Biografía

Boris Izaguirre nació en Caracas en 1965. Venezolano de origen y nacionalizado español, posee una marcada vocación cosmopolita. Polemista incansable, apasionado del cine, de la literatura y de la arquitectura, comenzó su carrera escribiendo en su país natal artículos en prensa y guiones para telenovelas, y en muy pocos años se ha convertido en una figura clave en la radio y la televisión españolas. Como escritor, su estilo apasionado e irónico, plagado de referencias, ha cristalizado en una decena de obras que se caracterizan por diseccionar, con una prosa personalísima y una agudeza inusitada, tanto en el marco de la ficción como fuera de él, la sociedad, la cultura y la época en que se inscriben. Ha publicado las novelas *El vuelo de los avestruces* (1991), *Azul petróleo* (1998) y *1965* (2002). Asimismo, es también autor de los ensayos *Morir de glamour* (2000), *Verdades alteradas* (2001), *Fetiche* (2003) y *El armario secreto de Hitchcock* (2005). *Villa Diamante*, finalista del Premio Planeta 2007, logró una enorme acogida por parte de los lectores, que la convirtieron en una novela en permanente reedición, éxito que se ha repetido con su última novela, *Y de repente fue ayer.*

Más información en: www.borisizaguirre.net

Para Leopoldo, siempre tan cerca

I don't think anyone ever found Paradise
Because Paradise is based on Lies.

Paradise, The Stranglers
(«Feline», 1983)

PRIMERA PARTE

—

1

LA FIESTA

Si algún día reúnes el suficiente coraje, puedes intentar nadar hasta alcanzar un punto determinado frente a la isla. Exactamente enfrente, el sol te lo indica. Su luz parece suspenderse sobre el mar como si lo respetara tanto que prefiriera no atravesarlo. Allí, recuerda que has llegado repleto de valentía. Más que buscando la brisa que otros siempre anhelan, esperarás a que un brazo marino, fuerte como el de los guajiros que recogen la caña cada día, te agarre y te sumerja y tire de ti. Notarás como si una mano gigantesca te asiera por la cintura para hundirte, para empujarte hacia abajo, hacia lo profundo. Déjate llevar, bajarás por un cilindro de luz en absoluto semejante a la del sol. Es una luz distinta. Déjate llevar. Sola contigo, como insuflándote un aliento de muy lejos, como la zarpa de un animal que espera cazarte, si te dejas guiar por ella sin luchar, la luz te permitirá verlo. El pasadizo, sí, Efraín, el pasadizo que une las costas de la isla debajo del mar.

Efraín sintió que su pulgar tocaba la madera blanca de la habitación. Al mismo tiempo intentó estirar el cuello hacia la izquierda, esperando que nada a su alrededor decidiera moverse junto a él y provocara un acelerón en su cabeza. Demasiado tarde, ya empezaba a sentir la aproximación de las marimbas, de nuevo, y, detrás, los compases de las cuerdas tensas de las guitarras, y poco a poco, las maracas marcando el ritmo repetitivo, incesante, al que se sumarían primero los violines y después el saxofón del Catire.

La fiesta no terminaba nunca. Mira que había luchado por no cerrar los ojos y permitirle al sueño colocar silenciosamente las cobras feroces del resacón dentro de su cabeza, esperando agazapadas para poder deslizarse a cualquier esquina de su cerebro. Si abría los ojos antes de terminar ese estirar, tan lenta, lentísimamente el cuello hacia la izquierda, no sería capaz de ver nada y la orquesta invisible perdería todo control. Ay, Catire, por qué todas las noches tienen que terminar igual, todas las mañanas empezar peor.

Creía estar oyendo la voz del pasado, siempre esa misma historia del túnel en medio del mar que permite atravesar la isla, esta vez gracias con toda probabilidad a esa nueva mezcla de tequila y ron que el Catire había decidido bautizar con su nombre, el «Mojito Rotundo». Le parecía como si en cualquier momento Evaristo fuera a aparecérsele y llevarle hacia el puerto, ese sol alborotando los ratones, las gallinas, los caimanes, las cobras asesinas, las liebres gigantes, todos los habitantes de su cerebro deseosos de más alcohol.

Efraín, hombre, vas a tener que hacerlo: abre los ojos.

Como si todas las neveras de la isla hubieran sido colocadas una sobre otra formando un muro infranqueable que bloqueara el espejo del mar, lo vio todo blanco. Un golpe. Una sucesión interminable de paredes. Una cascada de olas. Una cabaretera agitándose dentro de la espuma. No, no era su madre, tampoco Aurora. Una cabaretera y punto. Las cobras del resacón habían decidido que se trataría de una cabaretera y una cabaretera era. Vestida de blanco y blanca también ella, como si fuera gallega. Blanco, seguía viendo blanco. Un ojo que se pierde hacia atrás y es sólo córnea. Las uñas del negro Prieto cortando sin machete la caña. El blanco que se negaba a irse y no le dejaba cerrar los ojos de nuevo. Esa ola increíble escapada del mar y detenida frente a él, ahí, ante la cama con las sábanas en el suelo, el brazo de alguien colgando en una de sus esquinas y las marimbas y las guitarras esperando ese gesto, el decisivo, del director de la orquesta invisible para que la ola cayera derrumbándose furiosa alrededor, dentro de él, dando la señal para que los ratones y las cobras de la resaca comenzaran a gritar y empujaran todo lo que había dentro de su cabeza.

Que se vaya el blanco. Que se muerdan entre sí las cobras, que se queden sin patas las liebres. No podía gritar. La ola nunca caía, hija de puta, ola de mierda, toda la vida suspendida sobre él como una boca abierta que nunca decidía cerrarse. Las cobras, ¿por qué no se asustan como las gallinas y empiezan a romperle la cabeza a mordiscos, con la punta de sus colas o sus lenguas viperinas, buscando huecos a través de sus párpados?

«Ay —dijo al fin—. Ay, coño», prosiguió. Y empezó a llorar y a recordar a las novias del negro Prieto avanzando hacia los campos al amanecer, cantando y moviendo las caderas y las manos como si estuvieran en África. No podía recordar esas palabras, y mira que las había utilizado en innumerables ocasiones para los diálogos de las escenas. Ayuma, ayumay, deja que el calor me ponga más negra, y las caderas gigantes meciéndose mientras las risas enseñaban indiscretas aquellos dientes blancos y enormes. «Ay», dijo otra vez, las negras de Prieto, tanto amor le dieron...

Estiró el brazo izquierdo. ¿Estaba de pie?, ¿tumbado? Sintió el olor de la madera. «Dios mío, Catire, ¿qué nos has puesto en el tequila?», creyó decir. Nadie le respondió. De pronto, un largo silencio y se sintió en calma. Al fondo, por fin, como siempre, las olas rompiendo en la orilla.

Había sobrevivido otra mañana más.

No vio ninguna serpiente, ningún ratón rodeándole y royendo su piel como otros despertares, otros resacones. A lo mejor, se sorprendió, era verdad que el tequila no era tan malo y un milagro estaba sucediéndole, y ese horrible despertar se disipaba con la rapidez del tren que llevaba a los chinos a Camagüey. Entonces oyó claramente que le hablaban: «Cuba, camaradas, no es más que una isla en espera de un reto. Ahora es el reto. El de ser capaces de enfrentarnos al enemigo mirándole a los ojos, llamándole por su nombre y recordándole el nuestro. Somos vencedores, somos propietarios de nuestro destino. Somos la Revolución. Somos Cuba, Libre y Socialista.»

Al fondo, la aclamación del pueblo, el ruido de las banderas que se agitaban, que se mecían con el estruendo de la emoción del pueblo y el viento. Igual que las maracas y las marimbas de la orquesta invisible, iba creciendo el despliegue de un nuevo instrumento como las alas de un pterodáctilo hasta convertirse en una sola voz, inmensa como los dientes de las negras, infatigable en su reiteración como el bramido de la ola: «Fidel, contigo somos uno. Cuba, Revolución y tú. Cuba y Socialismo. Cuba y Fidel.»

«Fidel, Cuba y Socialismo», recitó, y se permitió una sonrisa en su rostro. No debía fiarse, había que continuar moviéndose con lentitud.

Consiguió llegar al pasillo que llevaba al salón, la terraza sobre el jardín al fondo, las puertas correderas de cristal completamente abiertas. Paseándose entre la superficie de los muebles, el viento de la mañana jugando a crear remolinos de lo que estaba llevándose, cenizas, humos, alientos. El conjunto de vasos y botellas y hojas de hierbabuena, otro olor que agregar a los que esperaba percibir. Tabaco, azúcar, mar, aceitunas y alcaparras y algo más dulce todavía,

«Sirope, Efraín, se lo pongo a todo», le había dicho el Catire en su español de gringo. Sirope de arce, *maple syrup*, ese olor empalagoso, caramelo que no se derrite nunca, en todas partes, incluso sobre las bombillas de las lámparas para que el olor sobrevolara la habitación.

Las lámparas seguían encendidas. Decidió apagarlas y fue repitiendo el gesto y el clic en cada una. «Cuando repites algo, siempre encuentras tranquilidad», le había enseñado Óvalo en un pasado remoto, cuando dormían juntos.

Óvalo, sí, repite el nombre. ¡Cuánto habrías dado, Efraín, por haberlo inventado tú! Óvalo. Cuántas veces escuchó a otras personas decirlo. Una lámpara apagada. Óvalo. Otra. Y otra. Tu repetición. Tus ojos azules mirándole asustados en el coche grande. Tus mosaicos, Óvalo.

La claridad del sol pareció recibir la ausencia de la luz artificial como una bienvenida. «El verdadero vampiro de esta isla es el sol, Efraín», otra frase del Catire.

Y así era, su exultante resplandor se paseaba en dirección a él como un caballero que regresa de un viaje e inspecciona sus territorios para, poco a poco, volver a apoderarse de ellos. Y pasa de largo, sigue hacia sus aposentos, su tumba, su descanso, y ese andar deja una huella fulgurante. Efraín no se enfrentaba a un salón, sino a un Apocalipsis: dos sillas rotas desvanecidas frente a una puerta mal cerrada; los cuadros con fotos ampliadas del Catire ataviado de Robin Hood a punto de caer al suelo; los zapatos de hombre, italianos, el nombre en la parte interior también desvanecido por el uso, talla doce, separados en distintos puntos del sofá blanco; la mujer desnuda tendida en el sofá, como si un huracán la hubiera importado desde otra fiesta.

Pelo de china, boca de mulata, brazos de bailarina y una cintura con las manos del Catire marcadas en la piel. El pubis desordenado. Josela, la bautizaron así en algún punto de la noche porque se había presentado como Josefa y el Catire dijo que la efe era una letra demasiado fea para ella. Los pezones estaban erectos. Las uñas de sus pies y sus manos tenían el mismo tono de rojo que la cortina del teatro Principal, como él mismo le había revelado cuando la bautizaron Josela y el Catire colocó sus manos alrededor de su cintura. Olía a alcohol y al perfume del Catire. Efraín siguió el rumbo que su mano derecha le marcaba señalándole al otro lado de la alfombra, hacia las butacas orejonas tapizadas en la misma tela blanca del sofá. Allí estaban, abrazadas, las mellizas Wilson. Claro, recordó, antes de que cerrara los ojos estaban riéndose, pidiéndole al Catire que les dejara probar su caramelo, «sólo un poquito, Catire, luego se lo enseñas a Josela», suplicaban. La más joven, «tres minutos de diferencia», se había teñido de negro el pelo para esa noche. La mano de su hermana le cubría el monte de Venus en tanto que su cabeza reposaba sobre el seno de la otra. Era demasiado cinematográfico, estaba claro que el Catire las habría dormido para luego arreglar la escena y colocarlas en esa posición.

Josela empezó a respirar mal, el cuello se le iba poniendo morado y las manos avanzaban solas y desesperadas hacia su garganta. Abrió los ojos con una violencia terrible, parecía que iba a romper a gritar. Tenía que ayudarla, estaba aterrada, el cuerpo se le volvía todo violeta. Efraín le abrió la boca y metió sus dedos en ella. Sintió algo primero duro, luego blando, como un plástico, lo apretó fuerte entre sus dedos y lo sacó de un golpe de la garganta. Oyó no un grito, sino el aire atrapado saliendo del pecho de Josela y su mirada de terror que señalaba lo que sostenía: un trozo de condón en las manos. Las mellizas ni se inmutaron, Josela se quedó un instante en el salón contemplando el suelo, las botellas en el bar y los cuadros a punto de caerse, conteniendo el llanto y el miedo.

«Fidel. Cuba y Socialismo. Estamos contigo», oyeron que insistía la radio. «Cuba y Socialismo, Fidel, estamos contigo.» Se repetían los eslóganes. «Cuando repites algo, siempre encuentras tranquilidad —decía Óvalo—. Repítelo ahora tú, Efraín», como si decirlo garantizara un final feliz.

Óvalo.

«Socialismo y Libertad. Cuba y la Revolución. Fidel, contigo hasta la muerte.»

Josela se incorporó tambaleante, intentando cubrir su desnudez con las manos, recuperando un aliento. Efraín siguió su recorrido hacia el jardín, acercándose al olor del mar sobre cada flor. Estaba gris, el mar, y la arena parecía cubierta por un tono que Óvalo, otra vez Óvalo, solía llamar pistacho caribeño. Color de tormenta, cada año se retrasan más, estamos en octubre porque el cumpleaños del Catire será a finales de ese mes. Coño, Efraín —volvió a decirse—, no sabes leer calendarios, tus fechas son sombras, marcas en el suelo, cambios en la temperatura del agua. Es octubre, OK, y es verdad, las tormentas cada año se quedan, duran más. Esas nubes que disfrutan oscureciéndose mientras aterrorizan a quienes las miran desde el suelo.

Se detuvo un instante para disfrutar del vasto jardín. Era como si todas las naturalezas del mundo hubieran acordado reunirse allí: cactus de dos y hasta tres metros, árboles frutales, mangos, plátanos, la flor del plátano a la espera de que el Catire aproximara a sus pétalos los labios de las muchachas que luego enloquecerían de placer. La colección de manzanos, algunos con sus frutas putrefactas por el invariable calor. Palmeras, cómo no, cocoteros hacia la playa. Las eternas buganvillas en un derroche de tonalidades que el Catire llamaba los «colores de la Metro Goldwyn Mayer». Todo allí, a medio camino entre el despertar y la presión de la tormenta que avanzaba.

Le pareció oír que le llamaban, pero estaba decidido a no volver. Veía al fondo, sobre el mar, el sol colocado en ese punto delante de la orilla, y sentía de verdad que le esperaba, esta vez era cierto, marcando ese pasadizo que le permitiría cruzar la isla.

Seguían llamándole: «Efraín, Efraín Rotundo, vuelva», como cuando quería abandonar el estudio de la radio. «Efraín, no me dejes», como le había rogado Tania, la ambiciosa y hermosa Tania. «Efraín, no rompas la fiesta ahora», siempre le pedía el Catire. «Efraín, por fin has vuelto», como esperaba oír algún día de labios de su madre.

«Efraín, no vayas al mar, está revuelto. Has bebido mucho...»

Pero ya estaba cerca del rayo vertical. Sentía esa neblina en los ojos que anuncia que la calima avanza sobre la isla, o quizá era su propia respiración, o seguramente esa valentía que le pedía el negro Prieto. No era necesario demostrar ninguna fortaleza nadando hacia el punto de luz, siempre había sido más rápido en el agua que fuera de ella. «Deberías haber nacido pez», le decía Óvalo. De verdad, qué rica es esta agua, se dijo, este mar que va quitándole al resacón primero las consonantes, luego las vocales. Ya estaba riéndose, ya estaba más lejos de la casa. A lo mejor alcanzaba a ver al Catire tambaleándose, luchando por contener los gritos de sus invitadas. Puede que las calmara dándoles de nuevo su ración de caramelo, ahogándoles los gritos con lametones al caramelo cubierto de jarabe de arce.

Pero él estaba en el mar. Estaba exactamente frente a la costa.

Volvió la orquesta invisible. Cómo no, siempre salía en escenas así en las películas aquella música que nadie veía, que nadie tocaba, no iba a ser menos aquí. Era como un canto guajiro. ¡Ay, Efraín, a lo mejor estás dentro de la pantalla de verdad y te están poniendo las canciones de tu Mamá Dolores! Se rió. A lo mejor aparecía ahí, entre esas algas que venían a cubrirle, junto a esos peces amarillos y rojos que le acompañaban nadando hacia el halo de sol.

Le faltaba algo a la escena. Coño, Efraín, hasta en el último momento necesitas arreglar un diálogo. Un poquito, intentó decir tragando una bocanada de sal. Ya estaban todos, incluso la pesadilla de Mamá Dolores. Cuidado, no se deje atrapar por las olas, le arrastrarían el maquillaje y por fin todos sabrían que no es negra sino blanca. Habla como negra, pero siempre ha sido una blanca. Otra cosa, Efraín, piensa rápido, ¿qué le falta a la escena? Has visto mucho, desde el huracán, desde el hospital, desde la última tormenta que siempre hay en tu vida. Desde el último diciembre. Un nombre, que se repita un nombre. O mejor, una frase. Una última frase. OK, un nombre.

Óvalo.

Esperó quieto, las piernas moviéndose lo justo para no hundirse. Comenzó a notar cómo ese brazo, el del puño que lo arrastraría hacia el fondo, se le acercaba. Venía, le cogería por las piernas y se lo tragaría como el conejo come la zanahoria, zas, hacia el fondo.

2

—

EVARISTO

—El niño no habla, mujer, ¿no lo ves?

No, no quería verlo. Y el niño tampoco quería que ella lo viera. Desde el primer día que lo tuvo en sus brazos supo que no necesitaba hablar con él para que los dos se entendieran. A veces ni siquiera mirarlo. Con los años, no era necesario ni que dijera algo cuando entraba en la casa. Ella levantaba la mirada y veía su sombra deslizándose hacia su habitación. Siempre sabía, en cualquier momento, en cualquier parte, dónde estaba y qué le pasaba a su hijo.

—Virginia, coño, te estoy diciendo que el niño no habla.

Odiaba cuando Evaristo la llamaba por su nombre. Odiaba completa, absolutamente, a Evaristo. Toda su vida era mala suerte, pero la peor era Evaristo.

—Efraín Rotundo —anunció gravemente el señor de la radio—. Estamos esperando.

Efraín, tan delgado como un lápiz al que no le han sacado la punta, estaba más que tieso en medio del improvisado escenario de la abarrotada cancha de béisbol en el único instituto de Camarrás. Los haces de aquellos focos que sólo se empleaban en los partidos de fin de curso le rodeaban como si fueran tanques de guerra. Sus ojos, de por sí hundidos, separados de toda realidad, bien atrás en su cara, se empequeñecían aún más. Seis gradas frente a él, cuajadas de personas que comían, hablaban, reían, tiraban restos de sus comidas, ralentizaban sus gestos para presionarle. No podía abrir la boca ni levantar los brazos para pedir auxilio. No podía moverse. En la última fila se alzaba la pancarta improvisada, tanto que la pintura chorreaba todavía de sus letras: «UN NIÑO PARA TÍO CONEJO. VEN A CONOCERLO SI SABES CONTAR UN CUENTO.»

Efraín tenía una historia. La soñaba casi todos los días. Un hombre aparecía en la entrada de su casa. No podía verle bien la cara hasta que un golpe de luz, una farola mecida por el viento, descubría que no tenía rostro. Era el hombre sin cabeza, los dedos de sus manos muy largos y de nuevo la lámpara que permitía vislumbrar algo más. En vez de cara tenía una bolsa, una bolsa con un solo agujero en su lado izquierdo donde podía ver un brillo, un pequeño, incisivo fulgor...

—Efraín Rotundo —oyó. Estuvo cerca de estremecerse: en su sueño, el hombre con la bolsa de cartón en la cabeza también le llamaba así, con su nombre y apellido, y él se incorporaba en la cama, mirándose en el espejo recostado en la pared enmohecido por el vaho de los ronquidos de Evaristo, su madre acurrucada en un extremo del colchón, a punto de salirse del lecho.

Estarían llamándole otra vez, pero no podía hablar. Lo había ensayado, siempre en silencio, la noche anterior y la anterior a ésa. Aunque no lo hubiera relatado nunca frente a nadie sabía, tenía la certeza de que al escuchar aquel relato del hombre tapado por esa bolsa de cartón con un solo ojo, todos temblarían de miedo. Sin embargo, ahora no temblaba nadie. Le miraban. Sus brazos no se movían. Quería sudar y tampoco sudaba, quería irse de allí y ningún gesto le respondía. Volvió a oír ese apellido que era el de su madre, Rotundo, y ninguno de los dos lo era.

Delgado, las muñecas tan débiles que si alguien le tirase muy fuerte de las manos podría partírselas. La nariz larga, los ojos hundidos, negrísimos —quería que resplandecieran como los del hombre de su historia—, comenzaban a brillar ahora por las lágrimas que se esforzaba por contener.

«¿Es pájaro o espantapájaros?», le gritaron los otros niños cuando salió al medio de la cancha.

Entonces vio, sentado justo al frente, al hombre con el pelo blanco, la barriga saliéndose de la camisa y el sombrero, también blanco, manchado de barro. Una mano llena de sortijas y la otra que acariciaba el buche grueso, peludo, de un pollo inmenso.

—Se desmaya, Virginia, ¿es que no lo estás viendo? El niño se va a desmayar...

—Efraín Rotundo, será otra vez cuando pueda conocer en persona al Tío Conejo —anunció el encargado del concurso, y de inmediato otro nombre, Rubén Pérez, y otro chico menos delgado, mejor vestido, que sí movía los brazos:

—Todos los niños de Cuba queremos hablar con Tío Conejo. Me llamo Rubén Pérez...

Efraín bajó con dificultad los tres escalones que le separaban de Evaristo y su madre. Le dolían los tobillos al apoyarse en cada uno de ellos. Evitando a su madre y al marido de ésta, volvió a encontrar la mirada del hombre del sombrero manchado que seguía acariciando el buche de su enorme gallina. Se desmayó.

Efraín odiaba las gallinas. Y éstas a él. Siempre que le sentían cerca empezaban a revolotear y se enfilaban mirándole, haciendo ruiditos extraños, como enviándose mensajes entre ellas para saltar sobre él cuando estuviera más cerca.

—Déjalo, Evaristo. Se bloqueó, es todo, nada más.

—Nos puso en ridículo. A ti nada te importa, pero a mí, a mí me hizo pasar la peor de las vergüenzas. Y delante del señor Rebolledo...

—El hombre del pollo, verlo allí delante lo asustó. Le tiene pánico a los pollos, Evaristo.

—Entonces que duerma con ellos. Ahora mismo, la noche entera.

Virginia quiso gritar «no», pero sólo dijo que estaba harta. Evaristo la golpeó con tanta fuerza en la cara que le hizo perder el equilibrio. Efraín estaba ahí, igual de inmóvil que en la cancha de béisbol. Cuando todo se movía delante de él, se quedaba quieto atrás, siempre atrás. Oyó el «ay» de su madre y también cómo le decía a Evaristo en un hilo de voz, rabiosa y golpeada: «Hijo de puta, malnacido, demonio, mala suerte, estás destrozando mi vida.» Aunque hubiera podido moverse no lo habría conseguido, necesitaba la quietud para memorizar todas esas palabras. No eran para él, eran para cuando el hombre de la bolsa de cartón en la cabeza decidiera entrar y hablarle.

Los pollos revolotearon cuando le sintieron cerca. Se estaba haciendo de noche, lo supo porque el olor del mar se agudizaba en la vivienda. Cuando se nace en una isla, éste es el tipo de cosas que la propia isla te enseña. Por la mañana, el sol es un olor que se siente en la casa, o en lo que se llama casa aunque sólo sea, como la suya, una pared medio levantada frente al mar. Al atardecer le toca al mar expulsar los olores acumulados durante el día. La casa, sí, era una pared, la cama, el espejo recostado contra ella. Detrás estaba el gallinero un tanto más elaborado que lo que llamaban casa porque era su medio de vida: cada gallina se criaba para engordarla y, cuando la pollería de más abajo necesitaba animales, Evaristo entraba en el corral y las llamaba por sus nombres de mujeres para reunirlas y empezar a degollarlas con el machete recién afilado. Era su único trabajo. Se aprovechaba de que Virginia tuviera que cumplir sus oficios, limpiar y lavar la ropa de otras vecinas y aportar algo más de dinero, para poner a Efraín ante él, sentado en una silla apoyada contra la pared, antes de empezar a cortar las cabezas de los pájaros. Las gallinas más jóvenes cacareaban como si estuvieran contando una película, hasta que oían los gritos de muerte de sus madres, o primas, o incluso enemigas, y entonces se quedaban a los pies del niño apretando sus picos como si estuvieran afilándolos para morderle. Efraín no podía gritar, el miedo era inmenso. Miraba hacia el mar y lo veía teñirse de rojo durante minutos eternos, hasta que Evaristo aparecía oliendo a muerte y sobre sus brazos y su cuello destacaban las plumas manchadas de rojo pegadas a la plasta de sudor y mugre que era su cuerpo.

—Te has ganado oír a tu Tío Conejo. A ver si aprendes a repetir lo que dicen en ese programa.

Y lo devolvía al otro lado de la pared, a lo que llamaban casa, y Efraín corría a refugiarse en la cocina entre los peroles de barro, el hornillo de gas y la bombona conectada a éste con cables robados. Allí estaba, grande, marrón caoba, también robada, la radio.

«Buenas tardes en todo el territorio nacional. De inmediato escucharemos una composición que todos vais a reconocer, la música del paseo de Tío Conejo por los ríos y montañas de nuestra amada Cuba para llegar a todos los niños de la Nación.»

Ahí fue donde se enteraron de que los señores de la emisora irían a todos los confines de la isla para ofrecer sesenta pesos al niño que supiera contar una historia para animar a Tío Conejo a seguir sus aventuras. De un día para otro, Evaristo fue todo obsequios con Efraín. Durante esa larga semana, quizá dos, dejó de sentarlo delante de las gallinas que esperaban para morir.

Hasta que llegó la noche en que se quedó mudo delante de las seis gradas repletas de monstruos sin nombre en el colegio de Camarrás.

—Evaristo, por mí, por lo poquito que sientas todavía por mí...

—El marico de tu hijo tiene que aprender a ser un hombre y a no tener miedo. A no quedarse mudo cuando lo que quiere es hablar —sentenció, abriendo la puerta del corral.

Evaristo le sujetaba como si él fuera una de las gallinas.

—Toma esta camisa, Efraín. —Evaristo lo mantenía preso con sus manos, tan sucias, tan grandes, tan fuertes, el aliento del ron saliéndole de los ojos. Le quitó la camiseta desgastada que llevaba y le colocó como pudo, mal, casi sin abrochársela, una de sus camisas—. Póntela tú bien, pájaro traidor. Las estúpidas gallinas nunca me temen porque jamás repito ropa cuando entro a matarlas. Pero tú llevas puesta mi camisa con sangre de las últimas. A ti sí te reconocerán...

—¡No le hagas eso a mi hijo, maldito cabrón! —gritó Virginia. Evaristo cerró la puerta y dejó a Efraín dentro del gallinero.

El sol se adentraba en el mar y los olores del día, el verde de las algas que descendían hacia el fondo, el de las plumas mojadas de las gaviotas atrapando los últimos peces del día, el de la piel de las ballenas devolviéndose al horizonte, todos esos olores eran expulsados y se desplazaban hacia la tierra. Oyó cómo Evaristo cerraba la puerta de madera picoteada cientos de veces por las gallinas que ahora le miraban, se acercaban, dos pasos y retrocedían. Parecía que se decían algo y ocultaban una risa colectiva que lograba escaparse y se mezclaba con el ruido de su propio cuerpo, ahora incapaz de quedarse quieto, arrastrándose en la paja. Veía, en los últimos rayos de sol, las garras pisoteando, aplastando esas mismas pajas, avanzando hacia él, y cómo su propio brazo, su mano, apartaba el bulto cubierto de plumas, pesado, nervioso, histérico en realidad, de una de las gallinas. Oyó el grito del animal, su graznido, aquel ruido aterrador, y de inmediato percibió todos aquellos ojos sobre él, pequeños, hundidos como los suyos o como el único ojo detrás de la bolsa de cartón del hombre sin rostro. Empezaban a cacarear cada vez más alto, sus garras arañándole, rasgando las mangas de la camisa, las costillas, picoteando los tobillos a través del pantalón, una de ellas volando directamente hacia su pecho, otras acribillándole con su pico cada centímetro de su cuero cabelludo y golpeándole en los labios, casi obligándole a abrirlos. Algunas intentaron meterse por sus orejas y al final una voló directamente hasta posarse sobre él para intentar aguijonearle los párpados. Él, incapaz de gritar, intentaba inútilmente abrir los ojos para verlo todo, cómo le devoraban aquellas gallinas enemigas antes de que el sol desapareciera dentro del mar.

—Sácalo, Evaristo. Pégame a mí, pero no dejes que tus gallinas le destrocen la cara —seguía gritando Virginia.

Evaristo lo arrastró fuera del corral y lo dejó a los pies de su madre, que comenzó a acariciarle y a derramar la sal de sus lágrimas en sus heridas.

—Efraín, mi amor, no lo recuerdes, no recuerdes esto jamás —sollozó Virginia.

Pero Efraín prefirió hablar:

—El hombre sin rostro, mamá, nadie puede verle porque tiene una bolsa de cartón que le tapa la cara, tiene ojos de gallina, hundidos, y está en la puerta de todas las casas, esperando que el sol se confunda con las olas que se marchan en el mar...

Evaristo se colocó exultante y agresivo frente al hijo de su mujer.

—¡Te he quitado el miedo! ¿Has visto?, ahora estás contando tu estúpida historia de hombres sin cabeza que a lo mejor nos hubiera conseguido un premio de mierda para dejar esta mierda de vida.

Efraín quiso mantenerle la mirada, pero cerró los ojos. El aliento del ron, la sensación de las patas de las gallinas pisándole el pecho, los picotazos en el pelo, la trampa de cambiarle la camisa para ponerle la suya de asesino... Enumeraría así aquellas visiones durante toda la vida antes que preferir verle. Pero Evaristo no se daba cuenta de su rechazo. Decidió atrapar una gallina que había salido hacia el mar, empezó a rodearla como si la cortejara, haciendo el ridículo, cantándole una canción que Efraín prefirió olvidar, mientras su madre intentaba llevarle hacia la pared que llamaban casa. Evaristo siguió cantando más alto y la estúpida gallina comenzó a seguirle cacareando como si estuviera con un amigo. Finalmente, la paró con una mano, la levantó en vilo y con un golpe maestro le retorció el pescuezo, rompiéndoselo.

—Efraín, hijo mío, un día saldremos de aquí —le prometía entretanto Virginia—. No sé cómo lo haremos, pero verás ese día..., lo verás...

* * *

Su madre llevaba puesto el vestido azul claro. Lo había lavado dos noches antes y, tras conseguir un clavo, lo colgó en la pared y dejó que se secara allí.

—El cura nos ha ofrecido un rincón en la eucaristía porque dice que en la radio han hablado de precauciones...

—Yo no tomo precauciones —dijo Evaristo—. No lloverá. Te lo digo yo. El tiempo y yo nos entendemos.

—Tus gallinas están prácticamente aullando.

—No son lobos ni son perros, Virginia. Eres tonta y se acabó.

—No me llames tonta —gritó Virginia.

Efraín estaba cerca del mar. Habían cerrado la escuela. La madre de otro niño les contó que los pocos profesores se marcharon a la capital el día anterior. Se habían llevado todo menos un libro que Efraín guardaba en un hueco, su hueco secreto, cerca de la siembra de palmeras, más arriba del río. Era el libro que le tocaría en el siguiente curso, para aprender a leer y escribir, pero al parecer nadie quería enseñarle a hacerlo.

—El niño se ha quedado sin colegio, Evaristo. Y yo no voy a tirar aquí toda mi vida, te lo digo ahora. Después de llegar al refugio...

—Saldrás con tu cara bonita y el marica de tu hijo a caminar hacia la ciudad —escupió Evaristo terminando su frase.

—No llames a mi hijo marica —farfulló Virginia.

—Cobarde, traidor, asustadizo, raro. Lo llamo como me da la gana porque si no he podido quererte a ti al menos a él lo he intentado hacer como yo...

—Efraín, tápate las orejas —pidió su madre. Miró hacia el mar, detrás de Efraín, y le pareció ver cómo una figura vestida de negro se balanceaba sobre el agua. Se llevó las manos a la boca para no dejar escapar el grito.

—No me gusta hablar así —continuó Evaristo—. No soy yo. Así es como vosotros dos me habéis vuelto. Yo me reía, iba a bailar, me metía en el mar desnudo por la noche. No era esto.

—Mamá —dijo Efraín rompiendo el extraño clima—. Quiero subir hasta el río, necesito ir a buscar una cosa.

—Serás estúpido, serás idiota —cortó Evaristo—. Si tu madre dice que va a haber un huracán, no puedes irte hacia el río. Te comerán los peces asustados.

—Mamá, déjame ir —insistió Efraín.

—Aquí no se va a ninguna parte sino a donde yo diga. Y no habrá huracán. No lo habrá porque todo está quieto, sólo se mueven un poco esas nubes estúpidas sobre el estúpido mar. Vamos a la pollería —ordenó Evaristo—. Llevaremos a tu hijo, Virginia. A ver si se asusta cuando vea a las gallinas convertidas en dos patas atadas por un hilo y un cuerpo sin cabeza...

Evaristo se movía lentamente, con la pesadez característica de una borrachera. Efraín no era lo suficientemente adulto aún como para saber qué significaba aquello, pero sin embargo la experiencia, la repetición constante de la misma vivencia, le permitía adivinar a través de sus gestos más que familiares cuál sería el próximo paso de su padrastro con tanta precisión como si él mismo estuviera haciéndolos. Cogería otro vaso y lo rellenaría de ron hasta que el líquido se derramara por la mesa y mojara las hojas de periódicos viejos y el trozo de pan duro que su madre esperaba masticar. Su madre se quejaría y Evaristo empezaría a protestar, a decir cosas feas y soltar juramentos hasta que después, cansado y tambaleándose, se acercara a ella, le escupiera en la cara para, a continuación, comenzar a forcejear. Iba a pasar, era lo único que podía decir con total seguridad, iba a pasar a menos que esta vez, esta única vez, él pudiera detenerlo. Evaristo cogió el vaso, su madre decía algo, Efraín no podía entenderlo, todo lo que pensaba le impedía escuchar. La propia noche traía ruidos de otros lugares, el ulular del viento sobre la maleza alrededor de la casa, el cluequeo de alguna gallina asustada. «Déjame en paz, por qué no lo haces ahora, mátame, mátanos ya», oyó, y vio de pronto a Evaristo con la botella rota y a su madre tapándose la cara. Se movió y su gesto fue percibido por Evaristo, sus ojos a punto de saltar y pasearse por el suelo como si fueran también gallinas.

—Ese hijo tuyo no merece seguir vivo —farfulló comiéndose las palabras con su lengua de trapo. Pero Efraín ya no escuchaba. Lo veía dirigirse hacia él, oscilando, equivocándose con la distancia entre la mesa, la silla vacía y la botella que se le caía de la mano mientras su madre se levantaba para defenderle. Ése era el momento, pensó Efraín, el momento de atacar porque nadie tenía consciencia de dónde estaba. Evaristo retrocedió para apoyarse contra la única pared, intentando recobrar el equilibrio. Decía algo, Efraín ya no podía precisarlo, sentía que todo se estaba conjuntando para que pudiera actuar, para que esa voz que no logró llegar a su garganta en el concurso de la radio se convirtiera ahora en un mapa invisible que le ordenaba y le dirigía explicándole cómo actuar, qué hacer. Vio el rastrillo junto a Evaristo, y el cuchillo sobre la mesa, y a su madre llorando sin dejar de mirarle aterrada. Y como si alguien subiera el volumen de la radio, oyó cómo le llamaban maricón, pájaro, te dan asco las gallinas porque eres como ellas...

—No, Efraín, ¡detente! —gritó Virginia, pero él sintió que fuerzas invisibles lo manejaban como a los títeres que ofrecían su espectáculo alguna tarde cerca de la playa. Dos personas mayores, cansadas, los dirigían moviendo los hilos con unos palos de madera, del mismo modo que ahora le movía un impulso desconocido y similar. Había alcanzado la mesa, estaba delante de la silla y la empujaba para acorralar más a Evaristo.

—No puedes hacer eso, eres un niño, escucha a tu madre —suplicaba Evaristo. El olor a ron le repugnaba, Efraín lo percibió mezclado con un miedo más pavoroso que el que él sentía por las gallinas. En su cabeza se mezclaron todos esos olores, el de las plumas de los animales, el de la paja inmunda sobre la que paseaban, el que desprendían los dientes de Evaristo susurrando cosas, hablándole como si él fuera una de aquellas gallinas abocadas al degüello.

—No, Efraín, suelta el rastrillo, por mí, ¡hazlo por mí! —chilló de nuevo su madre.

Pero él ya estaba encima de la silla y Evaristo intentaba alcanzar el palo para quitárselo. Efraín le dedicó sonidos guturales iguales a los que él empleaba con las gallinas.

—No lo ves bien, Evaristo. ¿A que no lo ves? No puedes ver bien el rastrillo —le decía.

—Virginia, quítamelo de encima.

Los dientes de la herramienta estaban bajo su cuello. A Efraín le parecía poseer una fuerza que a la larga podría alejarse si quería como hacía el hombre sin rostro en sus sueños cuando, una vez aparecido debajo del marco de la puerta, decidía esfumarse. Evaristo intentó nuevamente apartar de sí el rastrillo, pero volvió a equivocarse, sus brazos se agitaban en el aire como las alas de las gallinas antes de ser decapitadas.

Vio la mirada de terror del bravucón y a su madre deseando detenerle pero incapaz de moverse. No debía fijarse en ella durante mucho tiempo, Evaristo podría recuperarse y su propia fuerza alejarse.

Reparó en el cuchillo con el que Evaristo cortaba los pescuezos de las gallinas, en el filo de aquella mesa que tenía una pata más coja que las otras. Le fue muy fácil alcanzarlo con la mano libre. Calculó el movimiento perfectamente dibujado en el aire de la habitación: con el rastrillo a la altura de los hombros lo mantendría sujeto, aterrado, y con la otra mano cogería el cuchillo, rápido, antes de que el precario equilibrio de la mesa destrozara su única oportunidad. Recordó el miedo que lo había inmovilizado en la prueba del Tío Conejo. Lo había vencido, no podía permitirle regresar.

Oyó a su madre gritarle que no cogiera ese cuchillo. Pero como si cada movimiento tuviera más voluntad que él, éste ya estaba en su mano.

—Virginia, ¡va a matarme! —gritó, despavorido, los ojos como los de las gallinas—. Quítale el cuchillo, ¡quítaselo! Eres un niño, no puedes hacerme nada... No me mates, Efraín, porque no te dejaré en paz nunca en tu vida.

Escuchó ese ruido extraño, como de cartones que se arrugan solos, de hojas de bambú que se mecen violentas bajo la tormenta, y notó entonces el calor del chorro ardiente acompañado del olor ácido, potente, de la sangre que resbalaba por su cara, miró hacia arriba y vio a Evaristo llevándose las manos al cuello antes de derrumbarse.

Cerró los ojos y volvió a abrirlos. Esperaba encontrar el rastrillo contra la pared, a su madre acariciándose las heridas de los golpes de Evaristo, al mismo Evaristo tartamudeando la fuerza de sus poderes, la silla delante, la mesa tambaleándose entre sus malas patas mientras se rascaba el pelo detrás de las orejas y se disponía a tragar las últimas gotas del vaso sin romper, murmurando predicciones: «No hay huracán, no hay nada en esta puta isla sin futuro.»

Lo que vio fue a su madre detrás de él.

—Quítate la ropa —dispuso, decidida, movida por un repentino poder—. Vámonos, vámonos de aquí.

Obedeció, sus prendas estaban mojadas y se le pegaban al cuerpo. Cuando vio su camiseta en el suelo, ya no era blanca, sino de un rojo sucio, manchado por el barro.

Se sintió delgado, enjuto, no como Evaristo, con los ojos abiertos ahora y el cuello convertido en una bolsa abierta.

—Vámonos, Efraín. Vámonos —instaba Virginia.

Efraín la cogió del brazo.

—Mamá, ¿cuándo nací?

Virginia le miró despavorida.

—No me mates a mí también, Efraín, por favor.

—Dime, ¿cuándo nací?

—No lo sé. Noviembre. Era noviembre porque el último huracán había pasado y se había llevado la casa y la poca cosecha y los animales estaban muertos en la carretera.

—Noviembre.

—Efraín, viene la tormenta. No podemos seguir aquí. Yo conozco un sitio, son mis primas, ellas siempre me dijeron que terminaría así... Efraín...

Estaban fuera de la casa. Cada vez era menos casa, una pared en medio de la nada, la hierba que siempre crecía tan deprisa parecía avanzar hacia la mesa por encima de la silla buscando el cuerpo de Evaristo como si necesitara tragárselo. El cielo pareció quebrarse y la otra pared, la que servía de puerta a las gallinas picoteadoras, se vino abajo y todas ellas salieron cacareando y volando. A Efraín se le fue el aire de la garganta, pero esta vez no era por miedo, sino porque algo, encima de él, desde el mismo cielo, parecía tragarse todo el aire que había para respirar. No se movía nada. Las gallinas parecían fosilizadas, el rostro de su madre también. Sólo en la hierba se podía ver una sombra, cada vez más extensa, que se arrastraba pesadamente sobre ella.

—Es el huracán, Efraín.

Sus enemigas las gallinas eran arrastradas por el viento. La grama, la hierba, todo el campo cambió bruscamente de color. Pasó del verde casi amarillo a un tono negro, como las teclas de la caja registradora del almacén de tabaco donde un día acompañó a su madre. ¿Por qué nunca volvieron? Surgió instantáneamente el recuerdo: un jardín con paredes altísimas de ladrillo rojo y unas vigas de madera sobre las que descansaba una enorme tela blanca que parecía una ola suspendida y que respiraba al ritmo del aliento de las mujeres que hablaban y cantaban dejando que sus manos enrollaran mecánicamente las hojas marrones que desprendían aquel olor de tierra mojada, el olor de mamá cuando regresaba del río con el pelo limpio. «Es tabaco, Efraín. Por eso nos conocen en el mundo entero. Y estas señoras lo están enrollando para que luego en la fábrica les pongan el sello y los metan en las cajas.» Él preguntó adónde iban las cajas, qué niño del mundo no siente curiosidad por saber adónde van a parar las cajas rellenas de algo, pero su madre no le escuchó. Estaba, igual que él, hipnotizada por la voz de la mujer al fondo del patio, media cara bañada de sol, la otra acariciada por una rama que ella misma se mecía para abanicarse.

—No voy a contarles hoy el final de la historia —decía con una voz suave y, al oírla, todas las mujeres dejaban escapar un respingo, susurros, quejas.

—Orosia, mujer, no puedes dejarnos así —suplicaban las mujeres.

Orosia, así se llamaba, se alejaba del sol y se dirigía hacia Efraín, claro, porque era el único niño, dispuesta a cogerle en brazos para acariciarle. No le gustaba nada, se escondió detrás de su madre. Orosia miró a Virginia mientras hablaba a su público:

—De verdad, amigas, el lunes vuelvo y termino de contar la historia. Bueno, terminar, terminar, no, pero avanzar un poco más sí que lo prometo.

Y desapareció. Su madre jamás volvió a ese patio.

Las cosas en su vida terminaban así. Una historia no tenía final. Su libro, salvado de la escuela abandonada, se quedaría para siempre enterrado en el principio del río más arriba de su casa.

Las gallinas seguían aspiradas por el huracán. Su madre estaba apartándole el flequillo, hablándole de Evaristo y sujetándole las manos, arrodillada como si quisiera pedirle perdón.

—Efraín, no se lo voy a decir a nadie. Eres un niño, es imposible que un niño haga algo como lo de ahora. Si nos encuentran, tú dirás que fui yo, sí, que fui yo. Porque lo odiaba y me hacía daño, porque él sabía que no le quería. Efraín, nunca le quise, cada día y cada noche me imaginaba que te sacaba a escondidas en la madrugada y buscábamos la manera de ir hasta la capital a buscar al Chino. Sí, Efraín, tu verdadero padre. El Chino, otro desgraciado, pero el único al que de verdad quise...

Estaban demasiado cerca del mar. Otras personas se alejaban, con maletas o bolsas de ese cartón que siempre los rodeaba. Les hacían señas para que se apartaran también del mar.

—Me pesan las piernas, Efraín, no dejes de avanzar, no te detengas por nada, ni siquiera por mí.

El mar y la arena se volvieron de un mismo color. La arena fue todavía más negra, como las teclas de la máquina registradora que le fascinaba cuando acudía a la tienda del pueblo. Eran miles, miles de hormigas que brotaban de la arena y los perros se dejaban arrastrar por las olas del mar, ladrando, pidiendo algo que no podía definir. Vio a su madre intentar acercarse hacia él diciéndole algo que no podía oír y, al mismo tiempo, intentando desprenderse del brazo de alguien que parecía llevársela.

El viento, la sombra, como un puño de hierro, los empujaba hacia el mar, hacia esa arena muerta cubierta de hormigas, de cangrejos que se movían en todas direcciones. Su madre le estaba mirando, el pelo le cubría la cara, parecía que en vez de gritarle le sonriera. Al fondo del mar, donde una vez había oído que había otro país llamado Estados Unidos, vio los rayos sacudirse como si estuvieran clamando por alguien.

Y todas las gotas, duras, pesadas, también oscuras, cayeron encima de él llenándole de sal y espuma. Las mismas olas crecían, como guantes de béisbol, y su madre alcanzaba a gritarle su nombre.

Efraín decidió que no podía perderse en sus pensamientos, que lo que veía estaba pasando en realidad. Quiso avanzar hacia el mar convertido ahora en una ola gigantesca y suspendida. Dentro seguía su madre mirándole con ternura, intentando quitarse el pelo de la cara. Quiso recogerla, pero las gallinas, no las del huracán, sino las de su cabeza, las de la noche que Evaristo lo metió en el corral, esas gallinas regresaron y subieron por sus brazos, enloquecidas, devorándole como el césped el cuerpo de Evaristo, como la ola a su madre, como el viento las paredes de las casas. Picaban, mordían, cacareaban, una y otra vez, y el viento comenzaba a ser el único sonido que le acompañaba hasta que oyó su propio cráneo golpearse contra algo.

3

EL HOMBRE CON LA BOLSA DE CARTÓN

Se despertó con el sonido de la radio. Un ventilador apagado en el techo, las ventanas abiertas y un dolor en el lado derecho de su rostro. Una mano suave pero firme le sujetaba, consiguió mirar hacia el suelo y reparó en aquellos zapatos blancos con suela de goma asentados firmemente en el suelo ante él. ¿No los llevaban los beisbolistas? Oía palabras. La radio volvía a estar cerca.

«El presidente Machado, a pesar de que había cancelado el viaje al este, ha anunciado ahora a tenor de las consecuencias del tornado que una ayuda especial viajará hacia esa zona. El actor estadounidense Errol Flynn y su esposa han sido las primeras personalidades extranjeras en llegar a la isla para supervisar la ayuda médica enviada por instituciones como la Cruz Roja Internacional. En estos tiempos de guerra, un huracán como el nuestro se traduce en la intensificación de los controles para el reparto de alimentos que también son necesarios en otros frentes de la catástrofe.»

Silencio, una mano tostada apagaba el aparato. Sintió un olor a tabaco y también a algo dulce que le mareó un poco.

—¿Cómo te llamas, muchacho?

—Efraín, Efraín Rotundo. ¿Y usted?

Se acordó de que Evaristo, cuando no apestaba a alcohol, le había enseñado a decir «usted»: «La gente inteligente se habla de usted.» Le dolía la cara, mucho, y un brazo, y todo ese lado del cuerpo.

—El huracán te llevó por la carretera, muchacho. Cuando dieron la alerta no había más que gallinas y animales muertos y peces que el mar había expulsado. ¿Rotundo, has dicho?

—Me duele el brazo y la cara —respondió Efraín a la persona que no conseguía distinguir.

El dolor era persistente, y pensar y ver a Evaristo también lastimaba. Le perseguía en sus frases, en sus dichos, como si desde donde estuviese insistiera en ser el padre que en aquella casa de las gallinas jamás fue. Cerraba los ojos esperando que se marcharan, pero tanto las frases de Evaristo como el dolor se quedaban.

—¿Qué día es hoy? —preguntó.

—Ocho de noviembre —dijo la voz—. ¿Sabes contar los meses?

El dolor en el lado de la cara le apretó y movió la cabeza como si dijera un sí.

—¿Sabes tu edad? —preguntó también.

No, no la sabía. Ni tampoco los meses. Sabía que existía una palabra que se llamaba edad y que eso significaba años. Su mamá, ella sí sabía su edad. Y también el día de su nacimiento.

—Antes..., antes de que las gallinas me picaran, mi mamá me decía algo desde la ola, desde dentro de la ola. —Y empezaba a faltarle el aire y los ojos se llenaban de lágrimas.

—Está bien, muchacho. Necesitas descansar. Mañana el doctor vendrá conmigo a verte.

Efraín consiguió apreciar cómo la figura se alejaba. Era una mujer, delgada, vestida de blanco, que apagaba la luz y entornaba la puerta y se quedaba vigilándole un rato desde el filo de la hoja. La cara le dolía demasiado, no podía mantener los ojos abiertos.

—Se pasará, muchacho —dijo el señor.

Efraín lo miró detenidamente y al mismo tiempo pensó que el hombre hacía lo mismo con él. Era más blanco que Evaristo, pero tostado, como también le había enseñado a decir: «Los de nuestro pueblo, que es muy grande y donde nunca te cansas de viajar, tienen tres tipos de pieles: tostada, que gusta mucho, café con leche, que puede repetirte si te pasas con el café o con la leche, y negro, que es como un punto y final. Aparta las cosas y también a la gente.»

El señor era tostado, con la bata blanca y los anteojos negros de una pasta muy gruesa que le colgaban de un bolsillo de la bata. Poseía un ridículo bigote, muy fino, que parecía un poco sucio cuando se acercaba a examinarle. Los dientes eran muy blancos, tenía arrugas en los ojos y debajo del bigote, que era igual al de una foto de alguien que había visto cuando en su casa Evaristo o su madre traían algo, una revista o un póster del cine o un trozo de periódico. Un actor. Sin duda quería parecerse a él.

Quiso moverse, las manos del doctor se lo impidieron.

—Tranquilo, Efraín Rotundo, estás bajo mi supervisión. El apellido debe de tener algo de verdad, muchacho, porque aunque muy fuerte no pareces, al menos en tu pueblo eres el único superviviente del huracán. Hasta te han mencionado en la radio. De hecho, yo voy a salir ahora mismo a decir que ya puedes hablar, que estás lógicamente magullado y que te llamas Efraín Rotundo.

—¿Y usted no tiene nombre? —preguntó.

El doctor soltó una risotada.

—Valentín, el doctor Hernández. Este hospital es mi

universo, muchacho. Aquí has venido a parar y estamos muy contentos con tu recuperación.

—¿No puedo salir de la habitación?

—No, por ahora no. Estás en algo que se llama observación. Tienes que confiar en nosotros —le pidió el doctor, anotando algo en una hoja con cuadritos. Dejó de escribir y le miró muy fijamente—: Somos lo único que tienes ahora.

Efraín disimuló un respingo y el doctor entendió que había hablado demasiado. Los dos se quedaron un instante sin saber qué hacer.

—Ayer había una radio. Me gusta oír a Tío Conejo —dijo Efraín.

—Han interrumpido toda la programación para dar el discurso del Presidente a raíz del huracán.

—Un huracán... —musitó Efraín.

—Sí, el más fuerte en los últimos treinta años.

—Y yo... soy lo único que queda —prosiguió.

El doctor le apretó la mano. Al intentar levantarse, Efraín comprobó que le costaba incorporarse y ver mejor la habitación y los movimientos de las personas que había en ella. En la puerta permanecía de nuevo la mujer. Y al lado, el mueble con el aparato negro, una radio casi tan grande como la que tenía Evaristo. El doctor se acercó y giró el botón redondo que subía el volumen: «Gracias a la potencia de nuestra antena estelar, estamos a la espera de hablar con el doctor Valentín Hernández, responsable de pediatría en el hospital del Oriente. Puede que la conexión se pierda, sobre todo sabiendo que el doctor está en una de las zonas más afectadas de este último huracán.»

Efraín oyó un ruido, como un gruñido, alguien a su lado, cerca. Trató de levantarse pero no podía. Alcanzaba a verse los dedos, pegados a un lado de la cama. Pero estaba amarrado.

—Para que no te escapes —le explicó una voz.

—Yo no me quiero escapar —lo dijo de un tirón. En su casa, ni delante de su madre ni de Evaristo, habría hablado así de corrido.

—Y para que no te hagas daño cuando sientas mucho dolor, por las heridas, por lo que te haya hecho el huracán... —prosiguió la voz sin rostro—. Ellos dicen que es mejor para nosotros seguir aquí —continuó esa persona que no podía ver. Hablaba como una niña, pero no completamente. La voz parecía de niña y, sin embargo, sabía que si lograra verlo, encontraría a otro niño como él—. Si quieres mira el techo. Tiene dibujos, nubes con un poco de rosado y un cielo azul detrás.

Miró hacia arriba. En efecto, había nubes y, detrás, en el centro y en los laterales, un cielo azul.

—El resto es de madera. Es una madera buena, mi casa quedaba detrás de un bosque y algunas veces iban allí para cortar los árboles y hacían tablones. Y ésos son cuadrados.

—No son cuadrados —dijo Efraín—: unos son cuadrados, los que rodean el cielo, pero los otros son rectángulos.

El otro niño se quedó callado. Efraín se sintió mal, quería seguir hablando. Un día oyó esa diferencia: los cuadrados y los rectángulos no son lo mismo. Podía decir cosas sólo por haberlas oído sin saber exactamente qué eran. O lo contrario. A lo mejor no sentaban bien sus palabras, parecía que conociera más de lo que realmente sabía. Por eso prefería callarse, para que no lo tomaran a mal.

—Se van repitiendo —dijo al fin el niño con la voz de niña.

—Sí —se apresuró a continuar Efraín—, se van repitiendo, pero... no sé contarlos.

—Son veinticuatro. Tabla de multiplicar, son seis cielos, cuatro cuadrados. Lo que no sé es cuántos rectángulos, como dices tú.

—Yo... tampoco puedo. No sé contar. No sé leer. No sé escribir.

—Pero hablas en sueños. Dices nombres, y hablas de un hombre, y de unas gallinas que no tienen cabeza.

Efraín se quedó mudo. ¿Cuánto tiempo llevaban juntos? ¿Por qué no podía verle? Debía de ser mayor si sabía contar y las tablas de multiplicar. Bueno, y también más rico, si había ido al colegio. Quería hablarle más, pero no encontraba de qué hablarle.

—Se repiten —dijo al fin Efraín, deseando mantener el diálogo.

—Sí. Y la repetición da tranquilidad. Olvidas el dolor. Olvidas por qué estás aquí... —Efraín quería interrumpirle. Debía de haber más camas, el lugar parecía grande, a lo mejor serían veinticuatro, como los cuadrados en el techo. Todo se repetía, igual número de rectángulos, igual de camas, igual de cielos, igual de heridos—. No me estás escuchando —recriminó ante su silencio la voz de niña.

—Quiero saber si estamos solos —contestó Efraín.

—Lo estamos. Somos noticia, llevan hablando de ti y de mí en la radio todos los días desde el huracán.

—¿Y no tienes nombre? —Le salió de adentro y sonó como un reclamo.

El niño con la voz de niña guardó silencio. La radio seguía ahí, el doctor tardaba en incorporarse, la conexión en el Oriente iba y venía. Efraín pensó en Tío Conejo, seguramente en su madriguera, escuchando en su día libre las noticias sobre él y sobre el niño a su lado.

—Óvalo.

No lo oyó bien, estaba pensando en otra cosa que ahora se le iba de la cabeza. Tenía que preguntárselo otra vez.

—Es mi nombre. Me llamo Óvalo.

—¿Y por qué?

La voz de niña carraspeó y empezó a reírse. Efraín se asustó, creía que la risa le recordaba a las gallinas. Pero no era así, no le recordaba nada. Nunca había oído a nadie reírse de esa manera, como si fueran unas piernas corriendo, las ruedas del tren que llevaba a los chinos del oeste al este de la isla, como le había oído contar a su madre. Era algo rápido pero que se suavizaba en alguna curva, como si bajara la velocidad para que él pudiera subir. Y seguía riéndose.

—Porque mi madre dijo que era tan distinto a todo lo que había visto que quiso darme el nombre de algo... bello. Tan bello como yo. Por eso me llamo como la forma de un rostro. Así como los cuadrados son cuadrados y los cielos son azules, yo soy Óvalo porque mi cara era como un óvalo perfecto.

Efraín quería corregirle. No todos los cielos eran azules. Podía cerrar los ojos y volver a dibujar ese cielo que vio antes de que las gallinas subieran como locas por sus piernas y le empujaran contra las ramas. Era demasiado gris, como el agua sucia encharcada en una esquina de su casa, como la arena cuando la mojaba con su orín. Como las heridas bajo el ojo de su madre.

—No puedo verte —dijo Efraín.

—Si abres y cierras las manos, harás que las cuerdas se aflojen un momento. Si aprovechas, puedes bajar un poco el hombro izquierdo y así podrás verme. Tienes que ser rápido...

—Espera, ¿qué mano?, ¿qué hombro?

Óvalo volvió a reírse y Efraín pensó que el tren regresaba a la estación a recogerlo porque le había olvidado en el primer viaje.

—Rápido, las manos las abres y las cierras y se aflojan las

cuerdas, aprovecha, ahora, baja el hombro izquierdo, ése, y gira el cuello a la derecha. Mírame..., mírame...

Lo estaba viendo. Porque él hacía lo mismo con sus manos y sus hombros y sus cuerdas. Todo su cuerpo, no muy distinto al suyo, ni más largo ni más pequeño, el mismo tamaño, se agitaba en la rapidez. Le dolía el cuello, se estaban despertando las heridas, las de los dos, al mismo tiempo. Y delante de él, en ese lado derecho de la habitación, sobre ese cuerpo que temblaba, había un saco, una tela grande con el mismo color del cartón. Seguía temblando, sintiendo el dolor de las heridas, pero Efraín quería verlo un poco más.

Podía divisar cómo en un lado de la bolsa había un agujero suficiente para permitir la visión del ojo que luchaba por mirarle. No era un saco como el de su hombre sin cabeza, era una venda, que le cubría el rostro. Su hombre sin cabeza se quedaba de pie en la puerta de las casas, éste temblaba intentando dominar el dolor y mantener aquella postura para que pudiera verlo. Le pareció oír a los niños burlándose de él en la prueba de la radio. «Un espantapájaros.» ¿Podía ser posible, pensó, que hubiera atravesado un huracán para encontrarse con el monstruo de sus historias?

—¿Te doy miedo? —le preguntó la voz de niña, el cuerpo exhausto, vencidos los dos, de nuevo recostados mirando hacia el techo.

Quería reconocerle que sí, pero de pronto sintió algo completamente diferente, como si quisiera acercarse y besarle la venda, quitársela, ver el rostro malherido y cogerlo entre sus manos.

—No, Óvalo. No me das miedo.

El esfuerzo los había dejado vencidos. Al fin, la conexión con el doctor Hernández se logró:

«Los niños no tienen nada más que a sí mismos. Y el esfuerzo que han hecho, ayudados por Dios y lo poco que sabemos, ha conseguido que sobrevivieran no sólo a sus padres, sino también a sus poblaciones. Pero su recuperación será larga. Muy larga.»

* * *

Se acostumbraron a la habitación. Al despertarse, cuando la enfermera Blanca, como habían decidido bautizarla, corría las cortinas y les acercaba las bandejas con el desayuno idéntico para los dos, se sonreían. El plátano un poco maduro, algunos días verde. El tazón de leche, generalmente dulce, como si le hubieran añadido dos cucharadas de azúcar. Y el sándwich con un poco de queso blanco, «como la enfermera» y los trozos de guayaba, riquísima, en almíbar. Óvalo se deleitaba.

—Si nunca más vuelvo a verte, acuérdate de mí cuando comas guayaba, así sea en membrillo o en la fruta, cogiéndola del árbol.

Efraín callaba para escucharle. Su tono de voz, ese punto agudo y cantarín que le recordaba al de una niña, le hacía recordar de inmediato que nunca hubo mujeres donde vivió, sólo su madre. Pero Óvalo no hablaba como ella. En el fondo, se decía luego, ¿cómo iba a saber que el tono de voz de su amigo era femenino si no había conocido apenas personas de ese sexo? Se lo inventaba. Sí, admitía, eso era lo que hacía, como tantas otras cosas, y no lo pensaba sólo él. «Efraín inventa cosas, mujer», repetía Evaristo constantemente. Y era verdad.

—Deja de mirarme así. No me gusta —ordenaba Óvalo—. Me miras por la venda.

—No —respondía Efraín—. No es por la venda.

—Entonces, ¿por qué va a ser?

Efraín volvía a callar. No podía decirlo, lo miraba con admiración porque Óvalo era mayor. Se daba cuenta, pero no podía explicárselo, no podía revelarle una edad para comparar con la suya, la desconocía.

Siempre todo lo que tenía que ver con él era complicado, se lamentó en su interior. No tenía edad, sólo su madre la sabía y no podía volver desde la ola para decírsela.

Óvalo, libre ya de las correas de la cama de un tiempo a esta parte, se quitó la camiseta y, alcanzando el suelo, se tumbó boca abajo sobre éste y comenzó a elevar su tronco movido sólo por la fuerza de sus brazos.

—Son flexiones —aclaró al tiempo que iba contando, y Efraín también se daba cuenta de que no podía pasar más allá del diez o, tal vez, prefería no hacerlo. En cualquier caso, Óvalo era más fuerte, seguía contando y bajando y subiendo un torso que a ojos de Efraín era tan recio como si una de las maderas del suelo se levantara y tuviera brazos y piernas y músculos muy marcados que iban acercándose y alejándose de la propia madera a la que habían pertenecido, haciendo formas y extraños dibujos en contraposición a ella—. Deberías hacerlas conmigo —sugirió.

—Yo no quiero ser como tú. Quiero ser diferente.

—¿Te molesta que estemos juntos?

—No, sólo que tú eres tú y yo soy como soy.

Óvalo se detuvo y le miró desde el suelo. Sudaba por todos esos músculos, ahora quietos, que le marcaban el cuerpo. El sol le hacía brillar la piel.

—¿Por qué no me puedes decir tu edad? —reflexionó Efraín, pensativo—. Tienes más...

—... cuerpo que tú, porque soy mayor. Pero si tú no sabes tu edad, yo tampoco te puedo decir la mía.

Se levantó de un salto. Ahora olía distinto, como si la

guayaba le saliera al mismo tiempo que ese sudor, como si la brisa que flotaba en el jardín le dejara impregnado de los distintos aromas de las hojas. De pie no sólo era más alto, así, con el sudor y los músculos en tensión, los brazos parecían más rellenos y el cuello más grueso, y los hombros —así se llamaban, porque Óvalo siempre lo decía: «Mis hombros son fuertes»— estaban como suspendidos y sostenían todo su cuerpo como si fueran ganchos de ropa. Las gotas le caían por la piel sin que nada estropeara su discurso, como una catarata que bajaba hasta las piernas igual de fuertes y abultadas que los brazos y resbalaba hacia los pies, que eran largos, huesudos. Y al caer, el sudor formaba un círculo protector para que Óvalo fuera eso: un dios, una visión.

—Lo único que no conoces es mi cara.

Allí estaba, parado frente a él, un cuerpo naturalmente fuerte y esa venda marrón cubriéndole el rostro.

Estaba delante de su criatura de pesadilla, su hombre sin cabeza todavía más hermoso y real de lo que jamás podría soñar. Se movió, dispuesto a abrazarlo. Titubeó, nunca había abrazado a nadie, ni siquiera a su madre, pero era la desnudez de Óvalo, el brillo de la piel, lo que le impulsaba. Y también la confirmación de que estaba en presencia de su fantasma, el hombre sin cabeza que al final no le daba miedo, como siempre imaginó, sino que le regalaba seguridad y cariño.

Óvalo no dijo nada cuando Efraín se pegó a él y su sudor mojó la ropa de su compañero de habitación. Se dejó tocar por esas manos delgadas pero que querían decirle algo que tampoco conocía.

4

EL HOSPITAL

La enfermera Blanca los dejaba solos rodeados de los juegos, cuadernos y libros que habían llegado de varios rincones de la isla. Eran famosos, aunque ahora menos porque ya no hablaban tanto de ellos en la radio. El doctor Hernández venía antes del mediodía, siempre con las mismas palabras: «La recuperación será larga, sobre todo para Óvalo. Hay que esperar a que su herida sane.»

Un día a la semana Óvalo debía quedarse solo para la inspección del doctor Hernández. La enfermera recogía a Efraín y lo sacaba de la habitación. Iban siempre por el mismo pasillo, él vestido con una guayabera de un marrón estúpido, como si alguien hubiera lavado la venda de Óvalo y con el líquido desprendido hubieran teñido la tela. Era otro de los regalos que había recibido, aunque le quedaba grande.

—Ay, mi niño, pero si con esa guayabera ya pareces un hombre serio, un escritor —le decía.

—Yo quiero ser cazador —respondía Efraín.

Le gustaba sorprenderla. Parecía que ella también inventaba. La vio una vez quitando guayaba de la bandeja de otro enfermo para ponerles más a Óvalo y a él. A su compañero no le llamaba tanto la atención. A veces ni siquiera la saludaba y se quedaba mirándolos cuando él de repente le decía cosas como que el cabello le olía más lindo esa mañana. «Lindo no se utiliza para un olor de pelo», había llegado a afirmar.

—Tú te enfurruñas mucho —reprochaba ahora la enfermera Blanca—. Vas pensando en tus cosas. Piensas, si acaso, en tus... padres.

Efraín miró hacia delante. Los pasillos, de madera blanca en suelo y paredes, se conectaban y formaban un cuadrado gigante alrededor de un jardín con las palmeras más gruesas y de hoja más oscura que hubiera visto jamás. Igual que los cuadrados con cielos en su habitación, esos pasillos se repetían y también sus mismos jardines en el centro hasta llegar a la puerta principal, custodiada por una enfermera sentada en una especie de escritorio semicircular.

—¿Estamos en la montaña o cerca del mar?

—A mitad de ambos, muchacho, la ciudad está a muchos kilómetros de aquí.

—No hay negros —dijo de pronto Efraín—. En donde yo vivía... había negros. Mi..., Evaristo a veces les dejaba que se llevaran una gallina.

—¿Quién es Evaristo? —preguntó la enfermera.

Efraín callaba. Era su turno de fijarse en las miradas que le dirigían. En esos pasillos de madera blanca, llevados por esa brisa fresca que les indicaba el camino, se daba cuenta de que lo miraban como si fuera una gallina regalada, una especie de premio. O de caridad.

Pasaron, en la segunda vuelta, delante de la puerta del consultorio del doctor Hernández. Era de cristal, una cortinilla la cubría. Dentro había mucha luz. Efraín descifró el cuerpo de Óvalo dándole la espalda, su sombra dibujándose en el cristal. Unas manos parecían quitarle la cabeza. Eran las del doctor despojándole de la venda. Silencio, se oía la respiración de Óvalo a la espera de un comentario. El doctor llevaba sus manos al pelo de Óvalo. Otro silencio.

—Vente. Ya deberíamos estar en tu habitación —dijo la enfermera apartándolo de la puerta.

La noche caía de golpe sobre el jardín del hospital. Aunque no vieran el mar en ninguna esquina del edificio, la llegada de la noche era como si abriera una boca en algún punto y se tragara todo el sol hasta expulsarlo a la mañana siguiente.

Óvalo se ponía nervioso con la noche. No quería hablar, se rascaba la venda, sollozaba a intervalos, se levantaba de su cama e iba hacia una esquina y empezaba a golpear el suelo. Efraín intentó pararle una vez, pero la mirada del único ojo que permitía la venda fue tan terrible que había decidido no tocarle cuando se ponía así. Unos días duraba mucho, otros menos. Y se abría la puerta y entraba la enfermera Blanca con las bandejas de la cena. Sopa con unos vegetales espantosos. Pollo o carne. Y los viernes, frijoles, carne, tajadas y congrio.

—No me gusta el arroz, me infla —dijo Óvalo.

—Por favor, te prometo que queda menos.

—Siempre dices lo mismo.

Efraín se quedó mirándolos como si él no estuviera allí. Blanca empezó a llorar.

—Me lo pones tan difícil, Óvalo. A mí... tampoco me gusta nada de lo que hacemos aquí.

Óvalo tomó la bandeja y la estampó con todas sus fuerzas contra la pared salpicando de congrio y frijoles el uniforme de la enfermera. El ruido de los cacharros pareció viajar a lo largo del pasillo hasta la puerta con el escritorio circular, golpearse a su vez con las puertas cerradas y regresar hasta la habitación.

La enfermera se levantó y recogió la servilleta de la bandeja. Retiró el congrio que pudo y salió de la habitación.

—Se lo dirá a los supervisores, Óvalo. Nos sacarán de esta habitación, nos llevarán a los sótanos, nos...

—No harán nada —afirmó.

—¿Cuántas operaciones más pueden hacerte?

—Mañana será la última.

—Y entonces..., ¿nos separarán?

Óvalo recogió su estropicio, lo que había caído al suelo lo colocó en una esquina de su plato y el resto lo comió. De pronto, el único ojo azul se clavó en Efraín, al tiempo que los fuertes dientes blancos aplastaban el arroz y el frijol volviéndolo una misma cosa.

—Un día me pagarán lo que me han hecho aquí.

Apartó la bandeja. Se levantó y se quitó toda la ropa de un golpe, como si deseara destruirla. Efraín se sintió paralizado como aquellas gallinas al principio del huracán. La luz que expulsaba el jardín en la noche entraba por la ventana como si fuera una espada. Óvalo se colocó allí, ofreciendo su espalda a la noche iluminada. Efraín pudo ver cómo su cuerpo se alimentaba de esa luz, cómo esos músculos parecían esponjarse y crecer encantados con la caricia. Seguía la venda en su sitio, el azul del único ojo dejando una sombra de su color sobre el suelo. Vio su miembro, más grueso que el suyo, más grande, cubierto también de un poco de vello, muy poco. El cuerpo se movía, su pecho subía y bajaba como si estuviera llorando. Lo estaba, oía el sollozo, y sólo por ese sonido Efraín estuvo a punto de perder su inmovilidad y acercarse a esa criatura de piel y nocturno brillo. No lo hizo porque había algo violento en el iris azul que taladraba la madera del suelo. Óvalo se tumbó y empezó a hacer flexiones con violencia, con furia, como si estuviera poseído por la velocidad de un huracán. Una, diez, treinta, doscientas, hasta caer completamente agotado, envuelto en noche, lágrimas y sudor.

Fue entonces cuando entró el doctor Hernández, vestido de calle, sin la bata, y la enfermera Blanca detrás, moviendo las manos nerviosa.

—Efraín, a tu cama.

Éste obedeció. Óvalo seguía allí, desnudo y desgastado pegado al suelo, como si su cuerpo, que parecía una de sus maderas, hubiera decidido volver a serlo.

Observó la cruz que formaban las luces que veían desde el pasillo y la que los había acompañado desde la ventana. Allí, acostado, estaba Óvalo, su único ojo abierto y ya sin luz que esparcir. Y delante del pasillo, el doctor Hernández, los puños apretados y los labios rígidos, mirando hacia Óvalo, dejando que esos ojos de médico pasearan sobre el cuerpo pegado a la madera, y la enfermera pidiendo en voz muy queda, que la dejaran ir, y el doctor recorriendo otra vez a Óvalo en el suelo hasta que sus labios se abrieron y sus párpados cayeron, vencidos por su belleza.

—Óvalo —empezó a hablar el doctor, su tono sonaba diferente. Efraín se inquietó porque le recordó el que utilizaba Evaristo con sus gallinas antes de acercarles el machete.

—No puedo más —murmuró Óvalo.

—Vendrán a buscarte personas que te darán todo lo que de verdad mereces. Te lo he prometido y lo voy a cumplir. Sólo falta muy poco.

—¿Y mi cara?

—Será perfecta. —El doctor colocó una de sus manos en la espalda de Óvalo y saltó de un golpe hacia el centro mismo de la luz proveniente del jardín. Efraín se fijó en que el doctor volvía a recorrerlo con los ojos.

—¿Qué van a hacer con Efraín? —preguntó Óvalo.

La enfermera quiso entrar en la habitación, ir hacia Efraín y sacarlo de allí, que no siguiera escuchando la conversación.

—Nada, Óvalo.

—Quiero que venga conmigo, a donde me lleven.

—Mañana, después de la operación, lo hablamos y...

—No, quiero que sea ahora.

Hizo algo con los hombros, colocarlos hacia delante y luego hacia atrás. En esa desnudez, bañado por esa luz, ese gesto parecía comandar toda la atención de ese mundo que Efraín veía desarrollarse. La enfermera calló y el doctor bajó los ojos como si Óvalo pudiera dominarle.

—Entre y cierre la puerta, enfermera. ¿Lleva sus tijeras? —preguntó el doctor.

La enfermera asintió y buscó en los bolsillos de su delantal.

—No necesito más luz que la de esta noche, Óvalo. Es casi Navidad y no hay nadie en el hospital salvo nosotros. Aquí está tu amigo para ver la persona en la que te he convertido. No quise nunca una última vez, pero tú lo has preferido así.

—¿Sus amigos nos llevarán a la capital? —preguntó, ansioso, Óvalo.

—Sí, como te prometí.

Óvalo se separó un poco del doctor. Era el hombre desnudo con la cabeza oculta por la venda, una momia que pierde el paso, un fantasma hermoso que quiere regresar a las sombras, una persona perdida.

—Acércate, por favor —pidió el doctor—. Y déjame, al final... verte por última vez. Por favor, Óvalo —casi gimió—, por favor.

Óvalo pareció sonreír, un trozo apenas de esa sonrisa conseguía escapar de la venda. Los dientes blancos, los labios gruesos y el azul de los ojos mezclándose otra vez con la noche. Efraín oyó el sonido de la venda al ser cortada como si fuera cartón, sí, otra vez las bolsas de cartón en torno a Evaristo. Cerró los ojos aterrado por el pavor a que el cuello ensangrentado de Evaristo fuera a aparecérsele. Pero notó el blanco de la luz nocturna pidiéndole que volviera a abrirlos.

Y allí estaba, la cruz del suelo volviéndose círculo, la venda cayendo a cámara lenta, la tijera regresando a la mano de la enfermera Blanca que la guardaba en el bolsillo de su delantal y se alejaba de la habitación con gesto contrariado. Óvalo se llevó las manos a la cara buscando la herida, la cicatriz que la propia piel había tragado. La superficie donde esperaba encontrar el error era lisa, no tenía nada, como una hoja en blanco. Se volvió para mirarse en el cristal de la ventana. Allí también lo contempló Efraín. Las piernas fuertes, las rodillas lisas, los pies largos, sus dedos sujetos a la madera con seguridad. El ombligo redondo, como si fuera otro ojo, la respiración dibujándose en el estómago liso, las costillas sujetando el pecho y sus tetillas de un suave marrón. Los hombros anchos, apuntando hacia los lados de la habitación. El cuello ligeramente tembloroso y el pelo empeñado en caer a un lado. La mano del doctor apartó la melena y los tres vieron el milagro. Óvalo era extraordinario. Sus dos ojos en perfecto equilibrio, la nariz suspendida sobre sus labios rojos y temblorosos. Efraín pensó que el huracán había retrocedido ante su belleza, que nunca existió cicatriz ni herida, que una belleza así jamás podría ser maltratada por la naturaleza.

—Soy bello —dijo Óvalo.

—Y ahora, por favor, Óvalo, una última vez... Hazme feliz —pidió el doctor Hernández.

Efraín se quedó sujeto a su manta mientras Óvalo y el doctor saltaban juntos por la ventana y se dejaban tragar por la hierba llena de noche.

5

LA SEÑORA SIN NOMBRE

El ruido era ensordecedor. Coches, motores, incluso bocinas desaforadas. Por un momento creyó que saldrían las gallinas de Evaristo a recibir escandalizadas ese otro escándalo mucho mayor. La enfermera Blanca estaba fuera y avanzaba hacia la puerta principal. La ventana seguía abierta. Óvalo estaba vestido con un traje claro, varios libros en la mano, esperaba sentado al pie de su cama.

—Despierta, han venido a buscarnos.

—¿Quién te ha dado esos libros?

Óvalo lo miró curioso y Efraín se frotó los ojos con fuerza para espabilarse por completo. Todo parecía más limpio en Óvalo, el pelo tenía un tono casi amarillo, y le observaba con sus dos ojos tan azules, tan fijos en él. Ahora que lo veía entero, sin la venda, Efraín añoró a su tan familiar hombre de la bolsa sobre el rostro.

—Se ha ido para siempre —dijo Efraín.

—¿Quién, qué has dicho? —preguntó Óvalo.

—El hombre sin cabeza.

—Pues sí. Para siempre, como tú y yo, que vamos a estar siempre juntos, Efraín... —respondió saltando sobre la cama y al mismo tiempo abrazándole. Olía distinto, como a una colonia, como al olor que a veces tenía el doctor Hernández. Efraín sintió un nudo subiéndole por el estómago. Miró fijamente a Óvalo y éste le sonreía como si estuviera en un lugar perfecto, tal vez nadando en un agua tan azul como sus ojos y tan calmada como éstos parecían—. Los libros, sí, has preguntado por ellos —recordó de pronto—. Son los que quería, tratan de mosaicos.

—¿Mosaicos?

—Sí, ya verás, cuando lleguemos a la ciudad y entremos en esa casa, bueno, ese palacio...

—¿Un palacio? Yo no sé cómo...

—Tú lo aprenderás todo conmigo, Efraín. Seré tu mejor instructor. Vas a cambiar, vamos a cambiar. Llegaremos a La Habana y verás el mundo, las calles, la gente, los bailes, la música... Y mis mosaicos.

—Pero Óvalo, yo no sé leer, no tengo ropa, no consigo que las gallinas se vayan...

—Todo eso está muerto. Muerto —zanjó Óvalo mordiéndose sin querer uno de sus labios, tan rojo, y dejó a pesar de eso que su sonrisa destellara tanto que el mismo Efraín empezó a sonreír— desde anoche, desde que cayó la venda. Desde que...

Se observaron en silencio. Tan sólo había pasado una noche desde que la hierba se tragara las sombras del doctor Hernández y Óvalo.

—Vístete rápido. Ponte la guayabera. Deja todo lo demás —ordenó Óvalo levantándose—. En La Habana te vestirán como un rey. Como a mí.

Y lanzó una inmensa carcajada que corrió fuera de la habitación.

Avanzaron por el pasillo con los jardines y las palmeras a un lado, ese espacio blanco, la mesa circular cada vez más cerca. Efraín miraba el suelo, los zapatos de Óvalo, blancos, con cordones marrones, eran nuevos. Los suyos parecían viejos, prestados. El pantalón de Óvalo era color arena y resbalaba por encima del zapato. El suyo corto, y caminando deprisa para seguir el ritmo seguro y rutilante de Óvalo, apenas podía pararse a definir su color. Un marrón, quizá, como de agua sucia. Siempre le ponían colores sucios. Y sus piernas, que sí podía divisar y calificar de tan sabidas, eran tristes, tan delgadas como las gallinas inmóviles. ¡Coño!, pensó, ¡las gallinas! Y se detuvo.

—¿Qué haces? No podemos tardar, Efraín.

—Quiero despedirme del doctor Hernández.

—Estará en la puerta... —Óvalo lo vio distinto. Un enfado, una seriedad aterradora, un azul que se oscurecía—. Lo he organizado todo muy bien, Efraín. Sólo tienes que hacerme caso.

La puerta del despacho del doctor Hernández se abrió. Era la enfermera Blanca.

—Quería decirle adiós —intentó Efraín. Óvalo le soltó la mano y se separó un poco de ellos. Efraín se fijó en cómo sus dientes se apretaban hasta parecer morderse entre sí y ese aspecto encantador, iluminado de Óvalo, le abandonaba momentáneamente.

La enfermera lloraba.

—Tengo miedo —respondió, evitando mirarlos, sobre todo a Óvalo.

Efraín se acercó y le dio un beso que hizo llegar a su boca el sabor de sus lágrimas.

—Tú eres bueno, Efraín. Nosotros... —El sollozo la ahogó—. Cuídate —pegó sus labios a su oído—, cuídate de muchas cosas, como has hecho aquí. Pero especialmente cuídate de él.

Efraín apretó los puños y notó un escalofrío que ascendía por la espina dorsal. Entonces Óvalo le dio un toque en la espalda, como si le otorgara la vida, y continuaron su camino. Efraín se giró para vislumbrar a la enfermera Blanca gimoteando delante de la puerta.

—No nos juzgues mal —suplicó—. Y cuídate.

Óvalo le tomó por la cintura y aceleró el paso. Efraín se dejaba llevar con la respiración agitada sin poder apartar su atención de aquel rostro decidido. El gesto era recto, como la nariz, la mirada fija en el escritorio al que a cada paso se acercaban más. Óvalo no parecía interesado, como él, en contemplar por última vez esas paredes blancas, los suelos de la misma madera, los jardines que se repetían como las palmeras, como los cuadrados y los cielos de la habitación.

—Cuando algo se repite encuentras una tranquilidad, se aleja el dolor —dijo.

Óvalo se giró para taladrarlo con los ojos.

—Esa frase es mía.

—Tú has dicho que vas a enseñarme —contestó Efraín.

Óvalo siguió avanzando sin detenerse, pero cambió su expresión. La endulzó y le dedicó rápidamente un guiño, un sello, una complicidad.

Efraín sonrió a la enfermera del escritorio semicircular. La mujer no le devolvió el saludo y se limitó a observarle consternada. Efraín la encontró bonita, un poco más morena que la enfermera Blanca, un poco más bajita y hasta más gordita. Óvalo seguía su galope hacia la puerta y él, en cambio, quería detenerse en todo. Allí hacía una brisa muy agradable, las puertas se estaban abriendo, y Óvalo casi corría para salir hacia uno de los tres coches negros que alcanzaba a distinguir más allá.

Eran impresionantes, de un negro perfecto y pulido que los hacía parecer espejos. El propio Óvalo se sobrecogió, sobre todo al verse reflejado en las puertas. Estaba claro que el coche le quería. Ese automóvil, con su superficie limpia y pulida, le respetaba. Le estaba diciendo que eran iguales.

Efraín no dejaba de estudiar cada detalle, fascinado. El grupo de enfermeras, ni tan altas ni con tanta presencia como la enfermera Blanca, se alineaban en la puerta. Algunas hablaban y cuchicheaban como si chismorrearan sobre ellos. Tras los autos había un gran número de árboles que no eran palmeras sino mucho más frondosos; a lo mejor Óvalo sabía el nombre. Aspiró el aire y por primera vez no sintió el salitre, sino un olor más suave. A lo mejor no estaban en la isla, a lo mejor el huracán lo había cambiado todo, arrancado el mar. Fue cuando comprendió que estaba en manos de Óvalo y no podría averiguar por dónde andaban, qué dirección seguían, porque no podía leer ningún cartel, ni siquiera las letras metálicas que veía en relieve en la parte trasera de los coches negros.

El doctor Hernández apareció tras ellos. Olía a esa colonia que llevaba Óvalo, y también a ron. No se había afeitado y tenía los ojos cubiertos por unas gafas tan negras como el color de los coches. Caminaba triste, más triste que él, como si algo le pesara muchísimo. Óvalo, en cambio, bajaba su cabeza y encorvaba la espalda como si fuera un gato, los dedos convirtiendo su mano en garra.

—Es lo que querías, ¿no? —inquirió dirigiéndose a Óvalo.

—Gracias —dijo éste.

—Dentro del libro he dejado una tarjeta...

—Gracias —repitió una vez más, alzando la cara para mirar directamente al doctor.

—Nunca imaginé que te marcharías así.

Efraín se sintió invisible. La voz del doctor se quebraba. Un golpe de viento mesó los cabellos de Óvalo y sus ojos se hicieron más grandes, iluminados por dentro. El doctor no pudo evitar el llanto, las manos moviéndose delante de su pecho. Las enfermeras no dejaban de decirse cosas hasta que una de ellas ordenó regresar dentro del hospital. Óvalo parecía sonreír mientras el doctor Hernández se dejaba llevar por su pena.

—Vámonos, Efraín. Nos esperan.

—Óvalo, por favor, prométeme que me recordarás de alguna manera.

—Cada vez que toque mi mejilla izquierda, doctor Hernández —respondió de un certero golpe, como si lo hubiera ensayado.

El doctor se quitó las gafas, Efraín se sorprendió de verlo tan desnudo, sus ojos hinchados, las manos temblándole mientras le acercaba las gafas a Óvalo. Éste no perdió un segundo y, tomándolas, las colocó inmediatamente sobre su nariz. Aunque le quedaban grandes, el efecto era estupendo, su pelo se veía más rubio, el negro de los cristales combinaba a la perfección con los vehículos, los árboles detrás le hacían parecer alguien pleno de dones, milagros y fortunas.

—Geniales —dijo Óvalo, y resplandeció la sonrisa—. ¿Cuál de éstos es nuestro coche?

El doctor se quedó allí arrodillado, vencido, sin una sola palabra de despedida.

Una puerta se abrió muy lentamente. A Efraín, que todo veía y olía, le pareció que salía como un aire muy fresco que se podía hasta palpar suspendido sobre el jardín. Óvalo fue hasta la puerta recién abierta y un rostro de mujer emergió del interior del automóvil.

—Tú debes de ser Óvalo, ¿verdad?

Llevaba el pelo muy corto y excesivamente rubio. Bien vestida, joven pero de apariencia mayor porque no era muy delgada. Llevaba varias pulseras en las dos muñecas y anillos muy gordos en las manos que casi asfixiaban sus dedos. Era su perfume lo que flotaba alrededor, uno muy de mujer, como ella, que la retrataba perfectamente, un olor a durazno y a una noche como la que había entrevisto Efraín entre el doctor y Óvalo.

Ahora se estaba fijando en él, bajó sus párpados muy lentamente y recorrió sus piernas delgadísimas como si en realidad fueran tan rollizas que necesitara más tiempo, más espacio para apreciarlas. Una sonrisa se le dibujaba en los labios muy delgados, en la boca pequeña y sin gracia alguna, tan exageradamente pintada de rojo como teñido de amarillo se adivinaba su pelo. Volvió a subir los párpados con el mismo estudiado desdén y Efraín pudo ver sus ojos también pequeños, muy negros, nada brillantes. Como los de las gallinas.

—Ya me ha dicho el doctor que quieres que tu amigo Efraín venga contigo.

—Le encanta contar historias —explicó Óvalo.

La mujer volvió a calibrar ahora a Óvalo de arriba abajo y le sujetó por los hombros para dejar resbalar las manos por sus brazos al tiempo que dejaba escapar un «Hum, bien» que sólo Efraín oyó, y por eso sus pies chocaron entre sí y el ruido que provocaron sobre la gravilla del jardín hizo que la mujer lo escrutase otra vez.

—¿Y qué tipo de historias te gusta contar, Efraín? —Nuevamente esbozó esa sonrisa pequeña, manchada de rojo.

—De amor —se oyó decir Efraín—. Historias de amor.

Los tres coches arrancaron casi al unísono. La mujer, en la parte trasera del primero junto a Efraín y Óvalo, encendió un cigarrillo aspirando intensamente sin dejar de vigilar a Óvalo, como si fuera algo muy caro que acababa de comprar y no supiera muy bien qué hacer con él. Efraín parecía no existir. Recibía el humo del cigarrillo y se esforzaba por no toser para no interrumpir. Estar ausente y presente le permitía reparar en cada detalle, hacerse preguntas que no sabría en qué momento manifestar. ¿Cuánto tiempo duraría el viaje? ¿Por qué la despedida de Óvalo había hecho llorar de esa manera al doctor Hernández? ¿Por qué la señora fumaba, hablaba y movía los brazos sin haber dicho su nombre en ningún momento? ¿Por qué viajaba con tres coches? Cuando vieran La Habana, ¿quiénes serían, qué habría cambiado en ellos tras ese viaje?

Ahora era él quien sonreía. Miró a Óvalo sentado junto a la ventana derecha, observándose en el reflejo del cristal, seguro, feliz, encantado de iniciar un viaje. Luego reparó en la señora sin nombre que apagaba el cigarrillo en un pequeño cenicero donde ya reposaban otros dos mientras se reclinaba hacia atrás y también contemplaba a través de la ventana el paisaje que empezaba a poblarse de matas muy altas que formaban una eterna, larguísima pared de verde. Efraín iba sentado delante de ellos, en un asiento plegable que a cada golpe del asfalto le hacía saltar. Ni siquiera así le veían, pero él podía seguir examinándolos. En el ventanal trasero se desdibujaba la puerta del hospital. Por un instante, brevísimo, le pareció que el edificio ardía y se convertía en una antorcha que se alejaba de ellos. Parpadeó y seguía allí, con las enfermeras regresando a su interior, las palmeras agitándose con una brisa que olía al membrillo que Óvalo tanto disfrutó. Vio a la enfermera Blanca aproximándose a la puerta para cerrarla, sus manos de pronto agitándose para dedicarle a él, no a Óvalo, un adiós. Y al doctor Hernández vencido en una batalla que tenía el nombre de su amigo, convertido en poca cosa, casi un muerto en vida que seguía llorando, que se apretaba los ojos desprotegidos, sin gafas de sol, agotados de sus propias lágrimas.

Las puertas se cerraron y el hospital se convirtió en una mole tan negra como el color de sus puertas, una mole que escondía respuestas y la memoria de la primera vez que Óvalo le preguntó si tenía miedo.

—Prieto, por favor, acelere —pidió la señora sin nombre. Efraín miró hacia Prieto, detrás de él, separado de los asientos traseros por un cristal. Era oscuro y llevaba una gorra blanca. De inmediato sospechó de él. A lo mejor me tiran en la primera curva, pensó Efraín.

El automóvil aceleró, pero no lo suficiente para que Efraín no reparara en la fila de mujeres apostadas en la carretera de acceso al hospital. Los escudriñaban, algunas acercándose todo lo posible al vehículo para intentar verlos con detalle. Llevaban pañuelos, o se secaban con ellos el sudor que resbalaba en sus caras o atajaban tal vez así los sollozos que asaltaban sus rostros. Gritaban cosas que las ventanas cerradas impedían oír. Miraban, miraban como si desearan reconocerlos. Efraín pensó que podría ser al revés, que a lo mejor entre una de ellas podría estar su propia madre.

—Acelere, Prieto.

—Sí, señora.

—¿Quiénes son? —preguntó Óvalo.

—Madres —respondió ella muy quedamente.

El coche iba deprisa y salpicaba manchas de agua y barro hacia las mujeres, que se apartaban mientras otras, más fuertes, empezaban a vociferar. Agitaban los brazos, se acercaban al paso del coche con sus rostros sucios, cansados y asustados. Efraín las escrutaba intentando localizar con toda lógica a alguna que tuviera un pescado en la mano, pues la última vez que vio a su madre fue dentro de una ola. Es posible que otra de estas mujeres, con el pelo rubio y los ojos azules, pueda ser la de Óvalo, pensó.

—Salgamos de aquí, Prieto —repitió la mujer.

—Sí —dijo Óvalo, de inmediato adoptando un tono de voz muy parecido al de la señora—. Salgamos de esta miseria.

6

LAS MONTAÑAS QUE QUEDAN ATRÁS

Todos dormían menos Prieto y Efraín. Avanzaban por una montaña, todo curvas el camino e hileras de pinos. Efraín bajó la manivela de la ventanilla con esfuerzo, pues era pesada, como si la señora le hubiera puesto engrudo para inmovilizarla e impedir a sus rehenes sentir la caricia del viento por encima de la copa de los árboles. Sabía que eran pinos porque Evaristo, cuando estaba sobrio, se los señalaba caminando cerca de la playa. «Dicen que en Canadá los ponen dentro de las casas para la Navidad. Aquí, con tanto sol, no sabemos ni cuándo es Navidad ni cuándo la Caridad del Cobre.» Pensando en cuando se hiciera de noche y siguieran subiendo aquella misma montaña, Efraín se asustó tratando de imaginarse que Evaristo se apareciera en una curva, las manos en el cuello, el viento soplando por el hueco de la herida. Óvalo dormía, y a veces el sol, que también cruzaba la corona de hojas de los pinos, le iluminaba la cara. A la señora también, pero era para mostrarla más fea, más arrugada, el gesto con el que dormía lleno de rabia, de tristeza, de todo eso mezclado. ¿Cómo sería La Habana? ¿Qué harían ellos allí? ¿Cuánto tiempo más estaría Óvalo dispuesto a defenderlo como su amigo? Los pinos se hacían más cortos y las piedras de las montañas más cercanas eran grises con vetas marrones. El coche avanzaba más despacio y Efraín imaginó que si pudieran arrasar esas montañas alcanzarían mucho más rápido el otro extremo de la isla. Evaristo, otra vez, le había explicado que la isla era como una mancha muy grande, rodeada de mar y con muchos trozos de sí misma esparcidos alrededor de ese mar. La Habana estaba bien arriba, como un sombrero que protegía al resto del cuerpo desparramado que era el país. Mejor no pensar más en Evaristo, se va a aparecer en cualquier curva, va a despertar a la señora y a Óvalo y va a decirles la verdad: «Oigan, que no saben que viajan con un asesino. Sí, delgadito y todo lo que quieran, pero bien que me clavó mi propio cuchillo y me sacó un chorro de sangre.» La cumbre se empeñaba en hacerse una curva que se mete en otra curva y en otra y en otra. Le parecían sombreros de gente muy alta sentada en torno a una mesa muy amplia. Podía ver cómo el sol se divertía paseando de uno a otro, repitiendo ese golpe de calor, de afecto, de luz.

Se acercó al vidrio que le separaba de Prieto para comprobar si seguía allí: en un paraje como ése, tanta soledad y tantas horas, cualquier cosa puede pasar. Sí, el conductor permanecía en su sitio aunque sin percatarse de que Efraín lo chequeaba. Estaba despierto y era él, el mismo negro de dientes muy blancos y las palmas de las manos tan rosadas como el pañuelo que la señora sujetaba entre sus manos regordetas.

Ahora descendían, los pinos quedaban atrás pero no su olor y el de la tierra que los arraigaba. Se asomó por la ventana abierta y mirando hacia atrás contempló que las montañas se paraban quietas, detenidas en aquel punto del que pensó que nunca más regresaría. Por eso se empeñaba en seguir asomado viéndolo todo aun a riesgo de que el viento le torciese la cabeza. Sentía como si dejara atrás un secreto. De los tres pasajeros sólo él admiró las piedras acariciadas por el sol y ese olor. Todo eso se quedaba atrás. Por eso le gustó ese aroma de pinos que también dejaban atrás. No había aspirado nada igual, tan limpio, tan puro, tan feliz. Totalmente solo aunque acompañado, se daba cuenta de que tenía una vocación, aunque no supiera la palabra que la definía, para la aventura. No le daba miedo. El sol se colocaba en lo alto y de inmediato se movía hacia la izquierda, como si quisiera salirse de su campo de visión y dejarlo con las sombras de todos esos árboles como única guía.

Pensó en darle una patadita a Óvalo para comentarle este último pensamiento. Que viera ese paisaje y le dijera cómo se llamaba, de dónde venían. Porque si algún día llegaban a La Habana tendrían que saber de dónde provenían, y si cruzaban las montañas era porque ese hospital, o lo que fuera, del doctor Hernández, quedaba muy lejos del lugar donde el huracán quebró en dos sus vidas. Sí, porque Evaristo también le había dicho que los huracanes afectaban más el oeste de la isla, ya que les gusta formarse como pequeñas olas en mitad del océano. «Cuando esta isla se harte de nosotros, ella sola, Efraín, se moverá hasta el centro de ese océano y, ¡zas!, dejará que una mano la atrape y la lleve al fondo del mar.»

Decidió mirar fijamente a Óvalo. En sus pensamientos, repetía su oración: «No quiero que aparezca Evaristo, no quiero imaginar qué secretos guardarán esas montañas, no quiero estar sin oírte siquiera reír, Óvalo. Óvalo...»

—No estoy dormido —le dijo Óvalo—. Lo que pasa es que no me gusta hablar en susurros.

—Aunque el vehículo se fuera por un despeñadero, no va a despertarse —afirmó Efraín refiriéndose a la señora, feliz de que Óvalo le hablara.

Descendían la montaña, ya no quedaban pinos, los arbustos se iban haciendo más y más pequeños y las curvas empezaban a enderezarse para nunca más abandonar la línea recta.

—Vamos hacia el norte. Es cierto, Efraín, ¡nos llevan a La Habana!

—¿Y qué voy a hacer yo, que no sé leer? —le preguntó con un ligero temblor en la voz.

Óvalo lo contempló largamente, Efraín volvió a sentirse un agregado extraño, un apósito por definir al lado de alguien tan formidablemente creado como Óvalo. El sol le dibujaba el rostro como si decidiera perfeccionarlo a lo largo del trayecto, y la zona donde supuestamente quedaba la cicatriz de la operación del doctor Hernández estaba lisa. A lo mejor, a lo mejor nunca hubo herida.

—Tienes razón, por eso ahora lo importante, Efraín, es enseñarte a leer. Debes estar enterado de las cosas. Bueno, no de todas —agregó sonriéndole con una picardía que le obligó a soltar una risita.

El brazo dormido y mofletudo de la señora se movió y guardaron silencio. Prieto no podía oírlos con el cristal subido.

—Vaya, es cierto cuando dicen que los negros son diferentes, debe de llevar como mínimo seis horas conduciendo.

—No puedo decirte cuántas porque no sé contar —confirmó Efraín.

Óvalo le miró esta vez con un cariño tan azul como sus ojos, y en ese momento por la cabeza de Efraín cruzó la idea de que él le provocaba pena.

—Una pena azul —dijo en voz alta.

—¿Qué? —preguntó Óvalo.

—Una azul pena, mejor —corrigió Efraín.

—Fíjate, Efraín, con un camino tan recto es imposible que nos pase nada malo. Llegaremos a la ciudad y todo será como me ha prometido el doctor. Bien, todo irá bien...

Alrededor había verde, pero el sol iluminaba tanto que podía distinguirse la tierra entre los árboles y los sembrados. Avanzaban los tres coches en línea recta por una carretera igual de recta y plana. A cada lado, las altas ramas verdes de la caña o del maíz. En algún punto, un cerdo aparecía en medio de la carretera y los coches frenaban. La señora movía un brazo para rascarse el otro y continuaba dormida. Óvalo hacía como que cabeceaba, pero Efraín podía ver cómo sus ojos se movían debajo de los párpados. El cerdo los miraba y Prieto se sentía tentado de tocar el claxon, pero se contenía para no despertar a la señora. Roncaba el motor y el cerdo decidía seguir su camino hasta el otro lado de la carretera. No había nada, ni casas, ni personas, ni olas con una madre dentro. Efraín estiraba el cuello para ver por encima de la ventana, le parecía divisar agua, no del mar, sino plana, como una laguna y miles de aves blancas volar más alto que las gallinas. Otro frenazo, otro cerdo y la risa estruendosa de Prieto y la señora despertándose de un golpe.

—Qué empeño, Prieto, en perdonarles la vida a esos cerdos. ¿Por dónde vamos? —preguntó ésta, mascando la lengua como si al dormir se hubiera convertido en pegamento. Había tenido tiempo de pedirle con gestos a Efraín que bajara el cristal que los separaba del conductor.

—Llegaremos a Holguín al atardecer, señora.

—Este doctor Hernández cada vez me hace ir más lejos en la isla —farfulló la señora. Miró a Efraín como si fuera un reloj parado y después a Óvalo, que fingía dormir.

—¿Cómo puede ser que sepas contar historias de amor si no debes de tener más de nueve años?

—Me sé una historia de amor. Era una mujer muy bella y muy pobre en el borde del mar —empezó Efraín, inseguro porque no podía predecir adónde llevaría su relato, pero dispuesto a seguir hablando con el empuje, con el galope que no había tenido en aquella prueba de la radio.

Óvalo había abierto los ojos y lo miraba. Eso hizo que Efraín se empeñara más en su tarea.

—Déjalo. Es mejor escuchar la radio —decidió la señora.

—Pero aquí en el coche es imposible, señora... —objetó el chófer.

—Sí, ya lo sé, no soy idiota —exclamó, retomando el pañuelo para secarse un sudor inexistente—. Prieto, iremos a la casa de Limpio Chiquito.

La risa conjunta de Óvalo y Efraín la molestó.

—Nos da risa el nombre —explicó Óvalo, tapándose la boca con la mano.

La señora se la apartó.

—¡No hagas eso nunca! Tienes unos dientes grandes, blancos, no puedes permitirte afear tu sonrisa.

Óvalo puso las manos debajo de sus piernas, como sujetándolas así, y sonrió ligeramente asustado. Efraín iba sintiendo cada vez más angustia por las formas de la señora. Los dominaba, los dirigía, buscaba hacer más bello a Óvalo siendo ella bastante repulsiva.

—¿Qué hora es, Prieto?

—Tres de la tarde, señora.

—No pasa nada nunca por estos lares. Esas tontas garzas no dejan de volar en círculos. Podrían coger y marcharse a Jamaica, a La Florida, pero no, les da pereza, como a todos nosotros, y regresan aquí asustadas de tanto mar. Vigile bien, Prieto, cuando el sol cae, de pronto se desorientan y no me gustaría manchar el automóvil con la sangre de esos bichos.

El conductor no respondió, Óvalo prefirió mirar por su lado el camino recto y Efraín sumó un nuevo temor, una nueva imagen espantosa. Evaristo con el cuello abierto en una curva y la garza estampándose varias veces contra el coche.

Los dientes de Prieto brillaban más a medida que el sol se alejaba. Divisaron un farolito, una luz pequeña en una verja que aparecía de repente en la inmensidad. Unos hombres, tan negros y parecidos a él como hermanos suyos, la abrían para dejarlos pasar y los tres coches ingresaban con su ruido ronco, los neumáticos golpeando contra las piedrecillas que formaban el camino. No se movía nada, no había más ruidos. Aquello era Limpio Chiquito. Hacía calor, mucho más que en el hospital, la ropa se pegaba a la piel. Óvalo cogió la mano de Efraín y se quedaron quietos delante del coche.

—Vengan, niños, adentro hay buenos amigos. Vamos a dormir aquí para mañana seguir el viaje. Prieto, traiga la radio del otro coche, no podemos permitirnos estar sin novedades.

Había gente en la casa, mujeres negras como Prieto y los otros hombres moviéndose de un sitio para otro y llevando bandejas de madera con frutas. Óvalo le apretó la mano cuando vio las guayabas. Efraín estudiaba aquel sitio; los muebles estaban apartados, pegados contra la pared, unas cuantas sillas alrededor de una tarima de madera.

—Es una fiesta —expuso Óvalo.

—¿Y nosotros estamos invitados? —preguntó Efraín.

Óvalo se rió, y mucho. Efraín se alegró de verlo así.

7

LIMPIO CHIQUITO

Cuando entraron les apretó la ropa por el sudor; se pegaba como si fuera un caracol a la tierra, Efraín había visto muchos en sus paseos con Evaristo. El sitio parecía amplio, muy amplio, seguramente porque casi no había muebles. Pero sí había gente. Mujeres, vestidas más o menos igual, desordenadas, como si acabaran de llegar igual que ellos. Efraín se esforzaba, como siempre, en ver gente, calcular cuántos eran, qué color tenían las paredes, cuál era la forma del lugar. Todo lo gobernaba el ajetreo, la organización de la supuesta fiesta.

La señora sin nombre se movía como si estuviera en su casa, algunas de las mujeres que llevaban bandejas se detenían a su paso y otras la miraban con recelo. De las que estaban más o menos contra las paredes provenían miradas hacia la señora que Efraín jamás había visto. No era odio ni miedo, se trataba de algo, al igual que la señora, todavía sin nombre.

Prieto y los otros dos conductores entraron también, cargando la radio.

—Muy bien, Prieto, ya sabe dónde se quedarán los niños. Llléveles allí la radio.

—Quedarnos... —dijo Óvalo de repente. Las bandejas se detuvieron en el aire.

—Siempre hacemos un descanso en Limpio Chiquito —respondió la señora, su pañuelo colgando sin movimiento.

—El doctor Hernández me prometió que nos llevarían a La Habana —recordó Óvalo con una autoridad desconocida.

Desde una puerta camuflada en el blanco de la pared apareció un hombre enorme de color verde. Así lo vio Efraín, así lo recordaría siempre. Verde, como una espinaca mojada. En realidad, su traje era verde, con un pañuelo verde también saliéndole de un bolsillo cerca de su enorme pecho. Era gordo, pero se movía como si tuviera música detrás. Las manos eran rosadas, los labios, muy gruesos, se esforzaban siempre por sonreír. Óvalo lo observó mientras avanzaba hacia ellos encogiendo sus brazos y convirtiendo sus manos en una garra que desea cerrarse.

—Mi estimado profesor Arévalo, aquí están las nuevas proposiciones del doctor Hernández —anunció la señora.

Todo seguía extrañamente inmóvil. Las mujeres que estaban apoyadas contra la pared empezaron a acercarse lentamente para crear un círculo en torno a ellos. Efraín, que lo olía todo, percibió el aroma de un aceite dulce, irrespirable, en una de ellas. Aguzó la mirada y le pareció ver maquillaje, mucho, capas sobre ese rostro que también entrecerraba los ojos para verle mejor. Aunque no supiera su edad, podía asegurar que esa persona maquillada de mujer y, ahora que se fijaba mejor, muy bajita, tenía la misma que él.

—Óvalo y... Efraín —empezó a decir el profesor Espinaca con una voz aguda pero muy medida, cada letra formándose despacio delante de sus labios gruesos y su bocaza—. ¡Cómo hemos estado esperando este día! Vuestra supervivencia es un ejemplo para muchos de nosotros...

—Quiero ir a La Habana, es lo que me prometió el doctor Hernández —le interrumpió Óvalo.

El círculo de las mujeres que salían de las paredes se estrechó aún más. Algunas se llevaban las manos a la boca, como había hecho Óvalo en el coche, escondiendo una risita. El señor de los labios gruesos las dispersó sacudiendo sus manotas rosadas. Regresaron a sus paredes sin dejar de observarlos. La que llevaba el maquillaje parpadeó mucho, como si quisiera decirle algo a Efraín.

—Mi querida amiga, imagino que les habrá explicado a nuestros huéspedes que el paso por nuestra humilde morada es prácticamente una formalidad —continuó el profesor Espinaca.

Óvalo cambió completamente de gesto y avanzó hacia la puerta. Agitando su pañuelo rosado, la señora envió una señal a los dos chóferes negros para que se colocaran bajo ésta y le cerraran el paso. Efraín sintió que debía ir hasta Óvalo, pero Espinaca pareció adivinar sus intenciones y le sujetó de un brazo.

—Efraín, tú que eres muy juicioso, sabes lo que es eso, ¿verdad? Estáis muy cansados del viaje, muy, pero muy cansados y sé perfectamente que después de una buena siesta, cuando bajéis a cenar con el resto de nosotros, habremos conseguido que Óvalo se calme y colabore un poquito más.

—¡Quiero ir a La Habana, quiero irme ahora! ¡Ahora! —gritaba Óvalo mientras los dos chóferes lo alzaban y conseguían domarlo. Se veía como un caballo salvaje que un jinete viejo consigue dominar y reducir hasta hacer de él una presa quieta en un césped que en realidad es una prisión.

* * *

Entraron en la habitación. Óvalo sollozaba. Efraín miraba el blanco de las paredes como si le hipnotizaran. Tenía dos camas sencillas con un mosquitero para cada una. Los colchones cubiertos por una sábana blanca, impecable. La madera de las camas era de un marrón oscuro igual al de los escalones y el pasamanos de la escalera que separaba el piso superior del espacio blanco y desangelado por donde habían entrado. El suelo de madera también pintado de blanco.

Entre las dos camas habían colocado la radio. Efraín quiso acercarse, encenderla, tocarla. Siempre había soñado con tener una radio así. ¿Cómo iba a sucederle nada malo si un deseo suyo se hacía realidad? Si Óvalo dejara de sollozar, todo, él también, estaría más tranquilo. Encendería la radio y juntos escucharían no ya a Tío Conejo —le parecía que se había quedado junto al doctor Hernández y otros secretos en las montañas que habían dejado atrás—, pero podrían escuchar...

—No era esto, nunca dijeron nada parecido a esto —exclamaba entrecortando las palabras Óvalo, la cara convertida en una esponja que se declaraba harta de absorber más lágrimas.

Efraín le tomó la mano, Óvalo la apartó con un gesto brusco.

—Tú no me proteges. Soy yo el que te protege aquí. No cambies eso jamás.

Óvalo se secó las lágrimas con las manos. Miró el sitio, la radio, a Efraín contemplándole como si fuera un perro esperando una galleta.

—Te prometí enseñarte a leer —empezó, y vio que su pequeña maleta estaba al pie de la que sería su cama. Fue hasta ella y la abrió con un golpe seco. La ropa le transparentaba por el sudor, y Efraín volvió a percatarse de cómo se marcaban los músculos en Óvalo.

A veces, como ahora, parecía un hermano mayor, más hecho para estar en la calle, bailando debajo de algún porche como algunas tardes hacía Evaristo con su madre. Efraín quería decirle algo, confesarle que él no era tan inocente como aparentaba, que había matado a Evaristo con su propio cuchillo.

—Regresa, Efraín, que te vas a un sitio tan lejos —estaba hablando Óvalo, un libro en la mano— que a veces pienso que eres más raro de lo que pareces. He tomado una decisión: no podemos perder tiempo. No podemos... —Su voz se quebró, como si lo que se dispusiera a decir no fuese del todo verdad y, de ser así, quebrara toda una organización cuidadosamente planeada en su interior—. Si llegamos a La Habana, tú tienes que saber leer y escribir. Lo más importante es leer, para ver las direcciones, para saber dónde estás.

—Estoy de acuerdo, te prometo que puedo aprender rápido.

Óvalo se dejó enternecer por la mirada de Efraín. Alguna vez el doctor Hernández le había respondido con la misma entrega, pero en Efraín era sincera, justa, pensó. El libro que llevaba en la mano se titulaba *La historia del mosaico,* pero, claro, Efraín sólo vería letras de formas extrañas.

—¿Qué ves? Aunque no puedas leerlas, dime lo que ves.

—Es el libro que te regaló el doctor Hernández —comenzó Efraín.

Óvalo cerró el libro de un golpe.

—Ese nombre se me ha olvidado. No lo recuerdes nunca más —exigió. Efraín asintió—. Me interesan los mosaicos. En La Habana me llevarán a la mejor fábrica de mosaicos y me enseñarán a hacerlos yo mismo. Cuando aprenda, seré el mejor dibujante de mosaicos del mundo, ¡del mundo! Todas las paredes de todos los sitios estarán cubiertas con mis mosaicos.

Efraín le vio levantarse en ese nuevo espacio blanco, el libro en la mano, la ropa pegada desnudándole, el pelo muy rubio, los ojos muy abiertos, las ideas sirviéndole de niebla, o alas, para evadirse del lugar en el que se encontraba.

—¿Me estás escuchando? No vuelvas a perderte en tus ideas. Me recordarán por mis mosaicos. Toda La Habana, toda mi Habana, cubierta por mis mosaicos. Y sólo tú, Efraín Rotundo, sabrás el lenguaje que encierran.

—¿Lenguaje...?

—Sí, voy a enseñarte a leer a través de mis mosaicos. Dime qué ves.

—Muchas letras.

—Muy bien, ponlas todas juntas... ¿Cuáles reconoces?

—La «o», es la más grande. Y también la «n». Y la «i», porque hay una «i» en Efraín.

—Muy bien. La «o» de Óvalo. Siempre la pintaré como si fuera una hoja.

—La «o» es una hoja. —Serio— Y la «k», entonces, ¿una rama?

Óvalo se maravilló de la capacidad de Efraín para dejarse hipnotizar por algo.

—La «m» en cambio, será... una fruta.

—Pero primero aparece la hoja, y luego la fruta y todas cuelgan de la rama.

—Bueno, aquí lo haremos diferente, al fin y al cabo, es nuestro lenguaje.

—Entonces, primero la fruta. Pensaré en una guayaba, te gustan tanto...

Óvalo volvió a sonreír. Sin poder evitarlo, besó a Efraín en la frente.

Efraín se quedó mirando todas esas letras que iban a volverse hojas, flores, frutas, símbolos de una tregua en el centro de esa vasta, húmeda y rara habitación. De momento sabía que la «m», la primera, sería una guayaba, seguida de una hoja, la «o» de Óvalo. Quedaban cuatro letras más para leer m-o-s-a-i-c-o. ¿Serían ésos los días que estarían en Limpio Chiquito?

* * *

Despertaron acariciados por un murmullo. Estaba oscureciendo. Efraín sentía hambre pero prefería callarse ese tipo de cosas, siempre sentía más hambre que Óvalo.

—Es música. Es... como una orquesta —dijo Óvalo. Efraín se imaginó que no podrían levantarse de la cama, como cuando estaban amarrados en la habitación del hospital del doctor Hernández, pero su amigo ya iba hacia la puerta. Se había quitado la ropa y sus movimientos dejaban una estela en la débil luz de la blanca habitación.

Efraín no tuvo tiempo de decírselo. Cuando abrió la puerta, también pensó que sería imposible hacerlo. Pero no, la silueta de Óvalo estaba contorneada y la puerta abierta a un mundo iluminado, titilante, bañado por el sonido de esa música. Y una voz: «No quiero enamorarme de lo primero que mis ojos vean en medio de este hechizo.»

Efraín siguió maquinando, esa voz podría ser la de la persona maquillada a pesar de tener su misma edad, una de esas muchachas que habían salido de entre las paredes. Esa edad que también se imaginaba. Seis, siete años. ¿Cuándo un niño deja de ser un niño? ¿Y en qué se convierte? ¿En algo como Óvalo?

«Es mi instinto —continuaba la voz, y la canción—, es mi instinto guiándome hacia ti.»

—Es un teatro —dijo Óvalo.

—Estás desnudo —respondió Efraín.

Óvalo volvió a reír mientras buscaba algo con lo que cubrirse. Había una maleta con la ropa regalada a los niños supervivientes, pero no se trataba del tipo de ropa que podría lucir en una ocasión así. Eran shorts, camisetas, un guante de béisbol de unos norteamericanos, viseras. Óvalo inspeccionaba la habitación, Efraín no podía evitar observarle, de nuevo ese caballo salvaje siempre en movimiento. ¿El mosquitero? No, hacía tanto calor que el sudor de sus cuerpos se convertiría en miel para los mosquitos. No podían quedarse sin protección. Óvalo cogió su sábana, le quedaba muy larga, le cubría como si fuera...

—Un faraón, los he visto en los dibujos de los mosaicos.

Efraín frunció el ceño. No recordaba haber visto personas en los mosaicos, tenía desde luego mucho que aprender, más aún, confirmó cuando intentó hacer lo mismo, envolverse en su sábana con bastantes tropiezos y seguir así a Óvalo hasta el pasillo que separaba su habitación del espectáculo.

«Te pido que me dediques una palabra, una última palabra, para saber que ni tú me olvidarás ni yo te perderé.»

Habían colocado plantas en medio del salón creando una forma geométrica nueva para Efraín. No eran rectángulos ni cuadrados, sino algo distinto. Entre cada planta descansaba un sofá hecho de una madera diferente a la de las camas. Más clara, más redonda. Detrás de cada una de las plantas, que tenían hojas muy grandes y parecían sudar de la misma manera que ellos cuando llegaron a Limpio Chiquito, había un candelabro, sí, un candelabro, sabía lo que representaba porque era una palabra que le gustaba, pero no era de velas, sino con bombillas a muy baja potencia, seguramente para no crear más calor ni atraer a los bichos: Evaristo le había explicado que cuando hace mucho calor los bichos enloquecen por la luz y la sobrevuelan hasta achicharrarse. La música seguía y Efraín continuaba mirando; la chica, si era una chica, le daba la espalda, llevaba un traje negro, muy largo, como prestado. No era para su cuerpo, tampoco para su edad. Parecía como si siendo una niña la hubieran vestido como si fuera la señora sin nombre.

«He tratado de aprender el lenguaje de tus besos. No me olvides, no me pierdas, no me dejes para siempre aquí.»

—No canta mal, ¿verdad? —comentó Óvalo.

Efraín no sabía qué decir. De repente sintió un extraño miedo, no el de esperar encontrarse a Evaristo con el cuello abierto anunciándoles a los presentes que él le había degollado, sino un miedo distinto, a que en la canción, en sus palabras y su música, alguien hubiera colocado un veneno, un líquido que los adormeciera para entonces separarlos para siempre a Óvalo y a él.

—No me dejes solo, Óvalo.

—Pero qué dices, tonto, estamos juntos. No es más que una fiesta. —Sus ojos se agrandaron, más azules, las pestañas tan negras incluso con esa poca iluminación, todo ese sudor resbalando delante de sus párpados.

»Es nuestra fiesta de bienvenida —continuó Óvalo, emocionado ante la perspectiva.

—No me dejes, no bajes.

—Lo haremos juntos, tonto. Qué bien huele, es asado, serán los cerdos de la carretera, los habrán ido recogiendo los de los otros coches —añadió riendo.

Efraín recordó los pollos asados que Evaristo le ofrecía, eran esas mismas gallinas que mataba delante de él.

—¿Estás llorando? Pero ¿por qué?, es algo bonito, una fiesta, canciones, luego bailarán —afirmaba Óvalo limpiándole las lágrimas, y el sudor, y un poco de ese terror que no podía explicarle.

«Recuérdalo, no quiero seguir las huellas de ninguna hoja si antes no pisas tú el camino de nuestro amor.»

Terminaba la canción. Se hacía un silencio. Y de repente, una palmada, dos palmadas, podía ser el profesor Espinaca. Era un clap, silencio, otro clap, otro silencio, y a continuación la cascada de aplausos y la mujer apartaba la cola del traje que le quedaba grande e iniciaba un paseo por el semicírculo del escenario para saludar a todos los presentes. Efraín aprovechó para ver su rostro al pasar por entre los candelabros y comprobó que era ella, sí, la misma que aun maquillada no podía disimular su edad y que ahora se retiraba hacia la parte de detrás de la escalera por donde ellos la observaban. Caminaba despacio, evitando tropezarse con la tela que arrastraba del traje que le quedaba grande. No era una mujer.

—Hay una persona nueva —dijo Óvalo, bajando la voz.

Los chóferes negros y Prieto entraron portando otro gran aparato, otra radio distinta, muy pesada, que se abría por arriba al tiempo que uno de los chóferes cogía un cartón y sacaba de allí un círculo negro, lo colocaba sobre una plataforma dentro del aparato y acercaba un brazo de metal. La música que emanaba se oía más alta que la voz de la persona maquillada, tan sólo rasguñada a veces por la aguja de ese ingenio mecánico, pero la música era divertida, bailable. El profesor Espinaca se paró delante del aparato y repitió su palmada autoritaria. Esta vez, las mujeres que le obedecían no estaban escondidas dentro de las paredes, sino sentadas en los divanes alrededor de las plantas, y avanzaban hacia el centro para bailar entre sí, cogiéndose de las manos y la cintura.

—Son niñas —dijo Óvalo.

—No, no, están escondidas en las paredes, no son de verdad. Son espíritus —afirmó Efraín.

—Tonto, son niñas, como tú y como yo.

Efraín se asomó un poco más. Sus trajes eran, como el de la cantante, igual de grandes, pesados, descompensados con los cuerpos que albergaban. Podía percibir que llevaban mucho maquillaje, pero comprendió que éste no podía disimular el tamaño de sus dedos, lo delicado de sus figuras que bailaban juntas cada vez acercándose más, evitando una risa absurda, algunas incluso besándose en la boca y luego separándose para cubrirse la misma con las manos. La música continuaba, como obligándolas a cerrar ese círculo, a tropezarse con esos excesos de tela de sus ropas que barrían el piso. Llevaban zapatos de tacón, sandalias más bien, y les quedaban grandes. Sólo bailaban ellas, o hacían esos difíciles equilibrios, delante de las personas sentadas en los divanes. Eran hombres gordos, algunos fumaban aquellos cigarros que había visto fabricar junto a su madre.

—Hay uno más importante, lo dejan solo, ¿no lo ves? —insistía Óvalo.

—Sí, lo estoy viendo, lo veo.

Hacía calor. Los chóferes traían ahora unos abanicos gigantes, hojas de una palmera preciosa, brillante, se colocaban a ambos lados del aparato con la música y batían alrededor de las niñas disfrazadas. La música era suave, como si alguien se perdiera dentro de un sueño y buscara salir de allí. Efraín miraba la escena deseando acaparar todos los detalles. Óvalo insistía en mirar hacia esa persona que aseguraba más poderosa.

—Mira, la señora sin nombre está ahí, no se ha ido —dijo Efraín.

—Y esos otros con los ojos saltones... —Óvalo había calculado unas seis personas mayores, mientras que las niñas disfrazadas harían unas ocho. Reconocía la música, era una composición que el doctor Hernández a veces colocaba en un aparato más pequeño en su despacho—. Es un danzón. Dicen que en La Habana todas las calles suenan así, con gente bailando igual.

Unos perros, uno marrón con manchas de chocolate y otro completamente blanco, entraron en el recinto asustando por su tamaño y lo inesperado de su incorporación a alguna de las niñas danzantes. El profesor Espinaca dio dos estruendosas palmadas y las niñas asustadas mantuvieron su ritmo con un algo de pavor cruzándoles el rostro.

Los perros fueron hacia el hombre desconocido. Óvalo y Efraín se movieron al mismo tiempo que él para verle mejor. Tenía el pelo muy grueso y ahuecado totalmente peinado hacia atrás y no era de un solo color, sino blanco y negro. Dos anillos en las manos hurgaban en el plato de comida que la señora sin nombre le sujetaba cerca. Acercó lo que allí encontró a las fauces de los dos canes mientras las niñas vislumbraban todo sin dejar de bailar. Efraín pudo percatarse de cómo sus pequeños estómagos subían y bajaban agitados. A pesar de la suavidad de la música, de los chóferes agitando las hojas de palmeras, de la luz amenazando con irse del todo, podían oír perfectamente el sonido que hacían los perros masticando las piezas de comida.

—Es vuestro turno —dijo una voz que casi les heló la sangre—. O, mejor dicho, el turno de Óvalo.

Los dos se volvieron aterrorizados de ser descubiertos, de recibir una orden, de comprender tan rápidamente que formarían parte de lo que estaban viendo.

Era Prieto; por lo visto, como hacía la señora, allí nadie le llamaba por su nombre de pila, sino simplemente Prieto, o incluso el negro Prieto, todo junto, como si «Negro» fuera realmente su nombre. Estaba detrás de ellos, le habían perdido de vista desde que lo vieron entrar cargando aquel aparato de música y no le habían oído subir. Efraín lo vio bajo la luz que provenía de la sala inferior. Tenía los ojos muy negros, se podía reflejar él mismo en ellos, y a los lados de la nariz surgían dos sombras muy profundas, tanto como los surcos a la orilla de las carreteras que habían visto camino a Limpio Chiquito. Sus dientes eran tan blancos, sus dedos tan fuertes sujetándolos por los hombros...

—¿Cómo sabes mi nombre? —preguntó, siempre retador, Óvalo.

—Porque nos lo enseñaron desde hace muchos días, antes de que vinierais, antes de que la señora empezara a llamarte así en el coche. —Los revisó con la mirada—. Este espectáculo no se puede ver gratis —les informó. Óvalo bajó la guardia. Efraín descubrió que había otra figura tras Prieto: esa cola de un traje que le quedaba grande. Era la niña de las paredes, la del maquillaje.

—El mío es Aurora —habló entonces, dedicando su atención a Efraín. Por fin una persona que no se fijaba exclusivamente en Óvalo.

—Tienes mi edad, ¿verdad? —no pudo evitar preguntarle Efraín.

—Hay varias cosas que necesitas aprender acerca de este lugar. La primera es que aquí no existe la edad: todas somos niñas. Y vosotros niños, aunque sois los primeros que llegan aquí.

Prieto sonrió ante el aplomo de la niña.

Óvalo apretó un nudo sobre sus hombros con la sábana.

—Es tu turno. Acompáñame —exigió Aurora.

Efraín vio a Óvalo obedecer, que era lo que más temía. La siguió por el pasillo y se colocaron en el centro de la escalera. Las niñas seguían bailando con sus estómagos asustados en tanto los perros masticaban las sobras de los platos que la señora sin nombre colocaba ante el hombre de cabello negro y blanco. Óvalo descendía los escalones junto a Aurora. La música se agitaba, la canción, la melodía llegaba a su fin, y el brazo mecánico se quedaba quieto al final, generando un ruido monótono a cuyo son las niñas, todavía asustadas, se empeñaban en seguir bailando. El profesor Espinaca volvió a dar sus palmadas autoritarias y los chóferes levantaron el brazo metálico y se hizo el silencio, tan sólo dispersado por el sonido de los trajes que se deslizaban por el suelo, las niñas devolviéndose a sus paredes y las palmeras gigantes agitando el aire caliente en el salón enmudecido. Los perros quisieron ladrar al ver a la pareja que bajaba por la escalera, pero las dos manos ensortijadas y gruesas del señor de cabello blanquinegro contuvieron sus collares y les cerraron los hocicos.

La señora sin nombre se levantó de su asiento, toda su barriga cayendo para ser recogida por ella misma aspirando el poco aire de la habitación. Los otros hombres se acomodaron mejor en sus divanes, algunas niñas se les unieron sobre los mismos. Todos miraban hacia el centro de la escalera.

Óvalo se había quedado solo, pues Aurora se había detenido un escalón detrás. Recogió la sábana que flotaba junto a sus pies para evitar tropezar; el sudor volvía a hacer que la tela se adhiriera a su cuerpo. Respiró hondo, incluso dejó que también se notara cómo su pecho crecía y su estómago se aplanaba y sus piernas se aferraban al algodón que las envolvía como si desearan su protección. Todo el mundo le admiraba, menos Efraín, que seguía al lado de Prieto e intentaba zafarse de sus manos para acudir junto a su amigo.

—Ahora deja que sea él quien brille, éste es su momento —ordenó Prieto, y Efraín sintió como si el veneno que imaginaba en las palabras de la canción surtiera su efecto. Y cerró los ojos.

Óvalo no necesitaba que los abriera, era el rey, el centro de aquella escena que aguardaba su incorporación a aquel teatro que esperaba su descenso. Las niñas vestidas de mujer le contemplaban extasiadas, los chóferes batiendo las palmeras abanico perdían el ritmo del aire que creaban, abandonando toda concentración al verle. El sudor prefería volver al interior de su piel y dejarle desnudo bajo la sábana y, al mismo tiempo, resplandeciente. Comenzó a bajar por la escalera y llegó al centro del escenario, sus dedos desnudos moviéndose como si estuvieran tocando la mano del doctor Hernández. Podía recordar el ruido que emitía cuando, después de besarlos, éste dejaba escapar aquellas palabras pegajosas siempre enamoradas: «No me dejes, Óvalo, no cambies.» Bajó la vista, el suelo era de losetas blancas, muy limpio, recién encerado. Como en las puertas de los coches negros, como en los ojos de quien anhelaba tenerle cerca, su propio reflejo parecía inyectarle poder. Levantó la cara y pareció como si el azul de sus ojos fuera una linterna que va abriendo el camino en la espesura de un jardín, un nuevo jardín por el que iba a avanzar hacia el hombre poderoso sintiendo el ansia de sus hostiles perros protectores que se inclinarían ante su superior presencia.

Pero éstos, en cambio, ladraron fuertemente ante su cuerpo, su pelo rubio, el azul de esos iris que avanzaban, desnudaban, prometían. El hombre se inclinó hacia sus animales y volvió a cerrar sus hocicos con sus manos, obligándolos a postrarse ante Óvalo.

—Muy bien —decidió el caballero sin soltar los hocicos de los perros—. Por hoy ha sido suficiente.

8

EL ENTRENAMIENTO

Hacía calor cuando abrió los ojos. La habitación brillaba en su blancura.

Óvalo estaba dormido, un pie le colgaba de la cama, la cara casi cubierta por la sábana. Sus párpados cerrados, su respiración normal, silenciosa. ¿Cuándo se habían quedado dormidos? Entreabrió los ojos con cuidado y al principio no oyó ningún ruido del exterior, la puerta cerrada, las ventanas medio abiertas, y entonces, un sonido lejano, como de vacas. ¿Vacas?, nunca las había oído. Pero eran vacas, con sus campanas moviéndose al compás de sus mugidos y la brisa, sí, un poco de brisa que recién entraba en la habitación y le acariciaba los pies mientras se incorporaba.

La quietud de Óvalo le impidió despertarlo. ¿Cómo habría terminado todo? Después de esa orden del caballero poderoso y los ladridos de los perros sujetos por sus manos, ¿cómo los devolvieron a la habitación, cómo consiguieron dormirlos? ¿Qué más podría haber pasado que Efraín sólo podía responderse con preguntas? Había un baño en la habitación, un lavamanos, un espejo, el retrete y un insólito aparato, igual de blanco que todos los demás pero más bajo, con un chorrito en el medio. Dos toallas azules, un azul más feo y desvaído que el de los ojos de Óvalo, una alfombrita en el suelo de ese mismo tono, y dentro de la ducha, detrás de la cortina de plástico blanco, dos botecitos que hacían espuma sobre su cuerpo. No entendía muy bien por qué se duchaba, pero le pareció lo adecuado. Se miró, chorreando y desnudo delante del espejo. No es que fuera flaco, es que no tenía nada más que esa piel alargada, estirada lo justo para cubrir ese alambre que no podía llamar cuerpo. *Alambre,* le gustó ese mote. Se lo podría decir a Aurora si volvía a encontrarla: «Llámame Alambre.» Se medio frotó con la toalla azul feo aunque no hacía falta, cuando saliera de la habitación y bajara a ver las palmeras y los candelabros y los restos del teatro de anoche estaría sudando otra vez. Se puso una camiseta sacada de la maleta. Había dos, no precisamente nuevas, parte también de esos regalos que habían recibido cuando eran los únicos supervivientes de la desgracia natural más grande de la historia reciente de Cuba. Guau, era largo, un titular muy largo para repetirlo delante de cualquiera, por ejemplo de ese hombre de anoche con los perros sujetos a sus manos. Eran dos maletas, sí, una tenía una «o» garabateada sobre un papel amarillo atado por un pábilo muy grueso y feo, como una cicatriz sobre una piel bella, y la otra no tenía nada, ni círculo, ni hoja, ni pábilo. La suya.

Se abrochó la camisa. Le gustó saber que había discernido la «o» de Óvalo. Coño, ¡a lo mejor había aprendido a leer mientras dormía! Vio el libro de los mosaicos sobre la radio. Le parecía usado, como si mientras él durmiera Óvalo lo hubiera revisado una y otra vez. Estaban las huellas de sus dedos en el papel grueso y luminoso, en una página cubierta de un inmenso mosaico con un pájaro no muy alto al que rodeaban plumas de distintos colores. Una gallina, no, por favor, no era eso. Era como si Óvalo fuera también pájaro, pensó. Y lo miró. Dormía y daban ganas de acariciarle, de prometerle algo. «Te cuidaré», dijo, y vio la radio sobre la que reposaba el libro de mosaicos. Podría encenderla, pero se despertaría Óvalo. Si sonara la voz del Tío Conejo sabría que era media mañana. ¿Y qué era media mañana? Un espacio abierto. De igual manera, toda la luz que entraba en la habitación ya se lo indicaba, ¿no? Curioso, Óvalo no tenía problemas para seguir durmiendo con toda esa luz blanca, fuerte, caliente, que recorría la habitación hasta casi derretir las paredes.

Fue hacia la puerta, la abrió. No oyó la música de anoche, la voz de Aurora hablando de unas hojas enamoradas. Casi la recordaba toda. Eran bonitas las canciones y extraño todo lo demás.

No había sonido alguno en el pasillo. Luz sí, toda, como si el blanco del suelo del piso inferior fuera como..., como un sueño con mucha luz.

Se giró para comprobar qué hacía Óvalo. Seguía dormido. Había algo raro en las paredes, tuvo que retroceder y volver al interior de la habitación para percibirlo mejor. Eran sombras, huellas, como las huellas de la canción. Cuadros que habrían estado colgados allí antes de que ellos llegaran. Fotos, pensó, fotos de los que pasaron por aquí.

Volvió al pasillo, cerró la puerta de la habitación a sus espaldas, Óvalo tendría suficiente aire con el que entraba por la ventana. Lo cuidaba porque era su deber. Él decía que le protegía y le había pedido que se dejara proteger, pero cuando dormía tenía que velar por él. Anoche, sí, anoche, cuando lo vio descender por esa misma escalera le pareció un dios aunque no lo fuera, no, no lo era porque a los dioses nunca se los ve, mucho menos se duerme con ellos o te enseñan a leer signos especiales en mosaicos que aún no se han dibujado. Pero, precisamente, a lo mejor eso era lo que los dioses hacen contigo, Efraín, pensó. Óvalo no era una persona, claro, era tan diferente como un dios y así lo trataban en este sitio, así lo recibió el señor de cabello blanquinegro, el amo de los perros, y por eso ladraron los animales, porque igual que con los huracanes y los terremotos y todo lo que es distinto, totalmente distinto, los perros ladran y las gallinas se vuelven locas.

No estaba Prieto en el pasillo, ni Aurora, pero sí en cambio esa luz tan blanca que parecía proteger a quien bajaba por la escalera. A pesar de esas ausencias, los pies de Efraín pedían más y le llevaron hasta el primer escalón. Se estrujó los ojos, de verdad que era cegadora esa luz blanca, y mientras bajaba recordaba a Óvalo como dios de la escalera, protegido por la noche, iluminando con el azul de sus ojos. Poco a poco conseguía ver entre ese blanco. No había nada. No había divanes, ni candelabros, ni palmeras, ni el aparato de donde salía música.

Estaba ya abajo del todo, había descendido más rápido y con más normalidad que Óvalo, él no era el dios de la escalera. Miró a todas partes. Los divanes no dejaban marcas en el suelo, como habían hecho las fotos en las paredes de su dormitorio. Tal vez lo hubieran recogido todo por la noche, después de que los pusieran a dormir los dos chóferes y Prieto, que no parecía necesitado de descansar después del largo viaje.

Aparecieron las mujeres negras cargando bandejas de frutas, como la tarde anterior. Eran varias, avanzaban hacia una esquina donde había una mesa larga con platos y cubiertos puestos esperando a ser servidos. Iba a hablarles cuando una mano le palmeó la espalda.

Era la señora sin nombre, se había cambiado de traje, le sonreía y volvía a mirarlo como si fuera un alambre, pero uno innecesario que alguien habría recogido sin saber muy bien para qué iba a servirle, en una calle.

—Te despiertas temprano, eso está muy bien, Efraín. La gente buena se despierta temprano. Y la que quiere ser útil.

—¿Cuándo se acabó la fiesta? —preguntó titubeando. Parpadeaba mucho cuando hablaba así, y parecía una persona mayor con dificultades para comunicarse o conocedora quizá de sus complicaciones.

—¿Fiesta?, todavía no tenemos motivo para ninguna, Efraín.

—Pero anoche...

—Anoche Óvalo y tú ni siquiera cenasteis, así que imagino que debes de estar deseando un buen desayuno. Sabes que aquí, gracias a nuestros amigos norteamericanos, tenemos cereales. Y a veces también avena.

—No, no —insistió Efraín, no quería dejarle continuar, le confundía—. Ayer hubo una fiesta, usted estaba vestida de noche y vimos a un señor con el pelo bicolor. Y Óvalo...

—Tienes que comer algo. Claro que Óvalo estará agotado porque ha tenido que pasar por todas esas operaciones, pero tú todavía debes de estar asustado por ese huracán terrible que presenciaste.

—Anoche, lo que vi anoche...

—No, Efraín, eres terco, ya lo noté al mirarte en el viaje. Te entendemos todos aquí, ¿sabes? Crees que te cuidamos porque Óvalo lo ha pedido, pero te queremos de verdad. Ahora somos tu casa, tu familia.

—¿Y cuándo vamos a ir a La Habana?

—Sois unos niños —dijo jugando con su voz, como si fuera un instrumento que podía hacer subir y bajar de tono a su antojo. Efraín la vio más rubia, como si se hubiera aclarado el color de pelo. Sí, se lo había cambiado. Ya no parecía tan gorda, el traje era muy fresco, no llevaba joyas y empezaba a inclinarse para estar a la misma altura de sus ojos—. Sois nuestros niños —prosiguió—, a quienes vamos a proteger y mimar. Y, desde luego, educar.

—Pero... La Habana, Óvalo cree que estaremos en La Habana mañana.

—Mañana no —dijo, entrecerrando los ojos y abriendo una sonrisa. Se deleitaba con su manera de comportarse delante de Efraín. Decía «no» y movía la cabeza de un lado para otro, un movimiento pequeñito, supuestamente divertido.

—El señor de anoche, el del pelo blanquinegro, nos puede llevar. Él dijo que con ayer era suficiente, aplaudió así, fuerte. —Efraín lo hizo y vio cómo alrededor de la mesa empezaban a aparecer las niñas. Iban vestidas iguales, con unas batas azules, el mismo azul de las toallas feas, y se sentaban en sus sillas muy formales y como dormidas.

—Hazme caso, Efraín —siguió diciendo la señora sin nombre con esa voz parecida a la de los personajes de Tío Conejo cuando se portaban mal—. Tienes hambre, imaginas cosas. Tienes el susto todavía en el cuerpo, mi niño. —Le llamaba de cualquier manera, le miraba de cualquier manera.

—¿Por qué usted se sabe mi nombre y yo no el suyo? —preguntó. Se creó un silencio. Las niñas le miraron todas a la vez, como las gallinas, pero con algo diferente, como si le quisieran o le admiraran.

—Tienes razón, Efraín —reconoció la señora. Tomó un cuenco de avena y le agregó una cucharada gorda de azúcar que removió con cuidado con sus manos gruesas y enjoyadas—. Ahora entiendo por qué le gustas tanto a Óvalo, porque eres listo. Rápido, sí, como el hambre —agregó, bajando el tono, casi susurrando—. Me llamo Lilian, pero puedes llamarme Lily.

—Eso sólo lo pueden hacer algunos —aclaró Aurora, confundida entre las demás por ese mandilón de trapo de feo azul.

—Sí, démosle a Efraín un regalo de vez en cuando. Por ser tan listo, por ejemplo, como para saber salvarse en situaciones difíciles, como el huracán. Y la vida misma, niñas mías, que siempre es difícil. Tu regalo de hoy, Efraín —y le dedicó una sonrisa esplendorosa pero que, sin embargo, pareció oscurecer ese salón blanco y luminoso—, será poder llamarme Lily, como mis más cercanos amigos. Serás muy feliz aquí, Efraín, como lo son las niñas.

—Y por eso debemos agradecer a nuestros padrinos y a Lily nuestros regalos —respondieron todas más o menos al mismo tiempo.

Efraín miraba a Lilian, sus gestos, la manera de revolver el azúcar en su cuenco, como si estuviera regando con una catarata una llanura seca. Ella también le miraba, vigilante, como si sus ojos estuvieran contando cada grano del azúcar que ya se disolvía.

—Fue un sueño, Efraín. Lo que estás pensando, lo que creíste ver, fue un sueño.

Las niñas bajaron la vista, cada una concentrada en su desayuno.

—¿Se ha fijado en que nuestro amigo está muy delgado, señora? —Era el profesor Espinaca, que acababa de llegar. Esos labios que parecían a punto de saltarle encima, tan gordo, otra vez vestido con una camisa muy verde abierta por debajo del cuello que le colgaba como si fuera un inmenso... un inmenso... buche de gallina. Lo pensó pero no sintió miedo, debía olvidarlas para siempre.

—Una vaca. —El señor le parecía ahora una vaca—. Oí vacas. —Hablaba solo, nadie le oía.

Lilian colocó su mano enjoyada sobre su hombro. Efraín sintió el peso y entrevió el destello del anillo de la señora. Amarillo, muy amarillo. Si lo miraba podía quedarse dormido hipnotizado por su fulgor, y de pronto empezaría a recordar cosas: Evaristo, su madre en la ola, el señor del concurso de radio, los perros de anoche...

—El coche está preparado y la niña está dentro. Es mejor que sea rápido, de lo contrario, las otras podrían verla —informó el profesor Espinaca en un bisbiseo que sólo oyeron Efraín y Lilian.

—Efraín, ya sabes mi nombre. Ahora te falta el de nuestro profesor Arévalo Cifuentes.

Las niñas se daban codazos entre sí y ahogaban sus risas.

—Luego hablaremos de hombre a hombre, querido Efraín. Tú y Óvalo sois los únicos varoncitos de por aquí. —Las niñas empezaron a reír y Efraín se dejó llevar por aquella explosión de hilaridad—. El coche, Lilian, no podemos esperar un segundo más.

—Llévate la avena y ve con las niñas, ya saben quién eres —le ordenó ella al tiempo que desprendía la mano de su hombro, y Efraín se fue hacia la mesa con las reidoras.

Se sintió observado mientras caminaba hacia la mesa con ese cuenco en las manos. Un Óvalo, llevaba un Óvalo en las manos, una señal. Estaba allí por su amigo, estaba despierto para oír todo lo que sucedía. Para luego contárselo detalladamente.

La avena echaba humo, era como un engrudo, sí, el engrudo con el que conseguían que las ventanillas de los coches fueran tan difíciles de bajar.

—Sopla un poco y se pondrá más fría. —Era Aurora, estaba allí, a su lado. Tenía su edad, o eso le parecía, y la piel muy blanca—. No me mires tanto y tómate la avena. A veces, con el calor y el viaje, es verdad que uno se cansa.

—Anoche cantaste muy bien.

—Anoche no existió, Efraín. A Óvalo y a ti os llevaron a la habitación. No quisisteis cenar y dormisteis hasta hoy.

—Había una fiesta, y candelabros, sé lo que es un candelabro, y palmeras, y el aparato con la música. Tú llevabas un traje negro y todas vosotras bailabais. Y de repente, de repente, os dabais un beso en los labios.

Aurora se rió y el resto de las chicas hicieron igual, como antes, se llevaban las manos a la boca. Eran como muñequitas, como pequeños animalitos. Todo se les movía, los deditos en la boca, la lengua, los dientes, los huecos que a algunas se les veían todavía porque se los habían dejado los de leche al caer, las piernas por debajo de la mesa, moviéndose sin parar, como si quisieran seguir un ritmo, recordar alguna de las canciones que interpretaba Aurora.

—No te fijes tanto —repetía Aurora.

—¿Y por qué no? Si acabo de llegar y tú me niegas que lo de anoche existiera.

—No existió. Por tu bien y por el nuestro, no existió.

Se miraron, Efraín supo que ella era un Óvalo en mujer. No podía explicarlo de otra manera más acertada. Lo sintió, lo supo, y lo vio.

—Ríe, ríete conmigo aunque no entiendas nada. Ríete.

Y lo hicieron, y de nuevo el resto de las niñas los imitó. Tapándose la boca, moviendo sus cuerpecitos, agitando las piernas, generando ese sonido loco, insensato, de risas en medio de la nada, a lo sumo existiendo para eliminar el calor de la avena que era como un engrudo que las ataba a ese lugar. ¿Por qué taparse la boca por la risa? Si ellas supieran lo que le había hecho a Evaristo, a lo mejor gritarían, a lo mejor harían como su madre, ofrecerse ellas como culpables para mantenerle inocente.

—No me escuchas, te estamos hablando y no nos escuchas, ¿en qué estás pensando, Efraín? —preguntó Aurora al ver que se abstraía en sus recuerdos.

—En que no me gusta que os tapéis la boca cuando reís.

—Es algo que nos han enseñado aquí —explicó Aurora. Las otras chicas volvieron a reír y a cubrirse.

—A veces nos reímos y los padrinos se molestan —dijo una.

—Y entonces pueden pegarnos...

—Pegarnos no, castigarnos —aclaró otra rápidamente.

Aurora las hizo callar llevándose un dedo a los labios y todas guardaron un repentino silencio y comenzaron a comer. La avena seguía caliente, se endurecía, se volvía casi del color de la madera de la mesa.

—Si no te la comes, puede venir la señora y...

—Castigarte. Castigarte muy duro —respondieron otra vez casi al unísono el resto de las niñas. De nuevo las risas y las bocas tapadas.

Efraín decidió tomarse su avena. A lo mejor era cosa del día, hacerlo sentir como un idiota. Pronto bajaría Óvalo y Aurora cambiaría de idea y se pondría a cantar como anoche. Comía y las miraba, mientras ellas también disimulaban sus miradas. Eran niñas, eran todos críos. Pero ellas no podían ser supervivientes del mismo huracán. Se suponía que eran sólo Óvalo y él los únicos supervivientes. No recordaba otros huracanes, sólo el suyo. ¿De dónde venían? ¿Cuántos días llevaban allí?

—¡Es Rosa, es Rosa, la han dejado salir! —dijo una de las niñas. Aurora le apretó un brazo, pero lo hizo para aferrarse a él, para no caerse o que no le fallara su propio equilibrio mientras se incorporaba y se unía a todas las chicas que avanzaban hacia la puerta.

—¡Es Rosa, se la llevan, se llevan a Rosa! —gritaban arremolinándose en torno a la salida.

El profesor Espinaca apareció para intentar controlarlas, tenía que recordar el nombre, Arévalo, Arévalo Cifuentes. Aurora se quedaba un poco rezagada. Y Efraín, distraído, su brazo sin obedecerle debido a la presión de Aurora, perdió el dominio sobre su cuchara, lo que provocó que una porción de aquel engrudo dulce cayera sobre el hombro de su camiseta. Vio cómo la mancha parecía cobrar vida, no había trapo ni servilleta con que quitarla. Se levantó muy cuidadoso de no esparcirla más y fue hacia el grupo, las niñas intentaban esquivar el cuerpo del profesor Espinaca y algunas salían hacia el portón de acceso a la casa. Dos grandes insectos alados, verduzcos, volaron hacia él para devorar la avena deslizante. Efraín se giró y vio entrar por la otra ventana cientos, miles de ellos. Óvalo estaba durmiendo con la ventana abierta, arriba en la habitación, podrían entrar esos mismos bichos y devorarlo, como las hormigas a Evaristo.

—Salid de aquí, niñas, salid de aquí, id a la cocina. Tú también, muchacho idiota, ¡tú has atraído a los bichos al dejar tu plato de avena por la mitad! —gritó Arévalo iracundo, él mismo rodeado de los insectos. Efraín tuvo tiempo de verlo como si fuera uno más de aquel enjambre, el jefe de todos esos demonios alados.

—Rosa no quería irse —decía Aurora a las demás niñas.

—Las puertas, las ventanas, ¡cerrad las ventanas! —insistía Arévalo.

Efraín observaba cómo las negras de las bandejas de frutas salían a cerrar las hojas de madera obedeciendo al profesor Espinaca. Los insectos producían un zumbido inmenso, acrecentado, que se repetía mientras él sólo pensaba en salir de allí, subir la escalera y despertar a Óvalo. Pero nada podía detener a los invasores, que se convertían en una extraña cortina temblorosa e inquietante delante de las ventanas. Los chóferes lograron cerrarlas y encender dos antorchas con las que fueron quemando a los ejemplares dispersos que zumbaban alrededor de la mesa y por el salón. Efraín fue hacia la escalera; aunque intentaran atraparlo se zafaría y llegaría hasta donde Óvalo. Pero nadie le impidió subir la escalera, llegar hasta la puerta de la habitación y encontrárselo, recién duchado, mirando por la ventana cerrada.

—Sabía que te ocuparías de mí, Efraín —afirmó.

Efraín fue hasta él y contempló la misma escena que mantenía fascinado y atento a su amigo: Rosa era una chica gruesa, de piernas muy delgadas, por lo que no podía caminar sola y la llevaban dos mujeres negras, también con las antorchas para cerrar el vuelo en torno a ella de los insectos verdes. Desde la habitación, arremolinándose con sus alas puntiagudas en torno a su cabeza, parecían como una corona, una corona de espinas sobre la muchacha de extraña forma. El resto de las niñas, las que habían estado desayunando con él y habían conseguido salir al exterior, agazapadas contra uno de los muros de la casa, protegidas por el cuerpo de Arévalo y los negros con las antorchas, comenzaron a gritar su nombre: «Rosa, Rosa, Rosa», y la aludida intentaba zafarse de quienes la agarraban, en un momento mordiendo a las mujeres que le ayudaban a caminar y casi haciendo caer una de las antorchas sobre sí. Las niñas dejaron escapar chillidos asustados, una de las negras contuvo la antorcha y la acercó al rostro de la joven, que no tardó en gritar también.

Óvalo apretó los puños en la ventana y miró a Efraín exigiéndole silencio sin palabra alguna, sólo con su gesto, conminándole a continuar presenciando la escena. No iba a abrir la ventana, no se moverían del quicio. No se asustarían si las negras o el mismo Prieto les arrojaban las antorchas para que se apartaran.

—Estoy embarazada. Escuchadme bien. Vinieron de noche, me ataron, estuvieron varios... Y fue él... el hombre grande.

Rosa hablaba mirando muy fijamente a Lilian, que hacía esfuerzos para no cambiar su rostro de señora elegante y benévola. Era evidente que no le agradaba lo que oía.

—Podemos hablar en el coche, estarás más tranquila —le sugirió.

—Os puede pasar a vosotras también. Lo sabéis, todas vosotras lo sabéis —advertía con sinceridad Rosa.

Efraín se quedó pensando si no estaría imaginándolo todo, igual que la noche anterior.

Si Aurora le había dicho que no había cantado, que Óvalo no había bajado la escalera, probablemente más tarde le diría también que Rosa nunca había existido. Además, se quedó pensando como si se alejara mucho, muy lejos, de ese mismo lugar; tenía que preguntarle a Óvalo qué significaba la palabra «embarazada». Nunca antes la había escuchado.

—Querida Rosa, no asustes a las niñas. Debes hacerme caso una vez más, un día más. Irás a un sitio donde van a revisarte...

—Yo quiero quedarme así. ¡No me hagan nada, no me toquen! No quiero que me pase lo mismo que a...

Lilian fue decidida hacia Rosa y la controló rápidamente cerrando sus manos anilladas sobre los puños de la niña. La miraba fijamente, como si la hipnotizara. Y la hizo llorar, o al menos así lo veían Efraín y Óvalo.

El resto de las niñas se mantenían ahora silenciosas. Prieto esperaba y Arévalo salía de la escena para regresar inmediatamente con un rastrillo para limpiar los insectos carbonizados.

—Se van los bichos —exclamó Óvalo—, se van, pero volverán. Apenas apriete el calor...

—Óvalo —afrontó tímido Efraín, no sabía si venía a cuento la pregunta, si era el momento adecuado—. ¿Qué es «embarazada»?

Óvalo lo contempló seriamente e inició una carcajada que decidió interrumpir.

—Te haré un dibujo.

—Se van, están metiendo a Rosa en el coche, mira —avisó de pronto Efraín.

La joven no deseaba entrar en el coche, intentaba arrastrarse fuera y los puños de Lilian soltaron una de sus manos para abofetearla con dureza.

—¡No, Lilian! —exclamó Arévalo.

—No me ha dejado otra alternativa —se justificó.

Las niñas seguían calladas, pegadas contra la pared. Las negras comprobaron que los insectos se evaporaban y apagaron las antorchas.

La puerta del coche sonó estrepitosamente. Prieto fue hasta su asiento de conductor y encendió los motores.

—Esta misma tarde, cuando estéis en clase con el profesor Arévalo, quiero que olvidéis este incidente. Rosa ha estado enferma, se ha imaginado cosas, necesita una ayuda que aquí no podemos proporcionarle —arrancó su discurso la señora Lilian en dirección a su público de mandilones de azul feo y ojos atentos y asustados, siempre con esa voz suave, como si fuera un cielo calmo después de mucho llover, pensó Efraín—. Ahora tenéis que recordar que estáis aquí persiguiendo un sueño, un sueño que estamos construyendo juntos, vosotros y nosotros, el profesor Arévalo y servidora. El sueño de volveros personas diferentes, auténticas supervivientes.

Rosa, entretanto, pretendía salir del coche ya cerrado y Prieto intentaba apartar sus manos de la manivela de la ventanilla, pero ella la sujetaba fuertemente. Óvalo asistía a esa sucesión de movimientos histéricos impasible, sin apenas mover un músculo de la cara. Efraín continuaba asombrado, primero de esa capacidad suya para verlo todo, un ojo en Rosa, otro en Prieto, en la señora Lilian, en Aurora junto a las niñas contra la pared, y otro ojo para sí mismo, allí, al lado de Óvalo, en el alféizar de la ventana.

La señora Lilian prosiguió:

—No olvidéis nunca que todo lo que viváis o veáis en nuestro Limpio Chiquito, este pequeño espacio maravilloso y frondoso de nuestra isla, ocurre siempre, siempre, siempre, por vuestro bien.

Las niñas continuaban en silencio. Efraín pensó que Óvalo uniría sus manos para iniciar un aplauso que no llegó a sonar. Arévalo fue hacia una de las puertas traseras del coche, la abrió y permitió que Lilian entrara en él y se colocara en su asiento a un lado de Rosa. Prieto seguía sosteniendo a la niña, que ya no luchaba, que sólo lloraba, en el coche. Arévalo fue hacia la otra puerta y se sentó al otro lado de Rosa. Efraín creyó verla apartándose de los dos adultos, intentando abrir la puerta, incluso mordiendo llevada por un nuevo arranque de violencia y pavor a la señora Lilian, pero el coche se alejaba ya, abordaba el camino de pequeñas piedras y altos pinos por el que habían accedido hacía tan sólo un día Óvalo y él. Se iba, Rosa se iba. No la conocía, sólo había compartido con ella aquel extraño momento, y sin embargo, sentía que llevaba una vida entera junto a ella. Las niñas se agrupaban en una fila india disciplinada y uniforme y se encaminaban hacia un bungalow, otro espacio más aún por descubrir para Óvalo y él, que se quedaba allí, apoyando su frente en el cristal de la ventana, con ganas de preguntarle a su amigo de nuevo: «¿Qué es una embarazada?»

—Ella se va a La Habana, nosotros nos quedamos aquí —fue todo lo que dijo Óvalo.

* * *

Las ventanas se abrían cada mañana temprano, a las seis. Efraín era el primero en levantarse y decirle buenos días a Prieto. Óvalo abría un ojo, miraba a Efraín y lo volvía a cerrar.

Todas las mañanas Prieto le quitaba la sábana a Efraín para que éste, sintiendo el frío mañanero, saltara de la cama y fuera al baño al final del pasillo.

—Efraín no se anda con chiquitas, y tú, Óvalo, eres más difícil que enderezar una caña después de cortarla.

—Sólo quiero dormir un poco más —farfullaba.

—Tienes muchas comodidades, muchacho. Las cosas no son siempre tan fáciles.

—Merezco esas comodidades —respondía entonces Óvalo apartando la sábana y caminando hacia el pasillo completamente desnudo.

—Pueden verte... —advertía Prieto.

Óvalo se detenía en el marco de la puerta y se exponía totalmente ante Prieto.

—¿Quién? ¿Alguien nuevo? ¿Una nueva chica? ¿Un nuevo padrino?

Prieto tomaba las sábanas de ambas camas y Óvalo esbozaba la media sonrisa que exhibía cada vez que una mañana en Limpio Chiquito empezaba como a él le gustaba.

Lavados y peinados ya, Óvalo bajaba la escalera más rápido que Efraín. Como si fueran miembros de una orquesta que se preparara para un concierto, las negras abrían las ventanas del piso inferior y en el vidrio recién pulido Efraín alcanzaba a verse cada vez más pequeño y delgado mientras Óvalo crecía y se hacía más rubio, la cabeza más grande, los labios más carnosos, sus piernas más largas y fuertes, igual que sus brazos.

El profesor Arévalo salía a su encuentro.

—Debe de ser una buena señal, Óvalo, que hoy hayas decidido venir a clase.

—Me he despertado de buen humor, es todo. Y usted, profesor Arévalo, ¿ha tenido buen sueño o volvió a dormir preocupado porque algún día venga mi padrino... —miró furtivamente a Efraín—, nuestro padrino, y podamos al fin viajar a La Habana?

—Te pido paciencia, Óvalo.

—¿Por qué no me cambia el nombre y empieza a llamarme así: «Paciencia»?

Óvalo se sentó en el pupitre, el último de la primera fila, cerca de los mapas que dibujaban la isla como una huella, «la de un gorila, un bicho más grande que los que hemos visto aquí», afirmaba. Efraín se ubicaba en la misma fila pero dos pupitres más allá.

El profesor Arévalo, que seguía vistiéndose de verde, cambiaba de actitud al tener a Óvalo cerca. Ese mismo efecto que le ocurría al doctor Hernández, recordó Efraín. Era como si algo dentro de ellos se disolviera y solamente quisieran estar cerca de él, mirarlo, dejarse mirar, acariciarle el pelo. Óvalo se echaba hacia atrás, incluso bostezaba, se alborotaba todo el flequillo con la palma vuelta de su mano derecha y abría y cerraba los ojos para derretir todavía más ese muro o sentimiento sin rostro debajo del traje verde, la piel y el sudor del profesor Arévalo.

—Sabes muy bien que tu padrino recibe información detallada de tus progresos.

—Me he leído seis veces el mismo libro de los mosaicos —miró de nuevo hacia Efraín—, se lo he enseñado y creo que hasta ha aprendido a leer.

Efraín, como si Óvalo también activara un resorte en él, abrió el libro, que llevaba consigo, y comenzó a recitar:

—«Al introducirse la producción de baldosas hidráulicas en La Habana en 1866, Cuba se convirtió en el segundo país de América, después de México, en llevar a cabo esta técnica.»

El profesor Arévalo logró desatarse del embrujo de la mirada y el flequillo de Óvalo y se colocó detrás de Efraín.

—¡No puede ser cierto!

—Lo es, profesor —afirmó Óvalo sonriente, mirando al hombre verde que se mordía asombrado un dedo entre los gruesos labios—. He aprendido tanto de usted que me convierto en mejor maestro con Efraín.

El profesor sudaba profusamente, y una gruesa gota resbaló sobre el libro.

—Léeme este párrafo —exigió—, el que te señalo.

Óvalo miró fijamente a Efraín y éste decidió que no devolvería la mirada para no despertar sospechas en el profesor. Ya hablarían entre ellos de sus propios trucos para que ahora supiera leer tan repentinamente, al menos este libro sobre los mosaicos.

—Estoy esperando —insistió el adulto—. Aquí, donde descansa mi dedo, no tenemos toda la mañana.

Efraín tomó el libro por sus bordes, recordó brevemente los animales que Óvalo dibujaba en papeles robados de esa misma aula, cada letra respondía a una figura, todos los días una nueva hasta alcanzar las veintiocho letras del alfabeto. «Una letra por noche», decía Óvalo. ¿Significaba eso que llevaban más de veintiocho noches en Limpio Chiquito?

—No puedo ver la... «c» porque me la tapa su pulgar —alegó Efraín, y Óvalo dejó escapar una risa.

El profesor apartó su dedo dejando en efecto a la vista la «c», ahora humedecida por sus manos sudorosas.

—«Con los métodos... tra... tradicionales... de pro... producción.» —Calló, no podía titubear. Bajó sus párpados y vio el cuello sangrante de Evaristo, los bichos cayendo abrasados por las antorchas, sus preguntas sin respuesta... Abrió los ojos y Óvalo le miraba acomodado en su asiento, sus manos entrelazadas bajo su mentón.

—Sí, ahí dice «producción». ¿Y qué más? —insistía Arévalo.

Efraín decidió levantarse, adelantarse hasta la pizarra colgada junto a la puerta del salón. Se incorporó como si estuviera en una representación que jamás había visto pero que consiguió reproducir allí mismo.

—«La producción de baldosas hidráulicas se originó en España y alcanzó su etapa de máximo esplendor en nuestro siglo. Aunque en el anterior el uso de esta tecnología se extendió por todo el mundo, especialmente por Francia, Italia y Marruecos y nuestra amada Latinoamérica.» —Efraín cerró el libro y observó a Óvalo, que sonreía tanto como si acabara de llegar a su soñada Habana, y al profesor Arévalo con la boca tan abierta como si esperara acoger a un tren.

Los aplausos precedieron la entrada de los dos en el comedor. Solamente ellos sabían el milagro que había hecho que Efraín leyera esos párrafos sobre la baldosa hidráulica. Entraron en el comedor, las ventanas estaban abiertas y las negras traían dos grandes peroles con el frijol negro humeante y el arroz tan, tan, pero tan blanco, y un tercer recipiente con la carne desmechada. Era día de banquete, seguramente entraría la señora Lilian, a lo mejor con Rosa de vuelta, para decirles que sus padrinos vendrían a comer con ellos. O, también, a cenar.

Óvalo fue hacia las ollas y Efraín le vio sonreír. El olor era bueno, la comida prometía serlo. De seguro les anunciarían que habría visita. Quizá incluso llegaría un coche dispuesto para uno de ellos. A lo mejor, sólo a lo mejor, otro coche más, uno para cada uno, por la hazaña de la lectura.

—Alambre, ya estás con tus sueños. —Era Aurora, olía tan rico y se veía tan linda... Definitivamente era un Óvalo pero en niña—. ¡Ya lo sabe todo el mundo! Has leído, sin soltar el libro y de pie delante del pizarrón.

—Como un actor —se oyó a sí mismo Efraín.

—Huy, sí —agregó Aurora llevándose la mano a los labios para tapar su risa—, como todo un Errol Flynn.

A Efraín le retiró la sonrisa de la boca y ahora ella se rió abiertamente de su sorpresa.

—¿Y quién es ése?

Aurora se rió más fuerte, Efraín la acompañaba sin saber por qué. Óvalo, desde el humo que provenía de su plato, entrecerró sus ojos azules teñidos ahora de nuevos misterios.

—A tu amigo no le gusta que nos veamos. Ni que hablemos —aseveró Aurora, sentada junto a él en los largos bancos del comedor.

—¿Por qué siempre tiene que comer separado de nosotros? —preguntó Efraín.

—Porque no es igual a nosotros.

—¿En qué? Dormimos juntos. Bueno, él en su cama y yo en la mía.

—Porque sois los únicos supervivientes de verdad. Del huracán. En cambio, y no le digas a nadie que te lo he dicho, muchas de nosotras, las niñas... no somos hijas de nadie, ni siquiera de un huracán.

Efraín se dejaba llevar por la voz de Aurora. Era dulce, más suave que la de Óvalo, que la de la señora Lilian cuando hacía de buena. Incluso que la de su propia madre llamándole desde el centro de la ola.

—¿Desde cuándo estás aquí?

—Desde que puedo recordar. Ya no llevo la cuenta de cuántos entrenamientos he visto. —Le miró con esos ojos igual de dulces que su voz—. Tú no sabes lo que es un entrenamiento, ¿verdad?

Efraín decidió mover la cabeza de un lado a otro, riéndose, sintiendo que su pelo, que no era como el flequillo de Óvalo, se dejaba llevar por el viento, por la mirada de Aurora.

—Te vas a marear —le previno, pero él siguió agitando la cabeza. Estaban riéndose los dos, y en esa ocasión Aurora no se tapaba la boca. Si se acercaba un poco más, a lo mejor, otro a lo mejor, conseguía besarla y él y ella se volvían uno, como tanto deseaba que pasara también con

Óvalo—. Espera, quédate quieto. Te estaba hablando del entrenamiento... y has empezado a volverte loco.

—¿Qué es, qué significa un entrenamiento? —le preguntó.

—Vienen los padrinos, y cada uno de nosotros tenemos que demostrar lo que hemos aprendido. Nos dijeron que tú sabes contar historias, pero no haces más que preguntas. ¿Sólo se las cuentas a Óvalo? —Aurora hablaba rápido, mirándole todo el tiempo, y sus ojos cambiaban al ritmo de su conversación, se alegraban, se empequeñecían, volvían a crecer, a veces ocultaban una sonrisa mucho más bonita que ese ridículo gesto de tapársela con la mano.

Efraín se veía obligado a pensar mucho más rápido que ella para elaborar sus respuestas. Estaba preparado, podría inventarse allí mismo una historia con la cual sorprenderla, pero le detuvo el gesto de una de las niñas de la mesa: la niña se reía y abría las piernas todo lo que podía en su asiento del banco de madera. Después, tomando uno de los pepinos de la fuente que acababan de colocar las negras en el centro de la mesa, lo chupaba y luego lo acercaba a sus piernas abiertas. Las otras niñas, a su lado, empezaron a reírse también llevándose las manos a la boca.

—*Cucumber, cucumber*, se dice en inglés porque así me lo dice mi padrino cuando me lleva a la habitación de las fotos —explicaba la niña.

—¡Basta ya, Cristina! —exclamó Aurora, autoritaria, tensando todo su cuerpo.

La niña se molestó por su llamada al orden.

—¡Hago lo que quiero!

—No deberían poner esas frutas en el medio de la mesa —dejó escapar Aurora, otra vez seria.

Se levantó y fue hacia la fuente, pero las otras niñas se adelantaron. Cristina, mientras tanto, empezaba a reír de una forma indescriptible para Efraín. Las otras chicas cogían más frutas y hortalizas y la imitaban. ¿Por qué se quitaban la ropa, por qué reían y empezaban a llorar al mismo tiempo, por qué utilizaban esas frutas de esa manera?

—¡Tendré que llamar a las negras, Cristina! —amenazó ahora Aurora.

Pero Cristina hacía caso omiso. Se había quitado toda la ropa y se colocaba encima del pepino mientras las chicas que estaban cerca de ella se reían, se tapaban la boca, la aplaudían y jaleaban.

—Como si fuera un caballito, así me dice: «*Cucumber like a horse, like a nice, little horse.*» —Aurora no tuvo más remedio que abalanzarse sobre Cristina y luchar por alejarla del pepino—. Me lo enseñó el americano, como a ti, igualito que a ti —gritaba Cristina mientras Aurora se convertía en un desbarajuste de brazos y piernas que luchaban por empujarla fuera de la mesa.

Efraín no se movió de su sitio. Pensaba que la escena iba a cámara lenta, luego a cámara muy rápida. No quería estar allí y, al mismo tiempo, deseaba que no se detuviera. De pronto sintió curiosidad por recoger ese insólito pepino desencadenante de toda aquella histeria. Cuando quiso hacer algo, una mano muy fuerte, sudorosa, lo levantó por el cogote a unos centímetros del suelo. Era Óvalo.

—Te dije que no te separaras de mí. Queda terminantemente prohibido que veas a Aurora y a esas niñas.

Nunca le había visto de esa manera. Lo empujó fuera del comedor, hacia el patio de la entrada donde Rosa había subido al coche con destino a La Habana. Efraín se sacudió el polvo del suelo después de que Óvalo le dejó caer sobre él y miró a su amigo, convertido en alguien más adulto, mucho más fuerte, capaz de arrojarle nuevamente al polvo, de devolverlo a las olas del huracán.

De inmediato aparecieron las negras en torno a la mesa de las niñas. Y Prieto. Y el profesor Arévalo, sin camisa, toda su barriga colgándole como si fuera un balde de agua estancada. En su desesperación por frenar lo que sucedía en la estancia, abrió aún más sus puertas para permitirle espacio a su ancho cuerpo. Efraín, fuera, tirado en el suelo, pudo ver a Óvalo delante de él, siempre mirándole, y a su espalda a Cristina y a otras tres niñas también desnudas tomando esos pepinos, zanahorias y plátanos, rompiéndolos con sus dientes y aplastándolos contra su desnudez como si quisieran hacerse daño. Cristina seguía gritando palabras en inglés, mezclando risas y llantos, moviéndose sobre el pepino como si de verdad fuera un caballito. Las otras niñas la imitaban mientras Arévalo intentaba controlarlas, las negras las sujetaban por los brazos y ellas les mordían.

Óvalo se dio cuenta de lo que Efraín observaba y cerró las puertas de ese infierno inesperado.

* * *

Prieto regresaba a la habitación para despertarlos como siempre y Efraín, aunque no hubiera dormido nada, se levantaba y salía hacia el baño al final del pasillo. Sin preguntas, asumiendo un nuevo día, su deber de bajar a desayunar, ver a las niñas ya sentadas, Cristina ya nunca más entre ellas. Las fuentes de frutas y verduras tampoco. Cada vez que hubiera ensalada todo estaba picadito, picadito en las bandejas. Las negras trabajaban más, murmuraban cosas cada vez que dejaban los platos delante de cada uno de ellos. Por una semana, o dos, no hubo peroles cargados de frijoles, arroz y carne mechada. Mucho menos explicación para la cancelación de la visita de los padrinos después de la actuación de Cristina con las frutas.

Óvalo continuaba cada día durmiendo un poco más, aprovechando el rato en el que Efraín se duchaba. Seguía sentándose en el mismo pupitre delante de los mapas de la isla. Aurora evitaba quedarse a solas con Efraín y él no esperaba otra cosa. El profesor Arévalo insistía en que leyera más párrafos del libro de mosaicos, y cada noche, cuando todos dormían y los únicos ruidos eran los que hacían los murciélagos quebrando las débiles ramas de los árboles dormidos, Óvalo sacaba su linterna escondida y le leía el libro, dos veces, tres veces, hasta que Efraín lo memorizaba. Luego se quedaba dormido o hacía como si lo estuviera, y entonces era el turno de mentir de Efraín, de fingir que tras sus ojos cerrados desfilarían sueños. En realidad empezaban para él horas más lentas, siempre sin número, sin cuenta. Óvalo saldría de la habitación, sus pisadas sin sonido llevándole seguramente más allá de la escalera, más allá del comedor, y era entonces cuando Efraín abría los ojos y se preguntaba por qué no tenía el valor para seguirle si se sentía obligado a protegerlo.

¿Cómo era que no le seguía?

Es que sus piernas no le respondían, ni los brazos, ni las manos, y oía una voz sin rostro que parecía decirle: «Tu protección empieza y termina en este cuarto.» Y Efraín miraba cómo en algún punto de la larga noche un destello de luz, de la luna o del propio firmamento, iluminaba ese trozo de pared donde resurgían las huellas de las fotografías antiguas que ya no estaban. E imaginaba a niños como él, como Cristina, como Rosa y Aurora, aferrados a la mano de alguien mayor que los miraba de frente, que les preguntaba si podían decirles adónde iban, quién iba a venir, cuándo abandonarían Limpio Chiquito.

9

LOS PADRINOS

Efraín entró tarde en el salón del profesor Arévalo. No lo pudo evitar. Había oído ruidos la noche anterior. Sí, los de siempre: las canciones de Aurora y los murciélagos agitando y masticando las ramas del árbol frente a su ventana, cada vez más cerca, como si en vez de morder el árbol estuvieran hincando sus dientecillos en el quicio de la ventana abierta. Oyó palmadas, fuertes, como las de aquel hombre con cigarro y pelo bicolor flanqueado por sus perros gigantes a la espera de que Óvalo terminara de bajar la escalera, sólo cubierto por su sábana y arropado por las miradas, la música y la voz de Aurora.

Fue hacia su pupitre, dos asientos separado del de Óvalo. No iba a hacer preguntas, ¿para qué? Siempre le negaban lo que él había oído y, fuera verdad o mentira, nadie iba a devolverle el sueño perdido. Aquella mañana, mientras caminaba hacia su pupitre, dentro, muy dentro de él, había como un grito, una voz ronca que luchaba por no quebrarse del todo y que no dejaba de repetírselo: «Eres un condenado. Por lo que has hecho, porque naciste con esa marca como una señal en la piel. Y te reúnes aquí, en Limpio Chiquito, con otros condenados.»

—Cara estupenda, Efraín —advirtió Arévalo sorpresivamente; era un chiste vestido de verde.

El profesor Espinaca sí se veía descansado. Dormía en

una casita justo en el otro extremo de la finca que era Limpio Chiquito. Óvalo se la había mostrado una de esas veces en las que «salían a pasear», como decía Arévalo, y avanzaban hacia territorios prohibidos para todos los niños menos para ellos.

Era una casa de madera en donde siempre había una lámpara encendida al lado de una gran mesa redonda, llena de libros y dibujos sin terminar y recortes de muchas revistas. Efraín no quiso entrar, no le gustó nada estar allí, escondido o no, porque pensaba que en realidad no estaban tan escondidos, que por alguna razón Óvalo sabía cómo llegar hasta allí y se le permitía llevarle también a él. Claro que podía preguntárselo: «Oye, Óvalo, ¿cómo es que podemos llegar hasta aquí cuando Aurora, que lleva más tiempo que tú y yo, jamás ha podido dejar la casa grande?» Pero sabía demasiado bien la respuesta: «Es mentira, te inventas cosas aquí en Limpio Chiquito. Vas a volverte loco, Alambre, como empieces a creerte tus propias historias.» Otra condena, la de esas falsas noches en las que ambos fingían dormir, ¿cómo podía decirle que sabía que salía del cuarto cada noche, seguramente para ir hasta allí o a otros muchos sitios, si se suponía que cada noche él también se dejaba vencer por el sueño?

—Como te decía, Efraín, excelente aspecto. Y muy bien planchada tu ropa. La ropa... —el profesor Arévalo, cuando le veía miga a un tema, un objeto, una frase, podía lanzarse a un discurso interminable—, como decía, es una extensión de nosotros mismos. Un reflejo, una señal de identidad. Por eso debes estar presentable, incluso si se puede alcanzar la perfección, mejor todavía. Mirad mis trajes, el verde siempre me ha parecido un color vivo, como las hojas, como este maravilloso bosque de Limpio Chiquito. La Virgen, la madre de Nuestro Señor, siempre lleva un poco de verde en el interior de sus mantos azules. El mar, este mar que nos rodea y sostiene, que nos sujeta en medio de la inmensidad, es también verde según las horas y, como el manto de la Virgen, azul. Se me está ocurriendo, Óvalo, que podrías hacer un mosaico con esos colores. —Era una buena sugerencia, porque éste no cesaba de dibujar mosaicos en sus clases, su única clase.

—Todos mis mosaicos serán azules y verdes, profesor —apuntó Óvalo con cierto desdén.

Otro día más, le gustaba decirse eso, otro día más. Recolocó el cuaderno. Se miró las manos, no sabía por qué lo hacía; desde que dormía con Óvalo, ya en la habitación del hospital, se miraba las manos un instante cada mañana. Y recordaba a su madre enrollando las hojas del tabaco y a esa mujer contando una historia sin final. Todos los días, ése también. Levantó la vista de sus manos y recorrió el salón, los pupitres en fila, ellos dos convenientemente separados, el profesor al fondo. Y a su lado, como novedad, un caballete. Sí, sabía lo que era, Óvalo siempre decía la palabra: un caballete. Sería de su padrino, pensó, y le recorrió un escalofrío. Si alguien recibía un regalo de parte de su padrino, le había advertido Aurora, eso significaba que el padrino aparecería pronto para ver los progresos.

—Efraín, te están hablando —le decía Óvalo.

Efraín le robó una mirada. Se había dejado llevar por sus pensamientos, y ya tenía otro: siempre que aparecía el nombre de Aurora, Óvalo se convertía en algo amenazante, como un lobo que aullara detrás de los pinos de Limpio Chiquito.

—Te decía, Efraín, que no parece importarte mucho la radio que te trajeron. —Quien hablaba era el profesor Arévalo.

—Porque en Limpio Chiquito las cosas son mucho más reales y... —necesitaba una palabra, sabía que la respuesta le estaba saliendo perfecta— en colores. Eso, en colores. Mientras que en la radio todo es como en blanco y negro. Es mucho más interesante lo que aprendemos a su lado, profesor. —Óvalo hizo un gesto, se rascó el cuello, parecía lleno de asombro y complicidad. Efraín comprendió que empezaba a parecerse a él.

—Muy atinada respuesta, Efraín. Es posible que seas una de esas personas con don de palabra. Creíamos que ibas a deleitarnos con tus historias, eso creímos desde el primer día en que acompañaste a Óvalo. No perdemos la esperanza de escucharte alguna vez contándonos una fábula. ¿Sabes o no lo que es una fábula?

—No —admitió.

El profesor miró sus propias hojas.

—Algunos creen, equivocadamente, que son historias para niños. Pero como muchas cosas en la vida real, las fábulas transforman en adulto al niño. Y en niño al adulto.

El profesor Arévalo se incorporó, apretó sus nudillos formando un ruido estrepitoso, como si todos los libros que le rodeaban en las estanterías cayeran al suelo.

—Todo este preámbulo es para hablarte del regalo del padrino de Óvalo. De seguro tú mejor que nadie conoces su habilidad para el dibujo.

Sí, iba a decir Efraín, pero también recordó que lo que Óvalo dibujaba era para que él aprendiera a leer en secreto, ese lenguaje de letras que se volvían hojas, triángulos, rectángulos que le recordaban el techo en el hospital donde se conocieron.

—Y me he tomado la molestia en mis ausencias de llevarles algunos de esos dibujos a los padrinos en la capital. —Efraín sólo recordaba una ausencia del profesor, cuando se llevaron a Rosa lejos de Limpio Chiquito—. Por ejemplo, éste mismo. —Se levantó, toda su verde humanidad proyectando una sombra negrísima, otra mancha inabarcable sobre el suelo de madera cegada por la luz del sol. Descubrió una tela sobre el caballete—: *Voilà, voilà* —repitió el profesor; como decía Óvalo, todo lo que se dice dos veces adquiere más importancia y otorga tranquilidad—: *Un tableau!*

Efraín siguió pensando. Era un dibujo de Óvalo, pero ¿cuándo y dónde lo había pintado? No le había visto hacerlo. Era grande, casi podía medir lo mismo que él.

—*Beautiful* —seguía el profesor—, *gorgeous*, que es una palabra muy divertida del inglés. Sólo los que de verdad conocen el idioma saben emplearla. ¿Qué es, Óvalo, este paisaje de tu mosaico?, ¿un boceto?

—Es lo que veo desde nuestra ventana en Limpio Chiquito. Un poco de los pinos, la sensación del mar en alguna esquina y la confianza en nosotros, el privilegio de estar aquí, esperando nuestra llamada a la capital.

Efraín veía algo diferente. Era el techo, sí, el techo de la habitación del hospital. Sólo que tenía más colores. Verde, azul siempre, el negro de los relieves del mosaico, y rosado. ¿Rosado? Óvalo no tenía ese color entre sus pinturas. Ese cuadro lo había hecho en otra parte... O no era suyo.

—¿Os gustaría abandonar estas lecciones de mosaicos y aprender algo diferente? —La pregunta del profesor estuvo un rato en el aire—. En Cuba somos líderes en muchas producciones. Los mosaicos, desde luego, pero también... el azúcar, el tabaco, el ron... —Arévalo soltó una carcajada—. Todo lo que unos muchachos decentes como vosotros no deberíais conocer.

—Olvidamos el arroz —dijo Óvalo, y amplió su sonrisa—. El cerdo también.

—Y el cacao, sólo que vecinos como Jamaica y compañía parecen haberse quedado con las recetas. O a lo mejor los mismos norteamericanos decidieron robarlas de aquí y enviarlas donde más les convenía. Pero no perdamos tiempo, de eso no vamos a hablar hoy, sino de vosotros. Merecéis un premio. Desde todo ese desagradable incidente de Cristina y la marcha de Rosa hemos tenido que separar a las chicas aún más de vosotros. Esto no convendría decíroslo, pero no quiero tampoco engañaros. Os tengo cariño, aprecio. Os tengo algo muy fuerte. Para nosotros, que estéis aquí es la demostración de que nuestro modelo puede llegar a expandirse por toda la isla.

Óvalo estaba a punto de bostezar, la retórica de Arévalo siempre le dejaba rendido. Miraba el mosaico, le gustaba su verde, como el agua del mar cuando hace mucho calor y mucho sol. Los bordes amarillos y ese remate de rosado. Le quedaba bien. Le gustaría hacer un mosaico que fuera rosado, sí, como el centro de la flor de la cayena. Ese rosado. La idea le hizo reír.

—¿Por qué te parece divertido, Óvalo? —interrumpió Arévalo.

—No es nada hacia usted. Estaba pensando en otra cosa, lo siento.

—Sé que estáis inquietos por lo que pasó hace unos días en el comedor. Insisto en que lo olvidéis, que recordéis que las niñas son distintas de vosotros. Imaginan cosas, confunden otras. Sobre todo tú, Óvalo, hacemos un esfuerzo contigo para que seas... distinto. Una luz que sobresalga.

Efraín seguía pensando en todas las noches en que se ausentaba de su habitación. A lo mejor era para ser esa luz vigilante en la habitación, para que nada le sucediera.

—Voy a ser breve, no quiero perder más tiempo. He hablado con vuestros padrinos y con gente todavía más importante. Están muy interesados en conoceros, quieren ayudaros, seguramente ya nuestro...

—Entrenamiento —añadió Efraín.

—Sí, en efecto, nuestro entrenamiento aquí haya sido

más que cubierto. Para mí ha parecido un tiempo muy corto pero sé que para vosotros este paso iba a ser tan sólo un... trámite.

—¿Vienen a buscarnos? —Óvalo estaba casi de pie. Arévalo recogió su pañuelo, se había secado ya, lo dobló cuidadosamente.

—Sí.

Óvalo se giró hacia Efraín y empezó a apartar los pupitres que los separaban.

—Vamos a ir primero a comer helado. Yo te invitaré. —Hablaba agitando las manos como nunca le había visto hacer, se detenía, seguía apartando pupitres, haciendo ruido, excitado, contento, todo ese azul en sus pupilas, lo había olvidado Efraín, tan lleno de vida, de imaginación, de decisión, te miraba y podía obligarte a cambiar el mundo—. ¿Te das cuenta, Efraín? Y después iremos a esa fábrica, La Casa del Mosaico de La Habana. Recuérdalo bien, Alambre: «La Casa del Mosaico de La Habana.» Los que vienen a buscarnos van a llevarnos allí, lo han prometido.

—¿Y cuándo, Óvalo, cuándo lo han prometido? —preguntó Efraín.

La pregunta cortó en seco su discurso. El profesor los miraba como si en ese breve instante tuviera en su poder los hilos necesarios para controlarlos.

—Bien es cierto que le aguardan muchas promesas. Y que su talento, como queda demostrado en este magnífico dibujo, conseguirá que todas se cumplan. Pero cada promesa encierra siempre un nuevo sacrificio.

Óvalo se enfrentó al profesor.

—Con este dibujo usted dijo que sería la última vez.

—Por favor, entiende que sólo te he preparado para que...

—No voy a hacer nada para nadie más.

—Para tus padrinos, sí. No puedo hablarlo ahora.

—¿Por qué no me dejan decirle a Efraín nada de lo que hago? Él mismo ya se lo imagina. No duerme. Ninguna noche duerme. Me espera en silencio haciéndose el dormido y yo sé que no lo está.

—Óvalo, yo... —Efraín se asombró de esta revelación. No la esperaba.

—¡Calla, no digas nada!

Pero no quería callar, quería aprovechar ese momento para preguntarle a Arévalo dónde tenían a Aurora, por qué no comían con ella desde el suceso protagonizado por Cristina. ¿Se la habían llevado como a Rosa?

—Óvalo, y tú, Efraín: lo último que voy a pediros es también mi último esfuerzo. Es algo especial, muy especial, algo que va a fascinar a nuestro padrino más importante. Él mismo se ha encargado de que tengáis todo lo que os haga falta. Quiere que forméis parte de un cuento, de un maravilloso cuento de hadas. Es lo que habéis sido los dos para esta humilde morada. Dos enviados, dos seres...

—Un ser, profesor. Yo soy el ser.

—Óvalo, si quieres luego lo hablamos.

—Usted tiene muchos cuentos de hadas y sólo nosotros dos sabemos que cada noche me cuenta uno especial, para mí.

El profesor se empequeñecía. Ese mismo sudor recorriéndole de nuevo la frente, tanto que ni siquiera el pañuelo podía secarlo. Igual que con el doctor Hernández, Óvalo usaba con él esa misma voz, más baja, estirando cada letra de cada palabra.

—¿Cuál quiere que le recite aquí, delante de Efraín? ¿Cuál de todos esos cuentos necesita que le repita?

—Óvalo, es suficiente —interrumpió el profesor—. A veces parece que no sabes definir cuánto daño hace lo que dices.

—Sí lo sé definir: cuánto me engañan. No me gusta

que me engañen, sé muy bien qué hacemos aquí, qué es lo que de verdad aprendemos aquí dentro —resolvió Óvalo.

—¿Podemos hablarlo luego?... —solicitó el profesor.

—Usted mismo lo llama supervivencia. Lo ha dicho aquí, delante de Efraín. Supervivencia significa conseguir lo que uno quiere de la manera que uno pueda, incluso inventándose una. En la isla todos somos peces que podemos caminar por la tierra sin que nadie se dé cuenta, y buscar, siempre buscar, buscar lo que no hay en el mar.

El profesor se llevó primero las manos a la cabeza y después se tapó los oídos.

—Usted me lo enseñó, me enseñó muy despacito cómo decir estas palabras —sentencio Óvalo.

Efraín carraspeó, le salió así de natural, aunque hubiera podido gritar: «¡Coño, díganme qué demonios hacen todo el día en Limpio Chiquito! ¿Qué somos: niños, monstruos, animales, sueños, mentiras, verdades? ¡Qué somos!» Pero todo quedó reducido a ese carraspeo. Óvalo abrió y cerró los puños, la señal de que había dicho todo lo que tenía que decir. El profesor mesó sus cabellos, alisó su camisa verde y miró su pañuelo.

—Óvalo, vuestros padrinos esperan lo mejor de vosotros. Es la última demostración, y será en breve, aquí, en nuestro centro. Lo he preparado todo para que logremos celebrar un evento especial, cuento con vuestra colaboración.

Se levantó nervioso, el pañuelo moviéndose a su ritmo como si fuera un perro muy pequeño y volador. Efraín se rió, no halló una sola palabra para describirlo: tonto, raro, extraño, como todo lo que veía pasar en Limpio Chiquito cuando estaba despierto sin haber dormido noches enteras. Se quedaron solos con el dibujo que los miraba, esos rectángulos repitiéndose sin cesar, espejos negros repletos de símbolos que parecían moverse en su interior.

—Dime que me quieres, Efraín —suplicó Óvalo.

—Te quiero —asintió con la mayor fuerza y seguridad que pudo. Porque le quería, por encima de cualquier explicación, de cualquier desvelo, de cualquier Limpio Chiquito. Le quería.

—Dime que nunca me dejarás solo.

—Nunca te dejaré solo.

—Nunca me traicionarás.

—Nunca te traicionaré.

—Nunca me preguntarás qué hago cuando me haces creer que duermes.

Efraín vaciló. Una vez descubierto, ¿por qué no podía preguntarle?

—Sí, quiero saberlo.

—Hago cosas que quiero que nunca veas. Tienes que prometerme que no verás lo que no quiero que veas.

—¿Por qué?

—Porque es lo mejor para ti y para mí.

Efraín bajó los ojos. Le quería, le encantaría acercarse, llorar, por ejemplo, llorar como no había hecho hacía tanto y por tantas razones.

—Prométeme que jamás me verás en lo que te pida que no me veas.

—Sería engañarte.

Efraín pensó en recoger sus cosas y salir del salón. Pero ¿hacia dónde? ¿Hacia los pinos, hasta la cabaña del profesor, a la cocina de las negras y las frutas? ¿A la puerta de Limpio Chiquito a ver si llegaban los coches conducidos por Prieto y otros negros como él, con la señora Lilian y los padrinos dentro?

—Está bien, lo prometo —cedió.

* * *

—Alambre, estoy aquí otra vez, me han dejado regresar al comedor.

Era la voz de Aurora, sintió sus brazos rígidos, y a todo el torbellino que era él pensando y hablando consigo mismo, agregó lo curioso que resultaban las apariciones, las entradas y salidas de cada uno de los que habitaban Limpio Chiquito. Como si alguien los colocara y de la misma manera los llevara a otro sitio.

—Estás pensando en tus historias, Alambre. Se te ve en la cara. Te pones así, serio. —Y alargó el rostro y apretó los labios. Era linda. Estaba de nuevo cerca. Olía tan rico, mucho mejor que Óvalo, a lo mejor por eso le tenía tanta rabia—. El profesor me ha permitido que cante en la Fábula, ¿lo sabías?

—¿Pero entonces sabes cantar? —atajó Efraín. Por fin caía una mentira, entera, bum, al suelo—. Cada vez que te decía que habías cantado la noche anterior me decías que era imposible...

—Bueno, es que lo he estado mejorando en el bungalow, donde hemos estado después de lo que pasó con Cristina.

—¿El bungalow?

—Es el regalo de los padrinos americanos.

—No entiendo nada.

—Así es Limpio Chiquito, Efraín. No puedes saberlo todo de un golpe. Es como un país dentro de un país o una caja dentro de otra caja. ¿Pero no te alegras de verme? He pensado en ti, ¿sabes? Y me he reído recordando esa cara tuya...

—¿Te da risa mi cara?

—Porque eres como serio, distraído, no sé, raro. Como todos nosotros pero con algo más.

—Y Óvalo, ¿qué te parece Óvalo?

—Un favorito. Es lo que decían de él antes de que llegarais aquí.

Hablaba siempre con esos ojos que se adelantaban a sus

palabras. Parecía divertida. Se la imaginaba cantando, moviendo las manos al compás de la música.

—Aurora, ¿somos niños o ya hemos dejado de serlo?

—Qué pregunta más rara. ¿Tú cómo te ves?

—Feo.

—Bueno, flacucho y eso, pero con esa cabeza que parece estar siempre imaginando algo, un Apocalipsis, una tormenta.

—Mi madre desapareció en la tormenta.

—Ya, lo recuerdo. Perdóname.

—Y tú, ¿cómo te ves?

—Bella. —Y lanzó una carcajada—. Yo no tengo madre, ni padre. Dicen que me recogieron cerca de aquí, en un bosque de esos que parecen terminar en el mismo mar. Siempre he estado aquí, por eso me acerqué a ti, porque casi nunca vienen niños.

—Llevas viviendo aquí... ¿siempre?

Aurora asintió y sus ojos se le volvieron más suaves. Como una tarde, una tarde que se resiste a irse.

—Y ¿cuánto es eso?

—Once años —dijo.

—Entonces, ésa es mi edad.

—Si tú lo dices. Yo sé contar, y muy bien, porque así he aprendido a cantar las canciones. —Bajó los párpados, como si acabara de confesar una mentira—. Como tú, que has aprendido a leer con un método misterioso.

—No te han engañado, ha sido un milagro —confirmó él, y no pudo evitar reírse. Aurora lo miraba extrañada.

—No existen los milagros, y si existen, serán para cosas más importantes, digo yo, que aprender a leer y cantar.

Efraín decidió reírse con más fuerza. Si a ella le gustaba, o al menos le asombraba, ¿por qué iba a resistirse?

—Depende, digo yo —siguió, ahora imitándola un poquito. Ella no se dio cuenta.

—Pues yo aprendí a contar con los dedos. Los ponía juntos, así —extendió sus manos, como hacía el propio Efraín cuando miraba sus palmas—, y empezaba: este dedo es uno, éste, dos, y así hasta el último que es diez, y el once empiezas de nuevo por el uno.

—Eso lo puede hacer cualquiera —le replicó Efraín un poco enfadado porque le dio vergüenza que algo tan simple no se le hubiera ocurrido, sobre todo a él, que siempre se miraba las manos. Once y luego veinte, y entonces, veintiuno, coño, estaba descubriendo que podía contar.

—Efraín, ya estás en tus pensamientos, sigo aquí. Te estoy contando casi hasta cien —decía Aurora riendo mucho.

—¿Por qué me negaste que cantabas?

—Porque en Limpio Chiquito no se puede decir nunca toda la verdad.

—¿Qué pasa durante las noches? ¿Qué hace Óvalo? ¿Qué haces tú?

Aurora le miró y sonrió, bajando la cabeza.

—Son demasiadas preguntas. —Allí estaban otra vez tantas palabras cruzándole los ojos—. Ven al bungalow, es la hora del descanso. Bueno, no es que trabajemos mucho. Además, ya estarán ensayando para la Fábula.

—¿La Fábula?

—Mañana es La Noche de los Padrinos. Llegarán durante la mañana y por la noche esperan nuestra actuación. ¿No te ha dicho nada el profesor?

No, o sí, daba igual. Se sentía atrapado siguiendo el tono de su voz. Aurora era como una cosa buena, como el sol después de la tormenta. En la suya propia no había visto ninguna luz, así que agradecía todavía más que, de repente, en un confín de Limpio Chiquito, el sol saliera para él y se llamara también Aurora.

* * *

—Y Óvalo, el favorito, ¿no se molestará de que lo hayas traído? —preguntaban a Aurora.

Eran seis, siete chicas, no todas las que se reían tapándose la boca, sino un selecto grupo. Acababan de ducharse y estaban dispersas en distintos grados de desnudez, algunas con una toalla debajo de sus hombros; otras riéndose al tiempo que convertían la toalla en un turbante, el resto secándose los pies o moviéndose en la habitación desnudas, el sol resbalándoles por el cuerpo. Eran como Aurora, no mucho más altas que él mismo. Una de ellas se puso una mano delante para esconder unos pechos que empezaban a crecer. La señalaban, «Ay, la tapatetas», y la chica intentaba refugiarse en una esquina de la habitación y allí iban todas a quitarle el brazo de su pecho, riendo, jugando.

—Alambre es mi amigo, puede estar aquí con nosotras.

—Ay, pero acabamos de ducharnos. Tenemos que prepararnos para el ensayo —protestó una.

—También podemos ensayar con él —propuso otra, y se acrecentaron las risas.

Efraín quería verlas de una en una para describirlas mejor, pero se mareaba, los perfumes del baño, la sensación de estar en un sitio inoportuno, las ganas de estar más cerca de Aurora y pedirle una canción, cualquiera, incluso una nana, sólo que no recordaba ninguna. Todo eso iba embriagándole y ellas empezaban a rodearle. Oía su nombre, y el de Óvalo, y también esa frase «el favorito del favorito, el escogido del escogido». Y miraba esos cuerpos de niñas acercándose a él como las gallinas de Evaristo pero perfumadas, la piel mucho más suave, sus labios pequeños besándole y no picándole. «El amigo de Aurora», «Alambre», «El tieso de Alambre», dijo una, y volvieron esas risas todas al mismo tiempo, como pequeños gritos que nadie oye, que están debajo de sus pequeñas carcajadas. «Mira, estoy desnuda como una Venus, una Venus para que pintes encima de mí. Pinta con tu brocha, ¿sabes lo que es tu brocha, no te lo han enseñado los padrinos?» No podía oírlas bien, hablaban al mismo tiempo. «Dejadlo, dejadlo.» «Tenemos que ensayar para cuando vengan a enseñarnos.» Seguían riéndose, ahora las veía mejor, eran morenas, una de ellas con el pelo muy rizado y pegado al cráneo. «Es Cabeza de Hormiga. Muéstrale dónde le gusta a tu padrino buscar tus hormiguitas.» La niña no se reía mientras las otras le daban pequeños golpecitos. Aurora intentaba calmarlas. «Has traído un hombre, Aurora, un hombrecito, y ya sabes cómo nos ponemos.» «Vamos a bailar una canción para él. Vamos a jugar con las manos y los huequitos. Enséñame tu huequito», pedía una niña a otra y la segunda se arrodillaba, desnuda, y separaba con sus pequeñas manos sus nalgas. La risa crecía de una manera escandalosa.

—Dejadlo, niñas, por favor, ¡vendrán a castigarnos! —exclamó Aurora.

—Tú lo has traído... Un hombre, justo hoy que tenemos que ensayar.

—Por favor —suplicaba Aurora.

—¿Para qué lo has traído entonces? ¿Para que vea lo que somos? —Una de las niñas apareció con la pastilla de jabón; todas menos Cabeza de Hormiga y Aurora fueron hacia ella—. Tenemos que estar muy limpias, ¿no lo recordáis? Vienen los padrinos, ellos nos quieren limpias, limpitas. ¡En todas partes! —gritaba.

Efraín intentaba salir pero Aurora lo detenía. Cerró los ojos, ¿por qué hacían todo eso? ¿Podía ser algo que los padrinos les enseñaran? Sentía el olor del jabón, era igual que el de los pinos. La muchacha de los pelos de hormiga estaba llorando, y Aurora quería tranquilizarla también.

—Quedaos quietas, por favor —y lo repetía, su voz más queda—, por favor...

Las niñas gritaban. «¡Cabeza de Hormiga tiene miedo, su padrino va a traerle el oso hormiguero, el oso hormiguero!» Y la niña intentaba zafarse de Aurora e ir hacia las otras que seguían enjabonándose. Unas jaleaban a Aurora, otras se mofaban delante de la morenita del pelo negrísimo, otras se enjabonaban entre sí y se besaban como si estuvieran en una película. En una película, sí, porque sólo había visto esos besos en películas en la sala de cine del pueblo, un camión que proyectaba cosas, gente en una pared detrás de la pollería. Así estaban besándose, eran dos niñas, más pequeñas que él y Aurora. Todo continuaba, el forcejeo y las burlas, el llanto quedo, el olor del jabón, sus ganas de hacer algo, de que llegara alguien, las negras de las antorchas, y lo sacaran de allí, no importaba el castigo. O los padrinos, sí, los padrinos por los que tanto clamaban. Besándose, riéndose, llorando. «Vienen los padrinos esta noche, tenemos que estar limpias, no lo olvidéis, limpias, muy limpias, para gustarles.»

* * *

Óvalo estaba apoyado en el alféizar de la ventana de su habitación. El ruido de los coches iba acercándose a él como el de las hojas que se arremolinan antes de que el viento se convierta en tormenta. Las rejas se abrían y oía a Prieto, sus botas pisando la gravilla y abriendo la verja. Sintió los neumáticos agrietando las piedrecillas del camino, martilleándolas, pulverizándolas aunque no fuera totalmente así, las piedrecillas eran como Efraín y él y las niñas del bungalow: por más daño que recibieran esa noche y al día siguiente, conseguirían dar con la manera de restablecerse, volver la herida en un tono nuevo de gris, de polvo, de arena que no logra escapar por los dedos, que está siempre allí como él en la ventana, esperando que esa noche sea la definitiva.

Sintió una respiración en su cuello, no podía ser Efraín, jamás se acercaba de esa manera. Era Lilian, vestida de oro, sus brillos multiplicándose por las paredes, introduciéndose dentro de sus dibujos para los mosaicos.

—Tu padrino ha pedido quedarse un rato a solas contigo antes de la Fábula. Ha viajado desde muy lejos, Óvalo, para ver si es cierto todo lo que le han contado de ti.

Óvalo pensó en arañarla, cogerla por uno de los jirones de ese traje ridículo en el que parecía embutida y hacerle perder el equilibrio para arrojarla por la ventana. Sin embargo, no movió ni un músculo de su cuerpo. Seguían oyéndose a lo lejos las puertas de los coches que se abrían y cerraban con aquellos golpes secos, y las piedrecillas recibían el peso de las pisadas, seis, ocho, diez... Estaban llegando todos. Lilian salió de la habitación y de inmediato entraron aquellos perros, altos, delgados, los ojos vidriosos. Se parecían a él, pero todavía, si cabe, se veían mejor cuidados. Le miraban, jadeaban, uno era azabache, el otro canela. Y en el medio el traje blanco, los zapatos negros muy brillantes reflejando un trozo de cuello grande, fofo, de un tono marrón. Sin levantar la mirada continuó estudiando aquellos zapatos relucientes. Podía verse en ellos la patilla de la gafa negra, tan brillante, tan pulida como los propios zapatos.

Los perros se echaron al suelo, como si fueran odaliscas cansadas, al tiempo que el hombre avanzaba.

—Buenas noches, Comandante —dijo Óvalo.

—No me llames así, llámame Hermano.

10

LA FÁBULA

Oyó su nombre. Estaba escondido justo detrás de los espejos que el profesor Arévalo había ordenado colocar en una especie de semicírculo. Sí, era su propio nombre, Efraín.

—Nunca me gustó ese niño. Siempre fue una imposición de El Dorado, como lo llamo yo —decía la señora Lilian al profesor Espinaca.

—¿Por qué cambiarle el nombre si ya tiene uno muy bonito? Óvalo. Y en cuanto a Efraín...

—Los hechos están asustando a los de La Habana, profesor. No podemos continuar en la ignominia.

—Pero si estamos en ella, vivimos en ella. ¿Cuántas personas en esta isla pueden señalar en el mapa dónde está Limpio Chiquito?

—Profesor, lo sé. Pero cuando me vieron llegar con Rosa... Las caras no eran buenas. No les gustó, incluso hubo reprimendas. Llegaron a decirme que no estábamos haciendo las cosas bien. No como antes.

—Antes venían menos americanos, eso es todo. —El profesor Arévalo soltó uno de sus largos suspiros. Debían de estar muy cerca, Efraín lo oía todo perfectamente. Tenía miedo, o peor, el miedo iba creciendo al tiempo que la conversación se prolongaba.

—Se lo aclaré todo, me sentía como si yo fuera Rosa o

cualquiera de ellas y tuviera que dar explicaciones o, incluso, pedir excusas.

—Y eso es lo propio, amiga. Usted es el enlace de la organización con La Habana.

—Esta vez tengo miedo, profesor. ¿Es que no lo siente usted? Llevamos diez años «rescatando» a esos niños. Sí, no me mire mal, lo digo como entre comillas porque todo esto es entre comillas. Usted y yo sabemos perfectamente que no los rescatamos...

—Los entregamos a sus padrinos, que les darán una vida mejor.

—No es una vida mejor —la señora Lilian comenzó a gritar—. Yo no he tenido hijos, no pude tenerlos, pero me horroriza, sí, me horroriza imaginar que alguna vez, en alguna calle, aquí o en Miami o hasta en Jamaica, me pueda encontrar con una de nuestras...

—Entrenadas, señora Lilian, en nuestros registros constan como entrenadas que son recogidas por toda la isla, víctimas de hogares desestructurados o destruidos por causas meteorológicas. Usted en persona inventó el decálogo, lo escribió y se lo ofreció al principal de nuestros padrinos, a quien, por cierto, hoy ofrecemos una de nuestras más elaboradas fábulas.

Efraín descubrió, desde su escondite, un pequeño ángulo por el cual podía vislumbrar a la señora Lilian y al profesor reflejados en uno de los espejos del semicírculo. Éste hablaba mientras terminaba de coser uno de los trajes. No podía describirlo, era como una tela que a su vez le recordaba un cuerpo que el profesor tendía entre sus piernas y con sus manos y dedos gruesos iba cosiendo, lentamente, meticulosamente. En cambio Lilian se levantaba, se volvía a sentar, sudaba, le molestaba ese vestido de brillos dorados. No podía arriesgarse a ver más porque haría algún ruido, cometería un error y le descubrirían. La señora Lilian y su traje dorado se agitaban por todos los demás. Se llevaba las manos al recogido del pelo buscando cerciorarse que siguieran allí las horquillas, se frotaba la frente, se tocaba los brazos como si sus manos fueran garras que buscasen una superficie donde sujetarse.

—Señora Lilian, sus nervios no la llevarán a ninguna parte. Ya está aquí, de vuelta, dispuesta a vivir una nueva Fábula en nuestro amado teatro familiar.

—No me gusta que el Hermano se haya empeñado en venir justo ahora.

—Es que es noche de Fábula, y la noche de Fábula siempre pasa cuando el Hermano está presente.

—El Hermano, le llaman así porque vive pegado al general Batista. Le sigue, le adivina. Si el General llega algún día a ser presidente, el Hermano seguro será ministro. En La Habana me decían que no convenía que estuviera ahora aquí. Durante el viaje hubo demasiadas paradas, muchas más que otras veces. En dos ocasiones me pidió viajar en mi coche, en el hotel del Guajiro solicitó el teléfono varias veces y siempre tenía cara de contrariedad.

—Seguro que exagera. Siempre que el Hermano viene aquí, viene feliz.

—Hablaban de un golpe, eso era lo que me decían en La Habana. Y afirmaban que era cosa del otro Batista.

—Nosotros no hablamos de política en nuestro hogar —añadió Arévalo.

—Pero la política sabe que existimos. El Hermano se empeñó en venir y estar con Óvalo. Sin sus apoyos no estaría donde está ni se le consentirían caprichos como los que se le ofrecen aquí.

El profesor Arévalo dejó de coser y ella también prefirió aquietar sus gestos.

—Me gusta más cuando está calmada, señora Lilian.

—Y a mí no me gusta sentir este miedo.

—¿Qué pasó con Rosa?

—Su padrino la rechazó porque se había hecho mayor. En La Habana se me fue de las manos, quiso lanzarse por la ventana. La tuvieron que dormir. Ayer, antes de regresar aquí, supe que la habían trasladado a otro sitio.

El profesor bajó la mirada para fijarla en ese traje que reposaba entre sus piernas. Lentamente retomó la aguja, insertó otro hilo y comenzó a coser de nuevo.

—No puedo seguir más, profesor —suplicó la señora Lilian.

—No podemos permitirnos otra Rosa, eso es todo. Prieto debe explicarles a los americanos que las niñas no siempre nos dicen la verdad sobre sus cosas de mujer.

—Profesor Arévalo...

—Somos humanos, y a veces nos equivocamos en nuestros cálculos. Usted y yo tenemos en Limpio Chiquito un poder, no lo olvide nunca, un inmenso poder. Acuden aquí los poderosos buscando ese elixir que sólo usted y yo conseguimos ofrecerles. Por eso esta noche la Fábula es sobre la eterna juventud, pues es lo que somos en Limpio Chiquito: el único lugar del mundo donde nadie jamás envejece, donde sólo existe una verdad. No crezcas, no envejezcas nunca jamás.

La señora Lilian escuchó aquellas palabras en estupefacto silencio. Se levantó de su asiento con gestos de querer decir algo más, pero el profesor Arévalo estaba concentrado en su costura. Ella se llevó las manos a la frente y se miró en uno de los espejos. Lo que debió de ver, que Efraín no alcanzaba a distinguir, la aterrorizó tanto que abandonó repentinamente el espacio, el escenario de espejos en semicírculo. El profesor se quedó solo cosiendo y Efraín inmóvil en su espacio secreto imaginando terribles finales, peores soluciones. Le descubrirían, le llevarían lejos como a Rosa, a La Habana, a arrojarse por una ventana. Lo llevarían hasta el río de oro del que hablaba Prieto y lo ahogarían y luego lo pondrían como una estatua dorada en ese mismo escenario para adornar otra Fábula. El profesor se levantaría e iría directamente hacia él, lo sacaría de ese escondite, lo llevaría hasta el Hermano y éste le dispararía. Al fin y al cabo, era comandante, y los comandantes van siempre armados, ¿o no?

El profesor Arévalo, en efecto, se levantó.

Y extendió sobre su ancha figura el traje que había estado cosiendo. Era una túnica no muy grande que, colocada sobre él, parecía como una larga servilleta. Delante de los espejos se repetía su ancha espalda, su inmenso culo, sus piernas de elefante. Era como un fantasma grotesco que impide que se vea cualquier otra cosa. El profesor se paseó por el escenario vacío con su túnica superpuesta, haciendo gestos como si estuviera agachándose a recoger algo; luego hacía que reía, estiraba un brazo hacia delante y volvía a agacharse, aunque le costaba muchísimo reincorporarse. Efraín seguía la escena a través del reflejo en los espejos. De repente, el profesor Espinaca ya no estaba, sólo un vacío y una oscuridad tras el ruido del profesor alejándose y apagando la luz del salón. Silencio.

Inmóvil, esperó. Oyó pasos que se alejaban, la puerta que se abría y la ráfaga de luz que llegaba de nuevo hasta los espejos y directa a su ojo abierto, aterrado de ser descubierto. Se ocultó más y aguardó a que el profesor cerrara la puerta. Pero eso no sucedió, allí seguía esa ráfaga de luz, arrojándose por siempre contra el espejo que a su vez la arrojaba a los otros, una vez, otra vez, otra, otra, otra vez. Salió de su escondite. Se vio en los espejos. Ya no era un niño, era un hombre cargado de verdades.

* * *

—Basta. —Era la misma voz que había oído aquella vez que se imaginó que Óvalo era una especie de dios que bajaba la escalera—. Por hoy hemos tenido suficiente.

Efraín, tras cruzar el jardín oculto entre los arbustos, había subido la escalera en grandes zancadas. Esa voz, el Hermano era el hombre del pelo sangriento.

La puerta estaba cerrada. Nadie le vio venir desde el sitio de los espejos. Dentro estarían Óvalo y el Hermano. Debía quedarse allí, esperando a que se abriera, al menos así era como el profesor Arévalo les había instruido. Pero oyó a Óvalo quejarse, no exactamente un quejido de dolor, como cuando el doctor Hernández le aplicaba una inyección o le calmaba mientras esperaban ver los resultados de una de sus operaciones. De repente, indeciso entre entrar o no, volvió a tener esa imagen de él atado en la cama de la habitación del hospital, su rostro cubierto por la bolsa de cartón.

—Ya está bien por hoy —repitió el hombre; se le escapaba un gemido, un poco de aire en las últimas palabras, no era un ronquido, no era un llanto. Sentía algo que raspaba el suelo, las uñas de las patas de los perros. Y ese aliento acompañado de un raro sonido, como si en verdad algo estuviera pasándole a Óvalo—. ¡Basta!, ya es suficiente. Te lo ordeno, Óvalo, ya me has dado lo que quería.

Había poca luz, pero la luna avanzaba sobre el jardín y Efraín abrió la puerta y ésta le mostró a Óvalo, su pelo rubio cubierto por la gorra militar del Hermano, encima de uno de los perros. Los ojos del animal brillaban en la oscuridad como si fueran bestias dentro de otra bestia que esperaba atacar. Eran como agua oscura despertándose a la noche ante el paso de la luna. Ese mismo color, ese mismo brillo tenían las gotas de sudor que resbalaban sobre el cuerpo de su amigo, sus ojos de momento cerrados, sus piernas golpeando el lomo del animal mientras la espalda se arqueaba y él se movía sobre el lomo del perro. Había un olor extraño, salado, como si una ola, la ola, siempre la ola, hubiera entrado en la habitación.

—Basta, Óvalo, déjalo ya —alcanzó a decir por tercera

vez el Hermano, y los ojos del perro se volvieron uno solo y el ladrido un estruendo, y las uñas raspando el suelo como una fila de hormigas que salieron de debajo de la arena y sepultaron a Evaristo el día del huracán. El otro animal apareció de cualquier lado, tras Óvalo, o debajo del hombre gordo, peludo y desnudo, quién sabe, y se unió en esos ladridos terribles hacia él, hacia Efraín, bajo el marco de la puerta deseando decir algo, una palabra: «Óvalo, ¿te pasa algo?»

Cerró la puerta llevado por un impulso repentino, deseando olvidarlo todo, imaginar que no había visto nada de esa escena, y sintió el golpe de los animales contra ella. Los ladridos ahora ensordecedores y las uñas deseando destrozarla. Debería marcharse de allí, Óvalo no le había visto, tenía los ojos cerrados. Regresar al escenario de la Fábula. Cerrar él también los ojos y olvidar, borrar lo vivido. No había pasado, no era nada, como sus sueños, todo lo que sucedía en Limpio Chiquito era sólo fruto de su imaginación.

—No te muevas —oyó que ordenaba el hombre gordo.

—No le hagas nada. Ésta es también su habitación. —Era la voz de Óvalo, se le notaba una dificultad para hablar, como si le faltara aire.

—¿Cómo te llamas? —preguntó la voz tras volver a abrir la dichosa puerta. Efraín no quería abrir los ojos, no quería verlo desnudo allí tan cerca.

—Efraín.

—Apellido.

—No tengo apellido, me llamo sólo Efraín.

Los perros no ladraban pero jadeaban, seguramente la lengua les colgaba babeando bajo sus húmedos hocicos. No iba a abrir los ojos, no iba a hacer nada. Tú quieto, Efraín, tú, lo más quieto posible.

—Te gusta fisgonear detrás de las puertas, ¿eh? —La voz era dura, seca, como si golpeara en vez de hablar.

—No, señor. Pensé que Óvalo estaba en peligro.

Sudaba y mucho, no iba a darle tiempo de darse un baño y volver al escenario. Los ojos cerrados, eso sí. No iba a abrirlos, se lo había prometido, no iba a ver lo que su amigo no quisiera que viese.

—Está entrenado —Óvalo hablaba con una calma imposible—, yo le he dicho lo que tiene que hacer.

—Tiene los ojos cerrados. Mantenlos así, muchacho. No los abras hasta que te digan —continuó el Hermano.

El aliento del hombre le pasó cerca, un sabor a ron, con más azúcar, con la sensación de algo metálico.

—Te había dicho que era suficiente, Óvalo. No me gusta que no me hagas caso. Tendré que decírselo a la señora Lilian.

Óvalo no emitió respuesta. Los perros pasaron muy cerca de él, sintió Efraín, parecían sudar también, y llevar en sus pieles esa mezcla de olores que había en la habitación. Ese algo salado, ese algo metálico, el olor de Óvalo, que usaba un jabón de lavandas que escondía celosamente. Sintió los pasos alejarse en la escalera, llegar a la planta inferior, las patas de los perros de nuevo resbalando sobre la madera, la puerta que daba al exterior abrirse, los pasos seguir por la gravilla en dirección a la cabaña de la señora Lilian.

—Ya puedes abrir los ojos, idiota.

Efraín se sintió mal, como si los huesos decidieran dejarle, irse bailando hacia otra parte y él quedar convertido en una pulpa, un saco sobre la madera del suelo. No abrió los ojos de inmediato.

—¿Qué has visto? Dímelo.

—Nada, te lo he prometido. No veré nunca nada, no escucharé.

—Pero sí has visto. Y abre los ojos de una maldita vez.

Estaba enfurecido, desnudo, sentía su sudor desprenderse de su piel en cada palabra y aterrizar en la suya.

Finalmente, los abrió.

La habitación se le hizo más grande, vacía, como si faltara algo. Óvalo le miraba, el azul de sus ojos convertido en un mar de noche, sus manos aferradas a sus brazos. Y en su cabeza la gorra del Hermano. Óvalo se dio cuenta de que aún la llevaba puesta. Se deshizo de ella y la arrojó a los pies.

—Escóndela, Efraín.

—No me gusta.

—Pues tírala al primer arroyo por el que pases.

—¿Arroyo?

—Me marcho.

—Nos marchamos, querrás decir.

—Ya no existe ese plural, Alambre, como te llama tu nueva amiguita. A lo mejor ella está haciendo lo mismo que yo con su padrino para irnos todos esta noche. Tú no te das cuenta, pero de todos nosotros, tú no tienes que hacer nada para seguir aquí o escapar de aquí.

—Te acompaño.

—Y yo te acompaño a ti. Pero el que juega, como dice el Hermano, perdón, como dicen los padrinos, el que juega soy yo.

—¿Es porque no les gusto o porque nadie me mira cuando tú estás delante?

—¿Crees que es sólo por eso, Alambre? Tienes suerte. Tienes una suerte rara. A lo mejor no eres ni siquiera un niño. Claro, nadie sabe tu edad, miras y es como si vinieras de muy atrás, de otro siglo, de otro país. Como si fueras de verdad un adulto. Ésa es tu suerte, que no te miran como a un niño, a diferencia de tu amiguita y de mí.

—Está mal lo que hacen, ¿verdad?

—Y qué podemos saber nosotros si es lo único que conocemos.

—Tú no, Óvalo, tú eres...

—Bello, una luz, un deseo. Y puedo llegar lejos, muy lejos. Como ahora con los perros. Él no quería que lo hiciera, pero insistí. Estaba allí, gordo, cada vez más gordo, cada vez más borracho y feo. Y viejo, sí, viejo. Muy viejo. Y le veía mientras el perro se dejaba acariciar por mi cuerpo, le veía mordiéndose un labio.

—Para ya, Óvalo, por favor.

—Eso es lo que estaba haciendo. Lo que tú viste.

Efraín oyó sus sollozos, los suyos, ningún hueso quería regresar a su sitio. Veía sus lágrimas resbalando en la madera. La radio, se dio cuenta, no estaba, por eso la habitación parecía más grande.

—Te voy a dejar para siempre, Efraín. No intentes convencerme, no intentes decirme nada. Me llevan, me sacan de aquí.

—Pero nosotros vamos juntos. Acabamos de hacer un juramento, Óvalo. Has dibujado un mosaico —suplicó.

—Se quedará aquí o se lo llevarán quién sabe dónde cuando no sigamos aquí, como la radio. No es un mosaico, eso es lo que pasa, Alambre. Nunca haré ese mosaico, siempre me prometerían que llegaré a la ciudad, que me inscribirán en esa escuela y me darán trabajo en esa fábrica, pero eso nunca va a suceder. Nunca. Nada de lo que nos prometen aquí es cierto.

—Tú y yo, al menos, sí lo somos.

—Tú y yo no somos iguales y nada más. A ti no te pasa lo que a mí, a ti no te usan, a ti no te manchan. A ti no te prometen cosas que cuesta mucho, mucho, intentar conseguir.

—Sí me prometen. Tú me prometes. Vine contigo aquí.

—No viniste, te traje. No me hagas repetirlo.

—Pero si tú crees que repetir es lo único que puede calmar un dolor. —Sentía que se arrastraba en torno a él, que le lloraba, más que suplicarle, era como si esos huesos derretidos lo dejaran adolorido, rendido, sin aire—. Tú me trajiste, Óvalo. Vine creyendo en ti, sólo en ti, en lo que siento por ti y no en las promesas, porque cuando una no se cumplía, algo sucedía que me hacía olvidar y seguir, aquí contigo, imaginando que nos haremos grandes juntos, que llegaremos a La Habana y harás los mosaicos, y yo, yo no sé, empezaré por fin a contar una historia. Si te vas, si me dejas, mi única historia será recordar este momento, este dolor, este adiós.

Empezó a llorar, como un herido, se desplomó, y desde el suelo alzó las manos para intentar sujetar algo de Óvalo, un tobillo, un dedo, un aire de su presencia. Retrocedió, entre sus lágrimas volvió a ver su rostro endurecido, los ojos mirando al frente, el cuello tenso y el mentón apuntando hacia la puerta, sus talones al moverse golpeando la gorra militar en el suelo.

—Óvalo, por favor. No me hagas esto, no me conviertas en alguien como el doctor Hernández.

—Había olvidado ese nombre.

—Yo no. Y así estoy ahora, como él, arrastrándose para ver cómo te ibas de su hospital en el coche de la señora. Yo no te he hecho nada de lo que esos...

—Me has hecho algo peor. Darme cuenta. No puedo llevarte conmigo.

—Pero si te vas con ese hombre no sabes adónde irás en realidad.

—A algo mejor, Efraín. —Su voz cambió de tono, lentamente, como si regresaran a esa primera noche en el hospital, los dos recuperándose de las heridas del huracán—. Efraín, es mucho peor para ti seguirme. Tienes que entenderlo.

—Es una traición. Primero, porque me has engañado.

—Para mí es al contrario. Tú no puedes seguir a mi lado. No somos iguales. Yo no soy bueno. No atraigo nada bueno, quemo la hierba que piso. Tú mereces más cosas. Esta noche no lo ves claro, pero yo sí.

—Es mentira. Te han prometido algo, algo mejor que las gafas del doctor Hernández, has vendido la radio, te vas con el Hermano, me dejas aquí, sin nada. Sin nada tuyo.

Óvalo lo agarró con todas sus fuerzas y lo empujó al suelo. Efraín ya estaba bastante dolorido de sus propios músculos desinflándose cuando sintió la madera quebrando esos huesos aún más. A continuación fue hacia su colchón, lo lanzó fuera del catre y cogió un cuchillo que Efraín jamás había visto. Se escuchaba la música en el salón inferior. Era la señal de que la función, la Fábula, estaba cercana a empezar.

—Acércate —siguió ordenando.

Efraín no podía cumplirlo, no tenía cuerpo, era una pierna en un lado, un brazo en otro. Se arrastró como pudo; Óvalo, impaciente, fue hacia él y lo tomó por la barbilla.

—Cada vez que me recuerdes, hazlo como el niño con la bolsa de cartón en la cabeza.

Efraín no podía responderle, Óvalo cogió su mano derecha y separó el dedo índice y con el cuchillo hizo un punzante corte. Efraín sintió el dolor y también cómo la situación le vencía, cómo la habitación se hacía más pequeña, cómo su amigo se hacía un corte similar, chupaba su propia sangre y unía los dedos mientras decía algo que ya no podía oír...

—No te hagas mayor —terminaba la larga frase que recitaba Aurora, un traje verde, seguramente un antiguo traje de la señora Lilian reducido a la mínima expresión para entrar en el cuerpo de la niña.

Tal como le había indicado el profesor Arévalo, tenía que incorporarse y lentamente avanzar hacia el centro de los tres espejos. Despacio, pero tampoco eternamente.

Desde su sitio en el centro de los tres espejos, o aluminios, o techos brillantes, debía acompañar esa música con la canción que sus padrinos siempre le pedían. El profesor Arévalo le había advertido, antes de empezar esta función, que no se entretuviera mucho mirando hacia el público. Sólo estarían los padrinos, la señora Lilian y ellos. No vio a la señora Lilian, pero sí al profesor, y vio cómo uno de los padrinos, el americano, el que siempre les regalaba muñecas rubias y ropa interior muy grande, abría la boca como si fuera un hipopótamo mascando agua, se retorcía, como si le estuviera dando un ataque. Encima de su pierna estaba sentada Trinidad, una niña muy bonita, era su primera vez en una Fábula. El americano le metía los dedos en la boca, Trinidad parecía ida, como si estuviera dormida. El profesor Arévalo estaba cerca, respetuosamente cerca, pero más ocupado en hacerle gestos a Aurora para que continuara la Fábula. Trinidad no reaccionaba, parecía dormida. Los militares que iban con el Hermano le quitaron la ropa, apenas un camisón que llevaba, la tocaron, igual que hacían los padrinos cuando jugaban a ser doctores con ellas. Trinidad no se movía. Aurora seguía escuchando la música pero no podía cantar. No podía dejar de mirar lo que estaba pasando. Uno de los militares fue hacia el americano, que intentaba levantarse de su silla e ir hacia otra de las niñas medio dormidas. Lo detuvieron y de inmediato le dieron un golpe en la cara. El profesor Arévalo quiso incorporarse de su asiento pero el Hermano se lo impidió, los otros se llevaron a Trinidad sin despertarla aún. El americano intentó golpear al militar pero lo sujetaban, se lo llevaban hacia fuera. No tardó en gritar obscenidades. Ellas las conocían, «*fuck*», «*motherfucker*», que era como «hijo de puta». No podía entender lo demás. «*Cubans go to hell.*» Eso sí lo sabía, «cubanos, váyanse al infierno». De pronto, Aurora comenzó a sentirse triste. Justo antes de bajar para la Fábula, Trinidad le había dicho que no quería estar fuera del escenario, pero que el padrino americano le había traído muchos regalos y le había pedido que se quedara más rato jugando con él. No le gustaba jugar mucho con éste porque la hacía tomar cosas que no sabía qué eran. Hablaba muy bajito y despacio, y Aurora creía que se inventaba la mitad de las cosas, porque o bien no se la oía con claridad y tenía que figurarse qué le había dicho, o Trinidad, sabiendo que nadie la entendía, siempre estaba más que dispuesta a contar mentiras. El profesor Arévalo la llamó por su nombre.

—Aurora, debemos continuar la Fábula.

—Pero ¿adónde se han llevado a Trinidad? —preguntó desde el escenario.

—No se siente bien, es todo. Estará en la cabaña con el resto de las niñas que ya han terminado su parte en la función, abriendo los regalos de sus padrinos. No te muevas de aquí —continuó el profesor Arévalo—. Siempre estaremos a salvo donde esté sucediendo una fábula.

El americano apareció de nuevo, como si se hubiera escapado de los militares. «Niñas putas —gritaba—, todas son niñas putas, enseñadas desde niñas a ser putas. Y el Hermano no tiene una favorita. A él no le gustan niñas. *He likes boys. Fucks the blonde boy.* Le gustan los niños, se folla al chico rubio.»

Aurora se estremeció y retrocedió hacia el centro mismo de las tres planchas, los tres espejos. Si mirara hacia derecha e izquierda se vería multiplicada en el latón.

Los militares cercaron de nuevo al americano y empezaron a golpearle igual que ella, Rosa y Cristina hacían cuando apagaban las luces y se peleaban con las almohadas que también les regalaban los padrinos americanos. «Eres una almohada —le parecía oír a la propia Rosa decirlo—, eres una almohada gorda y fofa y te voy a desinflar.» Oyó el ruido del cuerpo del americano, desinflado como la almohada, retumbar contra el suelo.

Otra vez ese silencio. Y otra vez ese ruido de pasos acercándose.

Entonces Óvalo apareció en el escenario. No tenía que estar allí, pero estaba. Vestido de blanco, con una especie de uniforme militar, ¿de dónde lo había sacado? Y detrás de él, como si estuviera deshaciéndose, también vislumbró a Alambre.

—Aurora, no salgas del escenario. No hagas nada que no te diga —ordenó el profesor Arévalo. Sintió miedo, auténtico, como si algo muy feo, muy oscuro, una pesadilla muy larga de la que no pudiera regresar, sucediera—. No te muevas hasta que te lo diga.

Óvalo se puso al lado de Aurora y detrás de su traje expuso la gorra militar del Hermano. Lentamente, con la música repitiéndose, elevó la gorra hasta colocarla encima de su pelo rubio, coronándose.

Las luces se encendieron. Así terminaban casi siempre sus pesadillas, pero Aurora, en cambio, sintió que todo se aceleraba. Lo que giraba era lo que veía, lo que estaba sucediendo a esa velocidad que no podía controlar, aunque siguiera en el mismo lugar, protegida por su propia cara mil veces reflejada en las planchas de latón.

Aurora vio a las niñas en el suelo ajustándose los vestidos, y a algún hombre vestido como militar colocándose la ropa. El cura de Limpio Chiquito, quien venía a bendecirlas cada Navidad, la sotana subida, las piernas desnudas salvo por las pantorrillas cubiertas por sus calcetines, y una de ellas, una de nosotras —todos los nombres le desfilaban ahora: Cristina, o Ana, o Sarita— entre sus piernas, medio desnuda. El cura la empujó. La niña gritó y otras aparecieron de unas filas más atrás, sus trajes medio rotos, sus bocas como desfiguradas, una pintura roja movida, desplazada en sus pequeños labios. Todas con los ojos aterrados. La luz descubriendo una sordidez, una bajeza, un olor a talco y vinagre y sal, el llanto quedo de una de ellas, Aurora no podía recordar el nombre pero sí identificar ese llanto, a veces en el dormitorio, cuando uno de los padrinos se había «vuelto loco», como decían las niñas y el cuerpo les dolía.

El profesor Arévalo se mesaba los cabellos, se secaba el sudor con el pañuelo grande.

—No pasa nada, Aurora, volveremos a apagar las luces, no pasa nada. Señores, por favor, un momento, no asustemos a las niñas.

La más pequeña, la que siempre parecía más menuda —la llamaban Sally porque los americanos la reclamaban mucho—, subió al escenario chupando un biberón y haciéndolo recorrer por todo su pequeño cuerpo para comenzar a reírse sin parar.

—Canta, Aurora, por favor, canta —exigió el profesor.

Alambre estaba detrás, en un pasillo, su cara igual de asustada que la de los demás, se chupaba un dedo, pero no de la manera que lo hacían Sally o las niñas, sino como si estuviera de verdad herido. No podía moverse.

—Canta, por favor, Aurora, canta, apagaremos las luces, todo volverá a la normalidad.

Aurora miró al cura que recomponía su sotana, a los militares que se tambaleaban, a los otros hombres que se ponían la chaqueta y sacaban billetes. Se marchaban, la Fábula había sido un fracaso.

Óvalo seguía allí, en el medio de todo, desafiante con su gorra militar en la cabeza. Aurora miraba al Hermano dirigiéndose al escenario, señalando a Óvalo con su gorra. La señora Lilian hacía señas, miraba hacia los ventanales. Se movían torpes entre los soldados y padrinos que se vestían y pateaban a las pobres niñas que iban hacia un lado, siempre en grupo, como la señora Lilian les había enseñado.

Oyeron el estallido, como si acabaran de arrojar un barril contra las planchas de aluminio. Efraín sintió algo entrar en sus ojos, como un escupitajo de color rojo. Y de inmediato un ardor que le hacía doblarse sobre el saco de huesos rotos que ya era su cuerpo. Pero tenía que mantener los ojos abiertos, ver a las niñas gritar y a Aurora correr hacia ellas para intentar sacarlas. Era un caos. Llegaban coches, se iban otros, escuchaba voces: «Están ahí dentro, monstruos, perversos, suelten a los niños.»

—Aurora, estoy aquí, no me dejes tú también —musitó. Óvalo fue hacia los espejos, como si estuviera coronándose, moviéndose como un gran cardenal, un rey, un conquistador, mientras los gritos crecían y parecía que unos coches desearan estrellarse contra las ventanas—. Aurora, soy Alambre —se oyó decir al tiempo que alcanzaba a ver cómo el profesor Arévalo escapaba por una puerta y la dejaba cerrada.

Óvalo estaba en el centro mismo de las planchas, la luz se fue totalmente, y sólo en las ventanas se veían los faros de los coches. Efraín consiguió la mano de Óvalo en la oscuridad.

—¡Sácame de aquí y te daré lo que quieras! —les interrumpieron. No era la misma voz que le había interrogado con sus perros jadeantes al acecho. Ésta estaba asustada, débil, como las gallinas de Evaristo antes de que él las estrangulara. Era el Hermano, atrapado en su destino.

—Óvalo, yo también sigo aquí —exclamó Efraín.

—Yo sé salir, sígueme —dijo Óvalo.

—No me sueltes, tengo algo en el ojo.

—Son bidones, gasolina —clamó el Hermano—. Sácame de aquí Óvalo, vienen a matarme. Sácame y te daré lo que quieras.

Efraín sintió cómo la mano de Óvalo dejaba de sujetarle.

Los cristales, las ventanas que los protegían de esos coches, volaron por los aires. Efraín consiguió abrir sus dos ojos, el limpio y el bañado por ese rojo doloroso, pero no podía discernir nada, sólo sombras, como si los árboles entraran y lo taparan todo, velaran toda la luz dentro de su cabeza. Podía oír voces, las palabras «Monstruos, estáis ahí, sabemos que estáis ahí, asquerosos, corruptores...».

Le pareció ver a las mujeres de los platos de fruta, las negras de las antorchas, entrar seguidas de más personas. Llevaban las antorchas, las mismas con las que habían espantado a aquellos bichos verdes el día en que Rosa le hizo descubrir la palabra «embarazada».

—Corre, Alambre. —Era Aurora, los ojos se le cerraban solos—. Levántate, están quemando este lugar, sígueme por donde saque a las niñas...

Sentía la menta y el pino masticado en su aliento, lo suave de aquel cabello cerca de su cara.

—Aurora, ¿dónde está Óvalo? No dejes que se vaya con ese hombre —pudo decirle antes de que el cabello, el aliento de pinos y menta se alejara para siempre y sintiera ese crepitar del fuego cortándoles el paso. Los gritos de los asaltantes mezclándose con la voz de Aurora.

—Sal, Alambre. Aunque no veas nada, sal, no te vuelvas. Voy a estar bien. Te lo prometo.

SEGUNDA PARTE

11

EL PASILLO AL FONDO DEL MAR

«Efraín —decía la voz—, si alguna vez consigues nadar hasta el centro del mar, encontrarás una mano, algo parecido a la mano de un gigante, que te cogerá por la cintura y rápidamente, zas, te llevará consigo hasta el fondo.

»No intentes regresar a la superficie. No tengas miedo de abrir los ojos. Verás desfilar peces de todos los colores. Algunos tan azules como jamás imaginaste, otros de un amarillo dorado mezclado con naranja, sí, posiblemente parecidos a las llamaradas; también los habrá de un verde más brillante que las briznas de hierba, y morados que, del lila al gris, van cambiando su tono cuando nadan juntos, cuando se mezclan con sus hermanos. Estarán un buen rato allí y poco a poco permitirán que los peces más grandes se acerquen. No se comerán unos a otros, simplemente crearán entre ellos, agrupándose según sus tamaños y colores, un juego de velos o de telones que se sucederán abriéndose ante ti hasta que al final te muestren a su pez rey, el gran tiburón blanco que verás avanzar en solitario hacia el norte. Si le sigues, verás en un momento determinado un pasillo muy largo, muy estrecho, que, como un túnel, te permitirá atravesar toda la isla, toda esta isla que llamamos nación, que llamamos Cuba. El propio tiburón penetrará en ese pasillo sin fin y, si quieres, tú podrás seguirle tranquilo, siempre tranquilo, esperando alcanzar el otro extremo del pasadizo.»

¿De dónde provenía la voz? ¿Cómo iba a imaginarse un túnel bajo el mar si ahora mismo no podía asegurar si estaba vivo o muerto o si aún estaba cubierto por ese techo quemado que, entre llamas, se le caía encima? ¿Cómo pensar en nadar sin saber si Aurora habría conseguido salvarse, como había prometido, o si Óvalo hubiera decidido al fin que terminarían juntos, que no se marchaba, que regresaría para rescatarlo?

No podía hacer nada. Ni abrir los ojos, ni llevarse las manos al cuerpo para cerciorarse de que todas sus partes seguían allí. No era que no hubiese ruidos, es que no podía oír ningún ruido excepto aquellas extrañas palabras sobre peces y el mar que sonaban dentro de su cabeza y, por todo lo que decían, parecían más inventadas que reales. No era capaz, tampoco, de incorporarse, y al menos eso sí parecía una certeza, un diagnóstico válido de la situación.

¿No caminaría nunca más? Se hizo la pregunta y le asombró comprobar que seguía sin sentir nada, ni siquiera el miedo a ser un paralítico. Después de todo, pensó, con o sin pies, ¿adónde iba a ir?

Podía quedarse en ese silencio cualquier cantidad de tiempo. Sin ver, veía los colores de esos peces. Sin moverse, sabía que estaba vivo. Había conseguido sobrevivir otra vez. ¿Es posible que una misma persona logre salvarse de un huracán y luego de un incendio? Cuando saliera de este silencio lo afirmaría. Él, Efraín Rotundo, era la probabilidad. Pensarlo así le confirió otra seguridad: él era dos historias que contar. Sí, mejor, más real e increíble que aquella del hombre sin cabeza. Porque lo había conocido y se llamaba Óvalo, un nombre que ya era de por sí un título. Y luego era también la historia de un enamorado que vence un incendio y salva a esa mujer de pelo largo y olor a pino. Tenía dos historias en su vida, en su piel, en su memoria. Por eso tenía que alcanzar el pasado, sustituir el tiburón y regresar a la orilla, hablar, mirar. Y escribir.

Continuó en ese silencio, días, noches, a veces pensando que alguna vez tendría que adquirir una edad. Sobre todo para entender qué época, qué lugar en la historia le tocaba vivir. Porque estaba vivo, seguro, sólo que preservado en el silencio. Pero no estaba solo. Sentía voces, no pertenecían ni a Óvalo ni a nadie de Limpio Chiquito. Mucho menos a Aurora diciendo «te prometo».

Era la radio.

Seguía allí. Le acompañaba.

«Todavía sin confirmar que recientes incendios en el Oriente puedan definirse como parte de las acciones relativas al movimiento huelguístico. En la universidad de La Habana, ese zafarrancho de revólveres coincide con los carnavales. Batista no muestra señales de debilidad ni preocupación ante lo sucedido. El presidente Girau sostiene que Cuba sigue enfrascada en demostrarle al mundo la importancia de su economía, sobre todo después de los buenos resultados de los ingenios azucareros en 1947.»

No podía escribir esos nombres, ni fechas, pero los recordaría siempre. Batista, sí, el amigo del Hermano.

Escucharía más cosas. Crímenes, a ese tal Fuentes: «Profunda indignación porque muchas personas creen que el vicepresidente del sindicato de estudiantes fue víctima de un entramado que demuestra hasta qué punto la universidad de La Habana es un auténtico arsenal.»

No más Tío Conejo. Lo que oía en esa radio, que no podía ver, que no podía tocar, no podía apagar, hablaba siempre de polvorines, de golpes, de revoluciones. Sabía que pasaban más que días, semanas, quizá un año. Todo ese tiempo pensaba que era un hombre, un superviviente de huracanes, de incendios, de este silencio y de las revoluciones que narraba esa radio.

Vio las mazorcas de trigo; las grandes cañas abriéndose para mostrar el tallo repleto de azúcar; las estrellas de mar moviéndose como si fueran tortugas deseosas de volver al agua; los hipocampos, esos caballitos estrambóticos que, según le detalló Óvalo, nadan dentro del océano manteniéndose perfectamente horizontales. Y también recordó aquel otro dibujo donde se leían sus nombres bajo el lema «UNIDOS», y el que estaba lleno de rectángulos, y el que sólo contenía amarillos y rosas, y aquel otro que parecía hecho con las plumas de un pavo real que esperara a que despuntara el alba.

¿Eso habían sido en Limpio Chiquito? Un plan, un mundo, una ilusión que llevaba a otra ilusión. Pero si ahora no iba a existir más, ¿qué pasaría cuando más adelante recordara Limpio Chiquito? ¿Se vería a sí mismo, de pie, andando, tan Alambre como para llevar ese apodo? ¿Seguiría Aurora oliendo a menta y a pino?

Siempre le gustaron las preguntas. «Virginia, es que este niño sólo hace preguntas», decía Evaristo. Por qué esto, por qué lo otro. Todas las respuestas le parecían mentiras, nuevas mentiras, más mentiras. Si iba a seguir viviendo dejaría para otros todas esas preguntas que nunca conseguían respuestas inmediatas, que ya no se haría nunca más: ¿Volveré a caminar? ¿Volveré a ver? ¿Encontraré de nuevo a Óvalo y a Aurora?

En el silencio que habitaba, tomó otra decisión. Esas preguntas señalarían el rumbo de sus historias. Cada pregunta sería un mapa; cada respuesta, un tesoro. La radio de pronto hablaba de él. «Fue hace cuatro años, el terrible huracán que devastó poblados enteros al sur de la isla e hizo que proliferara la creación de orfelinatos para acoger a los huérfanos. Muchos de ellos...» Y no decía nada más. Muchos de ellos... ¿qué?

Estaba en el silencio. Curioso lugar para hacerse preguntas. ¿Quién iba a responderlas? Él, luego, mañana, cuando volviera al ruido, cuando recuperara a Aurora. Cuando pudiera decirle a Óvalo que no le había traicionado, que nunca abrió los ojos, nunca vio lo que él no quería.

Pero era mentira, sí había visto. Sí sabía lo que fue Limpio Chiquito. Sí comprendía que a él no le pasara lo mismo que a Óvalo y a Aurora. Él no era un elegido. Él era algo peor, el superviviente. El herido, sin voz, ni vista que espera en el silencio el día inesperado para volver y contar su historia.

Por fin, vio al gran tiburón, tan alargado, tan intensamente blanco, abandonando con parsimonia e insuperable elegancia el agujero secreto cubierto de luz y peces multicolores que se ocultaba bajo la isla.

12

LA MÚSICA

Oía perfectamente la música. No paraba, siempre sonaba y era como de pasos, como si alguien caminara feliz sobre una extensa llanura verde. Briosa, al principio marcada por el agitar de unas maracas que se movían como si fueran palmadas o dos cabezas muy divertidas, que se moviesen de un lado a otro. Como hacía él cuando estaba con Aurora y quería decir que no y terminaba moviendo tanto la cabeza que ella se asustaba porque creía que iba a salírsele. La música seguía y creaba colinas en la llanura por donde ascender y dejar atrás las maracas para que ocupara su lugar una trompeta. Le parecía distinguir también los pasos de quienes danzaban al son de esa música tan animada. La trompeta era acompañada ahora por un tambor, pero parecía más bien como si quien manejaba las baquetas pretendiera, más que golpear la superficie del tambor, acariciarla. Era aquél un sonido de fondo genial, susurrante y al mismo tiempo bailable, como si las pisadas estuvieran amortiguadas por una tela que cubriera el suelo y sobre la que los pies se deslizaban. Quería unirse a la danza, sentía que su cuerpo contenía el talento necesario para bailar esa melodía con deleite y exactitud. ¿Qué tenía aquella música que le hacía pensar en cosas fabulosas?

—Viva y morena avanza la muchacha camino a la playa y al sol, cuántos silbidos la aclamarán, cuántas miradas la deleitarán, cuánta espuma la cercará. Alegre, viva y despierta, avanza la muchacha, mi morena amada, hacia la playa...

—Está hablando, Prieto, ¡el niño está hablando! —gritó una voz ronca pero de mujer. La trompeta seguía, las maracas también, y los palillos sobre el tambor—. Prieto, ¡el niño está hablando! —repitió la mujer.

Entonces se apagó la música y Efraín también se quedó quieto. Era verdad, había hablado.

—Efraín, soy Prieto, el chófer de Limpio Chiquito.

—No le digas ese nombre, no se lo recordemos nunca más —rectificó rápido la mujer.

—Efraín, acabas de hablar, ¿qué es lo que has dicho?

Efraín los escuchaba pero no se atrevía a hacer nada más. Sintió una mano fuerte, de alguien mayor, un hombre, Prieto, claro, apoyándose, aferrándose a la suya.

—Estaba diciendo: «Viva y morena avanza la muchacha camino a la playa..., tam, tam.» Estaba intentando que las palabras acompañaran a la música.

—¿La música? —dijo Prieto.

—La estabas tocando, ¿no?

—Muchacho, de verdad que eres distinto de todo. ¿Tú sabes de dónde vienes? ¿Sabes dónde has estado?

—Prieto, mejor es que no recuerde nada —volvió a advertir la mujer.

—Negra, de verdad, ¿cómo va a ser que este muchacho se levante y lo primero que haga sea ponerle letra a una canción? ¿Por eso es que le llaman superviviente? Negra mía, esto es más que ser superviviente, esto es que este muchacho es extraterrestre.

—¿Te gusta la letra? —preguntó Efraín.

Prieto se quedó en silencio contemplándole. Efraín no lo sabía, no podía ver nada, tenía una venda cubriéndole la mitad de la cara y el cuerpo protegido por una manta oscura que el chófer había encontrado en el coche. Parecía una salchicha larga, delgadísima, más que una persona de verdad.

—Efraín, ¿estás seguro de que te llamas Efraín?

—Sí, también me llaman Alambre. Pero mi nombre es Efraín Rotundo.

—¿Cuántos años tienes? —continuó Prieto pasándole la trompeta a la Negra, el resto de músicos e invitados parados mirando asombrados la escena.

—No sé mi edad, sólo la sabía mi mamá. Cuando vuelva a encontrarla ella me lo dirá.

—¿Y qué hacemos entonces?, ¿te inventamos una? —preguntó Prieto, sentándose al lado del niño. No sabía si quitarle la manta; el doctor del pueblo había dicho que necesitaba estar cubierto, abrigado. ¡Coño, el doctor!, pensó Prieto, la Negra debería ir a buscarlo, tenían que avisarle si el niño regresaba, se despertaba y hablaba como lo estaba haciendo ahora.

—¿Inventarme una edad? ¿Y cuál me pondrías?

—Prieto, sería mejor que... —intervino la mujer.

—Llama al médico, pídele al de las maracas que te lleve en mi coche y dile que está hablando y hasta componiendo letras. Y que ha cumplido dieciséis años ahora mismo.

Prieto le estrechó la mano. Efraín sonrió, pero no quiso decir que aun estando despierto seguía sin ver nada. Sólo había roto el silencio. Y seguía siendo superviviente.

Aunque no veía, Efraín sentía una fuerza, una corriente que le arrastraba lejos de cualquier pantano, cualquier oscuridad. Había contemplado esos peces multicolores al fondo después de que el tiburón saliera del túnel bajo el agua, y al verlos, de inmediato notaba el impulso de ir a buscarlos, de mezclarse con ellos, de estar siempre rodeado de luz. Aun sin ver, intentar convertir esa oscuridad en una pared blanca. Y colocar en ella la música de Prieto y los suyos. Por eso estaba más interesado en saber qué pensaba Prieto de la letra que le había devuelto de su sueño, la que lo había despertado para asombro del doctor. Sí, Prieto estaba de nuevo cerca de él, como siempre, no se separaba de su cama. Ahora apoyaba su mano de dedos grandes y largos llenos de calor, de ternura en su brazo. Qué distinta era esa mano de la siempre fría, distante, de Óvalo.

—Prieto —comenzó a hablar, sosteniendo la mano del músico entre las suyas—. Quiero que de verdad me digas si te gusta la letra que te recité.

—Muchacho, es que no la puedo recordar. Primero fue el susto de oírte hablar y luego, de verdad, que nada más regresar de allá donde sea que estuvieras te pusieras a componer una canción.

—Creo que podríamos hacer una canción alegre, yo lo dije: «Briosa y despierta, avanza a la playa mi muchacha amada.»

—Creo que era algo más complicada que eso, pero, Efraín, chico, mira dónde estamos ahora gracias a ella...

—No, sabes que no puedo ver. —Se quedaron callados—. Pero me lo puedes contar —sugirió Efraín.

—Es un hospital improvisado, sin..., sin paredes.

—Por eso siento la brisa, y el sabor del mar.

—Estamos muy cerca del mar. Ahora anochece y no veremos ya nada.

—No podrás describirme nada.

—No podré describirte nada.

Volvieron a quedarse callados. Efraín insistió en abstraerse en su imaginación en esa pared blanca, bueno, quizá con un algo del amarillo de los peces, que se cubría con las letras que podría componer para Prieto.

—Efraín, no vuelvas a quedarte callado, por favor —reclamó Prieto.

—Continúa tú. Dices que no hay paredes, que anochece. ¿Qué animales hay?, ¿por qué oigo todos esos ruiditos? —exigió Efraín. Las palabras de Prieto, sus descripciones, le eran necesarias. Sentía que gracias a ellas podría llegar a recuperar la vista.

—Son grillos y pequeños sapos, se alborotan siempre cuando va a llover o cuando escampa. No muy lejos de aquí hay animales más grandes que hacen ruidos más fuertes.

—¿Cuáles?

—En los pantanos están los cocodrilos, pero no debemos hablar de eso. Prefiero que sigas con tu letra...

—Tengo que escribirla. Puedo hacerlo, sólo necesito papel y un lápiz. Yo... tenía una carpeta.

—Nada de eso existe, Efraín. Nada. Ahora sólo me tienes a mí. Y a mi Negra y a los *panas* músicos. Vamos de un sitio a otro cantando en los ingenios de azúcar, en los campos de maíz. No tengo casa, Efraín. Pero no podía dejarte porque siempre me dije que ibas a volver a hablar. Y yo quería decirte: «Epa, muchacho, te salvé, aunque no quedara nada, te salvé.»

Efraín se sorprendió al notar que su pared blanca empezaba a llenarse de negro. No quedaba nada de lo que había vivido. Ni los cuadernos, ni los dibujos de los mosaicos, ni ellos dos, los innombrables: Óvalo y Aurora.

—Efraín, sigo aquí, por favor, ¡no te quedes callado!

—Es que si hablo tendré que hacerte preguntas, y no quiero hacerlas.

—Estoy para responderlas.

—¿Cuánto tiempo nos quedaremos aquí?

—Muy poco. El doctor vendrá con los resultados y te dirá si has mejorado y cuánto. Cuando te trajimos aquí tenías un brazo roto que te escayolaron, aunque tú no lo notas porque te retiraron la escayola mientras dormías. La Negra y yo te cuidábamos. Ahora que puedes moverte hay que cerciorarse de que los hicimos bien. No fueron pocos días, muchacho...

—No siento nada, pero si te soy sincero, tampoco me atrevo a moverme mucho.

Prieto se rió, sonoro, abierto, como ese hospital casi sin paredes, y volvió a apretarle la mano con una fuerza adulta que le asustó, más que nada por su vigor.

—Perdóname, te estoy haciendo daño, muchacho. Es que eres tan inaudito. Tú, tú no sabes lo que hemos rezado, lo que hemos prometido para poder oírte hablar.

—¿Qué más tengo?

—Una costra. En un lado del cuerpo. Cuando llegué a sacarte de allí, la viga te aplastaba toda esa parte y el fuego había hecho su trabajo.

—Suena horrible.

—Hay cosas peores —soltó Prieto, y lanzó una carcajada—. Te acepto la letra, chico, porque, coño: ¡estamos hablando! Inaudito, muchacho. ¡Es inaudito!

Se rieron. Prieto hablaba alto, las palabras como «inaudito» eran una sinfonía.

¡I-n-a-u-d-i-t-o!

Efraín intentó imaginarse a Prieto sin recurrir al recuerdo que tenía de él, porque nunca le gustó pero ahora era su salvador.

—¿Cómo me rescataste?

—Efraín, preferiría tenerte completamente sano, de pie. Y también con vista. Entonces te contaré qué pasó.

—¿No salvaste a nadie más?

—No.

Los dos sintieron la brisa mezclándose en sus silencios, esa brisa que llegaba desde el mar. Efraín prefirió no insistir, al menos en ese instante. Le interesaba más saber si

Prieto estaba disfrutando esos mismos olores, viendo, él que sí podía, los peces y los colores.

—Hay mucho que decirte, Efraín. Pero también hay mucho tiempo por delante.

—Hay cosas que jamás te preguntaré, Prieto, porque no quiero saberlas.

—Sin embargo, yo creo que ya las sabes. Y que a su tiempo encontrarás un modo de emplearlas.

—¿Para qué?

—Para estar en paz contigo mismo. Y para perdonar, Efraín, que es lo único que importa en esta vida.

—Pero si me han separado de mis amigos, me han quitado a quienes me enseñaron a leer, a querer, a creer, ¿cómo puedo perdonarlos?

Prieto lo contemplaba hablar sin abrir los ojos, tan delgado, cubierto por esa manta de una lana pobre, de colores desteñidos, mientras la brisa iba levantando el calor de la noche y él empezaba a sudar y los ruidos de los sapitos dejaban espacio al mascar peligroso de los cocodrilos sueltos en la oscuridad. Hablaba como si supiera clavar puñales en la parte que más doliera. Si tú supieras, muchacho, lo que te han hecho a ti, y a los que estaban contigo, no podrías perdonar a nadie. Ni siquiera a él mismo, que le salvó.

—¿Por qué me salvaste? —insistió Efraín—. ¿Por qué sólo a mí?

—Ya lo había hecho antes con varias de las niñas. Cuando enfermaban, cuando sus padrinos las... regañaban demasiado, sabía cómo sacarlas de allí. Las traía aquí y el doctor casi siempre conseguía recolocarlas en otras ciudades, en otros campos, a veces incluso en La Habana.

—Cuando sea mayor, Prieto, ¿voy a sufrir mucho recordando Limpio Chiquito?

De nuevo el silencio, la brisa acariciando las paredes que existían sólo en su pensamiento. Aunque fuera de noche, aunque los recuerdos pugnaran por entrar y cubrirlo todo, no conseguían teñir completamente de negro su pared blanca.

—Si aprendes a perdonar, conseguirás olvidarlo todo.

—No quiero olvidarlo todo, no puedo. Hay cosas que Óvalo me enseñó que necesito recordar.

Prieto guardó silencio. Efraín había pronunciado el nombre. Ahora ya no podía, no debía añadir nada.

El médico, uno más en la larga lista de médicos en su vida, certificó que Efraín estaba bien, que hablaba coherentemente y que, en efecto, una vez más un milagro se había producido en su azarosa existencia. Debería permanecer una noche en vigilancia en el hospital sin paredes. Prieto volvería a por él al día siguiente, temprano. A pesar de la insuficiente capacidad del hospital, el médico insistía en actuar como si estuviera en un centro completamente equipado, pese a lo cual Prieto no se mostró muy convencido de ceder a sus exigencias. Efraín, sin embargo, le tranquilizó asegurándole que jamás le había temido a la noche, mucho menos a la intemperie.

Y, sin embargo, cuando de verdad estuvo solo, en su doble oscuridad, sí temió, tuvo pavor de que ese pasado reciente que tanto se esforzaba en desechar viniera a por él. Su reto consistía en negarlo hasta tal punto que, en efecto, el propio pasado no se atreviera a presentarse. Para eso se concentró, siempre en la doble oscuridad de la noche y su ceguera, en percibir cualquier tipo de ruidito en ese sitio: el olor del mar, el golpe permanente de las olas muy cerca. Cada hora de la noche traía un animal nuevo, los sapitos y grillos al principio, animales más temibles, con hocicos largos, a veces con aliento intenso y el suave y sordo rasguño de sus pisadas sobre la hierba, ya cuando la medianoche se alargaba. ¿Serían los cocodrilos? No, porque los sentía secos, no parecían regresar de ningún pantano. Osos, lobos, nunca se oyó de ellos en la isla, venados, cerdos... Cualesquiera que fuesen, Efraín llegó a la conclusión de que todos los animales son nocturnos menos los humanos. Su falta de visión ya le condenaba a una noche eterna, pero si lograba recuperarse de ella, cosa a la que se aferraba, preferiría quedarse en ese estado de duermevela durante muchos más años por delante que sus recién decretados dieciséis. No le darían miedo aquellos animales sin forma que ahora eran sólo alientos que se aproximaban para husmearle. Más adelante, pensó, volverían, pero para adorarle, para formar parte de su universo. Mientras tanto, él asumiría ese momento de la noche como otro milagro, o quizá la razón principal de que su vida tuviera una protección mágica, inexplicable para todos.

* * *

—Repíteme esa estrofa, la final —reiteró Prieto.

Estaban en el patio detrás de su casa, al norte de Ciego de Ávila. Sí, las coincidencias de la vida habían permitido ahora que Efraín viviera su ceguera en un lugar apropiadamente llamado así. Prieto había heredado, por decirlo de alguna manera, una vieja casa con muros de ladrillo de sus viejos. Prieto tenía a la Negra, su hijo pequeño, Matías, llamado así porque Prieto leyó el nombre en una Biblia, y a los muchachos, que cuando no estaban tocando música se afanaban en el cultivo de lechugas, tomates, un poco de maíz y caña que daba suficiente ron para alimentar las largas noches de comparsa.

Todo eso debería explicárselo a Efraín, pero al hacerlo tendría que aclararle cómo le salvó exactamente del incendio en Limpio Chiquito. Sólo que Efraín no quería oírlo.

Se negaba una y otra vez. Parecía molestarle más esa insistencia que el tener que asumir que a lo mejor jamás recuperaría la vista.

—Tú siempre me puedes describir dónde estamos. Ahora, por ejemplo, ¿cómo es?

—El mar está completamente azul, un azul como de ojo.

—No podemos mencionar a los innombrables.

—Cierto. Bueno, ese ojo azul parece desparramado por todo el mar. Por la mañana los delfines se acercaron muchísimo a la orilla y eran completamente rosados, y cuando se movían entre las algas la combinación hacía que el verde se volviera amarillo y luego azul...

—¿Y estás seguro de que no bebiste mucho ron ayer, Prieto?

—No, nada. No me dejaste dormir hablando toda la noche.

—¿Anotaste algo?

—Sí. Por eso te digo que me gusta esta frase: «Deja que él vuelva a tu memoria para recordarte que cada día hay una sola verdad, y es mi amor.»

—¿Crees que puede funcionar?

—Sí, pero para otra música que no sea la nuestra. Somos negros de trompetas, Efraín, no terminas de entenderlo. No podemos ser varias cosas a la vez. Aquí, en Ciego de Ávila, la gente baila, sólo quiere bailar. Nada de pensar.

—El amor también se puede bailar.

—Efraín, una cosa: ¿hay algún problema en que te llame Alambre?

Efraín se quedó callado. Era el apodo que le daba Aurora. Por un momento, dentro de su cabeza, aparecieron esos delfines rosados que volvían las algas amarillas y se sintió feliz. El sol le daba en la cara, no le molestaba haberse quedado sin dormir otra noche más. Dentro de dos horas, después de la comida, Prieto y los negros empezarían con el «machaque», la larguísima jornada de percusión, trompetas y música desordenada que marcaba el paso de sus días.

—No, puedes llamarme Alambre siempre que quieras.

—Coño, Alambre, tienes que entender que la música es una cosa como muy segregada. —Era obvio que Prieto utilizaba la palabra sin saber qué quería decir.

—¿Segregada?

—Sí, como limitada. Si haces una cosa, no puedes hacer otra.

—Pero eso es ridículo. ¿Quién ha puesto esa ley?

—Es como otra cualquiera, como cuando alguien hace algo malo y Dios le castiga. Como cuando alguien te hace negro y no blanco.

—Tú precisamente sabes mejor que nadie que eso no siempre sucede. Ni lo de hacer blanco, ni lo de castigarte por hacer algo malo.

Guardaron esos silencios tan frecuentes en sus pláticas. Prieto se quedó pensando si Efraín estaba encontrando maneras de hablar de Limpio Chiquito sin tener que mencionarlo.

—Bueno, quería decir que somos negros de percusión y baile. No vamos a empezar a cantar boleros. Los negros no cantan boleros. Eso, los blancos.

Efraín disfrutaba con la conversación. Le parecía, sinceramente, como si su vida se orientara hacia otra parte.

—Un bolero también se puede bailar —insistió.

—Alambre, chico, sí que eres obstinado. Mira, ya sé que no puedes ver, pero el día que lo consigas verás cómo son los machaques. Vienen las negras, traen el congrio recién hecho y, tú sabes, los regamos con un poco de ron. Luego empieza la música y siempre es para bailar.

—Pero a las mujeres les gusta cantar cuando están bailando.

—¿Y tú cómo sabes eso?

—Me lo decían cuando estuve callado.

Prieto lanzó un profundo suspiro; era la tercera o la cuarta vez que se daba por vencido en una de esas discusiones con Efraín. Se levantó de la pequeña silla de mimbre en medio del jardín, no hacía nada de calor, tampoco frío, era uno de esos perfectos días de principios de diciembre. Vaya, habían pasado varios, se dijo, desde la primera vez que vio a ese niño flaco subirse a su coche con la detestada señora Lilian.

—Te has levantado, ¿verdad? —dijo Efraín.

—Sí, Alambre, voy a llamar a los negros y te vamos a cantar tu canción.

Prieto lo sentó en medio de los músicos. Efraín sostenía la hoja marrón, como recortada de una bolsa de cartón, donde había garabateado su letra. La sostenía muy cerca de él, era evidente que no iba a leerla, pero tampoco quería dejar que nadie pudiera observar sus extraños dibujos que escribía a ciegas y llamaba letras. En realidad lo que poseía era una extraordinaria retentiva. Nunca olvidaba una frase. Tenía un truco: como debía luchar cada segundo por que no se colaran los innombrables ni tampoco un solo recuerdo de aquel lugar, se concentraba en cada palabra que se le ocurría como antídoto contra su propia memoria. Así escribía, por decirlo de alguna manera, esas canciones. Eran palabras que no pudo, no tuvo tiempo, valor, para decírselas a ellos.

Aunque siguiera sin poder ver su reacción, Efraín sabía que Prieto las disfrutaba. Ahora, antes de que el sol dejara paso a la noche, iban a interpretar la primera de ellas.

Prieto respiró hondo y miró detenidamente a cada uno de sus negros. Se rió al imaginárselos a todos vestidos con traje color mostaza y corbata granate, así era como una vez había visto a los músicos del Riviera Habana, el único casino con orquesta que había conocido en su vida. La señora Lilian le había ordenado que fuera a recogerla allí en una de sus salidas nocturnas. Al día siguiente regresaron con un viejo español, gordo, siempre dormido en la parte de atrás del coche, siempre preguntando cuánto quedaba de camino hacia Limpio Chiquito nada más despertar.

No, debía hacerle caso a Efraín, no se recordaba lo innombrable. Estaba de nuevo allí, delante de sus negros, imaginándolos uniformados en la orquesta de un casino de la ciudad. También había estado en Rendez-Vous y en el Gran Café Nacional. Conocía todos esos nombres, había visto sus orquestas. Las de esmoquin negro y pajarita y también las de chaqueta corta azul eléctrico, sí, eléctrico y pantalón amarillo. En medio de eso podrían ubicarse ellos, pero dejando atrás Ciego de Ávila.

—Aunque parezca una canción de amor, no lo es —dijo de pronto Efraín. Los músicos se quedaron mirando estupefactos a Prieto.

—Tú deja a la orquesta, Alambre, que se la saben bien.

—Tiene que quedar claro el sentimiento. Es de alegría. Celebración. Imaginen que tienen algo que les pesa mucho y de repente lo han arrojado al mar y éste se lo ha llevado muy lejos.

Los negros se rieron, algunos más por incredulidad que por otra cosa. El niño ese envuelto en mantas, los ojos cubiertos por unas gafas regaladas que le cubrían casi toda la cara. Efraín se las arregló, eran un tic constante porque se le resbalaban, pertenecían a otra cara. Sí, lo sabían él y Prieto, eran las gafas de Ó...

No pronunció el nombre, no concluyó el pensamiento. Esperó, quieto, sonriente, recibiendo de nuevo la caricia del mar azul y reposado que esparcía salitre por encima de las cañas a la espera siempre de la visita de los delfines rosados, las algas amarillas, los peces multicolores.

Prieto levantó sus brazos y agitó sus manos, la música empezaba otra vez, ese paso altanero, esa mujer morena y contenta avanzando hacia la playa seguida de los ojos de esos mismos músicos, encantados de hacerle sentir como un animal bello, dispuesto a que el mar lo convirtiera en felicidad. Efraín se rió y aplaudió y creyó que el mundo era algo especial. Prieto también sonrió, quiso parar la música e ir hacia él y darle un abrazo.

Porque allí empezaba una nueva vida para los dos.

13

LA ORQUESTA MOSTAZA

¡Había aire acondicionado! Le hubiera gustado decirlo bien alto. Aire acondicionado, sí, un chorro de aire frío que le caía sobre la cara. ¡Qué maravilla de sensación! Efraín había viajado delante en el coche de Prieto, que al recibir la invitación de Radio Universal de Holguín se había convertido en una especie de caravana muy cargada. Tenían que acomodarse en el carro los seis negros del grupo, sus trajes aplastados por el peso y sus instrumentos sin sus estuches. La primera hora del trayecto Prieto iba controlando como podía las sucesivas quejas de los «negros de mierda», como terminó por llamarlos, sobre la inconveniencia de viajar tanta distancia con los instrumentos al descubierto. «Más que de mierda, maricones», también les gritó Prieto mientras apretaba el acelerador y hacía virar el coche en ángulos imposibles, «para meterles el susto en el cuerpo a estos negros punzones y que se dejen de quejas». Efraín iba sonriendo todo el trayecto. Le gustaba esa especie de cofradía alborotada y reidora, peleona, que formaban Prieto y sus negros, que deseaban ser conocidos después de esa aparición en Radio Universal de Holguín como «La Orquesta Mostaza».

—Maricón tú por ponerle ese color a la orquesta —renegaba uno de los negros.

—El mostaza nos va bien a los de color oscurito —respondía sin inmutarse Prieto.

—¿Y no será que el maricón eres tú, Prieto?

La respuesta del conductor fue apretar el acelerador y prácticamente poner el coche en vilo sobre dos de sus ruedas. Efraín no veía pero podía imaginar el ángulo que estaban alcanzando y aspirar el olor de caucho quemado de los neumáticos. Los negros gritaron y Prieto estabilizó el coche.

—Más maricón que mostaza sería si hubiera puesto el uniforme celeste, hijos de puta. ¡Que os quede bien claro! —sentenció Prieto.

Pero no había silencio. Era como si la propia palabra, «maricón», que Prieto ciertamente aplicaba para todo lo que se moviera, disparara la necesidad de aquella conducta gritona. Efraín no hacía preguntas, una de sus nuevas habilidades era no preguntar en aras de conseguir pasar todavía más desapercibido. No lo lograba, todo el mundo estaba pendiente de él porque no hacerlo significaría molestar a Prieto. Éste extremaba los cuidados en torno a su amigo, tanto que lo hacía parecer su mascota. Por eso Efraín prefería el silencio. En el silencio viajaba mejor, sobre todo porque en su cabeza podía componer mejor. Y eso era lo que más le interesaba, componer esas canciones con nombres extraños que La Orquesta Mostaza interpretaría en sitios como ése, el estudio principal de Radio Universal de Holguín.

De repente estaban allí, los seis músicos alineados alrededor de dos micrófonos y él, bajo el chorro de aire acondicionado. Prieto daba órdenes con la voz cada vez más ronca.

—Tambor atrás, recuerda que los palillos se deslizan, no golpean.

—Coño, Prieto, si sólo hay dos micrófonos, lo que más se oirá será tu trompeta.

—Estos micrófonos los han traído de Los Ángeles, de una radio con la que tenemos muy buena relación —dijo alguien de la radio.

—¿Dónde queda Los Ángeles? —preguntó Efraín.

—Silencio —retomaba Prieto—, tambor atrás, el oboe al lado pero un poquito más hacia aquí.

—Oboe, ¿y eso no es como de sinfónica?

—Silencio, por favor. Luego el del piano, Ricardo, que te escondes, siéntate y quédate ahí.

—Este piano no lo abren desde que volaron el *Maine*.

—Nada de bromas, silencio, por favor. Las dos guitarras españolas aquí, cerca de mí. Y luego yo, ya está todo el mundo.

—Prieto, que falta el triángulo.

—Eso lo harás tú, Efraín. ¿Tú sabes, Alambre, cuándo viene el triángulo?

Efraín asintió. Sabía que le estaban mirando. En primer lugar era el único que no llevaba chaqueta mostaza, sino un viejo saco de Prieto, de su etapa de chófer, que le llegaba hasta debajo de las rodillas. Él se había arremangado y se había peinado también poniéndose yema de huevo que a veces despedía un olor nauseabundo. Prieto tenía el pelo rizado y el resto de La Orquesta Mostaza también. Él era el único con el pelo lacio, así que se lo estiraba todo para atrás, como si fuera uno de esos zapatos de charol que había visto una vez en una película muy de niño puesto sobre la cabeza. «Zapato de Charol», pensó, hum, podrían llamarle así en vez de Alambre, que era ya como infantil, como de otra época...

Prieto hizo crujir los dedos, siempre lo hacía antes de empezar.

Efraín sintió que una persona entraba al recinto.

—Caballeros, ¿cómo quieren que los presente?

—Si no le molesta, maestro, estamos acostumbrados a que lo haga yo mismo, servidor.

—Se escuchará en directo, y entraremos en la conexión nacional. Si me permiten, haré la introducción de la emisora y luego... lo que ustedes sepan.

Poco a poco fue haciéndose el silencio. Efraín pensó en los sapitos del hospital sin paredes, era como si uno a uno fueran muriendo y callando.

—Radio Universal de Holguín da la bienvenida a unos caballeros llamados a revolucionar la historia de la música en Cuba. Son... ¡La Orquesta Mostaza!

Prieto tenía que hablar, siempre lo hacía, empezaba con aquello de «Señoras y seeeeeñores, el swing ya reventó, el foxtrot no puede más, lo de ahora es... ¡el sonido mostaza con su Orquesta Mostaza!».

Pero ahora no decía nada. Como él delante del micrófono en la prueba del Tío Conejo.

Efraín se levantó, tanteó y se puso delante del micrófono.

—Dejen lo que estén haciendo, bajen a la pista, suspiren con el ser querido. Aquí está, ahora sí, señoras y señores: La Orquesta Mostaza.

—Me quedé KO, Alambre —agradeció Prieto.

—No pasa nada. Tocamos seis canciones, Prieto, eso significa que les gustamos.

—Tú estuviste rápido. A lo mejor, bueno, si todo esto sale bien, puedes conseguirte algo en esto de la radio.

—Tú tienes que dormir, Prieto.

—Vayas donde vayas en esta isla, así sea que subas desde el sur o cruces de este a oeste, la noche siempre es igual. Este silencio, esta ausencia, este flotar, Alambre... porque es lo único que nos pasa aquí. Vamos flotando, cualquiera que sea el rumbo somos como una ballena vieja que se deja llevar por la corriente.

Efraín sintió el olor de los chicharrones. De repente, un olor traía tantas cosas... Evaristo los preparaba temprano por las mañanas, con el mismo cerdo recién destripado, tirado a un lado de aquella casa de una sola pared. Mientras su madre se desperezaba y se disponía a trocear el animal, Evaristo ya estaba cortando su piel y untándola de aceite y colocando ese trozo cuadrado de metal casi negro donde el aceite resbalaba y empezaba a saltar en todas direcciones. Ponía los trozos sobre esa plancha candente y éstos iban poco a poco retorciéndose.

—Alambre, cómete unos chicharrones, que parece que vamos a tocar de nuevo. —Era Prieto, y sonaba feliz, contento.

Sí, se dijo, tocarían de nuevo, comerían mucho más que chicharrones.

—Unos patacones, que además éstos tienen la salsa de tomate de esa de los gringos. ¿Te acostumbrarás a comer así de mal, Alambre?

—Es comida, ¿no? —se le ocurrió decir. No conocía otra mejor. Aquella avena, tan de los americanos también, en Limpio Chiquito. El sabor se le atragantó en la garganta, le anudó el estómago, le hizo vomitar allí mismo.

—Alambre, ¿qué se te ha metido? —preguntaba Prieto.

—Déjale —decía otro de los negros—. A lo mejor el niño está más nervioso que nosotros.

Efraín sentía que el vómito volvía, no podía alejar ese sabor, quitárselo de la cabeza. Y las risas de las niñas. Y, poco a poco, el rostro dulce, de Aurora.

—Prieto, están aquí otra vez, los innombrables.

Prieto lo levantó y lo llevó hacia otra parte. Efraín sintió cómo el aire iba dispersando el olor de los chicharrones y luego cómo sus pies tocaban el suelo. Le pareció que era arena, estaban muy cerca de la playa.

—¿Cómo es este sitio? —interrogó a Prieto.

—Igual a los otros. Esta radio que tanto se jacta de ser «Universal de Holguín» está muy cerca de la playa. Aquí estás mejor, ¿no?

—Prieto, ¿nunca voy a poder olvidarlos? A ellos, a Óvalo y a Aurora. Y al lugar. Tengo miedo de saber algo más de lo que vi, de entender más.

—Efraín, no luches contra ello. Espera, aprende a esperar a que alguna noche, así como ahora, tu propio cuerpo te diga que ha llegado el momento de saberlo.

—¿Por qué?, dímelo ahora, ¿por qué me salvaste? ¿Qué pasó, cómo entraste? No estabas allí, había esa gente gritando desde fuera de los cristales, arrojando la gasolina. Yo vi esa viga, ese trozo de techo cayéndome encima...

Volvió a vomitar. Mezclaba aquellos sabores, era de nuevo la avena de esos desayunos arrastrándose por la garganta en sentido contrario, y detrás, como un chorro, el sabor de la gasolina que resbalaba desde sus ojos.

—Alambre, fue un milagro. No tiene explicación. No respirabas, era todo una llamarada de la que conseguiste salir vivo, te curaron.

Efraín seguía arrojando parte de su memoria a la arena. Y de nuevo prefirieron quedarse en silencio. De nuevo dejando que el propio mar calmara ese interior.

—Es otra letra: «No me obligues a recordar, amor fugaz, temibles dolores.»

—Sigue, Alambre, sigue pensando así. Nos han contratado para un casino.

—¿Dónde?

—En La Habana.

Lo oyó, siempre oía el ruido de las maletas al cerrarse. Y también el beso que la Negra le ofrecía a Prieto.

—No te olvides de que estoy aquí, Prieto. De que me llamo Yolanda. De que voy a esperar hasta que me digas cuándo seguirte.

—Hay que instalarse. Y hay que llevarlo al médico.

—Siempre el carajito ése, todo el día. Lo primero que dices al levantarte, «Alambre tiene que escribir». Y lo último de la noche, «Alambre volverá a ver».

—Nos vamos, Alambre. Cógeme la mano, el carro está lejos. Los Mostaza están metiendo las cosas.

—Prieto, ¿ni siquiera vas a decirme adiós? —espetó Yolanda.

Él no le respondió nada. Apretó aún más la mano de Efraín y echaron a andar hacia el coche.

—Ahora salimos de Holguín, Prieto. Y la noche está cayendo. Es como las alas de un águila, pasan encima de uno y te quitan la sombra.

El que hablaba era Carlos, que lo llamaban Kay porque decía que hablaba inglés: le había enseñado una señora americana que se enamoró de él en una playa. «Las americanas dicen que vienen solas, pero siempre traen un marido más gordo que ellas, o una amiga igual de gorda. Dos por una», decía, y todos reían.

—Cuando lleguemos a Tamarindo tendremos como media hora para cambiarnos.

—¿Pero es que tenemos bolo en Tamarindo? —preguntaba el de los tambores.

—Tenemos actuaciones en Tamarindo, en Venegas y en Nueva Venegas, y todo el camino hasta que lleguemos a Remedios y entonces a Santa Clara.

—Vaya, un país entero por recorrer, Prieto. ¿Y este carro tuyo va a llevarnos a todos esos sitios?

—Hasta Miami —clamó Prieto. De repente se exaltaba y la voz se le volvía tan estruendosa como su trompeta—. Hasta California. Hasta Nueva York.

Y más que reírse, o aplaudirle la osadía, que lo hacían, cogían sus instrumentos e improvisaban allí mismo, dentro del coche. Efraín cogía en el aire alguna melodía y aparecían solas las palabras. Quería ver, deseaba comprobar alguna vez cómo era esa isla que desfilaba ante sus ojos ciegos, esos sitios que iban dejando atrás, con sus atardeceres, con sus animales diferentes y sus chicharrones de distintos olores. La sensación de verde, de entera planicie salvo por alguna colina que reconocía porque el aire se hacía más frío. Los nombres que Prieto o Kay y los demás mascullaban, Oriente Rebelde, Siboney, cabo de San Miguel, eran como espíritus, santos, vírgenes que parecían guiarlos en una escalada gloriosa. A veces prefería imaginarlos con besos, sí, besos muy largos y profundos con alguien que había conocido, con Aurora, coño, besos que también podían ser guardados a la espera de repetirlos más adelante, en el destino final, cuando volviera a ver, y La Orquesta Mostaza estuviera en un teatro grande, con muchos aplausos, y él tuviera traje nuevo, estatura nueva, mirada nueva.

Mientras tanto, ese país en sombras que iba colándose en las descripciones de Prieto, «Efraín, imagínate una cortina extensa, muy amarilla, como un sol encima de ti, así es esta calle, todas las casas pintadas de ese color. Y las morenas con las piernas muy largas y los culos como si fueran piedras del río dejándose bañar por el sol». «Azul, se llama Florencia, pero aunque esté más cerca de las colinas todo quiere repetir el azul del mar. Hasta los pájaros que regresan bañados de salitre son azules.» Como los ojos de Óvalo, coño, siempre estaban allí. «Un verde, como el de las plumas que esconden los pavos reales.» Y sí, conocía esos pavos reales de pluma verde, estaban en ese mosaico que Óvalo empleó para hacerle leer. «Mosaicos, sí, Efraín, en el comedor donde nos dan la comida, son de flechas muy organizaditas, blancas y rojas, y otros son cuadraditos que se meten en otros cuadraditos y están rodeados de negro pero son como el amarillo de la otra ciudad, el azul de esa Florencia, el verde de Siboney.»

Mosaico, eso era lo que sus ojos no le dejaban ver, esa isla que recorrían, de plaza en plaza, de bar en bar, siempre precedidos por aquel anuncio retumbante: «Radio Universal de Holguín los descubrió y ahora los patrocina. Los únicos, distintos, sabrosones negros de La Orquesta Mostaza.» Y Prieto levantaba la trompeta y cimbreaba las caderas, y Kay más adelante cantaba las letras que Efraín había organizado en su cabeza en noches anteriores. Él se quedaba sentado detrás del telón escuchando e imaginando a las parejas que bailaban sin cesar durante las dos horas largas de concierto, sus pisadas en la arena, en la hierba, en el cemento recién puesto de alguna calle de casas amarillas, o verdes, o hasta magentas, un color que Prieto adoptó para todo. «Una canción magenta, Alambre, anda, componnos una canción magenta.» Y Efraín pensaba en lo insólito que quedaban los dos colores que los acompañaban, el mostaza y el magenta, que Prieto había descrito como el de las nubes cuando al fin se dejan penetrar por la noche.

Todo eso iba viendo sin ver. Un mosaico, pensó, sí, un mosaico de esa isla que no terminaba nunca o, quizá, no empezaba nunca.

—Estamos en Santa Clara, Alambre.

—Un pueblo más —dijo Efraín apurando el café con leche.

Le encantaba esperar a Prieto, siempre hacia las siete y media, aunque se hubieran acostado a las seis. Solía aparecer con dos tazas, y tomaban el café, el de Prieto más negro, negrísimo, como decía él, y el suyo con mucha leche caliente.

—No es otro pueblo más, hombre. Aquí van a verte.

—¿Qué?

—Los ojos. Es... como un brujo, dicen, más bien como un sabio. Dicen que lo tuyo es parte de un susto, que tienes que poner de tu parte.

—No veo nada, Prieto, no es un susto. Pero a veces me da miedo volver a ver porque a lo mejor dejo de recibir las palabras.

—¿Recibir?, ¿qué quieres decir con recibir?

—Que me llegan las palabras. A lo mejor es porque estoy como detrás de esta cortina, y cuando me la quiten dejarán de aparecer.

—Hombre, Alambre, eres de verdad un niño. Tú memoriza muy bien las que has «recibido» hasta ahora y, si vuelves a ver, trabajarás con ésas, que ya son muchas.

—Pero voy a repetirlas.

Prieto se rió.

—Es que las cosas hay que repetirlas...

—Para encontrar la tranquilidad —completó Efraín, sabiendo que robaba una frase.

—¿El niño me entiende bien? —preguntó una voz suave, aunque ronca, autoritaria.

—Sí, doctor. El niño no es tan niño, tiene dieciséis años.

El doctor hizo un ruido con la boca. Efraín creía que Prieto exageraba, a lo mejor los paisajes que habían visto no tenían colores, a lo mejor no tocaban en bares repletos de personas, a lo mejor era muy difícil que su cuerpo, su cara, acompañaran a esa edad que le habían adjudicado.

—¿Cuándo fue el incendio? —continuó el médico. Efraín estaba en el interior de un hospital como era debido. Lo examinaban en serio.

—Hace un tiempo —titubeó Prieto—. Fue en el sur.

—¿El orfanato? —insistió el médico. Prieto se quedó callado. Efraín sintió como si su poca piel se le adhiriera a los huesos.

—¿Qué sabe usted de él? —respondió Prieto.

—Nada bueno. Y que este muchacho sería el único superviviente —sentenció el médico.

Efraín sintió el ascenso de la gasolina y la avena otra vez hasta su garganta. Se repetía: «Baja, baja, no subas.» Y de repente sonrió porque pensó que a lo mejor el interrogatorio, los nervios, esos huesos pegándose a la piel, le harían, mágicamente, ver.

—Han venido desde muy lejos —prosiguió el médico, pero su voz decía que estaba desviándose de su verdadero interés para volver a atacar y dejarlos sin habla.

—Dejamos Santa Clara ayer —atestiguó Prieto.

Coño, se dijo Efraín, creía que estaban en Santa Clara.

—Viaja a buena velocidad.

—Quiero que le mire. Es un superviviente, eso ya lo ha comprobado. Sabemos que usted es el mejor, que puede curarse. Y que iba a darse cuenta de que venimos de Limpio Chiquito —explicó Prieto con tono cortante.

El médico se acercó a Efraín y levantó sus párpados. Le dolían, pero no podía moverse, el médico le sujetaba el cuerpo con su brazo.

—Una parte de la córnea se quemó. Es como si hubiera dejado una mancha, como una gelatina. Costará dinero operarlo —afirmó.

—Prieto —dijo Efraín.

—Tú quédate callado, niño —continuó el médico—. A lo mejor por devolverte la vista me dan un premio y pasas de nuevo a ser noticia de periódico.

—¿Y cómo sabe que lo he sido? —preguntó Efraín.

—Sé quién eres. Estabais en el hospital del doctor Hernández, al sur. Tú y otro, los únicos supervivientes del huracán. Tú tienes una protección, muchacho, es increíble que dos veces así hayas engañado a la muerte.

—Tengo dinero para pagar —aseveró Prieto—. Lo que sea.

—No hará falta. Digamos que pagarán otros. Los fantasmas, los fantasmas de Limpio Chiquito —contestó el doctor.

Efraín recordó el nombre de ese doctor cargado de preguntas. Ricardo Limón. Era divertido que tuviera apellido de fruta. ¿Había limones en Cuba? Seguramente el azar de los apellidos entendió que algo amargo, cítrico, sería la palabra correcta para acompañarle: Limón. Así, de ese mismo color, sentía también el día. Un día limón que le dejaba un sabor áspero en la garganta mientras oía a enfermeras que le ordenaban que orinara, tranquilo, que expulsara todo, la anestesia, la química, decían, saca la química del cuerpo, muchacho. Y él orinaba, pero acostado, o a lo mejor estaba de pie pero sostenido por ellas. Le gustaría tocarlas, imaginarse sus uniformes, preguntarles sus nombres: Isabel, Clara, Gladys. ¿Dónde estaba?, siempre esa pregunta cuando se encontraba de pie en algún nuevo hospital. Siempre médicos en su vida, en sus despertares, en sus nuevas identidades.

—Acércate a la ventana, caballero Rotundo —le instó la voz del médico.

Era la primera vez que le llamaban caballero y luego Rotundo. Como aquel primer médico, sí, el doctor Hernández, el que lo puso al lado de Óvalo. Tragó hondo, se le había clavado el nombre, el recuerdo.

—Alambre, te has portado como un macho —decía Prieto.

Había más gente en la habitación, sentía las respiraciones. Eran los Mostaza. Podía oír el latido siempre rápido de

Kay, los dientes mordiéndose y los nudillos estallando de los demás, nerviosos. Quería saludarlos, estaban todos allí por algo importante.

—¿Dónde estamos? —preguntó.

—En un sitio estupendo. Acércate a la ventana, apoya las manos aquí, en el alféizar.

Era el doctor Limón. El doctor Día, decidió bautizarlo, porque así era ese día, ¿no?, que sin resultados aún, ya le gustaba mucho. Y también aquella palabra, «alféizar». Estaban abriendo la ventana. Notó no la brisa de siempre, sino un aire caliente, como el aliento de un animal que se moviera muy lento y ocupara mucho espacio. Y de inmediato el ruido como de una orquesta desmadejada, los Mostaza después de una rutina muy larga y agotadora, perdiendo el aire dentro de las trompetas, alargando el tum-tum de los tambores. Ruido, voces, palabras sueltas, aire muy caliente, nombres: Esperanza, no cruces tan rápido; helados en esta esquina; negra, cuidado, no se te caigan esas caderas benditas.

—Abre los ojos —ordenó el doctor Limón—. Dinos lo que ves.

14

LA ARAÑA Y LA CIUDAD

Como si una araña decidiera echar a andar en medio de su red y cada pata fuera más grande de lo acostumbrado. Y desde esa pata, los pelos que la terminaban se extendieran y el aire los sacudiera y desperdigara. Así empezó a ver. Creyó que se trataba de sombras deformadas o a la espera de una mano hábil que las terminara de dibujar. Abrió mucho el ojo, los ojos, luego parpadeó a distinta velocidad, como si recuperara la posibilidad de hacerlo, de parpadear. Incluso de derramar una lágrima. Stop, se dijo, ya habría tiempo para llorar, sobre todo porque sabía que iba a llorar y mucho. Ahora lo importante era ver.

Indecisa, la araña dudó sin saber si desperezarse más, estirar esas patas velludas y delgadas hacia algún extremo de esa tela que la suspendía. Cerró y apretó los párpados y le pareció que seguían implorándole «¿Qué ves, Alambre?, coño, dilo de una vez, ¿ves o no ves un pimiento?, carajito». No podía responder, no todavía porque la pata, si era una sola pata de la araña, seguía creciendo, emborronada, deleitándose en ese ejercicio insólito de aplatanarse, o aplastarse y volverse una línea estrecha, empeñada en colocarse a la misma altura que la línea del mar.

—Habla, Efraín, que estamos en ascuas.

—Veo una red.

—¿Una red? ¿Una red de qué, muchacho? Siempre tienes que decir algo que nadie espera —sentenció Prieto con un bramido.

¡Ahora lo vería! Claro, en el momento en que la araña desapareciera al volverse una con el horizonte del mar podría ver a Prieto. No lo recordaba, de ninguna manera lo recordaba de Limpio Chiquito. Llevaba razón al estar inquieto, poco a poco la araña se disolvía, poco a poco la red se desenfocaba ella sola y no quedaba nada. Aire, azul, entre él y lo que empezaba a formarse delante de sus ojos. ¿Estaría preparado para abandonar el refugio de su ceguera? De pronto, sus fantasmas podrían aparecérsele. Perfectamente visibles. Los ojos azules de Óvalo y su sonrisa de dientes tan blancos. Aurora riéndose de su peculiar forma de negar con la cabeza. Las niñas de Limpio Chiquito hablando de los padrinos americanos. La señora Lilian. El muro negro y el muro blanco. Si los iba a ver todos juntos tendría que reaccionar, abandonar la comodidad de ese raro olvido en el que deambulaba. Esa falta de preguntas, de querer saber cómo le habían rescatado. ¿Qué era, qué fue, si es que tal cosa alguna vez puede saberse, Limpio Chiquito? Al recobrar la vista tendría que asumir el pasado.

En realidad lo que hacía era escuchar. Cláxones. Una voz dulce cantando una canción de amor como las que él le dictaba a Prieto. Una radio mal sintonizada y de nuevo coches que se movían. El grito del vendedor de cepillados, «de granadina, de un poquito de ron como te gusta *pa'* lo que tú sabes, mi negra». El olor de algo friéndose, un plátano, un pimentón. El olor de los pollos asados, sintiendo el juguito de su salsa resbalándole por dentro y fuera de la garganta.

Las sombras iban adquiriendo claridad. Cada vez veía más luz, más blanco, y los tejados, como pequeños y grandes cuadrados suspendidos en el cielo. Los cuadrados y rectángulos del techo del hospital donde conoció a Óvalo.

Los cuadrados y los rombos que dibujaban para sus mosaicos.

—Mosaicos —dijo—. Un inmenso mosaico —repitió, siguiendo aquella máxima de Óvalo de que cada cosa debe ser repetida para inferirle importancia y gravedad.

Sintió murmullos de aprobación en rededor. Otra vez esos fogonazos de blanco y otro parpadeo. Los rectángulos empezaban a ofrecer cosas. Ropa blanca tendida al viento. Una bandera americana, la podía reconocer de las cenas para los padrinos en Limpio Chiquito. Barras y estrellas bajo ese intenso fogonazo de luz que le hacía recordar que tenía sus gafas negras. Pero no quería ponérselas, quería más exposición, más fogonazo, más tejados.

Y había más, sí, reproduciéndose como el verde que dejó atrás en aquellas montañas y sus carreteras de curvas cuando fueron hacia Limpio Chiquito. Y gente, en una terraza dos muchachas rubias tomaban el sol y se quitaban la parte de arriba de su ropa interior. Se tendían en una toalla marrón y se reían tirándose el líquido de una botella de Coca-Cola, lo dejaban resbalar por el cuerpo y luego iban esparciéndolo por sus pechos, siempre riendo. Como las niñas en Limpio Chiquito. De pronto se incorporaba un señor mayor, con dos banderitas pequeñas de Estados Unidos en cada mano. No, se equivocaba, una era de otro sitio. ¿Cubana? No sabía si había visto una bandera de su país. El hombre les ofrecía algo de una jarra y se sentaba a verlas reír, salpicando sus cuerpos con la última gota de la Coca-Cola. ¡Había visto su sello en la botella del refresco! Veía, veía.

Sin más fogonazos, poco a poco las personas iban adquiriendo su auténtico color, alejándose del blanco cegador. Un coche decía Buick en letras doradas, el techo podría confundirse con blanco pero era beige, ¿dónde había aprendido ese color? Con Aurora. O con la señora Lilian.

O, no, con el profesor Arévalo. Sí, había sido con él. «A los americanos les encanta el beige, porque es el color de la pechuga de los pavos, que es el animal nacional, más que el águila. Y se lo ponen a todo. A los muebles, a los edificios, a las ciudades. Un día iréis a Filadelfia y veréis que es toda beige. Sólo Miami tiene color, como nuestra Habana, porque es el mar que arrastra esos colores, de esa punta final de ese país, La Florida, hasta aquí. Y viceversa.»

«Viceversa», le encantaba esa palabra. Iba a usarla mucho a partir de ahora, que estaba viendo. Ese techo beige de un coche donde podía leer Buick. ¡Es que podía leer!

—¿No vas a decir nada, Alambre?

—Tienes los ojos abiertos —señaló el médico—, crees que no te vemos, pero seguimos aquí.

No quería mentirles, pero tampoco quería hablar. Después del techo venía el cuerpo del coche, tan largo como un ciempiés moviéndose entre la hierba crecida. El verde de esa hierba, ése era el que tenían las puertas del coche, abriéndose todas juntas, como si las accionara desde esa ventana a la que se asomaba a su primera visión. Del coche descendían cuatro hombres vestidos con trajes azules, un azul diferente al cielo y al mar, más oscuro. Uno de ellos era tan negro como Prieto; los otros, más mulatos, tenían algo en las manos, como maletines llenos de papeles. Zapatos negros y brillantes, como la coronilla de sus cabezas, que veía, tupidas, peinadas hacia atrás, abrillantadas desde la altura. El coche siguió y su recién adquirida mirada con él. Una muchacha vestida de rojo y amarillo cruzaba y se detenía al paso del automóvil, agitando sus brazos en alto. La blusa, amarilla, no tenía mangas, y sus brazos delgados se movían como si fueran las agujas de un reloj. El coche iba esparciendo su mezcla de beige y verde en una calle llena de gente, de edificios con puertas abiertas y señores de uniforme en algunos de ellos. Parecían ahogarse en calor, los uniformes o muy azules o muy negros cruzados por unos cordones blancos, más o menos sucios. Algunos con una gorra que le recordó de inmediato aquella del Hermano en Limpio Chiquito. Cerró los ojos, ese recuerdo, esa herida aparcada atrás, en ese cerebro que estaba allí, acompañándolo en el alféizar de la ventana delante de ese maravilloso espectáculo.

Prefirió seguir el recorrido del coche mientras avanzaba por la calle hasta confundirse con otros, más pequeños, más oscuros. Pero veía ahora los edificios, esas grandes piedras que construían sus fundaciones. Las puertas, de una madera brillante cruzadas por franjas de hierro, o grandes argollas de las que se sostenía una niña, sí, una niña, vestida de blanco que se separaba del brazo de su madre, con falda estrecha, chaqueta apretada en la cintura y unos zapatos con unas alzas muy finas. Tacones, recordó, Aurora le había mostrado alguna vez una foto de algo parecido en un ejemplar de la revista *Life* que traían los padrinos americanos. Subió la mirada para ver hasta dónde llegaban esas puertas. Y la subió como si fuera un elevador subiendo por la fachada de ese edificio, casi rojizo, lleno de ventanas, con señores vestidos con corbatas que se abanicaban con papeles y sonreían, bebiendo de vasos pequeños, sentados delante de alguna mujer u otro caballero, mientras éstos escribían algo en unas máquinas grandes y negras. Quería ver qué decían esas páginas pero no podía. Más arriba, el edificio terminaba con una torre llena de cables y dos policías alrededor. Había un cartel que el viento se empeñaba en mover de un sitio a otro, como si fuera una bandera. Veía una «r» y una «o». Hasta que de repente estuvo el cartel perfectamente desplegado frente a él. «Radio Despertar.» Era allí, era ésa la radio donde vivía Tío Conejo. ¿Iba a aparecer ahora, salir por esa puerta de la argolla grande, el señor con el uniforme pesado y caliente? Contuvo la respiración. Tenía que contarle a Tío Conejo sus dos supervivencias. Hablarle de Limpio Chiquito. Del Hermano. De todo lo que la radio le había hecho saber hasta ahora, hasta ese mismo momento.

—Alambre, estás sudando, dinos, por favor, qué es lo que ves.

Elevó la mirada, la torre llena de cables no era la única debajo de ese cielo azul. Vio el mar colándose entre los edificios, como si fuera el tejado más alto de todos. Vio otra torre puntiaguda, de piedras grandes, muy limpias, como si el aire a su paso siempre le hiciera un cariñito. Era una iglesia o algo más grande, más elevado. Una catedral. Y a sus pies gente entrando y saliendo. Las monjas con sus hábitos arrastrándose en un suelo repleto de hojas y sombras. Otras mujeres con trajes blancos y las manos enguantadas en el mismo color. Otras vestidas de negro. Pero en verdad estaba fascinado con la torre, ésa altísima que al mismo tiempo iba descubriéndole otras, similares, de otras iglesias. Parpadeó, emocionado, todo lo que veía le confirmaba que había dejado atrás esa inmensidad repleta de nada entre Limpio Chiquito y el lugar donde ahora se encontraba. Delante de él había edificios, plazas, parques y gente moviéndose, toda distinta, toda con un color diferente. Efraín vio algo, un pañuelo sobre el pelo de una mujer negra y corpulenta. Un turbante, eso, era un turbante mostaza. Y seguían los tejados, y algunas personas en ellos. Dos muchachas cogidas de la mano mirando hacia abajo, hacia los lados, hacia él mismo. Retrocedió para evitar ser descubierto.

—¿Qué pasa, por Dios? Este muchacho es raro de cojones —dijo el médico.

Volvió a asomarse. Volvió a recibir los olores, ahora se unía uno más dulce, un pastel, de manzana y nueces, lo estaban cocinando en uno de esos edificios, o debajo de la ventana donde miraba todo ese mar filtrarse, como una culebra divertida, en cada esquina. Vio palmeras y árboles más frondosos, un parque entero y gente bien vestida, algunas señoras con trajes muy vaporosos, con telas que le recordaban las plantas que ocultaban Limpio Chiquito de cualquier mirada.

Cerró los ojos y sintió la llama de la viga aproximarse, como si hubiera estado agazapada detrás de sus párpados para volver a cegarle.

—¿Dónde estás, Alambre? Habla de una vez. —Sintió el golpe de Prieto en su espalda, nada fuerte. Y las llamas desaparecieron.

Iba a hablar, sí, pero antes quería ver algo más, leer alguna otra palabra.

Vio unas letras, no muy lejos, entre el mar y esos jardines verdes cada vez más llenos de gente. Y leyó, esta vez en voz alta:

—«La Casa del Mosaico de La Habana.»

15

EL GABINETE DEL DOCTOR LIMÓN

El doctor Limón cerró la puerta y acercó una silla hasta donde estaba él.

—Cierro la ventana. ¿Ya has visto suficiente? —preguntó.

Efraín asintió. El doctor Limón lo tomó por la cintura y lo enfrentó. Tenía los ojos cerrados, pero el doctor, muy suavemente, se los abrió. Tenía el pelo castaño claro, la nariz muy larga y un mentón fuerte.

—Has leído un cartel que está como a quince millas de aquí... —decía el doctor.

—Usted habla en millas, debe de ser rico, ¿verdad?

El doctor le sonrió. Era joven, no se le arrugaba nada en la cara. Al mismo tiempo, repasaba su cuerpo desnudo. Miraba como un médico, lo giraba, estaba revisando la costra. Se levantó de la silla y volvió a mover algo.

Era un espejo, más grande que ellos, tenía el borde blanco, como la bata de un médico. Y el cristal reflejaba a su paso el techo de la habitación, la cama blanca con las sábanas deshechas, el mueble al lado con los frascos color miel. Un cartel con letras grandes arriba, «XCVBN», y otras cada vez más pequeñitas, una «o», una «h», una «n». Y de repente... tu cara, Efraín, ése eres tú.

—¿Quieres ponerte tus gafas negras? —rompió el silencio el doctor Limón.

Efraín las cogió de su mano pero no se las puso.

Era, en efecto, casi un alambre. Delgado, más que delgado, una lombriz incorporada. Los huesos de las rodillas le provocaban dolor, parecía que pudieran romperse si empezaba a andar. No tenía estómago sino algo que se pegaba a las costillas y le dejaba un ombligo, como un tapón para que el agua no se escapara. ¿Agua? Era seco, todo el cuerpo le recordaba un pez comido por el sol. Tenía otros dos puntos marrones pegados a la piel, a la altura del pecho. Eran sus pezones, redondos, sin pelos, marrones. Porque eso también le sorprendió. No era blanco, se recordaba más pálido. Ahora tenía un tono marrón, más o menos lavado, como si estuviera destiñéndose. Y unos brazos muy largos, eso era lo único que le gustaba. Le daban un aire mayor. Podía parecer un joven de dieciséis años con esos brazos, bonitos, un poco de músculo, unos hombros anchos.

—Vas a convertirte en modelo —le dijo el doctor Limón, al tiempo que Efraín levantaba un brazo y lo colocaba delante de sus costillas y luego hacía lo mismo con el otro.

—¿Dónde está la costra?

El doctor Limón sonrió, le acercó una camisa, limpia, como nueva. Blanca, por supuesto, le quedaba justa y le hacía parecer una persona decente. Y unos pantalones negros. Se los puso, eran de su talla, lo pudo leer en la etiqueta, «*small*». No le quedaban zancones ni nada, llegaban hasta el suelo.

—Aquí tienes los zapatos y unos calcetines. Negros también.

—Parece que vaya a enterrar a alguien.

—Lo llaman *look*. Me lo ha dicho mi esposa, que lee el *Life* y también el *Town & Country*.

Efraín lo miraba perplejo. Nunca había tenido zapatos así, tan negros, y con esos cordones tan fuertes, como si fueran el pelo de un caballo. Ni qué decir de los calcetines, le llegaban bien arriba, casi hasta la rodilla, y hacían sentir al pie como si estuviera dentro de una capa.

—¿Qué ha hecho con la costra? —insistió.

—Cicatriz, Efraín. Debes llamar a las cosas por su nombre —instruyó el doctor Limón—. Está limpia. Súbete la camisa, mira. —Efraín se puso de lado, subió la camisa y vio cómo todo el costado tenía un color diferente. Más rosado, más vivo, como si hubieran puesto encima de su piel quemada una nueva—. Considéralo parte del milagro, Efraín. Termina de vestirte. Ya no tienes en tu cuerpo ninguna señal del pasado. ¿Comprendes eso?

—Y en la mente, cuando me quede callado, en silencio, ¿también allí ha conseguido quitarme las costras?

—No lo sé, voy a presentarte a alguien que quiere saberlo.

Fue a abrir la puerta. No había nadie. Una pata, entraron rápidos, silenciosos, los ojos brillándoles, un par de perros. Y detrás, las botas brillantes, espejos que reflejaban un rostro desdibujado, un ojo suelto, una mandíbula floja, una nariz en la punta de esos zapatos brillantes. Entre todo eso, un mosaico que resbalaba sobre las botas pulidísimas, Efraín vio algo blanco, con un sol delante, como una medalla. Las botas seguían avanzando, también conseguían reflejar el techo de la habitación, pero siempre como si cada objeto reflejado se curvara en la brillante superficie. Ahora lo podía ver mejor. Era una gorra. Y tenía una medalla, en el medio.

—Éste es el superviviente del que le he hablado —informó el doctor Limón al visitante.

Como si la historia se repitiera, volvían a estar juntos. Era el Hermano, el de Limpio Chiquito, el padrino de Óvalo. Era la gorra, eran los perros. Era el tiempo repitiéndose. Empezaron a aparecer objetos en la habitación del doctor

Limón. La radio, aquella radio que había viajado en el coche que conducía Prieto. Vio a Óvalo encima de algo, de un caballo blanco, como un libertador, o un asno, daba igual el animal, el hecho era que lo veía. Y que los ojos del Hermano seguían clavados en él esperando no una respuesta o una excusa, o una razón, sino algo más grande. Una sentencia, por ejemplo. O una condena.

—Siempre hemos llamado a este tipo de sujetos como individuos especiales —comenzó a hablar el Hermano. Era una voz suave, como si estuviera a punto de leer un discurso en la radio, o un capítulo de su Tío Conejo—. Cuba es una isla, es cierto, pero para muchos de nosotros es también un corazón. Un corazón que late. Y late más aún cuando está delante de un héroe, como este joven caballero.

Efraín sintió las opulentas palabras del Hermano resbalando sobre su propio sudor. Pesado. Misterioso. Mentiroso.

—Como usted diga, señor. El joven es...

—Un valiente. Un auténtico valiente, estimado doctor Limón. Su propia vida parece ponérselo a tiro del destino. Ha sobrevivido a un huracán primero, y luego a un accidente. Lo llamaremos siempre un accidente —vaticinó el Hermano.

Era él, mismo tono, mismas miradas, a ratos complacientes, otras suplicantes y de seguida ejecutoras. Efraín sintió el mareo de quien empieza a ver tras un periodo oscuro. Se mareaba, iba a desmayarse, iba a quedar en ese blanco acomodaticio y ligero que le defendía cuando las cosas se ponían peores. Deseaba, más que nada, oír la música de La Orquesta Mostaza, sus tambores y trompetas. A Prieto escupiendo sus frases inventadas y dándoles un sentido con su perfecta voz. Pero no oía nada, el médico cerraba las ventanas, el Hermano se desprendía de la gorra y la dejaba sobre una butaca. Efraín sólo podía pensar que llevaba horas encerrado en esa habitación. No podía salir, no podía decirles nada. No recordaba. No olvidaba, al mismo tiempo, que Óvalo estaba en el escenario y que Aurora le apretaba contra su pecho cuando la viga encendida se abalanzó sobre sus ojos...

—Quiero saber exactamente cuánto recuerda el niño de su anterior destino —dijo el Hermano, seco, decidido.

Recordaba, y mucho. Pero veía el azul del mar, el Malecón cada vez más lleno de gente. Mujeres con faldas que parecían volar desde sus cinturas por encima del asfalto de las aceras.

Una de ellas podría ser Aurora.

Y veía al Hermano ahora con la gorra perfectamente calada, como si de repente Óvalo, travieso, escurridizo, hubiera deseado colocársela bien. Podía decírselo allí mismo, delante del doctor Limón, a quien admiraba, antes que le dominara el desprecio, la confusión que le provocaba el Hermano: «Óvalo está aquí, con usted.»

Decírselo, sí, de un solo golpe, de hombre a hombre.

—Señor, si responde a una sola pregunta, haré todo lo que quiera.

El Hermano se pasó la mano entera, no un pulgar o un índice, sino la mano entera, por la boca, como si estuviera limpiando gérmenes.

—Quiero entrar en su memoria. Y llevármela lejos, conmigo —respondió el Hermano.

—¿No hay ningún otro superviviente del incendio en...? —Lo iba a decir, todas las letras, el nombre que aprendió como una palabra entera, Limpio Chiquito. Lo iba a decir porque los dos sabían quiénes eran. El Alambre que era él, larguirucho sin formas, todo ojos, que abrió la puerta de la habitación y vio lo que había prometido jamás mirar.

—Termine su pregunta, joven —requirió el Hermano.

Efraín calló. Igual que aquella vez en la cancha ante

toda esa gente. Allí le asustó el hombre gordo con la gallina. Aquí, el Hermano, como una mezcla de aquel gordo con aquella gallina.

—No recuerdo, señor. No recuerdo nada de dónde vengo ni por qué estoy aquí si no fuera por Prieto, sus músicos y la suerte de la banda —concedió.

El Hermano miró hacia el médico. Cogió entre sus manos la gorra. Tenía un escudo grande, Efraín no quería mirarlo mucho. Cada detalle, el más imprevisto, podría recordarle a Óvalo. Y a Aurora. Y volver a sentir el trago amargo de una fruta verde recorriendo su garganta por no haber podido ayudarlos.

—He oído que se le da muy bien lo de componer canciones. He pensado, siguiendo esa línea de talento, en un trabajo para usted —propuso el Hermano, su voz llenando de futuro la habitación del doctor Limón.

—Yo no sé hacer nada, señor. No sé leer, finjo que lo hago —comenzó a decir lentamente—. Creía que contaba historias y no puedo avanzar en ninguna de ellas. Me parece que estoy condenado a ver cosas sin saber qué son. Y cuando al fin lo entiendo, algo sucede y pierdo la vista.

—Sin embargo, ha compuesto esas bellas canciones para La Orquesta Mostaza. Ellos ya tienen trabajo aquí, en La Habana. No es un lugar cualquiera, se lo advierto, jovencito.

—Si me permite —intervino el doctor—, Efraín tiene una madurez completamente atípica para su edad.

—Sí, desde luego, salta a la vista. Pero a lo que iba, sus amigos de La Orquesta Mostaza acaban de ser contratados por todo un año en lo que será el casino más importante de la ciudad, Vereda, en el recién inaugurado paseo de los Caballeros.

Efraín se emocionó. Prieto sería una estrella, su propio camerino, cientos de espectadores cada noche. Un teatro hecho especialmente para ellos, un techo abovedado para que una trompeta estremeciera hasta el último rincón.

—Por lo tanto, usted, joven maravilla —dijo el Hermano, y dejó escapar una risa—, tiene que valorar su propio futuro. Está claro que tiene un don con las palabras. ¿Qué mejor lugar para explotar ese don que trabajar en la radio? Además, estará convenientemente cerca del hotel y del casino. Y en poco tiempo, se lo aseguro, todas las actrices y cantantes de la ciudad querrán luchar por compartir su compañía.

El doctor Limón dejó escapar ahora otra risita.

Efraín no podía dejar de imaginar personas, hombres y mujeres acercándose a micrófonos de metal, luego de plata y al final dorados, diciendo delante de ellos palabras suyas, totalmente inconexas pero que su cabeza no dejaba de expulsar. Amor, esperanza, un cielo abierto para ti y para mí. Aurora. Óvalo.

—¿Qué quiere a cambio? —se oyó decir a sí mismo Efraín.

El doctor Limón ya no continuó sonriendo.

—Déjenos solos, doctor —exigió el Hermano. El doctor salió en absoluto silencio. Solamente las patas de los perros en el pasillo interrumpieron su salida.

El Hermano acarició su gorra.

—Usted es un prodigio. Un milagro. Sobre todo, un superviviente. Primero de un huracán y luego...

—Eso lo ha dicho antes —retó Efraín.

—Es cierto. Generalmente me gusta repetirme. Siempre pienso que se me puede olvidar algo. Como bien sabe, repetir algo siempre le agrega importancia a ese algo, sin importar cuán fútil o inútil pueda ser.

Efraín lo miró directamente. Estaba hablándole de Óvalo. Era su frase, su mensaje.

—Siga mirándome de esa forma, joven, y sabrá que lo que voy a decirle cambiará definitivamente el curso de su vida, y al mismo tiempo lo obligará a recordarlo también por siempre: voy a ayudarle. Va a ser alguien en la radio. Cualquier idea que tenga, siempre y cuando sea para crear un buen espectáculo, será autorizada y, desde luego, radiada. Puede ser un concierto. Puede ser una canción. Puede ser una historia de amor. Usted sólo tiene que escribirla. A cambio, como ha dicho, sí voy a pedirle algo. ¿Desea que continúe?

Efraín asintió con la cabeza. Un solo golpe, seco.

—Quiero que olvide todos y cada uno de los días de su pasado. Todos.

—Usted sabe de dónde vengo —dijo de nuevo mirándole a la cara.

—No, no lo sé. Pienso sobre usted, le dedico muchas horas de reflexión. Creo que su juventud y su talento simbolizan lo que me gustaría que sucediera en nuestra Cuba. Gente valiente, que sobrevive tanto a la naturaleza como a los errores de los humanos. Y que sin embargo cree en la música, en la voz, en la creación. A lo mejor es muy joven para entenderme ahora, pero quiero conseguir que viva para el futuro, porque voy a empeñarme en que ese futuro sea glorioso para usted. Lo único que le pido, a cambio de una vida de éxito, es que olvide hoy, aquí, ahora, cualquier cosa que atraiga, alimente, haga crecer el fantasma del pasado.

—¿Y si hubiera culpables en ese pasado? ¿Gente que hizo cosas malas, que se aprovechó de otros, que obligó a otros a hacer algo que nunca quisieron?

—Usted va a tener una gran carrera, amigo Efraín. Efraín Rotundo. No lo piense demasiado. A lo mejor mi generosidad se convierte en persecución. Sólo le pido que a partir de ahora viva sin recuerdos. Y se dedique a crear mundos de ilusión, escapismo quizá, pero también compañía, amor, fe, sí, fe en que la vida merece vivirse de cara al futuro y sin equipaje alguno.

—¿Quiere que olvide Limpio Chiquito? ¿Ése es mi precio?

El Hermano se ajustó la gorra al oír «Limpio Chiquito». Se cuadró delante de Efraín.

—Mañana a las diez un coche oficial le llevará hasta Radio Reloj. Allí será feliz, amigo Rotundo. A partir de ahora quiero que su palabra favorita sea «mañana» y nunca más emplee el «ayer».

—Pero un escritor tiene que recordar —imploró Efraín.

—Usted no será un escritor cualquiera, creará un lenguaje diferente. —Escrutó toda la habitación, como si buscara enemigos ocultos. Pasó su mirada sobre sus botas perfectamente pulidas que reflejaban el ventilador de aluminio en el techo. Miró hacia el techo y terminó por devolver la mirada hacia Efraín, sus ojos casi blancos, su delgada figura casi temblando, sus manos contra los muslos—. Usted va a contribuir con una revolución. Lo verá y se acordará de mí. —Rió estruendosamente, una carcajada que recorrió los pasillos del hospital—. Es lo único que puede recordar. Que la historia se detuvo un momento, amigo Rotundo, y le escogió con la mano para cambiarla.

—No puedo prometerle que lo olvidaré.

—Efraín Rotundo, sí puede. Lo ha hecho ya. De mí depende que le vaya bien. Y le irá, no bien, excelentemente bien. He previsto que deje el ayer donde los dos hemos convenido.

Efraín no pudo decir nada más. Veía otra vez el incendio a sus espaldas, como si le persiguiera y esta vez se llevara sus propias cenizas. Arrasaba todo, hasta el último segundo antes de que el Hermano entrara en la habitación. ¿Ése era su precio? ¿No era poco?

Los perros empezaron a ladrar y a agitar sus patas. No —se dijo Efraín—, no recuerdes la última vez que oíste ese contacto de pezuñas contra el suelo. No recuerdes. Pero era difícil. El brillo de las botas del Hermano, recordaba, permitía ver aquello que no podía reflejarse en ninguna parte. Enfocó su mirada para fijarla en la puntera de aquellos pies calzados en cuero porque éstos le mostrarían lo que había fuera de la habitación. Gente que se movía y se convertía en figuras distorsionadas. Un gran ventanal al fondo. Y, justo en el medio, una mancha amarilla. No era el sol. Era pelo, una cabeza coronada por algo rubio. Apretó sus manos contra las gafas de sol que acababa de recuperar del alféizar. El Hermano estaba de perfil en el marco, los dos perros alineados para continuar su desfile. Y ese punto amarillo que avanzaba hacia ellos y por lo mismo se iba reflejando mejor en las botas del militar. Era un hombre, era fuerte. Era Óvalo.

El Hermano apretó sus botas y echó a andar seguido de sus perros. Efraín salió al pasillo.

No había nadie bajo el ventanal.

16

RADIO RELOJ

El coche oficial había llegado puntualmente.

Efraín se negó a cogerlo. Estaban Prieto y él apostados en la puerta de la casa, intentando ser más puntuales, pero su aspecto debía de ser tan poco «oficial» que el chófer los ignoraba. Prieto quiso identificarse pero Efraín le convenció de que lo mejor era ir ellos solos. ¿Que a lo mejor no los recibían y el Hermano se molestaba por el desprecio a su coche oficial con chófer? Bueno, así eran las cosas en La Habana, si no tenías aspecto de tener coche oficial con chófer, pues no lo tenías y punto.

Prieto cerró la puerta de su coche destartalado con una sonrisa enorme y un estrépito que hizo saltar a Efraín en el interior del coche. Olía a ron y a pastel de limón, de hecho le parecía que había algo de merengue en la alfombrilla de su asiento. El calor era algo más que calor, una lengua espumosa entrando y entreteniéndose en recorrerle la espalda. Prieto se colocó a su lado, las manos en el volante, esos ojos pequeños y los dientes gigantescos, siempre sonrientes.

—¿Lo ves pobre al Lincoln? —le preguntó, refiriéndose al coche.

—Lo veo como una película.

—Es el único azul con azul. Los otros vienen con el interior beige. Beige..., un negro como yo metido en un coche café con leche. ¡Zape! —dijo Prieto, riendo y poniendo en marcha el coche.

»Tienes dirección y nombre, ¿no, Alambre?

—Emiliano Palomo, jefe de Contenidos, planta alta. Radio Reloj. Paseo del Vedado.

—¿Sabes qué día es hoy, Alambre?

—Veinticinco de octubre, Prieto. Lo he visto en el periódico.

—Alambre, antes de seguir, ¿de verdad sabes leer y escribir?

—Muéstrame un cartel y te digo lo que pone.

Prieto aceleró y salieron a la avenida. Era como un jardín colgante, lleno de colores que parecían flotar en el negro asfalto. Había coches como el de Prieto o mejores en todo tipo de colores. Verdes como una manzana y también como los jardines protegidos por los altos muros. Verdes como un ojo que había visto y ahora no debía recordar. Verde como un río que desemboca en el mar. Amarillos también los había, coches que eran como un camino de maíz encima del asfalto. Adentro iban muchachas risueñas, de pieles muy suaves, los labios rojos, los dientes blanquísimos y sus trajes repitiendo el mismo carnaval afiebrado de colores de los coches. Prieto se colocó un sombrero, muy suave en la mano pero erguido y pintoresco en su cabeza. Cada vez que paraba en el semáforo, se tocaba el ala y algún caballero en un coche rojo sangre le respondía con el mismo gesto, las mujeres con risas y pequeños cuchicheos entre sí.

—*Once you go black, you never go back* —decía casi en un susurro Prieto.

—¿Qué has dicho, Prieto?

—Algo que me enseñaron unas americanas muy putas —le respondió. Le miró de reojo—. No vayas a repetir las cosas que te digo, Alambre. A veces me quedo pensando en eso: llevas mucho tiempo rodeado de negros, muchacho.

—¿Y eso qué tiene de malo?

—Que aunque no hables como nosotros, se te pegan las palabras.

—¿Y eso es un problema?

—En esta ciudad nadie reconoce que sabe «hablar negro».

—¿Hablar negro? ¿Qué significa?

—Ya hemos llegado. Coño, el edificio parece una barriga gigante. Ay, Alambre, me da la impresión de que tú de aquí vas a salir viejo. —Lo miró, tenía una lágrima en los ojos—. Y gordo, de dinero, Alambre. Te vas a hacer rico.

Efraín avanzaba junto a Prieto como si fuera un monito al lado de su domador. Prieto era demasiado alto. O sería que, ahora que podía verlo todo, el resto le parecía más colorido, más alto, más sonriente que él mismo. No encontraba a nadie que tuviera su tamaño, su aspecto desvalido, sus gafas negras cubriéndole la mitad del rostro y dejándole los labios aún más finitos y como aplastados por el peso de la pasta con la que estaban hechas las gafas.

El *lobby*, así le había dicho Prieto que se llamaba ese salón inmenso al principio de los edificios, era gris; aunque el suelo tuviera como unas manchitas blancas, todo era como de porcelana gris.

—Porcelana no, Alambre, son mosaiquitos muy pequeños que los ponen todos juntos. Mira bien y verás cómo tienen el empaste de un color blanco, como mis dientes.

Efraín miró mejor, casi agachándose para observar el suelo. Eran, en efecto, pequeños cuadraditos de arcilla cubiertos por una especie de brillo. El efecto era increíble, como si todo fuera una superficie pulida. Un inmenso círculo, con gente moviéndose en todos los sentidos. Al fondo, una escalera curvada como si fuera una ola que iba ascendiendo sin fin y con dos columnas, también llenas de curvas, en el frente. Prieto y él iban a alcanzarla cuando un guardia con una chaqueta tan gris como los mosaicos los detuvo.

—Las entregas, paquetes o servicios son por la puerta de atrás.

—No somos una entrega —dijo Prieto.

—La escalera principal, amigo, es para gente que no es como tú ni como yo. El ascensor de servicio está en la entrada, a la izquierda.

Prieto miró fijamente al guardia. Cogió a Efraín de la mano y retrocedieron hacia el ascensor que decía:

—«Servicio.» ¿Ves como sí puedo leer? —dijo Efraín.

* * *

Emiliano Palomo tenía problemas con la silla de su escritorio. Acababa de pasarle la gamuza apretándola suavemente contra el respaldo. Era de caoba, una caoba carísima que a los americanos les encantaba y que había costado tanto como la jornada de cualquiera de sus empleados en pesos. Sin embargo, nunca conseguía dejarla como aparecía en los anuncios de las revistas traídas de Estados Unidos, donde esa caoba brillaba como si fueran cien ardillas rojas saltando de un árbol a otro. Cuántas veces no se había dicho a sí mismo: Emi, las cosas americanas se ven diferentes en América. Cuando vienen a Cuba es como si se estropearan, cambiaran de color, se oyeran peor. Pero esta vez tenía que verse tan brillante como las de los anuncios norteamericanos porque vendría a visitarlos ese gran talento..., tenía el nombre anotado en una hojita encima del escritorio: Rotundo, Efraín Rotundo. «Alguien con ideas, Emiliano, que es lo que necesita la radio, en Cuba y en cualquier lugar del mundo», le había comentado el Hermanísimo, como le gustaba llamar al comandante Batista. «Gente con ideas», vaya frase tonta que no dejaba de repetir todo el mundo, como la cantinela de ese empeño por cambiar Cuba cuando en el fondo lo que estaban haciendo era permitir que los americanos trajeran lo peor de sus casas hacia esta isla que a nadie le importaba.

Su silla, por ejemplo, seguro que si en vez de haberla comprado él, un cubano más, lo hubiera hecho uno de esos ejecutivos de publicidad de los que hablaba el *Herald Tribune*, que al parecer estaban creando el auténtico sueño americano, esa silla de caoba sí que estaría reluciente en su despacho, tanto como venía fotografiada en el *brochure*. Bueno, quejarse siempre es gratis, y más en La Habana, siempre con ese mar cada día más caliente, cada día más azul, cada día más panzón como un gordo que ve crecer la barriga tranquilamente. ¿Qué acababa de descubrir? Su mesa de cristal, su escritorio, cuadrado y grande, lleno de plumieres para sus distintas colecciones de estilográficas, los trofeos de la Industria Cubana de Radiodifusión que siempre ganaba porque era la suya la única radio importante de todo el país, las carpetas con los guiones de los programas y la de los noticieros con lo incómodo subrayado en rojo, que casi siempre era la mayor parte. Su todopoderosa mesa de cristal, vista desde el suelo, donde estaba ahora, agachado para sacarles brillo a las patas de la silla, tenía colocada aún la etiqueta con el precio. ¿Cómo? Sí, lo estaba viendo perfectamente. Cristales La Francia, los mejores de Cuba. 333,56 pesos. Carísima, pero no como para estar allí toda la vida, ya dos años desde que la había instalado él mismo. Eso, seguro, no lo hacían los ejecutivos de publicidad del *Herald Tribune*. Eso sólo pasaba en Cuba, coño, por el calor, por tanto mar, tanto ron y tantas mujeres. Sonó el pitido de su *buzzer*, ese aparato inmenso y negro que descansaba sobre su mesa de vidrio con precio. Apretó el primer botón rojo.

—Don Emiliano, soy Cora.

—La he reconocido, venga enseguida al despacho.

—Sí señor, pero es que...

—Venga enseguida.

Cora apareció, en efecto, de inmediato. Vestía de color naranja. Le quedaba bien, porque era muy pálida, aunque el pelo siempre cambiaba de color. Un día se le caerá todo delante de mí y será un momento dramático para los dos. Bueno, nunca tan dramático como el día que tuvo que decirle, a ella misma, a la señorita Cora Álvarez, que su voz de pito la imposibilitaba para cualquier desempeño ante un micrófono.

—Señorita Álvarez, acabo de descubrir que...

Cora no le permitió seguir hablando.

—Tenemos un problemilla allí afuerilla, señor Palomo. —Tenía esa manía, Cora, que, sabiendo el alcance hiperagudo de su voz de pito, parecía seleccionar palabras a las que pudiera agregarles aquellos ridículos diminutivos. Nunca decía «problema», sino «problemilla»; nunca se refería a «afuera», sino a «afuerilla».

—Cora, aquí adentrillo también tenemos otro problemilla.

—Dudo, señor Palomo, que sea tan gravísimo como lo que nos está sucediendo allí afuerilla.

No podía ser una radio seria la suya con una secretaria como Cora Álvarez.

—¿Qué acontece? —aceptó preguntar. Le gustaba decir «acontece» en vez de «sucede» cuando algo afectaba de esa manera a la señorita Álvarez.

—Pues hay un negro como si fuera un piano en pleno hall.

—Diríjalo al ascensor de servicio, que allí está el personal de paquetería.

—No, señor. El negro está vestido como un pincel, bueno, como una brocha gorda, claro. —Y empezó a reír con el mismo tono de pito que pierde su timbre poco a poco—. Quiero decir, no ha venido solo. Al parecer, él o lo otro, que desde ya le digo que es algo muy, pero muy extraño...

—Cora, tiene usted que calmarse, no entiendo nada de lo que me está diciendo.

Cora se alisó su blusa zanahoria, muy planchada y almidonada, ni una sola arruga, al igual que su falda calabaza muy estrecha, tanto que casi les impedía a sus piernas moverse con libertad.

—Ellos dicen que son Efraín Rotundo, ese señor tan recomendadííííísimo que está esperando...

Efraín vio la puerta de color salmón que se abría lentamente. Era de dos hojas, unidas al medio, y supuso que cuando se abriera por completo tras ella aparecería una estrella, o el Hermano con un traje gigante, o alguna celebridad del cine cimbreando sus caderas. No importaba lo que fuera, Prieto y él estaban preparados.

Y vaya si lo estaban.

En lo que las dos hojas se separaron, Efraín dio un golpe a sus muslos con sus palmadas y Prieto empezó a cantar.

—Somos el servicio, el servicio de tu risa, tu felicidad, hermosa morena, empieza a contar con nosotros esta marcha de alegría y buen bailar.

Efraín cogió los lápices del escritorio de la señorita Naranja, como ya habían bautizado a Cora, y como si éste fuera una mezcla de piano y marimba, iba siguiendo las palabras de Prieto con atinados golpecitos. Prieto fue a más, y aparte de cantar comenzó a marcarse algunos de sus pasos sincopados, que incluían pequeños saltos y un zigzag que paró en seco para retomar las estrofas de su improvisada canción.

—Sigue, no pares de contar, un, rico mami, dos y tres, el cuatro déjalo para más tarde, hasta que paremos de reír haciendo el hazmerreír.

Retumbaba su carcajada, volvían sus pasos de baile, Efraín continuaba golpeando el borde del escritorio con los lápices amarillos y de repente las otras personas que esperaban, evidentemente contagiadas, empezaron a seguir la canción con sus palmadas. Un larguirucho muy delgado, con sombrero, se levantó a bailar con otra señorita muy pequeñita. La pareja provocó la risa de los presentes, que de pronto decidieron sumárseles para intentar seguir el desenfrenado ritmo de Prieto.

—No olvides, mi negra, que somos del servicio, el servicio de hacer reír, hazme reír, hazmerreír.

Serían unas seis, ocho personas bailando entre la confusión y la risa; algunos seguían a Efraín con más lápices robados a la señorita Cora. Y ellos dos, Cora y Emiliano, aún en la puerta, con una sonrisa cada vez más grande.

—Pero ¿quién de ustedes es Efraín Rotundo?

Emiliano tardó unas cuantas horas, días quizá, en entender que Efraín Rotundo llevara gafas de sol de pasta negra todas las horas del día, estuviera dentro o expuesto a la inclemencia del sol. Tardó también en comprender cuál era su auténtica habilidad. Eso de que no escribiera sino que dictara no podía aceptarlo, pero tras escuchar las canciones de La Orquesta Mostaza —algunas las iba reconociendo por haberlas escuchado en la pomposa transmisión de Radio Universal de Holguín para el universo entero—, se dejó convencer de que el chico tenía un don para las palabras aunque no tuvieran estrictamente rima. También le abrumaba pensar que podía unirse laboralmente a ese insólito personaje, tan delgado, tan evidentemente joven y al mismo tiempo tan envuelto en ese aspecto suyo de ser un payaso venido a menos, un estrafalario viandante perdido en La Habana, un Quijote diminuto y perennemente joven instalado en su radio gracias a una recomendación irrefutable.

Sin embargo, no le hizo falta preguntárselo más veces. Con inusitada rapidez, Efraín se apoderó de su vida de una forma huracanada. Todo en él, sus gestos, la forma en que se refugiaba enfurruñado, el ceño fruncido en una esquina de su despacho o de ese pequeño salón que llamaban recepción para al cabo de unos minutos, a veces una hora, reaparecer con la cara emocionada y ese nubarrón sobre su cabeza y sus ojos ya disperso, anunciando que tenía una nueva canción para que los Mostaza o cualquiera de las otras dos orquestas de la radio tuvieran algo con lo que abrir el programa de la mañana, «Canciones para empezar el día», o bien el de la tarde, después de las noticias y la intervención de los maestros del gobierno antes del almuerzo, que lógicamente se llamaba «Canciones para continuar la tarde». Eran los programas más escuchados de Radio Reloj y, como siempre se repetía don Emiliano, Efraín siempre tenía una solución, un as bajo la manga destinado a hacerlos únicos, irrepetibles y cada vez más exitosos. Fue esa habilidad lo que provocó que dejara de hacerse preguntas y sembrar sospechas acerca de su aspecto, esa extremada delgadez y las enormes gafas de lentes oscuros y pasta negra, o sobre su proveniencia. Había sobrevivido a un huracán al sur de la isla, algo al respecto recordaba remotamente don Emiliano, tal vez una conexión con esa zona, hacía ya tantos años, para hablar con un doctor, ¿era un doctor?, que tenía a su cuidado a dos niños supervivientes y huérfanos. ¿Efraín sería uno de ellos? ¿Cuál era su conexión con el hermano del general Batista? Le había buscado en un hospital de la ciudad al saber que era también superviviente de un incendio terrible en un orfanato del sur. Si es que Cuba es mucho más que La Habana —se decía siempre don Emiliano—, lo que pasa es que nadie alcanza a verlo.

Pero ¿a quién podía importarle lo que habría sufrido ese muchacho, porque era evidente que Efraín no tenía veinte años, a lo mejor dos años menos, tres a lo sumo, si todo en él era brioso? Aquella palabra le parecía perfecta para definirlo: «brioso», y también «hosco», con ese enfurruñamiento perpetuo que al final resultaba ser parte de su proceso creativo. Radio Reloj estaba cerrando el año 1947 con superávit, y cada vez más personas querían que se anunciaran sus jabones, pastillas de olor, juegos de cama, licores y galletas en los programas que Efraín hacía vibrar con sus canciones y hasta con los chistes que decía al oído de los presentadores entre anuncio y anuncio.

—Emi, quiero contarte algo muy especial.

—No tienes que decírmelo así, Efraín, como si me pidieras audiencia. Mi oficina es tu oficina. Y, por cierto, no te he preguntado dónde vas a pasar la Nochevieja.

—Estaré con los Mostaza en su nuevo espectáculo en el casino.

—Efraín, ¿tú tienes edad para estar en el casino? —inquirió don Emiliano, peleando consigo mismo cuando era el primero en abortar cualquier conversación que versara sobre la auténtica edad de su genio particular.

—Nadie me pide nunca el documento porque saben que soy el autor de las canciones de la mañana y de la tarde —respondió tajante Efraín.

—Mi esposa y yo, y mis hijas, estaremos encantados de que al menos celebres la entrada en el nuevo año con nosotros.

—Llevo más de dos años aquí y la Nochevieja..., prefiero esperar a que pase y ponerme a bailar con los Mostaza, Emiliano.

—Siempre hay que dejar espacio a la posibilidad de un cambio, Efraín.

—De eso quiero hablarte, Emi: un cambio. He estado escuchando la radio ayer y hoy, el día entero. La mañana es maravillosa, qué bien está la orquesta, es que los oyes como si estuvieran cantándote en la sala de tu casa o en medio del Malecón, para los que escuchan nuestra emisión desde los restaurantes y terrazas. No voy a decirte lo que pienso de los discursos de toda esa gente de Batista...

—Hombre, no sería mala idea que lo hicieras, Efraín.

—Yo no sé de política, Emiliano, yo estoy para otras cosas. Para ver a la gente, de verdad. Para pensar en lo que le gusta.

—¿Y a la gente sólo le gustan las canciones de nuestras orquestas, Efraín?

—No necesariamente, Emiliano. Eso es precisamente lo que he estado pensando. Termina el programa de la tarde, vienen esas noticias que tienen hasta crónica meteorológica, cuando aquí o hace sol o vienen huracanes, Emiliano, y luego se acaba. Cuántas noches no me he imaginado a esa gente que vive pegada a una radio, levantándose delante del plato de sopa todavía caliente a apagar el aparato porque no hay nada más.

—Bueno, Efraín, es una idea muy gráfica: estoy viendo a esa mujer solitaria apagando su radio.

Efraín dio un salto y se plantó delante de Emiliano.

—Eso es justamente lo que quiero, que esa mujer siga tomándose la sopa, y por un momento, por... quince minutos; no, veinte. Treinta, treinta minutos es lo que necesita, treinta minutos en que se deje llevar por una historia.

—¿Una historia? —Emiliano vio cómo los árboles del

jardín empezaban a mecerse por la cercanía de la noche. Los músicos de la orquesta de la tarde recogerían sus instrumentos y empezarían a desfilar por el garaje hasta sus coches para llegar a tiempo al primer turno de los casinos y los teatros de revistas. Ésa era la rutina de su mundo. No tenían tiempo para sopas, mucho menos para imaginarse historias.

—Una historia sobre ellas mismas pero sin que sean ellas las protagonistas.

—No te entiendo, Efraín.

—Algo que les hable directamente a ellas, coño; después de todo, es la radio. Este aparato las acompaña a lo largo de todo el día, todos los días. Yo quiero que me dejes escribir una historia que las envuelva, que las seduzca. No, ya lo tengo, Emiliano, ya lo tengo: una historia que les haga llorar.

—¿Llorar antes de irse a dormir después de haber cenado? ¿Y por qué esa crueldad?

Efraín miró de pronto hacia el jardín. Vio a Prieto mayor por primera vez, como si le pesara la trompeta, como si estuviera harto de los Mostaza, del casino, de la trompeta. Y Prieto le miró a él también, sonriéndole y escondiendo tras la sonrisa que cada día que pasaba era más difícil cumplir entre los dos la promesa al Hermano. No podían olvidar, no podían dejar de hacerse las mismas preguntas: ¿qué sabes tú que no sepa yo? Y, la peor de todas, ¿están vivos, Prieto?, o, ¿estamos muertos nosotros, Alambre?

—Efraín, sigo aquí, me tienes en ascuas. ¿Por qué va a querer escuchar la gente algo que, en tus palabras, les haga llorar?

—Porque la gente, cuando llora, cree que ha encontrado la verdad.

17

EL PASILLO

Emiliano le consiguió un apartamento en uno de los edificios más modernos de La Habana.

—Probablemente no tengas edad para vivir solo, pero si vas a escribir, Efraín, necesitarás un espacio.

—Puedo vivir en la radio —respondió.

De alguna manera deseaba que Emiliano le llamara Alambre, como hacía Prieto. O quizá por otro sobrenombre. Le parecía que tener un apelativo especial para que lo usaran sólo aquellas personas por las que sentía confianza le aportaba mayor seguridad.

Emiliano Palomo le encantaba por su robustez. Sus trajes de doble abotonadura, que lo hacían más imponente y embutido, esas solapas tan anchas y terminadas siempre en pico, el nudo de la corbata tan grueso como su propio cuello, los puños de sus camisas siempre sobresaliendo para mostrar sus gemelos de oro; por la correa también dorada de su Rolex, «el primer regalo que me hice cuando Radio Reloj empezó a ir bien», y sus mocasines de piel de cocodrilo. Todos esos detalles de su aspecto le divertían precisamente porque a veces le molestaban por exagerados y otras le despertaban ternura. Jamás se vestiría así, pero comprendía que, llamándose Emiliano Palomo, él necesariamente tuviera que ir arreglado de esa manera.

—¿Cómo vas a vivir en la radio, Efraín? Hay fantasmas allí, al parecer algo en las ondas y en las antenas atrae a las moléculas que no descansan bien.

Precisamente por eso le apetecería vivir en la radio. Para ver fantasmas.

—A mí no me asustaría verlos. Tengo muchos fantasmas que anhelo volver a ver —comenzó a decir mientras Emiliano abría la puerta del apartamento. Estaban aún en el largo pasillo con sólo tres puertas. Una al medio, la letra «a», y una a cada lado, la «b», que era la suya, y la «c».

Dentro era todo espacio blanco, el suelo de piedra, «granito», le enseñó a decir Emiliano. «Granito italiano, van cortando pedacitos de piedras y los unen y crean estas lajas multicolores y tan lujosas; es el último grito en decoración en Europa y por supuesto aquí, en La Habana.» Los ventanales iban del techo al suelo. Lo primero en lo que reparó al mirar por ellos fue en la colosal antena de Radio Reloj, que sobrepasaba los árboles más altos del paseo del Vedado. El mar, y un velero, grandísimo y con una vela muy alta, surcándolo solitario frente a él. Disfrutó de un instante en que pudo estudiar de nuevo el pasillo con las tres puertas y sus letras encima para luego volver a admirar el paseo marítimo allá afuera, ante él. No tenía pretil, era más bien como un espacio suspendido entre el cielo y el mar al fondo del horizonte. Tampoco tenía muros o paredes, era completamente... aéreo, sólo un murallón para impedir que algún huracán arrastrara a los transeúntes hacia el vacío perforado por los muchos agujeros por los que corría la brisa y a través de los cuales podía admirarse aún más esa mezcla de verde, espacio, cielo y mar. Emiliano cerró la puerta y avanzó decidido sobre el granito.

—Tenía entendido, Efraín, que eras consciente de que no puedes invitar a ningún tipo de fantasma a entrar en tu memoria. —Efraín le miró receloso—. No me preguntes cómo lo sé, porque conoces la respuesta. Tú eres muy importante para un grupo de personas que somos también muy importantes para este país. —Su tono era serio, casi paternal—. No lo olvides nunca. Mira dónde estás ahora. En el mejor apartamento de la ciudad, con La Habana entera rendida a tus pies.

—¿De qué me sirve mirar si no puedo recordar de dónde vengo? —atajó Efraín.

Emiliano abrió las puertas correderas que daban acceso a la habitación principal. Había una cama, muy grande; Efraín pensó que se ahogaría si colocaba su delgadísimo cuerpo en el medio del colchón. El cabecero estaba cubierto por una tela con estrellas titilantes incluso ante el sol que inundaba toda la superficie. Y al lado, la mesilla con el teléfono y una serie de botones. No podía olvidar, ahora que se le permitía discutir exactamente qué podía recordar y qué no, preguntarle a Emiliano para qué eran. El baño de mármol verde anexo al dormitorio le asombró, estuvo un rato con la boca abierta fijándose en el amarillo de los grifos, más encendido que el del maíz, más que el del sol.

—Son de oro. En mi opinión, es una exageración, pero quien ocupó antes el apartamento se empeñó en tenerlos y así quedaron.

—¿Quién era? —preguntó Efraín.

—Un amigo de un amigo de un amigo. Volvemos a lo mismo: ¿para qué quieres saber si no puedes recabar toda la información? En la vida, Efraín, lo importante es lo que ves, nunca lo que imaginas que puedes ver.

Llamaron a la puerta, Efraín fue a abrir, después de todo, era su casa, pero Emiliano se apresuró para llegar antes que él. Eran dos hombres, negros como Prieto, vestidos con el mono de trabajo blanco y planchadísimo que Emiliano imponía a todo el personal de servicio de Radio Reloj. Entre ambos traían una gran laja —otra palabra que le robaría a Emiliano— de vidrio y un soporte de metal.

—Tu escritorio, Efraín. ¿Dónde quieres ponerlo?

—Allí, en el centro del salón, mirando hacia el mar —pidió, y los hombres ejecutaron a la perfección sus órdenes.

Emiliano procuraba que el vidrio quedara bien instalado sobre la estructura de metal. Era un escritorio parecido al suyo, casi idéntico. Los hombres salieron y regresaron con una caja pesada que llevaban también entre los dos. Al abrirla empezaron a caer miles de bolitas de un plástico rarísimo, y de su interior surgió otra caja más pequeña que también fue sostenida por las manazas negras de los dos hombres.

Era una máquina de escribir, negra como una cucaracha, reluciente como las botas del Hermano en las que creyó ver reflejado el rostro de Óvalo.

—Acércate —dijo Emiliano, rompiendo el encanto de aquella aparición que no se podía recordar—, acércate, es una Olivetti recién salida al mercado. Ni siquiera ha llegado a Estados Unidos; pasan antes por La Habana, y creí que el mejor escritor de Radio Reloj merecía tenerla.

Efraín fue hacia la máquina. Era como una cabeza, o como una medusa suspendida sobre el vidrio. Negra y con sus teclas tan pequeñitas, cada una capaz de levantar una pata como de araña, que dejaban impresas en la limpísima hoja blanca sus letras. Tenía la «ñ» ante sus ojos, pero instintivamente apretó la «l» dos veces, «ll» de «llorar», y ésa fue, efectivamente, la primera palabra que escribió.

Emiliano dio dos palmadas y los negros los dejaron solos. Efraín acercó la silla al borde de la mesa de cristal y siguió golpeando teclas, escribiendo una y otra vez «llorar», «llorar», «llorar», «llorar».

—Tu don como escritor, Efraín, es ese pasado que estás obligado a recordar.

—¿Por qué lo llamas don?, yo entendería que lo llamaras condena.

—Pues tu condena es tu don. Cada vez que sientas que no vas a poder evitar recordar, escribe. Escribe esas vidas nuevas que aún no tienen ni destino ni condena, que te necesitan mucho más, créeme, que tus fantasmas.

Emiliano fue a recuperar su chaqueta y hurgó en sus bolsillos. Extrajo un paquete de cigarrillos H. Upmann. Efraín ausentó su mirada de la Olivetti hacia ese paquete. Era blanco y dorado, con unas tenues rayas verticales y el nombre en un cuadrado negro. Nunca había entendido qué significaba elegante, pero ese paquete se lo pareció.

—Es verdad que no sabemos tu edad, ni tú jamás alcanzarás a saberla. En todo caso, sea cual sea, un escritor tiene que fumar, y no cualquier tabaco. Incluso si es malo, recio, negro absoluto como éste, mejor.

—Nunca he fumado.

—Y nunca has escrito. Por eso te vendrá bien —dijo Emiliano avanzando hacia la puerta—. Había traído una botella de ron pero eso lo descubrirás más adelante, cuando tu historia se convierta en el programa más escuchado de Radio Reloj.

Efraín siguió escribiendo «llorar» sobre la hoja cada vez menos blanca. Esperó a oír cómo la puerta se cerraba y el ascensor iniciaba su descenso con Emiliano dentro. Era otro más de ellos, de esas personas que parecían ir creando su vida sin que él pudiera hacer nada al respecto o en contra. El doctor Hernández, Evaristo y su madre, la señora Lilian, el profesor Arévalo, Aurora. Dios mío, empezaba a llorar y decidió abrir la cajetilla de cigarrillos. Emiliano había dejado también un mechero pesado, gordo, dorado. Tenía la forma de un dedo y emitía una llama perfectamente azul. No le dio miedo, su corazón ya estaba rompiéndose de nuevo, otra noche más, al recordar a Aurora moviendo la cabeza y sonriendo ante sus gracias. Aspiró y empezó a toser como si la vida se le fuera, como si, mejor, esos impenitentes fantasmas suyos decidieran salírsele por la boca. Cuando quiso percatarse estaba tendido sobre el frío granito y sentía el viento de la caída de la tarde golpear contra los cristales cerrados. Se incorporó y volvió a aspirar, y esta vez el humo se le metió en el cuerpo como si fuera otra llama centelleante, gris, oscura, que iba deslizándose entre sus órganos como si se tratara de alguien que observara detenidamente los cuadros de una exposición. Aspiró otra calada, y luego otra, y pensó en un diálogo para abrir una escena:

—¿Puede decirme su nombre?
—No tengo, vengo escapando de él.

Y de la misma manera comenzaron a nacer sus escenas. Surgían poco a poco en alguna de aquellas páginas blancas, comenzaban a formarse después de que pusiera las primeras letras e iniciara un diálogo, siempre con una pregunta. La primera respuesta tenía obligatoriamente que ponerle en jaque: ¿qué vendrá después? Nunca sabía qué iba a pasar, cómo iba a terminar. Cada hoja en blanco le recordaba a esa pared que se le aparecía cuando estaba ciego, era también un espacio en el que podían agregarse cosas, personas, canciones. En la hoja todo aquello se convertía en palabras y todas juntas debían conseguir una escena que le hiciera llorar o, en su defecto, a sus personajes. Ya tenían nombre, Francisco para el galán, doctor Limón el galeno, en homenaje al doctor que le devolvió la vista, y Mercedes. Respiró aliviado, en realidad consumió un quinto cigarrillo aliviado cuando encontró esos dos nombres. Si no tenía ideas para un diálogo, podía rellenar la página en blanco con los dos nombres separados por dos espacios.

El quinto cigarrillo siempre le daba un impulso cardiaco, el corazón se aceleraba y se mareaba a veces. Entonces fumaba un sexto. Y también un séptimo. Un día, siempre solo, sintió cómo todo el tabaco, sus cenizas y el humo se le atragantaban y dejaba de respirar hasta que empezaba a toser y expulsar saliva teñida de negro. Se dejaba llevar, siempre pensando que debía al menos llamar a Cora, la secretaria de Emiliano, para hacerle saber que se moría y quería que lo enterraran con la Olivetti. Pero nunca llegaba a ocurrir, la saliva volvía a ser saliva e iba hacia la cocina y tomaba una jarra entera de agua helada. Tenía una nevera rosa, el único tono de color de todo el apartamento, recién llegada de Nebraska, donde la fabricaban, gracias a esas amistades de Emiliano que traían todo de Estados Unidos antes de que llegara a otros estados de los propios Estados Unidos. Se apoyaba en la puerta de la nevera, se decía a sí mismo «voy a morirme», y volvía al escritorio y encendía otro H. Upmann y arrancaba a aspirarlo, suavemente, sintiendo el humo deslizándose entre sus dedos y, a medida que lo consumía, apretaba más fuerte sus labios contra la colilla.

Escribía, sí que lo hacía. Pero también necesitaba rellenar ese apartamento de cosas. Durante las primeras semanas la inmensa cama, que llamaba la «Raya Dormida», y el escritorio de cristal, que recibía el nombre de «la Araña Transparente», y la Olivetti, que pasó a ser reconocida como la «Sacrosanta», eran sus únicas pertenencias. Poco a poco se les unieron nuevas amistades. La lámpara en forma de palmera dorada se la había facilitado Prieto cuando el casino donde trabajaban decidió abandonar la escenografía afrocaribeña por un aspecto más hawaiano. Efraín también le había puesto nombre a la lámpara palmera y éste era, como no podía ser de otro modo, «Siboney». Un inmenso cenicero de cristal rojo, con pequeñas formas geométricas en su diámetro, fue bautizado como el «Crisol». Pronto le apareció un compañero llamado «Trapecio» porque tenía en el fondo dos figuras de malabaristas en pleno ejercicio. Emiliano le prestó una alfombra de su casa, de mucho pelo y de un tono verde que según el mareo de los cigarrillos parecía vómito y, otras veces, hierba de campo. En una de sus excursiones al cine de la calle 45, se encontró con un sofá tirado en plena vía pública de color gris y con los cojines vivados con un estridente color amarillo pollito. Así se llamó el sofá, «Pollito». Los negros de Emiliano fueron convencidos por Efraín para ir a buscarlo y subirlo hasta el apartamento. «¿Por qué no te compras uno nuevo, Efraín?», había preguntado Emiliano. Porque no le daba la gana, porque se había enamorado de ése, estaba tan solo como él en la calle 45, a la puerta del cine, como él mismo, que acudía allí porque sabía que cada película era como la familia que había perdido, que cada lágrima derramada en la soledad de la sala era como las que no podía llorar en su propia casa, en ese apartamento desangelado que pronto dejaría de estarlo. Además, cada uno de los diálogos desgranados en la pantalla era una joya que él todavía no conseguía diseñar así. Por eso lo quería, para que le recordara con su presencia aquello que debía aprender y perfeccionar. «Las cosas viejas atraen a las brujas», le dijo Emiliano. No pasaba nada, él había visto cosas peores que las brujas y no estaba autorizado siquiera a recordarlo.

Ése era su apartamento. Ése era su oficio, rellenar hojas vacías con los nombres, Francisco, Mercedes, Mamá Dolores... Ya vendría luego la historia. En realidad estaba dentro de él, sólo esperaba a que surgiera de sus dedos al teclear y pasara al papel una señal, un gesto, una pistola disparada al aire como al inicio de las carreras.

O que esa puerta al final del pasillo desnudo con olor a mar y sabor a verde y noche eterna se abriera con Óvalo y Aurora al otro lado.

Pero seguía sin escribir nada al día siguiente, que no era tal porque no dormía. Se quedaba ahí, mirando hacia esa puerta o derrumbado en el sofá preguntándose por qué no reía, por qué no se divertía, por qué no iba al cine de la calle 45 y se quedaba hablando con la taquillera, que ya le reconocía y era una café con leche muy simpática, con una boca de labios grandes y esos dientes blancos que parecen puestos por alguien para burlarse de todo. Eso era lo que necesitaba, burlarse de todo. Ya había aceptado, sin embargo, la idea perezosa de quedarse en casa, y ahí estaban la Sacrosanta y la Raya Dormida y el Crisol y Pollito para recordarle que aun sin escribir nada se le consideraba un genio, y que cualquier historia que terminara por inventar, él, que no había apenas leído más que un par de libros en su vida, sería un éxito de alguna manera. En la radio, en alguna publicación.

Pero es que no quería ser escritor. Sólo quería recuperar a sus dos amigos. ¿O eran en realidad sus dos amores?

Así se pasaba noches enteras que empataban con sus días y seguía igual, fumándose los paquetes de cigarrillos y atragantándose de agua cada vez más fría porque la nevera se había aclimatado tan bien que, más que enfriar, lo congelaba todo. Cuando el calor arreciaba, abría la puerta y metía la cabeza dentro de ella y se olvidaba del desvelo y volvía a la Sacrosanta y escribía otra página llena de nombres. Después, hacia las tres de la tarde, abría los grandes ventanales y recibía todo el ruido de esa ciudad llamada La Habana. Palabras sueltas, «Negra, te vas a quedar sin moño». Coches de colores fulgurantes, olas que parecían estallar en su propio oído, el olor de las almejas cocinadas en la puerta del edificio, también de sardinas fritas y la visión de una fila de cerdos en una especie de trashumancia en mitad de la canícula más cruel. Y detrás las mulatas, con trajes de lunares, con sombreros cargados de cintas o pailas de acero sostenidas en un turbante de tela descolorida que se bamboleaba sobre sus cabezas con su cargamento de pimientos rojos, amarillos y verdes para el mercado, o de bollos de pan, o de granos de café y hojas de tabaco. Todo desfilaba en su cronometrado desorden delante de sus ojos sin sueño, sin capacidad de distinguir la noche del día, cegados por el humo impenitente del H. Upmann consumiéndose entre sus dedos.

Emiliano vino a rescatarlo al mes.

—Me dicen que te ven siempre en el cine de la 45. Es el peor de todos en La Habana. A día de hoy, contamos con cien salas en toda la ciudad. Ahí hay orines, no ponen una película de estreno desde que terminó la guerra en Europa. ¿Qué haces en ese cine?

—Veo *Lo que el viento se llevó.*

—Efraín, ¿a ti qué te gusta, muchacho? ¿Los hombres o las mujeres?

Entró una corriente de aire, bendita, porque una vez más el calor era lo único que oía desde la calle. «Me derrito, negro.» «Se cuecen los plátanos en la bolsa.» «Ábrete un poco la blusita, muchachita, y deja que el sudor se vuelva poesía», sí, esa última era bonita, iba a utilizarla. Pero la pregunta de Emiliano cortaba el paso de la brisa y él, Efraín, no entendía muy bien por qué se la hacía. Gustar, qué cuestión más tonta, él no sabía qué era gustar.

—No lo sé, Emiliano. ¿Es importante?

—Es que todo el tiempo estás aquí, escribiendo, y cuando sales sólo vas a ese cine a hartarte de *Lo que el viento se llevó...* Efraín, ¿tú sabes dónde estás?

—En La Habana.

—No, condenado, en la esquina de la 38 y Veracruz. Ahí debajo pasan las mujeres más bellas y curvilíneas de todo el país, esto es como una especie de Meca para la curva, el seno, la braga y todo lo demás. ¿Tú eso lo percibes o no?

—Oigo los comentarios. Me gustaría que los personajes dijeran cosas así de vez en cuando.

—Efraín, no se puede decir en la radio lo que oyes en la calle.

—¿Y por qué no?

—Porque la radio es una cosa y la calle es otra. —Emiliano respiró hondo. Había que reconocer que Efraín rozaba con fuerza lo marciano—. ¿Tú has estado con mujeres?

—Yo no tengo pasado, tú lo sabes mejor que nadie.

Emiliano se pasó la mano por la frente. Sudaba por el calor, pero también porque comenzaba a arrepentirse de haber iniciado esa conversación.

—Algunas cosas sí puedes recordar, Efraín. ¿Tú por dónde empezaste, por un chico o por una mujer?

—Por ninguno de los dos —respondió, aunque no entendía lo de empezar—. Yo sólo veía.

Emiliano recogió los papeles escritos por Efraín en ese peculiar estudio. Las páginas se mojaban por el sudor de sus manos, las dobló y las metió en su brillante maletín de cocodrilo. Efraín recordó la descripción que le había hecho Prieto de los reptiles en los pantanos y no dijo nada, aunque sus ojos le revelaron a Emiliano lo absurdo, lo vulgar que le resultaba el maletín al chico.

—Fue un regalo de unos productores españoles que probablemente comprarán tu historia. Si funciona, claro.

—Todavía estoy acostumbrándome a la máquina. Te lo digo por si no entiendes alguna cosa: tengo mi propio lenguaje.

Emiliano se acercó a la máquina para ver lo que había seguido escribiendo:

FRANCISCO

Cada vez que estamos juntos siento que no te atreves a mirarme, como si creyeras que esta mirada fuera a hacerte daño.

—Francisco, el doctor Limón, el pequeño Santos... Muchos varones, ¿no? —preguntó Emiliano.

—Los tres estarán enamorados de la misma mujer.

—Caramba, puede pasar. No se me ocurre cómo consigues pensar en cosas así si ni siquiera eres capaz de decirme con quién te has acostado primero.

—¿Acostado?

—Da igual, Efraín. Es culpa mía, es mi error hacerte estas preguntas. ¿Por qué te interesa tanto *Lo que el viento se llevó*? ¿Qué ves en esa película?

Efraín no quiso decírselo. Sabía que Emiliano tenía prisa, para qué iba a revelarle algo que era tan suyo, que le pertenecía tanto. Sobre todas las demás cosas le gustaba el cine Olimpo, que no estaba exactamente en la calle 45, sino una esquina más abajo, y oculto por uno más reciente que habían construido hacía sólo un año. La taquillera del Olimpo, Marta, le informaba de todos estos acontecimientos. Ella también, por cierto, le había preguntado algo acerca de sus gustos por las mujeres o por las películas. Tenía que reconocer que veía demasiadas veces el mismo filme. Algún día había entrado en la primera sesión de la mañana, la de las diez, para no emerger de la sala hasta que terminaron los últimos créditos en la última función. Entre pase y pase, anotaba en su cuaderno negro las ideas que la película le inspiraba para su historia de Francisco y Mercedes. Podía parecerse, le daba miedo siquiera sospecharlo, constatar que la copiaba, por eso prefería pensar que únicamente le conquistaba y le sugestionaba hasta el punto de convertirlo en mejor escritor. Cuando se encendían las luces del cine veía sus arcos mostaza como la orquesta, luego verde y después coral en contraste con el blanco sucio de la pantalla. La gente se levantaba y empezaba a salir dejando atrás cartones de golosinas tan coloristas como los arcos y alguna cartera con poco dinero, en ocasiones algunas gafas a las que les faltaba un cristal o una patilla. Sí, todo empezaba a volverse previsible, y él también; esperaba que, por ser tan asiduo, alguien le reconociera, «¿Serás tú, Alambre?». Nunca existió esa persona. Ni esa pregunta.

En su cabeza, *Lo que el viento se llevó* era una escuela, una universidad. Le embargaba una especial emoción cuando se acercaba el momento de una escena concreta, aquélla en la que Olivia de Havilland llega a la inmensa mansión de Rhett Butler y Scarlett O'Hara tras enterarse del terrible accidente de la única hija de la pareja. Le recibe Mammy, la fiel y muy negra criada de Scarlett, y mientras van ascendiendo por la grandiosa escalera de la mansión, ésta va narrándole, detalladamente, escalón a escalón, toda la tragedia que no se ha visto. Efraín miraba y miraba esa escena y sentía ese mismo golpe en la espalda, como si un pequeño látigo le golpeara exigiéndole: «Escribe algo similar, no olvides ninguna de estas palabras, recuerda el rojo de la alfombra que baja, o sube, por esa inmensa escalera como si fuera la garganta de alguien cortada en dos, desangrándose. Recuerda esas palabras, el tono de Mammy, su voz, la seriedad del rostro de la Havilland encajando cada una de las palabras que desgranan tristeza, muerte, dolor.» Tenía que escribir algo así, desde luego, pero sobre todo tenía que recordar esa técnica: contar algo que no se ha visto para que entonces el público pueda imaginarlo.

Esa escena era, en realidad, la razón por la que volvía al Olimpo día tras día.

Claro que también le impactaba el incendio de Atlanta, pero al mismo tiempo provocaba su rechazo: el fuego le obligaba a recordar esa frontera prohibida, su propio pasado aunque a veces, por las noches, intoxicado de H. Upmann, abriera la puerta para ver si había luz debajo de la puerta C, al final del pasillo, se volviera hacia el ventanal y contemplara desde allí La Habana oscura y somnolienta, imaginando al fondo del mar una inmensa cortina naranja que se les aproximara como un huracán de fuego. Todos somos Atlanta en llamas —pensó para un diálogo—. Incluso nuestra Habana lo es.

* * *

Tenía que empezar un día y tenía que ser pronto. Diecinueve de noviembre, nubes sobre el Malecón. No anunciaban tormenta pero sí esa típica jornada en que el viento trae lluvia, la lluvia cae en unas zonas y en otras no, y la gente separa las hojas de los periódicos para volverlos improvisados paraguas. En una esquina y la contigua, un nudo abandonado sobre el desagüe de una calle que de inmediato empieza a rebosar agua. Sol en la siguiente esquina y, luego, de nuevo agua y nubes. Así llegó a la puerta del teatro Rori, donde se escenificaban los dramáticos de la radio.

Un enjambre de escaleras, cables, gente, chicas muy maquilladas.

Se detuvo entre la multitud, era como una fiesta sólo que sin camareros sirviendo bebidas. La gente hablaba en grupitos, comprobaban su aspecto buscando su reflejo en las ventanas pulidísimas del despacho, sostenían papeles en las manos que Efraín miró de cerca en cuanto pudo. Eran sus diálogos, repartidos entre todos ellos, dispersos, más bien, como voces descontroladas en un coro.

Emiliano se abrió paso entre toda esa vorágine para recogerle. Le escoltaban dos caballeros extraños, uno con una camisa de manga corta cubierta de flores y una gorra en la cabeza que decía «*Truman, yes*», y otro empequeñecido, una vieja colilla de cigarrillo colgándole de los labios, un ojo igual de caído que la colilla pero en dirección contraria, las mangas de su chaqueta cubriéndole los nudillos, más negros que el resto de sus manos.

—¡Encuentro de talentos de la radio cubana! —exclamó Emiliano cuando llegó junto a él—. Mi querido Efraín, has sido mucho más puntual de lo que esperaba. Es hora de que os conozcáis: el mejor dialoguista de aventuras juveniles de la radio en Cuba y todo el continente, Asdrúbal Revell.

Y el caballero con la gorra pro Roosevelt estiró su mano regordeta y sudorosa y dibujó en su rostro una sonrisa mecánica y falsa.

—Efraín Rotundo, encantado de conocerle.

Su saludo se desvaneció en aquel aire enrarecido mientras Asdrúbal le daba la espalda e iba al encuentro de una mujer muy alta, muy corpulenta, con un pelo completamente azabache que acababa de incorporarse al cóctel-humareda.

—Y también nuestro insigne dramaturgo, marca de la casa, insustituible y venerable: Alberto Gómez Planchart.

Efraín se quedó de piedra. Se sabía de memoria ese nombre. Venía al principio y al final de cada emisión de «Tío Conejo», el programa radial que escuchaba así Evaristo estuviera matando pollos o cualquier apagón los dejara sin electricidad. Recordó el aparato, entre las dos camas, tanto en el hospital del doctor Hernández como en el mismo Limpio Chiquito.

El venerable Gómez Planchart se quedó delante de él. Tenían la misma estatura, no la misma edad. No estiró la mano para que la apretara, siguió fumando su cigarrillo y mirándole con unos ojos muy negros que no transmitían nada.

—Bienvenido al infierno —dijo de pronto. Y Emiliano rápidamente lo separó del grupo, llevándolo más lejos, acercándolo a la propia Cora, que de una manera nada discreta lo sacó a empujones del grupo.

Efraín sintió un escalofrío. Sí que se parecían, no porque se reconociera físicamente sino porque de inmediato entendió que el venerable era algo en lo que podía o, directamente, iba a convertirse algún día.

Todo continuó su propio curso, el que Emiliano había diseñado. Cora, la secretaria, abrió de par en par las grandes puertas del despacho y el grupo de actores y actrices e invitados, esas doce, catorce personas a lo sumo, salieron de la oficina y atravesaron el pasillo de la planta principal para entrar en el escenario.

—Noche de estreno, querido Efraín, míralo de esa manera, ponte nervioso, actúa nervioso, desesperado si quieres, fúmate once paquetes si te aguantan esos pulmones.

—Llevo un paquete para ahora —recalcó.

—Lo que quieras. Éste es tu estreno. Vas a escuchar por vez primera tu obra. Y no lo harás solo, sino con toda esta gente, escritores y periodistas de los mejores diarios de La Habana, Efraín. Las mejores revistas se harán eco de lo que aquí ocurra, y todos ellos, y el resto, el inmenso resto que es nuestro país y que escucha Radio Reloj, va a estremecerse, a sacudirse. Estoy pensando en una palabra, dime una, que de verdad encierre todo lo que significa este momento, Efraín.

—Revolución —respondió de pronto Efraín, aún pensando en el fantasma de su propio futuro que era el honorable Gómez Planchart—. Sí, Emiliano, vamos a iniciar una revolución...

Entraron en el auditorio, bañado todo él con ese olor a serrín y tela nueva que sería, junto al de la nicotina, el perfume de su nueva vida.

Si olía a serrín era porque Emiliano había contratado a unos expertos insonorizadores de California que acababan de descubrir que una capa de corcho y otra de serrín aislaban completamente el estudio. Las paredes, en efecto, eran de corcho. Efraín se quedó absorto contando cada agujero hasta casi llegar a quinientos en una sola lámina de la pared derecha. Detrás, en lo que no se veía, estaría la otra pared de serrín prensado, y parecía como si por los agujeros del corcho se colara el olor de las virutas de madera. El suelo, por su parte, estaba cubierto por una moqueta gruesa de color dorado, sin ningún tipo de pelo, lisa como una hoja en blanco pero áspera, fuerte como una piel humana envejecida y demasiado tostada al sol. O bien la cola con la que la habían adherido al suelo, o tal vez el propio olor de la tela empleada al entrar en contacto con el aroma que emanaba la madera cortada, creaba esa sensación única que Efraín calificaría de ahí en adelante como «olor a estudio».

Los invitados de Emiliano se acomodaron en las butacas por estrenar sin prestar demasiada atención al peculiar olor. Efraín recordó, maldito, siempre recordando y guardando silencio, aquella audición de niños fanáticos de las historias de Tío Conejo en la que él mismo no había conseguido hablar. Cerró los ojos y volvió a ver a aquel señor con papada y una barriga que parecía que le caía hasta el suelo que acariciaba el buche de una gallina tan grande y amenazante en su pasividad como el mismo hombre. Después, para conjurar la imagen, miró a ese público que se congregaba delante de la mesa donde se sentarían los actores escogidos por Emiliano.

Respiró hondo y tomó asiento al lado de Isidro, alguien tan joven como él, igual de delgado pero con mucho mejor aspecto físico. Le sudaba la camiseta y la frente y se secaba las manos con una toalla en la que se leía «Hotel Real, La Habana, 1946». Era el experto en manejar los controles de la tabla de músicas, como la había bautizado Emiliano, porque era, en efecto, una tabla con un cable que la conectaba a un tocadiscos bastante reducido, también comprado en California a un precio adecuado para el presupuesto de Radio Reloj. Isidro revisaba una y otra vez los discos que tenían pegados unos papelitos con las indicaciones que también venían escritas en el guión. Uno era de sonatas de Chopin, que Emiliano había elegido para acompañar los momentos románticos o los intervalos entre una escena y otra. Otro era Rimski-Kórsakov, para lo que Efraín había decidido llamar «besos largos». Isidro tenía seis copias del mismo guión con los cortes musicales, que eran seis, subrayados, e instrucciones precisas que marcaban dónde tenía que disminuir con la suficiente antelación el volumen de los micrófonos de los actores para, paulatinamente, seleccionar del grupo de discos el adecuado, extraerlo y con suavidad colocarlo en el plato y acercar la aguja con extremo cuidado para que no se oyera el contacto en la emisión.

Efraín comprobó nervioso, una vez más, que todo estaba colocado correctamente, que nada le haría perder el tiempo y retrasar ninguno de los efectos de sonido previstos para la representación. A la izquierda de Isidro se agrupaban toda suerte de objetos. Unas caracolas con las que se simulaba el efecto de la playa cercana a la vivienda de uno de los protagonistas. Un trozo de cortina hawaiana recuperada del Hawai Kai Bar para simular el característico repiqueteo de una cortina similar que tendría en su casa la protagonista, también muy próxima a la costa. Algún crítico seguro escribiría que la influencia hawaiana era una insensatez en una

Habana con tanta cultura propia. Un reloj suizo de campanilla fuerte y tictac contundente para ejemplificar el paso del tiempo... Isidro iría acercando cada una de aquellas cosas al micrófono según indicaba el guión, que todos podían leer en las copias impresas y facilitadas por Emiliano menos el propio Efraín, que no dejaba de emocionarse en la previsión de sentir a su criatura adquirir voz, sonido y personalidad, y que no necesitaba de papel alguno, pues su prodigiosa memoria y su propia ansia de perfección harían el resto.

MERCEDES

Me llamo... Mercedes, doctor Limón. Necesito..., necesito su ayuda.

DOCTOR LIMÓN

Por el aspecto de su cara, no sé si ha elegido el sitio correcto. Parece que viene usted huyendo, ¿me equivoco?

SE OYE EL SONIDO DEL MAR MEZCLADO CON EL DE UN VALS QUE RECUERDA A MERCEDES SU BESO CON FRANCISCO.

Isidro encontraba a estorbar la presencia de Efraín entre las caracolas y la pila de discos, pero ya había extraído el vinilo de Chopin y lo había colocado sobre el plato y no tuvo tiempo ni para dedicarle una mirada reprobadora que le hiciera patente su disconformidad. Isidro debía ahora agitar con su mano izquierda las caracolas cerca del micrófono y subir lentamente el vals, no muy alto, tan sólo un eco, un recuerdo, la visión de Aurora u Óvalo abriendo la puerta al final del pasillo y gritándole «¡Sorpresa!».

MERCEDES

Nadie me explicó nunca lo que era el amor, doctor. Esa tarde en que Francisco me llevó al baile sentía su respiración dentro de mí y me olvidaba de cómo había llegado allí, de quién soy, doctor Limón: la recogida de la casa familiar, la empleada de sus padres. Esa tarde yo era única, era distinta porque él me prometía que nunca me había visto igual. Hermosa, feliz. Enamorada.

LA MÚSICA SE ACABA DE GOLPE. EL SONIDO DEL MAR TAMBIÉN.

DOCTOR LIMÓN
Ahora entiendo lo que ha venido usted a buscar aquí, Mercedes. Quiere... cometer una locura.

GRAVE Y ÚNICO ACORDE MUSICAL.

Efraín se había puesto nervioso: Isidro tardaba mucho en guardar el Chopin en su funda. Menos mal que Fernando Casas, el actor que daba voz al doctor Limón, tenía muchas obras de teatro en su haber y estaba dilatando la frase para darle tiempo a encontrar el Rimski-Kórsakov que parecía imposible de ubicar en ese preciso instante.

MERCEDES
Doctor... Yo...

Estaban improvisando mientras Isidro luchaba por separar las fundas hasta encontrar la que tuviera la pegatina de «Acorde dramático final», que por alguna razón se había caído. De pronto el miedo se apoderó de los dos, no podían sacrificar el primer final del primer capítulo. Ese acorde era más histórico que toda la situación. Efraín se levantó, ágil y sigiloso, y fue hacia la pila de discos y decidió entregarse a las bondades del azar. Siempre, en el fondo, había estado de su parte. Extrajo un disco, exactamente el penúltimo de la pila y lo colocó en el plato poniendo con el mismo sigilo la aguja encima. Emiliano también sudaba.

Isidro no se quitaba las manos de la cabeza. El grupo de espectadores se dividían entre los que miraban el espectáculo de sus nervios evidentes y descontrolados y las señoras, incluida Cora, que no podían evitar extraer pañuelos de sus bolsos y servilletas de papel de sus bolsillos para secar sus lágrimas.

Efraín miró hacia Casas, el actor, y con la cabeza le ordenó continuar. Pero éste no tenía más diálogo antes de que Mercedes hablara.

DOCTOR LIMÓN
Sólo usted es responsable de su dolor, Mercedes.

Seguían improvisando, pero el efecto funcionaba, Cora se entregó al llanto sin tapujos.

MERCEDES
No, doctor Limón. El único responsable es el amor, ese insensato condenado que nos doblega cuando menos lo esperamos. Por eso he venido aquí, porque suficiente tengo con recordar toda mi vida que me enamoré del hombre equivocado en el momento equivocado, con saber que nunca más volveré a amar de esa manera. Suficiente tengo con eso, doctor Limón...

Tania, la actriz que, pese a su experiencia, mejor sabía interpretar esa voz joven e ingenua en cualquiera de las producciones que llevara el sello de Emiliano, creaba una pausa que no estaba en el texto que leía, ahora sí, sin improvisar, mientras Isidro comenzaba a parecer todo él un inmenso chorro de agua hirviendo que explotaba y se desbordaba derramándose por las sienes y hasta las comisuras de los labios. Efraín permanecía rígido delante del control de volumen del tocadiscos. Cora seguía llorando y ahora la seguía en copiosidad Berta, la responsable de contrataciones de la emisora. Emiliano se frotaba las manos, sin que nadie pudiera discernir si por los nervios o la codicia.

MERCEDES

Sé que estaré marcada por este falso amor, doctor Limón, pero no quiero que a mi hijo, este ser que llevo en mis entrañas, le persiga la misma mentira, la misma traición. Por eso estoy aquí.

Efraín decidió ir subiendo poco a poco la música. Era un sonido de orquesta que le recordaba a una ola que comienza a formarse muy lejos y va creciendo en tamaño hasta alcanzar la orilla.

Emiliano le miró asustado. Isidro se giró, violento, como si estuviera haciendo algo que no estaba en su guión. Sí, era cierto, pero él podía escribir incluso sin estar escribiendo.

Los actores no parecían percatarse de ese cambio en la música.

DOCTOR LIMÓN

Usted quiere que ese hijo... ¿jamás conozca la vida?

Efraín subió un poco más el volumen y pareció como si la ola se permitiera ser remolino un instante antes de reventar.

MERCEDES

Ayúdeme, doctor, no me diga ahora que no...

Y entonces se abrió la puerta del estudio y entró, gallardo, todo vestido de blanco, sombrero de felpa gris en mano, José Ignacio Granados, el hombre más guapo de La Habana, eterno aspirante a actor al que Emiliano le prometía siempre una oportunidad en las series infantiles pero cuya voz grave le restaba credibilidad como niño. Ahora por fin, sí, tenía un papel adecuado para él.

FRANCISCO
¡Detente, Mercedes! ¡No cometas una locura! Sé que soy el padre de ese hijo por más que mi familia lo niegue. Concédeme un favor al menos en la vida: si no puedes aceptar mi amor, déjame al menos que le permita a mi hijo el derecho a llevar mi nombre. ¡El derecho a vivir!

Efraín subió al máximo el volumen y la orquesta se volvió más que ola, maremágnum, campanadas de una iglesia enfurecida mientras Cora se inclinaba sobre sí misma presa de sus lágrimas y Emiliano iniciaba un aplauso que parecía no terminar jamás.

* * *

La celebración arrancó en el Hawai Kai. Prieto encandiló a todos imprimiéndole aire eterno a su trompeta mientras Efraín encabezaba la fila de elegidos que danzaban a lo largo del pasillo principal como si formaran un ciempiés lleno de colores y en perfecta sincronía. Los primeros clientes de la noche pensaron que Efraín, Tania, Fernando, Cora, Isidro, derramando sudor todavía, y el guapo José Ignacio formaban parte del espectáculo de la noche. Por eso les aplaudieron. Ellos creyeron, a su vez, que aquél era una prolongación del aplauso que parecía acompañarlos desde el Rori. Efraín los vio beber ron mientras él decidía tomar un whisky con zumo de limón y mucha soda e iba poco a poco retirándose hacia su rincón para observar cómo Tania se dejaba manosear sin pudor alguno por Casas, que apretaba sus manos contra sus senos y le levantaba la falda y le hacía cosquillas que ella aceptaba entre risas, y luego con mayores suspiros y besos largos que dejaban sus pupilas en blanco. Vio cómo Isidro se rodeaba de algunas de las chicas que bajaban y subían la escalera del local y, aunque no hiciera exactamente lo mismo que el actor, sí se dejaba sentir por ellas entre sus piernas y su trompeta. Observó también cómo Fernando parecía favorecer la compañía de algunos camareros que le reían chistes que el alcohol no le permitía terminar. Y cómo Granados no le quitaba ojo de encima, observándole en su eterna observación de los demás. El tiempo continuaba y él veía desdibujarse en el humo del Hawai Kai por entre las piernas bailarinas que bailaban en el escenario al ritmo de la orquesta *lounge*. Todo empezaba, era lo que pensaba: su radionovela, sus apasionados diálogos, su inmersión en ese mundo que había creado en la soledad del apartamento delante del mar.

Cuando al fin volvió en sí eran más de las seis de la mañana. A las seis de la tarde estaría lo suficientemente despejado para sentarse delante de Isidro y manipular los discos para acompañar la emisión del segundo capítulo de «La huella del amor». El sol empezaba a colocarse encima del mar, seguía oyendo ese débil marchitar de las trompetas ya lejanas en el Hawai Kai del que hacía un rato había salido, ese permanente susurro de marimbas que parecían perderse como pasos en la arena.

En su caminata hacia su apartamento se detuvo delante de un muro cuajado de mosaicos turquesas y púrpuras. Como si le hubieran esperado toda la noche, sus tonos adquirían más brillo cuanto más los miraba. Buscó en ellos un mensaje real camuflado, un hexágono, un rectángulo repitiéndose sin cesar. No lo encontró. Sólo vio el nombre en la puerta: «Casa del Mosaico de La Habana.» El lugar donde Óvalo había soñado trabajar.

Subió hasta su apartamento. El sol volvía más azulado el mar que se distinguía al fondo. La persiana dejaba pasar por sus agujeros los rayos de esa mañana no demasiado cálida aún. La puerta A estaba cerrada, la B, que era la suya, también. Sólo al fondo del pasillo, la C estaba abierta.

No había muebles, comprobó que el espacio era exactamente igual al de su apartamento, con la única diferencia de que éste estaba vacío por completo. Carraspeó, no quería decir nada, ni un «hola» ni un «¿hay alguien aquí?», porque usaba tanto esas palabras en sus diálogos que se negaba a emplearlas en la vida real. Se adentró en el piso en silencio. Las ventanas estaban abiertas, entraba el aire. Vio en la moqueta las huellas que habían dejado las patas de algunos muebles, dos butacas, una mesa de comedor, una vitrina, un escritorio. Su vecino, pensó, se acababa de marchar. Mientras él vivía la noche de Hawai Kai, ese extraño con el que nunca había coincidido, y que imaginó que alguna vez habría habitado aquel apartamento, había tomado la decisión de abandonarlo. Respiró hondo, estaba seguro de que era Óvalo, que había estado cerca de él todo el tiempo, cerciorándose de que escribiría, de que concedería a Emiliano ese libreto que iniciaba una nueva etapa en su vida. ¿Por qué no quería verle? ¿Por qué no podía dejarle saber si Aurora, como él, se movía también como un fantasma a la luz del día? No entendía esa docilidad suya ante Emiliano y el Hermano, esa aceptación a olvidarlos para darse cuenta ahora de que era imposible, que estaban siempre presentes, que les cambiaría los nombres y en el papel los llamaría Mercedes o Francisco, pero serían ellos dos siempre, Óvalo y Aurora, esa sombra, esa persecución, ese silencio en mitad de la noche. Siempre ellos.

Oyó un ruido, alguien que acababa de llegar. La última habitación al fondo del apartamento al fondo del pasillo.

Las ventanas también estaban abiertas y lo que provocaba el ruido era el golpe seco de una de sus hojas contra la pared. Pero no estaba solo. Había un proyector colocado frente a la pared, con la película lista para ser visionada. Tan sólo tenía que apretar un botón, una especie de pestaña con una cabecita redonda. La impulsó hacia abajo y el filme comenzó a correr dentro del mecanismo como si fuera una lagartija dispuesta a atrapar al sol sobre la piedra.

Vio al Hermano sonriendo y llevando un ramo inmenso de flores blancas. Entraba en una habitación donde apenas podía verse algo más de tanta luz que recibía. Parecía un hombre jovial, como si fuera un soldado que regresara a casa después de la batalla. Se quitaba la gorra, la cachucha, y la dejaba caer en lo que debía de ser un sofá, era imposible precisar algo más porque la luz cegaba cualquier detalle. La sonrisa se acercaba más y más hasta casi atragantar al espectador. Labios casi negros, dientes refulgentes, las fosas nasales transformándose en túneles del tiempo.

La película se cortó por un momento y la pared empezó a llenarse de números ante el temor de Efraín de que todo desapareciera. Pero no. De nuevo contempló ese espacio saturado de luz en el que poco a poco la cámara se alejaba para dejar paso a sombras, un porche, matas muy frondosas, mientras el blanco y negro de la película se adecuaba a la brutalidad de la luz y las distinguía mejor. Eran buganvillas, muy frondosas, en efecto, cayendo casi hasta el suelo desde el abrumado tejado que las sostenía. Un vehículo hacía su aparición. Era negro, brillante y febril como las ondas del agua cuando el sol las acaricia o la luna nada entre ellas, como le diría Francisco a Mercedes en el capítulo que escribiría más tarde, después, esa mañana. Reconoció el coche, era el que conducía Prieto, el mismo con el que habían subido a través de todo el país desde Limpio Chiquito hasta La Habana. Una figura se movía en una de las esquinas de la imagen, temerosa de ser captada por la cámara. Un vuelo de su vestido, un trozo de sus brazos más bien gordos, una pequeña ala de su sombrero. Y empujada por alguien aparecía por fin al completo en la imagen, intentando sonreír, incómoda, extrañamente coqueta. La señora Lilian. Sintió un escalofrío. De todos los fantasmas que podía imaginar presenciar, ése no figuraba ni remotamente en los recodos de su cerebro. Permaneció un rato allí, en la pantalla, mirándole a través del ojo de la cámara como si ella misma también se asombrara del encuentro, y de pronto volvió a esa esquina de la que no quería moverse. Las buganvillas quedaron solas, mecidas por el poco aire que tenía Limpio Chiquito, y el coche también, inmensa papaya perlada. Y de pronto, desde detrás de la buganvilla comenzaron a dejarse ver las niñas. Iba reconociéndolas una a una. Cristina, desnuda, tapándose con una mano el pubis. María, sonriendo con los dientes manchados de algo negro, como chocolate, también desnuda. Susana, llorando y avanzando hacia la cámara con rabia en sus piernas, también desnuda, una especie de pulsera o cadena atada en su cintura. ¿Por qué las estaba viendo ahora?, ¿qué hacían allí?, ¿de quién era ese proyector?, ¿quién las había filmado en Limpio Chiquito? Estaba llorando, Efraín, con la mañana ya instalada en la bahía, el ruido de los primeros automóviles subiendo y colándose por la ventana abierta, el aire golpeando seca y reiteradamente el mismo cristal. ¿Quién eres, hijo de puta, que me has traído hasta aquí para ver lo que no puedo ver, para saber lo que no puedo decir?

La pared volvió a llenarse de números y otra vez ese negro que daba paso a la luz cegadora. La cámara se alejó nuevamente y apareció la escalera del salón de Limpio Chiquito, las negras bajando con las bandejas de guayabas y papayas. Y de repente el mismo grupo de niñas riendo, aparentemente, y abrazándose, tocándose, metiéndose los dedos en la boca, mirando hacia la cámara y de pronto quedándose quietas para, tras una pausa, volver a besarse, a acariciarse entre ellas, a hacer que reían, a meterse los dedos de otra en sus bocas, a sentarse una encima de otra, a moverse. Y la cámara se movía también, brusca, como si algo inesperado acabara de entrar en ese salón.

Era ella. Rubia, cegadora como la potente luz blanca, su mirada, la palidez de su piel, el verde de sus ojos imponiéndose al blanco y negro del filme. «Aurora.» Lo dijo, allí, en la soledad de la habitación en la mañana habanera: «Aurora.» Y sintió un dolor que recorría su cuerpo y se llevó las manos al pelo, sintió una mezcla de rabia, dolor y miedo y el impulso de abrir la ventana y lanzar el proyector y él mismo detrás. Estás ahí, Aurora, estás presa en esa imagen, quieres que te ayude y no puedo. ¿Qué puedo hacer yo?, ¿quién soy?, ¿por qué me vendí por tan poco o tan mucho para ti y para Óvalo? Os he vuelto personajes. Os he convertido en fantasmas. Si estás viva, Aurora, por lo que más quieras, vuelve, vuelve a mí.

La pantalla volvió a quedarse en negro una vez más y reaparecieron los números. ¿Y si fueran esos números un lenguaje secreto de Óvalo, como los mosaicos que le enseñaron a leer? No podía rebobinar, o paraba la máquina y se quedaba allí, infinitamente solo bajo el radiante sol de la mañana, o seguía mirando ese túnel del tiempo, ese ojo fantasmal que estaba mostrándole al fondo del apartamento C, también al fondo del pasillo, aquella parte de su vida que significaba el pasado que había aceptado enterrar.

Reapareció la gorra del Hermano, moviéndose como si la llevara un palito en medio. No era un palito lo que la sostenía sino un pie, grande, dedos bien formados, blancos, varoniles. La cámara gustaba de observarlos y de deslizarse por esa pierna, gemelo torneado con apenas vello, muy rubio, muy joven, ahora la rodilla, ahora el fémur, también musculoso, también suavemente bañado por ese vello dorado que se oscurecía a medida que la cámara subía por el pubis y apenas podía verse la cabeza del miembro protegida por la capucha. El ombligo, firme, redondo, laberíntico, pegado a un vientre planísimo. Los dos lunares a cada lado de la estrecha cintura. Sabía quién era. La cámara se regodeaba en ascender a través de esa carretera de piel lisa, porosa hasta alcanzar los pectorales, amplios, dibujados sobre el estómago como si fueran dos montañas vigilantes. La cámara los recorría de oeste a este y de este a oeste, deteniéndose delante de cada pezón como si fueran ojos que en cualquier momento parpadearan. Entonces volvía a deslizarse a lo largo del brazo derecho y podían verse las venas que iban desde el hombro hasta casi tocar los dedos de la mano, y de nuevo la piel era limpia, ausente de vello, una carretera llana y uniforme, un paisaje embelesador. Las manos tenían ahora la gorra. La cámara las acompañó en su subida y esta vez el miembro, coqueta, juguetonamente entrecubierto por el ascenso de la gorra, pudo verse ahora gordo, grande, incluso desproporcionado con la delgadez y tersura del resto del cuerpo ya recorrido y visionado. Regresó el ombligo, regresó a ese espacio silencioso y largo del torso entre éste y los pectorales, regresó el repaso de este a oeste y la gorra ascendiendo como una corona. Regresaron los hombros y se vio por primera vez el cuello y luego la mandíbula y la gorra se quedó allí, a la altura de la boca, los labios tan rosados, imaginó, como el resto de la piel y la sonrisa amplia, nada forzada pero llena de invitación y castigo. Recordó esos dientes blancos, tan rectos, afilados. Y la gorra siguió subiendo, la nariz recta, la frente. Y los ojos que supo azules mirando hacia la cámara al tiempo que se colocaba la gorra y se ajustaba las gafas de pasta negra para ocultar su mirada. Se quedó así y la cámara también, ligeramente temblorosa, debía de pesarle a quien la sostenía. Se movía la imagen, él no. Miraba desde las gafas y mantenía la sonrisa y la gorra en su cabeza y era quien le miraba, quien le filmaba, el que se estremecía. Pero seguía observándole y era como si tanto el que filmaba como Efraín, ahora mirándolo proyectado en la pared, estuvieran diciendo lo mismo: «Óvalo, Óvalo, Óvalo.»

La pared volvió a quedarse vacía, ninguna imagen, nada. Efraín quiso salir de esa habitación. No quería ver más. No quería saber más. Era él, claramente, era Óvalo quien había dejado ese proyector ahí. Se las arreglaba con el Hermano, habían planeado que viviera en ese edificio y le mostraba todo esto para que recordara lo que había prometido. Todo iría bien en su vida, en su carrera, en Radio Reloj y con su radionovela, de la que Emiliano no paraba de decir «revolucionará, revolucionará, Efraín, y tu nombre será historia». Todo eso sucedería si él jamás revelaba qué significaban estas imágenes.

Estaba decidido ya a irse cuando volvieron, primero los números y otra vez el espacio sin luz y luego la ceguera por la abundancia de la misma. La habitación era distinta. Seguía siendo todo en blanco y negro, pero había una tela que intuyó roja y los pies de Óvalo caminaban, pisada fuerte, empeine alto, tobillos suaves, dedos largos, entre los pétalos de las buganvillas. Iba hacia una silla, estaba desnudo, ahora la cámara quería observar sus nalgas, redondas, blancas, carentes de cualquier imperfección que las afeara. Se sentaba en la silla mostrando la espalda a la cámara, seguía con la gorra puesta pero ya no llevaba las gafas. Mantenía esa sonrisa de mierda, invitante, culpabilizadora, repleta de dientes blancos y fuertes. La cámara se alejaba para mostrar el cuerpo desnudo sentado en la silla con la tela roja al fondo y los pétalos en el suelo. Volvía a acercarse y Óvalo miraba muy dentro de la cámara, quitaba la sonrisa, volvía a ponerla y la cámara también volvía a temblar. Un dedo suyo iba recorriendo su propio cuerpo hasta bajar a las nalgas. Efraín sintió el ruido seco de la ventana golpeándose contra la pared, pero empezó a oler como si algo se quemase. La pared seguía proyectando el rostro de Óvalo, esos ojos seguían mirándole pero iban quebrándose, un agujero blanco se abría paso entre ellos y los bordes de ese círculo le recordaron las vigas ardientes del techo en Limpio Chiquito cayendo sobre su cabeza en el incendio.

La película se estaba quemando, y cuando se dio cuenta de que había perdido toda oportunidad de salvarla se percató también de que estaba solo, de que ese retazo de pasado que alguna mano misteriosa y malvada había colocado allí para que lo contemplara acababa de desaparecer para siempre.

No podía seguir en ese lugar. Volvió al salón, seguían en la moqueta las huellas de los muebles que allí habían estado. Salió al pasillo y vio desde esa perspectiva su propia puerta, suspendida en el aire de una isla que volvía a la vida una mañana más. Entró en su apartamento, se había dejado las ventanas del balcón abiertas. Oyó los piropos de los hombres a las mujeres que recorrían como todos los días sus calles. «Negra, cuidado con las curvas.» Las risas, las bocinas, la llegada de un nuevo barco cargado de americanos repletos de dólares. Y su máquina de escribir, negra, la cinta de dos colores para teclear las acotaciones del libreto en rojo. Y, a su lado, las gafas que Óvalo acababa de ponerse en la película incendiada.

18

EL FUTURO

EL SONIDO DE LA PUERTA ABRIÉNDOSE.

MERCEDES SE DESPIERTA EN LA HABITACIÓN.

TRAS UNA PAUSA, LA PUERTA SE CIERRA.

LEVE CORTINA MUSICAL, VALS CHOPIN, EL MISMO QUE SIEMPRE IDENTIFICA A MERCEDES.

MERCEDES

¿Es usted, doctor Limón?

FRANCISCO

No, Mercedes. Soy yo, Francisco.

SÚBITO CAMBIO DE MÚSICA. ACORDES GRAVES.

MERCEDES SIENTE ASOMBRO ANTE LA PRESENCIA DE FRANCISCO.

FRANCISCO (RETOMA TRAS PAUSA ACORDE)

El doctor Limón me ha autorizado a verte. Tienes que permitirme explicarte mi... parte de la historia.

MÚSICA SUAVE. RECORDATORIO VALS CHOPIN QUE ILUSTRÓ EL PRIMER BESO ENTRE MERCEDES Y FRANCISCO.

MERCEDES

Yo no la quiero, Francisco. No quiero saber, no quiero recordar nada. No quiero entender nada.

FRANCISCO

Pero ese hijo que llevas dentro, Mercedes, es también mío. No me arrebates ese derecho..., el derecho a explicarme tanto ante ti como sobre todo ante él, nuestro hijo.

MERCEDES

Tu madre no permitiría nunca que me acercara a su cuna. Ése a quien tú llamas nuestro hijo tendría que enfrentarse durante toda su vida a tu familia. Lo sabemos los dos, Francisco. Ellos jamás aceptarían que una mujer como yo, pobre, una sirvienta, les diera ese nieto con el que tanto sueñan.

RETOMAMOS VALS CHOPIN, TONO LENTO, SUAVE.

FRANCISCO

Pero... yo te amo, Mercedes. Te amo con todas mis fuerzas.

MERCEDES

Bien sabes, Francisco, que el amor no es suficiente.

SILENCIO.

OÍMOS LA PUERTA DE LA HABITACIÓN ABRIRSE PARA LUEGO CERRARSE DEFINITIVAMENTE.

ENTRAN SUAVEMENTE ACORDES DE FINAL EMISIÓN.

MERCEDES

Francisco, Dios mío. Yo también... yo también creo en el amor.

VUELVE A ABRIRSE LA PUERTA.

SE DETIENEN ACORDES DE FINAL EMISIÓN.

DOCTOR LIMÓN

Mercedes, soy el doctor Limón. El quirófano ya está preparado. ¿Ha tomado su decisión?

SÚBITA SUBIDA ACORDES.

FINAL EMISIÓN.

SOSTENER ACORDES 45 SEGUNDOS Y DESPEDIR EMISIÓN.

VOZ NARRADOR

¿Habrá tomado Mercedes realmente la fatídica decisión? ¿Serán éstas las últimas palabras que Francisco cruce con Mercedes? ¿Será capaz el doctor Limón de cambiar el destino de este amor prohibido? Todas las respuestas mañana en una nueva emisión de su radionovela favorita, la estrella de la programación de Radio Reloj, tan vibrante y real como la vida misma: «La huella del amor.»

ACORDES FINALES ESTRUENDOSOS.

PASO A COMERCIAL DE JABONES LUX.

SALIDA A CONTINUACIÓN PROGRAMACIÓN.

Una gigantesca grúa amarilla apareció delante de su balcón. Como una jirafa extraviada, una cigüeña sin plumas.

Efraín había dormido poco. La noche anterior Emiliano le había entregado diez nuevos paquetes de cartas de oyentes de «La huella del amor», al tiempo que él le correspondía con la entrega del episodio, donde Mercedes abandonaba la ciudad para volver al campo dejando a todos en la creencia de que en efecto había abortado el hijo que la familia de Francisco jamás aceptaría. Derrotada, amargada y confundida, como si todos los adjetivos no bastaran para explicar su profunda tristeza, Mercedes había tomado una decisión: enterrarse en vida, regresar a ese sitio al que había prometido jamás volver. Sólo que en realidad el doctor Limón la había engañado. No se había efectuado aborto alguno. La habían sedado y luego mentido para que, una vez en el campo, y bajo los cuidados de Mamá Dolores, la negra más querida del pueblo, Mercedes asumiera su maternidad y el amor debido a ese niño, fruto del amor prohibido. El capítulo, que concluía el primer año de emisión del serial, terminaba con Mercedes entrando en casa de Mamá Dolores. Emiliano estaba feliz, tanto por los paquetes de cartas que se unían a las casi tres decenas de señoras y niñas que se arremolinaban diariamente en la puerta del Rori para ver llegar a los actores de la radionovela, como por el hecho de que Efraín había decidido no llevar adelante el aborto, un dilema que había movilizado al clero de la capital y también a figuras del gobierno, preocupadas por que aquella historia de «tanta difusión y penetrabilidad» promoviera un crimen escandaloso y reprobable. Efraín atendió las visitas de los curas de la Eucaristía del Sagrado Corazón y también al secretario de Apoyo para la Familia Cristiana de Cuba, y aunque creyó ver en ellos facciones que le recordaban a los clientes de Limpio Chiquito, los escuchó e incluso tomó notas. Jamás había cruzado por su mente que Mercedes abortara: la clave de la radionovela era precisamente ese hijo que lucharía por su derecho a vivir, la huella, el rastro de ese amor. Además, la vida de ese hijo garantizaría lógicamente una, dos, tres temporadas más del serial. Sería también su derecho a escribir, a seguir recibiendo toda aquella correspondencia generalmente muy mal redactada, con letras grandes seguidas de otras liliputienses garabateadas con amor, el de gente insólita que escribía desde lugares más insólitos todavía, olvidados incluso, porque creía verse reflejada en las vicisitudes de sus personajes. Ése era su poder, en ellos pensaba cada vez que tenía que enfrentarse a Emiliano para defender algunas de sus actitudes y decisiones. A ellos miraba cuando la noche se convertía en una mezcla de alcohol, nicotina y gritos sin voz. Cada vez que Mercedes hablaba de amor, era él en realidad quien lloraba por uno perdido que era incapaz de recuperar. Cada vez que Francisco intentaba negociar con sus padres un perdón para Mercedes, era él quien intentaba invocar a Evaristo para hacerle entender por qué le había matado. Se confundía, en realidad se hablaba a sí mismo buscando desesperadamente entender por qué aceptaba el éxito aun a sabiendas de que éste le había costado una traición a su propia verdad.

Se acercó al balcón para ver mejor la grúa.

El capítulo estaba casi listo. Un cigarrillo más, el primer whisky a las tres de la tarde y podría descansar un rato hasta las seis para hojear los periódicos buscando en los comentarios de los cronistas alusiones a «La huella del amor». Incluso los caricaturistas de periódicos tan lejanos de la capital como *El Oriente de Cuba* dibujaban a su Mercedes envuelta en una bandera cubana con el rótulo «La mamá de Cuba» encima. Era más que un éxito. Al final Emiliano había tenido razón: su radionovela era una revolución.

Eran las tres y cinco, la hora en que llegaba el barco de La Florida cargado de americanos gordos y rosados vestidos con guayaberas floreadas y de plástico. Las pocas mujeres que bajaban por la escalerilla venían aferradas a sus bolsos blancos, que combinaban con sus zapatos y cinturones, asustadizas y excitadas por haberse atrevido a venir a la isla del amor. ¿Sería el amor para ellas una condena como para Mercedes? Se fumaría el último cigarrillo viéndolas bajar. Cada vez eran más, solas y hablando con otras, tan solitarias como ellas, para disimular esa soledad. Los estibadores y marinos en el muelle escondían la barriga y ampliaban sus pectorales para recibirlas. Los viajeros gordinflones entraban en los coches granates, incluso alguno de atrevido cursi rosado que los llevarían a los casinos, a los hoteles, a los burdeles, a los Limpio Chiquito que proliferaban por cada esquina. El mar iba tiñéndose de un tono verde, verde dólar. Tres y veinticinco, la hora del último cigarrillo antes de la siesta. El capítulo sobre la mesa, al lado la copia con los papeles de carbón intercalados para los actores y el equipo técnico. Tal vez se pasaría por el estudio, hoy que era viernes, a supervisar personalmente los acordes y porque los actores sentían que estaban leyendo algo especial si él hacía una aparición. Él lo llamaba su «cariñito» para con los actores, y éstos a su vez recibían todo el amor de ese público que él no podía ver pero que sabía que estaba a su merced.

La grúa del puerto pareció entrar en su salón, se movía como si fuera un dinosaurio perdido en la canícula del Caribe. Tenía una bola de hierro que colgaba del extremo de una cadena. Por eso se movía, iba a hacer una goleada, un *home run* de aúpa. Se incorporó para apoyarse en la barandilla de su terraza. La grúa iba a demoler algo en la calle. Vio la inmensa bola moverse en el aire hasta dar de lleno contra la pared, el corazón de La Casa del Mosaico de La Habana. Apenas le dio tiempo de ver la caída de ese símbolo, ese trozo entero de su vida. El golpe le hizo cerrar los ojos y, aunque tuviera los pulmones atufados de nicotina, alcanzó a percibir el olor de la piedra demolida al confundirse con el del mar, cargado de gasolina americana. Le entró por la nariz y siguió hacia su cerebro. Caía, se iba para no volver a esa fábrica en la que siempre, por mucho que lo escondiera, había deseado entrar para buscar esos mosaicos con aves encerradas que significaban letras. Ahora era un símbolo desaparecido, reducido a escombros como cada vez más lo era su propia vida.

La noche daba inicio cuando «La huella del amor» terminaba. Emiliano bajaba de su oficina generalmente con una frase grandilocuente, pero, tras esta emisión, tenía un aspecto solemne. «Han llamado de Presidencia, de la verdadera Presidencia, hermanos. —Prío estaba contento—. Pero lo mejor es que hasta su más férreo opositor, el general Batista, está muy satisfecho con que Mamá Dolores acepte criar al hijo de Mercedes. Me ha pedido felicitaros a todos, al equipo, a los actores y a ti, Efraín, por enseñarles a todos los cubanos que una familia es posible gracias al sacrificio.» Efraín aspiraba su cigarrillo sin moverse ni quitarse las gafas negras. Tania rompió a llorar y José Ignacio fue hacia él: «Esto es más fuerte que nada, carajo —sentenció apretándole en un abrazo—. Estoy orgulloso, como cubano y como actor, de formar parte de la historia.»

Fueron al Hawai Kai y Prieto interrumpió su actuación para anunciar a los allí congregados: «Señoras y señores, hoy es una ocasión histórica, están entre nosotros los actores principales y el autor de la historia que reúne a miles de cubanos alrededor de la radio. Señoras y señores, es un honor para este servidor dar la bienvenida a doña Mercedes, don Francisco y el doctor Limón, sí, los héroes diarios de "La huella del amor".» Efraín vio el humo de su cigarrillo dispersándose sobre la gente, que de pronto se volvió un aplauso, una ola como la que había tragado a su madre en el océano. Mirándolos, gritando sus nombres, llorando, estirando sus manos para que cualquiera de ellos las tocaran. Hombres, norteamericanos gordos, militares, señoras vestidas con pieles marrones en el calor de treinta y cuatro grados, mujeres mayores con pulseras de diamantes, caballeros con relojes de oro, altas y delgadas bailarinas de la revista, todos arremolinándose en torno a ellos. Tania cogiéndole la mano asustada, José Ignacio enarbolando su bolígrafo Parker de oro para firmar lo que le pusieran delante. Gritos, los nombres de sus personajes mezclándose con los de los actores, y Prieto queriendo restaurar el orden en su orquesta, retomar los compases de un baile que nadie deseaba recuperar. Efraín miraba a través de la nube de humo y excitación. Sentía que más allá encontraría a alguien de su pasado, uno de sus fantasmas, pero sólo podía ver peinados, gorras de militares, manos pidiendo que uno de ellos, uno de los héroes de «La huella del amor», los tocase.

Prieto conseguiría convencer a la turba de seguir bailando. Tania aceptaría acompañar al militar con más rango y belleza física durante una canción o dos para luego regresar al lado de Efraín, encenderle el trigésimo cigarrillo y sorbo a sorbo de su ron con limón verterle las heridas de su corazón.

El regreso a casa era siempre solitario, con el quincuagésimo cigarrillo colgándole de los labios. Los americanos borrachos intentaban desnudar a una negrita aturdida en plena calle, la madame gorda y vestida de dorado salía en el último minuto del burdel de la esquina para salvar a la protegida, los americanos le gritaban groserías en inglés, un coche blanco cruzaba a toda velocidad la 43 y el olor del mar manchado de aceite y petróleo le recordaba la hora, cinco y media, casi seis.

A las diez, Mercedes habría cumplido veintidós años y él encendería el primer cigarrillo de la mañana. ¿Cuántos años tenía él mismo?, ¿dieciocho, veinte? A nadie le importaba. Emiliano le había despertado diciéndole que el general Batista, que le había hablado de su intención de presentarse a las próximas elecciones, visitaría la radio para inaugurar el nuevo estudio dotado de la máxima tecnología, el más equipado del área del Caribe, y quería asistir a una emisión especial de «La huella del amor». Adelantarían la hora de emisión, por lo que habría que escribir un capítulo de relleno que no afectara a lo que sucedería en el de la tarde. Efraín no pudo evitar preguntar si el General vendría acompañado de su familia. Emiliano se quedó asombrado. Claro que vendría con su esposa y su hija mayor, grandes aficionadas al serial. Y también su hermano, posible aspirante al Ministerio de Comunicaciones de Cuba.

Cuando entraron en la radio ese día de julio de 1950 no era que hiciera calor en la ciudad, sino que, directamente, todo el mundo sudaba. Todos menos Tania, vestida con una falda de lino ligera y una blusa menta. «Parece como si fueras a bailar en un musical de Broadway», le dijo Emiliano, y ella prefirió no sonreír. Sólo cuando vio a Efraín al fondo del ascensor abrió los labios, tal vez demasiado maquillados. Emiliano sudaba, pero tenía siempre a mano el pañuelo de hilo gris para quitarse las gruesas gotas que descendían por su frente. José Ignacio estuvo tentado de quitarse la guayabera mexicana azul celeste, pero no lo hizo cuando leyó que la escena que iba a interpretar esa tarde era una de reencuentro con Tania, es decir, con Mercedes, dieciocho meses después de la última vez que se vieran en la clínica del doctor Limón. Emiliano se abrió paso entre la nube de periodistas que pululaban en el auditorio para confirmar la noticia: «Sí, caballeros, personalidades vendrán esta tarde y, aparte de escuchar en directo la emisión de nuestro serial estrella, "La huella del amor", harán unos importantes anuncios para el futuro de la ciudad y del país.»

Efraín se sentó al lado de Isidro. Estaban allí todos los elementos necesarios, ahora con un cartelito para facilitar la realización de la transmisión: el par de bolas chinas que servían para abrir y cerrar puertas; los cascabeles andaluces que indicaban los pasos de los caballos ahora que Mercedes vivía en el campo junto a Mamá Dolores para criar al recién nacido Santos, como se llamaba ese hijo que supo salvarse del peligro del aborto, el hijo que toda Cuba quería conocer.

Todos estaban en sus sitios. José Ignacio se levantó de su asiento para decirle algo a Tania y ella, con un gesto brusco, le apartó. Emiliano lo miró y Efraín también. Isidro colocó todos sus instrumentos, los discos en orden y el libreto una y otra vez repasado perfectamente delante de él.

Las puertas del auditorio se abrieron de par en par y entró el Hermano vestido de civil con un traje gris y una corbata que parecía asfixiar no sólo a él, sino a cualquiera que se le pusiera delante. A continuación aparecieron una mujer pequeña vestida de verde con aspecto ausente, que resultó ser su cuñada, y una niña con dos moñitos y una muñeca que hacía preguntas a tal velocidad que nadie se atrevía a interrumpirla, hasta que su tío chascó los dedos delante de ella y por fin se calló.

Detrás de ellos se ubicaron tres hombres cargando lo que parecía un pastel de aniversario cubierto por una tela negra. Entraron tres hombres más, mirando hacia las esquinas y colocándose en triángulo delante de la mesa donde los actores leerían el texto frente a los micrófonos y detrás de la mesa de los actores. Efraín jamás había visto un despliegue tal de seguridad. Al final apareció un hombre pequeñito de paso rápido.

—Es Batista —afirmó Tania, la voz entre los dientes.

—Nosotros preferimos llamarlo presidente general Batista —corrigió Emiliano—, porque lo será, claro, después de las elecciones.

Cualquiera que fuera el nombre que de verdad le gustara a Batista, éste se sentó al lado del Hermano.

Dio comienzo la emisión, Isidro agitó delante de su micrófono un vaso lleno de pequeños corchetes doblados para hacer el sonido de una especie de cortinilla de arena y, con esta imitación del sonido de las olas, todos supieron que debían prepararse para interpretar su parte del guión.

SONIDO DEL MAR.

DÉBILMENTE, COMO UN RECUERDO QUE REGRESA, EL VALS CHOPIN.

PRIMER ENCUENTRO FRANCISCO Y MERCEDES.

FRANCISCO

Hoy sería el cumpleaños de nuestro hijo, Mercedes. ¿Es por eso que has decidido aparecer?

MERCEDES

Qué poco me conoces, Francisco. Yo no aparezco, eres tú quien me buscas. Mi vida ha cambiado. No vivo prisionera de ningún recuerdo. Soy, estoy, hago, porque para mí la vida es sólo presente.

SONIDO DE GENTE DE FIESTA DETRÁS DE ELLOS. UN CÓCTEL EN CUALQUIER EMBAJADA.

Efraín rió, de verdad había escrito la acotación así. Cuando no salía con Tania o José Ignacio iba a fiestas de embajadas en el Vedado, bebía siempre el mismo whisky de doce años y fumaba hasta diez cigarrillos escuchando la opinión de los diplomáticos extranjeros acerca de Cuba. «Aquí va a pasar algo, pero no sabemos decir cuándo. Algo fuerte. No puede ser que todos los nativos quieran ser sólo camareros para cualquiera de nosotros.»

Isidro había conseguido la solución al problema de representar la fiesta: cogió un trozo de papel celofán y lo acercó a los labios al tiempo que iba repitiendo la misma frase, «quebienloestamospasandoseñoresmuchasgraciasportodo», con la boca muy, muy cerca del micrófono. Los presentes, incluyendo los actores, tuvieron que aguantar la risa.

FRANCISCO

¿Por qué eres siempre tan amarga? Te has salido con la tuya, has hecho lo que querías, has tomado tus decisiones sin importarte las mías o mis sentimientos... ¿Qué más puedes pedir?

MERCEDES

Que mi hijo pudiera estar aquí, Francisco.

Bien sabes por qué es esta fiesta. Por mí. Porque he conocido el éxito cantando en los mejores teatros del mundo. De Europa. Ahora vuelvo aquí, a mi isla, y pedí que te invitaran. Que vieras que no he cambiado.

FUERTE GOLPE DE PLATILLOS. DE INMEDIATO, LENTAMENTE, MEZCLA DE RUIDO DE FIESTA PARA ENTENDER QUE FRANCISCO LA DEJA SOLA Y MÚSICA SUAVE VALS CHOPIN QUE HABITUALMENTE ACOMPAÑA LAS APARICIONES DE MERCEDES.

PAUSA.

MAMÁ DOLORES

Ay, *mija* Mercedes, qué difícil ha sido cogerte una tacita de consomé entre toda esta gente. Allí están las malas del Nuevo Mundo, echándoles maleficios a todo lo que suene a ti.

Efraín pudo ver cómo Batista, su hija y su esposa se entusiasmaban con la aparición de Mamá Dolores, la negra que cuidaba a Mercedes de los avatares del destino.

MERCEDES

Ay, Dolores, siento esta tranquilidad que da ganar la batalla de la vida gracias a ti, pero ahora que los veo a todos de frente, todos los que deseaban empujarme a negarle a mi hijo un derecho en esta vida, siento asco, Mamá Dolores, sí, y odio...

MAMÁ DOLORES (ABRAZÁNDOLA)

Eso nunca, *mija* Mercedes. Ni tú ni el pequeño Santos merecéis esa condena. Él crecerá, tú lo verás, y será un hombre de bien, un médico innegable que ayudará a todos los que en esta tierra lo necesiten.

MERCEDES

Tú no lo entiendes, Mamá Dolores. (PRIMER DÉBIL SOLLOZO.) Tú no lo puedes entender... Dios mío... (LA VOZ SE QUIEBRA COMPLETAMENTE POR EL LLANTO AHOGADO.)

ACORDES MUY ALTOS Y MUY FUERTES DEL VALS CHOPIN DE MERCEDES.

PAUSA LARGA PARA DEJAR SÓLO LA MÚSICA.

MAMÁ DOLORES

Claro que lo entiendo, hija mía. No has dejado ni un solo día, ni un solo minuto, ni un solo segundo de amarlo. A él, a Francisco, el padre de tu hijo...

La música se volvió ensordecedora, Isidro quería bajar el volumen pero Efraín mantuvo su dedo en él. Tania se quebró y empezó a llorar en serio, de verdad, mientras América del Valle, la actriz que interpretaba a Mamá Dolores, la abrazaba. Hasta José Ignacio derramó una lágrima. Las damas que acompañaban a Batista sacaron pañuelos de sus carteras. Efraín bajó finalmente el volumen y el recién empleado chico de continuidad dijo las acostumbradas palabras para el cierre de la emisión. Cuando se apagó la lámpara roja en el estudio, Batista y el Hermano se levantaron junto a todo su séquito familiar para aplaudir. Efraín encendió un cigarrillo.

—General, sinceramente, hoy ha sido una actuación especial... —informó Emiliano.

—Lo son todas, querido amigo Emiliano. Perdonen

que haya insistido en venir: mi familia no duerme hasta que termina «La huella del amor» cada tarde.

—Si me permite, excelencia, este joven es el autor de «La huella del amor», Efraín Rotundo.

Efraín extendió la mano y apretó la del General.

—Cuba necesita dos o tres genios como usted, caballero —le felicitó éste. Efraín saludó a la esposa, llorosa, que apenas musitó algo como «no puedo vivir sin preocuparme por Mamá Dolores, Mercedes y Francisco», y también a su hija, una niña regordeta: «Por favor, permita que Mercedes y Francisco puedan vivir su amor en paz.»

El Hermano, entretanto, se había calado su gorra y chasqueaba los dedos para que sus hombres pusieran sobre la mesa donde habían leído la radionovela aquel enorme bulto cubierto por una tela.

—Amigos, ídolos en realidad de esta Cuba que no deja de crecer y reinventarse para el futuro, quiero compartir algo con ustedes: el proyecto más importante de nuestro Ministerio de Comunicaciones.

Tiró con los dedos de una esquina de la tela y apareció la maqueta de un edificio moderno, reluciente, mezcla de gresite amarillo con paredes de hormigón gris.

—Mírenlo bien, sobre todo Efraín, porque vive enfrente. Donde antes existía una abandonada fábrica de tristes mosaicos como de nuestros abuelos, allí estará la flamante estructura que albergará el invento más importante para la historia de los cubanos y del mundo. Nuestra televisión. Sí, nuestro único, poderoso canal de televisión.

Efraín decidió bajar sus gafas para ver mejor el edificio. Algo le parecía familiar, pudo reconocer la forma de la torre, circular, como un huracán que se queda detenido en el espacio. La veía todos los días levantarse, aunque fuera tan sólo su estructura de madera para que luego vertieran el hormigón y asentaran los cimientos. Estaría justo delante de su balcón. Ese nuevo canal de televisión se estaba construyendo en lo que antes había sido la Casa del Mosaico de La Habana.

—Se llamará TMC, que responde a las palabras «Televisión Mayor de Cuba», aunque en el futuro todo el mundo lo conocerá como el «Canal Seis», que es en donde lo sintonizarán todos los hogares cubanos.

Emiliano estaba llorando, Tania continuaba apartando la mano de José Ignacio. América del Valle gritaba repetidamente: «No puede ser, la primera televisión de toda Latinoamérica.»

—Esto es algo muy serio, amigos: quiero aprovechar, como futuro ministro de Comunicaciones de nuestro orgulloso país, Cuba, y ahora que está aquí nuestro benemérito, el que será presidente general Batista, que nuestra televisión estaría más que orgullosa de que uno de sus programas estrella fuera precisamente la versión en imágenes de «La huella del amor».

—Pero las elecciones son en el 52 —dijo Efraín. Emiliano le apretó un brazo.

—Calla, muchacho. La televisión empezará a emitir en octubre. Quien la lidere primero no sólo ganará las elecciones, tonto. Lo tendrá todo. Hoy, mañana, el futuro. Todo.

19

TANIA

Otra vez la grúa amarilla. Otra vez el cigarrillo de las diez. Otra vez el capítulo y la cinta negra y roja en la Olivetti. De pronto, un ruido, como de aplausos, y un nombre recorriendo toda la calle: «Mercedes, Mercedes, es Mercedes.» Y un golpe en la puerta.

—No me había atrevido antes, Efraín, pero tenía ganas de que al menos una vez pudiéramos hablar sin tener que soportar a don Emiliano —dijo Tania vestida toda de blanco, con un ramo de cayenas amarillas y rojas en la mano. Efraín recordó que no tenía jarrones, nadie venía a su casa con flores.

La invitó a pasar y ella se quedó un instante en el pasillo, entre su puerta y la del apartamento vacío. Finalmente entró, contempló detenidamente la máquina de escribir y el folio colocado con primor en el carro. Luego, de un vistazo rápido, tomó nota del balcón, la terraza con las puertas abiertas y la grúa amarilla moviéndose como una jirafa en cautiverio ante ella. Aspiró el mar, escuchó los ruidos de la calle y sintió el golpe de nicotina en el aire, clavado en el interior del sofá y las dos poltronas. Efraín la miraba, más delgado y pequeño que sentado al lado de Isidro rodeado de aparatos, frascos, bolsas con semillas y discos con notas pegadas con papel celo en todas partes.

—No tengo jarrón, Tania.

—No importa, quizá puedas ponerlas en algún cuenco, o en un bote. ¿No tienes botes?

—No tengo nada, siempre como en la radio.

—Pues si quieres bajamos a la mercería de aquí abajo. Es muy buena y también tiene cacharros. Mi madre, que vivía cerca, compraba allí unas tazas que traían de Andalucía. La Cartuja se llama esa porcelana.

—Creo que tengo unos pocillos, y una coctelera. Espérame aquí, siéntate donde puedas.

Tania se quedó de pie. El olor a H. Upmann la echó para atrás un momento. Había una cajetilla abierta, dos cigarrillos sobresalían con un aire amenazador, como dos dedos acusadores. El papel en la máquina estaba medio escrito, se moría por saber si eran diálogos para Mercedes. Iba a adelantarse para comprobarlo pero Efraín ya estaba de vuelta, cada vez más delgado, como si menguara durante el día, las gafas negras deslizándose hacia un lado, el pelo revuelto, más bien sucio, las manos nerviosas que no temblaban realmente pero sí dejaban traslucir la tensión de su cuerpo. Traía dos tazones grandes de peltre, uno marrón, el otro alguna vez fue rojo.

—¿Les has puesto agua? —preguntó.

—No.

—Dámelos, voy a la cocina. Las flores necesitan agua, incluso estas tontas cayenas. Son del jardín de mi madre; estoy mudándome, comprenderás que una mujer que se dedica a esto de la actuación no siempre puede emanciparse de la casa familiar. Pero bueno, Mercedes ha sido un regalo, una bendición. Un milagro. —Ya estaba en la cocina, en la que esperaba encontrar tal vez un pandemónium de platos sucios apilados desde hacía semanas. No era así, aunque tampoco podría afirmar que estuviera impecable. Simplemente no la usaba, eso era claro, sólo que tampoco la limpiaba. Abrió el grifo, el agua salía espesa, como si nunca lo hubieran abierto. Esperó un poco a que clareara en sus manos y dejó caer la suficiente como para que las cayenas flotaran en los dos tazones—. ¿Oíste a la gente gritando «Mercedes, Mercedes», mientras subía?

Efraín iba a decir algo, pero ella continuó:

—Es maravilloso. De verdad, te prometo que me paso el día pensando qué otra palabra puedo emplear y sólo me sale ésa: maravilloso.

—¿A qué has venido? —No pensaba, ciertamente, decirlo de esa manera, pero Efraín no hablaba jamás mientras escribía. No recibía visitas. Jamás había cruzado fuera de las jornadas laborales y los compromisos sociales relacionados con ellos una palabra con Tania, ni con Casas o José Ignacio, mucho menos con América del Valle. No tenía razón alguna para ser brusco, pero tampoco encontraba ninguna para no serlo.

—Te siento solo —dijo Tania, cambiando su tono de voz.

Efraín de inmediato pensó que entraba en Mercedes. Era algo que había oído decir a Cora: «Los actores, mi amor, entran en el papel. Tú ahora no escribas pensando en eso, tú hazlo en los personajes, que luego ellos le ponen ese saborcito.» Tania no le hablaba como Tania, no podía evitar dirigirse a él como si fuera su personaje. Pensó entonces en decirle que callara, que él le escribiría todo el diálogo que iba a desarrollarse, pero prefirió escucharla.

—Una experiencia como ésta, digo yo, del éxito, de la revolución, como lo llama don Emiliano. «Esto es una revolución, chica» —le imitaba perfectamente, como si tuviera su misma barriga, el traje cruzado a punto de reventar, la voz grave y ampulosa. Efraín se rió. Y, sí, recordó a Aurora moviendo la cabeza de un lado a otro, ¿o era él el que hacía esa morisqueta para hacerla reír?—. ¿Ves cómo puedes reírte? —atajó ella rápidamente—. Yo me lo digo a mí misma: Efraín Rotundo es un hombre... curioso, misterioso...

—¿Raro?

Tania fingió sorpresa al oír la pregunta y dejó caer la mirada al tiempo que colocaba los dos tazones en el mármol de la cocina; seguían allí, no se habían movido. Se sintió bien, cómoda, con un poco de dominio de la escena y el otro poco en manos de su escritor. Eso era exactamente lo que había pensado que sucedería al subir en el ascensor a ese apartamento. Efraín dejó florecer una sonrisa en sus labios. Tania era normal, satisfactoria, tranquilizadoramente normal en todos los sentidos: figura, pechos, pelo, cara. Menos en la voz, ése era su talento. No era cantarina, ni suave, ni demasiado grave. Era modulada, como alguien que habla en un sueño y no lo disturba. Y fue así, los dos satisfechos en sus pensamientos, cuando ocurrió el primer beso.

Efraín la observó desnudarse con tranquilidad, desabotonarse la blusa blanca que se había manchado algo con el polen de las cayenas pese a que ninguno de los dos se había percatado. La brisa de la mañana entraba en el piso y traía siempre esos olores, guisos de otros apartamentos, el mar eternamente presente, un poco de perfume de algún transeúnte, el humo de los nuevos autobuses que el General llamaba «motores para la nueva Habana». Le gustaron sus pechos porque eran grandes, frescos, divertidos. Estar así con Tania, a punto de hacer el amor, con esa brisa, esa liviandad en todo, le resultaba cómodo, sedante. Divertido, sí, hasta se sintió divertido, como había dicho ella, que también se reía y, así como con su voz lo hacía, su risa provocaba también un efecto apaciguante, no seductor, misterioso y extraño, sino claro, transparente, en el que quiso sumergirse.

—Sabía que eras alguien simpático. No podía seguir observándote detrás de la mesa, angustiado siempre porque entren a tiempo los acordes...

—Los acordes son muy importantes —respondió Efraín dejando que sus manos palparan los pechos de Tania como si fueran esponjas marinas dispuestas a dejar hacerse más. Ella echó su blusa hacia cualquier parte, sonriéndole, mirándole con sus ojos muy marrones, jamás tan profundos y cargados como los de Aurora pero vivos, de nuevo consoladores, divertidos.

—No soy la primera, ¿verdad?

Efraín sintió ganas de encender un cigarrillo pero por vez primera, en eso sí, se contuvo. No iba a arruinar nada de su plan. Era ella quien había subido a su casa, era ella quien había escogido las cayenas, se veían bonitas, coloridas, encantadas de ser únicas testigos de esa desnudez que avanzaba. Era ella quien tenía que llevar el mando de esta operación.

—No. Ya estuve enamorado en una ocasión —confesó con sencillez.

—¿Hace mucho?

—Yo no puedo hablar de mi pasado, Tania; si lo hiciera, no tendría presente.

Ella quiso que su lengua supiera a horas de tabaco y tecleado de máquina, que un poco del metal de la Olivetti estuviera también en su lengua. Se encontró con un músculo suave que se volvía anguila al entrar en contacto con la suya y que de repente le apetecía morder, aunque algo la frenaba y lo que hacía era lamer y lamer y lamer mientras su lengua iba entrando cada vez más impulsiva hasta más allá de su garganta. Estaban en el suelo, entraba el aire, olían el mar y ella empezó a imaginarse los autobuses cargados de gente y el conductor sujetando el inmenso aparato de la radio al asiento de delante. «Que ahí quepo yo, negro, ¿cómo es que se lo dejas a la radio?», y era ella misma, más pequeña, aprisionada contra esa radio, la que defendía la decisión de su padre: «Mi papá quiere escuchar "Las aventuras de don Jabarín"», que había sido también su programa favorito.

—¿Quieres que sigamos? —le preguntó Efraín, y Tania tuvo que abandonar ese recuerdo junto a su padre en el autobús que le pagaba los estudios.

—No me preguntes, ve haciendo. Soy tu actriz, soy tu personaje.

—Aquí no. Aquí eres Tania.

Y Efraín se desnudó, como no se desnudaba desde las mañanas en la habitación compartida con Óvalo. Vaya, ya lo había nombrado, ya estaba allí. Esa única vez en su vida sintió que debía dar una explicación de su desnudez. ¿Por qué? ¿A quién? A ella, a Tania, por supuesto. Porque no era atractivo, porque sentía que su delgadez podía provocar que sus huesos se partieran encima de ella y entonces sí que sería un polvo de verdad. Se rió, y ella también, aunque ambos estaban muy lejos de los pensamientos del otro. La mujer estaba otra vez de paquete en el autobús que conducía su papá, sudando y sujetando el aparato de radio. La Habana era su universo, su mapa, el sitio donde dejar que sus ojos se perdieran. Le gustaba la iglesia de El Farolito porque veía su puerta principal y un trozo del altar donde los santos parecían mirarla para luego desaparecer cuando el autobús cruzaba la esquina y entraba en la calle 32. Lo mismo le pasaba con la heladería Copelia, ya estaba allí, siempre sorprendiendo a sus novios pidiendo el helado de fresa con la nube de nata igual que lo había visto comer tantos años a las niñas blancas del colegio de monjas que lo pedían cuando ella, su padre y el autobús las recogían en la parada. Si se portaba bien, papá la dejaba bajar y comprar mantecado para él y una tarrina especial de tutti frutti para ella. Luego el helado, con el tiempo, tendría otros sabores y otros precios. El autobús parado en la calle 7, al principio del Malecón, cerca de la lonja con el olor a sardina reseca, y Roberto, el otro chófer de la línea, veinteañero, siempre mirándola, desnudándola de arriba abajo, los dos haciendo que escuchaban el programa de Piratas, el de las tardes para los jóvenes, Roberto acariciándole la nuca y hablándole con la boca reducida: «Di tutti frutti, mi niña, dilo lento, muy lento.» Y no sentía miedo, ni asco. Miraba hacia arriba y veía a Roberto moreno, el pelo fuerte como todo él, los ojos verdes y ese sabor de carne que le gustaba. En verdad le gustaba. Hasta que la madre un día lo descubrió todo y el padre le pegó y le dio una cuchillada a Roberto.

—No quiero recordar —suspiró Efraín sacándola de sus pensamientos. Tenía la cabeza enterrada entre sus pechos y ella los apretaba con sus manos sintiendo la suavidad de ese cabello negro, espeso, grueso, como si todo lo gordo que le faltaba a Efraín en el cuerpo, se le ocurrió de pronto, se condensara en volumen en su cabeza.

—Yo tampoco quiero recordar. Estamos en nuestra primera vez, Efraín. Incluso si no es verdad, asumamos que lo es.

Efraín se quitó la ropa interior. Los calzoncillos se quedaron atrapados en su tobillo izquierdo y los sacudía para sacárselos, pero la prenda no respondía.

Tania volvió a besarle, a recorrer el delgado tronco con su lengua y a apretar sus labios en torno a ese pene, pequeño, cierto, pero gordo e inflado de sangre. El olor de su vello parecía como miel que había pasado mucho tiempo guardada en un estante oscuro. A Efraín le temblaba tanto el estómago que su barriga se sacudía sola mientras Tania bajaba y subía por su miembro. Paró y colocó su pubis a la altura de ese miembro inasequible a la tibieza y, cuando se supo dentro de ella, Efraín sintió un sabor de chocolate amargo negro, que le recorría la garganta y notó cómo su cuerpo se suspendía y empezaba a nadar sin moverse de sitio, sin entrar en el agua, sin esperar a aquella voz que le recordaba el agujero en el fondo del mar que conducía al túnel misterioso que cruzaba la isla de una punta a otra. Entraba dentro de ella, y sus movimientos conjuntos le recordaban a una sierra cortando un tronco, a Evaristo asustando a las gallinas y a Cristina, a Sarita, a las niñas de Limpio Chiquito chupando y lamiendo los pepinos durante el almuerzo. Estaban todas allí, llovía en Limpio Chiquito y la señora Lilian intentaba calmarlas mientras ellas seguían mordiendo los pepinos y llevándolos debajo de sus faldas o por encima de ellas, quitándose la ropa y metiéndolos dentro, más abajo de sus ombligos mientras él seguía entrando y saliendo, entrando y saliendo, hasta que sintió las lágrimas recorriéndole la cara una vez más.

—No me llames Aurora, Efraín. No me llamo Aurora, me llamo Tania.

* * *

SONIDO DE PUERTA ABRIÉNDOSE.

EL RUIDO DESPIERTA A SANTOS, EL NIÑO.

ENTRA MÚSICA NANA DE SANTOS.

MAMÁ DOLORES

Calma, calma, pequeño Santos... Soy yo, la negra Mamá Dolores, salí a ver cómo cortaban la caña, *mijo*, y de repente me dio el latido y quise venir aquí a ver cómo dormías... *Drume*, *drume*, mi negrito bello, *drume* que la negra Mamá Dolores ya está aquí...

CON LA MÚSICA DE LA NANA, MAMÁ DOLORES PROSIGUE CON LAS CARANTOÑAS HASTA QUE LA PUERTA VUELVE A ABRIRSE Y SE OYEN UNOS PASOS.

MAMÁ DOLORES (SIGILOSA)

He conseguido dormirlo, Mercedes... ¿Pasa algo, hija mía?

Tienes muy mala cara, salgamos fuera, al porche, que la luna es blanca y a lo mejor vemos los delfines saltar en el mar.

MERCEDES

Creo que nunca más tendré ganas de ver esos delfines, Mamá Dolores.

SUBEN ACORDES MÚSICA CHOPIN QUE SIEMPRE ACOMPAÑA A MERCEDES.

LA MÚSICA SE MEZCLA CON LOS RUIDOS DE LOS GRILLOS Y SAPITOS DEL PORCHE DE MAMÁ DOLORES Y LEVEMENTE LAS OLAS ROMPIENDO EN LA ORILLA.

MÚSICA CHOPIN PROLONGA PAUSA, BAJA SUAVEMENTE.

MAMÁ DOLORES

¿Han regresado los malos recuerdos, *mija*?

MERCEDES

Sí, Mamá Dolores, lamentablemente sí.

MAMÁ DOLORES

Pero Mercedes, ¿qué es la vida sino enfrentarnos al mal tiempo con buena cara? La vida es lo más bello que hay, como toda esta noche delante de nosotras, con el mar acompañado de las estrellas y los delfines que muestran sus lomos platinados a esa misma luna. Estamos vivas, tú y yo, somos amigas, somos cariño y bondad para Santos, tu hijo...

MERCEDES (HOSCA, CONFLICTIVA)

Pero yo no soy feliz, Mamá Dolores. Soy un estorbo, un estropicio, una equivocación. Yo me enamoré y él no me quiso nunca, me utilizó. Me convirtió en madre cuando no estaba preparada ni para serlo ni para darme cuenta de que me estaban engañando...

MERCEDES NO PUEDE CONTENER EL LLANTO.

SUAVEMENTE, VALS DEBAJO DE LAS LÁGRIMAS Y ARRULLO DE LAS OLAS.

MAMÁ DOLORES

Ay, *mija* Mercedes, todas hemos aprendido que el amor gusta de disfrazarse de engaño... Yo cuando fui como tú conocí al negro Óscar, ¿nunca te hablé de él? Fue... como esos delfines del fondo del mar..., algo bello, único, sublime, como me decía él, *mija* Mercedes. Sublime, que eran el cielo y las estrellas acariciándome el cabello y él besándome. Y una mañana me desperté con un dolor, fuerte, maravilloso, vivo, como una mano cogiéndome el alma, y supe que estaba con vida dentro, *mija* Mercedes. Como tú, igualito que tú...

MÚSICA BOLERO SUAVE MAMÁ DOLORES.

MERCEDES

¿Y qué pasó, Mamá Dolores?... ¿Qué pasó con ese hijo?

SONIDO LLANTO DE SANTOS QUE VUELVE A DESPERTARSE.

DE FONDO, MÚSICA RECUERDO MAMÁ DOLORES.

ABREN HABITACIÓN, MAMÁ DOLORES ACUNA DE NUEVO AL NIÑO.

NIÑO DEJA DE LLORAR.

SUBE MÚSICA ENTRANDO MAMÁ DOLORES.

MAMÁ DOLORES

No tuve esta suerte, *mija* Mercedes. Ni mis ruegos a Mamaya, que nos mira desde el cielo, ni las velas que le encendí a santa Bárbara bendita me hicieron el favor.

GRANDES ACORDES TEMA MAMÁ DOLORES.

DE FONDO, ACORDES CASI FINAL DE CAPÍTULO.

MERCEDES

Entonces déjame decirlo, Mamá Dolores: yo no puedo criar a mi propio hijo. No sabré quererle. Lo miraré y recordaré mi trampa, mi condena. Prefiero vivir mi destino. Asumir mi equivocación, mi engaño.

MAMÁ DOLORES

Mija Mercedes, no puedes torturar tu alma más...

MERCEDES

No, Mamá Dolores, no hay vuelta atrás. No tengo regreso. Me voy, no sé adónde ni a qué. A lo mejor a que los delfines me lleven con ellos. Tampoco será posible. Me voy lejos, a otra vida, otra cara, otro nombre.

MAMÁ DOLORES

No, *mija* Mercedes, tú y tu hijo Santos sois una vida. Una verdad. Un auténtico amor...

SUENAN PASOS DE MERCEDES Y UN LLANTO AHOGADO.

POR DEBAJO, VALS CHOPIN MERCEDES Y ARRANQUE CORTINILLA CIERRE CAPÍTULO.

MERCEDES

Por lo que más quieras, Santos, hijo mío, perdóname... Por el amor que no supe darte. Perdóname...

FUERTES ACORDES CLÍMAX.

SILENCIO.

GOLPE DE PUERTA QUE SE CIERRA.

SILENCIO.

PAUSA Y EL NIÑO VUELVE A DESPERTARSE CON LLORIQUEOS.

MAMÁ DOLORES

Mijo Santos..., *drume*... despacito, imaginando los delfines, *mijo* Santos..., *drume*, *drume* negrito bello, negrito bello que Mamá Dolores está aquí..., aquí, negrito, aquí.

ACORDES FINALES MÁXIMA TENSIÓN.

FINAL, FINAL, FINAL.

Efraín escuchó el final desde la nueva cabina de sonido al lado del auditorio principal. Iban adaptando poco a poco el teatro Rori para las emisiones de la televisión. Serían en octubre. La sede tardaría unos dos años más. Los actores conocían los planes de la adaptación. Les interesaban mucho más que los avances de Batista para adelantar las elecciones. Efraín temía que Tania se le hubiera acercado para garantizarse ser ella la Mercedes de la televisión. Vio cómo Tania terminaba la escena y se marchaba a su camerino, o a lo mejor, como la propia Mercedes, se disponía a empezar su vida más allá de los delfines juguetones con la luna. América del Valle, la excelsa actriz de zarzuelas que Emiliano había arrancado del olvido para dar vida a Mamá Dolores, seguía arrullando al muñeco de plástico que Emiliano había sugerido para dar más realismo a la narración. Tenía ganas de un cigarrillo, había sido una escena compleja, dura de escribir. Mucho de lo que decía Mercedes se parecía a él. Muchas preguntas le rondaban mientras Tania se empeñaba en quedarse a dormir en el apartamento y él fumaba una cajetilla y luego otra, esperando ese instante de la noche en que ya no podía disfrazarse, esconderse en sus personajes para no querer salir al pasillo y ver si alguien regresaba al apartamento contiguo que permanecía vacío. Si volvían las imágenes. Si volvía toda su vida.

Tania estaba delante de él.

—Esta escena era toda de Mamá Dolores, Efraín —espetó.

—No entiendo qué quieres decir.

—Ahora cierra ella los capítulos. ¿Crees que no me doy cuenta, que estoy ciega?, ¿crees que no te oigo cómo vas recitando sus diálogos antes de escribirlos? Te oigo cada noche, hablando como ella con ese acento de negra de película. Y oigo cómo ella dice cosas, esas cosas bonitas que sólo escribes cuando te has enamorado de un personaje.

—Tania, mejor hablamos camino a casa.

—Yo no quiero que me dejes fuera, Efraín. Yo no he inventado este negocio pero sé algunas cosas. Me has sacado, le has dejado mi hijo a Mamá Dolores. Esta novela es la historia de mi hijo. De su «derecho a vivir». Ahora no es mío, ahora es de Mamá Dolores y yo quiero que el mundo lo sepa, que don Emiliano me oiga alto y claro, yo no me voy..., Mercedes no se va a callar. Tú, que eres mi amante, no vas a hacerme eso. No voy a permitirlo.

Efraín se sintió solo, de nuevo en un pasillo mientras Tania, más gorda, más pequeña, despeinada, se alejaba con un paso al tiempo decidido y frenético. Encendió por fin el pitillo y mientras aspiraba observó a Emiliano asomar la cabeza desde su despacho y moverla de un lado a otro en tanto Cora, pañuelo en mano, venía hacia él para decirle, como cada final de capítulo, que había llorado más, mucho más que el anterior.

Luego vino el apartamento. Olía a picatostes y se oían los saltos de aceite sobre la sartén hirviendo. En el tocadiscos, un disco de jazz, trompetas muy altas, más aún que las de Prieto en el Hawai Kai. Pensó en bajar el sonido pero Tania se había vuelto impredecible o, todo lo contrario, muy predecible y aparecería en el quicio de la cocina, sartén en mano, dispuesta a lanzársela. Tenían mucho que preguntarse y que decirse, por qué se quedó a vivir después de traer las cayenas. No tenía respuesta, pasó y punto, como todo en la ciudad, llegaba un huracán, pasaba el huracán. Dejaba de llover un año entero, dejaba de llover. Venía un nuevo huracán. Lo único que jamás cambiaba era el ruido, de música, de gente y piropos, de bocinas y del mar siempre rodeándolos, siempre limitándolos. El gran espejo, la gran verdad, el máximo límite. Y ellos allí, junto a la máquina Olivetti ahora brillante porque Tania le sacaba brillo todas las mañanas, sus paquetes de cigarrillos alineados de pie delante de la máquina y el olor a fritanga, el ruido del aceite de la fritanga y el silencio en la cara de Tania cubierta de lágrimas que se secaba con el dorso de la mano y caían sobre las tajadas.

—Ya no me quieres. Lo sé, no tienes que decirme nada. Soy como Mercedes y Francisco: un engaño. Tu mentira, tu puta, hábil, mezquina mentira...

—Tania, yo no te pedí que te mudaras...

—¿Y no puedes entender que lo he hecho por tu bien? Tú tienes que amar a alguien, Efraín, para escribir esos diálogos, sí, esos diálogos bellos y profundos de amor y de vida. No te basta con recordar a esa gente que nombras, esos fantasmas...

—¿Quiénes son, cuáles he dicho, qué nombres has oído?

—No quiero, no quiero traerlos aquí. Entran cada noche, cuando al fin te duermes, cuando sale el sol y te tiras en la cama y no puedes respirar por todos los cigarrillos que te has fumado, allí los oigo, son mi despertar de cada mañana. Esos dos nombres.

Se echó a llorar, apagó el fuego de la sartén y salió hacia el salón, titubeó, como si estuviera perdida en un escenario, y fue hacia el balcón. Efraín cogió una nueva cajetilla de cigarrillos y entró también en el balcón. Qué suerte la del jazz, hablaba más rápido que ellos, ligero, arriesgado.

—Me estás matando, Efraín, porque yo sí te quiero.

Vine aquí con ese propósito: quererte, enseñarte a querer. Pero no me dejas, mírame a la cara, mírame llorar: no me dejas.

Efraín aspiró el cigarrillo.

Estuvo tentado de hablarle primero de las quejas de Emiliano; el recuerdo que tenía de esa conversación había sido tan intenso, tan desagradable, que había abierto otra herida dentro de él. Una más de las muchas que tenía y que le corroían. Por qué al entregar uno de sus capítulos no interrogó a Emiliano acerca de lo sucedido en el apartamento C, al fondo del pasillo. ¿Sabía Emiliano quién lo habitaba? No lo hizo, y no saber por qué lo había evitado le retorcía por dentro. Entregó su capítulo, lo puso sobre la mesa de cristal y ni siquiera miró a Emiliano, que estaba al teléfono, cuyo auricular le tapaba toda la cara, discutiendo sobre fondos para el nuevo edificio de la televisión.

—Estás pensando en tus cosas, ni siquiera tienes una palabra para responderme, para dirigirte a mí —seguía Tania.

No, no tenía palabras. Sí, estaba pensando en sus cosas. Era consciente de que tenía más presente que nunca a Óvalo y a Aurora reaparecidos desde el día en que vio esa película. Hipnotizándole, condenándole antes de volverse nada.

—Luego lo leo —continuaba Tania—, leo lo que piensas en tus diálogos, que a veces son míos y casi siempre de Mamá Dolores, y me doy cuenta de por qué estoy aquí, porque creo que estoy enamorada de ti y entiendo cada cosa que escribes.

—No te enamores de mí, Tania, por favor. No lo hagas. —No se oyó a sí mismo decirlo. Estaba, en realidad, ganando tiempo, primero para dejar de ver el rostro de Óvalo convirtiéndose en ceniza y, también, para comprender por qué había sido tan cobarde, tan asquerosamente cobarde como para no preguntarle a Emiliano qué sabía de ese proyector, de esas películas, qué sabía de por qué él, una noche como aquélla, terminaría allí, en esa habitación poblada de fantasmas fríos, inmunes a la luz del sol.

—No has dicho eso en serio, Efraín.

—Sí, sí lo he dicho. —Seguía ganando tiempo con Tania, seguía apretando el puño dispuesto a pegarse él mismo, en el muslo, en la barriga, en la cara.

Estaba al acecho, convencido de que todos eran parte del mismo hechizo, del mismo complot hacia él. Emiliano lo había puesto en ese apartamento, Emiliano había seleccionado a Tania como intérprete y Emiliano había permitido que ella se le acercara y ahora estuviera allí, sollozando y regresando a la cocina para servir esa cena de arroz, frijoles y pollo con pimentones y las tajadas chamuscadas. Emiliano también le había pedido que se «dejara llevar por la magia de Mamá Dolores. Es tu auténtica voz y es un ídolo para el pueblo porque es negra, es buena y representa el amor y la supervivencia. Un único consejo: no subrayes mucho lo de negra. Los cubanos, tú ya sabes, no tenemos eso claro, ¡cuidado con alborotarlo más!»

—Aunque no quieras que te ame, Efraín —seguía Tania— alguien tiene que hacerlo. No puedes escribir de amor sin conocerlo. Al menos deja que te enseñe eso. Es por tu bien. Puedes idear historias increíbles que la gente crea de alguna manera, pero no puedes escribir sobre sentimientos si antes no los has experimentado en tu piel.

—Puedo inventar mundos nuevos, Tania —le dijo, y esta vez sí se oía—. Puedo inventarme una vida cada cinco segundos. Puedo crear presentes y futuros sólo si mantengo en el olvido lo que alguna vez pensé que era pasado. Buenas palabras.

El jazz al fondo. Los dos sirviéndose en la cocina, sentándose con el balcón abierto. Los cubiertos golpeando sus platos. Tania dejó de comer. Se quedó mirándolo. Se recordó caminando hacia ese apartamento, vestida de blanco, un poco más bronceada. Quería más papel, era verdad, pero también quería gustarle, escucharle, verlo escribir. En definitiva, eso era lo que quería. Aceptó sus besos y acariciar su cuerpo de niño, esa torpeza, esa delgadez, y de repente la facilidad con la que podía hacerle el amor, a lo mejor eso era lo que le hacía creer que estaba enamorada. Les gustaba encender juntos un cigarrillo en la cama, en la alfombra, debajo de la encimera de la cocina. Le quería porque sentía que debía protegerle pero, al mismo tiempo, cada vez perdía más fuerzas en la batalla por hacerlo suyo.

—¿Qué te ha dicho don Emiliano que me dijeras? —preguntó ella de pronto.

Efraín se quedó mirándola, comprendiéndolo todo. No podía imaginar cuánta crueldad y cuánto control podría desear Emiliano sobre cada uno de ellos como para pedirles a los dos que cada uno fuera portavoz del otro.

—Me ha pedido que te explique por qué no vas a formar parte del elenco de la versión para televisión de «La huella del amor».

Tania se incorporó de un golpe.

—¿Yo no voy a formar parte? ¿Yo, Tania Rivas Galdós, la favorita de todos los radioyentes de esta mierda de isla? ¿Yo, que inventé ese personaje, que le he puesto mi voz, mis cadencias, mis lágrimas? ¿Yo no voy a ser la que lo interprete en esa mierda absurda y sin sentimientos que llaman televisión? ¿Están todos locos...?

—No, Tania. No vas a hacerlo tú. Es una razón muy simple. Ya no eres joven.

Él mismo sintió el granito del suelo hacerse madera y crepitar bajo los tacones de Tania.

—¿Joven? —musitó ella.

—La televisión, dice Emiliano, sólo acepta protagonistas jóvenes.

* * *

—Acérquese, sin miedo —hablaba el Hermano, casi ministro de Comunicaciones, las elecciones cada vez más cerca, en su imponente despacho, cubierto de madera y retratos de señoras blancas, supuestas antepasadas españolas de su familia, algunas tan rubias y pálidas que costaba asimilar que el hombre vestido de militar, labios prominentes, nariz aplastada y casi hecha de caucho, y ojos achinados y oscuros pudiera tener algún parentesco con ellas—. No estamos delante de algo baladí, querido Efraín. Lo que ve es el futuro, una ciudad histórica que será todavía más histórica pero sin miedo a la modernidad. La Habana, La Habana del benefactor general Batista.

Efraín fue hacia el balcón. Toda su vida consistía en acercarse a balcones y mirar. Cuando no escribía o, según sus palabras, seguía el dictado de sus personajes, miraba, como ahora, una inmensa extensión de verde, palmeras, matas de plátanos, guayaberas y papayas y, entre ellas y el mar, el activo parque de grúas que no dejaba de construir edificios. Algunos ya estaban completados, siempre hoteles y casinos, siempre esos nombres fascinantes pensados para el neón más que para la lógica: Nevada, Sintra, Huracán, Tropicana, Flamingo Hot. Y los colores, verdes manzana, tulipán, petunia. Amarillos, sol, huevo frito, girasol. Azules, mediterráneo, atlántico, añil. Rojos, tomate, corazón de guayaba, mango maduro, jamás sangre. Naranja, la siempre vecina La Florida, la siempre recordada Valencia, la siempre esquiva California. No combinaban entre sí, pero iban creciendo juntos. No generaban un manto multicolor sino más bien un asombro, un desmayo. Alguien le había dicho, Prieto o el olvidado profesor Arévalo, que cuando los españoles llegaron a Tenochtitlán vieron algo parecido, colorido exaltado, pero construido siglos atrás. Los turistas americanos, gordos, solos, bajando sin cesar de esos barcos que llegaban cada hora, no levantaban sus ojos de la escalerilla que los depositaba en la isla. ¿Entonces para quiénes estaban construyendo ese delirio tecnicolor?

—El pueblo cubano tiene que sentirse orgulloso de esta aventura que liderará nuestro general Batista, Efraín. Sus personajes en su magnífica radionovela deberían hablar de eso...

—Tienen ya bastante con sus propios conflictos personales, señor ministro.

—Hombre, claro. Ya sabe que la esposa de Batista es la primera, la primera radioaficionada a su serial. —Salió del balcón, esperó a que Efraín regresara, cerró el ventanal y dio una calada a su inmenso puro.

Efraín sintió un aire gélido que recorría todo su cuerpo.

—Es el nuevo aire acondicionado. Los americanos se enferman si no entran en frío cuando están dentro. Tengo bufandas aquí en el cajón, si quiere alguna.

Efraín cogió una, era de estampado escocés. Se vio de reojo en uno de los inmensos espejos dorados y franceses encastrados dentro de la madera de las paredes. Parecía un famélico huérfano dickensiano al lado del inmenso benefactor sudamericano. ¿Había visto algo así en la clase del profesor Arévalo?

—Me gustaría que habláramos de Mamá Dolores, querido Efraín. Gran personaje. Y qué gran aceptación tiene en la gente. Me cuenta Emiliano que las llamadas a la emisora se intensifican cuando ella está en antena.

—Es la madre que todos habríamos deseado, señor —dijo Efraín.

El Hermano le estudió desde esos ojos chiquitos, perdidos en esa inmensa cabeza simiesca. Efraín no movió un músculo, el frío del aire acondicionado tampoco se lo habría permitido. Los dos sabían que estaban acordándose de la primera vez que se habían visto. Y también de Óvalo, con la gorra del Hermano en la cabeza y el cuerpo desnudo.

—Siempre que hablamos, querido amigo Efraín, le observo como un claro ejemplo del cubano que nos gustaría que representara esta etapa histórica nuestra.

—¿Y puede recordarme cómo es ese cubano? —preguntó Efraín sin pensarlo mucho. Le estaban entrando ganas de estornudar y toser. Maldito hombre, la temperatura de la habitación debía de ser como de diez grados.

—Un superviviente. Se lo he dicho siempre. Usted ha vencido a la naturaleza misma. Y al tiempo, ese maldito amigo que está siempre ahí, que nos obliga a recordar.

—Usted me pidió no recordar, y yo lo cumplo.

—Entonces volvamos a Mamá Dolores. —Se levantó y fue hacia él y de una manera paternal y repulsiva le ajustó mejor la bufanda. Seguía mirándole con esos ojos de reptil anfibio, los hay en alguna selva de Sudamérica, nadan y cazan en el agua y luego se pasan horas en la hierba durmiendo al sol—. ¡Es negra, Efraín, Mamá Dolores es negra y lo sabemos todos porque habla como una negra!

Efraín tiritaba más todavía cuando miraba hacia el ventanal y veía las palmeras volviéndose amarillas por el sol sobre ellas.

—¿Eso le molesta? —consiguió decir.

—Molestar, no, me intriga. La Cuba que el próximo presidente general Batista y yo estamos construyendo, es una Cuba moderna, exitosa, hábil, superviviente. No consigo, con toda sinceridad, asociar esos valores, esos logros, a una madre soltera de color negro, querido Efraín.

—Ella no es la madre, está criando a un hijo que no es suyo, que ha luchado, que ha sobrevivido y continúa luchando por su derecho a vivir. Mamá Dolores es quien le da esa fuerza, esa decisión. Por eso la gente la adora.

—Tiene un poco de frío, ¿verdad? —El ministro dejó escapar una sonrisa tras la pregunta.

Efraín asintió, una jaqueca terrible empezaba a subirle por la nuca.

—Dicen que el frío hace que la piel envejezca mejor. —Apretó un botón de su escritorio bordeado de oro y de una madera brillante—. Señorita Bárbara, regule el aire acondicionado, estamos un poco suizos aquí, en La Habana del futuro. —Y lanzó una enorme carcajada. Siguió mirando a Efraín, reducido, encorvado, casi perdido en la enorme bufanda escocesa—. El problema es la televisión. Cuando hagamos esta serie en la televisión, querido Efraín, Mamá Dolores no puede ser una negra de verdad; sencillamente no nos interesa ese mensaje. La gente que estamos haciendo grande esta isla, mire a su alrededor, somos hijos de españoles. Allí tiene a mis tías, mis abuelas, las madres de mis abuelas. Todas blancas, incluso rubias. Maravillosas familias de Galicia y también de Asturias y Canarias que vinieron aquí y se enamoraron de este maravilloso lugar.

—Hasta nuestra independencia no hace mucho, señor ministro.

—No, no, se equivoca, Efraín. Esto hay que revisarlo en nuestra educación. Cuba quiso independizarse para alcanzar el estatus de país que necesitábamos, pero nuestras familias, nuestros modales, nuestra religión son españoles. No vamos a hacer una clase de historia aquí, querido Efraín. No soy el profesor Arévalo.

Y se creó un denso silencio. El ministro había invocado el pasado. Efraín no podía caer en la trampa de aceptar un recuerdo que había prometido abandonar. Se le revolvió el estómago, se sintió débil, como si cayera en un hueco sin vacío.

—Quiero decir —retomó su discurso el Hermano—, que nos vemos obligados desde el ministerio a advertirle de que escuchamos con mucha atención todo lo que diga Mamá Dolores, querido Efraín.

—¿Sólo porque es negra?

—Sólo porque la Cuba que estamos construyendo está asociada al éxito, al triunfo que trae el bienestar. Y ese bienestar, Efraín, pertenece al hombre blanco.

—Como usted quiera, pero es mi deber explicarle que si Mamá Dolores tiene tanta aceptación es justamente porque habla como la mayoría de la población que la escucha. Ellos no la ven, recuerde, sólo la oyen, y por sus palabras saben que es como ellos. Y eso es lo que los hace volver a sintonizarnos día tras día, señor ministro. Eso no lo puedo cambiar. Puedo recordarles, eso sí, que ella está criando un hijo que no es suyo, que es blanco, que va a tener un gran porvenir como médico en el futuro y que irá enterándose de que, evidentemente, Mamá Dolores no es su verdadera madre.

—Esa línea de narración está perfectamente en sintonía con la Cuba del general Batista, amigo Efraín. Sólo le pido que piense usted también en el mañana. Cuando el edificio de la televisión esté listo, cuando los estudios rueden lo que será la primera telenovela del mundo, Mamá Dolores...

—Será una actriz blanca pintada de negro —dijo, otra vez sin contenerse, Efraín.

El Hermano dejó caer la última ceniza del tabaco en un cenicero de oro con el escudo grabado en su interior.

—No es mala idea...

Efraín se incorporó de su silla. El aire acondicionado estaba por fin apagado y las ventanas empezaban a llenarse de vaho. El ministro se dirigió rápidamente hacia el balcón y lo abrió. La ola de calor empujó a Efraín de nuevo contra el asiento y casi sintió una mano ardiendo que le arrebataba la bufanda de cuadros del cuello.

—Antes de que se vaya —continuó el Hermano sin parecer percatarse de su sofoco—, me gustaría hablarle de su amiga, la actriz Tania. Gran voz, gran interpretación. Esa despedida de su hijo hace unos días, hasta yo mismo, confieso, vi cómo me resbalaba una lágrima por la mejilla.

—Se lo haré saber, señor ministro.

—Ah, muy bien, Efraín, siempre tan colaborador. ¿Es cierto que viven juntos? —Lo supo, había metido la pata. Tenía miedo de ese hombre. Tenía miedo de lo que hacía con su vida, año tras año, desde Limpio Chiquito, siempre presente, adelante o detrás, siempre allí—. No es una persona conveniente para usted, tengo que advertírselo. La... la vigilamos desde hace meses porque no anda siempre en buenas compañías. Hay gente que no está de acuerdo con nuestro proyecto, gente que quiere a otros aquí, en mi sitio. Eso siempre pasa, pero ahora que somos la isla más envidiada del planeta tenemos que estrechar la vigilancia, mantenernos ojo avizor. Su amiga no sólo se ve con usted. Va a otros sitios, frecuenta muchos cabarets, se mueve con facilidad entre los músicos y las comparsas, y debo recordarle que entre esa gente se infiltran muchos enemigos del general Batista.

—Ustedes querían que tuviera una novia, que estuviera con una mujer. —No sabía bien si estaba diciendo realmente aquello o sólo pensándolo, escribiéndolo en su cabeza. No se oía, le pesaba la respiración, los ojos le fallaban, el ministro empezaba a nublarse delante de él. Estaba sinceramente abrumado por todo lo que acababa de oír.

—Usted y yo siempre hablamos con la verdad, Efraín. Y siempre que me hace caso las cosas mejoran, y mucho. Usted es un escritor de éxito, usted es la llave para que muchas carreras se abran. Usted puede tener a quien quiera, Efraín, no lo dude. A quien quiera.

Entonces Efraín se levantó, se mareaba, se movían las cosas.

—Dígame, ¿quién puso la película? Dígame por favor si están vivos Óvalo y Aurora, si estuvieron allí, en el apartamento C. Si yo también estoy vigilado...

* * *

Comprendió que se había desmayado en aquel despacho opresivo, pero no se atrevió a preguntarlo ahora que volvía a abrir los párpados y no veía rectángulos en el techo. Era el blanco de su casa, su balcón abierto, un paño mojado en agua fresca recorriéndole el rostro y Tania ante sus ojos.

—No te muevas, me han dicho que te cuide. Sufriste un colapso en el despacho del «ministrable» y te trajeron en una limusina impresionante, un cochazo enorme y negrísimo. Don Emiliano viene hacia aquí.

—Tania, por favor, déjame, déjame solo.

—¿Por qué me lo dices con tanto miedo? ¿Qué te dijeron allí, qué te dijo ese hombre? Es siniestro, ¿verdad?, fumando esos puros, siempre con su gorra de comandante, mirándote con esos ojitos de perro furioso.

—Te están vigilando. —Tenía que decírselo. Incluso si fuera un diálogo de sus propios personajes lo habría escrito igual.

—¿Tú les hablaste de mí, Efraín?

—Tania, no. —No sabía cómo continuar, en sus diálogos ponía puntos suspensivos y la música entraba suavemente desde la cabina de emisión.

—Efraín, ¿me acabas de delatar?

—Pero si no sé nada de ti. Ellos saben dónde vas, te vigilan en los casinos, en los hoteles y los clubes, Tania, yo...

—Tú quieres acabar con mi vida, hijo de puta.

Y empezó a golpearle allí, tendido en su cama como un animal herido, un pájaro que entra en la hélice de un avión y se despedaza. Efraín no la contuvo, los golpes no siempre le tocaban; alcanzaba la almohada, el cabecero, un poco de pared. Gritaba, aullaba, maldecía, y de repente salió de la habitación, estrelló algo, una ventana, tal vez la puerta de cristal del balcón. Efraín se alarmó pensando que se hubiera lanzado por la misma y consiguió salir del lecho, llegar hasta la puerta y ver, en efecto, que ésta estaba esmerilada y poco a poco el vidrio iba cediendo al precario equilibrio para derrumbarse en mil pequeñas esquirlas. Estaba anocheciendo y empezaban a encenderse los anuncios de neón de los hoteles. El Cruzados fue el primero y luego el Arizona y después el Phoenix y el Habana Blues. El estómago volvió a reaccionar y se sujetó al marco aunque no vomitaba nada porque ya no tenía alma.

* * *

—Señoras y señores, soy Baltasar Farias, su cronista de veladas extraordinarias, como ésta de hoy, histórica porque su querida y siempre presente Radio Reloj no sólo se traslada de sede, sino que inicia una nueva etapa en los anales de la comunicación cubana. Estamos acá, aquí, en el paseo del Vedado de nuestra capital, una Habana llena de vida, de luz, de prosperidad y orgullo para el mundo entero. Y estamos aquí, les decía, para inaugurar el primer canal de televisión de Cuba. Cubanos, hermanos e hijos del Caribe y el esplendor, vamos a escuchar a la orquesta del gran casino hotel Siboney interpretar ese chachachá que está haciendo historia: «Ya llegó, Mamá Dolores, la televisión...»

Efraín volvía a contemplarlo todo dentro del Packard azul cielo que Emiliano había enviado a su casa. La voz de Baltasar Farias era engolada al máximo. Sonaba tan a radio que resultaba imposible de asumir en ese nuevo medio que anunciaba y glorificaba. Baltasar sería de los primeros en quedarse fuera de ese nuevo sistema, como la pobre Tania, como el simpático Isidro y sus trucos de sonido. Echó la cabeza hacia atrás y recordó la presencia de la radio en su vida. En un coche más pequeño, menos lujoso, más oscuro, él y Óvalo recorrieron un bosque para adentrarse en otro acompañados por aquel aparato inmenso, de magnífica madera, con botones tan negros como los mismos negros que los recibirían en Limpio Chiquito. Recordó la radio de Evaristo, recogida en alguna parte, o a lo mejor depositada a las puertas de aquel chamizo por una ola extraviada. Recordó las canciones que escuchaba allí, la voz de Olga Buenaventura y sus sones a medio camino entre la lírica y el desgarro sentimental. Aunque no tuviera edad, Efraín era consciente de que había vivido la agonía del danzón y el triunfo del bolero. Muchas noches, fumando sus H. Upmann y bebiendo sorbos de ese ron de botella de porcelana, Edmundo Dantés, venían solas en la radio esas baladas americanas de los años treinta, de antes de la guerra, todas deleitándose en contar una historia, bien de amor o tal vez una anécdota de amigos en un viaje o todas esas letras de hechizos y noches cargadas de calor y pasión que parecían vividas en ésta su ciudad, esta Habana llena de neones y mujeres descendiendo de coches como el suyo, colocando estolas, sí, estolas de piel en sus hombros desnudos. «No, no apagues el fuego que rodea tus labios mientras la luna nada en la orilla del mar», recordaba esos versos, esos títulos —*Un amor en La Habana, Varadero en tus ojos, Palmeras de cariño*—, y volvía a recordarse a sí mismo rodeado de las gallinas de Evaristo, escuchando los discursos del Hermano delante de ese proyector sin dueño mientras Óvalo y Aurora se volvían cenizas de celuloide.

—Señor Rotundo, están nombrándole en la radio. Dicen que será usted el próximo invitado en asistir al estreno. —Le sacó de sus traumas la voz del chófer.

Efraín intentó verse en el retrovisor. Vio un par de ojos asustados, el cristal de sus gafas demasiado grueso. Tenía aspecto de regresar de un viaje muy largo y era cierto, su vida era un eterno viaje hacia delante, condenado como estaba a ser eterno presente. Aceptarlo, mejorarlo con sus diálogos y cerrar cada capítulo con la única conciencia de que al día siguiente tendría otro para terminar y olvidar.

—Efraín Rotundo es el escritor más célebre de Cuba, es uno de los asistentes a la noche histórica de la comunicación cubana. Señor Rotundo, ¿en qué va a cambiar nuestras vidas la llegada de la televisión?

Efraín tuvo tiempo para pensar su respuesta porque Baltasar Farias leía todas y cada una de las preguntas hasta hacerlas eternas agregándoles esos adjetivos pomposos: el mejor escritor, noche histórica... Podría decirle: «Tú, por ejemplo, vas a cambiar tanto que te quedarás sin trabajo o regresando a la radio de provincias que te vio nacer.» Pero no. Sujetó el micrófono con sus manos y antes de hablar observó cómo unas mujeres paraban para ver el alboroto delante de la sede de la nueva televisión. Eran negras, delgadas aunque culonas, los dientes muy blancos. Una de ellas iba con un hijo de menos de seis años, miraban hacia él y Baltasar y hacia las mujeres que seguían entrando con sus trajes de cintura de avispa y las estolas bajo la noche de treinta grados.

—Va a cambiar que Mamá Dolores será una persona de carne y hueso, que podremos verla, reír con ella y, desde luego, llorar con ella —respondió al fin.

Quizá por mencionar a Mamá Dolores, las negras empezaron a aplaudir a rabiar y otras personas que se les acercaron comenzaron a hacerlo también. «Efraín, recuerda que Mamá Dolores es negra, queremos que siga siendo negra. Que la televisión no nos cambie a Mamá Dolores.» Un par de periodistas le cegaban con sus flashes; Efraín quería ver bien esos rostros que le gritaban. Baltasar Farias seguía haciéndole preguntas, pero él sólo tenía oídos para esa petición. Mamá Dolores era negra, su voz, lo único que el público conocía, la había hecho negra. Si querían seguir haciendo llorar a sus ahora espectadores, la actriz debía ser negra. Había traicionado muchas cosas, pero esta vez, a su público, no podía engañarlo.

—Efraín Rotundo, el hombre que hace llorar a toda Cuba con las intensas y ardientes historias de Mamá Dolores, Francisco, el doctor Limón y la sufrida Mercedes, en el serial preferido de los oyentes de Radio Reloj próximo a ser adaptado para la televisión, el nuevo, recién nacido, regalo histórico para la comunicación de Cuba. Sí, señoras y señores, «La huella del amor» será uno de los programas...

No podía oír ya más, estaba en el *lobby* principal de la Televisión Mayor de Cuba, condenada desde ese momento a ser conocida sólo por sus siglas, la TMC. Era amarilla, las paredes cubiertas de suelo a techo por ese baldosín pequeñito y abrillantado que habían importado de Italia. Curiosa esa elección del amarillo, el color gafe para los toreros y los artistas que aquí no tenían ningún problema. Daba sensación de trigo, aunque en Cuba no lo había. Más bien de maíz, sí, así eran los campos que recorrió junto a Óvalo. De pronto lo supo, era el mismo amarillo del pelo rubio de Óvalo y Aurora, y la revelación fue como un puño en su estómago, una falta de aire, una corriente fría recorriéndole la sangre. Un brazo le sujetó.

—¿Estás bien, Efraín? —Era José Ignacio, su protagonista. Efraín le vio bien, siguiendo mentalmente esa lista incapaz de interrumpirse de personas que sobrevivirían en la televisión o terminarían congeladas en la radio. José Ignacio, el actor, sería un superviviente. En el blanco y negro del nuevo medio su nariz perfecta y sus labios grandes y esos ojos aceituna darían mucho juego. Llevaba el pelo teñido, decían que una señora al lado de Radio Reloj lo escondía en la sala de su casa y le aplicaba el tinte con un peine que embadurnaba de un ungüento cocido en una caja de galletas. Se notaba, era demasiado marrón.

—Sí, estoy bien. Sólo es este amarillo en las paredes...

—Pero los techos y las puertas son grises, Efraín, me lo ha explicado don Emiliano. El amarillo y el gris son una combinación fresca e innovadora que marcará toda la... corriente estética, sí, eso ha dicho, de esta década de los cincuenta.

—Bueno es saberlo —contestó entre dientes.

Casi nunca hablaba con sus actores, imaginaba que muchos de ellos sabían que él y Tania habían vivido juntos y que al mismo tiempo el personaje de Mercedes había ido agotándose en aras de levantar el de Mamá Dolores. A lo mejor por eso preferían la distancia que él les marcaba, porque era una forma de salvar sus vidas de ficción.

—Sí, como te decía, siempre intento mantenerme al tanto de las corrientes estéticas —continuó José Ignacio. Fumaba pitillos muy delgados que contrastaban con sus manos fuertes, de apariencia viril pero con las uñas excesivamente nacaradas. Eso probablemente habría que atenderlo en el blanco y negro de la televisión. Tenía buenos dientes, una estatura respetable, parecía fuerte, sólo cuando acercaba el pitillo a sus labios y lo apartaba para desahogar el humo se notaba un cierto deje femenino que le provocó risa y nervios—. Muchas publicaciones extranjeras hablan de que La Habana y Caracas son las capitales del futuro y que estamos asistiendo a auténticas obras de arte arquitectónicas. Esta misma sede, Efraín, la han diseñado dos arquitectos suizonorteamericanos.

—Sí, un nombre impronunciable —añadió Efraín. Qué distinto era José Ignacio de Francisco, el apuesto pero idiota, casi sin voluntad propia, protagonista de su serial.

Efraín sintió que debía excusarse, lo escribía de esa manera porque estaba convencido de que los hombres no escuchaban la radionovela, sólo las mujeres, y que ellas preferían verse reflejadas en las heroínas, en Mamá Dolores o en Mercedes, de manera que los hombres sólo le servían para hacer avanzar la historia. Podía decirle todo eso allí, en ese amplio vestíbulo de gres amarillo de la TMC, pero la gente iba acorralándolos más y más, sentía el olor del perfume de muchas de las presentes y una marea de gente arrastró a José Ignacio separándole de él, que fue engullido por otra hasta que se vio cerca del Hermano, don Emiliano y Cora, vestida con un traje, sombrero y bolso de un naranja apabullante, una pasamanería color eucalipto bordada sobre la pechera que la convertía en un remedo de almirante de la armada austriaca.

—No te vayas muy lejos, Efraín, don Emiliano quiere que tú y los actores estéis juntos para la misa —le recordó.

—¿Misa?

—Sí, y será rociera, porque don Emiliano, el ministro y los accionistas de la televisión han regresado encantados de Andalucía. —Cora iba contándole novedades sin mirarle directamente a los ojos, fascinada como estaba por el desfile de personalidades que iba llenando el amplio *lobby* hasta crear un círculo de colores, perfumes, cardados, bolsos, zapatos, puros, uniformes y trajes de chaqueta debajo de la escalera central.

Coño, la escalera, pensó Efraín. Era fantástica, una especie de cuerno invertido que se agrandaba al principio y se achicaba a medida que ascendía. Allí, al pie de ella, donde estaba ahora, sus escalones podían medir quince metros de ancho e iban elevándose en el aire haciendo una curva deslumbrante, cubierta por el gres amarillo, blancos como dientes los escalones y negros los bordes interiores. Crecía seis, siete pisos hacia arriba como si fuera nicotina elevándose a la nada hecha sólo para asombrarlos.

—Estimados ciudadanos, cristianos sirvientes de la palabra del Señor —inició su sermón de inauguración monseñor Altares, su pelo negro separado por un mechón de canas en el medio, el traje morado, los ojos de reptil cazador recordándole a Efraín los del Hermano, ahora ministro, en su habitación de Limpio Chiquito y haciéndole sentir una vez más esa náusea que le obligaba a reconocer que estaba allí por su propia voluntad, que sabía que la principal razón de cualquier asco, cualquier rechazo a lo que vivía, era él mismo—. La palabra de Dios no sólo bendecirá este edificio, sino que cuidadosamente velará por que los propósitos de todo lo que aquí se cree y elabore cumpla con los requisitos y las expectativas del hogar cristiano y cubano.

»La inauguración de esta sede es una de las promesas cumplidas del presidente Batista. Después de los inquietantes acontecimientos de este marzo, reunirnos aquí significa que Cuba no se detiene, que Batista la impulsa. Y nosotros la apoyamos. —Efraín no tenía dónde apoyarse, comenzó a pensar demasiado deprisa. Los valores cristianos. En «La huella del amor», un ser humano se había salvado del aborto, pero sólo porque él necesitaba ese personaje para acompañar la existencia de sus dos padres, ese hombre y esa mujer que no habían sabido luchar la fuerza de su amor y se habían entregado al destino. Sí, al destino, que era el mismo a fin de cuentas y que ahora, años después de un éxito sin precedentes en la radio, aterrizaba en un nuevo medio donde seguramente incrementaría esa repercusión y el alcance de sus espectadores. Lo estaba viendo Efraín mientras José Ignacio bajaba sus pestañas ante las palabras del párroco y Emiliano se frotaba una y otra vez las palmas y el Hermano saludaba con su mano a tantas y tantas personas allí presentes; era ese éxito creciendo como una sombra, una columna de humo que va adquiriendo brazos y piernas y sube, sube, sube por la escalera amarilla, blanca y negra y llega al techo y lo levanta con el peso de su propio triunfo.

—... Será inmenso el beneficio de este nuevo hogar de Dios, consagrado por sus palabras y dedicado desde hoy a transmitir a toda Cuba y toda Latinoamérica un mensaje de trabajo, orgullo y talento. Queda inaugurada así la Televisión Mayor de Cuba, nuestra querida y única TMC —proclamó para finalizar su discurso el Hermano.

La salve rociera dio inicio desde ese techo al que Efraín miraba y era así en realidad porque los miembros de la orquesta privada de la televisión, vestidos de campesinos andaluces, bajaban por la escalera entonándola. Efraín pensó que parecía coreografiada por los bailarines del Habana Blues o el Kon-Tiki, y de seguro así era. Algunos llevaban hojas de palmas, vio a una cantante incluso con un turbante con frutas de cartón coloreadas. El aplauso seguía y los cantos eran cada vez más agudos y resonantes, una gran celebración, una puerta dorada abriéndose en algún territorio nuevo, cargado de esperanzas. Y él, detenido allí, con ese dolor en el estómago decidido a no marcharse. No pensaba en Óvalo, no pensaba en Evaristo, pensaba en Mamá Dolores, que debía ser negra aunque la actriz tuviera que ir pintada. La voz, sintió que eso era lo que perdía en esta nueva etapa de su vida. Sus personajes, y quizá hasta él mismo, habían estado escudados en el misterio, la ilusión de una garganta que conseguía transmitir de tal manera que no existía la necesidad de un rostro, unas manos, una lágrima. Ahora, en la televisión, en esta TMC cristiana y cubana, amarilla, gris y negra, iban a ser esos dos únicos colores, el blanco y el negro, los que dominarían todos sus pensamientos y los de sus personajes.

«Efraín», le llamaban, pero no quería perder ni uno solo de sus pensamientos. Aceptó olvidar Limpio Chiquito para crear «La huella del amor». Las voces de sus personajes alguna vez hablaron de su deseo por reencontrar lo perdido, por besar a Aurora y decirle que muchas noches, ahogado de nicotina y ron, pensaba en besarla y tener esos hijos que Mercedes y Francisco perdían o delegaban a Mamá Dolores en su ficción.

«Efraín», continuaban llamándole, pensaba que era la gente exaltada por la salve rociera, por el destello del amarillo, por ese cuerno invertido que era la escalera de anchísimos escalones blancos. Se repetía: la radio le había protegido porque le había evitado enfrentarse a su cara, el rostro de sus personajes, la cercanía de esos dos fantasmas, Óvalo y Aurora, siempre presentes. Iba rápido su pensamiento y de repente se paró en seco: ¿y si estuvieran allí, mezclados entre ese público de señoras con pamelas y estolas y bolsos de piel de cocodrilo? ¿Le estarían llamando, como ahora, mientras seguía oyendo su nombre y volvía a pensar en el futuro inminente que comenzaba allí mismo, ese éxito rutilante subiendo por la escalera, esos besos y promesas de amor por fin acompañados de un rostro, unas manos, unos labios como los de Rhett y Scarlett en *Lo que el viento se llevó*? Cerró los ojos y vio el Malecón arder. Al igual que la Atlanta de la película, delante de su balcón, recorriendo la ciudad como una sombra, una carroza conducida por aquel fantasma de su infancia, aquel primer personaje suyo, el hombre con la cabeza cubierta por una bolsa de cartón. Lo veía arder también, delante del mar, las llamas quebrándole la vista como ahora toda la gente que se le acercaba y hacía que el amarillo del vestíbulo se convirtiera en una tela, una venda, un grito ahogado.

«Efraín», nuevamente oyó su nombre y sacó un pie fuera de sus pensamientos, fuera de esos recuerdos y promesas de futuro. No se movía nadie, no se oía ya la salve rociera, pero ante él se presentaba una mujer vestida con pantalones de color marrón, botas altas y una camisa blanca abierta hasta casi mostrar sus senos. Alguna de las portadoras de estolas se santiguaban a su paso.

—Efraín, sé que no seré estrella de tu telenovela. Conozco las razones por las cuales no me quieren aquí, porque estoy contaminada, porque sé mucho de lo que en algún futuro lamentarán toda esta gente, todos estos sátrapas que van a hacerse de oro explotando nuestro país, escudándose en esta religión cobarde que los santifica a cambio de un buen puñado de dólares.

Era Tania, en lo alto de la escalera, bajando a medida que soltaba su discurso. Emiliano frunció sus impresionantes cejas, el cura se colocó al lado del Hermano y éste echó dos pasos hacia atrás, seguramente en busca de sus edecanes para atajar a esa desvergonzada mujer.

—Quiero una Cuba Libre, señor Batista. Libre de sus trampas y sus prostíbulos, de sus ministros que compran nuestros silencios y nos obligan a renunciar a nuestro pasado para crear este presente modelado a su gusto.

Efraín quiso decir su nombre para callarla, pero los militares que rodeaban al Hermano se abrían paso entre la gente. Tania se quitó la blusa y quedó desnuda, sus pechos juguetones, su vientre plano, Efraín la recordó así en la cocina de su apartamento preparando el café con leche y cortando las rodajas del mango tan amarillo como el lugar que los acogía. «No disparen», quiso decir, pero no podía articular palabra, estaba allí y al mismo tiempo lejos de allí. ¿Por qué iban a disparar?, ¿porque se había desnudado, por lo que acababa de decir? No le harían nada, la detendrían, la llevarían a algún lugar lejos de la ciudad, un susto y luego la devolverían a su casa, terminaría recitando poemas suyos, trozos de sus guiones, en algún cabaret entre revista y revista.

—Quiero ser una condena para ustedes. Creen que me han condenado, pero será mi muerte la que les recuerde que alguien de nosotros pidió libertad.

Efraín cerró los ojos, sabía que no debía hacerlo. Cuando sintió el estallido y el pavoroso silencio que le siguió, volvió a ver a Tania riéndose en su apartamento mientras él encendía otro cigarrillo. Y sintió ese beso primero, tan parecido al que una vez recibió, ¿o tal vez lo deseó tanto que había llegado a soñarlo?, de Aurora.

Todos los presentes se quedaron inmóviles y ella suspendida con los brazos en cruz, la pistola humeante cayendo a sus pies y el pelo convertido en un paño húmedo, una cortina de sardinas agonizantes que le cubría el rostro como la bolsa de cartón que tapaba a su hombre sin cabeza, ese que acababa de ver recorriendo el Malecón ardiente en su cerebro. La propia Tania se había volado los sesos, se derrumbaba sobre la escalera manchando de roja condena el blanco de sus escalones. Oyó esas últimas palabras suyas, «alguien de nosotros pidió libertad», y las mezclaba con su misma voz en su apartamento llamándole hijo de puta. Ahora estaba muerta, y Efraín, llevándose las manos a la cabeza, mientras todos los invitados corrían y el Hermano y Emiliano se movían hacia una de las oficinas de la entrada, pensaba que había tenido el valor para hacer lo que él deseaba desde hace mucho tiempo.

De repente estaba solo junto a ese cuerpo sin cabeza, la escalera manchada de sangre, piel y carne, y esas palabras sobrevolándolo todo: «alguien de nosotros pidió libertad». ¿Libertad para qué, Tania? ¿Libertad para morir? ¿Libertad para recordar?

—¿Puedo hacer algo por ti? —se giró, bruscamente, o más bien regresó. Volvió a ver el salón, la salve rociera casi terminando. Y a Tania, su rostro completo y perfecto, su pelo negro recién lavado, un buen aroma, rico, sedoso, emanando de toda ella. No estaba muerta en realidad, no podía estarlo, no olería así. Estaba allí, delante de él, con una copa de algo, ron o algún zumo con unas gotas de vodka, como les gustaba a los americanos.

—Tania, Tania, ¿eres tú de verdad? —preguntó.

—Sí, Efraín, quién más voy a ser. Llevo minutos hablándote y tu cara me decía que no estabas aquí. Imaginabas algo, recordabas algo... ¿Estás bien?

—Es como en el guión de mis capítulos, cuando no hay nada que decir, los personajes se preguntan cómo están. —Y medio sonrió; en realidad, le apetecía reírse, reírse mucho. Después de todo, qué alivio que estuviera viva, qué embrollo sería tenerla muerta tal y como lo había imaginado. La escalera estaba copada por el orfeón, coro o lo que fuera interpretando la salve rociera que ahora recibía los aplausos del público.

—Efraín, te tiemblan las manos, ¿estás bien? ¿Has tomado algo?

No, no había tomado nada. Estaba allí, mirándola, casi acariciándola, amándola en realidad. Mientras estuviera viva, Tania sería una continuidad. Sus ojos ya no eran buenos, eso sin duda, pero ¿por qué esta propensión a imaginar cosas? ¿Desde cuándo su mente podía jugarle pasadas como ésa? Es que lo había visto tan vivo, tan verídico...

—Efraín, te vuelves a ir. ¿Quieres que salgamos de aquí y vayamos al apartamento?, ¿te preparo una de mis tortillas?

—No, estoy bien. Veo cosas que en realidad no suceden, eso es todo —confesó, dejando escapar una sonrisa tranquila. Ella le acarició el pelo y lo besó en la mejilla.

—Ya sabes qué nos pasa a los dos. ¿No vas a contármelo?

—No fue nada. —Se quedaron mirándose, era posible que lo suyo fuera una relación. No tenía explicación, ella había entrado en su apartamento, él la había besado y la radionovela que él escribía y ella protagonizaba ahora se volvería un producto para la televisión. Las cosas sucederían y ellos iban allí, como un coche que perseguía una melodía cinematográfica en algún desierto.

—Don Emiliano viene hacia aquí, seguro que quiere mostrarnos algo o presentarnos a algún americano pesado que ha aprendido español con tu radionovela.

—Antes me gustaría pedirte algo, Tania. Tú has hablado ahora de la libertad, ¿no?

—No, Efraín, no he hablado con nadie en la fiesta hasta que vine aquí a ver cómo estabas.

—¿Tú no defiendes la libertad?

—Creo que éste no es el sitio ni el momento para pronunciar esa palabra, Efraín.

—¿Por qué? —Se sentía como un niño aprendiendo a hablar cada vez que preguntaba por qué.

—Porque ninguno de los dos ha podido conocer esa palabra en su vida. A lo mejor los únicos que serán libres en nuestras vidas son tus personajes. Cielos, Efraín, vaya tipo gordo, rubio y mal vestido acompaña a don Emiliano, ojalá no vengan de veras hacia aquí... Efraín, ¿estás temblando? Mírate las manos, ¿tienes un shock? ¿Qué te ocurre, has tomado algo?

—Tengo una idea, tiemblo porque estoy teniendo una

idea. No hace falta que abandones nada. Te quiero en la televisión. No puedo hacerte repetir a Mercedes...

—Efraín, por favor...

—No, espera a que termine, no puedo hacerte repetir a Mercedes pero puedo darte algo más importante, algo con lo que vas a disfrutar: la mala.

—¿La mala?, ¿qué quieres decir?

—En la radio, al escuchar, la gente necesita emocionarse, y por eso el amor lo es todo. Pero en la televisión, al ver, querrán más. Una cosa que no podemos hacer en la radio, porque en la radio no se ve, es crear una protagonista malvada. Sí, lo estoy viendo ahora, en la misma escalera. Porque debe tener una escalera para imponer su presencia, para dominar desde arriba, para que cada escalón sea una perdiz menos en su perenne cacería.

—¿Y quieres que yo sea esa mala?

—La primera de ellas. Tienes que aceptar ahora mismo.

—¿Pero no hablabas tú de que yo tenía algo que ver con la libertad? Si te digo ahora que sí, significará que el resto de mi carrera tendré que hacer siempre de malvada.

—Sí, justo eso, malvadísima. ¿Qué más da? No será el resto de tu carrera, Tania. Será el todo de tu carrera.

Emiliano al fin se colocó entre ellos.

—¿Qué estáis complotando, hijos privilegiados de la televisión? —Hablaba con pomposidad y agitaba una copa de champagne en el aire subrayando cada palabra.

—Creo que Tania y yo vamos a casarnos, Emiliano —anunció Efraín. Sí, era verdad que le temblaban las manos, pero sobre todo por saber que lo que ahora sucedía no lo inventaba. Las ideas llegaban a su cabeza como si alguien las dictara y él no pudiera evitar un extraño caso de posesión o ventrilocuismo.

—¿Casaros? —Emiliano sujetó firmemente la copa y observó detenidamente a Tania. El Hermano no vería con buenos ojos esa noticia—. Efraín, estoy seguro de que esto...

—No, esto es seguro. Es ahora. Tania me ha cuidado estos días, me ha hecho ver más allá de las madrugadas y los diálogos, Emiliano. Merece este reconocimiento y mucho más. He inventado para ella un papel en nuestra telenovela.

Hablaba deprisa, todo su cuerpo se movía como si estuviera a punto de tragárselo un remolino.

—Bueno, Efraín, aquí somos una familia. Siempre hemos deseado lo mejor para ti. Desde el principio. Qué mejor noticia para inaugurar esta nueva casa que hacerlo con una nueva pareja —declaró Emiliano.

Efraín consiguió calmarse con la misma rapidez con la que había adquirido aquel estado febril. Miró a Tania con su rostro descompuesto aún por el susto, el vértigo de todo lo que estaba proponiendo, y a Emiliano como si fuera cura, confesor o casamentero. Y vio también salir al Hermano seguido por una mujer vestida de dorado y pieles negras y tocada con un sombrero cargado de frutas de tela. No le costó reconocerla. Era la señora Lilian.

—Quiero hablar con ella —solicitó, pero Emiliano lo retuvo con firmeza.

—El ministro no quiere que le molestemos ahora, Efraín. Además, me he acercado a ti para indicarte y mostrarte tu nuevo despacho.

Efraín sintió que nacía en él un nuevo impulso, el de rebelarse. No iba a dejar que la señora Lilian volviera a salir de su vida tan fácilmente. Era ella, la manera de andar, la forma de mirar por encima del hombro a todo el mundo. Estaba viva, había sobrevivido al incendio, podría preguntarle por Aurora y Óvalo.

—Es más importante para tu vida, en este instante, todo lo que verás en tu despacho, Efraín —siguió explicándole con exasperante parsimonia Emiliano—. Recuerda que en

La Habana lo único que no puedes ver es el fondo del mar. Somos pocos y nos movemos en los mismos lugares. Nos conocemos todos. He decidido que tu despacho esté en la planta noble, la de los directivos, Efraín, para que puedas escribir tranquilo.

—¿Escribir aquí? ¿Dentro de la televisión?

—No podemos dejar que algo falle durante las transmisiones. Serán en directo y en un horario francamente revolucionario: las siete de la tarde.

—Es sólo una hora más que la de la emisión en la radio, comienza cuando ésta terminaba.

—Sí, pero además aquí se verá, Efraín. De momento hay vendidos miles de televisores en toda Cuba y la gente se empeña en oír la radio, pero espera, te juro que no me equivocaré, estoy seguro de que en menos de un mes y medio esos miles serán diez mil, y antes del año, dos millones...

—¡Dos millones de personas viéndonos! —exclamó Tania.

Acababan de llegar a la puerta del despacho. La mitad de la pared era de vidrio traslúcido. La puerta era de nogal oscuro y en la placa se leía «Efraín Rotundo. Escritor General».

Efraín quería preguntar por qué «General», pero Emiliano ya había abierto la puerta y sintió ese olor de lo nuevo que para siempre asociaría al éxito. Nuevo el suelo. Nuevo el cenicero sin colilla alguna. Nuevo el gabinete del bar, con los vasos cortos de Baccarat para un ron al final de la tarde. Nuevos los paquetes de H. Upmann alineados encima de una estantería repleta de novelas que se habían convertido en éxitos cinematográficos. Nueva la imponente máquina de escribir, Olivetti, a Dios gracias, pero con teclas más grandes. Nueva la madera del escritorio, del mismo tono que la puerta y los altos rodapiés y el suelo. Tanta madera le daría calor cuando la humedad saltara las barreras del Malecón como un toro escapado de una corrida. ¡Vaya, qué bonita frase acababa de ocurrírsele con tan sólo entrar en ese lugar!

—Tienes baño para ti solo y mañana o pasado, por si hoy celebráis impetuosamente el compromiso y nuestro estreno, te enseñaré a manejar el aparato de telecomunicaciones implantado en todo el edificio.

—¿Aparato de telecomunicaciones? —preguntó Tania, que se veía más joven, inocente, en ese entorno de maderas, ventanales, grandes máquinas y vasos lujosos junto a lujosas botellas.

—El directo nos obligará a estar alertas continuamente, y Efraín, como Escritor General, tendrás que apagar muchos fuegos, casi tantos como yo mismo —replicó Emiliano.

—El directo... —musitó Efraín. Le gustaba cómo sonaba la palabra. Directo. Como un recuerdo feroz.

Entró en el baño. Mármol verde y veteado, ducha con paredes de cristal, un pomo de vidrio para abrirla tan verde como el mármol, transparente y al que la luz le hacía absorber el color de la piedra. El espejo en el lavabo inmenso y cubierto por un marco de pulido aluminio creaba un efecto moderno y al mismo tiempo clásico, masculino. Entonces se fijó en el suelo decorado con distintos mosaicos. No pudo dejar de verlos. Unos eran verdes, como el mármol, pero estaban hechos a base de rombos. Otros tenían las plumas del pavo real, con el ojo azul y verde mirándole. Otros mostraban palmeras y, los más, unían rectángulos y cuadrados. Levantó la cabeza y vio en el espejo a Tania y a Emiliano, que hacían como que admiraban el recinto.

—¿Quién escogió los mosaicos? —preguntó.

—Nadie —afirmó Emiliano—, ya sabes que estaba aquí la antigua fábrica de mosaicos de unos españoles. Nos vendieron el edificio a un precio de gallina flaca y quisimos guardar un poco de todo lo que eran capaces de hacer para homenajearlos. Qué mejor lugar que el baño del Escritor General, el verdadero responsable de nuestra creatividad y éxito, para estos retazos rotos de la historia.

Efraín se colocó encima de ellos. Su propia sombra le impedía verlos bien bajo la lámpara del baño. Fue hacia una esquina. Emiliano y Tania volvieron al despacho; a lo lejos los oía halagar el escritorio, las lámparas de pie, una a cada extremo de la estantería mientras él se quedaba allí mirando aquellos mosaicos, doce en total. Los rombos abriendo desde la izquierda seguidos por los ojos escondidos en las plumas del pavo real, luego el cubo de color arcilla apenas cocinada; después el círculo verde y luego la hoja de palmera y dos rayos zigzagueando, una hoja sola, casi flotando, y la fruta, la «o», la guayaba. Era Óvalo. Estaba allí. Así, fila tras fila, cambiando el orden en la segunda barra, la cuarta, la sexta y la octava, estaba leyendo como en una partitura, una canción. Lo vio de repente y volvió a sentir ese mareo del recuerdo. ¿Qué canción recordaba con Óvalo?

—Efraín, ¿quieres volver ya a la fiesta? Hay mucha gente interesada en conocerte. Además, Tania y yo hemos hablado de la boda —proponía Emiliano.

—Efraín, podríamos casarnos en la propia capilla del canal...

—Déjalo, Tania, tu marido es peculiar y ve cosas donde no las hay. Dios sabrá qué le dicen todas esas piedras pintadas en el suelo...

Se alejaron. Desconfiado, llegó a girarse para comprobar que realmente estaba solo. Fue hacia el gabinete del bar y vio que estaba su ron, Edmundo Dantés. Emiliano realmente no se andaba con chiquitas a la hora de complacerlo. Abrió el paquete de H. Upmann pero reparó en el cenicero y le pareció tan nuevo que prefirió dejar su desvirgue para otra ocasión. Volvió al baño. Poco a poco iba entrenando en sus oídos la música que podía acompañar la letra que creía descifrar en esos dibujos.

Se recordó escuchando a Aurora cantar por primera vez, él y Óvalo subyugados en lo alto de la escalera. Estaba escrita en ese fragmento de suelo. La descifraría, la escucharía y sería la última vez que dudaría, que miraría atrás. Tenía que escoger definitivamente su libertad y ésta era seguir hacia delante. Si Óvalo había dejado allí su mensaje, seguía vivo, sabría dónde encontrarle. Volvería, nunca adivinaría cuándo, pero volvería. Cogió un folio de papel y escribió en su temblorosa caligrafía: «Te pido que me dediques una palabra, una última palabra, para saber que ni tú me olvidarás ni yo te perderé.»

20

AMOR EN DIRECTO

«Señor Efraín Rotundo, éste es un mensaje de la Dirección General. Le rogamos se dirija al departamento de peluquería, estudio 2. Es urgente.»

Era la voz de Cora, cualquiera podría reconocerla porque también servía para la continuidad de la Televisión Mayor de Cuba, que dos años después de su inauguración todo el mundo en el país ya llamaba, como él mismo había predicho desde el mismo día de su inauguración, simplemente TMC.

Efraín estaba en el jardín de buganvillas al fondo de la cafetería central. Eran las cinco y media pasadas. En el Rolex leía martes 24. Él sabía que era octubre y 1954. Estarían terminando de ensayar el capítulo para el directo de las siete. Mala hora para escuchar la voz de Cora, que además se empeñaba en utilizar esa palabra, «urgente», aparte de citarle en peluquería y maquillaje. El próximo año le recordaría a Tania que incluyera en el contrato que a él jamás nadie le vería el pelo en peluquería y maquillaje. Ya veía venir al fiel Humberto, el camarero del Hawai Kai que Emiliano había contratado para supervisar las comidas y egos que no siempre garantizaban buena digestión en esa cafetería.

—No te preocupes, sé que me están buscando, Humberto.

—Parece un problema importante con los nuevos focos que llegaron desde Estados Unidos, Escritor General.

—No me llames así a esta hora. Por la mañana, cuando te pido opinión sobre el capítulo anterior, sí te lo tolero, pero ahora no —masculló Efraín. Le dolía la cabeza. También temía algo, esa palabra, «urgente», en la voz de Cora siempre era preludio de un infierno. Todavía le faltaban tres horas más de trabajo que incluían observar la emisión en directo, el primer bloque dentro del estudio, de pie y cerca de la puerta y el segundo en su despacho, encendiendo un H. Upmann, sorbiendo un poco de Edmundo Dantés. Vaya, si alguna vez necesitaban un nuevo patrocinador, él podría hacer la cuña para los cigarros y el ron desde su propio despacho.

Atravesó el jardín que separaba la cafetería del estudio 2 y vio el pasillo que llevaba hasta maquillaje y peluquería. Había mucha gente en aquel lugar. Un capítulo con muchos extras debía de ser el de esa noche. Claro, ya recordaba, tocaba visita de don Rafael al consultorio del nuevo y prometedor médico del caserío rural, llamado Alto Moreno. ¿Quién era don Rafael? Era una pregunta que él mismo se hacía cada mañana al empezar a escribir. La regla número uno del oficio que estaba inventando era que en cada capítulo debía recordarse todo lo que el argumento había atravesado hasta ese día. Así pues, don Rafael era el padre de Francisco, aquel joven incauto que embarazó a Mercedes. Tras la decisión del doctor Limón de que Mercedes, repudiada en su momento por don Rafael y la madre de Francisco, no abortara a ese feto que era ahora Santos, el venerable prohombre, ya al borde de la senectud, había entrado por esos extraños caprichos del azar en contacto con su nieto sin conocer el parentesco que los unía y, fascinado por su talento, había terminado por brindarle su tutela. ¿Por qué si una vez había repudiado a Mercedes por ser una desfavorecida, porque no estaba a la altura de su clase, ahora don Rafael mostraba una insospechada generosidad y aceptaba ser el tutor vigilante y cariñoso de Santos sin saber que era el nieto que él mismo había provocado que casi no viviera? Muy sencillo, porque ése era el auténtico derecho de vivir: seguir adelante, sobrevivir, rebelarse contra las mezquindades propias y la propia naturaleza, superar incluso las traiciones más propias.

Volvió a recordar el recado urgente que le había hecho llegar hasta ese túnel repleto de extras. En el capítulo que se emitiría en directo esa noche don Rafael visitaría a Santos y los espectadores esperarían una vez más que algo le hiciera comprender el parecido que había entre ellos, que una pista, un dato, tal vez una marca o un lunar, lo que fuera, le revelara que ese muchacho en realidad era su nieto. ¿Por qué don Rafael conocía a Santos sin saber que éste era su nieto? Ese tipo de encajes era lo que diferenciaba una historia de Efraín Rotundo de las de cualquier otro autor. En primer lugar creía que, como en la vida misma, cada historia de ficción es capaz de adaptarse a cambios y revoluciones de cualquier tipo. Es cierto que en la radio, Francisco, el padre de Santos, era mucho más importante que su hijo, pero en la televisión, con la obsesión por rostros nuevos y gente más joven y guapa, adquiría mayor protagonismo ese muchacho que tenía que crecer en la vida sin saber realmente quiénes eran sus padres. Por lo tanto, en la emisión televisada de «La huella del amor», Santos era ahora el protagonista, y el gran misterio era cuánto tiempo pensaba pasarse don Rafael hasta averiguar la verdad del lazo de sangre que le unía a su protegido, cuánto tiempo transcurriría hasta que Francisco, ahora un amargado hombre sin ninguna suerte en los negocios ni en el amor, descubriera que el hijo que creía muerto era en realidad el favorito de su propio padre, cuánto hasta que Mercedes, la otrora dulce enamorada y atribulada madre embarazada y convertida ahora en la contradictoria esposa del principal enemigo en los negocios de don Rafael, cesara de mantener la mentira sobre ese hijo que se vio obligada a abandonar. Solamente Efraín Rotundo sabía cuántos capítulos debían sucederse.

De nuevo perdido en sus pensamientos en el largo pasillo hacia maquillaje, Efraín comprendió su inmenso poder evidenciado por el hecho de que cuando algo pasaba era a él a quien buscaban, no al director de la serie, no a don Emiliano, ni siquiera a Cora, que también cada mañana le recibía en las puertas del canal con sendos lagrimones por lo mucho que había llorado en el capítulo anterior.

—Don Efraín Rotundo, qué milagro verle en persona —dijo una voz a su paso. Efraín le saludó con una mirada rasa. Sabía que era un extra. Le asombraba sin embargo oír su nombre en la voz de otros. Para él lo más difícil en un capítulo era encontrar un nombre que le hiciera olvidar lo que le hubiera gustado en realidad: que Santos se llamara Óvalo, y Mercedes, Aurora.

—Buenas tardes, me han llamado para solucionar un problema —constató, y varios de los extras se movilizaron al oírle.

En la visita de don Rafael al paupérrimo, destartalado consultorio rural de su protegido, Efraín quería que hubiera personas humildes, pobres, para contrastar la riqueza aparente en don Rafael con la del nieto que podría no haber nacido. Efraín aprovechó su paso hacia la urgencia reclamada por Cora para fijarse bien en aquellos extras. Ninguno le recordó a esas figuras famélicas, separadas una de otra como animales errantes, que intuía desde su ceguera cuando Prieto lo trajo desde Limpio Chiquito a La Habana. Eran personas más o menos saludables maquilladas como harapientos leprosos de alguna ópera francesa. Una vez más, Emiliano se había salido con la suya: «Te acepto pobres, Efraín, pero que sean pobres blancos, sobre todo decentes y limpios.» A fin de cuentas, tendrían muy poco texto, algún: «Buenos días, don Rafael», «¿Usted por aquí, don Rafael?». Efraín los contó rápidamente, serían casi diez. Mañana enfermaría a seis de ellos para escandalizar a Emiliano. Ya podía oírlo: «¿Qué pretendes, que monte un hospital de verdad y me arruine manteniendo a seis extras de mierda, enfermos, más que probablemente con alguna gonorrea asquerosa?»

Entró en maquillaje. Era como un gran camerino, con tres filas de espejos abrumados por hileras radiantes de bombillas. Doña Marga, la jefa de peluquería, estaba comiéndose las uñas y sujetando temblorosa una tacita de café con leche y dos bizcochos muy grasientos. El mago Alfredo, el hombre más feo que conocía después de sí mismo, ponía motas de maquillaje una al lado de la otra y colocaba en un bol algo que parecía chocolate espeso.

—Soy Efraín Rotundo —se presentó, aunque sabía perfectamente que todos en el estudio le conocían—, me han pedido que viniera aquí...

Los dos pasaron de ser estatuas silentes a gemidores profesionales o plañideras de un entierro:

—Ay, don Efraín, ay, don Efraín, esto son las siete plagas —sollozaba el hombre sólo un poco más feo que él.

—Trata de controlarte un poco, Alfredo, que en la vida todo tiene solución, ¿cuál es el problema? Espero que sea de diálogo, porque de eso es de lo que yo sé. Maquillaje y peluquería son cosa vuestra...

—Es Mamá Dolores, don Efraín. Y los nuevos focos americanos. Usted no sabe lo que estamos sufriendo...

Alfredo echaba los ojos hacia atrás y movía las manos

como si fuera un disco que el gramófono reprodujera a una velocidad equivocada. Efraín se rió, siempre le divertían esas locas incontenibles, había muchas en los casinos.

—Alfredo, te pido que te calmes.

—Aquí lo que pasa es que yo vaticiné que esto algún día iba a pasar, don Efraín.

—Pero ¿qué es lo que sucede?

—No podemos hacer nada para que el maquillaje de Mamá Dolores se fije, don Efraín. No podemos hacer nada con esos focos que derriten hasta un tanque.

—El maquillaje de Mamá Dolores..., ¿ése es el problema?

«Vaya», le habría gustado decir, una nueva palabra en su vocabulario habitual que ahora utilizaba para todo. Vaya, un suspiro, vaya, una bocanada de cigarrillo. Vaya, su personaje más importante. Igual que en la radio dos años atrás, los espectadores de su «Huella del amor» se quejaban por teléfono, carta o en persona en las puertas del canal si Mamá Dolores no aparecía por lo menos una vez cada noche y, empujado por el fervor del público, había conseguido lo imposible: que, pese a las reticencias del Hermano, del general Batista, de las cruzadas católicas de la familia cubana y hasta de algunos compañeros actores, Mamá Dolores pudiera ser negra y superprotagónica en la televisión. Sólo que en realidad no era negra, su piel era la de América del Valle, una más que cuarentona ex intérprete de las letras de Ernesto Lecuona que había hecho mucha opereta y zarzuela y tenía una manera simpática de hablar como negra. Es cierto que no era rubia, pero tampoco morocha. Era una de esas blancas criollas, enemiga del sol pero con un oído tan fino como el suyo para acordarse de palabras y modismos de los negros de la ciudad y del campo. Todas las mañanas, doña América era la primera en llegar a TMC y en cruzar esos pasillos, jardines y túneles para entrar en maquillaje y encerrarse en el cuartito de magia de Alfredo. Allí se desnudaba y se ponía el conjunto de ropa interior negra, y Alfredo, entre chismes y cuentos de la noche anterior, la iba pintando de Mamá Dolores al tiempo que colocaba un papel de envolver bollos en las panaderías, con algo de manteca, para fijar mejor el mejunje que llevaba en la piel. Era una mezcla de chocolate y betún de zapatos con mucha vaselina que inventaron después de que en los primeros meses de emisión América desarrollara una alergia al primer maquillaje que utilizaron. El proceso duraba alrededor de tres horas y, tras tantos capítulos sufriendo las inclemencias de interpretar a aquel personaje, América había sufrido ya varias crisis, llantos y quejas en la oficina de don Emiliano mientras los espectadores clamaban cada día para que Mamá Dolores no enfermara, no se ausentara, no dejara de preocuparse por el muchachito Santos, aquel hombrecito del que toda Cuba sabía que era el fruto de esa «Huella del amor».

—Señor Efraín, seguimos aquí... —Alfredo se había percatado de que el autor no le escuchaba.

—Te atiendo, claro que te atiendo. ¿Ha dejado de funcionar la mezcla esa de chocolate a la taza con betún y vaselina?

—No, funciona. Lo que pasa es que los focos, señor Rotundo, los focos ya le dije, derriten hasta a John Wayne con dos cafés en el estómago.

—¿La hemos cubierto con esa manta que lleva por el reuma que desarrolló tras tantos años enseñando el trasero por los vodeviles? —musito Efraín.

—Es que la manta, don Efraín, no puede convertirse en velo, porque aquí en Cuba habemos negras, pero árabes todavía no —clamó doña Marga.

«Don Efraín», casi no lo había detectado, ahora era «don Efraín», aunque cuando volvía a casa seguía sin poder responderle a Tania qué edad tenía él, don Efraín, el autor del singular éxito de radio y televisión «La huella del amor», que se personó en el estudio 2.

Los focos estaban todos encendidos y, como un fogonazo, surgió en su mente el recuerdo de la primera vez que vio La Habana en el balcón del doctor Limón como una especie de selva borrosa que le ofrecía fantasmas de jirafas y cebras extraviadas. El estudio donde su ficción cobró vida era un lugar así pero con una atmósfera irreal de morgue envuelta de un calor asfixiante.

Había un raro olor a gasolina y cacao. Fue abriéndose camino hacia el set de Mamá Dolores, una especie de bohío, como un chamizo de madera a medio camino entre el barco y la casa repleto de crucifijos y presidido por una imagen de santa Bárbara, de la cual Mamá Dolores, como la mitad de sus espectadores, era muy devota. Había en él un sofá muy blanco y al mismo tiempo muy desvencijado, y en el techo de paja compuesto en realidad por cartones pintados se abría un hueco por donde entraban los focos destinados a alumbrar la escena. Si los potentes focos no habían quemado ese techo era porque éste, en su parte superior, estaba cubierto por una gruesa capa de material aislante destinada a protegerlo, y era ésta la causa de que hiciera tanto calor en el interior del decorado y de que, asimismo, el olor a cacao resultara tan penetrante. Allí dentro era tal el nivel de derretimiento del maquillaje de Mamá Dolores que las paredes, el sofá, el suelo, todo lo que ella pudiera tocar tenía el aspecto y el sabor de una descomunal diarrea de chocolate.

Todo el mundo guardó silencio cuando advirtieron la presencia de Efraín entre ellos. América del Valle sollozaba muy quedo, como si su garganta y sus ojos ya no pudieran emitir ni una lágrima, ni un gemido más. Efraín fue hasta ella y colocó su mano en su hombro sintiendo en ella el contacto pegadizo, resbaladizo al mismo tiempo, del maquillaje de color mierdoso. América reaccionó asustada. El director intentó calmar a la actriz, pero evitó sujetarla para no mancharse más.

—¿Por qué no me matas? —exclamó la actriz. Efraín vio el reloj al fondo del estudio. Las seis menos cinco, faltaba tan sólo una hora para la emisión—. ¿Cuánto tiempo crees que podré soportar algo como esto? —continuó América del Valle, ahora con esa voz entrecortada por el llanto que muchas veces empleaba Mamá Dolores cuando le explicaba a Santos cuán bella y bondadosa había sido su madre, que no le abandonó, le mentía, sino que simplemente no pudo asumir los sacrificios necesarios para darle la vida que merecía.

—América, en maquillaje estamos intentando por todos los medios cambiar la mezcla del color otra vez más.

—Efraín Rotundo, ¿sabes en lo que pienso cuando al final de tres duchas diarias consigo verme en el espejo y no tener una sola peca, mancha o gota de este color? Pienso en que una vez fui feliz como actriz, como mujer, porque Lecuona escribía sus mejores canciones para mí y tenía mi público fiel que me seguía en los teatros.

—América, queda una hora para la emisión y estoy aquí, dada la gravedad del tema, para solucionarlo —agregó Efraín.

—No, quiero que me escuches, quiero que sepas lo que has hecho conmigo: yo era feliz. Y era... blanca, Efraín. Blanca las veinticuatro horas del día. Me despertaba blanca y me acostaba blanca, y ahora hay momentos de la noche, cuando no puedo dormir, en que miro una esquina de mi almohada, de mi almohada, Efraín, y allí está la mancha de chocolate y grasa. Mamá Dolores persiguiéndome. ¡Mamá Dolores recordándome que yo, América del Valle, nunca existí! Ninguna de las óperas que me compusieron, ninguna, me otorgará el aplauso, el recuerdo de tu Mamá Dolores, Efraín Rotundo. Pero yo no puedo más, ¿lo comprendes? —exclamó la actriz levantándose del sofá y dejando atrás una inmensa marca de mierda achocolatada al desprender gotas de sudor pesado y grueso de ese oneroso, oscuro color—. Estoy harta de esta mentira. No soy negra, ¿cuál es mi pecado?, ¿saber hablar como los negros que pululaban cerca de mi casa de niña? Maldita la hora en que aprendí a hablar así. Maldita la hora en que acepté ser tu perfecta, bondadosa, negra y falsa Mamá Dolores.

El silencio era mucho más espeso que el maquillaje que resbalaba por todos los rincones del lugar donde se movía y retorcía la amargada actriz. Todo el mundo miraba hacia Efraín, que fumaba su cigarrillo en silencio, delgado como él solo, tieso como una cruz en el cementerio, absurdamente elegante en medio de ese asqueroso color.

No podían traer la máquina de escribir. La mayoría del mobiliario de la cadena estaba inventariado, hasta el punto de que para extraer de su lugar un lápiz o una caja de cigarrillos presupuestada en la producción de la telenovela se requería un permiso que debía firmar un superintendente que a esa hora, las seis en punto de la tarde, estaba fuera de su área de atrabajo. Efraín se vio obligado a recorrer a toda la velocidad que le permitían sus zancadas el decorado de su telenovela y dejar atrás la cabaña manchada de chocolate derretido de Mamá Dolores con la actriz, América del Valle, llorando y gritando allí dentro su nombre seguido de epítetos que jamás había oído, ni siquiera en los momentos más crueles de Limpio Chiquito.

—Te crees Dios, pero no eres ningún dios. ¡Demonio, eres un demonio! Dame una muerte digna, hijo de la gran... ¡Si quieres matarme, dame una muerte digna!

Efraín prefirió ignorarla. Sus ojos se cruzaron con los de Fausto del Real, el actor que interpretaba a don Rafael, sus manos abiertas intentando sujetarle, tratarle como a un niño y conseguir otra solución al caos creciente que se instalaba en ese universo hecho pedazos. No —pensó Efraín—, no me detendrá. No solucionaremos este asunto con unas pocas palabras y una actriz manchando de chocolate derretido un estudio de televisión.

—Maestro Rotundo —reclamó el actor Fausto del Real—, me gustaría tener con usted una conversación importante.

—Señor Del Real, quedan sesenta minutos para un directo que cambiará su vida y la de todos nosotros. —Lo miró fijamente—. No obstaculice el huracán de la historia.

Y pasó, y a mitad del túnel que conectaba ese infierno de roces, egos y ficciones, sonrió ante la genialidad de su frase.

En su despacho, Emiliano entró en el cuarto de baño ante el que Efraín permanecía absorto mirando el suelo con los mosaicos. Parecían distintos, como si Emiliano los hubiera cambiado. Seguramente ya no leerían más la estrofa de la canción de Aurora.

—Efraín, ¡lo que piensas hacer es una soberana locura! No podemos cambiar un capítulo a menos de cincuenta minutos para su emisión.

—Entonces contrata a otro escritor, Emiliano. Yo llego hasta aquí.

—Pero no, tiene que haber otra manera...

—Sí. Sal conmigo a la calle y dime qué ves...

—Un paraíso, eso es lo que veo, Efraín. Un paraíso para los norteamericanos y para todos los que sepamos entenderlo. Y tú y yo somos de los que lo entienden y al mismo tiempo lo construyen. «La huella del amor» no es sólo una telenovela, Efraín, tú lo sabes mejor que yo. Es una revolución. Mañana te enseñaré las peticiones que tengo de televisiones de todo el mundo: México, Perú, Venezuela e incluso Argentina quieren adaptarla o, mejor aún, que tú vayas allí y la supervises. No sólo vas a hacerte millonario, Efraín, sino que vas a ser el Padre, sí, el Padre de la Telenovela latinoamericana.

—Eso no me sirve para resolver lo de ahora.

—Deja el capítulo como está. Doña América tuvo un exabrupto, es una mujer voluble. Demasiadas carreteras malas en sus años de zarzuela, ya me entiendes, y teatros embargados al final de la última función. Eso la ha afectado psicológicamente y tuvo uno de sus ataques contigo, Efraín, nada más. La pobre mujer está casi sin respiración en el decorado, agobiada. Me acaba de llamar para pedirme que la entiendas, que la disculpes...

Efraín se apoyó en el cristal del balcón. El mar brillaba en la noche. Así podría empezar el monólogo de don Rafael. «El mar brillaba en la noche. Dentro están todas nuestras verdades, Mamá Dolores...»

—Emiliano —soltó al fin, y oyó su voz como la de un hombre mucho mayor, envejecido por todo lo que sabía y lo que había visto, envejecido, mejor, porque en ese instante todos esos días de miedo, llantos ahogados y verdades aplacadas se convertían en una ceniza que caía y caía sobre él—, Emiliano —repitió—, tú no ves, tú te has convertido en un ciego. Cuando miras a la calle ves el paraíso y crees que sólo hay gente como tú andando o conduciendo. Pero no es así. La gente de este país es negra como Mamá Dolores. La verdadera gente, la que no cuenta, la que no luce, la que sólo sirve, es negra como ella. Y pasan delante de este edificio cada tarde, corriendo como si fueran animales en un safari, para llegar a tiempo a verla. Y ella, ella habla como ellos, pero está pintada de chocolate.

—Efraín, existen reglas. No se puede poner un negro en nuestra televisión.

—¿Por qué? —Dio un puñetazo en su mesa y se sentó, colocó el papel con las tres hojas de carbón para las copias principales y apretó una tecla, la «o». Se sintió fuerte. Emiliano se sentó delante, siguiendo su plan de convencerle mediante palabras suavemente moduladas.

—Porque proyectamos otra idea de Cuba, Efraín. Nuestra Cuba, la de hoy, es una Cuba emergente, vital, llena de sueños, esperanzas...

—Emiliano, yo no me chupo el dedo.

—Efraín, si matas a Mamá Dolores vas a acabar con esta telenovela. Deja pasar el enfado. Lo hablaremos, incluso con el ministro, mañana a primera hora, y tú le explicas tu punto de vista. Es cierto que los negros hacen mucho por nuestro país, pero flaco favor les harás tú a ellos si asesinas al único ídolo que tienen, ¿no?

Efraín sintió asco de ese hombre. Y, una vez más, de sí mismo. Siempre tenían el argumento más convincente, siempre sabían cuándo soltarlo, y calibraban perfectamente su alcance. Matar a un ídolo, reflexionó. Ése era precisamente su don. Él podía matar y volver a construirlos. No hacerlos renacer, sino crear directamente otro igual de amable, brillante como el mar en la noche, siempre igual, siempre distinto.

—No puedo seguir creciendo dentro de una farsa tan grande, Emiliano. No puedo seguir sosteniendo a una Mamá Dolores que es una señora pintada de betún y chocolate.

—Cambiaremos los focos, maldita sea —prometió Emiliano—, la envolveremos en el mejor plástico que podamos encontrar para fijar el puto maquillaje, Efraín.

—No. Vamos a pensar que el tiempo de Mamá Dolores ha acabado. Lleva dominando esta telenovela desde que iniciamos esta aventura, Emiliano. Cada día al menos un cubano se compraba un aparato de televisión y lo instalaba allí donde pudiera para ver qué nuevo vericueto conseguía Mamá Dolores para no decir la verdad que sabía. Yo soy como ella, me paso la vida evitando contar lo que sé.

—Efraín, por favor —interrumpió Emiliano.

—No, ahora vas a escucharme. No sé lo que soy, pienso que soy alguien que escribe, y sin embargo lo que escribo no se queda fijo en ningún papel. No tiene tinta, es como el maquillaje de esa actriz, como el color de nuestra Mamá Dolores, algo que se esfuma, se limpia, se va. Todo yo se va continuamente, Emiliano, porque es mi contrato, es mi decisión. Vale, lo acepté y lo sobrellevo, pero en realidad no olvido. Recuerdo, todo el día, todas las mañanas, cuando entro en ese cuarto de baño..., recuerdo y sé de dónde vengo, de dónde me sacaron y lo que allí sucedió. Sé que por eso soy importante para ti. Y para el ministro.

—Efraín, estás sacando las cosas de quicio...

—No, estoy hablando por primera vez y estoy hablando yo, no uno de mis personajes. Toda mi vida vale lo que vosotros sabéis que he visto. El ministro me pidió que aprendiera a olvidar porque era joven, porque nunca he tenido edad, pero sin embargo los días sí han pasado por mí. Las horas, la soledad, el asco, mis vicios. Y todo ese tiempo, mis recuerdos han sido los mismos. Y muchas noches, cuando escribo estas hojas que se vuelven diálogos y luego imágenes y al final son nada, estas hojas cargadas de palabras que consumen todas esas pantallas en todas esas casas, siento que al final, al acabar cada episodio, la gente apagará sus aparatos y con ese gesto se esfumará todo mi esfuerzo. —Tomó aire, nunca había hablado tan seguido—. Cuando estoy allí, fumando y escribiendo, pienso que he vivido para poder escribir. «La huella del amor» podría ser una novela, una de esas de verdad, que se guardan en las bibliotecas, pero es ésta la que hacemos llegar a miles de casas y que tú llamas revolución.

—Porque lo es, Efraín, porque lo es. Pero ¿ahora qué pasa? ¿No te sientes escritor porque no escribes libros? Eres un mago, un dios. Miles de personas esperan a las siete de la tarde para recibir esa homilía que tú has escrito durante la mañana. Eso es mucho más importante, Efraín.

—No es una homilía —corrigió bajando el tono—. No es nada. Y es todo. Hablo como mis propios diálogos. Soy yo, Emiliano, ¿en eso también eres ciego? Todos esos personajes, todos esos secretos soy yo, que no me atrevo a hablarlo, a decirlo: viví un infierno, vi cómo adultos violaban a niños indefensos y he aceptado callarlo porque es la oportunidad de mi vida para ser rico, para escribir, para ser Efraín Rotundo.

Emiliano cambió de cara, sus hombros perdieron fuerza y casi lo convierten en un saco sin equilibrio, un despojo incapaz de mantenerse erguido. No se oía nada, ni el viento pasando encima de las palmeras ni el lejano estallido de las olas. Nada. Hasta que Efraín aprovechó el silencio para volver a introducir el papel en blanco, las hojas de carbón intercaladas, y arrancó a escribir.

* * *

Emiliano entró en la sala de Dirección, que en una semana sería rebautizada para ser conocida desde ese momento como «Control», como constataría luego el cartel en la puerta. Estaba suspendida como una nave espacial de color naranja sobre el estudio 2. Las ventanas eran verdes oscuro por fuera para que los actores no se distrajeran mirando hacia arriba aun sabiendo que Emiliano, el director Farias y Rotundo estaban allí dentro observando la emisión. Efraín no encendió ni un solo cigarrillo. El ayudante del director, un joven enérgico y siempre servil, ofrecía un cenicero a Efraín, un asiento a Emiliano, el periódico con las últimas hazañas hípicas al director Farias. No sabía cómo dirigir sus nervios, la tensión era máxima y él debía hacer su típico canto antes de la salida de la cabecera: uno, dos, tres, cuatro, cinco, dentro. Efraín se sentó delante del televisor. Vio su nombre aparecer antes que el propio título, esas letras grandes, esa música invadiéndolo todo. «La huella del amor.»

Ya no estaba ahí, volvía a cruzar ese túnel dentro del mar, debajo de la isla, volvía a oír a Aurora cantando y a Óvalo jugueteando con la gorra del ahora ministro. Y, como si estuviera allí y él cerrara los ojos, sentir los labios de Aurora besándole como si se llevara en ellos su vida entera.

DON RAFAEL

Estoy aquí, Mamá Dolores. Me han dicho en el caserío que quería verme... Mamá Dolores, ¿está bien?, ¿tiene fiebre?, ¿pasa algo, Mamá Dolores?

La música subía y el asistente se disponía a contar con los dedos los cinco segundos del inicio del llamado congelado, un estado de inacción absoluta en que debían permanecer los actores hasta que en la otra esquina del estudio la chica del comercial de jabones hiciera su *sketch* cómico para promocionar el producto. Efraín siempre sonreía en ese instante, porque su escena final era siempre muy intensa y, por tanto, el «congelado» también lo era. Los cómicos, aunque la muchacha fuera una muy curvilínea hija de canarios que hablaba con esa mezcla de islas en la boca, le parecían repulsivos tan sólo porque quebraban el clímax alcanzado por sus actores. El *sketch*, que siempre trataba sobre las tonterías que la chica no conseguía limpiar bien en su casa, duraba alrededor de cinco, seis interminables minutos, con dos obreros del estudio sosteniendo la pared de cartón donde se leía únicamente el nombre del producto, Jabones Caviar, y el absurdo eslogan «Lujo para tu limpieza. Deleite para tu olfato. Brillo para todo tu hogar». Al cabo de esos minutos, la carátula de la novela volvía a ocupar toda la pantalla y el asistente iniciaba su cuenta hasta decir «Dentro».

Efraín seguía sin encender un solo cigarrillo, sabía que todo el mundo le observaba. Mientras los cómicos desarrollaban su *sketch*, América del Valle salió del decorado de Mamá Dolores, se colocó debajo de las ventanas del control y empezó a gritar su nombre: «¡Sal, asesino, sal de ese cubículo de mierda y atrévete a matarme aquí mismo! ¿No sabes aceptar una crítica? ¿No sabes entender lo que puede sufrir un ser humano por llevar toda esta mierda encima? Maldita sea, maldita sea la hora en que acepté ser esta mierda de personaje cubierto de mierda.» Emiliano estuvo tentado, mucho, de bajar a calmarla, pero permaneció inmóvil junto a Efraín. El director se llevaba las manos a la cabeza, el resto del elenco, con Fausto del Real firme al pie del cañón liderando a sus compañeros, se mantenían en sus puestos. Los cómicos seguían su rutina, salpicada del eco de los gritos de América del Valle mientras unos obreros colocaban planchas de zinc delante del decorado del anuncio para que sus palabras estallaran allí y no consiguieran salir al aire. Faltaban dos minutos para retomar el directo. América del Valle se desplomó debajo de los ventanales. «Nunca habrá una Mamá Dolores como yo, hijo de puta, maldito seas, Efraín Rotundo, que vaya a tu entierro y escupa en tu tumba de enano.» Emiliano se levantó y Efraín dejó esbozar una sonrisa. Era, después de todo, una gran interpretación. «Voy a irme en alto, lo verás, lo sentirás. Soy una actriz, antes que todo soy una actriz. Y voy a morir, cabrón de mierda, cobarde, sátrapa, como sólo muere una gran actriz.»

Se hizo el lógico silencio de espera durante el último minuto, llegaban los últimos segundos, el asistente contó hasta cinco.

Dentro.

MAMÁ DOLORES

Estoy enferma, don Rafael. Estoy demasiado enferma. Como siempre, no he querido alarmar a nadie. Cómo soy de tonta, ¿verdad, don Rafael? Toda mi vida, toda mi humilde vida intentando molestar lo más mínimo, no incomodar. Porque la vida me ha premiado con muchas cosas maravillosas, don Rafael. Un poquito de ritmo, *mijo*, sí, don Rafael, que ya queda poco y me gusta decirle *mijo* como les digo a todos. Le decía que tuve, eso, un ritmo tan natural para el baile, el danzón, don Rafael, sí, cómo me gustó en mi juventud un danzón. Y la vida también me dio estos ojos, que alguno hasta les escribió un poema, sí, *mijo* don Rafael, aquí me ve cochambrosa y enferma, pero yo tuve unos pretendientes...

DON RAFAEL

Mamá Dolores, por favor, déjeme llevarla hasta el caserío. El doctor Santos sabrá curarla. Él es el mejor médico de todos por aquí...

MAMÁ DOLORES

Ay, don Rafael, mi vida ha tenido mucho sufrimiento, pero yo siempre le he agradecido a Papá Dios que la naturaleza fuera bonita, nos sorprendiera, nos agradara... Por eso hoy me tiene que permitir que le escoja a usted para confesarme.

DON RAFAEL

No, Mamá Dolores. Usted va a vivir, usted va a levantarse de esa cama...

MAMÁ DOLORES

Mercedes, la bella y joven Mercedes, vino tan triste aquí por primera vez, don Rafael... ¿Cómo encontró esa muchacha mi dirección? ¿Por qué volví yo a aparecer en su vida? ¿Qué extraños laberintos va creando Papá Dios alrededor nuestro? ¿Nunca se lo preguntó?

DON RAFAEL

Usted la encontró vagando aquí cerca. Ella había estado con el doctor Limón, quería, quería... quitarse ese hijo que...

MAMÁ DOLORES (TOSE, MUY ENFERMA)

Yo no me puedo ir con lo que sé y que en su momento prometí olvidar, callar, jamás revelar. Pero ahora que sólo me queda el último bailecito, don Rafael, usted tiene que saber esa verdad, que es tan mía como suya...

DON RAFAEL

Mamá Dolores, por favor, no puede negarse a que la vea Santos, él no me lo perdonaría...

MAMÁ DOLORES (UN ÚLTIMO ESFUERZO)

Es su sangre. Ese muchacho que usted admira tanto, que usted respeta y ha ayudado tanto... es su nieto, don Rafael. Es el hijo de Mercedes, el hijo que luchó por su derecho de vivir. Mercedes no aceptó someterse, no quiso cometer el acto que su orgullo y odio casi la obligaron a hacer.

DON RAFAEL (SE ARRODILLA ANTE ELLA)

Mamá Dolores, por favor, no nos deje, no nos deje ahora...

MAMÁ DOLORES

Busque a Mercedes, yo no he podido hacerlo, la enfermedad me dejó aquí, atrapadita, tan débil. Búsquela porque ella también es sangre suya, don Rafael...

DON RAFAEL

¿Qué quiere decir, Mamá Dolores?

MAMÁ DOLORES

El pasado es lo único que tenemos. Creemos que lo dejamos atrás y un día, como hoy, antes que vayamos al último danzón, aparece y está tan presente como siempre. Muchas noches, esperé a que estuviera aquí, junto a mí, y se acordara de esa canción, ¿cómo era? «Baila, mi negra bella, cerca de mi corazón, como las olas lo hacen en el mar.»

DON RAFAEL (SORPRENDIDO)

Esa canción..., ¿cómo la sabe?

MAMÁ DOLORES

Éramos jóvenes cuando la bailamos, don Rafael. Yo estaba en La Habana llena de sueños y usted también. Quería terminar su carrera, ser un juez para otorgar justicia a todos en Cuba, su adorada, su querida Cuba. Y yo no era Mamá Dolores. Era sólo...

DON RAFAEL

¿Lola? Dios mío... ¡No, no es posible! Por favor, Dios, no me hagas esto. ¡Lola!, he pasado todos estos años buscándote, me dijeron que habías muerto... No puede ser que seas tú, que todo este tiempo...

MAMÁ DOLORES

¿Oyes las campanas, Rafael? Son de boda, así decía mi madre, ay, Dios mío, la voy a ver otra vez. Campanas de boda. Cuida a Santos, tu nieto, mi amado, mi siempre amado Rafael. Pero encuentra a Mercedes, por favor, búscala, ofrécele perdón. Porque ella... ella... es nuestra hija, Rafael... Salió como tú, de tu color, Rafael. ¡Es nuestra hija!

DON RAFAEL

¡No! (LA TOCA, LEVANTA SU MANO Y CAE.) No. (ESCUCHA SU CORAZÓN.) No, Lola, Lola, no te vayas, no me dejes otra vez, no te vayas... ¡No nos hagas esto! ¡¡¡Lola...!!!

SANTOS (HA ENTRADO SIN QUE LE VEA)

¿Por qué llama Lola a Mamá Dolores, don Rafael? ¿Qué ha pasado? ¿Por qué no la ha llevado al caserío? (SE ACERCA A MAMÁ DOLORES, TOMA SU PULSO EN LA MUÑECA Y EN EL CUELLO.) Dios mío, no puede ser, no puede ser, don Rafael... Está muerta. Mamá Dolores está... muerta.

21

LA MIRADA DE DIANA

Vio el mar muy cerca. No lo estaba, pero lo sintió, lo observó como si estuviera al lado, como si fuera alguien diciéndole algo al oído. Y entonces salió al balcón y se paró delante de él, del mar, de ese límite permanente entre él, su vida y lo que estaba más allá. El mundo, La Florida, República Dominicana, las Bahamas, el resto de Latinoamérica o los países del Plan Marshall, como irónicamente los llamaba Emiliano. «Tus novelas dominarán toda esa parte del mundo. Y quién te dice que el mismísimo Hollywood no llame a tu puerta, Efraín. Has inventado algo nuevo, inesperado, que es cubano y mundial: la telenovela.» Efraín encendió el cigarrillo y cerró la puerta del balcón. Delante tenía el mar; detrás, su casa, o la casa de alguien, lo que fuera. Sólo importaba ese instante: él, el humo del cigarrillo y el mar delante.

Llovía, por eso había salido. Nunca había estado así, detenido, protegido por la humedad del mar tras la frágil cortina de humo de su cigarrillo. Era una noche de tormenta, la lluvia era pertinaz y pesada, caía y caía como si fueran desfilando ante él todos los momentos que había vivido hasta ahora. Por de pronto, ahora tenía una edad: veintisiete años. Por fin la había visto escrita en un papel con el que Tania se presentó en casa. Se trataba de su supuesta partida de nacimiento, por supuesto completamente falsa. El documento era totalmente nuevo, seguramente inventado por Emiliano o el ministro, pero allí se constataba su identidad: Efraín Rotundo, hijo de una madre con un nombre apenas garabateado, inscrito en el barrio de la Fe, en la provincia de Fomento, al sur de la isla. Efraín quiso reírse de ese papel por más que Tania ya estuviera enmarcándolo y hablando de presentarlo al Registro Civil de La Habana para legalizar el matrimonio y la paternidad de su hija, Diana, más parecida a Efraín que a la dedicada, enamorada, laboriosa Tania. Sí, era padre. Se había vuelto padre. También se había vuelto autor exitoso. Su nombre venía en los crucigramas de los periódicos nacionales y la definición que le correspondía rezaba: «Efraín Rotundo, el Padre de la Telenovela.» Otra vez la palabra. Tan sencilla, tan disparatada: «tele», porque se emitía en la televisión, y «novela», porque antes había sido un serial que se emitía a través de la radio y se hacía llamar radionovela aunque en realidad no lo era. No, no era una novela. De hecho, él no se veía a sí mismo como un escritor ni sabía exactamente cuántos libros enteros había leído en su vida. A veces entraba en la decrépita librería en la calle 36, y se quedaba de pie delante de las estanterías dispuesto a estirar la mano y coger un libro; un día fueron los cuentos, las narraciones extraordinarias de Edgar Allan Poe, en otra ocasión fue el *Drácula* de Bram Stoker y, más tarde, *El conde de Montecristo*, y entonces sí que sintió una transportación, una mano que le llevaba hacia todos esos escenarios, el puerto donde se enamoraba de esa mujer traicionera y traicionada también llamada Mercedes, la umbría, terrible cárcel donde fue enviado siendo inocente, la cueva en la isla donde se ocultaba el tesoro que lo volvería poderoso. Y ese regreso triunfal amparado por otra personalidad, la de ese fantástico Edmundo Dantés. Sí, el nombre de su ron favorito. *El conde de Montecristo* era en libro igual que *Lo que el viento se llevó* en película, y ésas eran sus semillas, sus raíces, sus orígenes y lo que habían hecho de él el padre de ese nuevo género, esa revolución salida del mar que se extendía a todos los países del continente americano, la bendita telenovela. Sólo él sabía que en realidad él no era el padre, «el Creador», como le bautizaba Emiliano, sino Dumas y la señorita Margaret Mitchell. O Allan Poe y Bram Stoker. Él lo único que sabía hacer era medir los tiempos de esa narración, coger cosas en el aire, sustituir un personaje por otro. Aunque, bien pensado, en realidad eso es lo que se supone que un padre hace: organizar, dirigir, escribir un guión sobre ese eterno papel en blanco de la vida. Él nunca tuvo un padre así ni tampoco tenía claro que llegaría a serlo con Diana. Tan sólo siguió la recomendación de Tania, que le pidió que le pusiera nombre porque siempre se le daban bien los nombres.

Encendió otro cigarrillo y se dio cuenta de que estaba llorando, siempre le pasaba cuando pensaba en su hija y en su matrimonio con Tania. ¿Cómo podía ser tan... pasivo, eso, pasivo, sentado en el salón de su casa, entre diálogo y diálogo de sus personajes y viendo a Tania enseñarle a leer, a coser, a poner la mesa, a coger el pan que está siempre a la izquierda, «para que seas señorita un día de éstos»? ¿Llegaría a verlo? ese momento en que Diana le dijera «papá, han pasado quince, veinte, treinta años y jamás me has tratado como algo que quieras». No podía, simplemente, querer a nadie. Sólo sabía observar, estar delante de las personas y las cosas como si fueran infinitas representaciones.

Aquel grupo de negros manifestándose frente a las puertas del canal al día siguiente de la emisión del capítulo en que moría Mamá Dolores. Recordó perfectamente ese momento, desde la manera en que Tania le sirvió el desayuno, le tocó el hombro y le dijo: «Te va a costar caro lo que has hecho con Mamá Dolores.» Él le sonrió, sí, le sonrió porque en realidad no la había escuchado bien, creyó que le deseaba buenos días o algo así, y no fue hasta más tarde, camino a la televisión, cuando empezó a ver cómo la gente en la calle le hablaba y hacía gestos extraños. «¿No será verdad, señor Rotundo, que Mamá Dolores no va a renacer así, de un golpe, esta misma noche?», le preguntaron desde el chófer hasta el quiosquero de la Séptima, las morenotas cuchicheras delante del Empire, que seguro eran prostitutas todo el día pero conseguían camuflarse ahora como vecinas chismosas. «¡¡¡Usted no nos puede matar a Mamá Dolores!!!», le exigieron unos extras cuando al fin consiguió llegar al canal, después de sortear a periodistas y hasta a unos emisarios de la Oficina Controladora de Emisiones que llevaban, según ellos, horas esperándole en la puerta. Fue hasta la cafetería y las cosas no hicieron más que empeorar. La hija de Gerardo, el cocinero, tan negra como debería haber sido Mamá Dolores, le esperaba pese a que su padre le recordara que estaba infringiendo las leyes no escritas de la cafetería que seguían más o menos la rigidez de que ninguna persona de color podía ser vista fuera de su área de servicio. «Usted me tiene que prometer que Mamá Dolores va a revivir como Lázaro esta noche, don Efraín.» No pudo tomarse su café, negrísimo como todo lo referente a Mamá Dolores. Salió de la cafetería reparando a través de los espejos en cómo la mismísima Cora recriminaba a la hija del cocinero estar fuera de su trabajo. «Por Mamá Dolores soy capaz de que me despidan si quieren los de aquí», clamaba la joven.

Emiliano esperaba dentro de su oficina, caminando de un sitio a otro, y Cora, que tenía poderes, le sobrepasó y entró antes que él para descolgar un teléfono que no dejaba de repicar.

—Están llamando desde anoche a las diez, don Emiliano. El propio ministro y María Fulgencia, sí, la hija del General, han telefoneado a mi casa muy alarmadas.

—La has armado grande, Efraín.

—No va a revivir. La única manera de que pueda ejecutar ese milagro es que me permitas contratar una actriz negra.

—Sabes perfectamente que eso es imposible —bramó exasperado Emiliano—. ¡No hay actrices negras en Cuba! Tendríamos que traernos una norteamericana. Y, la verdad, no puedo pensar en algo más... loco que contratar a una actriz de Hollywood para que haga de negra en Cuba.

Efraín sintió ganas de decirle que en efecto era delirante, pero se limitó a sacudir la cabeza. Empezar a discutir por lo apropiado o ilógico de todo eso los llevaría a una discusión mucho más complicada, a recordar las razones por las que hacía esa telenovela, por las que callaba todo lo que callaba.

—Pues algo hay que hacer —continuó Emiliano—, porque el General cree que esto puede convertirse en un conflicto feo.

—¿Qué es «un conflicto feo» para el General? —preguntó Efraín.

—Lo que hay allí abajo —señaló Cora por la ventana. Efraín se acercó y vio a seis mujeres, cualquiera de ellas una Mamá Dolores ideal, hablando entre sí y creando una pelota, un círculo.

—No me gusta nada todo esto, Efraín. Sería tan sencillo que le pidieras excusas a América del Valle y escribieras algo, como hiciste ayer, para que... Podría haber sido un falso desfallecimiento, ¿me entiendes?

—En mis novelas no se juega con la muerte, Emiliano. Al menos, no en ésta.

Iban juntándose más mujeres, algunas menos negras, el

grupo le pareció como una mancha de tinta que al explayarse perdiera su color hasta clarear cada vez más. Ya no eran seis, sino doce, luego veinticuatro, de repente cuarenta y ocho.

Cora no pudo evitar asustarse.

—¡Hay que llamar a la guardia, don Emiliano!

Efraín decidió abrir la ventana como hacía a veces cuando el aire acondicionado le obligaba a tiritar y necesitaba esa bocanada de calor y olor de mar. Esta vez, el grupo le vio y él se sintió como un emperador desnudo delante de su pueblo. Comenzó a oír su nombre y el de Mamá Dolores, y cada vez más frases que no sólo pedían que le devolviera la vida, sino que les devolviera a ellos, los negros, «nosotros, los negros», decían, el respeto que Mamá Dolores les otorgaba. Lo repetían y repetían la palabra, «respeto», «devuélvannoslo, somos negros, somos cubanos, somos todos Mamá Dolores». Efraín los miraba y estaba de acuerdo, sólo que Mamá Dolores en realidad estaba interpretada por una actriz blanca pintada de negro. Debería decírselo desde allí, desde su oficina, desde esa perspectiva de emperador. No sólo era blanca sino mala, desagradable. Justo al terminar la escena de su muerte, mientras don Rafael actuaba como hombre desconsolado ante su fallecimiento, sabiendo que su cabeza estaba en su pecho, América del Valle expulsó uno de los gases más fétidos que alguien pudiera recordar. El técnico del micrófono, el regidor, el camarógrafo, la asistenta de dirección y la lectora del guión, todos sentados o de pie delante del decorado de Mamá Dolores, percibieron ese olor de muerte sucia que se empeñó mucho en evaporarse y desaparecer. Fausto, el actor, sufrió los peores segundos de su vida esperando el ansiado «Corten» que garantizaba que no estaba en el aire y, cuando al final lo oyó, ahogado, quiso insultar a la actriz pero no pudo hacerlo porque entonces respiró y el nauseabundo olor le recorrió el cuerpo obligándole a alejarse preso de las arcadas. Ésa era América del Valle, ésa era la mujer que interpretaba a su maravillosa recreación de espíritu colectivo que debía ser Mamá Dolores.

—Efraín, aléjate de la ventana —ordenó Emiliano. Efraín no quería, seguían diciendo cosas: «Hazla revivir, tú puedes, tú sabes que puedes.» Era un triunfo, pensó Efraín. Su triunfo, su verdadero poder.

Emiliano lo apartó finalmente y cerró la ventana, Efraín lo enfrentó con odio en sus ojos.

—Puedo aceptar quedarme sin Mamá Dolores, pero no sin ti, Efraín. No me puedo permitir que te maten.

Y en efecto, las súplicas de los que estaban debajo cambiaron por insultos, hacia él, hacia don Emiliano, hacia el canal y de repente hacia el General. Efraín cerró los ojos allí, delante del mar, recordando esos insultos. «Batista, hijo de puta, somos negros, no somos tus muertos. Somos negros, somos negros y cubanos, no bastardos café con leche como tú.»

Fueron esos gritos los que hicieron que Cora tomara el teléfono y llamara a la Guardia Nacional. Iban creciendo, como si cada vez fueran más personas. Tania apareció en la oficina con Diana de la mano. Efraín miró a su hija, que le devolvía la mirada como pidiéndole una explicación, exigiéndole un atrévete, hazlo de una vez, cambia las cosas.

Si lo hubiera hecho a lo mejor no estaría ahora delante del mar, encendiendo otro cigarrillo. Oyeron, allí, en la oficina, un disparo y gritos de personas que salían corriendo. Pero también las voces de otros que de repente cantaban el himno nacional con la letra de José Martí. Y de nuevo más disparos. Fue hasta la ventana y oyó a Tania y a Cora gritarle que no lo hiciera. Afuera oía esas palabras mezclándose, pidiendo auxilio, hablando de orgullo nacional, de banderas rotas y miedo a morir. Todo eso pasaba por su personaje, todo eso podía terminar si él la hacía revivir o si les decía que no le permitían poner a una persona negra de verdad para interpretar a una líder negra.

—El General dice que tenemos que acabar con esto como sea. Al parecer, hay un muerto. ¿Cómo salimos de esto, Efraín? Sólo tú puedes ayudarnos.

De nuevo encontró la mirada de Diana. Fue hasta su asiento, colocó la página en blanco y vio cómo Tania le ayudaba a poner las hojas negras para las copias. Letra a letra escribió con ese inusual concierto de gritos, sirenas y estrofas del himno nacional que llegaban hasta él mientras revivía a Mamá Dolores. Entendía que su personaje se mantendría vivo, su telenovela también, y ninguna de esas exigencias o palabras, ninguna página de periódico, ninguna voz, ninguna mirada como la de su hija Diana sobre él le recordaría tan vivamente que ese día ni ningún otro relativo a esa manifestación había existido. No quedarían fotos, no quedaría la grabación de ninguna de esas voces, no quedaría la autopsia de ningún muerto, como ocurrió tras el incendio de Limpio Chiquito. No quedaría otra huella que no fuera la suya.

—Diana, deja escribir a tu papá —ordenó Tania. La niña intentó separarse de él. Efraín la cogió del brazo.

—Quédate, Diana. Necesito tu mirada para saber que este día existió.

Ahora estaba frente al mar y veía pasar una tormenta de verdad. Tenía veintisiete años, tenía el poder de matar y revivir, aunque fuera de mentira.

El General no parpadeó cuando envió su guardia a matar, aunque lo llamara «dispersar», a esos negros que su régimen se empeñaba en negar como cubanos cuando estaban en todas partes: detrás de mostradores, caminando por las avenidas, llevando las maletas de norteamericanos gordos y lechosos, cortando caña, descargando fruta, café, coches, muebles, anuncios de neón, todo tipo de productos que importaba ese mismo régimen para amueblar y ambientar el inmenso decorado que era La Habana. Su Mamá Dolores les había robado el corazón porque había mirado hacia ellos de la misma manera que su hija le había mirado al entrar en su despacho y le había hecho descubrirse como lo que era, un ser pasivo, un observador incapaz de pararse y enfrentar su propia vida y cambiarla.

Respiró hondo, cerró los ojos, seguía allí, viendo la tormenta pasar.

* * *

Cogió un canapé que parecía húmedo.

—Son calas de espárragos, señor Rotundo. Las hacemos con el pan americano, el de molde, remojado en leche, también americana, claro. —Efraín sonrió delante de Araceli, la criada que sabía mejor que él lo que comía su hija y lo que Tania hacía durante el día—. Y el espárrago debe de ser francés, señor Rotundo, porque llegaron esta mañana en unas cajas, como casi todo lo demás.

—¿Y por qué se llaman calas, Araceli?

—Ay, señor, eso lo dijeron los señores que están preparando la comida. Pregúnteselo a la señora Tania, que desde hace dos semanas no hace más que revisar pedidos para esta fiesta tan empaquetada. Esto sí que es nivelón, señor Rotundo.

Efraín se percató de que estaba en su propia fiesta, más bien la coronación de Tania como indiscutible nueva dadora de fiestas en La Habana del inminente 1956. Había rebajado de peso, por insólito que pareciera, se había quitado esos rollitos que según ella la vulgarizaban, le impedían verse como Audrey. El culo jamás reduciría, pero sí que era verdad que tenía como más cuello, hombros más delgados, esa sonrisa que parecía más bien un afán por mostrarle a cualquiera no su felicidad, sino la calidad de su dentadura.

—Efraín, por Dios bendito, deja de observar, es tu fiesta, nuestra fiesta —exclamaba Tania con esa voz de actriz en medio de un escenario francamente lujoso—, han llegado don Emiliano y la señora Lilian, a quien de seguro recuerdas.

Lilian, en su fiesta, en su casa, de nuevo cerca de él. La mujer que le llevó junto a Óvalo hasta Limpio Chiquito, la mujer que apareció entre el ministro y el General en la inauguración de la TMC. Le sonreía como si entre ellos no existiera nada, ni Óvalo ni Aurora ni el incendio que separó sus vidas al destruir Limpio Chiquito.

Lilian al fin halló el momento para estar a solas con Efraín. Al fondo del amplio salón, frente a la balaustrada delante del mar, Tania había construido un despacho informal para su marido. El escritorio era pequeño, femenino, como para escribir, blanca, blanca total, caoba de las otras mesas de la casa pero en forma de «u». Tenía una máquina de escribir, blanca, blanca total, pequeña, como transportable y un estuche de piel de cocodrilo con el cual jugaba, ausente, harto, como un niño que prefiere no estar allí, el propio Efraín.

—La verdad, hay que reconocer que ignorábamos que Tania tuviera tan buen gusto para la decoración, Efraín —dijo Lilian iniciando la conversación.

Efraín sintió un pinchazo frío en la espalda. Ese tono de voz de repente le dibujó en sus recuerdos la salida del hospital del doctor Hernández, el caminar decidido hacia el coche, el viaje de esa misma mujer, Lilian, con Prieto, Óvalo y la inmensa radio que los acompañaría hasta Limpio Chiquito. Oyó en su oído izquierdo a Óvalo diciéndole: «Vámonos de aquí, Alambre. Vamos a empezar una vida de verdad.»

—¿Por qué has venido, Lilian?

La mujer se acomodó en el sofá de dos plazas delante de la mesa. No era tan blanco como los de la sala, sino de un extraño color cambiante que dependía de la luz del sol, era como la piel de un venado, un marrón oscuro y acariciable dispuesto a convertirse en casi gris. Lilian llevaba una amplia falda estampada, verde y blanca, y parecía como si una hoja de algún opulento helecho hubiera caído sobre su sofá. Seguía gorda, aceptado quién sabe cómo o por qué el sobrepeso.

—Porque tú y yo tenemos una conversación pendiente, Efraín Rotundo.

En momentos así le parecía que la gente imitaba sus diálogos en «La huella del amor», a lo mejor toda su vida sería así de ahora en adelante: personas que se volvían personajes, historias personales que se convertían en tramas, tramas que desencadenaban en trampas.

—Comprenderás mi orgullo al verte convertido en el escritor que eres ahora, Efraín.

—Perdona que no te crea, Lilian. Si fuera un escritor de verdad sería también un hombre más valiente y me habría enfrentado a ti y a todos los tuyos hace ya mucho tiempo.

—Pero no lo has hecho. Aunque nunca haya tenido ninguna importancia para ti, te he seguido hasta estar aquí contigo, ahora. Hay veces, Efraín, cuando me miro en el espejo, que me veo rodeada de todas esas... —titubeaba, Efraín sabía detectar una actriz a la legua y la señora Lilian, ahora Lilian a secas, era mala pero sabía crear sus pausas—, de todos los niños que... ayudé a llevar hasta ese lugar. —Se derrumbó en el pequeño sofá y parte de su anatomía rebosaba sus límites—. No te pido que me perdones —continuó—, creí muchas veces que podía conseguirlo, pero de un tiempo a esta parte no es tan fácil. Los veo, los oigo gritar, me levanto y vienen detrás de mí todos esos gordos norteamericanos sosteniendo a las niñas desnudas sobre sus piernas.

Efraín tuvo náuseas. ¿Cómo era posible que esa mujer estuviera allí, en su casa, comprimida en ese sofá inocente, como él mismo, como Tania, como su hija, coño, su hija, cómo podría él explicarle que se había vendido a una trampa?

—Lilian, debería salir allí afuera, interrumpir la felicidad de mi esposa y decirles a todos quién eres, qué clase de persona eres, una intermediaria, una sucia, despiadada intermediaria que recorría mes tras mes kilómetros de este país buscando niños que ofrecer a adultos carentes de toda humanidad.

Lilian retorcía sus puños mientras el cuerpo se le ensanchaba y comprimía en los confines del sofá.

—Yo obedecía órdenes —dijo como única respuesta.

—Todos, Lilian, todos estamos aquí obedeciendo órdenes. ¿Para qué, para hacer feliz a nuestro General en su idea de que estamos construyendo un gran país? ¿Tú sales por La Habana, tú ves todo lo que pasa en sus casinos, en el Malecón, en las casas de los poderosos? ¿Lo sabes? —Sus miradas se cruzaron. Debajo del espeso maquillaje Efraín vio sus ojos aterrados, sus arrugas escalando por la piel como arañas sobre su red.

—Algunos llaman a eso supervivencia, Efraín. Permíteme colarme aquí, en tu nueva casa, y decírtelo. No puedo vivir un día más con este peso encima. Sé que te han pedido que olvides y también sé que es imposible, que vives rodeado de hechos que te recuerdan de dónde vienes.

—¿A qué te refieres, qué sabes?

—El mosaico en el baño de tu despacho. —Efraín oyó

un ruido de cristales romperse. Afuera, en el salón, una invitada había tropezado con la bandeja de un camarero y derribado varias copas al suelo.

—¿Quién te lo ha contado? —Le escupiría, deseaba abofetearla, humillarla, empujarla fuera de su despacho y darle patadas en su trasero hasta que ella reconociera su condición de facilitadora de niños—. ¿Quién te dijo lo de los mosaicos?
—repitió con la frialdad de una sierra cortando acero.

—Él, Óvalo. Está vivo, si es lo que preguntas.

Miró a esa rechoncha mujer con desprecio. Pensó que la cruel, envilecida persona embutida en el sofá escogido por su mujer era capaz de todo. Su hija podría ser raptada por esa depredadora allí mismo, delante de sus ojos, en su propia casa para depositarla en el Limpio Chiquito del momento. Tenía que denunciarla.

—Está vivo, Efraín, créeme, hazlo aunque sé que soy el ser más deplorable para ti.

—Mientes.

—A lo mejor no volvemos a cruzarnos jamás, te prometo que haré lo imposible porque así sea, pero déjame servir de algo, déjame ofrecerte algo bueno. Yo no os uní, pero sí acepté que vinieras con Óvalo a ese lugar. Sé quién es él para ti.

—No, no lo sabes. ¡No te atrevas nunca a imaginarte siquiera qué era! —le gritó. Vio cómo algunos invitados giraban la cabeza hacia su despacho. Efraín cerró la puerta y se colocó prácticamente encima de ella en el reducido sofá—. ¿A quién tengo que acercarme para encontrarle, a quién?

—Al ministro.

Le escupió, no pudo evitarlo. Debería haberle golpeado, pero no podía hacer algo así contra una mujer por mucho que fuera el odio que sintiera hacia ella. Recogió pedazos no masticados del cigarrillo, se imaginó esa masa líquida tan marrón como las paredes marcadas por el chocolate derretido de Mamá Dolores, estuvo amasando esa bola líquida y oscura en su boca hasta que la expulsó para que resbalara por el rostro rechoncho, maquillado y enjoyado de esa persona destruyevidas. Lilian no hizo nada por evitarlo, mucho menos por impedir que se deslizara sobre su piel como un lodo arrojado desde lo profundo de alguna fosa.

—El ministro ya no lo busca por amor, Efraín. Óvalo es un hombre, como tú, pero él desea vengarse de verdad, a lo grande, con la misma fuerza que le genera el odio de lo que le hicimos. Quiere acabar con nosotros, quiere acabar con este sistema en el que vivimos. Quiere destruirnos.

—Yo también puedo hacerlo. Puedo hacerlo en un solo instante, me basta con interrumpir el noticiero de la TMC y decir qué era Limpio Chiquito.

—Pero no lo harás.

Efraín empezó a aglutinar más saliva en su paladar. Y, de un golpe, desistió y se la tragó. Ésa era la absoluta verdad total. No lo haría, no lo haría nunca más.

—Se llaman a sí mismos revolucionarios, se han ido mezclando y formando en todos esos sitios abandonados del sureste de la isla. Nuestro gobierno quiere hacerlo parecer como algo reciente, esporádico y de fácil control, pero están mucho más dispersos de lo que creemos. Óvalo está con ellos desde poco después del incendio. No es el mismo, pero conserva esos maravillosos ojos azules...

En ese preciso momento quiso saltar sobre ella y morderla, como si fuera un perro, el perro del ministro protegiendo a su adorado amo. Tania entró en la habitación.

—No me gusta tu fiesta. Saca a esta mujer de aquí ahora mismo —ordenó.

* * *

Salió esa noche en cabo Pino, y muchas otras en La Habana a buscar, como un animal que oliera sangre, una hiena rodeada de carroña. No le bastaba con que Óvalo volviera a dejarle señales: mosaicos que cambiaban de sitio en el suelo de su baño para indicarle palabras robadas de canciones de amor o haciéndole llegar imágenes de ellos tres en la pared de un piso vacío. Quería más, necesitaba más, y esa furia le obligaba a salir, a rumiar las calles de La Habana, no como un alma herida, ni siquiera un vampiro hambriento, sino como una sombra, un hombre trastornado que repasaba rostros y miradas masticando asfalto, semáforos y neones.

La Habana que descubrió tenía más que ver con esa visión de personas deambulando bajo neones y al lado de coches, animales de un safari gigantesco e interminable, que con las personas atrapadas en cuatro paredes que sudaban pasión, venganzas, miedos y llantos de sus telenovelas. Escuchaba murmullos de información, y esos retazos de frases y secretos hablaban de heridas jamás cicatrizadas, como la suya con Limpio Chiquito. Prostitutas que le contaban maltratos, chantajes, servicios cargados de vicio y horror. Chaperos que mencionaban al ministro y también a Emiliano y al galán de todos los galanes, el apuestísimo José Ignacio. Madres que vagaban en la noche junto a él intentando reencontrar hijos que la policía había secuestrado de sus casas acusados de pequeños robos que aseguraban jamás habían sucedido. «Mi hijo, don Efraín, ayúdeme a conseguir ver a mi hijo, se lo llevaron una noche, le acusaron de robar dinero para una organización que quería acabar con la vida del General.» No los hallarían en esas calles, en esas noches, Efraín estaba seguro, tenía esa certeza, lo sabía, estarían en el sur, convertidos en alimento para los cocodrilos de los manglares o atrapados en Limpios Chiquitos. Las acompañaba y revisaban casas abandonadas detrás de los grandes edificios que albergaban hoteles, de las cocinas de los casinos, debajo de las escaleras que daban al mar, a veces asistiendo a romances indiscretos, parejas que acababan de conocerse y se desnudaban delante de la blanca espuma. A veces tríos, a veces cuartetos, a veces una mujer huyendo y gritando completamente desnuda sin que nadie, ni él mismo, decidiera ayudarla. A veces eran un par de gordos estadounidenses con el bañador a media pierna que recibían golpes de un par de morenazos sin camisas, a veces una ballena desorientada rompía esas escenas de horror y deseo y obligaba a todos los participantes a un instante de silencio e inmovilidad. La recién violada, el recién golpeado, el ladrón y el policía interrumpían y alteraban el orden de sus acciones, felaciones o quebrantos para arrojar agua marina con sus manos ensangrentadas o callosas sobre el animal varado, sus ojos abriéndose y cerrándose mientras la noche, la humedad y el humo de sus cigarrillos iba nublándolos como un mal sueño o como un telón cayendo al final del segundo acto.

Ésa era su vida, que no era tal sino un castigo. Algo más que agregar a la lista de responsabilidades que parecían reflejadas en los ojos de su hija Diana cada vez que ésta le miraba. Silencio, éxito, mentiras, betunes tapando pieles blancas, negros que morían delante de la guardia de un régimen militar por exigir que no muriera una falsa negra. Tú ya estás condenado, Efraín, se decía. ¿Condenado a qué? A seguir callando y a seguir escribiendo.

—Efraín, aunque no me digas nada, puedo imaginarme cosas. Cuando no escribes es porque no estás pensando en nada que tenga que ver con el trabajo. Si te sirve de algo, he comprado el disco ese que tiene tanto éxito en Venezuela y en Colombia y en México... Es un chachachá bastante gracioso que dice «Ya don Rafael habló...». La verdad, no está nada mal, voy a ponértelo aquí. En la tele dicen que será el *hit* de las Navidades del 58.

Tania se deslizaba en vez de caminar. La recordaba más torpe, aquella primera vez que hicieron el amor en el piso de la calle 45. Ella sí que parecía la exitosa criatura producto del éxito de «La huella del amor». Elegante de tanto imitar a Audrey Hepburn lo parecía, aunque el culo la delatara y fuera más bien una Marilyn «tostadita». Y esa risa tan alta y carcajeante que empleaba en sus larguísimas conferencias telefónicas. O cuando se pasaba horas en la cocina preparando la carne mechada y las tajadas perfectamente crujientes para su famosa ropa vieja que convertía esa casa de lujo en un centro social de chismes y eventos. Había que aprenderse alguna canción de Elvis; Sebastiana Palomares, la gran dama del teatro cubano, había desafiado toda norma apareciendo con su secretaria, Margot Téllez, en la verbena caritativa de las salesianas, y no se hablaba de otra cosa en todo el Malecón. Efraín se divertía, avivaba ciertas conversaciones, como esa que señalaba a la Palomares como lesbiana, cachaperas, que así las llamaban en Caracas, y que le resultaba particularmente graciosa porque alguna vez la pilló saliendo del camerino de América del Valle muy ofuscada, como si él la hubiera cazado en alguna mala acción. Tania disfrutaba haciéndole disfrutar. Quizá él debería tomarse un respiro y salir con ella, fuera de La Habana, a cualquiera de esas ciudades con televisión donde le recibirían como un rey, «te admiran como un dios, Efraín, tú eres el Padre de la Sagrada Gallina de los Huevos de Oro». Él, que de niño detestaba los pollos, y más aún retorcerles el pescuezo, era el padre de una gallina. Pero debía reflexionar sobre ese éxito, sobre su alcance. «La gente, cuando llora, cree que ha encontrado la verdad», aquella frase que había conquistado a Emiliano se había convertido en un mantra que circulaba a dos velocidades en todo el continente.

—Efraín, no nos engañemos más, no estás escribiendo. No estás bien —corroboraba Tania, sentada como un jarrón de flores exóticas en una esquina de la mesa—. Tendrías que disfrutar de todo este éxito, Efraín. Llevas diez años en boga.

—Nada original, no dejan de decírmelo desde Emiliano hasta Cora —refunfuñó.

Tania le acarició el pelo. Eso, sinceramente, no lo hacía nadie. Solamente ella. Y Aurora en el recuerdo.

—Como dice cariñosa nuestra Diana: «Papi tiene el pelo negrísimo.»

—No sabía que dijera eso —confesó.

—Pues ya lo sabes —agregó Tania con un suspiro. Quedaba así resuelta la ineficacia de Efraín como paterfamilias—. Aunque suene igual a otros, creo que todos deseamos que vivas bien, porque tú has cambiado nuestras vidas. Eso te lo debemos. Por eso me permito unirme a ese coro de voces, Efraín, y te lo repito: disfruta tu éxito.

—¿Porque sólo pasa una vez, porque jamás te lo imaginaste, porque nunca sabes si durará mucho tiempo? Eso también lo puedes agregar, porque también lo repiten tus predecesores en el encargo.

—Pensaba que lo sentirías distinto siendo tu esposa.

—No puedo moverme ahora. Emiliano quiere otra telenovela. Tengo una idea: una ciega.

—¿Una ciega? —preguntó Tania con tono alto. Cambió de posición y fue hacia el sofá que semanas atrás comprimía a Lilian—. ¿Una protagonista puede ser ciega?

—Como nosotros mismos. Muchas veces crees que ves pero lo que observas lo han colocado delante de algo que de verdad no quieren que veas. Como la realidad misma, tienes que ir eliminando muchos decorados hasta dar con la auténtica.

—Y la nuestra, ¿cuál es, Efraín?

Efraín advirtió que Tania llevaba muchos capítulos interpretando su personaje favorito, Mercedes, la mujer enamorada, luego traicionada, que ejerce el sacrificio máximo de abandonar a su hijo para que lo críe otra. Ese sacrificio la convierte en alguien duro, áspero, cubierto de múltiples cicatrices fáciles de abrir. La primera de sus malvadas que, en el fondo, muy en el fondo, tiene un corazón herido.

—Nuestra realidad son tus fiestas, Tania. La parafernalia con que las rodeas, con nuestra niña recibiendo en el vestíbulo y ejecutando alguna pantomima divertida antes de retirarse a dormir.

—Las disfruta mucho, sobre todo porque es el único momento en que su padre le presta atención.

Un golpe bajo, certero y lanzado con precisión, como hacía Mercedes cada vez que se enfrentaba a Francisco o a don Rafael, los hombres que la obligaron a dejar a su hijo.

—Eso no le quita realidad, en el sentido en que eres feliz organizándolas y yo atendiéndolas.

—Nunca has pretendido quererme, Efraín —dijo de repente—. Lo acepté porque lo vi tan claro aquella primera vez. No puedo quejarme de mi decisión. Me has dado una carrera espléndida, un papel importante aunque muchas veces la gente, en la calle, en el supermercado, me insulte entre dientes y me empuje por detrás.

—Buen trabajo —interrumpió él—, has creado, más que un personaje, un molde.

—Y una idea de familia feliz. Eso lo asumo. Lo que deseo es que entiendas que aunque sea un teatro somos todos hijos del teatro y aceptamos estos... decorados, estos diálogos, como nuestra feliz, doméstica realidad.

—Como autor de diálogos, que es al final lo que soy, te recuerdo que eras una mujer mucho más combativa. Detestabas la autoridad y la burocracia que Emiliano gestaba a su alrededor.

—Los dos hemos cambiado —dijo ella retándole.

—O los dos nos hemos vendido por pereza de hacer una buena negociación —sentenció él.

Tania se quedó un rato mirando hacia el espléndido salón de su casa de vacaciones. Qué gran idea, las paredes y los suelos blancos y el color en la tapicería de las poltronas y los sofás. Lo había visto, algo parecido, en una revista, en la casa de un millonario estadounidense en Jamaica. Sentía pena de que su madre, que se partía la espalda fregando suelos en los hoteles, no hubiera vivido para verlo. Por eso le hervía la sangre tras la última frase de su esposo, «vendidos», sí, los dos eran vendidos. Porque venían de la nada y lo único que podían perder era esa oportunidad, esa quimera de asirse a un golpe de suerte y triunfar, conseguir un salón como ése, un nombre como ése, un triunfo como el de Efraín. Lo que nadie les advirtió es que siempre estarían perseguidos por esa rara culpa, un bicho de dos caras. En una, la culpa de no saber disfrutarlo, y en otra, el recuerdo de que sin ella regresarían a la nada.

—Voy a darte una sorpresa —dijo Efraín—: Emiliano quiere darle una fiesta a un amigo suyo.

—¿Quién? —inquirió ella, dándose cuenta de que aceptaba el cambio en la conversación porque no deseaba ahondar más en sus miserias. Si lo hiciera tendría que reconocerle que sabía que estaba en un matrimonio que no tenía amor, pero que lo sostenían, precisamente, historias de amor escritas para otros.

* * *

—Papá, pero ¿por qué no dejas que mamá lo vea también? —preguntó Diana. Tania la había vestido demasiado elegante, parecía una niña de revista a pesar de que tuviera el mismo dibujo de ojos que él, ligeramente caídos en las esquinas y profundamente marrones. Tendría ahora seis años, ya la había contaminado de muchas cosas suyas, la nariz delgada y larga, esos ojos caídos, demasiada delgadez y un tono de piel impreciso, más marrón que blanco, como para también hacerla insegura en cuanto a su edad. El único juego que se permitía como padre con ella era enseñarle números, señalárselos, enumerarlos.

—Es una sorpresa para mamá, Diana —le respondió.

Efraín se alegró, brevemente, de la imagen que ofrecían, él vestido todo de blanco, con la guayabera recién traída de México por Emiliano, regalo primoroso y muy almidonado de parte de los gerentes del canal de televisión que versionaba su historia. «Están como locos con "La huella del amor". El D. F. se queda vacío a las siete de la tarde, Efraín. Eso sí que es un Rotundo éxito, carajo.»

—Papá, mira al fondo —señaló Diana—. Ya están llegando. Es un velero con una vela grandísima, papá, grandísima, que casi va a chocarse con el cielo, papá.

Diana se excitaba mucho con los barcos, de hecho, cada día que pasaba hacía más agradable esa casa de vacaciones por la excitación que la recorría cada vez que aparecía un buque en el horizonte. Pero esta vez, en esta ocasión, esperando la llegada de su invitado sorpresa, tenía toda la razón de emocionarse.

—Papá, es precioso, ¿verdad? —seguía hablándole Diana, su mirada, eso que Tania llamaba «la mirada de Diana», atravesándole como el cuchillo de un experto lanzador de dagas en el mejor circo del mundo para descubrirle, allí mismo, bajo ese sol sin nubes, ese azul tan infinito, que no sabía si realmente la quería, igual que a su madre, ni que tampoco estaba seguro de poder conseguir para ella una vida sin los altibajos, las tristezas, el secreto de la suya—. No lo estás mirando, papá —insistió Diana—. No me mires a mí, mira al mar, es tan limpio, papá, que casi se puede leer el nombre del barco.

Y Efraín decidió al fin ver el espectáculo. En ese mar tan limpio, en ese panorama todo azul, azul Diana —acababa de decidir llamarlo así—, iba adentrándose un único barco. Primero su proa, de plata refulgente y bamboleante, como un faro delicadamente acostado sobre las olas. En el vaivén de su aproximación se descubría el suelo de su interior de una madera rojiza que iba absorbiendo el salitre, las olas y el resplandor de la proa de plata. Entonces, con la popa ya volviéndose parte del paisaje, el resto del barco se adentraba como una ballena deleitándose ante el público que congrega al atravesar el mar como si fuera el escenario de una revista. Justo lo pensó, afloró la sonrisa a sus ojos y acarició el suave pelo de Diana, y el barco les respondió con el mejor de sus espectáculos: el despliegue de sus velas. La primera como si fuera un abanico pequeño para Diana; la segunda, como un beso entre Tania y él; la tercera, la del centro, fue creciendo en medio de ese azul y alcanzando su apogeo abrazada por un viento que parecía provocar ella misma. Estuvo sola, liderando la entrada del barco en ese cuadro delante de los ojos de Efraín y su hija, como si fuera una virgen que sale lentamente del fondo del mar y se queda plena, extendidos sus brazos, suspendida sobre esa superficie bendita. Diana le apretaba la mano y Efraín se giró para verla y descubrió a su hija llorando de emoción. El barco quieto en medio del mar, un tipo de felicidad absoluta que sólo dura un instante.

—¿Quién es, papá? Dímelo a mí, te prometo que no se lo diré a mamá, ¿quién es esa persona?

No importaban ahora ya las velas y las banderas. Lo que llamaba la atención era ese hombre, extraordinario y sonriente, sus dientes tan blancos como la proa de su velero emergiendo de entre las olas. Venía hacia ellos en una lancha pequeña. Llevaba pantalones igualmente blancos, impecablemente planchados, raya al medio en cada pierna, un reloj de oro brillando bajo el sol en la que saludaba, el pelo algo largo y bailando hacia atrás delante del viento que propiciaba su avance en el mar. Un dios, una auténtica sorpresa, un verdadero protagonista: era el Catire.

Efraín se irguió todo lo que pudo y Diana advirtió el cambio físico en su padre. De repente, tímido, asustado, jamás había saludado a alguien que el mar le trajera, Efraín alzó su brazo, el de su Rolex, pensando que refulgiría igual que el del Catire a sus ojos. Y lo agitó, intentando imitar la elegancia, simpatía, del hombre sorpresa que el mar traía.

El Catire respondió a su saludo, imitando la imitación que del suyo hacía Efraín.

Y Efraín descubrió que al lado del hombre que saludaba había otra persona más, otro rostro, que tantos años había estado esperando ver de nuevo. Era él, sin duda, igual de alto y delgado, el mismo pelo, desordenado y jugando con el sol. Parpadeó y él también parpadeó, incluso le sonrió. Y allí no hubo lugar para ninguna duda. Dentro del inmenso azul, el azul de sus ojos, tenía más luz, y era como un flash anunciador de una operación secreta. Su hija se hizo a un lado porque él quiso ir hacia el mar, arrojarse por encima de los pedruscos que impedían que los barcos se estrellaran contra el muelle. Era él y quiso gritar su nombre.

Óvalo, Óvalo, has regresado.

TERCERA PARTE

22

EL LAGARTO QUE VUELVE

Junto a los dos ocupantes de la lancha que atracó en el embarcadero de la casa de vacaciones descendió un lagarto. Diana se sobresaltó ante su presencia y al retroceder casi rueda por las piedras y cae al agua. El lagarto pareció percibir el susto de la niña y se detuvo el tiempo suficiente para que todos pudieran admirar su prehistórica belleza. No era verde, como otros lagartos que Efraín había oído describir a Prieto cuando dejaron Limpio Chiquito, sino más bien gris, como si le hubiera caído encima una nube de cenizas. Diana se aferraba a la mano de su padre y fue entonces cuando oyeron la voz del Catire, su acento limpio y fresco, agua de colonia sobre su piel y esa eterna sonrisa inmensamente blanca.

—Déjenlo, se llama *Caribe* y solamente Augusto sabe cuidarlo —dijo.

Efraín observaba con el corazón creciendo en su interior.

Augusto apareció detrás del Catire. Ése era, al parecer, el nuevo nombre de Óvalo.

Efraín se soltó de la mano de su hija y quiso avanzar hacia la piedra donde el lagarto estiraba su figura bajo el sol.

—No se acerque —clamó Augusto levantando su cara para mirarle. Efraín vio el techo de la habitación del doctor Hernández y también los ojos de ese hombre que se aproximaba al animal sin dejar de mirarle—. A los lagartos les gusta mostrar todo su encanto cuando descubren el sol, pero muchas personas no reconocen precisamente como encanto su apariencia física. A algunos les parecen repugnantes, monstruos de otra época.

Era Óvalo, sí, era él. Reconocía perfectamente su voz en esa manera de hablar y, al mismo tiempo, se daba cuenta de que estaba diciéndole más de lo que sus palabras significaban en ese momento.

Efraín tuvo apenas unos segundos para poder contemplarle. Óvalo iba a subirse a la lancha con el reptil, regresaría al mar, que le había traído esos breves instantes, y quizá desaparecería de nuevo, es posible que para siempre. Quiso llamarle por su verdadero nombre para cerciorarse de que era él, o dejarlo pasar y aceptar esa nueva identidad y llamarle Augusto a partir de entonces. Los motores de la embarcación volvieron a ponerse en marcha y Óvalo, con el lagarto en sus brazos, continuaba sosteniendo el peso de sus pupilas hambrientas y devolviéndole la mirada. Seguía igual, los mismos ojos, el mismo pelo, la misma actitud entre el crimen y la ternura.

El lagarto se sacudió en sus brazos y Óvalo lo apretó más fuerte, el gesto hizo que la manga de su camisa se moviera y arrugara, descubriendo la piel de su brazo al sol. El animal se aquietó ante la opresión, pero Efraín pudo ver así como si una segunda piel arrugada y fea viviera adherida a la que antes era tersa y bella. Era, obviamente, una quemadura, pero también era mucho más que eso, una marca, una huella, la que él no tenía, del terrible incendio de Limpio Chiquito.

—Vamos, Augusto, el barco te espera.

—Un momento, por favor —alcanzó a decir Efraín—. Me gustaría invitarlos a todos a la fiesta. También a usted, señor Augusto, y a *Caribe,* por supuesto.

—Los lagartos comen a una hora determinada, señor Rotundo —respondió Óvalo, la misma voz, la misma expresión burlona, entre socarrona y distante—. Pero tienen buena memoria y les gusta volver a los sitios donde han sido felices.

El Catire entendió que algo pasaba entre ellos.

—Empecemos la fiesta, amigo Rotundo. Si no tiene lechugas para el lagarto, algún dedo le tranquilizará.

Había oído en muchos sitios, en la cafetería de la televisión, en los casinos, en las peluquerías donde Tania llevaba a la pobre Diana a conocer los martirios de los nuevos secadores que traían las esposas de los estadounidenses, en las licorerías donde compraba las botellas de Edmundo Dantés o las tabaquerías de la calle 32, de la pasión del Catire por la isla y sus mujeres. Y también lo que no eran mujeres. Decían que su pasión arrolladora, su carisma, podía dividirse sin problemas entre ellas y el ron, el tabaco, los esposos de algunas de esas mismas mujeres o fornidos trabajadores de la caña o de la calle. Sí, algunas veces, al oír comentarios sobre el Catire, algunos hombres hacían gestos procaces que también había visto en los pasillos de la televisión cuando el peluquero de América del Valle hacía su aparición vestido de lila tocado con un turbante naranja. En otras ocasiones había visto a las señoras persignarse al oír su nombre, y en muchas bocas había oído repetir aquella frase cada vez más usual: «El Catire viene a La Habana, cierren las puertas y también las braguetas.»

Sin embargo, nadie le había preparado para la auténtica convulsión que era avanzar en un salón, más aún si era el suyo propio, con el Catire a su lado descalzo, oloroso a mar, sonriente, hablando en un español incoherente pero tan fascinante como cualquiera de sus ademanes. Óvalo se mantenía unos cuantos metros detrás, siempre sujetando el lagarto entre sus brazos y Diana se aferraba a la mano de su padre pero sin dejar de contemplar, como hacía el propio Efraín, a todos esos invitados que no paraban de surgir ante ellos a cada paso. Algunos, como Carmencita Moreno, la fabulosa portadora de las caderas más grandes de Cuba y estrella indiscutible del Riviera, se estrujaban los dedos cimbreando nalgas y labios en un mismo compás. Otras, como Luisita Forner, una de las nuevas favoritas de don Emiliano para las telenovelas de Efraín, se pegaban contra las paredes, y las menos, como la mismísima América del Valle, completamente blanca pero por la bajada de tensión que le suponía ver al Catire dirigiéndose hacia ella, terminaban apoyadas en las columnas del salón abierto al mar, perdido definitivamente el equilibrio justo cuando éste les acercaba su eterna sonrisa blanca. Efraín avanzaba, presentando, dirigiendo las estúpidas conversaciones que se volvían más estúpidas o se convertían en extraños silencios según abriera o cerrara sus labios el Catire, y a cada cierto tiempo se giraba para ver dónde estaba Óvalo. Seguía allí, el lagarto apretado contra su pecho, los ojos fijos en su anfitrión.

—Papá, aquí está mamá —anunció de repente Diana al ver a Tania, todavía con el olor de la ducha después de nadar en el mar y una pequeña gota de ese agua de colonia de varón que le gustaba usar en la casa de vacaciones. Fue como si una escafandra los separara del resto. En ella cabían perfectamente ellos dos, el Catire y toda la fascinación que generaba y que los envolvía en una especie de luz azulada en la que se incluían también Óvalo y su lagarto.

El Catire era su sorpresa para Tania. Sabía de la absoluta adoración de su esposa por las películas de aventuras del actor visionadas durante su infancia: «Toda mi vida me he imaginado que el Catire nadaría hasta La Habana y me sacaría de aquí», le recordaba decir desde el principio de su relación. Don Emiliano se vanagloriaba de su amistad con la legendaria estrella hollywoodiense: «Viene demasiado a Cuba para su buena reputación», «Dicen que no siempre va con buenas compañías y que incluso al gobierno no le gustan sus frecuentaciones», añadía, siempre inventándose una palabra. La escafandra azul en la que se movían le permitía ver a la gente con mayor realidad, casi desnudez. Así, Cora, que nunca perdía su compostura de secretaria eficiente, parecía a punto de gritar y morderse los nudillos de sus manos cuando el Catire disparaba su sonrisa hacia ella. Hasta los camareros, curiosamente más fornidos y de excelente color caramelo, se inclinaban y se dejaban tocar en la cintura mientras el Catire decidía qué canapé elegir. Entre saludo y saludo, Efraín intentaba escuchar lo que le decía su invitado de honor.

—Me gusta mucho su país, amigo Rotundo —comentaba con su español eficiente pero insólito por provenir de un hombre nacido en Australia, formado en una infantería del ejército británico y residente en California—. Imagino que le asombra mi castellano; lo aprendí junto a Hemingway en la guerra española. Unas magníficas chicas toledanas empezaron primero por los tacos y luego mis amigos escritores, como Lorca, siempre que no se quedaba extasiado mirándome, claro, y el cursi de Rubén Darío, hicieron el resto.

—Lamento el exceso de gente, en realidad pensaba en sorprender sólo a mi esposa...

—Y el sorprendido ha sido usted; suele suceder con las esposas —concluyó, sonriente, radiante, la estrella.

Le gustaba, se gustaban, podían decirse muchas cosas sin apenas hablar.

—Amigo Rotundo, entiendo que la fiesta nos envuelva a todos, pero mi asistente, Augusto, realmente debe marchar hacia el sur. Me he permitido hacerle quedar porque sentí que usted y él...

—Nos conocemos de otra ocasión —zanjó Efraín. Le gustó ser así de franco con su invitado.

El Catire le sonrió. La célebre «sonrisa de Catire».

—Soy un defensor de los finales felices, amigo Rotundo —afirmó mostrando una vez más su dentadura.

Efraín pensó que en realidad algunos actores tienen derecho a manipular sus guiones. Quien no amara el cine no entenderá nunca que una película del Catire tenía necesariamente que terminar con esa magnífica hilera de dientes desafiando cualquier lógica.

El Catire se internó por el pasillo que conducía a los dormitorios y entró en la segunda puerta al fondo, la del cuarto que le habían asignado. Era increíble, o leía la mente, o preveía el futuro o, sencillamente, tenía tanto mundo que sabía moverse en todo tipo de situaciones como el invitado perfecto.

Efraín vio al final del corredor su propia alcoba, tranquila, la puerta corredera abierta hacia el mar. Se giró para ver cómo su hija Diana y Tania salían de la escafandra azul y se quedaban atendiendo a dos actrices parlanchinas, excitadísimas tras la visión del Catire. Oyó un ruido en su habitación y vio al lagarto esculpiendo su perfil contra el sol.

—Alambre, voy al sur a unirme a los rebeldes.

No lo veía bien, abrió y cerró los ojos, la puerta corredera filtraba la luz por sus rendijas. De pronto tuvo cerca ese olor, tan característico de su dormitorio compartido en Limpio Chiquito, como si al agua le añadieran el zumo de muchos limones y todo asumiera su intenso frescor. Sintió el sonido de su respiración y le pareció repentinamente mayor, con menos pelo que cuando le había visto flotando en la lancha sobre el mar apenas unos minutos antes. Los ojos menos vivos, menos alegres. Y la costra del antebrazo prácticamente subiéndole por un lado del cuerpo hasta casi alcanzarle la cara.

—Es verdad que nunca me he apartado de ti —continuó Óvalo bajando la mirada, moviendo la cara a un lado para que la luz del sol no le diera de lleno en ella—, incluso te he visto dormir, un par de veces, las pocas que dejas de fumar y beber y escribir. Siempre en ese orden —agregó, esta vez mirándole de frente y dejando que Efraín pudiera admirar esos ojos y comprobar que eran tal y como los recordaba, peligrosos, cercanos.

—¿Puedo llamarte Óvalo? —preguntó lentamente, como si al hacerlo de esa manera consiguiera calmar la situación.

—Sólo tú puedes. Yo te llamaré Alambre.

Efraín fue a abrazarle; a lo mejor se echaría hacia atrás, a lo mejor alguien entraría, a lo mejor el lagarto saldría a defender a su guardián. No podía imaginar cómo iba a reaccionar, sólo acertaba a pensar que era algo necesario que debía hacer antes de seguir cualquier conversación, asimilar cualquier explicación.

Óvalo lo rodeó con sus brazos y Efraín musitó algo, perdón, por fin. Tendría mucho significado, mucha verdad en esas palabras, pero toda esa verdad, esa lógica, se esfumó en el simple gesto del abrazo. No quería contar nada, ni el tiempo que permanecieran unidos ni el palpitar en sus corazones ni los ruidos estentóreos de la fiesta ni los movimientos ante el sol del animal que los observaba. Nada era nada, hasta que empezó a oír el llanto de Óvalo y entonces se apartó para sostener su rostro delante del suyo y comprobar que de verdad lloraba.

—Nos han hecho tanto daño, Alambre —alcanzó a decir.

—A mí me pidieron que olvidara.

—¿Y lo has conseguido?

—Tú sabes que no.

—Murieron casi todas las niñas.

—¿Y Aurora?

—También.

Las lágrimas de Óvalo se secaron. Efraín no pudo agregar ninguna. De repente fue ayer, pensó, y estaban otra vez juntos y jugaban a una especie de escondite, Aurora aparecería y los sorprendería, saldrían al jardín y no estarían en Limpio Chiquito sino allí mismo, en su casa de vacaciones, esperando la llegada del Catire rodeados de artistas y gente febril, excitada, que vivía la vida en una fiesta, el mar Caribe calmado y tibio, el chachachá esparciéndose por el salón y las parejas que bailaban y un avión sobrevolándolos con una bandera pegada en la cola con unos números que anunciaban las Navidades del 58.

—¿Qué vas a hacer con los rebeldes? —preguntó Efraín.

—Conseguir mi venganza. No me devolverán nada, pero al menos voy a intentar que lo que me sucedió, lo que nos sucedió, no le pase a nadie más... Vamos a cambiar este país, Alambre. Vamos a convertirlo en un sitio decente, no en un prostíbulo. Nunca más Limpio Chiquito. —Efraín lo miraba, sí, estaba mayor, seguía siendo hermoso pero le faltaba esa luz incitante que le acompañaba en su infancia—. No me estudies —advirtió—. Me verás cambiar mucho. Digamos que soy como uno de tus actores, pero con un guión diferente. El tuyo se titula «La huella del amor», el mío se llama «Revolución».

—Dicen que el gobierno sabe vuestros pasos.

—No todos.

—Ahora yo sé uno al menos.

—Pero tú no traicionas, Alambre, lo sé.

—He aceptado olvidar. Te lo he dicho antes.

—Pero has creado algo. En este país, por encima de esos perros que nos hicieron daño y se dejan manejar por los norteamericanos y sus casinos, tú has hecho algo que significa mucho. Les has dado voz a tus fantasmas. A mí y a Aurora. Y a ti mismo.

—Me he vendido a mi propio éxito, a esta casa. A que tú vuelvas de la mano del Catire.

—El Catire está con nosotros. Tendrás que protegerlo.

Óvalo se movió para irse, Efraín lo sujetó de la mano. Se miraron incapaces de saber cómo seguir.

—Efraín, no me has presentado a este misterioso amigo del Catire.

Tania se movía por su propia casa como una ladrona, emergiendo de las sombras, deslizándose por los pasillos, colándose entre las rendijas. Estaba allí, encantada más que encantadora, radiante en tonos blancos, con un pañuelo verde manzana sujeto en una mano y un mojito muy cargado de hierbabuena en la otra. Efraín iba a presentarle, a explicar la existencia del lagarto que permanecía inmóvil tostándose al sol, vaya animal más raro, albino y sediento de sol, toda una contradicción. Desistió de hacerlo porque vio en los ojos de su esposa que la belleza de Óvalo seguía hipnotizando a aquellos que tropezaran con ella.

* * *

Emiliano y Cora se aproximaron al Catire, ahora vestido con una camisa de lino blanca y pantalones negros de un material indescriptible que se sujetaba firme a esas piernas suyas que realmente merecían ser mostradas, femorales rotundos, cuádriceps que se marcaban como si fueran la herradura de un caballo, gemelos elevados, tobillos fuertes. Pero el aspecto, o *look,* como se empeñaba Tania que aprendiera a decir, era francamente curioso: nadie a quien conociera se vestía de esa forma, como si fuera un caballero escapado del medievo o, más precisamente, de una película ambientada en el medievo. La camisa no se introducía dentro de aquella curiosa malla pantalón, sino que estaba cortada y rematada exactamente por encima del pantalón, que a su vez se extendía un poco más arriba del ombligo para no dejar que éste se viera. El Catire no tenía nada de barriga, al moverse incluso se le marcaban los ilíacos, unos huesos cuyo nombre recordaba porque el doctor Hernández los mencionaba mucho. Al pensar en él, al recordarlo, buscó la mirada de Óvalo, o quizá debería decir Augusto. No lo distinguió entre la gente, puede que siguiera cerca o quizá ya habría alcanzado a nado el velero. La tarde empezaba a caer, en el jardín los camareros recogían el bufet. Tania se había empeñado en ofrecer costillitas de cochino bañadas en miel y también una variedad de «sorpresas caribeñas con un toque indio» que había cocinado junto a Atalaya, la cocinera trinitaria. Había pastel de pollo sobre hojas de plátano y curry y tartitas de cangrejo con trozos de papaya verde, servidas también sobre grandes hojas de cilantro que Tania cultivaba con atino en los bordes húmedos de la casa, y uno de los manjares favoritos de la anfitriona, chutney de mango con carne mechada. Justo delante del mar, ahora cruzado por buques, ferries cargados de norteamericanos y veleros tan impactantes como el del Catire, actuaban los Negros del Ritmo interpretando los mambos y chachachás, y hasta América del Valle abandonó la pista de baile para subirse al escenario y perpetrar uno de los boleros. Todo eso sucedía sin sobresaltos, la fiesta era considerada un éxito y empezaba a alargarse hacia la noche, los daiquiris daban paso a los mojitos con menos hierbabuena y más ron y azúcar corrían de mano en mano, y Cora y Emiliano seguían aún sosteniendo ese ridículo y medio roto póster de una de las películas del Catire para que se lo firmara.

—El magnífico duque de Essex, ah, qué mierda de rodaje y, sin embargo, qué buena película —desveló el Catire, firmando con su nombre artístico, el que lo había convertido en el héroe del celuloide preferido por varias generaciones de cinéfilos, el afiche ya húmedo por la brisa del mar. Cora se estremeció y recogió el póster como si fuera un lienzo sagrado. El Catire la miró con ternura—. Dígame...

—Cora, soy la secretaria de don Emiliano.

—Cora, claro, Cora, dígame cuál es su escena favorita de la película.

—Todas en las que sale usted.

—Venga a enseñarme la luz del atardecer en su mar, querida Cora —pidió, guiñando un ojo a Efraín y sonriéndole a don Emiliano.

Efraín entendió que era momento de estar a solas con su jefe.

—¿Sabes quién es ese grumete o marino que lo acompaña con un lagarto? —preguntó raudo Emiliano.

—Un asistente. Se llama Augusto.

—Los dos muy atractivos, ¿no? Curiosamente atractivos, quiero decir.

—Emiliano, tú mismo lo dices siempre, la gente guapa sólo quiere estar acompañada de otra gente guapa.

—Voy a dejarte una cosa clara, Efraín, en primer lugar porque te aprecio, pero también porque te necesito: el Catire se reúne con gente anómala.

—Ya lo veo.

—Me refiero a gente todavía más rara que nosotros. Gente que quiere hacer daño.

—El daño actúa con sigilo, tarda muchos años en alcanzar realmente su objetivo, Emiliano.

Él se separó ligeramente de Efraín. Le molestaba cuando éste ejercía su experiencia de dialoguista en sus conversaciones.

—Vivimos un privilegio, Efraín, es todo lo que quiero decirte. Y nos necesitamos. Sin ti yo no podría mantener la televisión, sin ti muchos cubanos, y a partir de un breve tiempo, mexicanos y venezolanos y peruanos, no podrían soportar la mediocridad de sus vidas.

—Puedes llamarlo escapismo, Emiliano. —Se había cansado de volver a hablar de su vínculo profesional—. ¿Cuántas trampas más piensas tejer a mi alrededor?

—Eres un genio, Efraín. Y yo necesito ese genio y tú que lo venda al resto del mundo. Para mantener esta casa, para seguir ofreciendo fiestas para el Catire.

—O para que esta isla siga siendo un burdel para ti, para mí y también para el Catire.

Emiliano apretó los puños.

—Cuida bien con quién te unes, Efraín. Es todo. Puede que un país se deje llevar por sueños y venganzas, pero lo nuestro, esta industria que hemos inventado, aunque no lo parezca, es mucho, mucho más seria. Ellos te hablarán de revolución y política, de cambios y justicia. Nosotros, Efraín, nosotros somos el sentimiento. Los sueños. La televisión. Llegaremos mucho más lejos que ellos y en menos tiempo. Eso no lo olvides nunca. Y no lo pongas en duda, jamás.

La noche invadió toda la casa, empezó por el jardín, dejando sobre el césped las pisadas de un gato, de una mujer pantera, de un pesado elefante sin memoria. Después vinieron la brisa hipnotizante y el ritmo de un bolero, y después otro, y de repente el Catire cantando en su español pleno de acento anglosajón y, tras su actuación, el alborozo propio del público local infectado de emoción, desgañitamiento y más desorden. Las bailarinas empezaron a quitarse la ropa y Tania, con una sonrisa en la boca, tomó a Diana de una mano y la llevó hacia sus habitaciones. La orquesta empezó a fusionar el bolero con el chachachá y de repente la música tomó el cariz de un ritmo africano, todo tambores. Las mujeres se movían frenéticas, una de ellas completamente desnuda, vertiendo champagne por su cuerpo. El Catire aplaudía y se reclinaba en un asiento, rodeado de mujeres. América del Valle, copa en mano entre ellas, parecía mayor, el maquillaje imperfecto, como si tras tantos años de lucirlo derretido en el decorado se hubiera convertido en una fórmula o costumbre para el día a día. Efraín pensó que le gustaría que Óvalo presenciara todo esto, esto que llamaba su vida, sus actores, sus amigos o los amigos de su esposa. No eran muy diferentes de los gordos estadounidenses sentando a las niñas sobre sus rodillas en Limpio Chiquito. Él tampoco había cambiado, seguía allí, delante, siempre mirando, jamás participando, observando como si cada segundo creara una escena que él convertiría en guión. No era siempre así, pero Efraín seguía mirando. Lo hizo en Limpio Chiquito, lo hacía aquí en su casa de vacaciones. El tantán de los tambores iba incrementándose y la mujer desnuda entraba en éxtasis mientras el Catire se dejaba besar por una muchacha a su derecha y América del Valle posaba sus manos mayores como garras, cargadas de anillos, para que se enroscaran en los vellos de los pectorales de la estrella en tanto un caballero se atrevía a deslizar su propia mano en la bragueta abierta de los atrevidos, ajustadísimos pantalones.

Efraín seguía mirando. Al fondo de todo, el velero del Catire continuaba anclado en el medio del océano, pero la lancha en la que éste había descendido junto a su asistente y el lagarto ya no estaba. Óvalo debía de ir en ella, marchando al sur, volviendo, como había hecho, a su vida, pero esta vez en dirección a Limpio Chiquito. El tambor paró y Efraín comenzó a oír los jadeos y la voz del Catire dando órdenes en inglés: «*Slower, harder, inside, take it, hold it*», y, encima de él, la bailarina desnuda, América del Valle abriendo la boca como si fuera un pez que luchara por su vida, un actor arrodillado delante de la estrella y otras dos mulatas, las bailarinas de la orquesta, besándose entre ellas. En un rincón, aferrada al póster firmado, paralizada, aterrorizada pero deseando saltar sobre todos ellos, Cora.

Efraín cerró los ojos. Había visto bastante. La fiesta podía seguir sin él. Avanzó hacia el pasillo que le llevaría a su dormitorio. Como imaginaba, recordó a Aurora, sonriéndole una vez más, cantando aquella hermosa canción mientras él descendía la escalera de Limpio Chiquito. «Murió, murieron casi todos», oyó las palabras de Óvalo pronunciadas sólo unas horas antes en esa habitación a la que ahora se dirigía. «Nos hicieron tanto daño», seguía oyendo la voz de su amigo. Y de repente a ésta se unía la de Emiliano: «Nosotros somos algo mucho más serio, somos el sentimiento, somos los sueños.» Se rió y se detuvo. Había un considerable silencio en el pasillo, una quietud preciosa en ese instante de su casa de vacaciones. Necesitaba crear un efecto así para sus personajes, un pasillo donde las voces de sus vidas se arriesgaran a unirse hasta formar una algarabía, un *collage*, un desorden. Una mentira.

Entró en su alcoba, las rendijas de las persianas seguían igual que cuando allí estuvo con Óvalo, sólo que ahora bañadas por la luz blanca de la noche y el ruido de las olas. «Tú has convertido tus fantasmas en personajes», oyó una vez más a Óvalo. «Voy al sur, voy a mi venganza, nos han hecho tanto daño», continuaba esa voz. «El daño tarda mucho tiempo en alcanzar al fin su objetivo», le decía él a Emiliano.

Reparó en un nuevo ruido, como de algo con cuatro patas. No era un perro, ni un gato: era el lagarto de Óvalo, estaba allí, mirándole con sus ojos que variaban de color y, a medida que se acercaba, más y más rojos. Óvalo lo había olvidado, o tal vez seguía allí, esperándole.

Entonces percibió el movimiento de las sábanas de su cama, meciéndose. Vio un brazo desnudo y una mano que apretaba unas muñecas y oyó el profundo gemido, como un tren que se adentra en un túnel. «Mira más, Efraín, no dejes de mirar.» ¿Quién se lo decía? La voz de Evaristo estaba allí, ¿su madre también? Miró, más arriba de esa mano que apretaba las muñecas, y vio la costra naranja, la marca del fuego de Limpio Chiquito. Era el brazo de Óvalo. Y oyó el segundo gemido y, alejándose tan sólo un paso, vio cómo Tania sentía el placer que él jamás había podido ofrecerle.

23

EL VIAJE DE REGRESO

Palmeras, seguidas por cascadas de buganvillas amarillas y lilas que parecían volcarse sobre los muros como si fueran restos de un viaje alocado, una maleta abierta desordenada al final de un viaje igualmente desequilibrado. El coche enviado por el canal televisivo había llegado diez minutos antes, y Tania y él, en profundo silencio, lo abordaron. La casa quedaba atrás, sus muebles los despedían cubiertos por las telas de color crema hasta la siguiente visita, la próxima fiesta. Diana ya estaría en la ciudad, su nurse, tan negra en verdad como se maquillaba a Mamá Dolores, la estaría llevando al colegio. Los días de fiesta pronto llegarían y, cuando quisieran darse cuenta, las Navidades que se aproximaban no tardarían en quedar atrás, dejándoles instalados en el nuevo año. Efraín pensaba, entre palmera y buganvilla y palmera y buganvilla, que 1959 sería un buen año para al fin terminar con «La huella del amor». En cualquier momento, cuando pararan para comer algo antes de llegar a La Habana, verían un televisor encendido y aparecerían o bien Tania, convertida en una ya diabólica Mercedes, o la incombustible América del Valle, toda contrición y devoción como una Mamá Dolores siempre agonizante, nunca muerta.

Allí iban, de vuelta a La Habana, al lujoso apartamento frente al Malecón, cerca de la escalera 26 sobre la playa, zona de blancos, vaya, casi rubios. Alguna palmera seca les sorprendía y sentían el calor de acercarse a la capital. Varias casas sin techo, niños jugando en un charco rodeados de perros y buitres. Él podría ser uno de ellos, Óvalo también. Aurora no, recuérdalo, Efraín, Aurora está muerta. Otro grupo de niños, otro grupo de perros y buitres. Un cadáver cubierto de moscas y una tela ensangrentada y una madre llorando al lado. Una furgoneta de militares llevándose a alguien dentro. Y Tania, recostada contra el cristal, sujetando el pañuelo con sus iniciales, llorando sin parar.

«Llegó la hora de que, como líder de todos los cubanos, explique que nuestra maravillosa nación, el sueño de país que entre todos hemos logrado construir, está en estos momentos amenazada. Amenazada por enemigos que se mueven entre nosotros y se llaman a sí mismos guerrilleros. Como presidente del gobierno y jefe de las Fuerzas Armadas os insto a que denunciéis a estos enemigos, estos malnacidos. Están en todas partes, infiltrados en la parroquia, en el bingo, en la pollería de los domingos, en los sindicatos y en las industrias mientras doblamos el tabaco y recogemos la caña. Allí están y es tu deber denunciarlos para defender a tu país.»

Efraín apagó la radio. De repente el camino se despobló de palmeras y miseria. Tania bajó su ventana y entró ese aire caliente, como de ramas que se quemaban.

—Él me lo contó todo sobre vosotros —dijo Tania—. Me dijo quién era Aurora... Y quién el Hermano. Y lo que hicieron con él.

Efraín miraba al frente recordando todas sus noches e imaginando el regreso de Óvalo. Esas noches recorriendo La Habana, mirando sombras y mentiras dolorosas de soportar que lo conducían siempre a las ballenas varadas, a las prostitutas intentando devolverlas al mar. Siempre llegaba a ese punto borracho. Y siempre terminaba, cada noche, clamando su nombre. Ahora había vuelto, hecho el amor a su esposa y desaparecido para hacer su Revolución teñida de venganza.

—A lo mejor me habrías pegado si hubiera sido yo quien se lo follara a él.

Efraín frenó, no en seco pero sí en medio de esa carretera desamparada. Una vez más, al fondo, como para que no olvidaran estar en la isla, un fragmento de amor devolvía azul y luz.

—¿Acaso no fue así?

—Efraín, voy a seguirle. Voy a ir hasta el sur con él. Me ha convencido. Todo lo que está diciendo el General es mentira. No son ellos los enemigos de Cuba; son gente como el General, como don Emiliano. Acabas de ver la pobreza al cruzar estas calles con este Cadillac azul y rosa. No sé cómo piensas, no sé cómo sientes. Sólo vives para tus personajes y no te das cuenta de que te están utilizando para que sigas alimentando a esta gente con más mentiras, con sentimientos de pacotilla.

Efraín la miraba, cómo movía las manos, cómo fruncía el entrecejo, cómo se apartaba el pelo de la cara cuando decía palabras como «enemigos», «personajes», «pacotilla». No sentía nada, ni siquiera desprecio. Ni mucho menos confusión. Nunca la quiso, era todo. Le daba igual que se dejara atrapar por la belleza de Óvalo. No le daba tan igual que Óvalo se permitiera reaparecer y follarse a su esposa y marcharse a hacer la Revolución. No le daba igual, porque no lo entendía.

—¿Qué vas a hacer con Diana? —se le ocurrió preguntar a Efraín.

—¿Qué vas a hacer tú con ella? Es nuestra hija, no mía únicamente. A lo mejor eso es algo que la Revolución también consigue cambiar: que los hombres dejéis de ser tan asquerosamente machistas.

Tania hablaba así, se le había olvidado. Llevaba tantos años oyéndola hablar como Mercedes, su enamorada traicionada, que no recordaba una vez en que ella le sonara tan de verdad como ahora. Y que para alcanzar ese nivel de «realidad» empleara palabras malsonantes: «asquerosa», «enemigos», «pacotilla».

—Todas las personas que se acercan a Óvalo terminan mal —dijo de pronto.

—Todas menos tú.

No respondió. Arrancó el coche y siguió mirando esa carretera vacía. Ni siquiera un pájaro volando encima de ellos. Pronto aparecerían los anuncios de cerveza y ron y cigarrillos, siempre mujeres blancas de pelo negro, como Tania. O rubias despampanantes de jerséis muy ajustados, como nadie que conociera. Y después de los anuncios, el ruido, las bocinas, los coches, la gente deambulando como jirafas perdidas. Y los neones encendiéndose, amanecer y atardecer, anunciando los casinos. No, Tania, durante todo ese trayecto no tendría respuesta para su pregunta. No sabía qué era su vida después de que Óvalo la tocara. Ni fortuna ni caída, ni gloria ni oscuridad. Él sólo podía seguir, continuar, como sus episodios, sus telenovelas. «Continuará...» Y un stop, su muro blanco.

No había carretera. No regresaba a La Habana. No hablaba con Tania. Ni siquiera había un lagarto en la habitación ni Tania estaba envuelta en el placer de sentir a Óvalo dentro de su cuerpo. Lo que había encontrado en realidad en la habitación era a su mujer rendida, o bien al alcohol o a las emociones de la larga fiesta. Los jadeos que oía provenían o bien del lascivo «número» alrededor del Catire o de alguna de las otras habitaciones de la casa. Tuvo miedo, un frío recorriéndole el cuerpo, a lo mejor pasaba algo con Diana y fue hasta su habitación. Estaba sola, bien arropada y dormida, o a lo mejor le engañaba y fingía sueño para tranquilizarle. Sintió un alivio y de inmediato otra tensión. ¿Iba a ser siempre todo así, un sobresalto tras otro por el destino de Diana en esa isla cubierta de gemidos, visitantes libidinosos, recuerdos negándose a evaporarse del todo? ¿Iba a ser siempre así con él y Tania, imaginarse vívidamente escenas que luego eran espuma, pompas quebrándose en un aire lleno de cigarrillo, las auras de esos impenitentes recuerdos? ¿Iba a ser también siempre así con él, observando, imaginando, escribiendo, viendo la crueldad y la emoción desfilar al mismo paso y el mismo destino sin nombre?

Amaneció o, mejor dicho, los gemidos se apagaron definitivamente y el azul oscuro del cielo empezó a teñirse de naranja, un breve, muy breve instante, y el sol se abrió paso como si fuera el auténtico orgasmo, el gemido máximo, la entrega absoluta. No había dormido nada. Le daba igual si era domingo, si era un segundo sábado, si en cualquier momento Emiliano iba a llamarle reclamándole en el estudio. No se desperezó. Abrió la puerta corredera de su habitación para ir hacia el mar. Un chapuzón, largo, refrescante, lo pondría todo en orden.

Pero frente a él se encontraba Óvalo, aún rubio, acompañado de ese gesto, que sólo él podía ver, de auténtica tristeza, como si alguien de un manotazo le hubiera eliminado aquella mezcla de petulancia y desafío.

—Pensé que te agradaría verme.

—¿Qué has hecho con el lagarto? —De repente le pareció que tenía que pensar como sus personajes, pero sinceramente, un poco más de reflexión le habría servido de mucho.

—Está en tu jardín, junto al Catire. Y con Tania.

—¿Ayer te acostaste con ella? —prefirió hacer la pregunta directamente. En primer lugar le asombraba que Óvalo siguiera allí, con esa belleza marchitada que solamente él podía adivinar. Lo agradecía; en el fondo también agradecía que le devolviera el sentido del placer a Tania. Lo que le irritaba era esa creciente sensación de celos. Así como descubría la evaporación de la belleza de Óvalo, se dejaba llevar por esa inesperada corriente de celos.

—No hemos hecho nada, Alambre. No hace falta que lo jure, ya sabes que no me gusta hacerlo en vano.

—Me pareció oíros anoche. Preferí creer que lo había imaginado. De eso vivo, después de todo.

—¿No cuentan tus recuerdos?

—Óvalo, te he esperado tantos años... Y noches. Ahora que estás aquí eres bienvenido y, al mismo tiempo, no puedo evitar sentirte como un peligro.

—Porque lo soy. Porque siempre lo he sido. Pero ahora más, necesito hacer algo. Conseguir una explicación, ya lo hablamos ayer. El Catire me llevará hasta donde quiero ir, con los guerrilleros del sur.

—Y quieres llevarte a Tania contigo. —Lo había oído tan claramente en su diálogo con ella.

—Todavía es pronto.

—¿Por qué no vamos todos? ¿Por qué no me llevas a mí también?

Óvalo lo estudió y Efraín se dejó estudiar. Daba igual si toda la situación formaba parte de una mala borrachera, estaban de nuevo en un pasillo, midiéndose como gallos antes del combate. Siempre un pasillo, como el hospital donde se conocieron y donde Óvalo decidió llevarlo hasta Limpio Chiquito. Ahora era su suntuosa casa, la misma que algún invitado calificó de espejo cruel para los que todavía eran pobres. Oyeron la voz ronca y modulada del Catire, explicándole a Tania los secretos de su barco, anclado una milla dentro del mar.

—No te dejarán —dijo Óvalo.

—No me necesitan durante un mes. He escrito suficientes escenas para todo ese tiempo.

—¿Morirá Mamá Dolores alguna vez? —preguntó risueño.

Efraín rió de buena gana, y se arrepintió de ello. Óvalo volvía a ser el mismo, su risa le devolvía aquella belleza, y esa oscura maquinaria que los envolvía se activaba inmediatamente.

—El día que muera Mamá Dolores este país será otro —afirmó Efraín.

—Y se llamará como nosotros —sentenció Óvalo, encerrándole en un fuerte abrazo.

* * *

El *Burlesque* era el actual barco del Catire. Después de su último divorcio con su ex secretaria, la tercera de sus esposas, después de que lady Damita se hiciera millonaria con su primer divorcio, el actor había decidido entregarse a su «única amante interesante y fiel»: el mar. El *Burlesque,* más que un barco, era una vivienda, desordenada, acaudalada, estrambótica y decididamente penetrada por el espíritu del género que le daba nombre. Los camarotes, cuatro en total, tenían cada uno camas de impresionantes doseles, enormes sillas talladas a mano o simples postes de incomprensible altura, comprimidos dentro de los espacios lógicos de un barco. Otras camas, sobre todo la del camarote principal, tenían doseles donde podían verse cisnes a punto de copular o sirenas escapando de un Neptuno furibundo y priápico. Tania miraba cada habitación como si fuera una niña en una heladería llena de postres coloridos. Óvalo parecía más conocedor de los entresijos que el propio anfitrión. No cesaba de bajar sacos de la lancha que les había llevado desde la casa de vacaciones; disponer latas de conserva en la cocina totalmente equipada y cuyos muebles de aluminio impactaron a Efraín. Siempre le habían gustado las cocinas, sólo que le parecía que por primera vez veía una completa. Tanto en su casa de vacaciones como en la de la ciudad, las cocinas estaban construidas con piezas sueltas. Esta cocina era toda igual. La nevera, el novedoso lavavajillas, la resplandeciente tostadora con capacidad para al menos cuatro rebanadas de pan. El horno, toda la batería encima de la cocina, los cuchillos, hasta las espumaderas, todo era del mismo material, ese acero inoxidable al mismo tiempo gris y brillante. Óvalo le pilló admirándolo.

—Imagínate cómo serán las casas en Hollywood —le dijo con su flamante sonrisa.

—¿No tienes miedo de que nos intercepten? ¿Cómo vamos a volver hacia nuestra pobreza con un barco como éste y no temer que nos asalten? Tanto piratas como guerrilleros querrían secuestrar al Catire y quedarse con este maravilloso botín.

—El Catire sabe lo que hace. Los piratas no se atreverán a interferir su viaje y los guerrilleros estarán a buenas con él. Tanto los buenos como los malos, por decirlo en tu lenguaje, ven sus películas. ¿Entiendes lo que te digo?

—No.

—Parece mentira, Alambre. Es lo mismo contigo. Haya o no Revolución, al final del día la gente, sea del sitio que sea, se sienta a ver «La huella del amor».

Navegaban en ese mar que en el pasado era tan sólo una ola que se tragaba a su madre y lo dejaba a él en la orilla, devastado, inconsciente y despertándose días, seguramente semanas después en una habitación con aquel techo artesonado y Óvalo al lado, su rostro cubierto por una venda que él creía era una bolsa de papel. De repente fue ayer, una frase que empezó a decir, significaba que su vida cambiaba igual que surcaba el mar ese inmenso velero, que todas las cosas volvían a su lugar, Óvalo cerca, envuelto en su idea de venganza, y él, Alambre, aventurándose otra vez más a su lado. Tania devenida en una persona apasionada, también ahora capaz de hacer realidad las palabras que Efraín todavía creía haber imaginado. Estaban en la popa de ese barco, Óvalo se dejaba mojar los pantalones y la camiseta azul desgastada, mirando hacia el frente, mientras el Catire disparaba su sonrisa blanquísima mostrando más y más secretos de su barco-universo. Eso también encajaba: cuando aquel huracán le dejó al lado de Óvalo, y ellos dos eran noticia por ser sus únicos supervivientes, el Catire navegaba esa agua, en otro barco, junto a su esposa lady Damita, repartiendo alimentos a las víctimas. Ahora, el barco era otro, él y Óvalo seguían iguales, sobreviviendo. Y la tierra que divisaban desde esa popa seguía extendiéndose como una mancha, el lomo de un tiburón acostumbrado a envejecer nadando en círculos.

Efraín sentía miedo de estar todos tan cerca. No quería vigilar demasiado a Tania. Ni dejarse llevar por esos minutos en los que, siempre de repente, estaba cerca de Óvalo, admirando peces amarillos saltar fuera del agua y los dos conectar sus pensamientos, recordar a Aurora, recorrer la isla en su búsqueda, recuperar lo que habían perdido, que jamás alcanzarían encontrar sin manchas de odio.

Se refugiaba en escuchar al Catire, sentado en su butaca de cuero negro delante de un escritorio de madera, forrado el sobre con el mismo material y rematado con cantoneras de oro, firmemente sujeto al suelo en una de las esquinas del salón del *Burlesque.*

—Escribir es una aventura, ¿no es cierto, mi admirado Efraín? —le decía, el aliento de ron mezclado con las sardinas casi crudas que devoraba cada desayuno, con el rostro cada vez mostrando menos horas de sueño.

—Imagino que lo será todavía más para los que escriben de verdad, Catire —respondió Efraín.

—Entonces, ¿crees, amigo, que lo que haces no es escribir? —Se acercaba mucho, el aliento era potente, el ron quitaba el regusto del pescado; el resultado sería como almizcle ligeramente apestoso.

—No. No soy un escritor, simplemente he descubierto un truco para estirar una historia y servir a mis patronos.

El Catire abrió la botella de cristal tallado sobre su escritorio. Vertió el líquido ambarino como si fuera una cascada en unas copas que se quedaron ridículas al verse cubiertas. Tomó la suya y la vació de un trago. Efraín consiguió verse reflejado en ese ámbar bamboleante.

—Me da igual si no eres lo suficientemente hombre para beber el mejor ron robado del Caribe, pero no acepto que te infravalores. Hollywood es igual. Como se me conoce en todo el mundo es como el infatigable espadachín, pero cuando he podido he interpretado a Shakespeare y a todos sus putos príncipes atormentados. Sin embargo, yo preferí ser el espadachín, el guerrero, el águila de los mares, y aun así, sigo siendo un actor. —Dio un golpetazo contra el escritorio y se lastimó sensiblemente la mano, Efraín vio bien la mueca de dolor. Fue hacia él y acercó su cara tanto a la suya que consiguió ver las sardinas nadar en el mar de ron al fondo de su garganta.

»Así como yo soy un actor, tú eres un escritor, Efraín. Porque es la gente, no lo olvides nunca, es la gente la que cree en nosotros. Los críticos, que nos odian, que jamás han conocido el amor de las personas, ni de los espectadores ni de nada, creen que se vengan de nuestros éxitos calificándolos de menores. —Levantó la voz y todo su cuerpo—: Pero no hay nada, NADA MENOR en nosotros, ¿lo entiendes, Efraín? NADA, NADA, NADA. MENOR NO EXISTE: TODA NUESTRA VIDA ES MAYÚSCULA.

Efraín se quedaba absorto, el tono de voz del actor cuando se dejaba llevar por las brumas de su alcohol era maravilloso. Ronco, directo, como una montaña partiéndose en dos para dejarle entrar en ella.

—Tú y yo seremos más importantes que la Historia, Efraín. ¿Y sabes por qué? Porque hicimos lo que quisimos. Porque emocionamos a los que creyeron en nosotros. Con mis películas, niños y niñas de distintas generaciones y países vendrán a descubrirme allí, en la pantalla, luchando contra malos estúpidos que no saben blandir una espada. Y tú, año tras año, verás a distintas generaciones creyendo en Mamá Dolores, llorando cuando Santos le confiese a su madre que sabe quién es ella.

El Catire se movía como si fuera a naufragar. Efraín se asomó a una de las claraboyas y vio el mar sereno, el sol dejándose tragar por el fondo.

—Sobreviviremos a la Historia, Efraín. A estos absurdos dictadores y a los no menos absurdos guerrilleros que pretenden derrocarlos.

—¿No está de ningún lado, Catire? —se atrevió a preguntar. El mencionado dejó de moverse, Efraín creyó ver la pupila de sus ojos perderse en el blanco. Se aferró a una de las esquinas doradas de su mesa, devolviendo las pupilas a su posición normal.

—Yo quiero una película escrita por ti. Con todo esto que te digo. Con todo esto que estamos viviendo. ¿O es que acaso no te das cuenta?

—Usted es mi héroe de infancia, Catire —confesó Efraín. No tenía otra cosa más sincera que decirle, y esa borrachera compartida le obligaba a asumir todo eso como una suprema realidad.

—Pues tu héroe de infancia te mira a ti como otro héroe. ¿Te imaginas qué gano yo haciendo este viaje junto al loco de tu amigo y tu esposa? La mente con el ron funciona deprisa, Efraín. Lo sé todo. Aunque me lo imagine y mañana no lo recuerde, lo sé todo. Augusto tiene otro nombre para ti porque os conocéis desde niños, ¿no es cierto?

—Se llama Óvalo. Y él me llama a mí Alambre.

—Y habéis visto el infierno de niños..., ¿o me equivoco?

—Está en lo cierto.

—Allí planea devolvernos. Espero que tengamos suficiente ron antes de llegar a ese lugar.

Diciendo esto sirvió otra copa rebosante y la tragó de igual forma que la anterior.

—Tu esposa pronto será otra persona para ti, amigo Efraín. No me digas nada, veo cosas y sé del mundo mucho más de lo que mis años toleran. No hagas nada en contra, sigue el curso del viaje, todos los asuntos del amor se resuelven solos. A lo mejor terminarás agradeciéndole a tu antiguo amigo que le redescubra el amor a tu esposa.

Efraín sintió el calor del ron encenderse en su cuerpo. Podría golpear al Catire. Lo derribaría con tan sólo un soplido, borracho como estaba ahora, hablando sin parar y sin pensar lo que decía.

—Lo importante no somos nosotros, Efraín. Eso no lo olvides nunca. Nos movemos, como este viaje en este barco. Hollywood cree que estoy aquí emborrachándome y recibiendo a la chusma de este régimen que subvenciona sin ningún tipo de vergüenza. El régimen cree que estoy demasiado borracho para hacer algo en contra. Y solamente lo sabemos tú y yo, pero en mis bodegas llevo perfectamente escondido un buen fajo de dólares para esos barbudos guerrilleros a los que desean unirse tu amiguito y tu esposa.

Efraín le miró a sus ojos, verdes, tranquilos, suspendidos en un instante de sobriedad en medio de la borrachera.

—Cien mil dólares tan verdes como mis ojos, amigo Efraín.

Siguió recibiendo esa información como si fuera una escena escrita por él. De pronto empezaba a ver las cosas mezclándose. Realmente, ¿qué hacían Tania y él en ese barco, cruzando la isla hacia un destino que a lo mejor ni siquiera figuraba en los mapas? Como Limpio Chiquito, que nunca existió en mapa alguno. ¿Cómo podían dejar a Diana sola, despertándose cada día en La Habana, atendida por dos criadas, conducida al colegio por un chófer de la cadena de televisión? ¿Dejar también huérfanos a los espectadores de «La huella del amor», que más que probablemente se lo tendrían merecido, por imbecilidad, docilidad ante un espectáculo incapaz de detenerse a sí mismo? El Catire seguía balbuceando algo de sus dólares y mezclaba cosas, hablaba de la importancia de ver *Encadenados*, la película de 1946 de Alfred Hitchcock, y Efraín dejaba de prestarle atención. Tenía que salir de allí, detener el barco, volver a la costa, convencer a Tania de que si quería seguir adelante con Óvalo...

Óvalo había entrado. Sin camisa. Los ojos azules delatando esa mirada que invitaba a más preguntas, más mentiras.

—Tania te espera en el camarote. Está nerviosa.

—¿No has hecho nada por calmarla?

—Sólo quiere estar contigo.

—Si llegamos a alguna parte..., ¿entregarás el dinero, o me equivoco?

Óvalo apartó su rostro de la luz que proyectaban las olas. No dijo nada, pero Efraín entendió que el gesto respondía afirmativamente a su pregunta.

—¿Y luego? —continuó.

—Seguiré la Revolución, Alambre.

Se quedaron en silencio. Efraín recordó la seguridad con la que Óvalo dirigía sus acciones cuando iban del hospital del doctor Hernández hasta Limpio Chiquito.

—Sólo me permitiré una escala, Alambre. Y me acompañarás.

Efraín quería negarlo, afirmar que no le interesaba seguir junto a él. Que prefería volver a su público, a escribir una y otra vez excusas seguidas de otras excusas para que Mamá Dolores siguiera viva e incapaz de decir su verdad. Quería decirle todo eso: «Prefiero seguir atrapado en mi telenovela sin fin antes que acompañarte hacia un sitio que he prometido olvidar. Óvalo, no me obligues a retroceder cuando ni siquiera puedo hacer que lo hagan mis personajes.» Quería decirle todo eso, pero Óvalo seguía allí, su torso iluminado por el brillo de las olas, otra vez sin rostro, como la primera vez que se conocieron.

Y al lado de ellos, balbuceando, repitiendo palabras a través del sopor de su borrachera, el Catire continuaba hablando de una película que desconocían.

—El hijo de puta de Hitchcock siempre me prometía que me dejaría trabajar con él. Ese beso, largo, ininterrumpido, esa promesa de amor que luego se rompe, que se convierte en traición, ese instante de salvación que el destino les ofrece a esos amantes destrozados, ¿me escuchas, me escucháis alguno de vosotros? Iba a ser mío..., mío..., mío...

* * *

En mitad del mar el sol alcanza esquinas imposibles. Efraín estaba al lado de Tania y sentía su sudor aproximándose encima de sus cejas a través de la almohada. Apartó la gota de sudor y ella se levantó espantada.

—Es un mal sueño —dijo.

—Estamos en el barco del Catire.

—Ayer volviste tarde.

Se miraban y una vez más Efraín prefirió callarse. Tania se levantó y entró en el baño. La oyó asearse, abrir cajones. Seguía sin atreverse a preguntarle si ella sentía algo por Óvalo. Si de verdad lo sabía todo sobre ellos dos, si de verdad estaba allí, acompañándole para involucrarse en la Revolución. Le estorbaba el ruido, su presencia. Como un mal personaje, como un diálogo que no funciona y sin embargo hay que colocarlo para que tenga sentido una sección del argumento.

—Óvalo te llevará a tierra. Me lo ha dicho —aseveró ella desde el baño.

No lo sabía. No sabía nada, estaba allí, dejándose llevar.

—Yo me ocuparé del Catire. Ayer estuvo a punto de lanzarse al agua mientras tú y Óvalo os quedabais dormidos en la cubierta.

Vaya, pensó, al final sabía más que él de sus propias acciones.

Tania abrió la puerta del baño y sacó la cabeza. Estaba desnuda, olía a una mezcla de recién despertada y algo de jabón. Se veía mucho mejor que en el televisor, mucho mejor que en cualquiera de sus casas.

—Anoche soñé que nada de esto terminaba bien, Efraín.

Él no dijo nada. Y ella volvió a cerrar la puerta.

Regresó a la proa y allí estaba el Catire, en excelente forma, cubierto por una toalla con parte de su rostro tejido en ella, el pelo peinado hacia atrás, el agua mojándole la nariz y el mentón cincelado de las películas.

—Un baño reparador en medio de este mar infestado de tiburones, amigo Efraín, es la mejor receta para cualquier resaca. ¿Sabes lo mejor que puede sucederle a un borracho? Ser marino. Siempre lo digo.

Efraín vio la mesa dispuesta y se preguntó quién sería el servicio a bordo para disponer ese tipo de cosas.

—Nuestro querido Augusto, que tanto tú como yo sabemos que no es su nombre real, es realmente laborioso. Se imagina que como vivo en Hollywood me interesan estos detalles: buena vajilla, la crema del café en su punto en esta cafetera que mi última ex esposa, la bruja de mi ex esposa, me tiró a la cabeza cuando le di menos dinero del que esperaba. Detalles, amigo Efraín. Nuestro amigo Augusto siempre piensa en los detalles.

Atendiendo a la llamada, Óvalo estaba sirviendo el café para el Catire. Y, mirándole fijamente, a él también.

—Me apetecería que desayunáramos sin esta absurda toalla, pero hay mujeres a bordo. En cualquier caso, tampoco tenemos mucho tiempo, amigo Augusto.

—No, Catire.

—¿Has conseguido envolver bien el cargamento de películas de dibujos de la Warner que vamos a ofrecer a esos hambrientos niños del sur de esta isla, Augusto?

Efraín observó lo larga que era la pregunta del Catire. Latas de películas de dibujos animados. Niños. Cargamento.

—Está todo listo, Catire.

—¿Has logrado dormir, Augusto? Un día como hoy es como cuando se inicia un rodaje, amigo mío. Hay que llegar con la letra aprendida al set. Si no, el director se convierte en el peor de los enemigos.

—La letra está aprendida, Catire —respondió Óvalo.

El Catire se levantó para recibir a Tania, envuelta en telas blancas, elegante, distinguida, al mismo tiempo que absurda. Efraín buscaba un cruce de miradas entre Óvalo y ella.

—Vamos a aproximarnos a una costa extraña —anunció el Catire—. Y en situaciones como ésta, lo mejor es izar nuestra bandera.

De una de las bodegas Óvalo y los dos marineros de confianza extraían una gran tela y la ataban al mástil. Cuando estuvo desplegada, era asombroso, casi irreal, ondeando flamante y en maravilloso, casi real, tecnicolor, el símbolo de la Warner Brothers, la «w» acompañada de la «b» encerradas en un escudo de caballería europeo, ahí, encima de las aguas turquesas, casi moradas, del Caribe cubano.

El Catire sonrió bajo la bandera con el símbolo que precedía su nombre en sus películas. Estaba como embobado, observando cómo delante de él, entre las olas, la isla se achicaba y una impresionante fortaleza, toda piedra, roja, como si sus paredes destilaran sangre, aparecía al ritmo de una música de tambores invisibles, el grito, los quejidos de los que dejaban colar su sangre por entre sus piedras, construyendo un coro que envolvía el barco en un himno.

Efraín sintió que llegaban al centro mismo del peligro. Una emoción que se le ocurrió comparar con la que debían de sentir aquellos estadounidenses gordos cuando Lilian los dejaba en la puerta de Limpio Chiquito.

¿Qué era esa fortaleza, qué eran esos ruidos? No podían estar acercándose a una cárcel para dejar cien mil dólares.

—No nos esperan, tampoco nos reciben, amigo Efraín —informó el Catire—. No es una fortaleza hoy en día, es una cárcel. Todos los norteamericanos que escogemos pasar por aquí, en ruta hasta Jamaica u otras islas del Caribe, nos topamos con él y admiramos su belleza colonial, símbolo de la presencia española en estas tierras. Monte Primor, cuántas veces en mis películas de pirata no he tenido que emplear su nombre. Y hoy, ahora mismo, es un símbolo perfecto de lo que la belleza puede ocultar. Por fuera es esa piedra bañada del naranja del sol.

—Para mí parece sangre —interrumpió Efraín.

—Y lo es. Eso es lo que quería mostrarte. Allí están los presos que la dictadura desea exterminar.

—Nadie ha visto cuerpos, Catire —dijo Óvalo.

Tania abandonó la mesa y se fue hacia su propia esquina.

—Seguramente veréis cosas que os descubran un país mucho más cruel del que conocéis en La Habana —informó el Catire—. Pasamos por aquí para que cada uno de nosotros entienda qué estamos haciendo en este barco.

—No hay muertos —repitió Óvalo—. Porque los arrojan al mar.

Fueron al otro lado del barco. El agua seguía igual de cristalina, se podían ver los peces multicolores nadando en los primeros metros de profundidad. Eran tantos, decenas, luego centenas y de repente una mano, humana, cinco dedos abiertos como si siguieran deteniendo algo. Y luego un miembro más grande, después un trozo de cuerpo, la mitad de un torso. Efraín, en el medio de su propio espanto, creyó ver que aún desprendía sangre sobre el turquesa del mar. Y entonces, una cabeza, los ojos comidos por las gaviotas, el pelo meciéndose en el agua, los dientes todavía sujetos y los peces entrando y saliendo de la boca abierta en una última mueca de dolor.

La imagen repercutió en Efraín. Hizo un gesto de alto a Tania antes de que llegara hasta ellos y se giró para volver a encontrarse con ese rostro flotando en el agua, incapaz de dejarse tragar por la profundidad. Entendió que seguiría viendo esa confusión de piel, azul y peces muchas veces más en lo que le restase de vida, mucho después de dejar atrás los muros ensangrentados de Monte Primor. Su inventiva comenzaba a trabajar, imaginando las veces en que ese rostro desdibujado volvería a conseguir surcos, narices, ojos, y cada vez que apareciera tendría su cara. O la de Óvalo. O la de Tania.

La bandera con el anagrama de la WB continuaba desafiando el sol del Caribe. El Catire bebía más zumo de naranja, Tania bajaba la mirada. Y él, él no sabía qué decir ni qué hacer.

Óvalo tomó las riendas.

—Es nuestro momento, Catire. Su invitado y yo iremos los dos solos hacia la costa.

El Catire los miró, los ojos brillando por el vodka destilado en el zumo de naranja.

—Qué agradable es ver la historia delante, amigos míos. Si todo sale bien, la señora y yo os recibiremos a las seis para abandonar este lugar sin ley antes del anochecer.

Efraín tuvo tiempo de atar cabos mientras la lancha del barco iba acercándose a la costa. Estaban otra vez juntos, él y Óvalo. No necesitaban nada más. Podrían escapar con la lancha hacia cualquier punto de la isla y coger el dinero que estaba escondido, bastante mal escondido, en esas latas de películas que llevaban hacia la costa. Se rió. Óvalo se sorprendió.

—Nadie se creerá que he estado aquí —constató Efraín—, repartiendo dinero para unos guerrilleros en unas latas de películas de dibujos animados de la Warner.

—Es justo lo que queremos. Que nadie se lo crea.

—Ni siquiera puedo explicar cómo te he conocido —continuó diciendo.

—Eres el eslabón perfecto, Alambre.

—Entonces lo habías planificado...

—He estado como tú esperando este momento muchas veces, muchas noches.

—¿Cómo conociste al Catire?

—Lo conocí. Punto.

Estaban llegando a la orilla, había ese olor de guisos. El guiso de pescado, hecho con colas de pescados abandonados que su mamá preparaba cuando conseguía suficientes restos. Le ponía ajíes dulces, lo recordó como si ella y Evaristo estuvieran esperándole en la orilla. Ajíes dulces, se volvían amarillos o rojos a medida que iban madurando. Eran de naturaleza verde, como los pimientos, y su propio sabor, su propio picante los hacían o más amarillos o más rojos.

—Esto es más serio de lo que imaginas, Alambre. Apenas hayamos pasado esa primera línea de follaje, reconocerás de inmediato adónde hemos regresado.

En esa primera línea de playa había personas que, como Evaristo y su madre, sobrevivían en casas sin paredes y techos de paja. No los miraban, Óvalo amarraba bien la lancha y lanzaba las cajas con fuerza hacia la arena. Era increíble cómo no se abrían y salían disparadas de ellas los metros de celuloide, las acciones del Catire detenidas fotograma a fotograma. Eran quince en total. Efraín se preguntó cómo no había nadie para ayudarlos a recogerlas. Ningún contacto. Óvalo se movía con esa diligencia de grumete de lujo, sin hablar, sin mirar, siguiendo sus propias instrucciones, la voz invisible de su venganza. Fue hacia los arbustos y regresó con una carretilla.

Atravesaron el follaje, repleto de olores, pino mezclado con algo más árido. Y frutos nuevos, pequeños racimos salpicados por bolitas verdes, la mayoría picoteados o destrozados por manos hambrientas. Oyeron una música, canciones de Los Bohemios o de Raquel Hernández, esa voz que Emiliano quería siempre colar en las cortinillas musicales de «La huella del amor». Sonaban a extraña bienvenida. Sabía dónde estaba.

Tras el follaje, espacios, personas, letreros como si fueran las señales evidentes y al mismo tiempo mágicas de ese mapa que dibujaba un evento singular. «Quincallería Olimpia», leyó encima de la pared de una casa pequeña, atiborrada de latas de comida, botellas de leche para nada blanca, sino casi marrón, periódicos estadounidenses amarillentos y una mujer gordísima y negrísima, sin edad, bien podría tener trescientos años como noventa o treinta y tres, al frente de todo, dos dientes de oro brillando en los extremos de su boca. Delante de ella pululaban señores y señoras famélicos, ofreciendo sillas rotas, sábanas manchadas, pequeñas lámparas de bronce desgastado. Ella las observaba con esa boca abierta y parecía regodearse en la desgracia expresada a través de la delgadez de sus ofertantes. De pronto apareció detrás de ella una hija, igual de gorda, desdentada pero seria, arrastrando una mesa con ruedas y, encima de ella, el inmenso aparato de televisión. Negro, ese negro brillante de todos los electrodomésticos que los rodeaban. El teléfono, la radio, el tostador, los televisores, siempre eran negros. Y el círculo para cambiar los canales, rodeado por un borde tan dorado como los dientes de la señora. Logró levantar la muñeca del brazo izquierdo y consultó un diminuto, delgadísimo, reloj de pulsera. Ordenó a la otra mujer encender el aparato, y mientras la pantalla oscura esperaba la imagen, extendieron un platito para recoger los billetes de dos pesos que las mismas figuras famélicas. Pendientes del resultado de la tasación de aquellos objetos tristes, conseguían extraer, doblados una y otra vez, de entre sus pocas ropas. Efraín se oyó decirse a sí mismo: no puede ser, no me dejes verlo, pero era muy tarde. Cuando el negro abandonó la superficie de la pantalla estaban allí, sobre ese fondo gris, una tela sacudida cual bandera, las letras inmensas que él mismo había escogido con Cora y Emiliano y, encima de ellas, la voz nítida y sonora anunciando la emisión de «La huella del amor».

Allí estaban, Tania convertida en Mercedes y un cada vez más adulto Argimiro Hernández interpretando a un Santos siempre joven.

Óvalo ya se encaminaba empujando la carretilla cargada por las películas. Efraín decidió mirar a sus espectadores, esa fila de personas hambrientas, destrozadas, que parecían fantasmas sin infierno o paraíso, concentrando la poca vista de sus ojos en esa pantalla hipnotizante y avara. Quiso interrumpirlos, decirles que era el creador, el guionista, que era el marido de la Mercedes real, que Mamá Dolores era blanca, que don Rafael jamás desvelaría quién era el padre de Santos, que los decorados eran tan pequeños y reducidos como esa quincalla donde la gorda desdentada les cobraba los dos pesos, que era mentira, que despertaran, que huyeran de allí, como él mismo lo había hecho, aunque detrás dejaran el amor de sus vidas, sus respectivas Auroras...

Óvalo lo cogió fuertemente por el brazo y casi lo empujó a la carretilla, encima de las latas de película. Efraín se llevó las manos a la cabeza y descubrió que estaba llorando y que la garganta le pedía gritar, gritar, gritar.

—Volvemos a la verdad, Efraín. Vamos hacia Limpio Chiquito, no puedes asustarte ahora. Lo peor está por venir —anunció Óvalo, el azul de sus ojos destilando un odio frío y diligente.

MERCEDES

Cuando estoy cerca de ti siento ese aliento, invisible, como en las películas, cuando estás perdida y oyes una música que no sabes de dónde viene, Francisco.

FRANCISCO

Seguimos siendo los mismos, Mercedes. Seguimos siendo el mismo amor, ¿cuánto tiempo más necesitas para entenderlo?

MERCEDES
No puedo cambiar la historia, Francisco. No puedo levantarme y volver a ser esa niña que creyó en ti y a la que luego traicionaste.

Seguían avanzando por esa arena sobre la que se levantaban, desordenadamente, esos chamizos, pintados en amarillo, el turquesa del mar, el rojo de la sangre diluida de las cabezas humanas que nadaban cerca, un morado increíble o el verde de las mesas de billar de los casinos de los yanquis en La Habana. Por encima de todo ese descubrimiento, las voces de sus personajes saliendo de los altavoces a todo volumen de los tres, cuatro televisores dispuestos en esos porches paupérrimos y llenos de miserias y personas, hombres con la piel envejecida por el sol, mujeres con joroba y peinados sencillos y tristes, niños mostrando el costillar, todos embobados delante del aparato cuadrado, negro, algunos balbuceando los diálogos, otras dejando correr la lágrima igual que le sucedía a Tania convertida en Mercedes en la pantalla. Seguía a Óvalo, pero se giraba a ver esa escena, las casas sin paredes, el tiempo detenido, el mar trasladando turquesas entre las olas y las palabras de sus diálogos persiguiéndole con más ahínco que cualquier fantasma.

—Repiten capítulos —advirtió Óvalo sin dejar de andar.

Efraín se maravilló de la mente de su compañero de viaje.

—¿Te vuelven a pagar cuando los repiten? —continuó Óvalo.

No lo sabía muy bien, pero mintió:

—Por supuesto.

—Me parece bien. También deberían pagarte las gordas que cobran dos pesos.

—No lo aceptaría.

Óvalo le miró de reojo y le sonrió.

—¿Qué hora es? —preguntó Efraín.

—Las once de la mañana.

—Pensaba que la repetición era a la una y el capítulo nuevo a las siete —afirmó, creyendo que se respondía a sí mismo.

—«La huella del amor» está las veinticuatro horas del día en la pantalla de los televisores de todos los cubanos, Alambre.

* * *

—¿Qué lleváis ahí? —la pregunta los devolvió a la realidad. Óvalo parpadeó, la carretilla parecía hundirse en la arena mientras decidían levantar la mirada y observar a la señora gorda, negra, con un delantal manchado de restos de fruta. Ella no se movía, pero sus palabras sí; aunque las hubiera pronunciado una vez, Efraín creía verlas avanzar hacia ellos dos y la carretilla.

Fue un segundo pero Óvalo titubeó. Sinceramente, no había imaginado que alguien los detendría...

—Películas —dijo Efraín rápidamente, y de inmediato supo que había cometido un error. Pero si Óvalo tampoco hablaba...

—Aquí no hay proyector —dijo la mujer, siempre sin moverse.

—Vendrá..., vendrá después —agrego Óvalo, que prefirió entrar en el juego.

La mujer se pasó las manos sobre el delantal manchado, cubriendo en un mismo palmo senos y barriga. Efraín pensó que el clima caliente desgasta a las personas, las sume en la pereza y termina conduciéndolas al vaho, la tiniebla, la nada.

—¿Y quién sale? —continuó preguntando.

Óvalo y Efraín se miraron y ambos respondieron al unísono.

—El Catire, desde luego.

—No me gusta —dijo la mujer—. Dicen que viene por aquí y nadie lo ha visto jamás. ¿Y por qué van tan cerradas?

Óvalo se colocó cerca de la señora, entre ella y la carretilla, y le susurró al oído:

—Las puede estropear el sol si les da de frente.

La mujer decidió acercarse a Óvalo y pareció retarlo con una mezcla de gusto y desprecio.

Óvalo no movió un músculo.

—Ábrelas —ordenó.

Óvalo bajó la mirada; le molestó la orden. Nunca había llevado bien la imposición y, sin embargo, toda su vida, al menos los trazos que Efraín conocía, había sido recibir y cumplir órdenes. El dinero, de seguro, estaría mal disimulado en las cajas. Exponerlo sería un peligro y Efraín pensaba en los surcos de algunas películas, crear el suspense hasta sorprender gratamente con un final feliz.

—Por supuesto —dijo Efraín—, abra la que quiera usted.

—Pero si es verdad lo del sol, la película va a quedar... tuerta —dijo, seguido de una gran risotada. Efraín asintió con la cabeza y Óvalo insistió en su silencio—. No os reís. ¿No os parece gracioso? —insistió la gorda.

—Sí, una película tuerta, muy divertido —consintió Efraín.

—Ábrela, pues —ordenó sin prisa alguna.

Óvalo apretó sus puños ligeramente. Efraín tendría que continuar la acción. Contar en silencio veintitrés segundos, treinta, un minuto, lo que fuera necesario para superar que el milagro se produjera y la lata seleccionada estuviera vacía de dólares.

Estiró la mano y extrajo una, pesada, casi se lo lleva para atrás y Óvalo lo sujetó fuertemente por la espalda.

La acercó a la mujer.

—Yo no abro nada que no sea mío —dijo.

Efraín escrutó a Óvalo y no encontró respuesta. Entonces decidió abrirla él.

Era en efecto un rollo de película, envuelta como una serpiente dormida, de una manera tupida, completamente cerrada en sí misma. Pesaba mucho; si se la miraba más detenidamente se alcanzaba a ver el filo blanco y verde de los dólares perfectamente doblados entre cada surco de la película. Era un trabajo perfecto, evidente y burdo pero perfecto, y cada billete estaba adherido al celuloide y doblado por debajo hasta quedar completamente al ras.

La mujer no cogió la caja.

Óvalo indagó también el contenido y en sus ojos Efraín pudo ver definitivamente evidentes los billetes.

La mujer mantuvo su silencio. Y Efraín oyó fragmentos del diálogo de Mamá Dolores con Santos.

—«Ella necesita una oportunidad, como tenemos todos, niño Santos» —escuchaba, suspendido entre Óvalo, la mujer y él.

—Ciérrala, por favor. Soy ciega. A mí la luz también me hace daño —concluyó la mujer negra.

Avanzaron en silencio. La carretilla surcando la arena como si fuera un inmenso felpudo. Poco a poco se volvía un barro compacto y el verdor crecía, como una cortina, un muro, un obstáculo que escondía la casa con el largo zaguán que divisaron de repente. Óvalo detuvo su andar.

—Nunca la habías visto, ¿no es cierto? Cuando saliste de aquí eras tan ciego como la mujer con que hemos tenido la suerte de toparnos.

—¿Y tú cómo lo sabes? Tú no estabas conmigo. Yo estaba solo, viendo cómo el incendio caía sobre ti y sobre...

—Aurora —dijo Óvalo. Era un diálogo extraño, estaban dudando, asustados los dos. No podía ser que estuvieran de nuevo delante de Limpio Chiquito. Efraín buscó con la mirada esa verja por la que entraba el coche de la señora Lilian conducido por Prieto. Era como una colina, una especie de seno de mujer que debían ascender hasta encontrar en lo alto de su pezón la casa, la puerta y, detrás de ella, aquella escalera por donde Aurora descendía cantando.

Ésa era otra casa. No tenía acceso, estaba ahí, convenientemente oculta tras el follaje, pero tan desnuda como uno de los niños —¿o acaso era una niña?—, que se paseaba chupando algo, su propio dedo, al fondo.

—Es lo mismo, Alambre. Hemos vuelto al lugar que nos separó —anunció.

Todo fue muy deprisa. Óvalo se secó el sudor de la frente y ya estaban delante de ambos dos hombres sin camisa, no necesariamente fornidos, pero armados y sus rostros ocultos por espesas barbas.

—Warner Brothers —dijo Óvalo.

Efraín sólo pensó que nunca en sus telenovelas podría escribir algo similar.

—Dejadlos pasar. Al fondo. Número Siete los está esperando —espetó uno de los hombres.

Pasaron, Óvalo siempre empujando la carretilla, Efraín al lado, intentando parecer marcial y, al menos, necesario. Quería ver más del lugar. No era el Limpio Chiquito que recordaba, sino varias barracas, literas en algunas, simples camas sostenidas en patas de alambre en otras. Y de nuevo niños, más delgados, que, como se recordaba a sí mismo, apartando la mirada, esperando a ser llamados a formar una fila, rodeados de armas, hogueras recién apagadas, una sensación de oscuridad a pesar de que el sol lograba colarse por entre los árboles que crecían altos.

—Soy Número Siete, me alegro de verle otra vez, Lagarto. ¿No lo ha traído hoy? —le soltó a Óvalo como si le conociera de años atrás.

—Los lagartos, ya le he dicho, sólo gustan de regresar a sitios donde han sido felices —soltó como única respuesta.

—Y a éste sólo regresan los heridos —afirmó el hombre. Miró rápidamente a Efraín y sus ojos dibujaron una sonrisa—. Un escritor, ¿no es cierto?

Efraín no supo qué decir, se sentía pequeño, infantil, tanto delante del hombre barbudo como en ese sitio.

Tuvo tiempo para definir mejor la barba muy larga, que escondía cualquier rasgo de la cara. Los ojos, apenas descubiertos, eran incisivos, el inmenso habano colgándole de entre los oscuros dientes amarillos.

—¿Cuántas latas esta vez, Lagarto?

—Quince y una película —confirmó Óvalo.

—Una película del Catire, ¿no? —preguntó Número Siete. Era una voz ronca, perfecta, de orador.

Número Siete se arrodilló ante la carretilla y cogió una de las latas. La abrió no sin antes comprobar quién había a ambos lados. A la izquierda aguardaban más hombres, pendientes de sus movimientos; a la derecha, una nueva fila de niños esperando recibir un bulto de otro de los uniformados.

Desplegó la película, permitiendo a los dólares aparecer como si fueran papel de fiesta. Algunos cayeron, convertidos en esa especie de libélula de papel. Eran billetes de cien dólares.

Nadie se movía, los hombres de la izquierda se aferraban sigilosamente a sus fusiles. Serían doce y cada uno llevaba un rifle.

—Dígale al Catire que dentro de unos días este país

será diferente. Para siempre. Y que la Historia le recordará como un héroe.

Óvalo asintió. Su mirada era radiante, como si acabara de sellar un acto indivisible. Dio media vuelta y se topó con Efraín.

—¿No quieren nada más? —preguntó Número Siete.

Óvalo se giró entonces hacia él.

—Entrar —dijo sucintamente.

—No está permitido —expuso el barbudo.

—Nosotros dos estuvimos aquí —confesó Óvalo.

Número Siete volvió su rostro hacia Efraín y éste vio en él algo embrujado, como si el hombre hubiera regresado de otra vida. No se movió, imitó al máximo la conducta de Óvalo y la militarización de los hombres armados a ambos lados.

—¿A quién buscan? —inquirió Número Siete.

—A nuestra hermana —confirmó Óvalo.

No era verdad, era todavía más complicado. Tenían que volver al anochecer. El Catire así lo había estipulado. La situación daba vueltas y eso nunca terminaba bien en ninguna escena, pensaba Efraín.

—¿Quieren un arma? —agregó Número Siete.

Óvalo accedió y el militar miró hacia uno de los hombres de la izquierda. El elegido se acercó a él y entregó su arma. Con un golpe seco, su superior la abrió y comprobó que llevara munición. La volvió a cerrar y la entregó a Óvalo.

—En la casa del fondo verán la escalera y, al final, donde quedaba el viejo teatro que el fuego consumió —dijo, y se alejó.

—Yo no quiero seguir —exclamó Efraín con la voz traicionándole su firmeza—. No tengo nada que buscar aquí.

—Sígueme. Una vez más. Yo te traje aquí y voy a hacerlo desaparecer de tu memoria. ¿No es eso lo que siempre te piden y sin embargo no consigues?

—Porque pensaba en ti. Porque imaginaba que tú venías a verme, porque imaginaba, coño, que es la manera que tengo para ganarme la vida.

—Ahora no tienes que imaginar, ahora estás.

—¡No quiero, Óvalo!

—Ahora no puedes dejarme solo. Te han visto, saben quién eres y tú sabes quiénes son ellos. Si me abandonas, te matarán o te aprisionarán. Esto es serio, Alambre, esto es la Revolución. El tiempo cuenta y mucho. Y cada detalle, cada gesto. Si sales, irás cargado de información, directo a hablar con nuestros enemigos.

—¿Para qué me has traído?

—Porque sé que no eres uno de ellos. Porque sé que en el futuro serás uno de nosotros.

No podía desligarse de la sensación de que todo retumbaba. Era un defecto de su oficio: cada diálogo tenía que sonar real, aunque la situación donde se expresara no lo fuera, aunque la carga de sentimentalismo, una palabra que odiaba, le obligara a ser relamido, cursi, otra palabra que detestaba, cualquiera que fuera ese ingrediente extra, el diálogo tenía que ser redondo, por no decir perfecto, que era, también, otra palabra detestada en esa escena que vivían juntos.

Él, a quien Número Siete había llamado escritor, y Óvalo, que había sido su guía, luego su fantasma y ahora un hombre aferrado a un fusil y avanzando en un sitio desierto, desolado más bien, aunque poblado por hombres barbudos de distintos uniformes, encontraba brusca la verborrea de Óvalo, y también se encontraba molesto consigo mismo. Pero el tiempo de esas reflexiones le pillaba avanzando, dirigiéndose hacia una puerta que no era tal, sino una garra elevada y detenida por el fuego, un pedazo de madera chamuscada en el umbral que una vez fue. Y, al fondo, en medio de la nada, como si fuera el esqueleto de un dinosaurio o la boca abierta de un mamífero extinguido, se sostenía en la nada, la barandilla de metal de lo que una vez fue una escalera, parte de ella pegada a otro resto de un piso superior, un metro escaso de madera podrida por sucesivas lluvias, intemperie absoluta, que había sobrevivido al estar unida a una columna de piedra que resistió al fuego. Ese triste esqueleto era la escalera por donde vio a Aurora descender. La escalera de Limpio Chiquito. La escalera que tantas veces obligó a repetir a los escenógrafos, recrear en las casas de Santos, de Mercedes, y si hubiera podido justificarlo, la habría puesto hasta en la humilde casa de Mamá Dolores.

—No pienses tanto —ordenó Óvalo—; le otorgas belleza a lo que no la tiene —continuó.

—Entonces el teatro estaba debajo de la escalera. Fueron los escalones los que cayeron sobre nosotros —confirmó.

Óvalo se colocó en el centro del fantasma de la escalera. Miró hacia los lados. En una esquina de las ruinas, protegidos por una mata de aguacate que había crecido impune, un grupo de hombres uniformados y armados enseñaban a leer a unos niños. Efraín seguía anotando cosas. Quiso acercarse. Óvalo lo detuvo.

—Les enseñan a leer un libro sobre la Revolución de Octubre.

Efraín le miró sin entender nada.

—La rusa, Efraín. ¿No has leído otra cosa más que mis mosaicos, Alambre? —Se quedó realmente asombrado.

Efraín no quiso responder.

—Batista y los americanos jamás nos acercaron un libro, Alambre. Recuérdalo. En vez de eso, nos...

—«La huella del amor» —aseguró Efraín.

—Tú lo has dicho. Mejor que lean sobre la Revolución Rusa que lo que tuvimos que aprender tú y yo.

—Eran boleros. Y las fábulas del profesor Arévalo.

Óvalo le miró displicente. Decidió ir hacia la derecha; habían construido barracones dentro de las habitaciones que el fuego había destruido. Algunas puertas funcionaban, estaban enteras, otras eran nuevas. Desde algunas se percibían olores, guisos. En otras ruidos, pequeños gemidos, algún rito. Óvalo pasaba muy cerca de cada una y no reaccionaba. Efraín no paraba de imaginar, hechos que había olvidado podrían estar sucediendo detrás de esas puertas, en esas habitaciones reconvertidas en lo mismo que el fuego había destruido. Los gemidos eran de niños, no estaban aprendiendo a leer, ni tampoco a escuchar boleros. Estaban atrapados en lo que él conoció cuando fue uno de aquellos niños.

Como una revelación, entendió esa propensión a ver como realidad los fantasmas de su imaginación. En Limpio Chiquito, mientras a Óvalo y Aurora les utilizaban, él era sólo espectador. Por su fealdad, su rareza, las dos cosas juntas, se hizo invisible, no deseable. Lo que en un principio pudo salvarle, fue en realidad la primera de sus condenas. Asistir a la tortura de otros. Imaginar pasó a ser una forma de escapar. Y luego, de crear. Palabras, diálogos, personajes, su propia red que el destino quiso llamar telenovela.

Número Siete volvió a llamarlos.

—Hemos tomado una decisión, diferente a lo acordado.

Óvalo cambió de gesto. Ya no parecía tan decidido. Recuperaba ese aspecto inocente, necesitado de alguien superior que le guiara.

—Lo que usted diga, Número Siete.

—La Revolución necesita su propia justicia. En este poblado encontramos mucha resistencia. Diez de nuestros rehenes han recibido nuestra sentencia.

Efraín vio cómo apartaban a los niños que veían hacia un lado del patio. De una de esas habitaciones donde creyó oír gemidos, surgió una fila de personas con los ojos cubiertos y las manos atadas. Efraín observó a una única mujer en el grupo. Rechoncha, desorientada. Era Lilian.

Número Siete se aproximó a Óvalo.

—¿Ha disparado alguna vez? —preguntó.

—Sí —dijo Óvalo.

—Le recuerdo que se dice que provoca un placer tan único, que pocos pueden controlar no volverlo a hacer —sentenció Número Siete.

Óvalo cargó y recargó su fusil. El ruido se repitió diez veces, una por cada rehén y ejecutor.

Los nueve hombres y la señora Lilian fueron colocados en el centro del patio. Los niños seguían allí, quietos como las gallinas de Evaristo el día del huracán. La primera ráfaga derribó a varios. Lilian se tambaleó. Óvalo fue hacia ella y le quitó la venda. Efraín no podía saber si alcanzó a reconocer a su verdugo. Óvalo volvió a cargar su fusil. Y disparó, disparó hasta vaciar el arma sobre el cuerpo desfigurado, ahora ahíto de pólvora.

La nube de metralla se disipó. Otros guerrilleros arrastraron los cadáveres hacia las hogueras. Hicieron que los niños retomaran la lectura. Número Siete subió a un coche muy precario y se alejó. Óvalo se mantuvo de pie ante el cuerpo retorcido de la mujer que le llevó a ese mismo sitio, años, una vida antes.

—No es suficiente. Nunca es suficiente —dijo.

24

LOS ÚLTIMOS DÍAS DE 1958

Una vez más, Efraín prefirió el silencio, la impasibilidad de su presencia, su compañía junto a Óvalo. A medida que dejaban atrás las ruinas de Limpio Chiquito y a la señora Lilian devuelta al sitio que tanto apoyó. La habrían capturado cerca, en otro Limpio Chiquito, igual de sórdido y cruel. Ella también, pescando, secuestrando a nuevos Óvalos, nuevas Auroras a las que entrenar para satisfacer a los mismos curas, americanos, hermanos con posibles para saciar sus vicios.

Tenía razón Óvalo, ajusticiar a la señora Lilian no era suficiente. La rueda que sabía girar no iba a detenerse.

Llegaron al mar. Subieron a la lancha, en silencio. Óvalo detuvo la embarcación, se desnudó y se lanzó al mar. Efraín le imitó. No quería estar lejos de él.

—¿Todavía sigues creyendo que hay un pasadizo en el fondo del mar que te lleva al otro extremo de la isla, Efraín? —preguntó.

No recordaba habérselo dicho. Óvalo sonreía, sus dientes de nuevo tan blancos, su piel brillante, el pelo más denso, un turista feliz bajo el sol.

—No. Ahora sé que mis imaginaciones quedaron atrás.

Óvalo extendió su mano para acercarlo. Efraín quiso decirle que parecían una estrella de mar, malformada, pero gozosa de ese sol.

—¿Por qué siempre las cosas más horrendas suceden en los días más bellos? —preguntó Óvalo.

No hubo respuesta. Estuvieron así, suspendidos en el turquesa que cambiaba al lila y luego al azul marino el tiempo suficiente como para establecer un nuevo sello, nadando probablemente encima del conducto secreto que los arrastraría hacia el otro lado, no ya de la isla, sino de la vida entera.

El Catire los recibió con un banquete de langostas y vino blanco servido en una mesa con un mantel brocado que, a pesar de lo recargado y pesado de su elaboración, conseguía levantar el viento. El sol iniciaba su puesta, los marineros desplegaban las velas y ellos se disponían a sentarse en la cubierta. No era un viento fuerte, empujaba las velas y hacía navegar la embarcación. Tania estaba radiante, sonriente, preguntando una y otra vez qué había pasado, a quiénes habían visto, hasta que Efraín colocó una mano sobre la suya en señal de silencio.

—¿Cómo está Número Siete? —preguntó el Catire con el tercer whisky en su mano.

—Le envía un saludo —adelanto Óvalo—. Me pidió que le anunciara que estamos a las puertas del triunfo.

El Catire apuró su copa y ordenó traer otra, sonriendo y mostrando la hilera de dientes más famosos de Hollywood. La cena dio comienzo.

* * *

En los días sucesivos, meses, capítulos infinitos de la telenovela, los hombres que Óvalo y Efraín vieron en las ruinas de Limpio Chiquito alcanzaron puntos estratégicos de la parte oriental de la isla hasta llegar a El Morro y liberar a los presos políticos. Poco a poco las barreras, los muros del régimen que vivía subyugado ante los sinsabores de «La huella del amor», empezaron a resquebrajarse. El ministro de Comunicaciones recibió a las puertas de su casa la cabeza de uno de sus perros, y entre sus fauces la mano enjoyada de la señora Lilian. La embajada estadounidense dio órdenes de seguir adelante con la prevista celebración de su fiesta de Fin de Año, pero no pocos invitados ofrecieron excusas para disculpar su falta de asistencia. Algunos de los barones del azúcar, junto a viejos regordetes testaferros de las fortunas norteamericanas, decidieron colgar el cartel de cerrado en los casinos. Sin embargo, las calles de La Habana mantenían la euforia debajo de los neones de cada noche aproximándose a la Navidad y más adelante al Año Nuevo. Los decorados de la telenovela incluyeron un arbolito en la casa de Santos para que el nietecito, Santos Junior, disfrutara la llegada de san Nicolás mientras Mamá Dolores era invitada a la celebración para sorpresa y dolor de Mercedes.

* * *

El Catire repitió invitación al matrimonio Rotundo. Las Navidades eran siempre para Diana, pero los días previos al Año Nuevo Tania prefería disfrutarlos solos. Tania guardaba bellos recuerdos de aquel viaje junto a la estrella. Entendía que no eran tan agradables para su marido. Pero, Efraín, fiel a su carácter taciturno, accedió. Los dos, sin decirlo, adivinaban que volverían a ver a Óvalo.

El velero se aproximaba al puerto de La Habana mientras Efraín observaba en silencio las borracheras del Catire.

—Cuando era hermoso, amigo escritor, cuando era hermoso escuchaba música en todas partes y me dejaba emborrachar porque esa música me llevaba de un sitio a otro y no dejaba de sonreír. Y a la mañana siguiente, cuando hasta tener que mover el dedo meñique me recordaba las peores cosas de mi vida, seguía sonriendo, amigo escritor. Cuando era joven y hermoso fui a tantos sitios... Estuve en España con el pesado de Hemingway, siempre en silencio, bebiendo despacio, ¡cuánto detesto a la gente que bebe despacio! Como si estuviera vigilándote o castigándote, así bebía, como una monja, por eso siempre escribía de señoras que luego en el cine interpretaban monjas. Como Ingrid. Fue una monja, la más bella, demasiado alta. Beber, amigo escritor. Beber, mirar y recordar, eso somos todos. Los escritores siempre están mirando. Ésa es tu condena, miran y luego no recuerdan y vuelven a mirar, y lo único que ven son sus propias vidas desfilando ante ellos sin solución.

Por la mañana, los pobladores de la costa regresaban, algunos a la mar, otros a cortar la caña, pero desde la cubierta del barco siempre alcanzaba a ver un grupo de personas desplegando la misma tela, una especie de bandera con las franjas pintadas de azul y una estrella y, detrás, siempre otro grupo de personas sonrientes, levantando muy alto otra bandera con la palabra «Libertad» en ella. A medida que se acercaban a La Habana aparecían más y más de esas banderas. El Catire prohibía la radio por las mañanas si estaba colapsado por el alcohol. Cuando conseguía tomarse su «refresco revitalizante» mezcla de Pernod, salsa para carne, un huevo a punto de pudrirse y un boquerón con mucho vinagre, permitía usarla. Así por lo menos sabían el día en que se encontraban. Ayer, 30 de diciembre. Hoy, 31, llegarían a La Habana minutos antes del Año Nuevo.

Bajó al camarote; la puerta estaba abierta, Tania se reía. Óvalo estaba con ella, vestido con un traje nuevo, azul como sus ojos, ligero como el clima en que se encontraban.

—Amor, Óvalo nos deja. Va a quedarse en Camagüey primero y luego vendrá a visitarnos las primeras semanas de enero.

Efraín percibió que sobraba, que sólo estaba allí porque Óvalo y él sabían demasiado de cada uno.

—¿Qué hay en Camagüey? —preguntó.

—Mi sitio.

—He estado pensando en renunciar a «La huella del amor» —explicó Efraín—. Hay una chica, sobrina de Cora..., es muy inteligente, a veces me pregunta sobre este y otro diálogo. Creo que ella puede aprender fácilmente el oficio y escribirlo incluso mejor que yo.

—¡No lo permitiré! ¡Emiliano no lo permitirá! —sentenció Tania.

Efraín se tumbó en la cama y comprobó que Tania y Óvalo estaban bastante cerca entre sí. El azul era un buen color para Óvalo, pero también para Tania. ¿Por qué Mercedes y Francisco no se enrollaban también con una tercera persona? Le parecía oír a Emiliano: «El público cristiano y cubano no permitiría una cosa así.» ¿De verdad? ¿No estaba pasando en ese barco? ¿No estaba él mismo viendo a Óvalo regresar a su vida, ajusticiar su pasado y enamorar a su esposa?

—¿De qué tienes miedo? —le preguntó, llevándose las manos por encima de las solapas finas de su traje celeste. Ese tono de voz, el mismo que adquiría después de visitar al doctor Hernández a solas, cuando eran niños y desprotegidos, el mismo que tenía encima del perro blanco del hermano del General, él desnudo dentro del agua preguntándole si aún soñaba con ese pasadizo secreto bajo el mar.

—¡Tengo miedo de volverme el símbolo de algo que está a punto de cambiar!

—Efraín, amor —susurró Tania, colocándose a su lado.

La puerta del baño estaba abierta y podía ver reflejados en su espejo la espalda de Óvalo y a su esposa Tania. Él no aparecía en ese reflejo. Óvalo captó la dirección de su mirada y se giró rápido para cerrarla. *Retrato.* Ésa debería ser su próxima novela.

Óvalo, amigable, cariñoso, puso una mano sobre su rodilla. Efraín quiso apartarla, pero no pudo.

—Van a cambiar las injusticias, Alambre, pero no lo que le gusta a la gente. Tu telenovela le gusta a la gente. No eres tú el que tiene que cambiar porque nunca has hecho nada malo, a lo mejor tiene que cambiar la telenovela, para que siga gustándoles a los que la ven.

Pasaron la larguísima tarde del último día del año jugando a ser un trío feliz. Tomaron el sol juntos y Efraín pensó en lo hermosa que era Tania cuando cerraba los ojos. El embarazo de Diana le había dejado una figura aún mejor. No la conocía, no sabía cómo definirla. Era su esposa, era la madre de Diana, era Mercedes. No le funcionaba como personaje. Sin embargo, Óvalo, ahora sin el traje celeste, comiendo ensalada y dejando que la vinagreta le resbalara por la boca, era un personaje más logrado. Tenía recuerdos suyos. Tenía verdades suyas. Vivía, dejó de vivir, reapareció, y esa belleza recobrada nunca cesaba de ensimismarle. Era como algo que podía reactivar. Aún la tarde poseía esos colores nítidos del diciembre caluroso haciéndoles creer parte de un recuerdo temeroso de entrar en la oscuridad.

Pensó, desde luego, en Aurora —tenía la sensación de que estaba allí, en alguna esquina de las ruinas de Limpio Chiquito—, y en todo lo horrible que sucedió y que le impidió detenerse para buscarla. Hubo de reconocerse que no la imaginaba entera, que sufría creyendo que, de encontrarla, estaría en el fondo de una cueva sin un brazo, mordida, la mitad de la cara quemada. Ésa era otra de sus condenas como escritor, las imágenes que veía de ella en su cabeza eran demasiado vivas, tanto que no podía desprenderse de ellas. También había imaginado a Tania y a Óvalo besándose, penetrándose, aullando de gusto, y ahora estaban allí, en la popa del barco anclado al borde del pequeño muelle viendo cómo éste se alejaba vestido de azul, mirándolos y sonriéndoles, convertido en una especie de ministro sobre el mar.

Regresaron al camarote en silencio. Sobre la cama había un vestido de noche de un color desconocido, no muy negro, con algo de verde, como las aguas del mar cuando se avecinan tormentas. Tania le plantó un beso agradecida al pensar que era un regalo suyo, pero no lo era. A lo mejor era cosa del Catire. A lo mejor de Óvalo. A lo mejor de Número Siete. El beso continuó y el sol decidió entrar en el agua, podía verlo soltando destellos que llegaron hasta el espejo del baño a través del ojo de buey del camarote. Apenas tocaban la esfera o la superficie del agua, los rayos sobre la tela del vestido hacían que éste pareciera algo vivo, como agua oscura cubierta de algas que, al sentir el calor del sol sobre su superficie, se removían para atraparlo, como las manos de la señora Lilian amarradas esperando el disparo. En la oscuridad azulada continuaron besándose y Efraín acarició la cintura y los pechos de su esposa sintiéndose desnudo, mecido por las aguas que los acercaban a La Habana y al nuevo año. Se tumbaron en la cama arrugando el traje con el peso de sus cuerpos y los gemidos de cada uno crecieron para apagar los verdaderos nombres que en verdad deseaban decir: Aurora, Óvalo. Libertad. Miedo.

Cuando subieron a cubierta, vestidos como si fueran a recibir un premio de esos que Emiliano entregaba cada año en las galas televisadas, se encontraron con el Catire sonriente aunque apretado en un esmoquin de terciopelo que habría envuelto su cuerpo en esos años en que había sido valiente y hermoso. Bebía champagne, pero tomaba también sorbitos de una copa repleta de hielo y whisky.

—El cincuenta y nueve, quién iba a decirme que lo vería. Desde hace seis años me matan en Hollywood a cada uno que pasa. Rechazo tantos papeles... Son mierda, no puedo pasarme la vida entera pegado a una espada y colgado como un mono de una lámpara medieval.

Tania rió de buena gana. El Catire era desbordante y simpático aunque se repitiera, como les sucede a los alcohólicos, que dicen varias veces la misma frase y jamás te sueltan mientras escupen repeticiones y ligeros avances.

—Ese hijo de puta de Hitchcock, cómo lo recuerdo. Él y la zorra de su esposa, con perdón, querida, abnegada Tania, siempre preparaban un *lunch* que se convertía en *dinner* y, hacia las seis de la mañana del primero de enero, devenía en el mejor *breakfast* de todo Hollywood. El cabrón de Hitchcock y la comida. Es la persona que más sabe de sabores del mundo. Debería enviarle un cable si no fuera porque la radio del barco está colapsada. Dicen que los generales están dejando La Habana.

Empezó a toser, fuerte, cada vez más fuerte, llegando casi al colapso. Tania se aproximó y Efraín la detuvo para dejar más espacio a los marineros, más expertos en tratar este tipo de crisis. Era algo más que alcohol, era un organismo que sencillamente buscaba la manera de detenerse.

—Va a morirse —dijo Tania—. ¿No hacemos nada?

—Señora —dijo el marinero en inglés—. Tenemos todo lo que necesitamos para estos ataques.

El Catire conseguía reunir un poco de aire y cogía la mano de Tania.

—Tenemos un guionista, querida. Él sabrá organizarme

una muerte digna. Ningún actor quiere morir de mala manera, ¿no estás de acuerdo, Efraín?

Tania le sonreía y miraba a su marido.

—Piense en algo bueno, Catire —dijo éste. Le habría gustado decirle lo mismo a su madre en la mitad de la ola. Y a Evaristo, si hubiera tenido tiempo de responderle que le comprendía.

—El beso de la monja de Ingrid y el maricón de Cary en *Encadenados,* amigo escritor. Qué pena que no fuera yo.

Oyeron el primer fuego artificial estallando en el cielo. Y vieron un avión inmenso que pasaba por encima de sus cabezas. Efraín sintió que prácticamente los aplastaba, y cuando levantó la cabeza distinguió escrito en él el nombre de las Fuerzas Aéreas Cubanas. El ruido hizo que Tania se le abrazara y le dijera algo que jamás pudo oír. Empezaron otros cohetes y muchos otros más. Los edificios mostraban sus colores, el verde manzana, el amarillo canario, el rojo tomate, el rosado Cadillac bajo el fulgor de los fuegos precipitándose por cada esquina de la ciudad. Subían hasta el cielo y reventaban convirtiéndolo en una bóveda azul oscuro, caían encima de los edificios y los neones de los casinos en forma de paraguas, palmeras, barcos de luces, corazones, hojas de oro, granos de maíz, cascadas como la risa de Aurora cuando le guiñaba el ojo, la electricidad del azul de sus iris y ahora el traje de Óvalo. Tania seguía diciéndole algo y Efraín miraba hacia el Catire, desplomado en la silla, la cabeza hundida en el plato de chili con carne y ensalada de langosta que acababan de servir los marineros. Vio a Emiliano en semejante posición. Al Hermano desplomado sobre una sopa negra con la cabeza de su perro mordiendo el brazo de la señora Lilian. A Prieto ahogado por una nota equivocada en su trompeta. Esperaba encontrarse a sí mismo, en otra parte de la mesa, también desplomado sobre un plato que le reflejaba al fondo igual que la cabeza sin torso flotando junto al velero cerca de El Morro. Tania seguía hablándole y los fuegos bailaban sobre La Habana volviéndola un neón empeñado en brillar, parpadeando una, otra vez, mientras la gente se arremolinaba en el muelle sacudiendo esa bandera con la palabra «libertad».

—Está muerto. —Era la voz de Tania—. Ha triunfado la Revolución, Efraín. Lo dicen en la radio. Batista se ha ido. Estamos en la Historia, Efraín, mi amor. Tenemos que volver a casa, decírselo a Diana, tiene que verlo. Una cosa termina al tiempo que otra empieza —continuaba hablando. Efraín la abrazaba y pensaba que en realidad ella le decía otras palabras, como que estaba enamorada. De Óvalo, del traje azul, del tiempo que empezaba. Mientras él seguía allí, siempre silente, siempre mirando, recordando al Catire y su deseo de ser el galán que besaba a la heroína en la película de Hitchcock.

El barco entró en el puerto y la gente enloquecida subió a bordo. Tania se aferró a su marido. Unos fotógrafos tomaron fotos del cuerpo del Catire precipitado sobre el chili con carne hasta que los marineros lograron cubrirle y llevarlo hacia el camarote. Seguían los cohetes y las bocinas de los coches y los gritos por todas partes mientras Efraín y Tania tocaban tierra y avanzaban hacia la casa.

Revolución. Revolución. Revolución.

Las puertas de los casinos se abrían de par en par, el reloj de la catedral anunciaba las doce y cinco, todo empezaba a suceder demasiado rápido. Las puertas de los casinos se abrían mientras Efraín, sujetando a su esposa, zarandeado por la multitud, se sentía como un pez que nadara contra la corriente. La gente salía disparada a la calle, medio borracha, con dinero en las manos, alguna mujer se sujetaba los tirantes de su vestido negro avispa y más puertas que seguían abriéndose como si estuvieran en un *western* en el que desaparecen o se incendian las cantinas. Y más gente, hombres con uniformes que jamás había visto, igual de barbudos que los que merodeaban en ese Limpio Chiquito que había dejado atrás, entraban en los locales aplastando a quien se pusiera por delante. Tania, entonando a viva voz los cánticos de quienes los rodeaban, le impulsaba a seguir. Efraín continuaba mirando, pasaron por delante del Sahara, allí trabajaba ahora Prieto, tendría que preocuparse por que no le sucediera nada. Pudo entrever que había una gran muchedumbre dentro, una jauría de sombras que se proyectaban en las paredes, el ruido de vidrios quebrándose llegaba hasta ellos, dos hombres se colgaban de una de las lámparas de araña y se mecían sobre ella hasta hacer que se desplomara. Más adelante, en el Riviera, otros sacaban a la calle las mesas de billar y arrojaban sobre sus tapetes verdes antorchas hechas con papel de periódico. Seguía el grito, los gritos, las puertas de más casinos que se abrían y escupían mobiliario incinerado, pudientes malheridos aferrados a sus dólares, mujeres medio vestidas, un zapato con el tacón roto en una mano, ninguno en la otra. «¡Revolución, revolución!», exclamaba Tania, arrancándose a tirones el vestido regalado por el Catire, desnudándose delante de esa marea humana que brevemente se detenía al reconocerla. «Eres Mercedes, ¿tú también estás con nosotros? Dinos, ¿es Mamá Dolores de verdad tu madre?» Y Tania buscaba a Efraín con la mirada, y Efraín sentía en esos ojos clavados en los suyos que no le buscaba a él, sino a Óvalo.

Sobre todos ellos, el cielo de La Habana envuelto en una pólvora fluorescente y tecnicolor.

25

LOS PRIMEROS DÍAS DE 1959

¿Cómo hacía el Catire para estar dispuesto a bailar un vals en la cubierta de su barco después de haberse bebido una bodega cargada del mejor escocés? Efraín intentaba con denodado esfuerzo sostenerse delante de la máquina de escribir, lograr aspirar el cigarrillo que se consumía en su mano. Recordaba claramente al Catire envuelto en su toalla, sonriendo con todos esos dientes de extraordinaria blancura, el pelo hacia atrás y las gotas de mar resbalando por su nuca cuando tan sólo horas antes había estado repitiendo en ebrios balbuceos su desprecio a Hollywood por no haberle aceptado como algo más que un apuesto espadachín. ¿Cómo lo conseguía? Era algo con Pernod y un huevo en su punto justo de pudrirse, sí, un espantoso mejunje que no lograba recordar.

No era que tuviera resaca. Era que todo lo que veía a su alrededor seguía borracho. La ciudad delante de él, otra vez instalado en el balcón del apartamento, continuaba invadida de gente, negros, campesinos, mujeres, niños, gordos, enanos, azucareros con sus sombreros de paja doblados en una mano y agitando la bandera con la estrella en la otra. Desfilaban, paseaban, gritaban, se besaban o se unían a orquestinas improvisadas inventando chachachás: «Ven, que te voy a enseñar la Revolución, mi amor bonito.» Tania había conseguido despertarse para llevar a Diana al colegio en vano, pues no había clases mientras durara lo que la maestra llamó «el fiestón de la libertad». Habían vuelto las dos hacía una escasa media hora y de inmediato se habían metido en la cama. El dolor de cabeza era imposible de frenar para Efraín y decidió hacerle frente con ese H. Upmann que no era capaz de fumar y la lectura de la carta escrita en inglés por los abogados en Los Ángeles del Catire.

Querido señor Rotundo:

Es una noticia terrible el fallecimiento de mi cliente, el Catire, *como gustaba ser llamado en español.*

Es mi deber informarle de la penosa situación financiera de mi fallecido cliente. Tengo entendido, por las últimas cartas que recibí de él, que preparaban juntos una película con la cual devolverle a las pantallas aquí, en Hollywood, por lo que imagino, recordando la intensa franqueza de mi fallecido cliente, que le habrá puesto al día de su situación. Llevaba, supongo que lo sabría, ocho años vagando por el mundo a bordo de su adorada embarcación. Al saberse su fallecimiento, obviamente la prensa ha organizado un gran revuelo aquí y sus esposas me han llamado interesándose por el estado de su herencia.

Éste es el motivo de mi carta. Mi cliente deseaba ser enterrado en las colinas de su casa en Jamaica, pero ésta ha sido embargada unos días antes de su fallecimiento en aguas cubanas. De tal manera, su cuerpo sigue retenido en La Habana. Creo que lo mejor sería organizar un servicio fúnebre, imagino que católico, aunque mi cliente no fue nunca un hombre de iglesias, en esa misma capital. No podré acudir, pero, si me envía notificación del lugar y fecha, me encargaré de hacérselo saber a las tres esposas y a su única hija, Claudia. También informaré a los jefes de los estudios donde mi cliente fue una gran y muy recordada estrella. Y, desde luego, a la cantidad de amigos y compañeros, algunos también clientes míos, que se han interesado por acompañarle en su último viaje.

Me gustaría cumplir un último deseo suyo. Como recordará, el primer divorcio de mi cliente, con la actriz lady Damita, le hizo por siempre un hombre arruinado. La única posesión que consiguió retener de esa ave de rapiña fue el velero donde murió. Me gustaría que lo conservase, por lo que le ruego vigile la llegada de especuladores de Miami que en cualquier momento pueden visitarle para hacerse con él.

Espero noticias suyas acerca del funeral. Mi cliente fue un hombre tan ateo que no puedo pensar en alguna iglesia que desee acogerle entre sus fieles.

Suyo,

BRANDON SYMS

La mañana era extrañamente fría, así que torpemente, a causa de la resaca, Efraín se colocó un chaquetón que le hizo sentirse muy Humphrey Bogart en La Habana, camino al barco de esa otra estrella cinematográfica que fue su amigo. Ahora comenzaba a entender la mala suerte que había acompañado al Catire en sus últimos días hasta culminar con una muerte que coincidía en tiempo y espacio con el gran acontecimiento mundial del que todos se hacían eco, la Revolución de Castro. ¡Eso sí que era escoger mal la fecha para morir!

Habían pasado tres días, no podía calcularlo bien porque habían sido tres días de algarabía. Todo el mundo esperaba la llegada de Castro, de Fidel. Fidel, Fidel, Fidel, era todo lo que gritaban esos muchachos entusiastas, contagiosos, abrazándole, compartiendo el ron, pidiendo un cigarrillo. «Ya viene Fidel», «Espera a Fidel», «Se va la escoria, llega la Libertad». Efraín pensó en la curiosa dinámica que regía desde siempre su vida. Siempre que pasaba algo, él estaba comprometido en otra cosa, como ahora, yendo contra la riada de gente que celebraba una revolución mientras él se disponía a organizar un funeral de un hombre con el que había compartido un viaje de regreso a su infernal pasado.

Arturo Smith era un negro de Carolina del Sur que le recibió impecablemente vestido de capitán a pesar de que los puños de su uniforme evidenciaban desgaste. Lloraba, y sus inmensos ojos como aceitunas negras parecían deshacerse y resbalar por la piel endurecida por la sal que se hacía más y más oscura a causa del discurrir de las lágrimas.

—Hablo poco español, jefe —le dijo.

—No me llame jefe. Sé que desean dejarme el barco, pero aún no sé lo que haré con él. Lo importante ahora es despedir a nuestro Catire.

—¿Quiere verlo? Le hemos depositado en una de las neveras. Hemos hecho lo que hemos podido.

Bajó al depósito, exactamente al fondo de la sala de máquinas. Había dos grandes neveras de un apropiado metal negro. Las habían acostado contra el suelo y las puertas se abrían con una manilla propia de los refrigeradores. De inmediato supo que ésa sería la urna para la ceremonia. Le gustó su propia idea, la muerte del Catire había sido inesperada, así que inesperado sería también todo lo que vistiera su ceremonia de despedida. Smith abrió, pues, la nevera acostada y dentro estaba más o menos bien acomodado el cadáver del Catire, todavía con el traje azul marino que vestía el último día del año 58. Le habían colocado hielo alrededor de la cabeza, que estaba lógicamente inclinada para no chocar con el techo del refrigerador. Estaba azul, las venas marcadas en el rostro, los labios lilas.

—Quizá podríamos conseguir a alguien de su televisión que le arregle y consiga abrirle la boca, para que su famosa sonrisa ilumine Los Ángeles en el cielo —expresó Smith. Efraín no quiso mirarle mientras desgranaba emociones tan sentimentales. ¿Cómo un varón tan negro y recio podía albergar un corazón tan cursi?

Pero esa cursilada, como le gustaba decir a Efraín delante de sus propios diálogos cuando se pasaba de sensiblero, le dio la idea. Celebrarían el funeral en el barco y, en efecto, el mago Alfredo podía dibujarle una sonrisa al cadáver. Después de todo, llevaba años convenciendo a toda Cuba de que Mamá Dolores era realmente negra.

Estuvo un rato delante del Catire en la nevera. Aparte de la sonrisa, Alfredo tendría que restituirle también el célebre hoyuelo en la mejilla. Aunque era improbable que llegaran a mostrar en un funeral un cuerpo dentro de una nevera y pese a que posiblemente fueran a cerrarla durante la ceremonia, Arturo tenía razón en desear que la belleza del Catire le acompañara hacia la inmortalidad. Vio de pronto un baúl entre las dos neveras. Arturo le permitió abrirlo. Eran latas de películas, como las que habían depositado en Limpio Chiquito Óvalo y él. Se inclinó para revisarlas; esta vez no tenían billetes verdes mal adheridos en la caracola que formaba el celuloide. Eran treinta cajas, dos películas.

—Todo lo que está en el barco es suyo. Usted no se acuerda, pero muchas veces estábamos solos en el cine de la calle 45, ése que siempre proyectaba *Lo que el viento se llevó* —confesó Arturo. Efraín le sopesó con su mirada de resaca, todavía abrigado por el chaquetón de Humphrey Bogart. Vaya con el Catire, su negro de a bordo era una de esas locas fascinadas por las películas. Claro que le recordaba, eran los únicos en la sala, y nuestro uniformado capitán Smith lloraba entrecortado cuando la santísima señorita Havilland consolaba al viril Clark Gable vestido de Rhett Butler después de la muerte de su adorada hijita—. Estoy seguro de que podrá organizar una proyección de las películas allí —sugirió Smith.

Sí, ésa era la palabra: «organizar».

Tania le vio extender el gigantesco mapa de la isla que el Catire tenía en su barco. Diana también lo miraba admirada. Había todo tipo de islitas, ríos, playas y los manglares por los cuales él había ascendido hasta La Habana con Prieto. Había que invitarle, desde luego, a la ceremonia. Es más, le convencería para que tocara una serie de esos foxtrots que tan bien se le daban. Escribió el nombre, «Prieto», en la parte de atrás del mapa.

—Y Óvalo, imagino que también lo invitarás. Gracias a él le conocimos —aventuró Tania.

Diana levantó la mirada hacia su madre. Sabía algo, más de lo que ellos dos podían decirse el uno al otro.

—Ve a tu habitación, Diana. Mañana tienes colegio, a ver si por fin recuperamos alguna normalidad en esta isla.

—Y tú también tienes que volver a escribir, papi —dijo Diana, obedeciendo a su padre y volviendo a su cuarto, como las niñas de las películas.

Efraín escribió el nuevo nombre debajo de Prieto: «Óvalo». Ya estaba otra vez cerca.

—Hoy hablan en la prensa sobre la cabeza de perro —anunció Tania. Efraín continuaba anotando nombres. «David O. Selznick», así se escribía, debía enviarle un telegrama al productor a petición del abogado del Catire—. Óvalo no quiso decirme nada, pero yo lo adiviné todo en su mirada. Sabes perfectamente que puedo intuir las cosas y adelantarme a la realidad incluso mejor que tú.

—No hace falta que repitamos las conversaciones, Tania —dijo Efraín.

—No estamos repitiendo; a lo sumo, estamos dando vueltas sobre el mismo círculo sin atrevernos a entrar en él.

Ah, las actrices —pensó Efraín—, siempre hablan como

si rescataran diálogos de escenas que no pueden olvidar. Dando vueltas sobre un círculo al que no se atreven a entrar.

—Tú no me entiendes, Efraín. Nunca lo has hecho. Puedes estar meses sin mirarme, sin considerarme, y de repente te acercas, me haces el amor y vuelves a alejarte.

—Entonces no es de un círculo de lo que quieres hablar, Tania —la interrumpió—, sino de Óvalo.

Ella se levantó y cerró la puerta del pasillo que llevaba a las habitaciones; se quedó allí de pie. Efraín continuó escribiendo los nombres de las personas a quienes debía telegrafiar e invitar. «María Félix, Camino de los Pinos, México.»

—Puedo enamorarme de él de la misma forma en que no puedo desenamorarme de ti.

Efraín dejó de escribir.

Tania decidió abrir la puerta otra vez, dispuesta a irse.

—Ya te lo dije en el barco, nada de esto terminará bien —advirtió al salir.

Efraín pasó la noche en vela en buena parte gracias a los ruidos de la calle. Era como si al caer la noche se incorporara a la masa vociferante una nueva remesa de ciudadanos dispuestos a seguir gritando hasta quedar sin voz festejando Libertad y Revolución, Revolución y Libertad. Sus ojos estaban encendidos, más que por el ron y la música permanente, por esa sensación única de estar dentro de la Historia. Era lo que se oía en todas partes menos en los capítulos de «La huella del amor»: «Estamos en la Historia»; «Somos la Historia»; «Viva la Historia, viva la Revolución». Cuando regresara al estudio, el lunes por la mañana, tendría que buscar la manera de involucrar esta revolución en su argumento. Sin embargo ahora, en el desvelo, no podía pensar en eso. Seguía imaginando el funeral para el Catire, el domingo al mediodía. ¿Quiénes vendrían?, ¿quedaría realmente lucido lo que había preparado? Prieto le preocupaba, le había visto demasiado drogado, atrapado en un mismo compás cuando fue a buscarle al casino, el mismo casino lleno de estadounidenses que reían medio borrachos y ahora repetían *«Revolution»* y *«Castro now!»* con ese acento absurdo en medio de las sillas rotas, los muebles estampados contra la pared, el olor a chamusquina. Se oían rumores, que iban a cerrar los casinos o, cuando menos, a nacionalizarlos como todo lo demás, la radio, la prensa, los bancos canadienses. «Vamos a nacionalizarlo todo, ¡hasta las embajadas extranjeras!», gritaban en la calle entre grandes risotadas. La fiesta continuaba, al menos en el escenario, que, cosa insólita, conservaba casi todo su mobiliario pese a que sobre él pendiera la lámpara de cristal a punto de desplomarse. Prieto salía de su aturdimiento y se unía con su trompeta a la orquesta de salsa y guaguancó, Los Súper Medina, y la pista se llenaba de morenitas bellas, con sus trajes blancos y faldas con cancán. Todo seguía igual aunque ahora se viera en la pista a algún campesino con la mirada perdida ante tanto lujo y urbanidad, y de pronto en la puerta existiera algún altercado con dos guerrilleros vestidos de camuflaje y barba que deseaban entrar sin respetar el criterio de traje y corbata ineludibles para la admisión en el local. «Estamos en una revolución, ¿no te has enterado, porterito de mierda?», «No se puede entrar sin traje y corbata, señor», «Esto es el traje que ha cambiado la Historia, ¿no lo ves?», «Señor, puedo prestarles corbatas, si lo desean». Y dentro finalmente pasaban los dos guerrilleros con las corbatas mal anudadas sobre el cuello colgando delante de las camisetas del uniforme.

Pensar seguía desvelándole. Como siempre, estaba aprendiendo, observando detenidamente los hechos, los gestos, las frases, las caras para acumularlas dentro. Guardaba tanto...

Estallarían algún día en su cabeza. No podía ponerlo todo en la trama de «La huella del amor». Eso era todo lo que tenía, pensó: recuerdos e imágenes y «La huella del amor».

—Es mi dictadura —dijo en voz alta, y sus palabras se perdieron entre los gritos de la calle—. Es más fuerte que esa historia que vivimos cada día. Batista pudo escaparse de este país, abandonarnos a nuestra suerte. Yo no puedo ni separarme ni irme de aquí ni dejar de escribir esta telenovela.

Consultó el reloj. Las cuatro de la mañana, mala hora para empezar a hablar solo.

* * *

El segundo domingo de enero de 1959 Castro ya había entrado triunfal en La Habana. «No es un golpe de Estado, Cuba es una Revolución», había exclamado, y la frase se repetía en todos sitios. Emiliano decidió retrasar las nuevas emisiones de «La huella del amor» hasta que se alcanzara alguna normalidad. Efraín acudía a su oficina y le contemplaba al tiempo que guardaba, quemaba, miraba y volvía a guardar papeles mientras Cora anotaba nombres en carpetas y abría y cerraba los pesados cajones de un archivador más alto que ella.

—Las refinerías de azúcar, Efraín, no dejan de nacionalizarlas y quitárselas a los empresarios.

—Es el socialismo.

—¡Pero no se reconocen como socialistas! Siempre hablas como si no te afectara —le regañó Emiliano.

—Porque sólo pienso en el funeral del Catire.

—No creo que venga toda esa gente que has invitado precisamente ahora que los estadounidenses se están marchando de la isla. En dos semanas de griterío los golpistas han eliminado no sé cuantas empresas de importación. Es un milagro, Efraín, un milagro que no nos toquen a nosotros.

—Llegan cientos de cartas de señoras que exigen que repongas ya la telenovela.

—Lo haremos. Pero también hay que dejar un espacio para la información real. No sé si lo entiendes, la gente quiere ver a esos barbudos en vez de a Santos con su afeitado apurado al máximo y esos nudos suyos de corbata que asfixian al micrófono.

—¿No es micrófono de ambiente? —pregunto Efraín.

—Yo me entiendo —continuó Emiliano, mientras clasificaba y desclasificaba documentos—. Por cierto, he autorizado la compra de un artilugio que nos hará las cosas más fáciles.

—¿Un nuevo artilugio? ¿No tienes suficiente con lo que está pasando a nuestro alrededor? —inquirió Efraín.

—Tendremos que hacer más capítulos, más escenas al día, Efraín, por si la cosa se pone peligrosa y nos obligan a marcharnos a México a seguir grabando «La huella del amor» desde allí...

—¿A México? Yo no pretendo moverme de aquí, Emiliano.

—Yo tampoco, no te alarmes. Simplemente se habla, se dicen cosas. Han nacionalizado ya una radio y varios periódicos, ¿crees que se van a quedar tranquilos sin formar parte de un fenómeno como tu telenovela?

Efraín miró hacia la calle. Seguía llena de gente. Seguían atronando los altavoces de los hoteles y casinos expropiados; donde antes se oían los boleros de Agustín Lara y las canciones de Sinatra, ahora sonaban las palabras de los discursos de Castro y Guevara: «Mientras el pueblo hoy ríe y es feliz, nosotros estamos preocupados: ¿quiénes pueden ser los enemigos de la Revolución? Nosotros mismos, los revolucionarios.»

Emiliano se tocaba los riñones, agotado de inclinarse tanto delante de sus documentos.

—No cambiará nada, siempre pasa así en las revoluciones, Efraín. Todo cambia para que nada cambie.

—Lampedusa —apostilló éste. Emiliano se volvió hacia él.

—Nosotros ya iniciamos una revolución con tu telenovela. Nosotros ya hemos conquistado toda América Latina. Aquí tengo los contratos firmados con los países donde versionarán o adaptarán tu obra maestra: Argentina, Perú, Colombia, Venezuela, la propia España. Tus lágrimas han conseguido mucho más que la sangre que esos barbudos han derramado. Ésta es nuestra lucha, ésta es nuestra realidad.

Efraín admiró la vehemencia de Emiliano. Lástima que detrás de su discurso continuara oyéndose el de Castro: «No seremos revolucionarios del pasado. Estaremos aquí, junto a vosotros, frente a vosotros, acompañados por palomas de la paz.»

Efraín había decidido celebrar el funeral en el barco anclado en los muelles del club náutico. Siempre había sido un lugar primoroso a rebosar de impresionantes embarcaciones, mujeres blancas vestidas de lino atendidas por hombres negros vestidos de algodón y gestos excesivamente obsequiosos. El césped de las dependencias, la oficina de embarcaciones, el club náutico era de un verde inaudito, brillante como el traje de la bruja buena en *El Mago de Oz*. Él mismo se vio más cuervo que nunca con su traje negro, tan castigado por el sol que a medida que caminaba podía notar cómo el color iba deshaciéndose.

Smith había dispuesto la nevera encima de dos columnas cubiertas por una tela de negro luto. Todos los muebles del salón de estar habían sido colocados en la bodega, salvo el escritorio del Catire y su mecedora favorita, que permanecería vacía durante toda la ceremonia. Los participantes, aquellos que quisieran hablar para recordar algún momento de la vida del actor, se colocarían detrás de su mesa, exactamente delante de su urna nevera.

El mago Alfredo, ataviado con su delantal de trabajo y unos guantes de plástico transparente de color que sólo podría definirse como blanco semen, pensó Efraín, terminaba de dibujar el mentón característico de la estrella en vida. Su sonrisa era frívola y aterradora, la línea de los labios bastante verosímil dentro de lo increíble que había sido conseguir abrirla y sostenerla. Pero el blanco de los dientes, flúor evidentemente, hería los ojos.

—Éste es uno de mis grandes trabajos —sentenció Alfredo.

Smith volvió a emocionarse y a derramar lágrimas perladas sobre su piel negra. Alfredo decidió abrazarlo y Efraín prefirió apartarse y dejarles intimidad. Únicamente le preocupaba cómo recibirían los invitados la idea de ofrecer al Catire encerrado dentro de una nevera. Ahora que Alfredo había terminado su trabajo, comprendió que no podían cubrirla y esconder la obra de arte del maquillador. Una vez que los dos caballeros concluyeron su abrazo, Efraín les expuso el problema. Smith movió su inmensa cabeza negra de un lado a otro hasta que encontró la caja de herramientas del barco y, con la ayuda de una llave inglesa exageradamente grande, desprendió la puerta de la nevera. Smith y Efraín la llevaron a la bodega y al regresar encontraron que Alfredo había cubierto el resto del aparato con la misma tela que adornaba las columnas. Smith se dejó llevar por la emoción y le besó en ambas mejillas.

—Una muerte despierta otro amor —aseveró Efraín, pero ellos no le escucharon. Efraín sonrió. Faltaba otro detalle: no podían despedir al Catire sin una insignia especial.

—La bandera de la Warner Brothers —recordó Smith, y

prácticamente voló sobre cubierta hasta encaramarse al mástil para bajarla del palo donde aún ondeaba.

Vaya, pensó Efraín, habían entrado en La Habana el mismo día que la Revolución, ¡con la bandera de Bugs Bunny! Alfredo cogió una de las lanzas africanas que el Catire mantenía en cruz en una de las paredes de la sala de estar y consiguió deslizar allí la bandera y sujetarla firmemente sobre el cubo de limpieza, apropiadamente cubierto también por la tela negra. ¿Cuánta cantidad de ese tejido llevaban a bordo?

Smith, marcial en su uniforme, esperaba a los invitados al pie de la pasarela que enlazaba la cubierta con el muelle del embarcadero. Alfredo había notado el desgaste que los años habían producido en sus ropas y, cómo no, rápidamente resolvió el problema agregando una banda de la interminable tela que cubría las zonas más perjudicadas y demostraba el luto del fiel marinero ante su patrón.

Así erguido, Smith fue el encargado de recibir las primeras coronas en llegar, que, antes de que pudieran darse cuenta, se convirtieron en un desfile de rosas blancas, amarillas, rojas. Grandes claveles, desconocidos gladiolos, aromáticas gardenias. Las tres esposas enviaron, por ejemplo, sendas coronas con la flor favorita de cada una; la Warner, por su parte, hizo llegar un arreglo que incluía frutas y una lata de caviar destinada a ser enterrada junto al Catire; los señores Selznick enviaron una caja de champagne francés para beber después de la ceremonia y una corona que tuvo que ser ubicada un poco por delante de la de la Warner y sostenida por varias cuñas para evitar que se precipitara sobre la nevera. Emiliano había enviado la más dramática de todas, un impresionante corazón de rosas carmesíes rodeado por un desafiante abanico de aves del paraíso con crestas que reunían el amarillo, el verde y el azul de la isla. Atravesaba la composición una cinta en rosa chillón con letras en oro que rezaban: «El Catire de nuestras vidas por siempre jamás.»

La ceremonia empezaría a las diez y media. A las diez en punto, la primera limusina aparcó delante del embarcadero. El matrimonio Selznick, formado por la gloriosa estrella de cine Jennifer Jones, vestida con un traje chaqueta de seda salvaje negra, guantes largos hasta más allá del antebrazo y un inmenso sombrero negro con un lazo blanco, y el señor Selznick, con el frac que había vestido para su boda, en la cual el Catire había sido uno de los padrinos.

Cada llegada era más grandiosa que la anterior, y una pequeña corte de fotógrafos disparaban flashes en una esquina del muelle. América del Valle sorprendió con una capa azul noche, un bolso fucsia y un elocuente gesto de trascendencia en su rostro. Emiliano, con un traje gris de rayas blancas y zapatos de lustroso cuero negro. Tres chinas sin nombre occidental entraron juntas; lucían trajes orientales ajustados a sus sinuosos cuerpos y una rosa blanca en sus manos. En medio de un gran revuelo, a bordo de un yate con bandera australiana y escoltada por dos inmensos rubios, apareció lady Damita, la primera esposa, toda de blanco y con un ostentoso broche de perlas negras sobre el lado derecho de la chaqueta. Muchas mujeres esquivaron mirarla a los ojos y ella se dirigió a Smith para brindarle un efusivo abrazo. Su hija, Claudia, era una muchacha común con el mismo tono de pelo de su padre y sus ojos, pero sin la misma alegría. La madre la llevaba como si fuera un objeto incómodo, pero todos los señores presentes, incluidos Selznick, Smith y hasta Emiliano, la saludaron como si fuera un monarca. La niña sonreía por lo bajo. Efraín se vio obligado a decirle: «Su padre fue un gran hombre.»

No fue el primero de los yates; hubo incluso un amerizaje de los mismísimos hermanos Warner. Su hidroavión, azul y con las hélices pintadas de rojo por dentro, levantó olas considerables y una ventisca que casi arranca los sombreros de muchas damas. De seguro provenían de Miami, no puede ser que un avión de ese tipo despegue en Los Ángeles y aparezca en La Habana, pensó Efraín.

Todo el proceso era fascinante: los hermanos Warner esperando en la puerta del hidroavión y, tras ellos, las siluetas de los demás invitados, Smith acercando la lancha del barco y recogiéndolos a todos con una mano extendida, el gesto serio de todos ellos al acceder al velero guardando la máxima compostura, todos perfectamente vestidos, como si se hubieran puesto de acuerdo para no despojarse de sus zapatos. En medio de esta operación, Efraín y el resto de los presentes oyeron un clamor estruendoso, y de pronto, detrás de los Warner, la señorita Havilland y la señorita Davis, afamadas protagonistas de las dos películas más taquilleras del Catire, hicieron acto de presencia. Ambas levantaron sus manos para saludar a la prensa, entraron en el barco, tomaron sendas copas de champagne y brindaron como si estuvieran en un cóctel en Hollywood. Tania miró muy de cerca a la Davis y comprobó que, como Efraín, fumaba sin parar y reía continuamente cualquiera que fuera la frase. Un empleado del avión de los Warner portaba dos coronas, pequeñas pero con flores bellísimas que Efraín desconocía. Una iba firmada por «Gable y Grant, tus amigos», y en la otra ponía: «Bienvenido al club. Hitchcock.»

Emiliano no perdía detalle de las llegadas, tampoco el creciente número de periodistas y curiosos.

—No hay barbudos porque están muy ocupados nacionalizando. Eso nos beneficia —masculló Emiliano.

Seguían pasando cosas y él continuaba observando otras desfilar. Toda esta gente, estas luminarias, este poder norteamericano emergiendo de limusinas, bajando de hidroaviones, documentado por periodistas enardecidos ahítos de guerrilleros y líderes que ametrallaban consignas que por fin tenían ocasión de apreciar este oasis de glamour. Y muerte.

Entonces llegó el Rolls-Royce gris perla y un chófer con el uniforme del mismo tono abrió la puerta para dar paso a dos mastines también grises cuyas correas sujetaba un caballero tan delgado como Efraín, pero con mejor apostura y un traje mil veces planchado de lino negro. Llevaba sombrero blanco y un bigotito que parecía pintado por Alfredo. Tras una pausa, todos los ojos terminaron puestos en él y en la mujer que le acompañaba, en sus piernas enfundadas en las suaves medias previsiblemente grises, en sus zapatos de cocodrilo negro e importante tacón, en el borde de la falda cerrándose sobre las pantorrillas, la cintura de la chaqueta estrechándose al máximo y la parte superior abriéndose como un diamante que mostraba la piel más blanca y palpitante que jamás se había visto. Crecía el impulso de romper a aplaudir entre los presentes y casi cristalizó cuando la mujer hubo por fin descendido de la limusina y, en un gesto desafiante, echó todo el pelo hacia atrás mientras sus ojos se alzaban para escrutar a todos los presentes. María Félix había decidido acudir junto a su marido, Agustín Lara.

Efraín respiró hondo al verlos a todos sentados y dio la señal a Smith, que apretó el botón del magnetófono que Emiliano había cedido. El aire se llenó con la voz del Catire: «Amigos, no es hora de que descansemos todos un momento.» Se desató una carcajada unánime. Era una grabación de célebres frases de sus películas que Efraín había concebido pese a que no las conocía todas. Logró llevarla a cabo tras un intenso intercambio de cables con los hermanos Warner, que proporcionaron el material sonoro que finalmente tuvo que montarse en los estudios de la televisión. Emiliano se iba hinchando más y más cada vez que los presentes reían y aplaudían el ingenio, de hecho no consiguió contenerse y no pudo evitar ir hasta Efraín para decirle al oído, exultante: *«Made in Cuba»*. Al final de la cinta el Catire, perceptiblemente borracho, recitaba de memoria un poema de Kavafis. Su hija Claudia retorció su pañuelo, lady Damita comenzó a llorar y la Davis y la Havilland la miraron poniendo en duda su capacidad interpretativa. El poema terminó y durante un breve instante sólo se oyó el agua golpeando contra las etéreas superficies de los aviones suspendidos en el mar y las paredes de los yates.

El viento esparcía la fragancia de las flores de las coronas y los perfumes de las damas y los caballeros. La señora Selznick fue la primera en levantarse y dibujar una cruz en el aire, sobre la urna: «Fuimos los primeros en entender el cine que nos tocó hacer. Fuimos bellos y arriesgados. Nos volveremos a ver.» Su marido sujetó sus manos cuando regresó a su lado. Tania empezó a llorar como una colegiala y Emiliano la envolvió en un abrazo. Las tres mujeres orientales se levantaron y murmuraron una oración en su idioma antes de colocar sus rosas blancas sobre la urna. Efraín oyó a la Davis y la Havilland cuchichear: «Son del Pacífico, no chinas precisamente. ¿Quién las habrá traído aquí?»; «¿No trabaja una de ellas en el nuevo Hawai Kai de La Ciénaga Boulevard?». Los hermanos Warner recordaron las distintas hazañas como espadachín del Catire y las ganancias que esas películas significaron para el estudio y lo complicado que era renegociar con el actor sus contratos. «Le decíamos: "Catire, no podemos darte todo ese dinero porque te lo gastarás en alcohol y barcos", y siempre nos respondía: "Estúpidos, ya me lo he gastado".» De nuevo esa carcajada general típica de los banquetes estadounidenses. La Havilland se levantó y desde su asiento miró primero a la señora Selznick y luego a los hermanos Warner, evitando cualquier contacto con lady Damita. «Fui su primer amor pirata, fui su dueña y él mi esclavo en una Jamaica de ficción. Siempre me habló de La Habana, siempre me dijo que aquí quería vivir para siempre y que yo debería venir para ser su gobernadora, como lo fui en nuestro Port Royal de celuloide. Ahora lo despedimos en medio de una revolución, en medio de un acontecimiento. Él siempre tuvo la habilidad de estar allí donde la Historia sucedía.» La Havilland volvió a su asiento bajo los flashes. Se creó una pausa inesperada, Efraín pensó que tendría que decir algo, pero la Davis se puso también en pie para permanecer un dramático momento ante la nevera abierta. Y dijo: «Fue el mejor polvo de mi carrera.» María Félix dejó escapar una sonora carcajada. Lady Damita sacó una polvera de su bolso para corregir su maquillaje.

El barco se alejó del muelle seguido por los yates de los invitados y el hidroavión que se deslizaba sobre el agua. Había también barcas de pescadores llenas de curiosos y fotógrafos que no dejaban de gritar los nombres de las luminarias presentes. América del Valle no pudo evitar sentirse enorme cada vez que su nombre sonaba más fuerte que el de la Davis o la Félix. Era aquélla una comitiva majestuosa y rara, como en realidad podría definirse toda la ceremonia. Smith descolgó la bandera de la Warner Brothers mientras los hermanos cuchicheaban entre sí y discutían porque no recordaban cuándo se la habían regalado al actor y, con esmero, cubrió con ella el cuerpo del Catire. Los dos rubios escoltas de lady Damita, el hermano más elegante de los Warner y un diligentísimo Emiliano se convirtieron en los cargadores de la nevera sorteando los peligros de la tela que tanto Alfredo como Smith vigilaban como si fuera la cola de un traje de novia. Los invitados se levantaron y dejaron espacio para que la comitiva fuera hacia la popa y consiguiera lanzar por los aires la nevera que el mar por un tiempo sostuvo para al final terminar por devorarla. Entonces las chinas lanzaron al mar más rosas blancas mientras la Félix, lady Damita, la Davis y la Havilland cogían flores de las coronas e imitaban el gesto de las orientales. Al final las coronas al completo terminaron por correr igual suerte, con la única excepción de la de Emiliano, pues éste se apostó delante de ella para que nadie la convirtiera en alimento de los peces.

Efraín hizo un gesto a Prieto y los primeros acordes de un bolero surgieron de la pequeña orquesta que habían juntado apresuradamente en los días previos. Smith hizo circular el champagne que habían traído los Selznick, las señoras decidieron bailar con sus maridos o productores y Efraín vio a Óvalo, el pelo más corto, vestido de negro, hablando con Tania. Éste le hizo un gesto con la mano, una especie de felicitación por el funeral al tiempo que un saludo que Efraín encontró exacto a los que la señorita Davis otorgaba a cuantos se le acercaban.

Uno de los hermanos Warner le extendió una tarjeta.

—Lo ha hecho muy bien. He visto su serial en la televisión mexicana, mi hermano y yo vamos mucho allí. ¿No ha pensado en vender sus derechos al cine? Háblelo con nosotros antes que con nadie.

Efraín se quedó sin habla.

—Esta revolución no es buena para Hollywood. Nos equivocamos enviando esos seis mil dólares con el Catire —continuó el productor—. Creíamos al menos que nos recompensarían con una opción de compra por la historia. A veces pensamos que somos todos «barbudos», amigo, y no es así.

Efraín contuvo la risa y el asombro ante las palabras del mogol hollywoodiense. ¡El Catire siempre había hablado de cien mil dólares!

—No sé si volveremos a este paraíso, señor Rotundo. Solamente en las películas se regresa en realidad a los lugares hermosos.

Los yates descargaron a los hermanos en su hidroavión y el resto de los invitados pidieron a Prieto canciones más movidas. Decían «Chachachá» y «Revolución» con esos acentos suyos tan simpáticos, y Prieto los complació. América del Valle, decidida a sorprender y epatar a toda esa convocatoria hollywoodiense, cantó un alegre danzón negroide, como ella misma lo bautizó, y los americanos lo bailaron con esos gestos espasmódicos que improvisan cuando quieren hacerse los tropicales. Efraín se cuidaba de que el whisky corriera fluido, ya que el champagne de los Selznick se agotaba. Al mediodía, Smith y Alfredo ofrecieron ensaladas y sándwiches, y Tania, sus delicias indocubanas. María Félix se interesó por la receta de una de ellas: «A veces me gusta pensar que el D. F. y Bombay son la misma ciudad.» Era una voz preciosa, y aunque manifestara distancia, se sabía el nombre de Efraín. «Dígamelo, por favor, le prometo que no se lo revelaré a nadie: ¿cómo termina "La huella del amor"?» Y Efraín le sonreía sin contarle nada. ¿Cómo podía explicarle que había asumido durante sus noches de insomnio que jamás la terminaría?

La misma lancha, conducida por Smith, que devolvió a Agustín Lara y a su mujer a su Rolls gris trajo a las chicas de la pensión Margarita, uno de los lupanares legendariamente favoritos del Catire en el oriente de La Habana. Eran seis, o doce, tan pequeñitas y reidoras que a Efraín, con una leve arcada, le recordaron las meriendas en Limpio Chiquito. Iban muy maquilladas, pero bajo las pocas luces de la cubierta al principio de la noche sus gestos parecían adultos. Estaban vestidas igual, con una especie de abrigo de algodón negro y un lazo con una flor de tela en el pelo. Reían y reían hasta que lady Damita se plantó delante de ellas y Prieto les hizo entender que era la viuda. Entonces todas se inclinaron en una improvisada pero exacta reverencia. La doliente lo agradeció como si fuera ella misma una princesa, y del brazo de sus dos rubios abandonó el barco. Su hija se resistía a marcharse, tenía una larga copa de champagne demasiado amarilla, como si la hubiera mezclado con whisky, entre sus dedos gordezuelos. Efraín recordó a su padre apurando vaso tras vaso de la misma manera que él encendía un cigarrillo tras otro. Lady Damita gritó en un tono de *mezzosoprano* el nombre de su hija y ésta desistió de permanecer más tiempo en el funeral de su padre. Efraín también pensó en Diana. ¿Cuánto tiempo le dejarían estar a ella en el suyo?

Prieto aceleró el ritmo de la música y las niñas se despojaron de sus batas para dejar al descubierto sus cuerpos casi desnudos a excepción de unas braguitas transparentes y una estrella de la Revolución sobre cada seno. Antes de que la canción terminara, algunos caballeros las sentaban en sus piernas, América del Valle se tomaba los whiskies de dos en dos y buscaba cualquier conversación con Emiliano, que no quitaba ojo de las hazañas que comenzaban a efectuar las chicas.

Efraín bajó hacia los camarotes. En una esquina, Smith y Alfredo se besaban y dejaban escapar unos llantos que Efraín asumió que formaban parte de la mezcla del luto y el amor que ambos representaban. Miró su reloj. Eran las once y cuarto. Había sido un día intenso, pero era real, pensó, no se lo había imaginado, no formaba parte de esas visiones suyas. Podría haber charlado más con Lara, a fin de cuentas, mucha gente siempre le decía que escribían sobre el amor de la misma manera, pero no creyó que fuera el momento. Lo mismo le había ocurrido con la Davis.

Siempre le había gustado como mujer y, a quién no, como actriz pero, ¿qué iba a decirle?: «¿Admiro todas sus películas»? No era cierto, sólo conocía *Jezabel*. Se rió al pensar que hubiera sido el súmmum si llega a aparecer Vivien Leigh. A ella le habría dicho que había escrito «La huella del amor» después de ver *Lo que el viento se llevó*.

Estaba a punto de abrir la puerta del camarote principal, ahora podía descansar allí. Encendió un cigarrillo y recordó las latas de películas. Le gustaría dormir con ellas cerca, ya se lo explicaría a Tania. Retrocedió sobre sus pasos y encontró cerrada la puerta de la bodega, si bien a través de las rejillas de la madera pudo ver que había luz en su interior. Apretó más su cigarrillo y se agachó a escudriñar. Tania estaba apoyada en el omóplato de un hombre y éste no dejaba de moverse sobre ella mientras la mano de su esposa recorría la camisa blanca hasta rompérsela furiosamente y esconder su rostro en el pecho de él, que giró su cabeza. Efraín aspiró lentamente el cigarrillo. Sabía lo que estaba viendo y podía controlar lo que debía pensar porque lo había imaginado antes. Eso era lo único bueno de ir por la vida mezclando ficción con realidad: cuando la mentira se hacía real, sólo tenía que recordar lo falso para saber comportarse en lo que en realidad sucedía. No podía culpar a Tania, eso también lo sabía. Sólo entender a Óvalo. Necesitaba alimentarse, concluyó, jugando a eso que Tania le había dicho en el salón de su casa: bordear el círculo buscando que todos terminaran como la nevera del Catire, tragados por la boca del mar.

Tania regresó al dormitorio principal. Una y cuarto. Se oían ritmos alegres en la cubierta y gritos y jadeos de los norteamericanos. Tania se desnudó y se acercó a él para comprobar que dormía. Podía decirle que no, pero desistió. Esperaría a que ella se dejara vencer por el sueño para regresar a la bodega y recoger al fin las películas. Mientras, los arrullaban los acontecimientos de la cubierta. Las meretrices riendo y follando, los estadounidenses jadeando y despidiéndose ruidosamente, alguno cayendo al mar y Smith diligentemente ocupándose de todo mientras Alfredo le esperaba resignado y asqueado de esa salvaje conducta heterosexual. De pronto América del Valle, pesada y borrachísima, repitió el poema de Kavafis, primero en un pésimo inglés y luego en un español entrecortado. Efraín esperó y esperó, el reloj dio las tres y cuarto. Tania respiraba más fuerte y más despacio. Él subió a cubierta y contempló la luna iluminando los rostros de las putas esparcidas por el mismo espacio donde las grandes damas del espectáculo habían acudido a rendir tributo al Catire. Dos de ellas estaban desnudas y abrazadas con tanto primor que Efraín supo de inmediato que Alfredo las había dispuesto de esa manera. Vio a Prieto, completamente desnudo, poseedor de una verga negra y descomunal, llevando al límite del dolor y el placer a una de las jóvenes que parecía perder la respiración y la conciencia ante sus embates. Y bajó de nuevo a la bodega. La luz seguía encendida, y Óvalo también desnudo.

—Te esperaba —le dijo.

—Me he dado cuenta de que tu venganza no tiene fin —respondió Efraín—, la necesitas para seguir siendo tú.

—No voy a hacerle daño a Tania. Ni tampoco a ti. Os necesito. La Revolución os necesita. Mucho más que la venganza, Alambre. Necesitamos unirnos y formar parte de la Historia.

—Yo ya tengo mi propia historia de la que responsabilizarme —dijo. No le gustaba hablar de esa manera. El cuerpo desnudo de Óvalo era una demostración de peligro, de confusión. Si él no fuera tan feo, ¿sabría apreciar tanto la belleza de Óvalo? Si fueran los dos iguales lógicamente dejaría de llamarle la atención. A lo mejor ésa era una de las hazañas de Óvalo: escogerle. No era cierto que había aparecido azarosamente en su vida. Le habría seguido, antes, el día del fracaso delante de los jueces del premio de Tío Conejo, alguna tarde en que Evaristo le asustara con los pollos. Hasta habría adivinado la inminencia del huracán dedicándose a esperar que sucediera para estar lo suficientemente cerca de él como para ser rescatado y enviado al mismo hospital.

—No quiero haceros daño —continuó, pasándose las manos por el vello de su antebrazo, mirando hacia el suelo, el principio de su nariz pronunciado, el entrecejo sereno—. Me han hecho tanto que no puedo repetir lo mismo con vosotros.

—Pero lo has hecho... —afirmó Efraín—, y me has obligado a verlo. Y continúas haciéndolo. Si algo le pasase a Tania...

—Será culpa de ambos. —Óvalo levantó la mirada. Tenía una lágrima condensada pero no podía evitar una sonrisa.

—A estas alturas, Óvalo, no sé realmente qué es la culpa. Imagino que se trata de algo que mis personajes conocen mejor que yo.

Iba a salir de la bodega. No soportaba hablar de esa manera. Óvalo le cerró el paso.

—Cada persona tiene alguna excusa en la que escudarse. Tú tienes tu telenovela. La gente en la calle tiene sus capítulos cada noche. Esos hombres que vimos en Limpio Chiquito tienen esta Revolución. Me han invitado a formar parte de ella...

—Lo aceptarás, no digas que no —interrumpió Efraín—. La muerte de la señora Lilian es tu primer acto dentro de esta Revolución.

—Tú y todos los demás tenéis una razón para vivir y aguantar los cambios de esa vida. Yo tenía una venganza. No hay nada más tramposo que una venganza, da vueltas sobre sí misma, te confunde y se pierde en las calles, en tu propia cabeza. ¿Cómo voy a vengarme de algo que yo mismo he propiciado? Siempre supe qué hacía con las personas, Alambre. Imaginaba que un poco de culpa me llevaría muy lejos, me sacaría de la miseria, y luego de Limpio Chiquito. Por eso cuando llegó el fuego seguí corriendo, no miré atrás ni por ti. Mucho menos por Aurora.

Ahí sí había tocado un punto débil. No había sucedido exactamente así. Efraín recordaba a Óvalo cerca, el Hermano al lado, mientras Aurora reflejaba las llamas en sus ojos, pero no podía traer a su memoria ningún otro detalle.

—No menciones a Aurora, por favor.

«Quédate con Tania, haz lo que quieras con ella, pero no involucres a Aurora.» No, no podía decirlo, era como entregarse antes de comenzar la batalla. En primer lugar, ninguno de los dos quería a Tania. En realidad, se querían sólo a sí mismos o, tal vez, empezaban a repelerse tanto que terminarían entrando en el círculo. Iba a decírselo: «Óvalo, estás jugando con nosotros», pero él se echó a llorar, primero como si imitara a Tania en sus escenas de amor, hasta que poco a poco el cuerpo empezó a cerrarse sobre sí. Podía ver su costillar inflándose y desinflándose ante el ritmo del llanto. Quería hablar pero no podía. En alguna ocasión Efraín había pensado en llorar de esa misma manera, dejándose llevar, convirtiendo esas lágrimas en una limpieza, una expulsión de todo el dolor acumulado, todo el horror observado.

Lo cogió por un hombro y Óvalo se abrazó a él, la respiración entrecortada, el llanto convulso, brazos y piernas temblándole, el aliento recordándole el olor de la arena y los pinos cuando llovía sobre el mar. Sus lágrimas nublándole, y el latido de su corazón encontrándose con el suyo. Estaba besándole, sentía su lengua en la suya como si fuera una madera que se deshacía y no sabía amarga sino dulce, salada, una mezcla de fruta y carne. Sabía que no le gustaba pero aceptaba el beso de igual manera. Sabía que debía zafarse y no ofrecía resistencia. Iba a dejarse llevar, su desvelo continuaría, la página en blanco del capítulo seguiría esperándole. Tania estaría dormida envuelta en culpas mientras él también conocía a qué sabía ese engendro de belleza que estaba de nuevo en su vida. Seguían juntos, sus lenguas conociéndose, dibujando círculos. Efraín vio la nevera con el Catire engullida poco a poco, hasta ser tragada completamente por el océano.

26

EL DINOSAURIO NADADOR

Tania se compró vestidos nuevos, una cartera nueva, un peinado nuevo y un cuerpo nuevo, más musculoso, más trabajado. Terminaba sus escenas en la telenovela y se encaminaba al antiguo Teatro Nacional, ahora llamado Teatro de la Revolución, para ejercitarse haciendo el mismo entrenamiento que los bailarines del Ballet Nacional de Cuba. Regresaba a casa para ordenar a la cocinera qué preparar de cena y disponerse a engancharse sin perder un segundo al nuevo televisor de madera de haya, excesivamente deslumbrante quizá, y seguir atentamente las noticias que mecánicamente recitaba Gumersindo, un antiguo compañero actor que nunca despuntó pero al que, muy acertadamente, Emiliano consideró tan inexpresivo como para narrar más que adecuadamente la retahíla de acontecimientos que despertaba la Revolución.

«Bienvenidos a una nueva jornada histórica, la correspondiente al 20 de enero de 1961. El demócrata John F. Kennedy ha jurado como el presidente norteamericano número trigésimo quinto, y es el primero en convivir intensamente con nuestra histórica Revolución cubana.»

Efraín hacía memoria de las veces que había oído aquellos tres nombres —Eisenhower, Kennedy y Nixon—, y sus interminables conferencias y comparecencias ante la prensa para hablar sobre Cuba y su política y su relación con ellos en los últimos meses, de esos casi dos años desde que Óvalo lo convirtiera en una pieza más de sus amores, y del gran secreto que era su vida.

Eisenhower había obligado a bajar el precio del azúcar hasta extremos que terminaron por colapsar la economía cubana y convertir a Castro en una víctima del imperialismo, lo que favoreció el recrudecimiento de su revolucionario discurso que presentaba a Estados Unidos como un demonio receloso y caprichoso. Kennedy, en línea ascendente en la batalla por obtener la nominación como candidato presidencial, acusaba a Eisenhower de actuar sobre Cuba con ideas anticuadas que hacían quedar a su país como una nación intolerante. Nixon, por su parte, opinaba que ninguno de los dos era realista con respecto a Castro y que Kennedy quería hacer lo mismo que Eisenhower, sólo que no se atrevía por no perder la simpatía del electorado. En el ínterin, Fidel Castro y su ministro de Industria, Ernesto *Che* Guevara, organizaban discursos y mítines, viajaban de Caracas a Canadá y eran recibidos en las Naciones Unidas para ofrecer una letárgica alocución de cuatro horas de duración sin conseguir estabilizar el precio del azúcar ni que ninguna de sus osadas reformas agrarias levantara vuelo.

Si apartaba la mirada ahora del discurso televisado de Kennedy, Efraín podía volver a ver cómo una muchedumbre escalaba las fachadas de los antiguos casinos para llegar a sus tejados y desprender las letras de neón que los anunciaban y que nunca más habían vuelto a encenderse. El antiguo Riviera y el deslumbrante Habana Hilton de veinticinco plantas llevaban meses sin nombre, todas las habitaciones ocupadas por campesinos a los que la Revolución prometía un trabajo en la ciudad, incluso por familias enteras que habían venido del interior de la isla —como él mismo hacía tantos años—, atraídos por el verbo de los discursos y las nuevas leyes de propiedad. Nadie podía poseer más de una vivienda en la isla, toda habitación vacía debía ser entregada a quien no la tuviera. Aunque tampoco era fácil llegar, justificar la indigencia y acceder a las suites del antiguo hotel de lujo. Se formaban colas, la mayoría daban la vuelta a la manzana que albergaba el edificio y siempre se extinguían hacia la hora en que comenzaba este noticiero, que antecedía la emisión de «La huella del amor».

Sí, lo único que permanecía igual era «La huella del amor». Se habían nacionalizado todos los bancos extranjeros, tanto los canadienses como los belgas y, por supuesto, los estadounidenses, pertenecientes a un país cuya embajada continuaba abierta en La Habana de modo simbólico, pues si bien su máximo representante diplomático permanecía aún presente en ella, a duras penas lograba mantenerse en su puesto, ya que veía cómo la energía eléctrica que recibía era cada vez más racionada. Tania se sentaba a la mesa dispuesta a dar buena cuenta del menú. Tajadas y, además de la ensalada ligera, espaguetis boloñesa porque a Diana le encantaban. La mezcla del plátano de las tajadas con la carne guisada de la pasta era imposible de digerir para Efraín a causa de la nicotina pegada a sus dientes, su lengua, su paladar durante todo el día. Tania bajaba el volumen del televisor mientras comentaba que debía irse después de la cena y el noticiario, la reclamaban los ensayos del Bertolt Brecht que «estamos preparando en el Círculo de Creadores». Efraín sabía que no era así, que terminaría en casa del poeta Brito a la espera de que a las doce, tal vez a las doce y media, Óvalo hiciera su aparición.

Kennedy terminaba su discurso de investidura y Efraín sintió un leve atisbo de emoción al oír aquella frase brillantísima: «No preguntes lo que tu país puede hacer por ti, pregúntate qué puedes hacer tú por tu país.» Él tenía una respuesta: había creado una forma de entretenimiento diferente, única, original, para su Cuba. Miró a Diana mientras ésta sorbía lentamente un nudo de pasta chorreante de tomate y carne. Diana le devolvió la mirada y consiguió sonreírle. Tania intervino: «Deja las gracias para luego, que te vas a ensuciar.» Efraín estalló en lágrimas. Apartó la vista de su esposa y evitó los ojos asombrados de su hija.

¿Qué edad tenía? Tendría que preguntarlo, diez, doce... ¿No eran esos años los que jamás había podido tener, cumplir realmente, porque nada más salir de allí Prieto le bautizó con aquellos imposibles dieciséis que nadie que le viera podría haber creído? Los anteriores, en los que era capaz de imaginarse un mundo, iniciar un deseo, enamorarse como lo había hecho de Aurora, ¿no habían quedado para siempre convertidos en repulsión, en miedo, en una escalera que ardía y se desmoronaba sobre él?

No podía mirar a su propia hija porque no podía decirle qué le había sucedido, qué le habían hecho hacer, ver, guardar, olvidar y recuperar.

Tania quería saber qué le sucedía, su llanto continuaba, y Diana apartaba lejos de sí el plato de pasta mientras Efraín intentaba reunir el suficiente aire para pedirle que continuara comiendo, por favor, que no dejara de hacerlo por aquella crisis suya pasajera, una crisis pequeña, pero infinita en ese instante. Quería decírselo: «Estoy llorando porque no puedo mirarte a la cara, Diana, porque no quiero que te suceda nada de lo que me ocurrió y que he provocado que vuelva a envolverme de nuevo, porque no quiero que seas culpable, no quiero que esta Revolución sea mentira y que la usemos una vez más para no hablar de aquello que no nos atrevemos a decir.»

Convenció a Tania de que necesitaba pasear. Salió a la

calle, silencio. Las luces de los edificios tomados por los autoproclamados «hijos de la Revolución» se atenuaban o apagaban. Poco a poco los hogares empezaban a vestirse de esa luz azulada, parpadeante, que cubría paredes y ventanas hasta el cielo, y de esa música, grandilocuente, de violines que trepidaban y elevaban sus notas hasta el mismo cielo sobre la que se imponía la voz potente y elegante de Argimiro Hernández, que proclamaba: «La huella del amor».

El coche llegó prácticamente solo hasta la calle silenciosa en el Vedado. Efraín apagó el motor, sacó la llave y se abstrajo un instante en el llavero dorado con sus iniciales grabadas. Un regalo de Óvalo. «De Tiffany, pensé en ti y lo compré cuando acompañé al Comandante a esa ciudad que para él fue infierno y, para mí, paraíso», estaba escrito en la nota. No había nadie en las aceras.

Contempló cómo las luces de la planta baja de la impresionante mansión se iluminaban, una ventana y tras ella otra y otra. Era la señal. Bajó del coche, no se había cambiado desde la mañana, llevaba esa ridícula guayabera blanca que Emiliano le había traído de México y que llevaba puesta el día que Óvalo apareció con el Catire y ese lagarto, *Caribe,* que nunca más reapareció.

—Has venido en el momento perfecto. Acaban de abrir el pasadizo secreto —dijo Óvalo, en la puerta, vestido también de blanco. Sonriente, cómplice, aterrador.

El hall medía como quince metros y tenía casi idéntica altura, pues en él nacía la escalera de madera que ascendía al parecer hasta el cielo. Nunca, ni en sus peores delirios, Emiliano y él conseguirían imaginar una escalera así de enorme para sus decorados. La pared iba creciendo a su paso, subiendo, ensanchándose, completamente recubierta por aquella madera de un marrón insólito, como si estuviera bañada por el agua de un río con un sorprendente fondo rojo. Óvalo, en ese recorrido destinado a enseñársela, dijo algo como «Jacaranda brasilera mezclada con la nuestra». Todas las paredes que veía estaban forradas de esa madera, el suelo un muestrario de mármoles de distintos colores, combinaciones de rojo y menta, limón y flamenco, azabache y el tono de los ojos de su hija Diana. Óvalo no dejaba de sonreír. La madera despedía un olor vivo, como el recuerdo que se creaba en torno a los dos. Miró hacia el techo artesonado, cada cuadrángulo pintado con diferentes alegorías al azúcar: cañas, campesinos recolectándolo, las pailas hirviendo la melaza, la familia originalmente poseedora de la mansión alrededor de una jarra de algún refresco, una cuchara gigante que esparcía el azúcar sobre los ojos de quien miraba desde abajo. En la inmensa pared que respaldaba la escalera, una cascada que parecía sostener toda la casa, se sucedían los retratos de los miembros de la misma familia: un respetable caballero vestido de terrateniente, todo de blanco, con enormes bigotes; la señora, rodeada de sus seis hijas y un mozalbete arrodillado que jugaba con su falda; dos mastines café con leche del mismo tamaño que los de María Félix en el funeral del Catire.

—Mejor será que subamos, ¿verdad? —interrumpió Óvalo.

—¿Qué es esta casa?

—Alambre, por favor, siempre igual. Sólo piensas en tus personajes. Acabamos de expropiarla...

—¿Otro centro cultural para la Revolución? —preguntó Efraín sin disimular su ironía.

Óvalo sonrió al tiempo que le pasaba una mano por el hombro y le conminaba a subir por la escalera. Efraín vio de esa escena en *Lo que el viento se llevó* en la que Mammy informa a la Havilland de la muerte de la hija de Scarlett y Rhett. Necesitaba un cigarrillo, pero sabía que Óvalo lo apagaría en cuanto lo viera.

—Es la casa de los Lobo, los grandes propietarios de los ingenios más brillantes y costosos para la explotación del azúcar.

—¿No iban a colaborar con la Revolución? Ayer dijeron en la televisión que se reunirían con el ministro Guevara.

—Lo han hecho, pero hemos descubierto que antes sacaron de aquí todas sus pertenencias a escondidas. Al parecer, el patriarca saqueó un baúl lleno de dólares que mantenía escondido en un pasadizo y huyó con todo esta misma tarde mientras nosotros estábamos entretenidos con el discurso de Kennedy.

Efraín apenas podía respirar: un escalón que para Óvalo era simplemente un escalón significaba para sus pulmones, tantos años de tabaco, un obstáculo olímpico. Se apoyó en la pared, su mano sobre uno de los cuadros de la familia, un bodegón de naranjas prácticamente comestibles.

—¿Cómo puedes estar tan contento?

—Porque me lo han ofrecido. —Efraín lo vio inflado. No en tamaño, pues seguía igual de delgado, incluso le parecía más elegante en sus facciones, armonioso, apolíneo, pero sí lleno de algo que le venía de dentro y que le hacía parecer a punto de reventar. Orgullo, la sensación del triunfo—. ¿Sabes que voy a encargarme de las relaciones institucionales entre todas las actividades culturales de la Revolución?

—Sí, algo habías mencionado. O Tania a la vuelta de ese Bertolt Brecht.

—Tengo que pasarme por casa de Brito a las doce. No tenemos mucho tiempo —añadió sonriéndole como más temía, lentamente, mostrando cada diente como una invitación encadenada.

—No estamos solos, vuestros hombres están abriendo el pasadizo recién descubierto, como has dicho —matizó torpemente Efraín.

—Aunque haya mil personas alrededor, cuando estamos juntos estamos siempre solos, Efraín.

El pasillo de la segunda planta estaba habitado por infinidad de bustos. Óvalo se reía al verlos, detenidos allí, en un desfile paralizado. Efraín creyó reconocer a Napoleón en varios de ellos. Al fondo, en cada extremo del corredor, dos grandes puertas cubiertas de espejos que lograban que la repetición de los bustos y ellos dos —él en su ridícula guayabera y Óvalo impecable en su blanco salvador—, pareciera una repetición, millonaria, de Aurora entre los latones de la Fábula. Óvalo no lo captó, siguió su *tour.*

—Lobo estaba obsesionado con Napoleón. Mientras su mujer se gastaba el dinero en joyas y hombres que conocía en los casinos, él se dedicaba a comprar bustos de Napoleón por toda Europa. Dicen que en algún lugar hay una caja con pelo que supuestamente perteneció al Emperador y fue cortado de su cadáver. Lo conservaba como una reliquia porque afirmaba convencido que tocarlo daba suerte.

—No mucha, por lo que se ve, al final ha perdido todo esto.

—No, Alambre, no hables así, todo esto lo ha ganado la Revolución.

Llegaron hasta la puerta de espejos. Óvalo riendo y repitiendo esos gestos que eran mezcla de la señora Lilian y la magnífica Davis en el entierro del Catire. Cuando la abrieron comprobaron que las paredes estaban allí cubiertas de seda, y el suelo, en vez de mármol, recuperaba la madera de jacaranda, tan pulida que, aunque estuviera cubierta por una fina capa de polvo, seguía reflejándolos. Recorrieron dos grandes salones, uno con pesados muebles europeos y otro con decoración muy moderna, seguramente todavía sin estrenar, y el aparato de televisión más grande que jamás había visto. A este salón lo sucedía la biblioteca, y mientras pasaban por ella Efraín se detuvo un momento a contemplar un tocadiscos tan impactante como el televisor y una estantería con espacios muy estrechos, no para libros, sino para discos de vinilo. Alguno habían dejado en ella: de Rachmaninov, según consiguió leer. A continuación otro salón todavía, más pequeño, más íntimo, cubierto de espejos y con una silla de barbero que Óvalo subió y bajó de altura y en la que incluso se sentó e hizo girar. Abrió una de las paredes de espejo frente a él y entraron en un pasadizo cubierto de toallas. Óvalo ya estaba en la siguiente habitación, encendiendo la luz. De nuevo madera, sedas y puertas de espejos, Óvalo en el medio, un fantasma de buen ver, un ladrón encantador, la sombra de la venganza.

—Su vestidor. Fíjate en todos estos trajes, son de Barbolini, el mejor sastre de la ciudad. Dicen que hasta Porfirio Rubirosa mandaba hacer los trajes aquí.

—¿Sigue en la isla? —preguntó Efraín.

—No, se fue del país tras llegar la Revolución. Mira, el mueble de las camisas, vienen pequeñas muestras de las telas para reconocerlas. No suenan los cajones al deslizarse, están tapizados en terciopelo.

Efraín se entregó a la detallada inspección de lo que tenía más cerca: una colección de cajas de carey, cada una de las cuales conservaba los gemelos del señor Lobo. En otra bandeja reposaban sus relojes de bolsillo, Óvalo se puso a su lado de inmediato.

—¿Te sientes ladrón? —le preguntó con esa sonrisa como una navaja.

Efraín recordó que habían quedado para estar juntos, como hacían desde el funeral del Catire. A veces repetían el beso, otras no. En esos años en los que se veían repetidamente, Óvalo había desechado esa angustia de superviviente de Limpio Chiquito y adquirido la hechura de un hombre de confianza de la Revolución. Resolvía cosas, opinaba, apoyaba, censuraba, sobre todo esto último. «No me gusta que te resulte tan fácil estirar esa interminable historia tuya. Tienes que hablar de la Revolución. Me da igual que me digas que en la calle no se habla de otra cosa. Cualquiera de ellos, Mamá Dolores, Mercedes o Santos, tiene que reconocer la nueva realidad.» Otras veces criticaba su afición al cine en la calle 45. «Ponen cultura extranjerizante, sabes que todo eso va a cambiar y no quiero que te asocien con ello.»

Delante de los relojes, Efraín sentía su respiración, recordaba ese sabor de madera dulce de su lengua y la angustia crecía en él. Siempre que sucedía regresaba a su casa junto a Tania sintiéndose golpeado, como si le hubieran dado mil patadas en el estómago y sólo pudiera andar encorvado. Al día siguiente, frente a Diana, que desayunaba los cada vez más escasos cereales gringos, evitaba mirarla. Ésa era su vida ahora, evitar la mirada de su propia hija.

—No te pierdas las gafas, Efraín. ¡Dios, cuántas veces le vi llegar a Limpio Chiquito con esas gafas de carey que tanto deseaba tener!

—¿El señor Lobo estuvo en Limpio Chiquito? —Efraín no mencionaba el sitio si Óvalo no quebrantaba el hechizo antes.

Óvalo repasaba una a una las gafas de sol que los observaban desde las bandejas de terciopelo. Eran como insectos que echaran a andar delante de arqueólogos de pirámides egipcias, como seres que obedecerían siempre, ciegamente, al espíritu del señor Lobo, dispuestas a defender eternamente de extraños su intimidad.

—Muchas veces el Hermano me obligó a desnudarme delante de él. Jamás se quitaba sus gafas... —aseveró acariciándolas. Tomó unas y sin pensarlo se las colocó. Se volvió hacia el espejo y retrocedió, quizá atacado por el miedo de invadir sus propios recuerdos.

—¿Quién soy? —preguntó Óvalo con la sonrisa congelada.

—Una frase —le dijo Efraín—. Algo que me acaba de asaltar.

—¿Qué?

—Y de repente fue ayer. Volvíamos al mismo sitio, te ponías las gafas negras del doctor Hernández y me llevabas contigo hacia ninguna parte.

Entró en su casa y la asumió infinitamente más pobre que el lujo que acababa de disfrutar. Tania le había dejado una nota: «El ensayo puede prolongarse.» No era eso, Óvalo llegaría más tarde de lo que esperaban, los deleitaría explicándoles los planes para la recién expropiada residencia de los gusanos Lobo. Tania y los demás estarían extasiados oyéndole en casa de Brito. Ella creería que en algún punto de la madrugada le pediría que la acompañara a verla o a dormir juntos. No tendría muchas fuerzas, había empleado muchas en él, su esposo. Él, que ahora arrojaba las llaves en el cuenco de la mesa del recibidor. Él, que se detenía en la puerta de la habitación de su hija. Él, que volvía a encender un cigarrillo en el balcón mientras repasaba una a una las luces inexistentes del antiguo Hilton ya apagadas, y las letras gigantes de aquellos neones fundidos, caídas en el suelo.

* * *

—No puedo permitirte que Mercedes tenga un amante, Efraín. —Emiliano repetía traje de rayas, eso asombró a Efraín. Nunca lo hacía, debía de tener cientos, como esos que había visto colgados en el vestidor del señor Lobo mientras Óvalo los sacaba de sus fundas sin estrenar para probárselos frente al espejo entre carcajadas satisfechas.

—Emiliano, no quiero decirte en qué capítulo nos encontramos y... —Pero éste no le dejó seguir.

—Te he pedido algo revolucionario, pero no esto. Imaginaba, no sé..., que se unía a una célula de campesinos favorecidos por la reforma agraria... Pero la madre que ha guardado tantos años, en secreto, su verdadero amor por el padre de su hijo no puede echarse ahora un amante, Efraín.

—¿Por qué no? Eso, si me permites, sí que es revolucionario.

—¿Crees que no me doy cuenta de lo que ocurre entre Tania y tú y nuestro flamante encargado de cultura revolucionaria? —Efraín siguió examinándole, sereno, a través del humo de su cigarrillo—. Efraín, no te molestes conmigo. Te conozco muy bien, te he pedido favores...

—Que olvidara quién era. ¿Has olvidado tú que alguna vez me pediste eso?

—Para ayudarte a ser el escritor que eres ahora —aceptó, casi suplicando, Emiliano—. Efraín, esto va a terminar. Dicen que los americanos están preparando una invasión, que la practican en algún lugar en Guatemala.

—Guatemala no es una isla —vaticinó Efraín.

—Los americanos no van a dejar solos a todos esos huidos que están recabando fuerzas en Miami, en Venezuela, en todas partes... Pase lo que pase, si esa gente llega a invadirnos por culpa de esta Revolución, nuestro país va a dejar de ser el que tú y yo hemos conocido. Se convertirá en otro, raro, distinto. No sé cómo explicarte.

—Lo estás haciendo muy bien. Leo los diarios aunque no lo parezca. Están cerrando periódicos y radios porque casi todos eran de capital estadounidense. Imagino que a esta cadena le sucederá lo mismo. No inclines la cabeza, no te estoy pidiendo que me confirmes nada.

—Se me ha ocurrido una idea, Efraín. —Emiliano se inclinó en el alféizar de la ventana—. ¿Sabes cuántos millones de mexicanos no pueden vivir sin «La huella del amor»? Más de veinte, Efraín. Tú y yo podemos hacer un viaje, decir que es para la cultura cubana y... no volver.

—¿Quieres que se lo pida a ese flamante encargado de cultura revolucionaria? —le retó Efraín.

Efraín estaba envuelto en el humo de su propio cigarrillo. Iba a reírse, era como si estuviera copiando gestos de Óvalo. Emiliano se rascó la cabeza, los bolsillos, la espalda, como un orangután, y terminó asintiendo con la cabeza.

* * *

Efraín fue hacia el cine de la 45. Había decidido por fin proyectar las dos películas que había recibido en herencia en las cajas que descansaban en la bodega de su barco. Formaba parte de su manera de construirse fetiches, inventarse fechas, celebrar pequeñas cosas. Como cada enero acudía a una cita sin límites con Óvalo, quería instaurar para cada 24 de febrero el visionado de ese *double feature,* ese programa doble formado por las películas. Una era un clásico de su filmografía, *El capitán de Port Royal,* y la otra, esa película que siempre lamentó no haber protagonizado, *Encadenados.*

¡Adoraba ese teatro! ¿Cómo podía Óvalo echarle en cara que era un lugar decrépito «que representa lo peor de lo que hemos sido en esta isla, dejándonos condenar por películas viejas que nadie quiere ver en otra parte. Ni en el propio Hollywood las ponen ya. Hay que huir de la nostalgia»? Sí, eso también le había dicho, «porque la nostalgia es imperialista».

Pero el teatro se mantenía en pie como una pequeña joya del art déco habanero. Efraín no era muy experto en ese tipo de cosas; eran preocupaciones más propias de Tania, que de vez en cuando empleaba términos así: déco, nouveau, modernista. Efraín disfrutaba el hecho de que todo en el teatro tuviera una curva: la misma pantalla estaba como enmarcada por una especie de gesto conciliador, como cuando alguien ahueca sus manos. Lucía un relieve, una suerte de ola beige que se movía extendiéndose por todo su perímetro y que se reproducía en los techos y debajo de los palcos del segundo piso. Eso también le encantaba, que conservara esos palcos suspendidos, como recuerdos, como carcajadas en el aire después de una buena película, como lágrimas al final de un dramón.

Encadenados comenzaba magníficamente porque la ciudad que se veía detrás de los títulos en letras colosales era Miami. Pudo identificar La Habana, que descubrió al reconocer esa visión. Luego venía el influjo de la música. Siempre había querido contar con una orquesta en directo durante la emisión de «La huella del amor» y Emiliano siempre le argumentó que no había espacio ni mucho menos podían grabar la música en un estudio cercano, porque costaba una fortuna la insonorización. Por un momento le dio coraje, profundo coraje, que su creación estuviera circunscrita a presupuestos tan mediocres; por un breve momento comprendió que estaba delante de una obra maestra y que la suya, la que escribía día a día, era tristemente inferior.

Sin embargo pronto lo olvidó, maravillado por la sensación, que todo el tiempo le había poseído, de saber que era la única persona en aquella sala que podía ver esa supuesta película de intriga y suspense como una historia de amor. ¡Porque era una historia de amor! El señor Devlin, que era espía y reclutaba espías, se enamora de la disipada señorita interpretada por Ingrid Bergman, pero no puede dejar a un lado su vocación, su llamado «servicio a la patria», que es convencer a la Bergman de que efectúe labores de espionaje para salvaguardar su gran país imperialista, Estados Unidos de América. El filme se había estrenado hacía casi veinte años. Mientras él intentaba ser un niño ante los pollos de Evaristo, esos personajes se enfrentaban a los peligros surgidos después de la segunda guerra mundial, la amenaza de que el nazismo ya seguía intentando conquistar el mundo tras su derrota. Era increíble que todo aquello pudiera contenerse en una sola historia, en una simple película, en ese lustroso blanco y negro, en ese amor, sí, porque la Bergman se entrega a la causa, a casarse incluso con un nazi que no desea en absoluto en nombre del verdadero amor que siente hacia ese Devlin que la instiga y manipula.

Efraín sudó, se emocionó, sintió deseos de aplaudir cada diálogo, entendió la relación que debió de existir entre Grant, la Bergman y el propio Hitchcock, un triángulo tenso pero jamás sufriente porque estaban haciendo una obra maestra.

Era inevitable que pensara en Óvalo, en Tania y en sí mismo mientras se dejaba arrastrar por la película. Que sintiera el calor de la sala como un recordatorio de que estaba en La Habana, no en el Río idealizado de la película ni en el Miami de los títulos de crédito. Pero sobre todo pensó en que él era como Hitchcock, el observador que lentamente se deja atrapar por el erotismo que destilan sus enamorados, que Grant y Óvalo eran la misma persona, sólo que Mr. Devlin sí demostraba estar enamorado, y Óvalo cada vez parecía más obsesionado por obtener y acumular: gafas de otros dueños, trajes, reconocimientos, nuevas razones para alimentar esa venganza que le devolvía la belleza. Tania no era tan bella ni alta como la Bergman, pero se movía en su propio escenario a través del argumento que le tocaba vivir igual que el personaje: creyendo que su sacrificio tendrá al final una recompensa.

Saber, ser consciente de todo aquello, era la apuesta entre la realidad y la ficción, el final feliz de las películas y el inesperado, insomne, mal encarado punto y aparte de la vida real.

Encendieron las luces, se frotó los ojos. Saldría de allí y caminaría por las calles vacías oyendo el ronroneo de sus diálogos que saldría para atraparle desde las ventanas. Una película, una obra maestra como ésa, tenía un final. «La huella del amor», en cambio, tenía garantizada la capacidad de extenderse. Esa diferencia era abrumadora. Más todavía el pensar que la ciudad a la que se enfrentaría ahora vivía rodeada de rumores, peligros, el fantasma de una invasión que se sumaba al fantasma de una Revolución sometida en las redes de su gravísima crisis económica. No quería abandonar esos palcos suspendidos en el aire, no quería que esa parte de La Habana se esfumara. Podría convencer a Óvalo de entrar allí, a Tania también, y ver juntos, peligrosamente juntos, aquella película que tan perfectamente los reflejaba.

Llovía. Era curioso salir del cine y que diluviara. No había muchos espectadores, gente como él, sólo que mayor, en busca de un refugio, eso que la nostalgia sabía ofrecer y que Óvalo buscaba erradicar.

—¿Usted es Efraín Rotundo? No me diga que no. —Se trataba de un hombre bajito, muy delgado, que apretaba sus cigarrillos en una mano buscando colocarlos en el bolsillo de su camisa. Extendió su otra mano; estaba manchada de tinta y olía a tabaco—. Guillermo Juárez, escritor, no de éxito como usted, sino de crónicas.

—Las conozco —aseguró Efraín. Empezaba a divertirle que esa película, esa cinta dejada por el Catire, sirviera para iniciar una conversación, quizá una amistad, con alguien que admiraba. Guillermo Juárez escribía las crónicas más divertidas del diario nacional—. Ahora me encantaría a mí hacerle una pregunta: si cierran el periódico, ¿desaparecerán sus columnas?

—Jamás me imaginé tener un lector como usted. ¿Por qué no nos mojamos en otro lado y seguimos charlando? Hay menos husmeadores bajo la lluvia.

Guillermo Juárez tenía una forma curiosa de caminar. Disfrutaba de la lluvia pero estudiaba a cada transeúnte, deteniéndose en las esquinas y oteando cuidadosamente de izquierda a derecha. Se sentía perseguido, pero su habilidad, su fina ironía natural, convertía la situación en una graciosa actuación. Efraín decidió seguirle el juego y Guillermo estalló en risotadas.

Se detuvieron delante de El Galeón, un antiguo bar que en los años previos a la Revolución entró en franco deterioro porque tenía demasiado regusto a los cuarenta, a un momento al que no logró llegar la fantasía del neón ni los muebles en forma de riñón ni las *vedettes* emplumadas apostadas en la puerta. Efraín se quedó encantado con la propuesta. El local estaba decorado como un auténtico galeón español, con cuerdas en los techos y un ancla de hierro oxidado encofrada sobre las cabezas de los clientes. Había poca gente, «La huella del amor» ofrecía un capítulo más en la pantalla del televisor al final de la barra, y Guillermo Juárez pidió cervezas y callos. «Son de ayer», le dijo secamente el mozo. «Da igual, tenemos el estómago fuerte», vaticinó.

—Qué grande, Hitchcock, ¿verdad? —comenzó a hablar—. ¿Es cierto que esa copia, en magnífico estado, la cedió usted al cine de la 45? —Efraín asintió. Se sintió entrevistado, Guillermo Juárez no podía evitar ser un periodista las veinticuatro horas, pero le agradó—. ¿Y es fidedigno ese rumor que dice que las tenía el Catire, como ustedes le llamaban, en su barco al morir?

Efraín le estudió antes de responder; había aceptado un H. Upmann de su mano. Estaba sorprendido de conversar con alguien como Juárez, porque le disfrutaba como cronista y porque alguna vez había visto sus obras en las librerías del centro. Era un escritor, no sabía cómo decírselo a sí mismo. Él también lo era, pero de diálogos que se evaporaban día tras día.

—El Catire fue un ser extraordinario —respondió Efraín sucintamente.

—El cine es extraordinario, diría yo. Tiene esa capacidad de narrar que no consigue ninguna otra fórmula hoy día. Bueno, si me permite, la que usted ha descubierto: la telenovela. Fíjese, aquí mismo, en este bar, están el dueño y la esposa sentados en el que puede ser el único momento de unión que comparten, escuchando sus diálogos, viviéndolos.

—Siguen la evolución de una historia que nunca avanza. Parece que se mueva, pero lo único que hace es enroscarse una vuelta más. Para asfixiarlos, a ellos, como hacen las anacondas con sus presas en la selva.

Guillermo rió el comentario. La señora le mandó callar, Mamá Dolores y Mercedes compartían una escena importante. La vieja negra le recriminaba a su antigua protegida que tuviera un amante. Ésta le gritaba preguntándole si no era amor suficiente el que había sentido por un hombre que la había negado y casi llevado a deshacerse de su hijo.

—¿Qué le gusta más de *Encadenados*? —retomó Guillermo.

—Que es una historia de amor. Tengo la sensación de que la mayoría de los grandes genios temen al amor. Creen que es cursi. Y lo es, pero muchas veces, en mi trabajo, en mi oficio, me he dado cuenta que el amor sólo puede explicarse dentro de lo cursi, dentro del sentimiento imposible, febril. Por eso pienso que la gente ve incansable «La huella del amor», porque todo el mundo, desde Mercedes a Mamá Dolores, vive para amar.

—Es una lástima que precisamente por manejar ese tipo de sentimientos se le trate como a un autor menor cuando usted ha creado una genialidad.

—No pienso nunca sobre mí mismo —respondió Efraín, de nuevo adoptando ese tono desconfiado, distante, de quien se siente dentro de una entrevista.

—Usted escribe todos los días, fumando sus H. Upmann, sentado delante de una máquina de escribir de la que dependen cientos de personas y millones de espectadores. Eso es mucho más importante que lo que pueda crear alguien como yo, que redacto crónicas, que espero publicar unos poemas, enfrascado en una novela que jamás termino.

—La terminará, estoy seguro. Y tendrá mucha más gloria porque estamos en lo de siempre. Usted es un escritor, yo soy sólo un transmisor, envío a mis espectadores lo que mis personajes me piden.

Guillermo saboreó los callos manteniendo la mirada en Efraín, que pudo discernir que éste estaba pensando en su próxima crónica. Bueno, estaría bien, era quizá el único escritor a quien leía en el periódico.

—¿Se ha dado cuenta que su telenovela es lo único que esta Revolución no puede cambiar? —preguntó Guillermo.

—Lo ha hecho. Si nada de esto hubiera sucedido, sin esta sensación de que se está construyendo un nuevo país, Mercedes no se habría echado un amante.

—Un hombre más joven que ella y primo de aquel que nunca la aceptó. ¿Cómo se le ocurre una historia semejante?

—Un guión se inspira de todo, tiene ese derecho. Seguramente por eso terminé doblegando a la novela y la escritura tradicional. Porque está más vivo, respira. Parece estar sucediendo delante de nuestros ojos.

—Y el diálogo de una escena de amor, ¿cómo se piensa? ¿Cómo evitar no repetirse, no volver a decir te quiero y punto, sino inventar esas declaraciones cada día, cada noche, que son a veces emocionantes piezas de...?

—Tiene usted una facilidad para el cumplido que no esperaba leyendo sus crónicas.

—Me interesa la literatura. Creo, igual que usted, que está en todas partes, que un verdadero escritor no puede negar ninguna forma de narración. Por eso redacto mis crónicas y creo en el cine y admiro su telenovela.

—Hum.

Se sintió brevemente feliz delante de Guillermo Juárez; le pareció que el Catire le había ofrecido dos oasis en medio de la cada vez más convulsa isla. Primero, descubrir que una película de espías era en realidad una novedosa, secreta, reflexión sobre los límites del amor. Y ahora, con Juárez, que le hacía sentir que su trabajo tenía un nuevo alcance intelectual. Era cierto, escribía esos diálogos de amor porque en su vida personal nunca había encontrado el momento ni la persona a quién decírselo.

—Mentiría si afirmara ahora que jamás ha pensado en sus diálogos como piezas literarias.

—Yo le mentiría más si le reconociera que los escribo porque no tengo a quién decírselos.

Guillermo apartó el plato de callos y absorbió la última gota de su cerveza. Pidió otra y volvió a mirarle.

—Un escritor de amor no puede conocer el amor. Buen titular.

—Esto es una entrevista, ¿verdad? —Efraín le sonrió, se sentía cómodo delante de Juárez—. El amor es una herida, como todo el mundo sabe, que jamás consigue cicatrizar. Necesitamos creer que en la vida tendremos un único amor y que tendremos la fortuna de que será para siempre. A lo mejor ése es el secreto de «La huella del amor», todo el mundo desea que Mercedes y Francisco vuelvan a intentarlo y terminen juntos y que Mamá Dolores perdone a don Rafael. Mi labor consiste en hacerles creer que, en efecto, será así. Tras muchos sufrimientos, a lo largo de muchas emisiones, terminarán juntos.

—El final feliz. Incluso en una película como *Encadenados* hay un final feliz.

—No podemos quitarle a la gente lo único que de verdad anhela.

—Imagínese si nos estuvieran escuchando los responsables de uno de los comités culturales del nuevo gobierno, dirían que estamos jugando con la dignidad del pueblo.

Efraín guardó silencio. No le gustaba aproximarse a ningún discurso político. Ya debía demasiado.

—Mi trabajo no es político. En el fondo nos gusta mezclarlo todo, ¿no? Creemos que tiene que ver con el amor, luego creemos que tiene que ver con lo político. Imagino que debe de existir una edad, un momento en la vida en que te das cuenta que cada cosa puede verse por separado. —Los dos rieron, Efraín confirmaba que la conversación era una entrevista—. Una vez dije que necesitamos llorar para sentir que vivimos algo de verdad. Eso fue al principio de «La huella del amor», han pasado ya muchos, demasiados años. Ahora entiendo que mi telenovela le otorga a la gente esa esperanza que el amor, como los sueños, como todo lo estúpido y sin forma de esta vida, siempre consigue triunfar. Pero también es mi condena: nunca podré escribir lo contrario, que en la verdad, en la vida, quienes ganan son los pragmáticos, los que creen en un sueño más bien político, como ahora todos nosotros dentro de esta Revolución.

* * *

Llegó a la casa de Brito, en el barrio viejo. La catedral seguía iluminada, el baldaquín de la calle y ese permanente olor a limoneros y el golpe de las olas en el Malecón. Pasara lo que pasara, ese olor característico inundaba esa parte de la ciudad. En el número cinco, un edificio viejo medio hundido, con una bombilla en cada rellano, a medida que iba subiendo y perdiendo la poca respiración que le dejaban los H. Upmann, sentía crecer el ruido, como si en vez de ensayar *El círculo de tiza caucasiano* de Brecht estuvieran preparando una revista musical con Tongolele. Miró su reloj, casi las doce en punto de la medianoche, y el zafarrancho era considerable. Como un nuevo primero de año. Oyó los versos de una canción que alguna vez presenció a Prieto interpretar en aquellos cabarets donde fueron con la orquesta. «Una mujer sola baila sobre las mesas del bar francés», decía, e iban uniéndose al solista las voces. Reconoció la de Tania, la más alta, la más apasionada y entregada. Le abrió la puerta un actor, no recordaba el nombre, que empezó a hacer reverencias y a llamarle Maestro, ha llegado el Maestro. Detestaba que le llamaran así, pero era inevitable entre gente que anhelaba formar parte del elenco de «La huella del amor». Tania le sonrió abiertamente mientras terminaban los últimos acordes de la canción. En una esquina, seleccionando discos, más bien estudiando sus carátulas, estaba Óvalo. Le obsequió con una sonrisa que gradualmente fue ganando intensidad. Había llegado en el momento perfecto.

Brito abrió otra botella de ron. En el suelo había un círculo de tiza dibujado, unas velas se consumían en una especie de muro sobre el que habían pegado con tachuelas de colores un plano de la escenografía. Efraín apartó las velas porque podrían prender en el croquis. Ninguna conversación tenía eje, oía halagos para Tania —«desgarrada y comprendiendo la esencia de Brecht como ninguna actriz en Cuba»—, al mismo tiempo que alguien intentaba convencerle de que en «La huella del amor» los acordes finales deslucían la intensidad de la actuación del actor, «como si la música fuera lo importante, cuando es tu texto, Maestro, y la emoción del intérprete». Brito insistía en que se llevara un tomo gruesísimo de *Los hermanos Karamázov*, «Tu inspiración para la primera telenovela cultural».

Encontró a Óvalo en la cocina, pelando un limón para añadir la corteza a su ron con hielo. Óvalo levantó lentamente la mirada, posó el cuchillo y sorbió su trago.

—Has conocido a Guillermo Juárez —le dijo, sin anestesia.

—Me ha hecho sentir escritor —respondió tomando el cuchillo e imitando sus gestos para aderezar su propia bebida.

—Seguramente sea uno de los primeros en traicionarnos si la invasión progresa como esperan. —Brindaron y Óvalo insistió en desplegar esa sonrisa lenta, como las alas de un murciélago—. Tania puede aspirar a ser considerada una actriz muy importante para el proceso, Alambre. Te felicito.

—Yo también a ti —le contestó oportunamente.

Regresaron al salón, Brito defendía con pasión una idea para una escena crucial del montaje.

—Es imposible que los protagonistas luchen alrededor del círculo si no tenemos un elemento que lo haga creíble. Porque ésa es la base de todo este montaje en este momento del país: credibilidad. Si hemos triunfado contra el imperialismo, si hemos creado una revolución que el mundo entero envidia, nuestro teatro tiene que saber a esa utopía que en realidad no es utopía, es nuestro día a día, nuestro triunfo...

—Nuestra Revolución —encajó Óvalo, el ron en la mano,

su apuesta presencia sobresaliendo en ese grupo, casi volviéndolo un actor extranjero.

—Exacto, convertir el teatro en algo mucho más creíble que lo aceptado como creíble, léase las películas y las telenovelas. —Tania miró hacia Efraín y lo vio siempre delgado y envuelto en humo al lado de Óvalo, vestido de un color pastel, el rostro despejado, la bebida acercándose a sus labios. Brito prosiguió—: Aunque Efraín sea uno de los nuestros y Tania esté dejándose la piel y los huesos, el teatro del que hablo, el teatro que quiero, es uno cargado de verdad, de interrelación con los sueños del espectador.

—Entonces, ¿qué necesitas, Brito? —interrumpió Efraín—. ¿Más dinero?, ¿más actores?

Estalló una carcajada general, incluso Óvalo, unido a la risa, se permitió pasarle un brazo por el hombro y, ante los ojos de Tania, besarle el cuello.

El rostro de Brito evidenció su molestia.

—Quiero que autorices a tu hija Diana a estar en el montaje. Que en vez de usar un muñeco de paja, las dos madres luchen por quedarse con ese hijo-símbolo en medio del círculo de tiza; quiero que tu hija sea ese hijo.

Se hizo un silencio extraño, como si Brito, más que un director de teatro, fuera alguien capaz de sostener el destino en sus manos. Tania se incorporó para ir hacia su marido situado al lado de Óvalo y Efraín sintió que el perfume de su mujer era el mismo que el de Óvalo, que sus efluvios le atrapaban y ni siquiera la nicotina podía vencer el alcance de ese aroma compartido.

—A mí me gustaría mucho que Diana estuviera con nosotros. Creo que lo disfrutará. Tiene más de actriz que de escritora —vaticinó Tania.

Todos esperaban la respuesta de Efraín, pero él prefirió no emitir palabra alguna, encogerse levemente de hombros, mirar hacia su esposa y después al hombre que ambos compartían, dar una calada sosegada a su cigarrillo y asentir con la cabeza.

La celebración fue más grande que el simple gesto. Tania lo cubrió de besos, y Óvalo de su calor. Entre los besos Efraín consiguió encogerse para que uno de ellos terminara sellándose entre los labios de Óvalo y Tania. Alguien detectaba lo que sucedía en la fiesta, podía ser Brito, podía ser cualquiera de los actores, como si lo esperaran, como si toda la reunión hubiera sido diseñada para ver cómo funcionaban los tres, cómo se repartían las responsabilidades del curioso amor que protagonizaban.

Brito tocó un silbato subido a una caja de cervezas, un disco en la mano.

—Aunque nuestro hermoso superintendente de relaciones interculturales no lo apruebe —empezaron a formarse risas y aplausos dirigidos a Óvalo, Tania le obsequió con una radiante sonrisa juvenil. Brito prosiguió—, y antes de que los invasores nos la hagan oír como castigo —hizo como un redoble de tambores y ocultó el disco a sus espaldas—, damas y caballeros, esta noche en casa de Brito... ¡vamos a bailar el twist!

Los aplausos crecieron en gritos y por la estancia se extendió una emoción que los obligó a todos a abrazarse. La aguja surcaba el disco y los compases y la voz de Chubby Checker invadían ese reducido local en cuyo suelo el círculo de tiza se borraba gracias a los zapatos, pies o sandalias de los presentes, siguiendo al son de la música ese desplazar de izquierda a derecha, la danza de las avispadas agujas de un reloj que necesitaba marcar el tiempo. *«Twist again, my baby, twist again»*, y todos levantaban los brazos hacia arriba mientras seguían marcando el ritmo. Óvalo era reticente a entregarse hasta que Tania se colocó frente a él, bebió un trago de su ron y lo sujetó por la cadera enseñándole el movimiento. «Lo bailan los Kennedy invasores y los cubanos revolucionarios», gritó alguien, y Brito subió más el volumen. Óvalo aflojó los músculos de su cara y empezó a seguir las piernas de Tania. Brito, una de las actrices y el actor que le había llamado Maestro condujeron a Efraín. Los unieron a los tres y los dejaron que ocuparan el centro del salón, envueltos en sus gestos espasmódicos, sus piernas rozándose mientras seguía creciendo esa cuerda invisible que los convertía en una espiral.

* * *

«La juventud se divierte», rezaba el titular de la primera página del periódico *Revolución*. Emiliano generalmente lo cubría con algún ejemplar de la revista *Life*, que seguía recibiendo en su despacho. Efraín lo hojeó, debajo venía una foto de jóvenes de distintos colores jugando un partido de béisbol en una de las casas expropiadas del Vedado. En otra columna se leía «Afloran serias sospechas de que Estados Unidos prepara una invasión. Castro hablará en la plaza de la Revolución». Efraín quería terminar esa reunión con Emiliano lo antes posible.

—Todo parece bastante... autorizado —decía Emiliano, sujetando una serie de documentos en la mano—. Pero no deja de rondarme por la cabeza que pueda surgir algo. Un viaje, en estas circunstancias, Efraín...

—Es una gira cultural, Emiliano. No tienes que preocuparte por Mercedes. He escrito que hará un viaje para aclarar sus ideas después de que algunos rumores empezaran a llegarle a Francisco sobre su posible romance con el joven Emilio.

—Me ha parecido un detalle que le hayas puesto mi nombre a un personaje tan absurdo.

—Es un caballero con ideas, un emprendedor —bromeó Efraín.

Tras la gira anunciada, era de prever que el estreno del montaje de Brito del clásico de Bertolt Brecht pasara a convertirse en el evento cultural de la nueva etapa histórica de Cuba. El Partido decidió cambiar el teatro de sesenta asientos donde Brito pergeñaba sus creaciones por el Palacio de la Revolución, que albergaba habitualmente a la Compañía Nacional de Ballet de Cuba. Tania pasaba cada vez más horas fuera de casa y regresaba a la madrugada con Diana dormida en sus brazos. El teléfono sonaba y Efraín sabía que era Óvalo, preocupándose por si habían llegado las dos bien y luego pidiendo hablar con éste para insistirle en lo maravillosa que resultaría la actuación de Tania y de Diana, nacida para el Teatro de la Revolución, «símbolo absoluto de la nueva Cuba, camarada».

Efraín intentaba no moverse demasiado en la butaca del Palacio de la Revolución, tan grande como la Asamblea de la ONU o el Politburó soviético (en realidad, era una mezcla de ambos). El aparato presidencial rodeaba a Castro, presente, el ministro Guevara y los héroes de la Revolución, que entraron juntos y permanecieron de pie durante la larguísima ovación, sentándose de uno en uno para dejar exclusivamente erguido a Castro, recibiendo un aplauso tan interminable como sus discursos. Un presentador de su cadena, según creyó reconocer Efraín, introdujo al Comandante, que instruyó a los presentes sobre sus amplios conocimientos de la obra de Bertolt Brecht, «un luchador como nosotros contra cualquier sistema opresivo. De esto habla también esta obra de teatro, de vencer el miedo impuesto por los mayores, los otros, los que no se atreven a formar parte de una Revolución».

El telón por fin subió. Diana, ataviada con un camisón, dibujaba un círculo de tiza en el centro del escenario mientras un orador iba adelantando acontecimientos de la obra de teatro y todo el elenco, vestidos con el mismo uniforme azul marino, aparecía portando banderas de la Revolución en un baile marcial detrás de Diana. El aplauso impedía oír lo que ella decía; cuando fue aplacado sólo se oyó «una salida a la paz, gracias», y esa única frase bastó para retomar el aplauso recién apagado.

Siguieron dos horas de tortura. Efraín se las pasó cuidando de no dormirse bajo la atenta mirada de Óvalo, que permanentemente le sonreía entre diálogo y diálogo de los actores, sus ojos azules subrayando cuán distinto era ese teatro, esa representación, de la que una vez vivieron bajo la dirección del profesor Arévalo. O, cruelmente, ¡cuán similar! Los militares en torno a Fidel no conseguían espantar el sueño, y los monólogos de cada actor parecían invocar la misma extensión de los discursos del Comandante. Tania gritaba, se retorcía, corría a una velocidad inusitada de extremo a extremo del escenario, se lanzaba al suelo y le sangraban las rodillas. Diana, en el centro del círculo, se limitaba a esperar el final al cabo de tres horas.

El aplauso fue apoteósico, no existía otra palabra, y mezclaba la felicidad que todos sentían porque de una vez hubiera terminado la obra con el ansia de mantener vivo ese sonido repetitivo de las palmadas a fin de desperezarse y despertarse tras el letargo. Efraín pensó que las obras de teatro de la Revolución requerían ese carácter plúmbeo para apaciguar cualquier posibilidad de magnicidio a lo Abraham Lincoln, que había sido asesinado por un actor en un teatro, si bien no lograba recordar exactamente si el luctuoso suceso había ocurrido al principio de un acto o en el intermedio. Daba igual; a Efraín le provocó una risa secreta creer que Brito ejecutaba esas dramatizaciones sin intermedio para evitar esa funesta posibilidad. Como si leyera su pensamiento, Fidel se incorporó de su asiento y todos sus militares saltaron como pudieron de su sopor mientras él solo subía al escenario para abrazar a cada uno de los miembros del elenco, dedicándole especial cariño y estudiada demagogia a Diana.

Viajarían en breve, se anunció, en lo que sería la primera gira organizada por el gobierno revolucionario para sus talentos. Compondrían el espectáculo una delegación del Ballet Nacional, con su eximia primera bailarina (cuyo nombre Efraín jamás mencionaba tras oír en una fiesta que hacerlo podría provocar catástrofes muy desafortunadas) más la compañía integrada por Brito, con su círculo de tiza eterno, como le habían rebautizado, gracias al cual Tania Rivas había obtenido el título de «la primera actriz de la Revolución cubana». Efraín viajaría como el «maestro de la Televisión Cubana». El propio Fidel Castro los recibió antes de partir en el Palacio de Gobierno, el mismo que había habitado el odiado Batista pero que Fidel aceptó como residencia porque «no vamos a construir más palacios».

«Camaradas cubanos, quiero recordarles que este viaje se inicia en un momento en que todos los ojos, para bien o para mal, están encima de nosotros. Quiero recordarles también que son los representantes de una esperanza, de un cambio y, aunque la palabra la hemos empleado mucho, de esta Revolución que está tan viva, tan emocionada, tan activa como ese primer día del último año de la década pasada. Hoy, en abril de 1961, la Revolución está aprendiendo a caminar y es la cultura y son ustedes, nuestros representantes, los encargados de convertirla en una demostración de nuestras capacidades, nuestro talento, nuestro compromiso con la inteligencia, la Historia y la Justicia.»

Fidel estrechó la mano de Efraín.

—Nuestro gran hombre de las telenovelas. Todos, camarada, somos Mamá Dolores.

Efraín le vio alejarse flanqueado por Óvalo. Le reconoció: era Número Siete, dándole un fusil a Óvalo en las ruinas de Limpio Chiquito.

Les esperaba un avión soviético. Efraín lo detectó de inmediato: asientos rígidos, azafatas mayores y muy poco dispuestas a establecer más que un frío saludo en la puerta. Brito reía nerviosamente; una de ellas requisó la botella de ron que pretendía colar uno de los actores; los bailarines recibieron un sonoro decálogo de conducta por parte del marido de la bailarina a quien Efraín jamás mencionaba y que, por fortuna, viajaría en otro avión, tal era la fama de ser portadora de mal agüero que la precedía. Efraín y Tania se sentaron al fondo, entrelazaron sus manos y ella lloró en su hombro. No se dijeron nada. Efraín asumió que se debía a la lejanía de Óvalo.

Fueron quedándose dormidos, todos menos Efraín. Habían despegado al mediodía y la isla empezaba a quedarse sola en medio del mar azul. Desde arriba era como dejar a alguien pequeño, a él mismo, a las puertas de Limpio Chiquito. Indefenso, aún sin forma, sin control de sus gestos y deseos, flotando para siempre.

Irían a Ciudad de México, después a Caracas y al final a Buenos Aires. Tania y Brito y los bailarines tenían contratos para los mejores teatros de esas capitales. Las azafatas soviéticas compartían gestos con los soldados rubios de fortalecidos bíceps que los vigilaban en cada esquina de la aeronave.

Era la primera vez que dejaba Cuba, pensó Efraín. Conocería a los elencos de las distintas versiones de «La huella del amor», aplaudiría las presentaciones de la plúmbea versión teatral de la didáctica obra de Brecht que protagonizaba su esposa. Volverían detallando a los medios de comunicación el triunfo de la Revolución cubana en esos países hermanos. Si la gira funcionaba, los llevarían a Europa, incluso a la España franquista que se resistía a romper relaciones con la Revolución porque Castro tenía padres gallegos. Empezó a ver los barcos en los muelles del antiguo club náutico, el avión giró hacia la izquierda y le pareció distinguir su casa de cabo Pinos, con él y Diana detenidos en la punta del embarcadero ante la aparición de Óvalo y aquel lagarto que nunca más había vuelto a ver. Y seguían bajando, despidiéndose de la isla antes de cruzar el golfo y llegar a México; Tania dormitaba, y Diana también, dormía cogida a su mano. En realidad eran la imagen de una familia exitosa que disfrutaba de un merecido viaje, pero Efraín veía la isla alejándose como si fuera una huella distinta a la del amor, que necesitaba perseguirle, una sombra que no quiere perder a su dueño. Vio los manglares esparcidos como lágrimas y recordó que los había intuido todavía flotando en la ceguera después del incendio en Limpio Chiquito. Debería decírselo, ahora, allí mismo a su hija: «Diana, conocí esos paisajes sin poder verlos, huyendo de mi destino, tras observar cómo arrebataban nuestra infancia, laceraban nuestros cuerpos, quemaban para siempre la posibilidad de amar, de vivir en paz.» Pero guardó silencio. Continuó mirando por la ventanilla, acostumbrándose a ese paisaje, su isla, su casa, suspendida en la inmensidad turquesa. Fue entonces cuando vio los buques con la bandera americana. Avanzaban lentamente hacia esa especie de dinosaurio nadador que era su país desde el aire.

27

UNA SEMANA EN ABRIL

El calendario de actividades parecía estar regido por las férreas miradas que dejaban entrever los ojos grises como el acero de las azafatas soviéticas. No podían detenerse un segundo en contemplar y dejarse fascinar por ningún detalle, ninguna vista de la Ciudad de México; debían subir sin perder un segundo al autobús que los trasladaba del hotel Reforma al teatro Excelsior y casi no les estaba permitido pararse a observar qué calles dejaban atrás, en qué lugar se encontraban. Ensayaban con mucha torpeza para adaptar el montaje de Brito a las dimensiones más normales de un teatro antes que a un pabellón de discursos revolucionarios. Emiliano y Efraín atendían a la prensa, una entrevista tras otra, en los amplios salones del hotel; a veces recibían el obsequio de unas bebidas coloreadas gracias a las sabrosas hierbas que las aderezaban. Les sonreían a las camareras, a los periodistas, y siempre terminaban escuchando la misma pregunta: «¿Cuándo hablará Mamá Dolores? ¿Cuándo revelará su secreto? ¿Cuándo podremos saber si es en realidad la madre de Mercedes?» Emiliano andaba siempre pidiendo excusas porque la comida le sentaba mal, «demasiado picante y con exceso de carne picada. Esta gente tiene que descubrir el congrio ya, Efraín, o no podremos hacer nada aquí». Y Efraín se dedicaba a pasear, seguido muy de cerca por una azafata, por las calles de la colonia Condesa, con sus plazas y árboles de ramas atemorizantes, gente muy pequeña que caminaba de un sitio a otro, coches y más coches, el picor de los ojos de toda esa polución que le obligaba a regresar a su habitación, con un ventanal desde el que no veía nada sino un enjambre de antenas de televisión y anuncios que parecían fantasmas bajo la niebla de la contaminación.

Por la noche, un coche y de nuevo una azafata soviética que le esperaba para llevarlo al teatro, un viejo edificio construido a la italiana. Posiblemente por la importancia del estreno, el aforo estaba completo y lleno de celebridades. Le pareció ver sentada en las butacas a María Antonieta Pons, la célebre rumbera, tan rubia como siempre había imaginado a las protagonistas de sus novelas. Sonrió porque comprendió que, si alguna vez trabajaban en esa parte del mundo, ése sería el tipo de protagonista que elegiría, aunque tal vez sin la exuberancia física de la rumbera. ¿Por qué no pensar en una chica que se gana la vida en una revista de variedades y preserva su virginidad mientras esquiva el acoso del dueño del local y se enamora de un repartidor de bebidas que debe proveer de su mercancía el bar donde sucede el espectáculo? Se rió. México le sentaba bien. Pensaba mejor, se le ocurrían más y más brillantes ideas.

Descendió algunos escalones en dirección a su asiento. Había más actores de esas películas que para él había alumbrado la pantalla del cine de la calle 45. Carmencita Marchesi, Rosa Rovira y María Juana García vestidas de gala y dirigiéndose hacia él, Emiliano señalándole y cada una de ellas extendiendo su mano para agradecerle lo que había hecho por la mujer, sí, eso le decían: «Nos ha devuelto las ganas de actuar porque nadie mejor que usted ha sabido entender nuestros sentimientos como mujeres, como novias y como madres.» A cada paso veía más actores conocidos que se le acercaban y le saludaban deseándole todo tipo de parabienes a su esposa en la representación a punto de empezar. Vio a Agustín Lara, que le reconoció de inmediato tras su encuentro en el funeral del Catire. Estaba vestido con una de esas guayaberas sin origen. «Filipinas, amigo mío, para evitar un conflicto diplomático con ustedes», le confesó. Y de repente se creó un murmullo ensordecedor. En la puerta de la platea, cubierta por un abrigo de pieles blancas y un sombrero negro, María Félix avanzaba hacia su marido, ¿o era ahora ex?, a pasos lentos, despojándose de la prenda que el acomodador sujetaba como si fuera un hijo dormido. Estallaba un aplauso para recibirla, cuya intensidad parecía protegerla. Girándose a la emocionada audiencia, la Félix levantó su mano y su mirada hacia los asientos más baratos. La aclamación creció más todavía en intensidad y la Señora aproximó su mejilla al rostro de Efraín. «México a sus pies y usted sin querer decirme cómo terminará todo», le soltó. Las luces bajaron y Emiliano le hizo una señal de felicitación con los pulgares desde su butaca.

El mismo gesto y el mismo aplauso no pudieron repetirse para *El círculo de tiza.* La propia María Félix le dijo a Efraín en una de las pausas de los soporíferos monólogos: «¿Para esto han hecho una Revolución?» Sin embargo, todos aguantaron en sus butacas hasta el final y ofrecieron una ovación cómoda preámbulo de un cóctel en el salón de espejos del teatro, en el que todas las actrices y *vedettes* compitieron por acercarse a la Félix y a él. En la esquina de uno de los espejos vio a Diana buscándole mientras a su lado su madre parecía una empleada cansada, ojerosa, anónima. Brito, en cambio, decidió ignorar el hecho de que nadie le felicitara, y se dedicó a coger puñados de canapés y beber whiskies con soda sin cesar, eructando de vez en cuando delante de esas señoras sobremaquilladas y sobrepeinadas representantes de ese capitalismo que ellos habían abandonado.

Tania se encerró en sí misma. La prensa sólo hablaba de la inminente actuación del Ballet Nacional y su prestigioso *Giselle,* y de Efraín y su «en verdad revolucionaria» «La huella del amor». Unas breves líneas sentenciaban *El círculo* como una prueba de que «la Revolución aún no encuentra un producto que la identifique culturalmente más allá de las barbas de sus líderes y el rostro del Che». Efraín se encontraba en el restaurante del hotel y se entretenía explicándole a Diana cómo se envolvían las quesadillas y que los argentinos llamaban *palta* al aguacate; ya se acostumbraría, aquélla sería la última escala de su largo viaje. Brito se les unió, cara de poco dormir, lengua revuelta, temblor en las manos.

—Dicen que lo mejor es beber un trago largo de tequila y chupar el limón dos segundos más de lo normal —le comentó Efraín volviéndose hacia él a modo de saludo.

—No sé cuánto tiempo es «normal» para dedicarle a un limón —respondió Brito sentándose. Efraín ordenó al camarero el tequila—. ¿Para quién lo has pedido? No me lo pienso tomar —sentenció.

Tania terminó de doblar una de las quesadillas de su hija. Efraín intentó una de sus sonrisas a lo Óvalo, pero Brito tumbó unos vasos en la mesa al intentar acercarse el pan para untarlo con mantequilla y el gesto murió por el camino. Tania levantó los ojos para indicarle a su marido que no hiciera ningún comentario, pero puede que con la sonrisa Efraín hubiera adquirido también un poco de la crueldad de Óvalo, porque no pudo contenerse...

—Ayer te comías los canapés como si nunca más fueras a volver a una fiesta.

Brito le tiró el trozo de pan a la cara. El camarero, que regresaba con la botella de tequila, dejó temeroso el pequeño vaso rebosante del licor sobre la mesa.

—Deteneos ya los dos, por favor, la niña está presente —advirtió Tania.

—Diana, por favor, sube a la habitación —ordenó Efraín. La niña se levantó, aunque Tania la cogía por el brazo para retenerla.

—Prefiero hacerle caso a papá, mamá —contestó Diana zafándose de ella. Brito, entretanto, cogió el tequila y se lo tomó de un trago.

—No le hace falta el limón —dijo tras dejar el vaso vacío con un golpe—, es una de esas ridículas exageraciones de los burgueses. Estoy seguro de que los aztecas no perdían tiempo cortando limones y cogiendo un puñado de sal; eso lo habrá inventado un gringo, y como estos mexicanos no hacen más que suspirar por todo lo que se les ocurra a los perros imperialistas…

—Te agradecería que te tomaras el tequila sin necesidad de insultar a nuestros anfitriones —le reprochó Efraín.

—Claro, el Padre de la Telenovela enseñándole maneras a un hambriento director de teatro revolucionario. ¡Ése es el menú del día! —gritó de pronto Brito.

Efraín colocó otra tortilla en su plato y empezó a rellenarla con la guasacaca y los pedazos de carne mechada. Qué horrible manera de hablar tenía Brito. Como en Cuba se pusieran a hacer películas con esos diálogos sería preferible, francamente, quedarse del lado del imperialismo.

—Tú siempre ganas, Efraín. Consigues que los cubanos sigamos tragando tus bazofias sentimentales…

—Brito, te lo suplico —intervino Tania.

—Alguien se lo tiene que decir, ¿no? Tu propia esposa se burla de lo simplones, de lo baratos que son tus diálogos de amor. En eso te escudas, en que supuestamente la gente necesita esa basura para seguir aguantando los designios del imperialismo. Tú no lo ves, claro, tú no sabes ni lo que piensas. Tu mierda es peor que la religión, peor que los festivales folclóricos de Batista, peor que esa mierda de orfanato donde te violaban a ti y a todos los que como tú no quieren recordar.

Tania doblaba su servilleta y guardaba silencio. Efraín continuaba colocando parsimonioso trozos de carne cortada sobre la tortilla. El mismo camarero que había llevado el tequila le observaba, como si esperase una orden suya para desalojar a Brito, sus voces incomodaban también a otros comensales de las mesas cercanas. ¿En qué momento Brito supo tanto sobre él?

Efraín se detuvo un instante a pensar por qué Brito actuaba así: su montaje había quedado eclipsado por la acogida hacia su telenovela, cierto, y él estaba de acuerdo con el director en que los capítulos de «La huella del amor» eran proclives a ser instrumentos del poder utilizados para mantener dominados a los inferiores, que creían en una ficción para evadirse de sí mismos. ¿Eso lo convertía en imperialista?, vaya. Le hubiera gustado responderle que él, en su momento, había propuesto revelar a todo el mundo que Mamá Dolores estaba interpretada por una actriz blanca que se pintaba de negra y que, cuando quiso eliminarla, esa gente dominada, imperializada, como decía Brito, se había manifestado contra su deceso logrando que la actriz blanca siguiera pintándose de negro hasta ese mismo día, resucitarla sin muchas explicaciones.

—Mis diálogos de amor tienen más éxito que tus monólogos de Brecht porque contienen más verdad —fue lo único que prefirió decirle.

—¿Verdad?, ¿vas a hablar de verdad cuando todos sabemos todo de ti, sabemos lo que has visto y cómo te has callado para estar aquí sentado, el señor Rey de las Telenovelas, el Maestro Rotundo, besado y elogiado por María Félix, engañando una vez más convertido en el autor, el escritor, cuando no haces más que repetir esquemas que la Revolución, la verdadera Revolución, detesta y conseguirá fulminar?

—Brito, basta ya. Me haces daño —clamó Tania. Efraín siguió atando cabos. Al parecer, sus orígenes eran más públicos de lo que podía controlar. Debería darle un puñetazo a Brito allí mismo. Era lo que se esperaba de él.

En los espejos del comedor vio a las azafatas aproximándose, siempre estaban cerca y, sin entender el idioma, adivinaban las diferencias existentes.

—Lamento sinceramente que en esta etapa de la gira ni la gente ni la crítica hayan entendido vuestro montaje de Brecht —continuó Efraín, doblando su quesadilla, lista para comer.

Brito dio un puñetazo en la mesa, la gente se volvió hacia ellos.

—¡Traidor a tu clase, era lo último que me esperaba de ti! —bramó—. Te comportas como el señorito delante de las bestias. ¿Ahora el tuerto es rey en el país de los ciegos? La Revolución va a superarte y estoy seguro de que te enterrará. Con tu historia sobre el amor imposible y los obstáculos que han de ser vencidos para convertirse en alguien como tú, un paralítico sentimental, un escritor que no escribe, que dialoga con sus marionetas enredándolas en amores de opereta, vendiendo valores antiguos como lo eterno, la familia, el aceptar la pobreza como algo dignificante. Un cómplice, eso es lo que eres, un cómplice del antiguo régimen que permite que su amigo del pasado, el bellísimo Óvalo, se folle a su esposa para que así tú puedas seguir escribiendo tus mierdas de telenovelas.

Tania se levantó y estampó una sonora bofetada en la cara de Brito. Efraín se irguió, las azafatas cercaron la mesa como si estuvieran en un aterrizaje de emergencia. Tania se desató del brazo de Efraín y se marchó hacia el ascensor. Efraín la siguió mientras, a través de los espejos del salón, constataba cómo los comensales cuchicheaban y Brito, aún sentado a la mesa, cogía resoplando el taco que Efraín había dejado a medio comer y se lo zampaba.

Tania y Efraín entraron en la habitación y Diana los miró asustada. Él le hizo un gesto de que saliera al pasillo y diera una vuelta por el hotel; al fin y al cabo, las azafatas estarían vigilándola. Tania se sentó en el borde de la cama, las manos cubriéndole la cara un buen rato y luego alisándose la melena, pequeños gemidos escapando de vez en cuando.

—Siempre te dije que esto iba a terminar mal —expuso Tania.

—Yo también me he acostado con Óvalo —confesó Efraín, sin respirar.

Tania se puso rígida y se volvió, dándole la espalda, sin permitirle ver su cara, mirando hacia una pared, una esquina, jamás a su marido. Terminó por llevarse la mano a la boca para contener los sollozos. Efraín se recostó contra la pared. No sabía qué agregar ni qué pensar. Sí, ella tenía razón, nada de esto podía terminar bien.

El teléfono de la habitación repicó hasta tres veces, Tania lo descolgó. Efraín siguió allí, como una estatua olvidada observando cómo su esposa atendía una llamada.

—Emiliano te espera en la recepción para la reunión con los directivos de la cadena de televisión.

Emiliano le llevó, siempre acompañados por las silentes e inflexibles azafatas soviéticas, a las oficinas de los hermanos Alemán: «Nombre de presidente o dictador, qué más da, Efraín. Son los dueños del canal de televisión y pueden ofrecernos cosas muy serias.» No se equivocaba en sus ansias de grandeza, como comprobaron cuando entraron en los despachos cubiertos de madera y vieron los enormes retratos de los hermanos del techo al suelo, una estantería que recogía los trofeos de golf y de pesca en mar abierto más algunos de los premios obtenidos por sus producciones.

—Usted debe escribir para nosotros, señor Rotundo, llevamos muchos años haciéndoselo saber. Incluso Emiliano nos habló de esa historia suya sobre una chica ciega que aprende a ver gracias al amor. Tenemos la chequera abierta y más que dispuesta para cualquiera que sea su cifra. También queremos extender una invitación para que pasen una temporada con nosotros. Puede escoger instalarse aquí, en el D. F., o en una de nuestras haciendas de Cuernavaca.

Emiliano sudaba más de la cuenta.

—No podemos dejar la Revolución —explicó Efraín.

—¿Pero es que no lo saben? La Revolución quedará convertida en pasado dentro de pocos días... Los estadounidenses han tomado cartas en el asunto, Kennedy está dispuesto a que pronto todo vuelva a ser como antes.

Efraín y Emiliano no se atrevieron a moverse. Uno de los Alemán se convirtió en carcajada pura.

—¡¿Temen decidirse por esas azafatas policías que los siguen a todas partes?! Estamos solos, amigos. Nuestra cercanía a Estados Unidos, que siempre es ambigua, como ya saben, nos proporciona mucha información. Hasta hemos interceptado mensajes codificados del gobierno americano a las fuerzas de sus bases para que abandonen Nicaragua y se dirijan hacia su isla. Llegarán allí este fin de semana, dicen que se dirigen a la costa, a bahía de Cochinos, como la llaman ellos. El lunes ya no habrá más Castro y Cuba volverá a ser libre. ¿Por qué no aprovechar el momento y quedarse aquí si el destino ha conseguido que estén entre nosotros?

* * *

Emiliano y Efraín entraron al coche al mismo tiempo. Su nerviosismo era evidente, pero las vigilantes rusas los vieron llegar y se dispusieron a iniciar la marcha siempre sin decir nada. Efraín veía desfilar esa ciudad a través de la ventana. Anchas avenidas, tantos coches diferentes, pequeños, grandes, algunos de color pastel como los de La Habana. Si aceptaba la invitación vendría a esta avenida cada vez que extrañara su ciudad. Pero el tiempo termina por pasar y a lo mejor dejaría de extrañarla o serían los coches los que cambiarían, como cambian de repente las modas y, sí, como también de repente cambia el ayer.

Era todo una molestia increíble, un malestar que no cesaba, un sabor que no se disipaba, una verdad que no conseguía vencer las tinieblas. Llegaron al hotel y las azafatas se pusieron alertas, los pilotos del avión que los había llevado a México estaban allí, en el hall, con una cara extraña, de gran acontecimiento. A lo mejor había triunfado la invasión norteamericana o, quién sabe, a lo mejor la Revolución había doblegado al imperialismo. Alguna gente se reunía en torno a los rusos, había reporteros y fotógrafos. Brito fue hacia ellos sudando, los dientes llenos de comida.

—¡Tania se ha refugiado en la jefatura de policía, lo ha hecho ella sola, sin decirnos nada! Estábamos en la puerta a punto de salir para el teatro y de pronto se escapó y se entregó a la policía mexicana en la comisaría que está a sólo un par de calles de aquí. Los pilotos no se dieron cuenta y las rusas estaban con vosotros.

—¿Dónde está mi hija Diana? —inquirió Efraín, muy alterado.

—Se la ha llevado con ella. ¿No lo entiendes, Efraín? Tu mujer acaba de pedir asilo político y abandona la Revolución. Y nos acaba de joder viva la función de esta noche.

28

HOTEL REFORMA

Efraín oyó cómo el botones, a petición de los pilotos soviéticos, cerraba con llave la puerta de su habitación. Las ventanas estaban abiertas, las cortinas flotaban a causa de la fuerte brisa anunciando una lluvia que luego no caería. Cualquiera que entrara ahora, si es que se lo permitían, claro, podría creer que alguien acababa de arrojarse por la ventana. Ésa era, en realidad, la única manera de salir de allí.

Se levantó de la cama y cerró las cortinas, vio entonces, al volverse, las puertas de los armarios también abiertas, estaba su maleta y también la de Tania, pero faltaba la pequeña, la de Diana. Quedaban algunas prendas arrojadas de cualquier modo sobre los cajones, revueltas, mal colocadas. El vestido de noche negro que había llevado para su estreno colgaba de una percha sin el costoso broche que le había regalado.

Las cosas de Diana, en cambio, sí habían sido recogidas en su totalidad. Incluso su camiseta de Dumbo, sin la cual se negaba a irse a la cama. Reparó en el reloj despertador en la mesilla de noche. Seis y veinte minutos del 15 de abril.

¿Cómo estarían Tania y Diana?, se preguntó. ¿Seguirían en la comisaría? Puede que su esposa tuviera que dormir en el camastro de un calabozo, quién sabe dónde, sólo por haber cruzado la calle, esa misma calle que él podía ver desde la ventana, con una maleta mal hecha y su hija de la mano, y declararse perseguida por la Revolución.

En el registro que los soviéticos habían hecho de su habitación le habían permitido conservar una única cajetilla de cigarrillos. Fue hacia el espacioso baño, la ducha protegida por una pared de cristal grueso, como siempre le había dicho a Tania que quería instalar en la casa de cabo Pinos. Se sentó en el retrete y encendió el pitillo. Nunca leía la prensa todo lo bien que debiera, pero lo que había hecho su esposa, ¿no lo había hecho también un bailarín soviético en Londres o en París? Tenía demasiadas cosas en la cabeza para recordar ahora el nombre; lo que sí recordaba era que, por lo que informaba el periódico, al parecer uno no puede ser detenido por la policía para desertar, sino que debe ir hacia ella y declararse perseguido. ¿Cómo pudo ocurrírsele a Tania algo así? ¿No estaba tan comprometida con el proceso, no era ésa la única explicación de su relación con Brito y su gente? ¿O habría utilizado a éste y ese espanto de representación teatral como la excusa perfecta para estar con Óvalo? Se sonrió. Sí, puede que hubiera sido así; en ese caso, tenía que felicitar a su esposa por su inteligencia. Y sin embargo no lograba quitarse de la cabeza la que —por lo que ahora parecía— iba a ser su última conversación.

Sonó el teléfono, Efraín no supo si cogerlo, dudó, se le ocurrió incluso que hasta podía ser Tania quien llamaba; en ese caso tenía que preguntarle por el porqué de su huida, aunque —coño, Efraín, a veces pareces tonto— era del todo imposible que la recepción, que seguro que controlaba sus llamadas también por orden de los soviéticos o del jefe de la delegación cubana, se la pasase. Vio que al lado del váter había un aparato supletorio. Los hoteles y su sentido de la comodidad.

—Alambre, ya lo sé todo. No podemos hacer nada. Lo siento por Diana.

Claro, sólo Óvalo, el todopoderoso Óvalo, podía ponerse en contacto.

—¿Sólo por ella? —preguntó, aún confuso.

—Probablemente no vuelvas a verla jamás...

—¿Van a hacerle daño?

—No creo, pero ni ella ni Tania podrán volver a Cuba. Al parecer han viajado a Miami. Tú permanecerás donde estás al menos hasta el lunes; son órdenes incuestionables de nuestros superiores. No podemos decidir nada antes. Todo es muy complejo, aquí están pasando cosas y mucho de lo que nos ocurra a todos, incluso nosotros mismos y nuestro bienestar y poder, depende de ellas. Si rompemos relaciones con Estados Unidos, Tania y Diana se quedarán allí, nunca podrán arrepentirse y regresar ni nosotros reclamarlas. ¿Me escuchas?

—¿A qué cosas te refieres?

—La Revolución tiene muchos enemigos, Alambre.

Colgó, el biiiip del teléfono y luego unos ruiditos, como si otras personas que estuvieran escuchando colgaran también sus receptores. Efraín se había quedado con ganas de preguntar por las tropas estadounidenses que se dirigían a Cuba, pero entendió que, por teléfono, Óvalo no podría hablarle de ellas. Cerró los ojos, recordó a su hija saliendo de la habitación para dar aquella vuelta que él mismo le había ordenado, él mismo envolviendo la quesadilla con cuidado de no mancharse mientras Brito le insultaba, Diana otra vez detenida junto a él con aquel vestido de niña buena almidonado y lleno de lazos en el embarcadero de cabo Pinos, aferrada a su mano, llena de ilusión mientras esperaban la llegada del Catire.

Pasaban las horas, seguía incomunicado. Podía pedir comida al servicio de habitaciones o asomarse a la ventana y ver cómo los coches seguían su coreografía de luces, acero y ruido. El Ángel de Reforma se iluminaba en la noche, que caía, igual que en La Habana, como un golpe, el cerrojo de una puerta, la bofetada de una mujer decidida y despechada. Miró el televisor, tan grande como una suegra tejiendo una bufanda interminable. Lo encendió. Allí estaba la actriz mexicana pintada de negro, cogía la mano de la otra actriz que interpretaba el papel que él había creado para su esposa.

MAMÁ DOLORES

¿Para qué empeñarte en escapar, Mercedes, si no existe tal cosa en el amor? Siempre terminarás por encontrarte de nuevo con él en el sitio más inesperado, en el momento que menos puedas controlar.

MERCEDES

Porque no puedo más con mi dolor, Mamá Dolores. Porque no sé quién soy ni en qué me he convertido. Abandoné a mi hijo, me he pasado el resto de mis días creyendo encontrarlo en los ojos de todas las personas con las que me cruzo, en la calle, en el parque, delante de casa, aquí, cuando vengo a verte...

Efraín se arrellanó en la butaca delante del aparato. Abrió la boca y de ella salieron las mismas palabras que Mamá Dolores le replicaría a Mercedes.

MAMÁ DOLORES

Acostúmbrate, hija mía, a tener esos ojos siguiéndote por todas partes, porque son tus recuerdos, lo único, hija mía, lo único que tendrás a partir de ahora, tus compañeros en la larga noche, en el día interminable.

Mercedes iba a responderle y Efraín continuaba dibujando las palabras en el aire.

MERCEDES
¿Hasta que sea como tú? Sosteniendo el tiempo para tener algo a lo que sujetarme cuando el amor me golpee y me recuerde que lo perdí por culpa de mi orgullo...

Y entonces Mamá Dolores la obligaría a mirarle, le sostendría el mentón para que fijara los ojos en los suyos antes de pronunciar:

MAMÁ DOLORES
Nunca somos totalmente culpables, hija mía...

Y él seguía diciéndolo, diciéndoselo a sí mismo: «Nunca somos totalmente culpables, Tania, Diana, nunca somos totalmente culpables...»

Volvió a abrir los ojos en la oscuridad, estaba en la cama, tapado por las mantas, la almohada mojada de su sudor. Cogió la que le habría correspondido a Tania de haber estado durmiendo allí, a su lado. El reloj despertador tenía manillas que brillaban en la oscuridad. No encendió ninguna luz pero descorrió las cortinas para comprobar que no habían pasado más que un par de horas; era evidente que, pese a estar prisionero en la suite de un hotel, las normas de confort del establecimiento se cumplían. Comenzó a recordar, llegó una camarera escoltada por dos soviéticos e interrumpió sus pensamientos para dejar una bandeja con más quesadillas y dos vasos llenos, también agua y refrescos, entre ellos la omnipresente Pepsi-

Cola que, según Tania había mencionado días antes, empezaba a escasear en La Habana. Siempre vigilada por los policías, la camarera corrió las cortinas y revisó que no faltara nada en el baño.

Cenó con la única compañía de la televisión, se mantuvo ante el aparato hasta el último noticiero, que brevemente puso imágenes del estreno teatral de la noche anterior en las que pudo ver a Tania y a Diana dando vida a sus papeles. Sintió un golpe en el estómago, un dolor confuso, saldría de esa habitación y ellas estarían abajo, en la recepción, dispuestas a olvidar, a regresar a Cuba. Tomó el primer vaso de tequila y encendió otro cigarrillo. Le quedaba sólo esa cajetilla ya mediada, debía ir con cuidado, era incapaz de fumar otra marca que no fueran los H. Upmann. No podía seguir pensando más, se acumulaban demasiadas cosas. Así se durmió hasta las tres de la madrugada.

Cuando despertó no emitían nada en la televisión. En la pantalla se mantenía la imagen fija de un águila atacando y mordiendo una serpiente, el escudo de México. Oyó menos coches en la calle. Comenzó a pensar: ¿qué les pasaría? ¿Qué haría Emiliano?, ¿le interrogarían? ¿Y Tania y Diana, dónde dormirían en Miami?, ¿se acostumbrarían a esa comida, todos los días almorzando y cenando salchichas y hamburguesas? Tania preparaba un congrio riquísimo, su ropa vieja, ¿cómo olvidarla?, a lo mejor conseguían imponerlo allí. Y la invasión, recordó, ¿qué ocurriría si al final los estadounidenses conseguían doblegar a Castro y a los revolucionarios?, ¿ya no haría falta regresar? Podrían continuar todos en México pero él terminaría por extrañar la casa de cabo Pinos, reconoció. El olor de la ciudad, esa mezcla de limón, árboles, pescados, ron y tabaco. La sonrisa de las negras de verdad. La arena pegada a sus tobillos mientras entraban en las calles dispuestas a doblegarla con el ritmo de sus caderas. Caramba, sí que sentía apego a la ciudad, ¿cómo podía recordar algo tan preciso? El mosaico en su despacho.

El mosaico en su despacho, se dijo, intentando reproducir en su mente cada uno de sus colores. Si regresaba tenía que verlo de nuevo. Sólo por eso, por ese repentino deseo, esa ráfaga de conocimiento de su propia debilidad, supo que tenía que volver, pasara lo que pasara. Los objetos tienen más peso que las revoluciones. Que la historia. Que los afectos.

De nuevo observó el reloj despertador, iban a dar ya las cuatro de la madrugada y él allí, encerrado, solo, prisionero, el búho que nunca supo su edad, el observador incapaz de hablar pero tampoco de olvidar. El cómplice, el rey de las telenovelas, el padre sin hija, el adúltero que se acostaba con el amante de su esposa. El niño que escapó del infierno. El hombre que solamente sabía buscar un nombre de mujer: Aurora.

* * *

—Efraín. —Era una voz en la puerta.

Parpadeó ante la luz del día: durante la noche había descorrido las cortinas y ahora se sentía desorientado, como si estuviera en ninguna parte, rodeado por una niebla densa que dominaba toda la ventana. A lo mejor estaba muerto y en la puerta estaba Evaristo con la cabeza de una gallina en la mano.

—Soy Brito. Lo siento mucho, de verdad.

Efraín se quedó en la cama. No hizo ademán de moverse.

—Nos vamos hoy —continuó informándole Brito desde el pasillo, hablando a la puerta cerrada—. Se ha cancelado la representación, nos obligan a regresar a La Habana, pero tú... tú permanecerás aquí custodiado hasta nueva orden. Debes hacerlo, no puedes irte, no hasta que se aclare qué va a pasar en Cuba y cómo afectará a nuestras relaciones con México y si pueden devolvernos o no a Tania y a Diana. Me han pedido que te diga todo esto.

¿Por qué a unos sí los devolvían y a él no? ¿Y Emiliano? ¿Volvería con el resto de la representación cultural a Cuba? ¿Sería capaz de dejarlo allí solo, prisionero, abandonado a su suerte? ¿A él, al Padre de sus telenovelas? Se le ocurrieron mil preguntas, pero no quería formularle ninguna a ese hombre que le hablaba, supuso, con los labios pegados a la madera de la puerta. Se enconó en su silencio de nuevo poseído por esa sensación de rechazo máximo, de hartazgo. Cuán complicada puede ser una gira que termina mezclada con un conflicto internacional y que obliga a un imbécil como Brito, un representante máximo de la idiotez y de la Revolución, a hablarle y suplicar su perdón desde un pasillo en un hotel.

—Perdóname mis palabras de anteayer, de verdad, no sabía lo que decía. Cuando te necesite, Efraín, ¿podré llamarte?

Era demasiado, no podía seguir escuchando. Efraín se levantó de la cama y fue hasta el baño. Abrió el chorro de agua y se metió bajo la ducha.

La programación matinal de la televisión mexicana de un largo sábado de encierro estaba dominada por una misa en directo y un programa de manualidades al que se sucedía otro de cocina. A su término, un informativo reproducía todas las actividades efectuadas esa semana por el presidente de la nación. Ninguna mención de esa supuesta invasión. Ninguna nueva imagen de Tania en el teatro ni de él junto a María Félix. Al instante se puso furioso: los hermanos Alemán no le habían llamado al hotel, tal y como habían prometido. Claro, seguramente tenía restringidas las llamadas; los soviéticos, con toda certeza cumpliendo órdenes de Cuba, únicamente habían autorizado al hijo de puta de Brito a informarle de que todos se marchaban, de que le abandonaban, le dejaban solo, pero tampoco libre, sino preso en una habitación de hotel.

¿A qué obedecería esa repentina marcha de sus compañeros y la cancelación de todas las actividades culturales? Seguramente se debía a que la invasión habría sido interceptada, elucubró, y el régimen revolucionario de Cuba habría decidido romper relaciones con Estados Unidos y cualquier otro país del hemisferio. La camarera llegó con el almuerzo, en vez de tequilas traía esas bebidas de colores, una de canela y otra de un amarillo intenso como la orina. Era manzanilla, le dijo. Le gustó ese sabor, le habría encantado preguntarle a Diana qué le parecía. Los hombres que la acompañaban eran los mismos del día anterior, ella también. Si consiguiera comunicarse con esa mujer sin vigilancia podría saber algo más de Tania y su hija, pensó. No hubo tiempo. Era la camarera más rápida de México.

Terminó de comer, solo, y la niebla dio débiles señales de dispersión. La gente era discernible desde la ventana por el colorido de sus trajes, verdes con violetas, naranjas con rosados, todos colores violentos, maravillosos, como si en ese país existiera una naturaleza distinta teñida por los tonos llamativos de los peces que su hija y él podían distinguir a veces desde su balcón, que nadaban sin cesar, quizá en círculos, en el agua transparente de cabo Pinos.

Llegó la tarde. Trajeron café y bollos de merienda. El café era horrible, una especie de agua manchada que terminó arrojando por el váter. Encendió el último cigarrillo de la última caja de cigarrillos. Recordó un día de encierro parecido en su despacho de La Habana para escribir todos los capítulos de una semana de «La huella del amor» y poder escaparse con el Catire a navegar. Coño, ¿qué haría ahora con el personaje de Mercedes? Los telespectadores, esa palabra tan marciana, ¿preferían seguir la supuesta invasión antes que el sufrir de sus personajes? Meneó la cabeza, como hacía con Aurora. La supuesta invasión pasaría, fuera el que fuera su resultado. «La huella del amor» seguiría allí, noche tras noche.

Entró la camarera, hora de cenar, esta vez bastante asustada, los hombres ahora muy cerca de ella. Le sirvió un pollo asado con chiles como guarnición y un poco de chocolate en un pocillo al lado. Chocolate como salsa y pollo, qué raros eran los mexicanos. Bueno, al fin y al cabo, ellos en Cuba les ponían salsa de tomate a las tajadas de plátano. Encendió la televisión. Un programa de variedades. Lo presentaba un caballero tan delgado como él con las hombreras del traje gris aluminio, excesivas, descontroladas, resbalándole casi sobre los brazos. Hablaba muy alto, el micrófono demasiado pegado a la boca, dientes grandes que conseguían salirse de ese micrófono. En ese momento daba paso a una actuación muy especial, el retorno de la Novia de América, la única, la incomparable Libertad Lamarque, que interpretaría canciones de su nuevo elepé. Le dio a la rueda que sintonizaba los canales y apareció ahora un señor muy serio ante un globo terráqueo dramáticamente iluminado al fondo: «Por primera vez esta tarde el gobierno revolucionario de Cuba ha confirmado la presencia de aviones probablemente estadounidenses que pueden estar participando de una avanzada sin acuerdo diplomático hacia la isla y que se dirigirían hacia una zona conocida como playa Girón, también bahía de Cochinos. El gobierno de Fidel Castro informa escuetamente que la situación está controlada.»

Óvalo podría llamar tan sólo para decirle que seguía pendiente de él. Cuando se reunieran, ¿cómo iban a enfrentarse a todo esto? ¿Quién de los dos asumiría qué responsabilidad tenía cada uno en lo sucedido? Efraín se volvió hacia el despertador. Diez y media de la noche. Regresó al programa de variedades, Libertad Lamarque había terminado su recital y respondía a las preguntas del entrevistador: «Mi sueño sería hacer de Mamá Dolores en "La huella del amor".»

Despertó de nuevo hastiado por la humedad de su sudor, volvió a cambiar las almohadas y a consultar la hora en las manecillas fluorescentes. Cinco y cuarto de la madrugada. Bueno, había dormido algo más. Imaginó ese desembarco anunciado y temido de los estadounidenses en Cuba. Lo único que podía recordar levemente parecido eran todas esas películas de guerra que narraban el ataque a Pearl Harbor o el desembarco de Normandía. No le gustaban esos filmes porque los diálogos carecían de lirismo, eran siempre información de batallas demasiado conocidas para inventarlas, no había espacio para la fantasía, para jugar con la realidad. Eso era lo que podría hacer ahora, contar esta pequeña historia que padecía: un escritor sufría un encierro y su esposa acababa de desertar de un régimen con cada vez menos amigos internacionales.

Llamaron a la puerta. Era un agente de policía, más alto, envuelto en un chaquetón de cuero, tan fumador como él, sólo que de Winston, pues llevaba un paquete en la mano.

—Señor Rotundo. Tenemos orden de llevarle al aeropuerto.

Las dos azafatas soviéticas reaparecieron como activadas por un silbato para perros. Cogieron su ropa del armario, entraron en el baño y retiraron todas sus pertenencias. Efraín asumió que no le dejarían ducharse, las típicas arbitrariedades de un encierro de ese tipo. Cerró los ojos, prefirió no despedirse de ese cuarto. Le habría gustado redactar una carta de despedida para los hermanos Alemán. Libertad Lamarque no podría ser Mamá Dolores pero bien podría ser la madre de la protagonista de esa novela que jamás llegaría a escribir.

No había nadie en la ciudad de millones de habitantes ni tampoco en el aeropuerto. Lo llevaron hasta una dependencia oficial, una pared cubierta por el retrato del presidente que había visto en el telediario de la noche y la bandera cuidadosamente colocada para dejar en máxima evidencia el águila engullendo la serpiente. No lo pudo evitar, se vio como la serpiente expulsada del Paraíso. Y a Óvalo como el águila que la devoraba.

29

EL ÚLTIMO DIÁLOGO

Oyó las ruedas que se pegaban al asfalto y sintió el calor de La Habana. Viajaba acompañado por aquel par de azafatas rusas que seguían igual de hieráticas e inalterables a pesar de todo lo ocurrido. Si alguien le preguntaba al llegar por cualquiera de sus experiencias, hablaría sin duda de ellas antes que de ninguna otra cosa: qué capacidad de aguante, qué presencia.

Regresaba tras cuarenta y ocho horas de encierro en una habitación de hotel, un nuevo gusto por el tequila, y su mujer y su hija convertidas en pasajeras de un destino incierto.

Colocaron la escalerilla y esperó a que subiera un policía a buscarle o las azafatas le hicieran la señal de que podía descender. Fue esto último, avanzó por el pasillo del avión e inclinó respetuosamente su cabeza al pasar ante esas dos mujeres-robots cuyos nombres desconocía pero cuyos rostros no olvidaría jamás. O puede que sí, no más que muñecas pintadas, no eran misteriosas como esfinges, soldados vacíos de voluntad inexistente y, por tanto, inquebrantable.

Sintió el calor, el sol, el olor de los pinos y el sabor en su paladar a pescado frito que llevaba el aire. No podía ver mucho, apenas los escalones que le devolvían al suelo cubano, oía también una música muy alta, como si los altavoces del aeropuerto estuvieran transmitiendo una competición de danzones o —eso resultaba todavía más moderno—, chachachás. Era así, en efecto: por insólito que pareciera, los altavoces del aeropuerto dejaban escapar el sonido de una orquesta de chachachás. Al pie de la escalerilla aparecieron los agentes, muy amables. Se presentaron, pero no tenía ganas de memorizar sus nombres, cogieron de sus manos su única maleta y uno de ellos, todo un detalle, le entregó una cajetilla sin estrenar de H. Upmann. Le condujeron por la pista hacia el edificio del aeropuerto bajo esa música celebratoria, inaudita. Se confundieron con la puerta por la que querían hacerle entrar y de pronto se vio en un salón inmenso atiborrado de personas con distintos tipos de valijas, algunas atadas con cuerdas, otras de gran calidad. Algunos lloraban, otros imploraban, los más esperaban mirando al suelo, seis policías intentaban contenerlos en un círculo.

—¿Quiénes son?

—Cómplices de la invasión abortada —reconoció uno de los agentes.

Vaya, al fin sabía qué había sucedido con la invasión.

—¿Y qué celebramos entonces?

—¿Por la música? Es una orden de la Agencia Institucional de la Cultura, para que se lleven el mejor recuerdo de la isla —respondió el otro agente.

Encontraron al fin la puerta que les correspondía. Se abrió suavemente, era un salón amueblado con sofás similares a los que había visto en sitios elegantes como la casa del señor Lobo, de tela blanca y una madera oscura. Había flores, una bandeja con refrescos, dos botellas de ron, una jarra de mojito. Y aire acondicionado, tanto que se cubrió el cuello con las manos. Sintió un perfume conocido que flotaba en toda la estancia. Óvalo apareció por la puerta que comunicaba aquella sala con otra habitación. Más alto, vestido con pantalones caquis, una camisa amarilla, un estampado de peces pequeños: pirañas protegiendo al gran tiburón. Le sonreía, avanzaba con los brazos extendidos, el perfume era el suyo, por supuesto, una mezcla nocturna tan peligrosamente amanerada que era inconcebible cómo no le detenían los agentes por desestabilizador. A medida que se aproximaba, Efraín recordó a la Davis en su ascenso a la cubierta del barco del Catire. Óvalo tenía esa manía, arrebataba los gestos de las señoras que conocía. Le quedaban pocas, Tania estaba ahora en otro país...

—Mi atribulado Alambre, qué fin de semana de horror te hemos hecho pasar. Todo ha terminado. Todo vuelve a empezar. —Lo abrazó con fuerza.

Efraín sintió el alivio en el pecho de Óvalo, como si las horas de su encierro en el hotel también hubieran sido una tortura para él. Notó también, como un reflejo de su emoción, el principio de un llanto dentro de sí, y comenzó a recordar la emoción de tenerlo cerca en el hospital del doctor Hernández. Óvalo se separó de él y lo miró con toda la música del aeropuerto estallando en un zafarrancho de trompetas y pianos que se deslizaban por un precipicio. Volvió a abrazarlo.

—Estamos solos de nuevo, ¿no te das cuenta? Completamente solos, como al principio.

Pero no era verdad. Efraín se separó y avanzó hacia la ventana. Siempre había pensado que el final, el auténtico final, como diría Emiliano, de «La huella del amor», sería así: Mercedes avanzando hacia la ventana de su casa de millonaria y reconociendo al fin a Santos como su hijo, asumiendo que Francisco había sido el único amor de su vida. Después, completada esa titánica lucha, se aproximaría al cristal y se permitiría, al fin, suspirar.

Así estaba él, sólo que no era realmente partícipe de la acción, de los hechos, sino un simple espectador que miraba y, a través de aquello que veía, se reconocía siempre de esa manera: contemplando lo que les sucedía a otros, jamás a sí mismo. Su castigo era que lo que debía haber observado siempre le pillaba en otra parte. Le habría gustado poder espiar a su esposa tomando a su hija del brazo, atravesando el hall del hotel Reforma y cruzar la calle hasta la comisaría donde la esperaba el asilo. Le habría gustado acercarse a su madre envuelta en la ola. Y le habría gustado encontrarse ahora en esa ventana, en ese salón, en ese aeropuerto, pero sin ningún tipo de recuerdo, ni voz, ni ojos en su memoria tal vez para poder fijarse mejor en la fila de niños que se iba formando ante él en la pista del aeropuerto, al otro lado del ventanal. Vestían todos igual, como si llevaran el uniforme de algún colegio. Tenían seis años, doce años, hasta quince o dieciséis. Alineados, sostenían el mismo bulto, una maleta pequeña con la bandera cubana pegada en una esquina. Se acercó más al cristal y los vio sudar y, prestando más atención, comprendió que en realidad lloraban y levantaban tímidamente sus manos en un gesto de despedida. Eran más de cien, tal vez incluso doscientos o trescientos; no, tantos no, se corrigió mentalmente, pero en todo caso eran muchos, allí, en la pista del aeropuerto, en una fila de la que no podían salir y que se dirigía al avión de hélices del que había descendido, preparado ahora para remontar otra vez vuelo.

—¿Adónde llevan a esos niños? —preguntó.

Óvalo apartó la taza de té que acababa de servirse de sus labios y le sonrió.

—Son niños de lugares como el que nosotros hemos conocido. La Revolución ha conseguido ofrecerles un destino mucho mejor que el nuestro.

—¿Estás seguro? —La pregunta sonó mucho más irónica de lo que deseaba.

—Tanto como que ha sido una de mis ideas en el comité revolucionario. Son hijos de esa clase media que no nos quiere y en cambio prefiere apoyar iniciativas como la frustrada invasión de ayer.

—¿Los estáis sacando de Cuba para catigar a los padres?

—Sus padres los seguirán después, si en verdad prefieren abandonar la Revolución y enfrentarse al exilio.

Volvió a centrar su atención en la fila de niños y adolescentes que moqueaban y berreaban ahora mientras todos aquellos hombres uniformados luchaban por controlarlos, por mantenerlos en la misma línea. De repente, en una alucinación instantánea de su mente de Padre de la Telenovela, uno de esos niños conseguía zafarse de la línea militar y corría llorando hacia su madre detenida al otro lado del salón, lograba alcanzar sus brazos y le pedía que no le dejara ir, le decía que no era verdad que luego los reagruparían, que ese aeropuerto era un final en sí mismo, la absoluta separación. No le dejaban terminar, la madre se aferraba a él, un militar les gritaba órdenes para que se separaran que no obedecían hasta que una bala cruzaba el aire para estallar en el pecho de la madre, sembrando aún más horror en la vida del niño y silencio y miedo y control, al fin, en los demás.

—No me escuchas, Alambre —le reprochaba Óvalo. Efraín se apartó del ventanal, los niños seguían allí, llorosos y aterrados pero en la misma fila, acercándose despacio a la escalerilla del avión dispuesto a engullirlos—. No hace falta decirte que lo que ha sucedido en México ha sido muy grave. Si quieres que te sea sincero, imaginábamos que serías tú el que se quedaría. O alguna de las bailarinas de la compañía tal vez. Pero que fuera Tania quien tomara esa decisión... Jamás lo habría pensado.

Efraín se sentó en un extremo del sofá y encendió el cigarrillo con el mechero de acero que reposaba sobre la mesa. Se sorprendió de tener la capacidad de enfocar un objeto cualquiera y fijar su atención en él en medio de todo lo que estaba viviendo. Evitando cuidadosamente mirar a Óvalo, volvió a recorrer toda la estancia sacudido por el frescor de ese aire acondicionado o, en verdad, el frío inimaginable de ese aire acondicionado. Pero recaló en él: el tono amarillo de la camisa de Óvalo, la blancura de sus dientes, lo planchado de su pantalón color caqui. Parecía una mezcla del Catire y la señora Lilian en un buen día de verano. Exudaba comodidad, distancia, un poder que parecía natural, propio en él. ¿Cuándo había tenido lugar esa transformación? ¿Por qué no la había notado?

—Sigues sin escucharme —insistió—, y mi tiempo, igual que el tuyo, se acaba.

De pronto se sucedió un alto, como si la aguja del fonógrafo resbalara estrepitosamente en el acetato del disco de los chachachás. Óvalo se levantó y fue hacia la puerta, la abrió y observó cómo media docena de sus oficiales se dirigían hacia una esquina de la gran sala seguidos por los rostros expectantes, sudorosos, bañados en lágrimas y mocos de los padres de esos niños que seguían entrando en el avión. Volvió la música y fue imposible de asimilar. Era una voz en inglés, amanerada como todas las voces en inglés, que contaba la historia de Dorothy, una niña que llega a Oz y es recibida según la manera reservada a las familias reales por una comunidad de seres diminutos, los munchkins... Óvalo se levantó raudo, se dirigió a los militares y empezó a dar órdenes para que apagaran esa música y recuperaran el chachachá; ante todo debía oírse sólo música cubana en situaciones como ésa. Pero la canción, o la aguja sobre al acetato, no le hizo caso y la narración continuó, con las voces de los pequeños munchkins indicándole a la pequeña Dorothy que «siguiera el camino de baldosas amarillas, el camino de baldosas amarillas, el camino de baldosas amarillas» para «encontrar al Mago de Oz, para disfrutar de las maravillosas, maravillosas cosas que tiene, siguiendo el camino de baldosas amarillas...». Óvalo dio un golpe a la puerta y clavó una mirada cargada de odio a Efraín mientras los munchkins seguían con su grito y Dorothy con su marcha hacia Oz. Efraín regresó al ventanal para ver cómo los niños eran empujados de mala manera por los militares a su cargo hacia la puerta del avión. La música acabó y las hélices del aparato empezaron a moverse más rápido, más rápido, mientras la escalerilla era retirada y el avión puesto en marcha para iniciar su ascenso sobre la pista.

Óvalo fue a un teléfono y ordenó que detuvieran al responsable y destruyeran ese disco. Cambió la taza de té por un vaso que rellenó con ron.

—Esos niños tendrán mucha mejor suerte que tú y que yo.

—Estás haciendo con ellos lo mismo que la señora Lilian hizo con nosotros —interrumpió Efraín.

Óvalo estampó el vaso contra el suelo y apretó los puños.

—No ha sido fácil conseguir que vuelvas aquí, Alambre. He tenido que arrastrarme por ti, he tenido que reconocer quién eres para mí para que me permitieran salvarte.

—¿Salvarme de qué?

—De la cárcel, como a Brito, por traición a la Revolución. O de la prohibición de retorno ordenada contra tu mujer, tu hija y el capitalista productor de televisión.

Efraín iba a recordarle que se llamaba Emiliano, pero no lo hizo. Sintió un alivio grande, enorme, al saber que Emiliano había decidido acompañar a Tania en su loca decisión. Tendría trabajo en México; de hecho, él sí podría seguir produciendo «Huellas del amor» sin fin. Llamarle capitalista como insulto casi le hizo reír.

—Entonces es verdad, sólo estamos tú y yo —retomó Efraín.

—Y las personas que saben lo que somos tú y yo.

—¿Y qué somos?

—No juegues conmigo ahora, Efraín. Tú eres el que sabe escribir, yo intento explicarte quién soy, por qué he vuelto, por qué te he salvado. Y es porque pienso que tenemos que estar juntos. Este país no nos quiso nunca, jamás le importamos. Éramos unos cuerpos miserables para ser usados por otros que lo único que tenían era el poder infinito para aplastarnos, follarnos, destrozarnos. Pero finalmente hubo un cambio: nació la Revolución y supimos estar dentro de ella en el momento exacto. Ahora esa Revolución va a darnos la gloria que siempre hemos merecido. Tú serás reconocido como el escritor que eres, incluso serás necesario para la Revolución. El Comandante, sí, él mismo, me ha pedido que te lleve ante él, porque quiere que escribas la telenovela definitiva sobre la Revolución.

—Una telenovela y una Revolución jamás pueden ir juntas —respondió Efraín, en realidad hablándose a sí mismo.

—Cambiarás de opinión. Hoy es un día muy difícil. Estás viendo cómo salen esos niños, tu familia te ha dejado solo, yo no puedo evitar sobreexcitarme porque tú y yo representamos un milagro. Iban a matarnos en Limpio Chiquito, como a Aurora, a dejarnos allí para que las llamas nos consumieran y no pudiéramos vengarnos, sobrevivir, buscar y encontrar nunca sus casas para decirles que habíamos sobrevivido, que nos debían nuestra infancia, nuestra dignidad.

—¿Aurora está muerta? —preguntó Efraín.

—Sabes la respuesta. No tuvo nuestra suerte. Como tú, esperé y esperé a que apareciera para que pudieras ser completamente feliz. He estado en muchas partes, he visitado hospitales miserables, morgues llenas de moscas. En una de ellas encontré su certificado de defunción y conseguí saber qué había sido de ella.

Se levantó para ir hacia un maletín que uno de sus oficiales había dejado cerca de la puerta, buscó un papel, lo extrajo y avanzó hacia Efraín para dárselo.

Efraín le dio la espalda. Detrás del ventanal vio los mismos revolucionarios organizando otro grupo de niños a punto de subir a un nuevo avión de hélice. La música volvía a ser el chachachá. Los gestos de los niños intensificaban el dolor. Quería salir de allí, ir a su despacho, escribir «Fin» en alguna parte, encontrar la manera de hacerle llegar a su hija Diana una sola palabra que concentrara todo su ánimo, su admiración por ella. No podía ser que Aurora terminara así, en esa sala de ese aeropuerto, los planes de Óvalo desarrollándose, cumpliéndose ante él como una melodía que se repite una y otra vez sobre el disco rayado.

—Comprendo que no quieras leerlo. Fue prostituta en El Prado. La llamaban la Ciega, contrajo una venérea mala...

—Es suficiente —cortó Efraín. El chachachá, en efecto, estaba repitiéndose en la megafonía del aeropuerto.

—Todo este dolor tendrá un premio, Alambre. Y es nuestra Revolución. Después de la invasión de playa Girón vendrán tiempos duros, Estados Unidos va a embargarnos y prohibirnos cualquier comercio con los países bajo su tutela. Pero pese a todo éste es el principio de nuestro triunfo. Vamos a demostrar que somos mucho más importantes que ellos. El mundo en este momento está dividido en dos: los que apoyan el imperialismo, herido de muerte, y los que participamos de esta Revolución joven, llena de energía. Cuba es el mundo, ¿no lo entiendes? Y nosotros somos esa Cuba.

—La Revolución, decirlo sirve para tapar cualquier hueco, espantar un par de fantasmas…

—No, Efraín, es nuestro momento histórico.

—Tú no te ves cuando te miras, Óvalo. Sólo ves lo que

siempre has deseado ser. Vestido de amarillo, sonriéndote. Recibido como el… ¿Cómo se dice tu cargo?

—Encargado del Poder Popular para la interrelación de todas las actividades culturales de la Revolución —lo dijo sin rechistar, con aspecto de mejor estudiante de su clase.

—Y, sin embargo, sólo Óvalo para mí.

—Alambre, vamos a empezar de nuevo, vamos a olvidar…

—¿Tú también me pides que olvide?

Óvalo calló, se preparó otro ron. El chachachá no dejaba de acompañar a los niños que embarcaban en otro avión.

—Alambre, no quiero que sigamos aquí.

—Nunca podemos escoger dónde vamos a conocernos, mucho menos dónde despedirnos.

—¡No puedes abandonar la Revolución! —exclamó Óvalo.

—Quédate tú con la Revolución, Óvalo. Y quédate con la mirada de mi hija dándose cuenta de que te acostabas con sus padres. Quédate con las lágrimas que ni siquiera puedo derramar por la suerte de Aurora. Quédate con mi telenovela, quédate conmigo aquí, un esqueleto, horas sin dormir, un hombre que jamás pudo saber qué era exactamente el amor. ¿Por culpa de los otros? ¿Por culpa de mí mismo? ¿Por culpa de haberte conocido?

—Alambre, no te vayas. Vamos a empezar otra vez. Imagina que...

—No tengo imaginación. No tengo nada. Sólo una estúpida capacidad para escribir «Continuará» al final de una página que quiero arrancar, quemar, arrojar a la mierda. Tú ganas, pero no me detengas un segundo más. Entra en mi despacho, verás esa ridícula pieza de mosaicos que me enviaste, como el proyector, como la insistencia en engañarme y convencerme de que Aurora vivía y volveríamos a besarnos. Entra allí y verás el mosaico, te recodará algo bueno de ti, el que fueras capaz en algún tiempo pasado de enseñarme a leer, de enseñarme a creer que mis monstruos hablaban, se enamoraban y eran felices algún día en alguna parte. Eso es lo que he escrito. Sí. Lo que he escrito. Pero no lo que he vivido.

—Alambre, necesitas descansar.

—Te has convertido en el Hermano, sólo te falta la gorra, sólo te falta un perro blanco. Y un niño como tú aceptando formar parte de un horror.

Ninguno de los dos se movió. Efraín dejaba resbalar sus lágrimas. Le hería hablarle así. Más aún que él optara por contener toda violencia. No parecían cubanos. Eran ellos, despidiéndose.

—Nunca es suficiente —dijo Óvalo.

—Tienes razón. Nunca es suficiente dolor. ¡Nunca es suficiente amor!

30

PISCINAS EN FORMA DE RIÑÓN

Prieto le tomó el pulso. No era médico, pero allí estaba, de nuevo, sí, cuidando de él. Había perdido bastante peso, ya ni podía levantar un brazo, pero Prieto lo erguía, lo acompañaba. Podrían crear un grupo para animar los casinos vacíos: «Los dos que quedaron.» Hacía algo de frío, Efraín miró el jardín con los árboles agitándose más rápido de lo normal. A lo mejor venía un huracán. Justo un mes antes, los americanos, que sin estar, seguían, detectaron movimientos extraños y de un golpe descubrieron que los soviéticos estaban colocando cabezas nucleares en la isla. Coño, una cabeza nuclear debe de ser algo bastante fácil de ver. Pues los americanos tardaron unos meses en darse cuenta y en el ínterin la Revolución iba haciéndose más dura, más fuerte, más heroica. Podían desestabilizar al mundo. Prieto estaba echándole sus ungüentos de hojas bañadas en ron; no le extrañaba que estuviera así de consumido, entre los cigarrillos y todo ese ron mezclándosele con la sudoración. Empezaba a imaginarse cosas: que se abría la puerta de la casa y entraban las mellizas Wilson que Prieto se empeñó en convertir en estrellas del cabaret antes de que él recuperara la vista y empezara a escribir para Emiliano en la radio. Emiliano. Había llegado una carta suya. No quería pensar en eso. Estaba entrándole el ron en el cuerpo y entendía la cara que ponía Prieto cada vez que se fumaba su pitillo de marihuana. La Revolución iba quedándose sola o demasiado acompañada de gente que luego Óvalo se encargaba de purgar, Sartre, sí, el filósofo francés, entraba y salía de La Habana para entrevistar a Castro. De aquellos niños que vio abandonar en fila su país y sus familias no volvió a saberse nada más. Se los tragó el mar o la administración americana. Todo eso pasaba, pero ni a él le faltaba el ron ni los H. Upmann ni a Prieto su marihuana.

Estaba entonces en que entraban las mellizas Wilson en su casa de cabo Pinos. Y detrás venían las orientales, unas chinas medio hermanas, o actrices que fingían parecerlo, dispuestas a beberse los mojitos, fumarse los canutos y desnudarse lentamente mientras Prieto y él apretaban con el alcohol. Alguien puso la radio, un discurso de Castro. «Somos la Revolución, somos marxistas-leninistas. No nos hace temblar embargo ninguno, la Revolución triunfará porque es el futuro, porque son las ideas, porque es la juventud y el sacrificio.»

Lo oía perfectamente, y también el ruido del mar, lento, seguro, de repente más sincopado, otra vez lento y seguro. La carta de Emiliano estaba allí, en una de las mesas del porche, el viento se la llevaría hacia el mar. Tania estaba bien, decía, trabajando junto a él en una telenovela mexicana basada en sus ideas para la ciega. ¿Basada qué significaba? La misma historia pero con otros nombres para los protagonistas. Como él mismo había explicado en aquella entrevista que dio en México: «Una historia jamás varía, es siempre la misma, incluso es una prerrogativa a criterio de cada quien el detalle de cambiar los nombres de los personajes. Una historia sucede en cualquier parte, en realidad debería suceder en sitios sin nombre, espacios sin identidad. La calle Alta, la ciudad del Este, el hospital del Sur a lo sumo. Porque todas las historias son iguales y todos los personajes son iguales. El amor tampoco cambia, ése es el gran secreto de una historia de amor. El amor es todo, una fe que jamás se explica. Y nunca, nunca, termina.»

«Efraín, por favor, no te acerques tanto al agua, hace frío, estás muy mal.»

Prieto le hablaba, ¿o eran las mellizas que poco a poco vencían sus pasos ante el avance de la resaca? Había estado bien esa entrevista, le habría gustado regalársela a Guillermo, el escritor. Nunca llegó a publicar ese artículo sobre lo que hablaron a la salida del cine. Nombres, iban acumulándose nombres. Sabía la fecha de hoy, 27 de octubre. Buena fecha para decir adiós. Octubre siempre es bonito, en cualquier país. Los soviéticos van a retirar los misiles. Estados Unidos, su embajada. La Revolución al final empezaba a andar sola.

Estaba ahora cerca del mar. Iba a echarse a nadar, o flotar hasta que apareciera la mano, ésa que le empujaría al fondo. Recordaba ese titular del mismísimo *Granma*: «"La huella del amor", la telenovela cubana que la Revolución no puede tocar.» Le harían unas exequias estupendas. A lo mejor no le encontraban jamás en ese mar infestado de cabezas degolladas por los esbirros de Batista o manos cortadas por la furia de los secuaces de Óvalo.

Se vio reflejado en las aguas de su piscina. Estaba solo. No estaba Prieto, no estaban las mellizas Wilson ni la carta de Emiliano. El televisor estaba encendido y, en efecto, había una nueva Mercedes, más robusta, demasiada espalda y dientes, diciéndole a su engañado esposo que amaba a Francisco, el imposible amor de su vida.

Se lanzó a la piscina. Sintió escalofríos, los ojos nublándose y La Habana consumida por ese fuego azulado, amarillo y finalmente rosado. Sintió el aire convulsionarse en todo su cuerpo y su voluntad obligándole a permanecer en el fondo, no sería fácil, se le movía todo, los millones de cigarrillos consumidos le jugaban una última mala pasada obligándole a toser y cada golpe de tos le elevaba un poco más acercándole a la superficie. Tenía que conseguirlo, debía aguantar, escribir su propio final, retroceder a esa habitación del techo artesonado y Óvalo cubierto con la bolsa que no dejaba ver su rostro.

Lo consiguió, pudo sentir cómo las cosas se detenían y su cuerpo vacío subía a la superficie, los brazos estirados en una mala cruz, suspendido para siempre mientras el huracán decidía acercarse como un águila que viene desde muy lejos y se lleva en sus alas la hierba, los muebles, las hojas del libro nunca escrito, el agua que le contenía, su cadáver arrojado contra una de las curvas de la piscina en forma de riñón.

* * *

Óvalo recibió la noticia tomando una taza de café llena de ron. Se levantó y avanzó hacia la ventana de su despacho en la segunda planta de la residencia de los Lobo, el rebautizado Centro Cultural de la Revolución. En la puerta esperaba sus órdenes Eustaquio, un oficial huérfano, rubio como él, que rondaría los diecisiete. Temblaba, siempre que esperaba una orden suya temblaba.

—Era... muy amigo suyo, ¿verdad, señor Director? —preguntó.

Óvalo se volvió hacia el ventanal, cortaban el césped de la residencia. Lamentablemente, a lo lejos se podían ver los efectos del huracán sobre las depauperadas mansiones del que una vez fuera el barrio más rico de La Habana. Sombras del pasado, qué difíciles son de vencer, había dicho alguien en un capítulo de «La huella del amor». Alambre nunca quiso reconocerle que hablaba de él, de ellos dos. Miró su reloj, once menos cuarto. En minutos llegaría el

Comandante, discutirían sobre el Festival de la Juventud, sobre nuevos disidentes, sobre nuevas opciones para cambiar el gusto de los cubanos por esas telenovelas. Discutirían y él pensaría en un comunicado apropiado para honrar a Efraín. No podía llamarlo escritor, el Proceso Cultural no permitiría que se le calificara de autor con Sartre y nuevos narradores latinoamericanos mirando hacia la Revolución como inspiración.

—Retrasan unos minutos para la visita del Comandante, señor —repitió el joven, tembloroso.

Óvalo dejó la nota sobre la defunción de Efraín en su escritorio. Se colocó su guerrera regalo de los ejércitos rojos vietnamitas, fue a por más café y pasó al hacerlo cerca del joven. Con su mano redondeó su rostro antes de plantarle un beso en aquella mejilla incapaz de mantenerse firme. Salió del despacho y llegó al entresuelo cubierto de madera de la antigua casa de los Lobo. Tomó el ascensor que había hecho instalar recientemente. Pulsó el botón del segundo sótano y se observó en el espejo de la cabina. Arrugas, las justas, los labios menos abultados, un poco solamente, los ojos intensamente azules y la sonrisa retorciéndose como una serpiente que se despertaba cada vez que encontraba su reflejo. Ya en el sótano, extrajo la llave y sigilosamente abrió la puerta de la celda. Un poco de luz lograba colarse por la rendija, podían verse las ruedas de la silla. Y un pie cuidadosamente calzado en una zapatilla de niña. La luz no alcanzaba a iluminar su rostro, ella movía sus manos como si acabara de levantarse, como si acabara de reincorporarse una nueva mañana y fuera a hacer la pregunta acostumbrada de cada día.

—¿Eres tú, Efraín? —preguntó la voz sin rostro.

—No, Aurora, soy Óvalo.

ÍNDICE

PRIMERA PARTE

SEGUNDA PARTE

TERCERA PARTE

IMPRESO EN LITOGRAFÍA ROSÉS, S. A.
PROGRÉS, 54-60. POLÍGONO LA POST
GAVÀ (BARCELONA)

booket